Knaur.

Die Autorin:
Kari Köster-Lösche, geboren 1946, wuchs in Schweden am Meer auf und lebt heute in Norddeutschland. Nach einem Studium der Tiermedizin promovierte sie in Bakteriologie. Seit 1985 arbeitet sie als freie Autorin. Bekannt wurde Kari Köster-Lösche mit ihren zahlreichen historischen Romanen, darunter dem Bestseller *Die Hakima*. Zuletzt erschien von ihr *Die Pestheilerin*.

Kari KÖSTER-LÖSCHE
Die Sizilianische Heilerin

Roman

Knaur Taschenbuch Verlag

Besuchen Sie uns im Internet:
www.knaur.de

Originalausgabe 2010
Knaur Taschenbuch.
Copyright © 2010 by Knaur Taschenbuch.
Ein Unternehmen der Droemerschen Verlagsanstalt
Th. Knaur Nachf. GmbH & Co. KG, München.
Alle Rechte vorbehalten. Das Werk darf – auch teilweise –
nur mit Genehmigung des Verlags wiedergegeben werden.
Umschlaggestaltung: ZERO Werbeagentur, München
Umschlagabbildung: Columbine (oil on canvas),
Vinci, Leonardo da (1452-1519) (school of) / Musee des Beaux-Arts,
Blois, France / Lauros / Giraudon / Bridgeman Berlin
Satz: Adobe InDesign im Verlag
Druck und Bindung: CPI – Ebner & Spiegel, Ulm
Printed in Germany
ISBN 978-3-426-50389-8

2 4 5 3 1

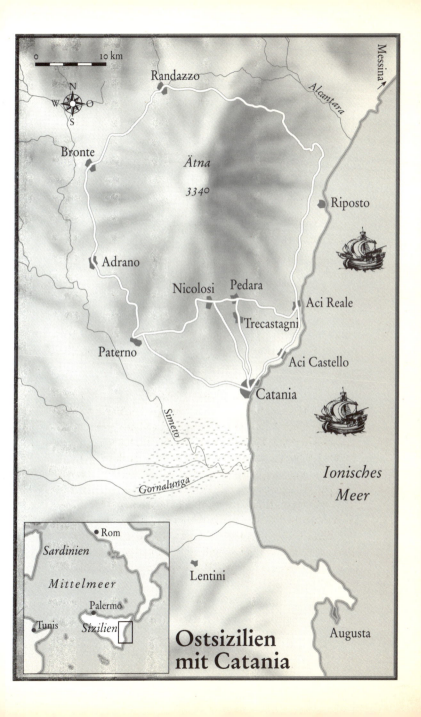

TEIL I

CATANIA, FRÜHJAHR 1282

KAPITEL 1

Die Welt stand kopf. Catania, im Jahr des Herrn 1282, war von der Streitmacht des eigenen Königs besetzt, als wären seine Bewohner Rebellen.

Seit dem Vortag richteten die erwachsenen Mitglieder der Familie Cataliotti, ihres Zeichens Wundheiler, alle Sinne auf ungewohnte Geräusche in der Stadtmitte, auf Waffenklirren womöglich oder Triumphgeschrei der französischen Plünderer. Nicht auf die Glocken der Kathedrale. Die schlugen nicht Alarm, wenn der rechtmäßige Herrscher oder seine Truppen in der Stadt waren.

Die Mutter, die sich beim Kochen auf stilles Beten verlegt hatte, sowie Vater Cataliotti tappten nur auf Zehenspitzen durch das Haus, den kleinen Kindern wurde Honig ums Maul geschmiert, um sie von Streit und Geheul abzulenken.

Und trotzdem hatte niemand den Kerl kommen hören, der jetzt vor Costanza, der zwanzigjährigen ältesten Tochter, stand. Sie fixierte den Fußknecht mit solch eisiger Wut und Empörung, dass er seinen Spieß senkte und mit offenem Mund im Durchgang zur Küche stehen blieb. Unschlüssig, fast ein wenig furchtsam, betrachtete er die junge Frau.

»Nein!«, rief Costanza, bis zum Äußersten entschlossen, ihr wichtigstes Besitztum zu verteidigen. »Hier wirst du nicht plündern! Diese Schweine sind keine Franzosenbeute!«

Hinter ihr grunzten und lärmten drei junge, nicht ausgewachsene Schweine im Küchenraum, drängten sich an die aus Lavasteinen aufgebaute halbhohe Mauer, stemmten die Klauen auf die Vorsprünge und erwarteten ihr Futter, ungeachtet der Tatsache, dass es gerade um ihr Leben ging.

»Costanza, versündige dich nicht!«, schrie der Vater, dessen Stimme sich vor Angst überschlug. »Er ist ein Anjou! Heilige Agata, hilf!«

Aus der Kochecke der Küche kam ein schriller Schrei. Costanzas Mutter, als wäre sie es, die gleich abgestochen werden würde. Um sie sorgte Costanza sich am wenigsten. Die Mutter war von ängstlicher Natur, aber robust.

Ihre Aufmerksamkeit teilte sich. Sie beobachtete den Franzosen und fragte sich gleichzeitig, was es zu bedeuten hatte, dass sie sich nicht versündigen sollte? Wie so oft, verstand Costanza ihren Vater nicht. Wenn sich einer hier versündigen wollte, war es der Kerl mit dem Spieß.

Der französische König Karl von Anjou, der sich Sizilien gekauft hatte, wie es hieß, ließ seit Wochen seine Krieger über die Insel wie Heuschreckenschwärme herfallen. Derzeit raubten sie die Catanesi aus, nannten es aber konfiszieren, als ob es ihr gutes Recht sei, den Einwohnern Korn, Viehherden und Futtermittel zu stehlen.

Mit plötzlichen Windstößen vom Ätna herab drang Geschrei an Costanzas Ohr. Die Krieger waren anscheinend bei den Reichen, die jenseits des elterlichen Gartens in der Straße an der Kathedrale wohnten, angekommen. Was wohl mochten sie dort gerade von den schmalen Balkonen hinunterwerfen? Jedenfalls keine Schweine.

Der Fußknecht hatte seine Verblüffung überwunden. Mit erhobenem Spieß rückte er bedächtig vor, die Augen halb zusammengekniffen, als gelte es, sich vor dem bösen Blick Costanzas zu bewahren.

Hätte sie gekonnt, sie hätte ihn in den Lavaboden zu ihren Füßen gerammt. Ihre Schweine waren zu wichtig, um als Franzosenfraß zu dienen!

Nebenher registrierte sie, dass der Kerl nur ein einfaches gestepptes Wams trug, keinen Lederrock oder gar einen geschuppten Panzer. Seine rotgeäderte knollige Nase unter dem runden Eisenhut ließ sie vermuten, dass der Soldat ein ganz bedeutungsloses Mitglied der französischen Kriegsmacht war. Solche Leute waren auf Beute aus, mit ihnen war kein Verhandeln möglich.

Der Spieß zeigte direkt auf ihr Herz. Costanza schnaubte verächtlich und trat ihm entgegen.

»Costanza!«, rief die Mutter und sank inmitten ihrer schwarzen Röcke zu Boden, wo sie kraftlos hocken blieb und sich unermüdlich bekreuzigte, während sie mit hoher Stimme den immer gleichen Teil des Vaterunsers herunterbrabbelte.

Patri nostru, chi siti 'n celu,
Sia santificatu lu vostru nomu,
Vinissi prestu lu vostru regnu,
Sempri sia fatta la vostra divina vuluntati
Comu 'n celu accussì 'n terra.

Die Augen des Franzosen wanderten misstrauisch von Costanza zum schwarzen Kleiderhaufen, womöglich dachte er an Verwünschungen. Jedenfalls wich er zurück, Schritt um Schritt, und Costanza folgte ihm hartnäckig in des Vaters Behandlungsraum und von dort in den Garten vor dem Haus. Ein Blumenkübel stürzte unter seiner Sandale um, lenkte Costanza von seinem Gesicht mit dem primitiven, gierigen Ausdruck ab, und sie entdeckte Turi.

Gottlob! Turi war da. Als hätte er es geahnt, war er genau zur richtigen Zeit eingetroffen.

Turi war der Sohn des Wundarztes Branca aus der Nachbarschaft, wie sie noch ein Lernender in diesem Handwerk, und so oft es ging, tauschten sie neue Erfahrungen aus. Sie mochten sich sehr, und nun war er gekommen, um ihr beizustehen. Costanza atmete auf.

Der Franzose war allein, der gedrungene, kräftige Turi und ihr Vater Santino mussten es trotz des Spießes mit ihm aufnehmen können. Siegesgewiss versuchte Costanza die beiden zum Kampf zu ermuntern, doch der Vater fixierte eine Stelle der Mauer und bemerkte es nicht. Und Turi rührte sich nicht. Mit hängenden Armen, die Augen wachsam abwechselnd auf den Fußknecht und auf die Umgebung gerichtet, wartete er ab, was geschehen würde.

Costanza stockte der Atem. Warum tat er nichts? Er als Einziger hätte ahnen können, warum es so wichtig war, die Schweine zu verteidigen. Warum verstand er denn nicht, was sie vorhatte? Die Erkenntnis, wie unbeweglich sein Geist war, enttäuschte Costanza tief und lähmte sie.

Plötzlich verabscheute sie Turi.

Turi verstand sie anscheinend genauso wenig wie ihre Eltern. Fassungslos wurde ihr wieder einmal bewusst, wie hinderlich ihr Dasein als Kuckuck im Nest ihrer sizilianischen Familie war. Alle, Eltern, Schwestern und Brüder, waren dunkelhaarig und braunäugig, sie als Einzige war geschlagen mit dem Fluch blonder Haare und blauer Augen, von denen niemand wusste, wo sie herkamen, genauso wenig wie ihr ungebärdiges Wesen.

Der Franzose bemerkte entweder Turi nicht, oder er kümmerte ihn nicht. Costanzas Enttäuschung und nachlassende Widerstandskraft offensichtlich spürend, hatte augenscheinlich ein ganz anderer Gedanke von ihm Besitz ergriffen. Grinsend zog er mit der freien Hand sein Wams nach oben, löste die Verschnürung der braunen Beinkleider und wartete in aller Ruhe ab, dass die Beinlinge herabrutschten. Dann stieg er aus dem steifen, speckigen Kleidungsstück heraus, dessen Beine sich auf dem Boden wie zwei Stapel Fassdauben ringelten.

Wie gelähmt sah Costanza ihm entgegen.

Sein Geschlecht schwoll an, schnellte in die Höhe und schob das Wams noch höher. Langsam kam er auf sie zu. »Ti piacio?«, fragte er eitel auf Italienisch. Gefalle ich dir?

Entsetzt drückte sich Costanza gegen die Hauswand. Entkommen konnte sie dem kräftig gebauten Krieger nicht. Sie starrte den Spieß an, der in Augenhöhe immer näher kam. Ein rostiger eiserner Spieß und einer aus Fleisch und Blut.

Die Panik drohte Costanza zu überwältigen, als sie die Konsequenzen ihres unvernünftigen Widerstands erkannte. Sie presste die Faust zwischen die Zähne, um nicht laut zu schreien, und ließ die Augen Hilfe suchend umherwandern.

Erstmals bemerkte sie, wie still es geworden war. Die Schweine hatte ihr Grunzen eingestellt, von Mutter und Vater war nichts zu hören, und Turi stand wie festgefroren. Nur das Schlurfen der Sandalen des Kriegers, der Costanza mit einem Ausdruck bestialischer Vorfreude entgegenkam, war zu hören.

In die atemlose Stille hinein prallte das Hoftor lärmend gegen die Mauer aus Lavasteinen. Costanza schaute unwillkürlich über die Schulter des Franzosen auf das Ende des schnurgeraden Gartenweges. Ein Ritter im blanken Kettenhemd war eingetreten. Breitbeinig blieb er stehen, eine Hand am Schwert, und sah sich ohne Hast um.

Noch einer! Noch beunruhigender als ein Marodeur mit Spieß. Von anderem Schlag, führte er eine kleine Streitmacht mit sich. Wenn er mit dem ersten Kerl in Konkurrenz treten wollte, würde er gewinnen. Und anschließend kämen alle Krieger an die Reihe, die einstweilen auf der Gasse stehen blieben.

Verzweifelt sah sie ihm entgegen.

Gemessenen Schrittes näherte er sich dem Haus, das sich aufgrund seiner zweistöckigen Bauweise und der Lage in einem Zitronenhain wie ein uralter ländlicher Palast ausnahm, den es schon gegeben hatte, bevor Catania zur mauerbewehrten Stadt wurde. Der Ritter würde sich von einer derart behausten gut bürgerlichen Familie mehr Beute versprechen als von den Hüttenbewohnern am anderen Ende der Gasse.

Der Spießträger blickte sich verunsichert um, erkannte den Ritter offenbar und fuhr in rasender Fahrt in seine Beinlinge. Die Verschnürungen nestelte er mit zitternden Händen an der *brouche* fest. Er gab auf. Costanzas Jungfräulichkeit gehörte nun einem französischen Ritter, und ihre Schweine waren so gut wie geschlachtet.

Der Neuankömmling war einer, der Befehle zu geben gewohnt war, ein Ritter mit einer goldenen Lilie auf dem Wappenrock, die bestimmt seine Zugehörigkeit zum hohen Adel zu bedeuten hatte. Er würde den Kerl in Sandalen anweisen, die Schweine, die Hühner, Eier, Honig, den Weizenvorrat und das Dörrfleisch einzusammeln und zum Sammelplatz des französischen Heeres zu bringen.

Voll Wut beim Anblick eines noch stärkeren Feindes streckte Costanza ihm die geballten Fäuste entgegen. Diese Männer wollten die Landesherren sein? Sie zischte wie eine Schlange.

Der Ritter musterte sie erstaunt. Sein Gesicht blieb unbewegt, aber für einen Augenblick hatte Costanza das seltsame Gefühl, dass er versucht war, auf ein Knie zu sinken. Seine Hand rutschte schon hinunter zur Schwertscheide, um diese aus dem Weg zu befördern.

Ein Irrtum, eine von Hoffnung getragene Gaukelei ihrer Sinne! Schön wäre es gewesen! Was verstand sie schon von Waffen und Kämpfen? Mit dem Krieg hatte sie noch nichts zu tun gehabt, nur mit seinen gewalttätigen Auswirkungen in Gestalt der Verletzten, die zu ihrem Vater kamen, um zusammengeflickt zu werden. Es war abzusehen, dass er sich auf sie stürzen würde, dann auf ihre jüngere Schwester Mariannina.

Aber er tat es nicht. Er war anders. Ein stattlicher Mann, mit breiten Schultern, einem sonnenverbrannten, aber sehr hellen Gesicht und sehr ebenmäßigen Zähnen. Er lächelte auf sie herunter, wiewohl sie für eine Sizilianerin ziemlich groß war.

»Cavaliere Guy Le Brun«, sagte er mit einer knappen Verneigung, und Costanza begriff, dass er sich ihr vorgestellt hatte. Wollte er ihr nicht Gewalt antun?

Noch jedenfalls nicht.

Denn er wandte sich dem Fußknecht zu und ließ ein Schimpfgewitter auf ihn hinunterprasseln, das sie auch ohne Französischkenntnisse verstand.

Den stammelnden Kerl verstand Costanza hingegen nicht, aber sie sah, dass er sich wand wie ein getretener Wurm. Mehrmals richtete er mit unterwürfiger Miene schmutzige Finger auf sie und dann wieder auf den Eingang ins Untergeschoss. Es ging um die Schweine.

Le Brun nickte und schritt ohne Hast ins Haus, wobei Costanza ihm auf Zehenspitzen folgte. Nebeneinander spähten sie eine Weile in die Küche, bis sich ihre Augen gewöhnt hatten. Die schwarzen Lavasteine der Wände schluckten das Licht. Und davor kauerte die Mutter auf der Schlafbank, eingehüllt in ihre schwarzen Röcke, das Kopftuch vor dem Gesicht.

»Mutter«, stellte Costanza vor und versuchte, sich trotz ihrer irrlichternden Gedanken zu fassen. Der Ritter wollte etwas, die Gefahr war nicht überstanden.

Er nickte. Gegenüber grunzten die Läufer, und in der anderen Ecke brannte auf mehreren Kochstellen neben- und übereinander das Feuer. In einem Topf simmerte Wasser.

Der Ritter betrachtete die gesamte Einrichtung sorgfältig, bis er sich offenbar davon überzeugt hatte, dass der Soldat die Wahrheit gesprochen hatte.

»Sind es deine Schweine?«, erkundigte er sich schließlich, zu Costanzas Überraschung in italienischer Sprache.

»Ja«, nickte Costanza blindlings, obwohl es genau genommen nicht stimmte, denn sie gehörten ihrem Vater. Aber aus irgendeinem Grund schien der Franzose auf diese Zusicherung Wert zu legen, und sie war es ja auch, die die Tiere um den Preis ihres Lebens verteidigt hatte.

»Warum haltet ihr im Haus Schweine und keine Schafe und Ziegen wie andere Leute?«

»Die Schafe vertragen sich nicht mit den Schweinen. Die sind im hinteren Garten eingepfercht.«

»Das war keine Antwort auf meine Frage.«

Costanza schluckte. Mit Oberflächlichkeit ließ er sich nicht abspeisen. Aber auf keinen Fall würde jemand ihr entlocken, warum sie diese Schweine hielt. Mit einer wahrheitsgemäßen Antwort würde sie Gelächter, Hohn und Spott ernten. »Es sind besondere Schweine«, murmelte sie.

»Ich weiß. Französische. Hast du sie gestohlen?«

Verzweifelt schüttelte Costanza den Kopf.

»Und du willst sie um jeden Preis behalten?«

Costanza nickte störrisch.

Wider Erwarten schien er sich damit zufriedenzugeben und wandte sich zum Gehen. Costanza hielt den Atem an.

»Wie heißt du?«, fragte er.

»Costanza, Tochter des Wundarztes Santino Cataliotti.«

»Und wie lange lebst du schon hier?«

»Schon immer, Herr Cavaliere«, erwiderte Costanza. Mit jeder Frage wurde sie vorsichtiger. Dass sich die Krieger für das Hab und Gut der wehrlosen Einheimischen interessierten, war allmählich selbstverständlich geworden. Aber nur als Beute. Was wollte ein französischer Ritter von ihr? »Meine Familie war hier zu Hause, bevor die Normannen die Kathedrale gebaut haben.«

»Es ist gut. Sollte jemand anders deine Schweine beschlagnahmen wollen, sage ihm, dass sie dir auf meinen Befehl hin belassen werden. Das gilt für die ganze Kriegsmacht. Zwei eurer Schafe nehmen wir mit.«

Costanza verstand, dass er ihr aus völlig unbegreiflichem Grund ein Geschenk machte, und konnte vor Erleichterung nur noch nicken.

Guy Le Brun, wiederholte sie im Stillen, um seinen Namen ja nicht zu vergessen. Wer war er, dass er solche Macht hatte? Und warum ließ er ihrer Familie die Schweine, obwohl Franzosen doch Schweinefleisch bevorzugten? Trotzdem legte sich ihr Argwohn allmählich. Neugierig verfolgte sie, wie der Ritter einen Krieger von der Straße hereinwinkte und ihm einen Befehl erteilte.

Der Mann nickte, nestelte unter dem Gewand ein Stückchen Kohle hervor, ging wieder zurück und brachte an der Pforte ihres Anwesens ein Zeichen an. Das Zeichen, dass sie geschützt waren? Offenbar. Costanza lächelte den Ritter so dankbar an, dass sie sich fast schämte.

Währenddessen kamen im Laufschritt zwei unbewaffnete Knechte den Gartenweg herauf.

»Ich hole die zwei Schafe«, bot Turi sich an und rannte nach hinten, bevor der Befehlshaber widersprechen konnte.

Ja, sei nur recht liebedienerisch, dachte Costanza erbittert. Als Turi dann aber die beiden Tiere um die Hausecke trieb, erkannte sie widerwillig, dass er klug gewählt hatte. Natürlich waren es keine Mutterschafe, und sie waren auch nicht so jung und mager, dass sie den Franzosen einen Vorwand geliefert hätten, sich selbst zu bedienen.

Turi wollte den Knechten die Tiere übergeben, aber diese schüttelten den Kopf und winkten ihn zur Pforte weiter, während sie auf ihre Befehle warteten.

Costanza, die all diese Handlungen, für die offenbar keine Worte notwendig waren, verständnislos verfolgte, sah, dass der verhinderte Gewalttäter bleich geworden war. Ohne den Kopf zu wenden, schielte er zu den Kameraden und dann wieder zu Le Brun hinüber. Rückwärtsgehend, stieß er gegen den dickstämmigen Olivenbaum, der einzige zwischen Zitronenbäumen, der so alt war, dass niemand wusste, wann er gepflanzt worden war.

Le Brun nickte seinen Gefolgsleuten knapp zu.

Der eine warf die Schlinge eines Taus geschickt über einen hochsitzenden Ast und befestigte das andere Ende am Stamm. Die Schlinge war so behende über den Kopf des Fußknechts gestreift, der vor Angst wie gelähmte Mann in die Höhe gehoben und fallen gelassen, dass Costanza nur mit Mühe begriff, dass sie einer Hinrichtung beiwohnte.

Sie hörte die Wirbelsäule knacken, sah, wie das stoppelbärtige Kinn herabsackte, dem Mann die Zunge aus dem Mund fiel, blaurot wie eine reife Maulbeere, und er die Augen verdrehte. Eine Windböe erfasste seinen Körper und schob ihr seinen Rücken zu.

Als er wieder herumgeschwungen war, war er tot.

Entsetzlich, diese wortlose Tötung durch Bewaffnete, die die Gedanken eines Ritters lesen konnten. Während Costanza noch auf den Leichnam starrte, sah sie aus dem Augenwinkel, dass die Mutter inzwischen aus dem Haus gehuscht war und die kleinen Kinder einfing, die dem Hängen mit großen Augen zugesehen hatten. Stumm scheuchte sie sie hinein.

»Er versucht es nicht ein zweites Mal«, sagte Le Brun, schlug mit der Hand auf sein Schwert und schritt grußlos zur Gasse zurück.

Als das Trappeln der Pferdehufe leiser geworden und das Blöken der vielen auf verschiedenen Höfen konfiszierten Schafe nicht mehr zu hören war, ließ Costanza sich auf das spärliche Gras sinken.

Turi packte sie und schleifte sie ins Haus. Wütend wie eine Hornisse kam Costanza auf die Beine. Der Anblick der verstörten jüngeren drei Geschwister brachte sie sofort auf andere Gedanken. »Sch, sch«, machte sie und umfing Guglielmo, während die Eltern steif wie Standbilder nebeneinander auf der gemauerten Bank saßen. Mariannina, die Sechzehnjährige, fing Costanzas auffordernden Blick auf und nahm den vierjährigen Alberto in den Arm.

»Mein Mädchen«, schluchzte die Mutter und streckte eiskalte Hände nach Costanza aus. »Heilige Agata, wir danken dir für deinen Beistand.«

»Ja, Mutter«, sagte Costanza widerwillig und befreite sich von ihr.

»Mamma Rosalia, meinst du nicht, dass ihr eure wundersame Rettung vielmehr Costanza selbst zu verdanken habt?«, erkundigte sich Turi skeptisch.

Der Vater schreckte hoch. »Kein Wort gegen unsere Heilige«, brüllte er.

»Mach, dass du fortkommst!«, fauchte Costanza, der die Heilige völlig gleichgültig war. Sie war von Turi so bitter enttäuscht worden, dass sie ihn nie wiedersehen wollte. »Du hast jedenfalls keinen Anteil daran! Du hast untätig zugesehen, wie der Kerl drauf und dran war, mir Gewalt anzutun. Ein Franzose musste mich retten. Jetzt brauchst du mich nicht mehr zu verteidigen!«

Der junge Mann, den Costanza immer für einen Freund gehalten hatte, ließ seinen Blick über ihr Gesicht wandern, nachdenklich und mit vorgeschobener Unterlippe, wie immer, wenn er einer Sache auf den Grund zu gehen versuchte. »Erst will ich wissen, was mit diesen Schweinen los ist. Ohne Grund verteidigst du sie nicht mit deinem Leben. Woher hast du sie?«

Endlich war es ihm aufgefallen. Zu spät. Costanza zuckte gespielt gleichgültig die Schultern und schwieg eisern.

»Schweine, Schweine, was kümmern euch denn die dummen Tiere! Wir sind davongekommen«, schnaubte Santino, nickte seiner Frau herrisch zu, wippte auf die Füße und verließ die Küche. »Jemand soll den Toten herunternehmen.«

Rosalia schaukelte ihrem Ehemann hinterher.

Sie hörten die beiden auf der Außentreppe nach oben zu den Schlafräumen steigen. Turi warf einen auffordernden Blick auf Costanza, die die Kiefer zusammenpresste und nichts zu sagen beabsichtigte. Sie dachte gar nicht dran, ihm die Anwesenheit der Schweine zu erklären. Mit ihm war sie fertig.

Turi sprang zur Außentür und sah sich um.

Costanza, deren Augen ihm folgten, wusste, dass er sich nach Uberto, ihrem Bruder, umsah, der wieder einmal nicht anwesend war. Seine Aufgabe wäre es gewesen, seine Schwester in Schutz zu nehmen, die Schweine zu verteidigen und sich um den Leichnam zu kümmern.

Im Augenblick war ihr dies gleichgültig. Ihr war alles gleichgültig. Vor wenigen Stunden noch war es ihr selbstverständlich gewesen, Turi eines Tages zu heiraten. Sie liebte ihn, seitdem sie Seite an Seite den ersten Nasenheilungen zugesehen hatte, sowohl denjenigen ihres Vaters als auch denen von Turis Vater.

Jetzt nicht mehr. Turi hatte sie im Stich gelassen.

Dann kehrte Turi zum Verschlag der Schweine in die Küche zurück. Costanza wartete im Behandlungsraum. Lange hielt Turi sich nicht auf. Als er zurückkam, spiegelte sich Zorn in seinem Gesicht. »Für diese unterernährten Geschöpfe riskierst du dein Leben?«

»Es ist ja nichts passiert«, widersprach Costanza gespielt gleichmütig und klopfte sich Erdkrümel vom Kleid. »Wer kann schon seine Schweine in diesen unruhigen Zeiten zum Mästen in die Wälder schicken?«

»Einfältiges Gerede, Costanza«, platzte Turi erbost heraus. »Natürlich kann das niemand. Vernünftige Leute schlachten ihre Schweine, räuchern die Schinken und verstecken sie vor den Kriegern. Aber diese hellhäutigen Schweine sind offenbar für etwas anderes bestimmt. Du willst sie gar nicht zum Schlachten!«

Er wusste, was sie mit ihnen vorhatte. Ein wenig erleichtert, hörte Costanza ihm zu.

»Du hast vermutlich wieder einmal deinen Vater beschwatzt, sich wie ein Tölpel zu benehmen. So wie du es treibst, lieferst du ihn dem Gespött der Leute aus. Er wird es sich nicht gefallen lassen, Costanza Cataliotti, das kann er nicht! Du stellst dich gegen die Familie. Das muss dir klar sein!«

Costanza holte tief Luft. Wie hatte sie sich doch geirrt. Er hatte keine Ahnung! Und sie gestand Turi nicht das geringste Recht zu, sie zu maßregeln.

Aber wenn sie jetzt widersprach, würde sich daraus ein handfester Streit entwickeln. Das wollte sie nicht, sie wünschte nur noch, dass er ginge. Sie hob das Kinn um ein weniges und presste die Lippen zusammen.

»Dass du hinter eurer absonderlichen Schweinezucht steckst, sieht man schon daran, dass ihr euch nicht mit gewöhnlichen Schweinen begnügt«, setzte Turi seine Stichelei hartnäckig fort. »Nein, wo du befiehlst, muss es etwas Besonderes sein! Hast du sie von einem Franzosen bekommen? Hat dieser Le Brun sie dir deshalb gelassen? Und weiß jemand davon außer mir? Das Paktieren mit dem Feind ist gefährlich, glaub mir!«

Costanzas triumphierendes Lächeln schmolz weg. Seine Anwürfe waren eine Unverschämtheit!

»Rosa Schweine statt schwarzer sizilianischer! Die meisten Menschen denken übrigens mit dem Herzen, Costanza. Sieh zu, dass du nicht nur mit dem Kopf denkst!«

Doch, dafür war er da. Ihr war im Übrigen völlig gleichgültig, wie sie schmeckten. Die ungewöhnliche helle Haut machte ihren Wert aus, außerdem wuchsen auf ihr nicht so viele harte Borsten wie auf der schwarzen Schweineschwarte.

Turi sah sie noch einen Augenblick abwartend an, dann wandte er sich um und ging in den Garten, wo er bei dem Toten stehen blieb, der sich in der aufgekommenen Brise jetzt ständig drehte. »Ich nehme ihn nicht ab«, rief er. »Und du auch nicht, Costanza! Soll doch der Tunichtgut Uberto es machen!«

Costanza war es herzlich gleichgültig, wer den Toten herunternahm. Die Schweine mit der rosa Haut waren gerettet. Auf die Ähnlichkeit mit der Haut von Menschen setzte sie ihre ganze Hoffnung. Sie hatte nicht einmal ihr Geheimnis preisgeben müssen.

Dass die Schweine eines Morgens mit gefesselten Füßen im Garten einfach so dagelegen hatten, hätte sowieso niemand geglaubt. Eher würde es jedermann als Wunder erklären, dem lediglich entgegenstand, dass es natürlich keinen Heiligen gab, der sich der Fürbitten sonderbarer Frauen annahm. Costanza wusste, dass sie als sonderbar galt. An der Verbreitung dieses Rufs hatte vermutlich ihr Bruder Uberto einen beträchtlichen Anteil.

KAPITEL 2

Kind, Costanza, dein Starrsinn bringt uns noch alle ins Fegefeuer«, jammerte die Mutter, die am Herd wirtschaftete, mit den Töpfen klapperte und Holz in die Feuerstellen warf, die eine ganze Küchenecke einnahmen.

»Bisher nur einen Franzosen, Mutter.« Costanza war gerade aus dem Garten zurückgekehrt, wo der Leichnam nicht mehr am Baum hing. Möglicherweise hatte der Vater dem Faulpelz Uberto ein Geldstück zugesteckt, damit der den Toten fortbrachte. Wahrscheinlich würde dieser ihn außerhalb des Stadttors in die nächste Felsspalte werfen, statt ihn zu begraben.

Costanza schnitt eine Grimasse, als sie Uberto auf dem Wandbett entdeckte, die kurzen Beine lang von sich gestreckt. Er pfiff ihr ein freches Lied ins Gesicht.

Die ganze Familie war im Untergeschoss des Hauses versammelt, in dem sich der große Herd mit den Feuerstellen, der Schweinekoben, das gemauerte Wandbett für den ältesten Sohn, alle Öl- und Weinvorräte sowie die landwirtschaftlichen Geräte befanden, und schließlich, davon abgeteilt, der Behandlungsraum des Vaters.

Costanza ignorierte Uberto und schnupperte über die Töpfe. Es duftete herrlich nach Schwertfisch mit Oliven und Kapern. Die Osterwoche stand bevor. Am Ostersonntag würde es Zicklein geben.

»Wir müssen diese fremden Schweine schlachten, was denn sonst«, polterte Uberto, der sich oft herausnahm zu befehlen. »Bald weiß die ganze Stadt, dass ihr beide euch von den Franzosen für eure Dienste bezahlen lasst … Und ich nenne das Verrat, Vater!«

»Was fällt dir ein, Uberto«, brüllte Santino, der am Tisch in der Mitte des Raums saß, und schlug mit der flachen Hand auf das rauhe Holz. »Von welchem Verrat sprichst du? Und widersetzt du dich meiner Entscheidung?«

»Deine Entscheidung?«, schrie Uberto zurück, sprang auf und lief umher, gefolgt von den Blicken aller. Schließlich lehnte er sich an den Kasten aus geflochtenem Rohr, der mäusesicher die Vorräte von Trockenfleisch und Käse enthielt, und ließ die Faust rhythmisch auf den Deckel trommeln. »Deine Schweine etwa auch? Das weiß doch ein jeder, dass Costanza dich um den Finger wickelt. Und wenn du selbst es nicht merkst – die Leute tuscheln schon darüber, dass sie dich lächerlich macht. Heilerin will sie sein! Es gibt keine Heilerinnen, aber du duldest es. Was bist du nur für ein Vater! Wie soll ich das meinen Freunden erklären?«

Costanza verschränkte zornig die Hände auf dem Rücken. Als Kind hatte sie sich öfter getraut, Uberto zu ohrfeigen, wenn er unverschämt wurde, aber die Zeit war lange vorbei. Er war erwachsen und passte jetzt auf die Ehre seiner Schwestern auf. Nur dass sie selber in seinen Augen keine mehr hatte. Für ihn war sie aus der Art geschlagen, und zumeist ignorierte er sie einfach. Manchmal schlug er auch zu.

»Uberto, geh in den Hof, um dich abzukühlen«, befahl der Vater, der sich sichtlich bezähmen musste. »Dein Benehmen mir gegenüber ist ungehörig. Ich werde versuchen, es zu vergessen.«

»Gleich«, warf Uberto gleichgültig hin, um Costanza scharf ins Auge zu fassen. Sie hatte sich inzwischen auf die Bank gesetzt, drehte zum Zeichen des Verdrusses Däumchen und starrte ins Dachgebälk. »Zur Klärung, Schwesterchen: Wozu willst du diese komischen Tiere aufziehen? Warum bringst du die Cataliotti in Gefahr?«

Wie bisher wollte Costanza sich mit ausweichenden Antworten aus der Klemme ziehen. Überrascht sah sie jedoch ihren Vater grimmig nicken.

»Richtig«, sagte Santino. »Heraus mit der Sprache, Costanza. Lange habe ich in meiner Gutmütigkeit dein absonderliches Wesen und deinen Eigensinn geduldet, aber jetzt ist Schluss!«

»Habt ihr mich auf dem Feld aufgelesen? Oder warum bin ich denn so anders als ihr alle, dass ihr immer auf mir herumhackt?«, fragte Costanza erbittert.

Santino schüttelte gelangweilt den Kopf. »Davon ist jetzt nicht die Rede, Tochter. Was hast du mit den Schweinen vor? Warum verstecken wir sie im Haus? Wer hat sie dir gegeben?«

»Was, nicht einmal du weißt es?«, unterbrach Uberto seinen Vater, hämisch grinsend.

»Costanza?« Der Vater war unerbittlich, er ignorierte sogar seinen Ältesten, dem vor Wut der Kamm schwoll.

»Ich brauche ihre Haut«, stieß Costanza eigensinnig aus und blickte an den Männern vorbei.

Als Erste fasste sich ausnahmsweise die Mutter. Sie fuhr auf den Hacken herum, schwenkte den Kochlöffel, dass der Sud in alle Richtungen spritzte, und starrte ihre Tochter entgeistert an. »Ihre Haut? Kommt nicht in Frage! Die Schwarte ist für die Küche! Ich will mir gar nicht ausmalen, wie dürftig eine *Minestra verde* ohne Schwarte schmeckt. Und wären hundert Füße, Ohren und Köpfe enthalten!«

»Aber Mutter«, sagte Costanza abwehrend, »ich nehme dir doch keine Schwarte weg.«

»Nein? Warum willst du dann die Schweine für dich haben? Ich hatte gedacht, dass du endlich gemerkt hast, wo dein Platz im Haus ist«, bemerkte Rosalia spitz. »So wahr ich hier stehe, ich vermutete, dein nachgiebiger Vater duldet deine Sperenzien, weil es um ein besonderes Fleisch geht, das er mal kosten möchte! Diese mohrenköpfigen Missgeburten mit rosa Schärpe um den Bauch, als wollten sie zum Hochzeitstanz, müssen ja fetter werden als unsere eigenen. Aber redliche Kastanien reichen ihnen wohl nicht.«

»Sei still, Rosalia! Wie meinst du das, Costanza?«

»Nein, jetzt rede ich! Mir«, sprach Rosalia mit erhobener Stimme weiter, unbeirrbar in ihrer gewohnten Engherzigkeit, »reichen unsere schwarzen Schweine vollkommen. Ihr Fleisch ist lange haltbar, ohne ranzig zu werden. Glaubst du, Costanza, ich hätte nicht gesehen, dass Pasta und Fleisch aus meinen Töpfen verschwinden und im Trog landen? Rosa! Sind sie deswegen schöner und schmecken sie besser? Aber du bist ja nie zufrieden mit dem, was unser Herr für unsereinen vorgesehen hat, und mit dir wird es böse enden!«

Costanza verfärbte sich. Die Mutter hatte ihre kleinen Diebstähle sehr wohl bemerkt. Aber sie würde die Gründe dafür niemals billigen, wenn sie sie zu erklären versuchte.

»Costanza? Ich warte!«

Sie fuhr zu ihrem Vater Santino herum, der als Einziger am Tisch saß. »Die rosa Haut dieser Schweine, Vater, ist unserer sehr ähnlich. Wenn man die Haare abbalbiert, die ganz spärlich sind, und die Läuse entfernt, kann man sie kaum von unserer unterscheiden.«

Der Vater schwenkte sachte seinen Becher.

Waren ihre Worte gar nicht bei ihm angekommen? Costanza vergaß Mutter und Bruder, kniete sich auf die Bank und sprach nur noch zu ihm. Sie sprudelte von Ideen über, und er war der Einzige, mit dem sie sie disputieren konnte. Turi war schon deshalb ausgefallen, weil er als Konkurrent galt. »Stell dir vor, Vater, wir könnten den unglücklichen Männern, denen die Nase abgeschlagen wurde, ersparen, ihre Stirnhaut zum Abdecken der Nasenwunde zu opfern. Die Behandlungsdauer wäre viel kürzer, und es gäbe weniger Narben im Gesicht. Auch die Ehefrauen würden es uns danken.«

»Narben zieren Männer.« Trotzdem furchte Santino die Stirn, schüttelte den Kopf und zog schließlich die Schultern hoch.

Voller Begeisterung fuhr Costanza fort: »Stattdessen halten wir unsere kleinen Schweine mit der dünnen rosa Haut. Wenn ein Verletzter kommt, schneiden wir ihnen ein Stückchen vom Körper und kleben oder nähen es, wie wir es immer tun, über die Nasenwunde. Die Schweine können das bisschen Haut entbehren, das heilt wieder. Und wir entnehmen das nächste Stück Haut. Was hältst du von der Idee?«

»Ja«, sagte Santino unschlüssig. »Ich weiß nicht. Vater hat das nicht gemacht …«

»Diese Schweine sind uns unglaublich ähnlich! Sie essen das gleiche wie wir – Grünzeug, Maronen, Feigen, Zitronen, es darf auch mal Fleisch sein. Und Pasta, Mutter, ich habe es ausprobiert. Deswegen haben sie Zähne, die wie unsere aussehen«, fuhr Costanza feurig fort, »und wenn sie pinkeln und scheißen, ist das genau wie bei uns. Nicht wie bei Hühnern oder Enten …«

»Pfui, Costanza«, tadelte Rosalia streng. »Nichts ist wie bei uns Menschen! Kein Tier ist dem Menschen ähnlich! Fell und

Klauen sind Mutter Kirche ein Greuel, und du versündigst dich. Lass das nicht Pater Domenico hören. In diesen Tagen, da wir des Herrn am Kreuz gedenken, gehört sich dieses unfromme Gerede noch weniger als sonst.«

»Ach, ja, Pater Domenico! Vielleicht ist es für den Herrn im Himmel gar keine Sünde!« Gleich darauf biss Costanza sich vor Reue auf die Unterlippe. Sie hätte es nicht sagen sollen. Mutter hatte solche Frechheit nicht verdient. Ihre Welt war die Küche, die Worte waren es nicht.

»Wo das Huhn kräht und der Hahn schweigt, gibt es im Haus keinen Frieden«, warf Uberto verächtlich ein. »Egal, wie sie kacken!«

Santino ballte die Fäuste, sah aber seinen Sohn nicht an. »Du spaltest Gedanken wie andere Menschen Feuerholz, Costanza.«

»Und wie leicht landet man dann im Ketzerfeuer! Zehnmal länger als ein Gottesfürchtiger im Fegefeuer. Alte Bibelweisheit.« Uberto kicherte und blinzelte Mariannina, seiner kleinen Schwester, zu, die ihn ignorierte.

Recht so, dachte Costanza. »Und die, die nie Feuerholz spalten, kriegen zur Strafe die zehnfache Hitze ab. Auch alte Bibelweisheit.«

Uberto schlug hastig das Kreuz.

»Pater Domenico! Was weiß der schon von Schwertwunden! Du übrigens noch weniger, Uberto«, setzte Costanza in aller Ruhe die Auseinandersetzung fort. Diese ganze Diskussion, die Uberto angefangen hatte, passte ihr nicht. Ihr Bruder brachte weder einen Funken Interesse für die von ihrem Vater und ihr ausgeübte Kunst auf, noch konnte er sie in irgendeiner Weise würdigen. Nachdenklich betrachtete sie ihren gedrungenen Bruder. Mit seiner olivbraunen Haut und der gebogenen Nase stellte er das Gegenteil von ihr dar. Er schien sich allmählich sogar zu ihrem Gegner auszuwachsen. Mit einer unbesonnenen Äußerung in entsprechender Gesellschaft konnte er ihnen Schwierigkeiten bereiten.

»Was Costanza macht, bleibt unter uns, Uberto!«, sagte der Vater in scharfem Ton. »Verstanden?«

Er schien ähnliche Überlegungen zu wälzen wie Costanza, während er Uberto nicht aus den Augen ließ, der an den Feuerstellen entlangstolzierte, um besitzergreifend in die Töpfe zu spähen. Mutter Rosalia lächelte ihren vierundzwanzigjährigen Sohn an wie ein junges Mädchen einen geliebten Verlobten. Unverhohlen war er von allen Kindern ihr Liebling. Costanza hasste Uberto nicht dafür, wohl aber, weil er es immer wieder schaffte, der Mutter mit Kalkül Angst einzujagen.

Uberto knirschte vernehmlich mit den Zähnen. Dann sanken unvermittelt seine breiten Schultern herab. »Das ist ja nicht zum Aushalten«, sagte er übelgelaunt. »Ihr seid verrückt, alle beide! Ich wünschte, ich wäre der Sohn eines Fischers oder, noch besser, eines Adeligen. Ich gehe.«

Unter dem Schweigen von acht Familienmitgliedern verließ er die Küche.

»Ochsenfett mit Lammdarm«, murmelte Rosalia eigensinnig in die Töpfe hinein, »oder Stierhoden, mit Monatsblut einer jungen Frau vermischt, haben uns Frauen früher allemal ausgereicht, um Wehwehchen zu kurieren. Uberto hat recht. Lass die Hände von Dingen, die dir nicht zustehen, Costanza.«

Anstelle solcher Mittel konnte man auch gegen den Regen spucken, dachte Costanza rebellisch, während sie nach draußen lauschte. Nach einer Weile hörte sie das Hoftor in seinen hölzernen Angeln knarren. Sie freute sich, Uberto in die Flucht geschlagen zu haben.

Wenige Augenblicke später krachte Uberto wieder mit der Tür ins Haus. »Sie bringen einen Verletzten. Könnte sein, dass er ein Verwandter eines Ratsmitglieds ist, er wohnt in der Nähe des Teatro Romano, glaube ich«, flüsterte er warnend. »Sein weißes Hemd ist voll von Blutstropfen. Ganz sicher hat er sich mit einem Franzosen angelegt, der ihm sein Gold stehlen wollte.«

»Am Tag, an dem unser Herr den Kreuzestod erlitt?«, schrie Rosalia voller Entsetzen. »Schick ihn fort, Santino! Vergiss nicht, dass wir zur Prozession gehen wollen! Uberto hat verdient, dass wir ihn bei seinem frommen Werk wenigstens durch unsere Nähe unterstützen!«

Santino straffte sich. Sein Blick ging nach innen. Aller Streit und alle Sorgen waren vergessen, ebenso wie Rosalias Protest, er war wieder der berühmte Wundarzt, der Anweisungen traf. »Lass ihn hereinbringen«, befahl er. Und zu Costanza: »Frisches kaltes und kochend heißes Wasser, wie üblich. Und natürlich keine Schweinehaut.«

Costanza nickte. So schnell konnte sich ihr Vater nicht mit einer neuen Idee anfreunden, das hatte sie selbstverständlich gewusst. Aber der Anfang war gemacht. Widerspruchslos eilte sie nach nebenan, um im Behandlungsraum alles vorzubereiten, während die Mutter in einen Kessel spähte, kaltes Wasser auffüllte und dann Holz nachlegte. Mariannina schickte sie lautstark um frisches Wasser.

Jetzt kam es darauf an, mit Hilfe der in ihrer Familie seit Generationen überlieferten Methode eine abgeschlagene Nase so akkurat wiederherzustellen, dass das Leben für den einstweilen schrecklich Entstellten wieder lebenswert wurde. In ganz Sizilien waren die Cataliotti für diese besonderen Fähigkeiten als Heiler von Nasenwunden bekannt. Costanza war stolz darauf.

Mit dem klaren kalten Wasser aus dem Bächlein, das durch ihren Garten plätscherte, kam Costanza in den Behandlungsraum.

Zwei Männer hatten den Verletzten inzwischen auf das Wandbett gelegt, wahrscheinlich auf Anweisung des Vaters, der aber inzwischen wieder verschwunden war. Der ältere Mann wirkte leidend, in seiner Kehle gurgelte Flüssigkeit, und er hüstelte schwächlich.

Costanza griff sofort ein. »Richtet ihn auf«, sagte sie befehlsgewohnt. »Hört ihr nicht, dass der Verletzte sich bald verschlucken wird? Das Blut läuft ihm in die Kehle.«

»Cataliotti hat nichts dergleichen angeordnet.«

»Ist dir nicht klar, mit wem du sprichst?«, fragte der andere Begleiter, triefend vor Hohn.

Costanza stutzte. Bei genauer Betrachtung war der Verletzte kostbar gekleidet, die anderen beiden offenbar Diener. »Mit einem Knecht, schätze ich. Aber das spielt überhaupt keine Rolle. Würdet ihr bitte tun, was ich sage!«

»Er ist zu schwach zum Sitzen. Seine Nase ist zwar ab, aber ein Mann wie er ist trotzdem nicht gewohnt, sich Befehlen zu beugen.«

»Das sehe ich. Soll ich meine Brüder rufen, oder schafft ihr es, euren Herrn hinzusetzen und zu stützen?«

Die beiden wechselten missmutige Blicke, wagten aber offenbar nicht mehr, Costanza zu widersprechen. »Die Welt ist aus den Fugen«, murrte der eine leise. »Wir haben es nicht nur mit dem Schurken von Anjou zu tun, sondern auch mit Weibern, die befehlen wollen!«

»Kommt der Wundheiler Santino auch mal zurück?«, fragte der andere patzig.

»Er kommt gleich. Sobald er da ist, fangen er und ich an«,

stellte Costanza richtig, damit sich keine Irrtümer einschlichen.

»Ich glaube, wir hätten doch zu den Branca gehen sollen, was meinst du?«, bemerkte der besonders Unzufriedene. »Ich wusste nicht, dass hier ein Hühnchen herumspringt, das glaubt, gackern zu müssen.«

Männer sangen anscheinend immer das gleiche Lied. Costanza lächelte verächtlich und schwieg, so schwer es ihr auch fiel. Glücklicherweise kam gleich darauf ihr Vater herein und verhinderte, dass sie aus der Haut fuhr.

Santino warf einen Blick auf den Verletzten. »Oh, Tommaso Fallamonaca, ich hatte Euch gar nicht erkannt. Ich bedauere, dass Ihr bei den Feierlichkeiten nicht anwesend sein könnt«, murmelte er untertänig und verbeugte sich, obwohl sein Patient es sicher nicht wahrnahm. Die beiden Diener schickte er umgehend aus dem Raum.

»Schlafschwamm?«, fragte Costanza knapp. Die Wunde war eher klein, wie sie erkannte, nachdem sie die Blutspuren teilweise beseitigt hatte, aber ein Fallamonaca hatte Anspruch auf die bestmögliche Behandlung, das war ihr nach dieser Begrüßung klar.

»Ja.«

Costanza unterbrach ihre Tätigkeit, lief in die Küche, um das heiße Wasser zu holen, und brachte es zu dem Arbeitstisch im Behandlungsraum, an dem die Heilsalben zubereitet wurden. Die meisten dazu bestimmten Kräuter hingen in Bunden an Pflöcken unter den Deckenbalken.

Von der Vielzahl vorhandener Schlafschwämmchen wählte sie entsprechend der Wunde das kleinste aus, nahm es behutsam aus dem Aufbewahrungskasten und tunkte es in warmes

Wasser. Während sie beobachtete, wie es sich vollsog, ging ihr durch den Kopf, wie das Schicksal den Menschen mitunter so seltsam mitspielte.

Ihr Vater übte die Tätigkeit als Heiler seit seiner Jugend aus, nachdem er sie wiederum von seinem Vater erlernt hatte. Soweit die Familiengeschichte bekannt war, hatte immer ein Cataliotti als Spezialist für abgeschlagene Nasen gearbeitet. Uberto hatte sich jedoch mit Händen und Füßen gegen das Handwerk gewehrt, und der Vater hatte aufgegeben, ihn zwingen zu wollen.

Costanza war diejenige, die sich dafür interessierte. Gegen jeden Brauch hatte der Vater deshalb sie als seine Helferin ausgebildet. Hinzu kam, dass sie als widerspenstig galt und obendrein blond war. Auf ihr lastete ein Geheimnis, an das niemand zu rühren wagte. Sie war sich ganz sicher, dass der Vater sie sonst längst verheiratet hätte.

Der Schwamm hatte sich mit Wasser gefüllt und war auf den Boden der Schüssel gesunken. Costanza goss flink den Rest des Wassers in den Basilikumkübel vor der Tür und brachte dem Vater den feuchten Schwamm.

Santino hatte inzwischen das Blut gänzlich abgetupft und das Gesicht des Verletzten getrocknet. Man konnte jetzt sehen, dass die Nasenspitze glatt abgetrennt worden war. Es würde nicht sehr kompliziert sein, dem Mann ein akzeptables Aussehen zurückzugeben.

Santino zeichnete mit Kohle vor, wo er die Stirnhaut einritzen und bis auf einen schmalen Steg dünn abschälen würde, um den Hautlappen dann zu drehen und schließlich über die verletzte Nasenspitze zu breiten.

»Wäre es in diesem Fall nicht besser, die Haut aus der Wange zu nehmen?«, fragte Costanza unbedacht. »Sie ist der Nasenspitze näher, und die Wunde wäre erheblich kleiner ...«

Vater Santino hörte zerstreut zu. »Wir machen es wie immer«, murmelte er.

Fallamonaca saß hochgestützt, so dass das Blut von Stirn und Nasenspitze tropfen konnte, und war wach, wenn auch in leidender Pose. Costanza legte ihm das Schwämmchen mit dem Schlafmittel unter die Nase und über die geöffneten Lippen. Sie behielt ihn im Auge, während ihr Vater die Schärfe des Schneidemessers überprüfte.

»Jetzt«, sagte sie, als der Mann erschlaffte. Er atmete langsam und gleichmäßig.

Eile war geboten, weil man die Wirkung des Schlafschwamms nie genau berechnen konnte, selbst wenn er bereits zweimal benutzt worden war. Vielleicht war der Verletzte ja besonders geschwächt.

Der Vater umschnitt geschickt das Stück Stirnhaut, mit dem er die Nasenspitze bedecken würde, ließ oberhalb der Nasenwurzel eine Hautbrücke stehen und klappte die Haut um. Costanza schob zwei gesäuberte, ausgehöhlte Schilfröhrchen in die Nasengänge und klebte sie mit Bröckchen von Mastix, dem Harz des Pistazienbaums, fest. Dann half sie dem Vater, das Hautstück glatt über die Wunde zu ziehen und auf der aufgerauhten, etwas blutenden Wangenhaut zu befestigen.

Der Mann gab einen tiefen Seufzer von sich.

»Gerade zur rechten Zeit«, bemerkte Costanza und entfernte das Schwämmchen.

»Jawohl.« Zufrieden wischte Santino sein Messer sauber, während Costanza ein paar Blutstropfen aus dem Gesicht tupfte, das jetzt begann, die Konturen eines wachen Menschen anzunehmen. »Es müsste mal wieder geschärft werden ...«

Costanza betrachtete Tommaso Fallamonaca nachdenklich. Der Mann hatte eine so braungebrannte Haut, dass an ihm rosa

Schweinehaut fehl am Platz gewesen wäre, die der gewöhnlichen schwarzen Schweine allerdings auch. Außerdem galt es zu beachten, ob aus einer solchen Haut womöglich anschließend Schweinsborsten wuchsen. In dem Fall wäre ihre Idee, die sie hervorragend fand, bereits gescheitert.

»Diesen Fall hättest du selbstverständlich allein behandeln können – an einer anderen Nase«, sagte Santino mitten in ihre Überlegungen hinein.

»Ganz sicher«, stimmte Costanza zu. »Aber wieso an einer anderen Nase?«

»Nun, nicht gerade an der eines ehrenwerten Fallamonaca.«

»Ach so.« Costanza war zwar nicht einverstanden, aber es war selten, dass der Vater ihr Können überhaupt zur Kenntnis nahm. Das allein machte sie stolz und dankbar. »Ich habe das Schneiden und Drehen von Hautlappen verschiedener Größe an Mutters Schlachthühnern erprobt. Ich könnte auch ausgedehnte Verletzungen behandeln.«

»Du hast was?« Das Kinn des Vaters bebte vor Erregung.

Zu spät bemerkte Costanza, dass sie das Geheimnis besser für sich behalten hätte. Sie hatte nichts Besonderes in ihren harmlosen Experimenten gesehen. Die Mutter hatte angesichts Costanzas untauglicher Hilfe bei der Essensvorbereitung den Kopf geschüttelt, sie wegen ihrer Tolpatschigkeit gescholten und die heilige Agata um Geduld angerufen. Dann hatte sie Costanza gezeigt, wie man klein gehackte Oliven, Zwiebeln und Kräuter sachkundig zwischen Haut und Fleisch eines Huhns zu schieben hatte. Wie leicht zuweilen Haut zu lösen ging, war ihr wie ein Wunderwerk vorgekommen.

»Hühner drehen?«, wiederholte der Vater entrüstet.

»Nicht die Hühner. Die Haut! Ich habe gehört, dass der

Stauferkaiser Friedrich viele Experimente gemacht hat. Unter anderem hat er einem Menschen den Magen aufschneiden lassen, um zu erfahren, wie stark der Magen nach dem Essen gefüllt ist«, verteidigte Costanza sich. »Solche Dinge gehören einfach zu unserer Kunst dazu!«

»Du bist kein Kaiser! Mir stehen solche Fragen nicht zu und dir schon gar nicht«, schnaubte der Vater.

»Doch«, widersprach Costanza, nicht ohne Respekt, aber unbeirrbar. »Wenn man wissen will, wie sich Dinge verhalten, muss man ihnen auf den Grund gehen. Ob man Kaiser ist oder Wundheilerin.«

»Du bist keine.«

So gut wie, dachte Costanza eigensinnig. Und sie würde besser werden als der Vater. Das würde sie ihm selbstverständlich niemals sagen. Trotz allem hatte sie hohe Achtung vor seiner Kunst. Er war ihr bewundertes Vorbild.

»Hühner aufschneiden«, wiederholte der Vater mit deutlichem Abscheu, »und rosa französische Schweine, um aus ihnen Haut herauszuschneiden. Nein, Costanza, das ist gegen Gottes Gebot, es ist widerwärtig, so etwas machst du in meinem Haus nicht! Hast du mich verstanden?«

Costanza schwieg trotzig. Da der Vater wie erstarrt vor Kummer auf ihre Antwort zu warten schien, nickte sie schließlich widerwillig und kreuzte hinter dem Rücken die Finger.

»Du kannst jetzt die Diener des ehrenwerten Tommaso Fallamonaca hereinholen«, sagte Santino und zog sich in die Küche zurück, in der die Schweine grunzten, sobald sie ein Familienmitglied wahrnahmen, von dem sie sich Leckerbissen versprachen.

»Soll ich dein Messer schärfen, Vater?«, rief Costanza hinter ihm her.

Er wandte sich um und lächelte sie an, wieder versöhnt. »Ja, und die anderen auch, wenn du schon dabei bist.«

»Das mache ich«, sagte Costanza erleichtert. Die anderen: Das waren seine Wurfmesser. Zur Jagd, wie andere ihrer Gesellschaftsschicht, ritt der Vater nicht, denn seine Arbeit war blutig genug, stattdessen übte er sich im Messerwerfen. Es schärfe seine Zielgenauigkeit, die er im Beruf brauche, behauptete er.

Wie gewohnt überprüfte sie mit einem letzten Blick den Zustand des Verletzten. Seine Gesichtshaut musste rosig sein und die Atmung ruhig gehen, sonst hätte sie ihn nicht aufstehen lassen.

Mit Fallamonaca war alles in Ordnung. Allerdings wollte er mit ihr offensichtlich nichts zu tun haben, denn er schloss die Augen, als sie ihn ansah. Na ja, sie konnte ihn auch nicht leiden.

Die beiden Bediensteten bummelten gelangweilt im Garten umher und traten herabgefallene, schimmelige Zitronen in das plätschernde Bächlein.

Frisches, süßes Wasser, noch dazu auf dem eigenen Grundstück, war in Catania von unschätzbarem Wert. Costanza packte der Zorn, als sie sah, was die Kerle sich erlaubten. Irgendein Cataliotti hatte vor langer Zeit die Klugheit besessen, sein Haus an einer Stelle zu bauen, an der Wasser aus einer Erdspalte lief, und glücklicherweise war es nach dem letzten Erdbeben nicht versiegt wie andernorts. Sie achtete stets darauf, dass das Wasser auch für die Nachbarschaft weiter unten am Hang genießbar blieb, und darin war sie hartnäckig, auch wenn Vater und Mutter über ihre Marotte schmunzelten und die jüngeren Geschwister mitunter abgenagte Knochen in den Bach warfen, um sie zu ärgern.

Statt die Diener höflich ins Haus zu bitten, gab sie ihnen nur einen Wink und wollte wieder ins Haus zurückkehren. Darauf riss der eine den Sack, der an einem Zitronenbaum gelehnt hatte, in die Höhe und schwenkte ihn einladend.

Die Bezahlung für ihre Mühe. Wenigstens besaß Tommaso Fallamonaca Anstand. Während sie sich näherte, holte der junge Mann ein zappelndes Hühnchen aus dem Sack. Mit schlohweißem Gefieder und heller Haut.

Costanza brach in spöttisches Gelächter aus, nachdem sie das Tierchen besichtigt und seine Federn sanft auseinandergepustet und für in Ordnung befunden hatte. Muskeln unter der Haut konnte sie kaum ertasten, die mussten erst angefüttert werden. Die Männer machten beleidigte Mienen, aber darum kümmerte sie sich nicht.

Später, als Vater Santino gewaschen und in schwarzer Trauerkleidung, die dem Karfreitag angemessen war, die Treppe herabstieg, fragte Costanza: »Wusstest du, dass unsere Dienste den Fallamonaca nicht mehr als ein mageres Hühnchen wert sind?«

»Das konnte man sich denken«, sagte Santino verärgert. »Sie sind geizig. Aber niemand will sich mit ihnen anlegen, dazu haben sie zu viel Macht in der Stadt. Ruf mein Eheweib, damit wir uns auf den Weg machen.«

»Mutter ist mit den Kindern schon fort«, sagte Costanza bekümmert. »Sie wollte den Zug der Mysterienstatuen keinesfalls versäumen.«

Der Vater erstarrte. »Sie kann nicht allein gegangen sein. Das tut sie mir nicht an.«

»Sie war in Begleitung von Uberto.«

Der Vater warf eine Hand zornig in die Höhe. »Uberto! Uberto! Der darf als Mitglied der Familien der Wundheiler von Catania eine Statue tragen helfen, der kann nicht auf sie aufpassen.«

»Ich glaube nicht …«

»Ich glaube doch«, schnaubte der Vater. »Es schickt sich nicht! Was sollen die Leute sagen, wenn Rosalia Cataliotti, frommes Eheweib des Santino Cataliotti, allein durch die Straßen streift!«

»Wir beeilen uns, Vater«, versuchte Costanza ihn zu beschwichtigen. »Im Nu werden wir unsere ganze Schar entdeckt haben.«

»Wir? Ich. Du wirst nicht mitkommen!«

»Aber …«, stammelte Costanza verstört. Es hatte noch nie einen Karfreitag gegeben, an dem sie nicht gemeinsam zur Prozession gegangen wären. Sie liebte das Geräusch der heranschlurfenden Füße der Männer, die die Marienstatue und andere Heiligenfiguren schleppten, ihre weißen Kutten, die mit einem Strick festgehaltenen Kopfbedeckungen und die uralten Gesänge. Und die Trommeln, die einen erhabenen Takt schlugen.

Santino schüttelte nachdrücklich den Kopf. »In diesen unsicheren Zeiten muss jemand Haus und Hof bewachen. Und du verstehst dich anscheinend gut auf Franzosen.«

KAPITEL 3

Der Ostersonntag war für Costanza trauriger als der Karfreitag. Am Nachmittag des Sonnabends hatte Uberto zusammen mit dem Osterzicklein eines ihrer Schweine geschlachtet, ohne dass jemand es auch nur für nötig befunden hatte, ihr dies mitzuteilen.

Allein die Menge des Fleisches, das bis zur Verarbeitung in Kesseln lagerte, machte Costanza darauf aufmerksam, und da erst fand sie an diesem arbeitsreichen Tag die Zeit, sich um ihre Schweine zu kümmern. Tatsächlich fehlte im Verschlag das größte.

»Ich bereite Zicklein an Spießchen zu, was wir viele Jahre nicht hatten, und dazu brauche ich Bauchspeck vom Schwein«, bemerkte Mutter Rosalia kühl. »Das weißt du natürlich nicht, weil dir für eine gute sizilianische Tochter alles fehlt.«

Costanza brachte kein Wort heraus.

Später sah sie, wie die Mutter mit Marianninas Hilfe Zickleinfleisch mit Knoblauch spickte, es mit dem Bauchspeck ihres Schweins umwickelte, auf dünne Olivenstöcke aufzog und mit einer Tunke aus Olivenöl und Essig bestrich. Als die Spieße auf dem Rost lagen, besprengte Mariannina sie in regelmäßigen Abständen mit Hilfe eines Rosmarinsträußleins mit der Ölmischung.

Das Zickleinfleisch war gar, als der Speck verkohlt war. Die

Mutter schälte die Reste flink ab und warf sie ins Feuer. Costanzas kostbares Schwein war gestorben, um als Kohle zu enden. Ihr schmeckte das Osteressen bitter wie Gallensaft.

»Ach, Uberto, wie schön hast du in der Prozession ausgesehen, dein Herz glühte so sichtlich vor Frömmigkeit«, schwärmte Rosalia plötzlich, während sie genießerisch an einer Knoblauchzehe lutschte. »Das erwärmt jeder liebenden Mutter das Herz.«

»Sicher«, nickte Uberto mit vollem Mund. »Aber eigentlich habe ich hauptsächlich geschwitzt. Es war Sklavenarbeit, Mutter, und man ist dankbar, wenn das Ende des Weges naht!«

Nicht einmal den Glauben an seine Frömmigkeit ließ er der Mutter. Costanza zog es vor Empörung die Kehle zusammen.

»Ich gehe im nächsten Jahr auch in der Prozession mit«, verkündete der zehnjährige Guglielmo.

»Ich auch. Ich werde eine Nonne sein«, schloss sich Mariannina an.

Mutter Rosalia nickte beiden Kindern selig zu. Und Costanza fühlte sich ausgeschlossen wie noch nie.

Am dritten Tag nach der Nasenbehandlung kam Tommaso Fallamonaca auf einer feingliedrigen falben Stute angeritten. Ein Diener führte sie am Kopfhalfter, und einige Kinder sprangen ihnen hinterher, in der Hoffnung auf ein paar Münzen. Zweifellos hatte er die Länge der Hauptstraße zwischen Kathedrale und Stadtpforte durchquert, um gesehen zu werden.

Costanza, die über die Mauer lugte und ihn beobachtete, lächelte spöttisch. Eitler Kerl!

Vor der Pforte ließ sich Fallamonaca vom Pferd heben und schritt mit hochmütiger Miene durch den Garten zum Behandlungsraum. Mit abgewandtem Gesicht ignorierte er Costanza.

Kurz danach – Costanza stand noch unschlüssig an der Treppe, die nach oben zu den Wohnräumen führte, weil sie nicht wusste, ob der Vater sie für eine Handreichung benötigen würde – stürmte Uberto in den Garten.

Atemlos stieß er hervor, dass jetzt in den äußeren Bezirken der Stadt geplündert würde, vor allem um die Santa Maria della Rotunda herum, wo einfachere Leute in den *casalini* wohnten, bis zur Porta della Judeca, hinter der das Hügelland begann. Gegen den erbitterten Widerstand der Bewohner beschlagnahmten die französischen Krieger die in den Gärten versteckten Ziegen und Schafe. »Aber bei den Reichen in der *civitas* an der Kathedrale werden sie auch wieder ankommen. Wetten?«, frohlockte er. »Die haben immer noch Vorräte von Gold und Tafelgeschirr, und warum sollen andere leiden und nicht sie?«

Fallamonaca erschien im Eingang des Behandlungsraums und hörte Uberto mit ausdrucksloser Miene zu.

»Oh, Verzeihung, Signore«, rief Uberto, riss sich die runde bäuerliche Kappe vom Kopf und verbeugte sich untertänig.

Fallamonaca betrachtete ihn mit eisigem Blick und kehrte dann wortlos in den Behandlungsraum zurück.

Uberto warf dem Adeligen eine böse Geste hinterher. »Mistkerl«, blaffte er verhalten und zog Costanza mit sich, bis sie außerhalb der Hörweite des Behandlungsraums an der Ölpresse angelangt waren. Er entledigte sich des Halstuchs, das ebenfalls zu seiner Verkleidung als Bauer gehörte, wenn er unauffällig durch die Stadt streifen wollte.

Costanza wartete mürrisch, dass ihr Bruder endlich sagte, was er wollte. Sie nahm dem hinterhältigen Kerl immer noch übel, dass er ihr Schwein geschlachtet hatte. Er, der sonst nichts tat.

»Die Stimmung wird immer gereizter. Wir Catanesi wehren uns, und die Fußknechte stechen zu. Es gibt schon die ersten Toten.«

»Na, fein«, sagte Costanza verständnislos. »Dann pass auf, dass nicht jemand auf dich einsticht. Und mit dem städtischen Adel würde ich mich auch nicht anlegen.«

»Ich weiß mich meiner Haut schon zu wehren«, prahlte Uberto. »Wir haben …« Ohne seinen Satz zu vollenden, schlenderte er um die Ecke zurück und zur Pforte, wo Fallamonacas Diener soeben mit der Stute zurückgekehrt war, die er umhergeführt hatte.

»Was habt ihr?«, rief Costanza hinter ihm her und wusste immer noch nicht, was das Ganze sollte.

Vermutlich nichts. Er war ein Großmaul. Geschützt durch die Hausmauer spähte sie Uberto nach. Er hielt ein Schwätzchen mit Fallamonacas Knecht, lachte dröhnend und schlenderte dann Richtung Kathedrale.

Costanza zuckte die Schultern und ging leise zum Behandlungsraum hinüber, wo Fallamonaca sich auf einem Hocker sitzend untersuchen ließ. Der Vater signalisierte ihr, dass er sie nicht brauche, und sie blieb am Türholm als Zuschauerin stehen. Da Fallamonaca sie ignorierte, konnte er sie nicht fortscheuchen.

Nach einer Weile nahm sie irgendwo Stimmengemurmel wahr. Im gleichen Augenblick drängte einer von ihren kleinen Brüdern an ihr vorbei und rief aufgeregt nach dem Vater.

»Geh du«, befahl Santino seiner Tochter. »Oder ist Uberto noch zu Hause? Ich hatte ihn gebeten, die Stimmung in der Stadt zu erkunden.«

»Das macht er bestimmt. Bewahrt es ihn doch davor, Fallholz aus dem bischöflichen Wald zu holen oder es gar für Mutter zu spalten.«

»Verschwinde!«

Als Costanza am Tor anlangte, erkannte sie zu ihrem Schrecken, dass draußen eine Horde französischer Krieger herumlümmelte. Wer nicht sein Pferd im Rinnsal tränkte, spähte über die Mauer und interessierte sich anscheinend brennend für ihr Anwesen.

Plünderung!

Sie wollte zurücklaufen, schreien, bekam aber weder einen Fuß vom Boden noch einen Ton heraus. Stattdessen entdeckte sie, dass die Aufmerksamkeit zweier Ritter dem Zeichen am Tor galt. Nach kurzer Diskussion sprangen sie vom Pferd und schickten sich an, ihren Gartenweg zu betreten.

»Halt!«, rief Costanza, die sich endlich gefangen hatte, und breitete die Arme aus, um den Männern den Weg zu versperren. »Dieses Anwesen steht mitsamt seinen Einwohnern und allen Tieren unter dem Schutz des Cavaliere Guy Le Brun!«

Offensichtlich wurde ihre Person jetzt erst wahrgenommen. »Monsieur Le Brun?« Die beiden Franzosen starrten sie ungläubig an und begannen eine schnelle Konversation miteinander.

Schließlich reichte es ihr, sie lief zur Pforte, klopfte mit dem Zeigefinger beharrlich neben Le Bruns schwarzes Zeichen und wiederholte ihre Worte langsam und überdeutlich, als hätte sie es mit Geistesgestörten zu tun.

»Lass gut sein! Wir haben dich ja verstanden«, brummte einer der Ritter griesgrämig auf Italienisch.

Costanza verstummte verdutzt.

Die Geste des älteren Ritters ließ Knechte und Knappen, die inzwischen von den Pferden abgesprungen waren und ihre

Spieße und Hauschwerter bereitgemacht hatten, wieder aufsitzen. Sie murrten hörbar.

Erleichtert sah Costanza sie in Richtung der neuen Stadtmauer traben. Auf dieser Seite des steinigen, unebenen Feldweges gab es nur noch das Anwesen der Pesce, über das zwei mächtige alte Pinien wachten, dann die Cappella Bonajuta und ihr gegenüber das Haus der Branca, wie ihr eigenes in der Mitte eines großen Gartens.

Die Pesce hielten sich wahrscheinlich in ihrem Stadthaus auf, wo es sicherer war. Die Dienerschaft würde deren wenige Ziegen und Schafe nicht mit ihrem Leben verteidigen. Ihnen würde wahrscheinlich nicht viel mehr als den Cataliotti passieren. Und die Branca hatten als Heilkundige vermutlich das gleiche Schutzzeichen am Tor wie die Cataliotti.

Der von Lavamauern eingefasste Weg schlängelte sich zwischen den alten Gärten hindurch, in denen Zitrusbäume, Olivenbäume und Weinstöcke wuchsen. Kurz vor dem Stadttor im neuen Stadtmauerabschnitt traf er auf die Hauptstraße, die als Landstraße nach Aci Castello weiterführte. Aber so weit konnte Costanza gar nicht sehen. Sie atmete auf, als die Männer hinter der Wegbiegung verschwunden waren.

Während sie noch halbherzig lauschte, ob es ungewöhnlichen Lärm gab, entdeckte Costanza, dass sie ihren Sieg als Triumph empfand. Es war ihr ganz allein gelungen, die Feinde in die Flucht zu schlagen.

Bei den Pesce blieb alles ruhig.

Augenblicke später beschloss Costanza, den Vater endgültig mit einer Frage zu konfrontieren, die sie seit langem quälte. Einmal musste er ihr ja Auskunft geben. Bisher war er stets ausgewichen.

Fallamonaca schritt gerade grußlos aus dem Behandlungsraum, als sie hineineilte, und sie ignorierte ihn ebenfalls.

Vater Santino war dabei, Salben und Verbandsmaterial beiseitezuräumen und die Instrumente an die Pflöcke in der Wand zu hängen. »Was gab es?«, erkundigte er sich.

Costanza lächelte grimmig. »Franzosen. In der Tat hat Le Bruns Zeichen am Tor sie davon abgehalten, uns zu belästigen. Ich frage mich, warum ...« Als sie seinen Namen aussprach, lief ein Schauer durch ihren Körper. Guy hatte ihr gefallen. Mit welch kühler Überlegenheit er den Mann bestraft hatte, der ihr Gewalt hatte antun wollen! Schade, dass sie ihn nicht wiedersehen würde. »Jetzt sind sie wahrscheinlich bei den Pesce und holen die Ziegen ab. Oder schon auf dem Weg in ihr Feldlager.«

»Vielleicht hat der Mann vermerkt, dass hier ein Wundheiler wohnt, der zu schonen ist. Auch ein Franzose könnte in Zeiten des Krieges einen benötigen.«

Costanza zuckte ausnahmsweise friedfertig die Schultern. Es konnte sein. Aber so wichtig war es wiederum auch nicht. »Vater«, begann sie, »gibt es irgendetwas, was mich betrifft und was ich wissen müsste?«

»Nein, warum?«

Ein Schweißtropfen rann zwischen Costanzas Schulterblättern herab. Der Vater wirkte unbeteiligt, derart fern von dem, was ihr selbst Sorge bereitete, dass es ihr peinlich war, sich näher zu erklären. »Ich bin so anders als ihr alle«, sagte sie tapfer. »Nicht nur im Aussehen. Auch sonst. Ich bin in jeder Hinsicht aus der Art geschlagen. Manchmal habe ich schon geglaubt, dass ich zu einer anderen Familie gehöre und ihr mich aus Mitleid aufgenommen habt, weil ich hässlich bin. Verbergt ihr etwas vor mir?«

»Dummes Zeug!«, schnaubte Santino. »Es gibt nichts zu verbergen. Du bis meine und Rosalias Tochter, das kann ich vor Gott und der heiligen Agata beschwören.«

Costanza überlegte eine Weile. Vielleicht lag das, was sie beunruhigte, schon länger zurück. »Was ist mit meinen Großeltern?«

»Was soll mit ihnen sein?«

Sie waren jetzt zwar tot, aber Costanza hatte sie mit Ausnahme von Mutters Vater, der vor ihrer Geburt einen tödlichen Unfall erlitten hatte, noch kennengelernt. »Sie waren alle dunkelhaarig«, wandte sie hartnäckig ein, »ebenso wie ihr beide und meine Geschwister. Ich kann mir nicht denken, dass eines unserer kurzbeinigen Schweine mit Hängeohren und rosa Bauchbinde jemals ein Ferkel mit Stehohren, borstiger, dunkler Haut und langen Beinen hervorbringen könnte. In den Kastanienwäldern gibt es nur dunkle, hochbeinige.«

»Schick deine rosa Schweine in den Wald zur Mast, und sie werden braun wie Kastanien werden und vom vielen Laufen lange Beine bekommen. Schweine sind Schweine.«

Costanza schüttelte eigensinnig den Kopf. »Ich esse die gleiche Pasta mit Tintenfisch wie die übrige Familie. Habe ich davon schwarze Haare bekommen?«

Santino zuckte mit den Schultern. »Ich kann dir nicht helfen, Tochter. Ich weiß es nicht. Dass ein Familienmitglied aus der Art schlägt, kommt vor, das hat es schon immer gegeben, damit musst du dich abfinden.«

Aber seine Augen wichen Costanza aus. Und überzeugend wirkte er auch nicht.

»Übrigens muss ich mich jetzt beeilen«, sprach er, hängte eine Schüssel an den Wandhaken und marschierte auf seinen kurzen krummen Beinen hinaus. Zum alten Dom, wie Costanza mit gespitzten Ohren ihn zu jemandem im Garten sagen hörte. Was gab es denn dort? Was machte ein Mann, der zur Kathedrale eingepfarrt war, am Ostermontag in Sant Agata Vetare?

Dass der Vater jetzt außer Haus war, passte Costanza gut. Wo sie schon einmal dabei war, wollte sie konsequent weitermachen. Vielleicht ließ sich die Mutter ausnahmsweise leichter aushorchen.

Mit einem Armvoll Anmachholz betrat sie die Küche, in der die Mutter an den Feuerstellen wirtschaftete. Mariannina half beim Kochen mit der ihr eigenen Sorgfalt, die Zunge zwischen den Zähnen.

Als Costanza die Scheite abwarf, sagte die Mutter, die in einem Topf auf dem Herd rührte, erfreut: »Danke, Uberto. Ich wusste gar nicht, dass du wieder zurück bist.«

»Er ist nicht zurück, Mamma«, widersprach Costanza und sog genießerisch den Duft von Knoblauch ein, der aus dem Topf stieg, während sie das Holz in den Hohlraum unter dem Herd aufzuschichten begann.

»Oh.« Rosalia drehte sich überrascht um. »Du.«

»Ja, nur ich.« Costanza sprang auf und inspizierte eine Schüssel, in der weißliches Fleisch in geschlagenen Eiern ruhte. »Glatthai. Lecker. Hatten wir schon lange nicht mehr.«

Die Mutter stieß einen Seufzer aus. »Waffengänge sind nie erfreulich. Selten haben die Besiegten etwas davon. Eine Ausnahme ist dein Vater. Sein Gewerbe ist, der heiligen Agata sei Dank, im Krieg in mehrfacher Hinsicht nützlich. Er hat in aller Frühe Fisch gekauft …«

Costanza schluckte. Das war ungerecht, und Mutter wusste es.

»Es bringt nicht nur Geld ins Haus, sondern in gewissem Umfang auch Schutz«, fuhr Rosalia fort. »Ich habe gehört, dass uns ein Zeichen am Tor gegen die Franzosen geholfen haben soll ...«

Das war zu viel für Costanzas Stolz. Ihr Anteil an den Ereignissen wurde offenbar gar nicht wahrgenommen. »Das hat es. Aber es handelt sich um *unser* Gewerbe, Mutter«, verbesserte sie, hartnäckig wie immer, wenn es um dieses Thema ging. »Es ist Vaters und mein Gewerbe.«

»Du weißt, ich möchte davon nichts hören!«

»Ja, ich weiß. Aber das ändert nichts daran, dass auch ich als Wundheilerin zum Unterhalt der Familie beitrage.«

Die Mutter mahlte mit den Zähnen und kniff die Lippen zusammen.

»Es stimmt doch, Mutter, oder nicht?«, erkundigte sich Mariannina und drängte sich zwischen sie und den Herd, um ihr ins Gesicht schauen zu können.

Costanza ließ der Mutter keine Zeit zu antworten, wahrscheinlich wäre sie sowieso ausgewichen. »Warum bist du so dagegen, obwohl es mein größter Wunsch ist, als Wundheilerin zu arbeiten? Es ist ein Teil meines Kummers, dass ich anders bin als ihr alle, Mutter. Vater hat angedeutet, dass mit meiner Herkunft etwas nicht stimmt«, behauptete sie tollkühn.

Rosalia schnellte zu ihr herum. »Was hat er?«, schrie sie. »Wie kann er wagen, mir Untreue vorzuwerfen? Wo ist der Mann?«

»Nein, nein, das hat er nicht!«, rief Costanza, die begriff, dass sie schleunigst die Wogen glätten musste. Andernfalls konnte sie das Thema gleich vergessen. »Lass uns allein, Mariannina, bitte!«

»So? Warum lügst du mir dann etwas vor?«, fuhr die Mutter unbeherrscht fort, bevor Mariannina noch ganz draußen war.

»Das tue ich doch gar nicht! Es ist ein Missverständnis! Er wirft nicht dir etwas vor. Vielleicht seinen eigenen Eltern? Ich weiß es ja eben nicht.«

Rosalia wandte sich wieder den Töpfen zu und begann erneut zu rühren, war aber weiterhin verärgert. »Ich glaube eher, dass er sich seiner Familie nicht ganz sicher ist. Santinos Großmutter hatte … einen gewissen Ruf.«

»Ja?«, fragte Costanza ermunternd.

»Man konnte sie als junges Mädchen nicht bändigen. Immer eine Blüte im Haar, soll sie den jungen Burschen mehr Blicke zugeworfen haben, als für sie gut war. Mehr weiß ich nicht.«

Costanza nickte enttäuscht.

»Bei uns dagegen war alles in Ordnung«, behauptete Rosalia in selbstgerechtem Ton. »Wir waren eine gutgestellte Familie in der Stadt Catania, die den Respekt aller Nachbarn genoss. Meine Mutter Maddalena hätte an jedem Finger zehn Freier haben können. Sie hat sich aber für meinen Vater Jacopo entschieden, der so früh verunglückte. Gottlob verarmte sie trotzdem nicht, denn sie verstand es, sparsam zu wirtschaften.«

»Wie verunglückte er denn?«, fragte Costanza ohne großes Interesse, aber sie wollte das Gespräch in Gang halten. Vielleicht fiel der Mutter ja noch etwas Brauchbares ein.

»Ich weiß es nicht. Vielleicht war es ein Steinschlag von der Burg in Aci Castello.«

»Warum weißt du nicht mehr darüber?«

»Ich bin nicht dumm, wie du denkst«, antwortete Rosalia beleidigt. »Niemand weiß es. Sie haben es nie herausbekommen. Vater Jacopo, der Herr sei ihm gnädig, wurde tot am Fuß der Burgmauer gefunden, nachdem er einen Tag und die Nacht vermisst worden war. Niemand hat je erfahren, was er in Aci Castello wollte, besonders auf dem Kastell. Er beherrschte so viele Tätigkeiten, wahrscheinlich hatte die kleine Besatzung, die es dort geben soll, ihn gerufen.«

»Wegen eines Handwerks?«

»Nicht *ein* Handwerk. Viele Handwerke ... Er konnte alles. Mauern aufsetzen, schnitzen, Schafe scheren, Weinstöcke schneiden, Olivenbäume pflegen und Bewässerungsrinnen anlegen ... Meine Großeltern sollen deswegen auf ihn herabgesehen haben, obwohl dazu wirklich kein Grund bestand.«

»Hast du deine Großeltern kennengelernt? Wie waren sie?«

Rosalia schlug wieder das Kreuz. »Sie starben vor meiner Geburt«, klagte sie. »Gott hab sie selig. Man hat es mir erzählt.«

Costanza überschlug die Informationen. »Wovon hat denn Großmutter Maddalena gelebt, wenn sowohl ihr Ehemann als auch die Eltern tot waren?«

Rosalia holte tief Luft. »Mutter Maddalena war eine überaus ehrenwerte Frau. Wage das nicht zu bezweifeln! Sie besaß das Häuschen in der Nähe von Santa Maria della Rotonda, das ihre Eltern ihr vererbt hatten und das einen direkten Zugang zum Kanal des Amenano besaß, was nicht zu verachten war. Ihr Gärtchen war immer gepflegt. Und sie konnte gut wirtschaften, das war alles.«

Großmutter Maddalena konnte entweder Holz in der Umgebung der Stadt sammeln, was weite Wege und lange Abwesenheit vom Haus bedeutete, oder ihr Gärtchen am Kanal bewirtschaften. Alles, während sie außerdem die kleine Rosalia zu beaufsichtigen hatte. Aber von welchem Geld kaufte sie Öl, Fisch oder Salz? Warum hatte sie nicht wieder geheiratet, um versorgt zu sein? Und warum hatte die Mutter keine Geschwister? Das war schon sehr ungewöhnlich.

Doch Costanza verkniff sich weitere Fragen. Sie spürte die

Stimmung der Mutter. Als Nächstes würde der Löffel mit Knoblauch und Zwiebelmus durch die Küche fliegen. Schritt für Schritt wich sie rückwärts aus der Küche in den Garten. Ein wenig mehr wusste sie nun. Aci Castello war für sie wichtig geworden. Vielleicht konnte sie dort etwas über ihren Großvater erfahren.

Ein Blasen wie von einem heftigen Wind im Kamin und knatternde Geräusche ließen Costanza herumfahren und um sich blicken.

Erschrocken entdeckte sie, dass die Pinien auf dem Grundstück der Pesce lichterloh brannten. »Feuer!«, schrie sie und wollte losrennen.

Mutter Rosalia, ebenfalls aufmerksam geworden, hielt sie von hinten am Rock fest. »Bleib hier!«, sagte sie aufgebracht. »Du bringst dich in Gefahr und uns auch!«

Costanza riss sich los und lief. Auf dem Weg gesellte sich ihr ein springender, kläffender Hund zu, aber sonst sah sie niemanden. Irgendwo bellten andere aufgeregte Tiere.

Als sie keuchend bei den Pesce ankam, erkannte sie, dass auch das Haus in Flammen stand. Auf dem Gartenweg lagen Kleidungsstücke, verloren von flüchtenden Menschen. Der Dienerschaft? Wohl kaum. Keiner löschte. Es war niemand zu sehen. Also von Brandstiftern in der Eile zurückgelassene Kleider?

Die Franzosen fielen Costanza ein. Hinter einem Weinstock sah sie Füße herausragen und den wedelnden Schwanz des Hundes von der Gasse. Costanza jagte ihn von der Blutlache fort, die langsam in die Erde sickerte. Sie kannte die Tote, sie war die ehemalige Amme eines der Pescekinder.

Inzwischen ahnte sie, was passiert war. Hinter dem Haus entdeckte sie die Leichen der drei Männer und zwei Frauen, die zur Dienerschaft gehört hatten. Nicht zu den ständigen Bewohnern zählte ein kleines Mädchen, dessen blutige Schürze bewies, welche Gewalt ihr jemand angetan hatte. Zum Schluss hatte ein Schwertstreich durch die Kehle ihr Leben beendet.

Es krachte. Costanza sah hoch. Mittlerweile war der Dachstuhl abgebrannt, verkohlte Holzreste fielen polternd in das Stockwerk der Herrschaft hinunter. In den Pinien platzten Harzklümpchen und gaben knallende Geräusche von sich.

Wütend stellte Costanza fest, dass sie immer noch allein mit einem Hund in diesem Garten der Toten stand. Die Hauptstraße von der Kathedrale zum Tor nach Aci Castello verlief gleich hinter dem Anwesen, dort gab es Häuser mit vielen Einwohnern. Und in der Gasse gegenüber den Pesce wohnten die Branca. Wo war Turi? Warum löschte niemand?

Ohne jede Hemmung brauste Costanza in die Küche der Branca. Nunzia Branca rührte bedächtig in einem Topf mit Pasta und drehte sich genauso bedächtig um.

»Wo ist Turi?«, rief Costanza aufgeregt. »Gegenüber sind alle erschlagen worden, und das Haus brennt ab. Warum sind deine Männer nicht dort?«

»Ach, es brennt?«, fragte Nunzia mit einem falschen Lächeln. »Davon weiß ich nichts.«

»Und dein Mann und deine Söhne auch nicht? Man hört das Knattern doch bis in deine Küche! Ich will mit Turi reden!«

»Turi ist in den Hügeln bei der Herde.«

Wahrscheinlich hieß das, dass ihr Mann, die siebzehnjährigen Zwillinge und ein Fünfzehnjähriger zwar irgendwo im Garten arbeiteten, aber keine Hand gerührt hatten, um bei den Pesce zu helfen. Feiglinge, dachte Costanza aufgebracht und verließ in wortloser Verachtung das Haus. Genau wie Turi!

Zwei Tage war es wieder ruhig, aber danach brach das Unglück endgültig über Catania herein. Kurz vor Mittag schmetterte Uberto das Tor hinter sich zu und jagte durch die Länge des Gartens zum Haus. Binnen kurzem versammelte sich die ganze Familie um ihn in der Küche.

»Jetzt geht es in ganz Sizilien los«, rief er triumphierend.

Costanza kräuselte abfällig die Lippen.

»Ich und andere haben sichere Nachricht aus Palermo erhalten, was dort passiert ist«, begann Uberto. »Die stellt alle ersten Gerüchte in den Schatten.«

Der Vater nickte beiläufig.

»In Palermo herrscht Aufstand. Dort hatten sie verabredet, dass die Glocken zum Vespergottesdienst am Ostermontag den Beginn des Aufstands gegen die Franzosen angeben sollten. Jeder Mann auf der Straße war bewaffnet. Und wer einen Franzosen in seiner Nähe sah, hat ihn abgeschlachtet. Sie haben dann auch Klöster gestürmt und französische Ordensbrüder niedergemacht. Wer von den Dominikanern und Franziskanern das Wort *ciciri* nicht wie ein Sizilianer aussprechen konnte, war als Franzose entlarvt. Muss ein prächtiges Blutbad gewesen sein! Ich glaube nicht, dass es in Palermo jetzt noch Franzosen gibt. Sant'Agata sei Dank!«

Costanza fröstelte. Würde sich die Stadtheilige von Catania über Morde in Palermo freuen? Jedenfalls würde sie die Catanesi nicht beschützen können, wenn die französische Armee systematisch in ganz Sizilien Rache nähme.

»Wenn es bei uns so weit ist, werde ich die Glocken der Kathedrale läuten«, prahlte Uberto.

»Willst du nicht kämpfen?«, murmelte Costanza.

Am gleichen Nachmittag begann in Catania eine Strafexpedition gegen die Bürger. Kleinere Trupps stürmten bei drückender Hitze durch die Straßen und hieben wahllos mit den Schwertern um sich. Alle Wundärzte der Stadt waren beschäftigt, wie Uberto, der wie immer unterwegs gewesen war, der Mutter und den Geschwistern erzählte.

Costanza hörte ihm mit Widerwillen zu, während sie dem Vater im Behandlungsraum half. Am liebsten hätte sie die Tür zugeworfen, um seinem dummen Gerede zu entgehen, aber dann hätte ihnen das Licht gefehlt.

Uberto unterbrach seine Heldenerzählungen abrupt, und fremde Stimmen stellten eine Frage.

»Noch mehr Verletzte«, stellte Costanza fest.

»Es war doch immer dein Wunsch, Fälle selbständig zu behandeln. Wenn wir jetzt Krieg haben, ist es so weit«, bemerkte der Vater und wischte sich den Schweiß von der Stirn, während er sich ein weiteres Mal versicherte, dass das versetzte Hautstück bei seinem Patienten gut saß.

Hoffentlich verlassen ihn nicht die Kräfte, dachte Costanza besorgt und ging hinaus, um nach dem Rechten zu sehen. Es handelte sich um zwei Catanesi, die versorgt sein wollten.

»Die Wundheiler Branca, Vater und Sohn, sind auch sehr tüchtig. Einer von euch sollte sich an sie wenden, damit er nicht so lange warten muss«, schlug Santino vor, als Costanza sie hereingebracht hatte. »Sie wohnen bei der Cappella Bonajuto.«

»Von dort wurden wir gerade hierhergeschickt.«

»Hm«, brummte Santino und gab Costanza einen Wink, welchen der Männer sie übernehmen sollte. Den leichter zu behandelnden Fall. Sie hätte lieber den anderen gehabt. Sie brannte darauf, eigene Ideen auszuprobieren, etwas Besseres zu bewerkstelligen als ihr überaus konservativer Vater.

Costanza hatte ihre Behandlung kaum beendet, als sie auf der Gasse französische Worte hörte. Die laut gerufene Übersetzung verstand sie.

»Ist dies das Haus des Santino Cataliotti, der Nasen zu ersetzen versteht?«

Sie wollte gerade bestätigen, als Uberto die Küchentür aufriss. »Untersteh dich«, zischte er mit blitzenden Augen. »Das ist der Feind!«

Der Vater ging hinaus.

»Auch ein Franzose möchte seine Nase wiederhergestellt sehen«, sagte Costanza besonnen zu ihrem Bruder. »Außerdem wird der Mann bestimmt nicht mehr kämpfen können. Jedenfalls würde ich es ihm verbieten, damit der Heilvorgang nicht gestört wird.«

»Heilvorgang, Blödsinn! Diese Leute rufen Satan zur Hilfe an und sind schneller auf den Beinen, als du das Vaterunser sprechen kannst. Falls du es kannst ...«

»Es gibt keinen Satan, Dummkopf! Hast du schon einmal einen gesehen?« Ihrem Bruder widersprach Costanza, wann immer sich eine Gelegenheit bot.

»Willst du die Welt auf den Kopf stellen, Schwesterchen?«, fragte Uberto und trat drohend nahe an Costanza heran.

»Lass deine Schwester in Ruhe«, näselte der gerade Behandelte, »jedenfalls solange ich hier im Raum bin. Das gehört sich nicht!«

»Es gehört sich auch nicht, seinem älteren Bruder so respektlos über den Mund zu fahren«, erwiderte Uberto heftig.

Der Streit hätte sich noch gesteigert, wäre nicht der Vater wieder hereingekommen. »Draußen ist ein verletzter französischer Ritter, der um Hilfe ersucht«, sagte er lakonisch. »Was sollen wir tun?«

»Nicht behandeln!«, rief Uberto scharf. »Gerade eben habe ich es Costanza verboten.«

»Natürlich behandeln, Vater«, widersprach Costanza. »Unsere Kunst ist kein Teil der Kriegskunst …«

»Mich siehst du nie wieder, Vater, wenn du dem Feind hilfst«, warnte Uberto hitzig.

Cataliotti atmete tief durch. »Das tust du mir nicht an, mein Sohn«, sagte er mühsam.

»Vater, ich übernehme den Mann«, warf Costanza ein. »Selbst wenn es mein Können überschreiten sollte, ist er bei mir besser dran, als wenn er sich selbst überlassen bleibt. Der Nasenstumpf wird möglicherweise faulen, wenn du ihn fortschickst. Willst du daran schuld sein?«

»Sant'Agata, hilf«, murmelte Santino erschüttert und schlug das Kreuz. »Welch ein Durcheinander in dieser Welt! Diese Männer sind Krieger unseres eigenen Königs, aber mein Sohn bekämpft sie als Feinde und will nicht, dass ich sie behandele.«

Uberto drehte sich auf den Hacken um und ging zu seiner Mutter in die Küche zurück.

Santino starrte die zugeworfene Tür an. »Mach es, Tochter«, sagte er müde.

KAPITEL 4

Als Costanza die Franzosen hereinholte, staunte sie über das Aussehen ihres neuen Patienten. Zwei junge Männer, offensichtlich keine Knechte, sondern Knappen, schleppten den Verletzten, der kaum weniger blond als sie selbst war. Sein Kopf hing nach unten, und Blut tropfte in dickenden gerinnenden Klumpen herab. Es konnte noch nicht lange her sein, dass er sich diese Verletzung zugezogen hatte.

Als die Knappen ihn auf der Pritsche gelagert hatten, bemerkte Costanza an seinem feinmaschigen Kettenhemd, dass sie einen Ritter behandeln sollte. Die Wunde war umfangreicher als bei ihren bisherigen Verletzten, und deswegen war sie einen Augenblick versucht, auf die Schweinshaut zurückzugreifen. Aber es war nicht möglich, die Vorbereitungen hätten zu lange gedauert. Und sie musste schnell handeln.

»Ihr behandelt den Cavaliere Henry«, bemerkte der jüngere der Knappen.

Es klang anders als der Tonfall der Diener von Fallamonaca. Die Knappen wirkten wohlerzogen und waren ordentlich gekleidet. Der Ritter war offensichtlich vornehm.

Ihren zehnjährigen Bruder Guglielmo schickte Costanza um ein großes Feigenblatt.

»Pass aber auf, dass es nicht klebt«, gab sie ihm mit auf den Weg.

»Selbstverständlich. Du sagst es jedes Mal«, rief Guglielmo ungeduldig und sauste los.

Der große Krieger schien kräftig genug, ein frisch mit Opium getränktes Schwämmchen zu vertragen. Bald lag er in tiefem Schlaf. Costanza konnte sich in aller Ruhe dem Stoppen des Blutflusses widmen. Als Guglielmo zurückgekehrt war, schnitt sie das riesige Blatt entsprechend der Wundgröße nebst einer Zugabe zurecht und markierte die Umrisse auf der Wange. Die gesamte Verletzung würde kleiner sein, als wenn sie die gesunde Haut von der Stirn holte.

Vorsichtig schälte sie die Haut ab, klappte den Lappen um und drehte ihn so, dass beide Wundflächen aufeinanderzuliegen kamen. Es musste genäht werden, wovor sie sich ein wenig fürchtete. Auch der Vater vermied es, wann immer er konnte. Kleben war einfacher. Trotzdem hatten sie als Nahtvorrat gewaschenen und zugeschnittenen Darm von Schafen im Haus, der in Essig eingelagert war, um ihn vor Staub und Dreck zu schützen.

Es ging leichter, als Costanza geglaubt hatte. Ihre Stiche wurden feiner als die des Vaters. Der Franzose atmete tief und verlässlich, bis sie ihm das Schwämmchen zwischen den Zähnen hervorzog.

Danach wurde er etwas unruhiger, aber die Begleiter, vor allem der Jüngere, halfen ihr vorbildlich und geschickt. Behutsam stützten sie ihn, während Costanza dem Ritter das Blut von Stirn und Wangen wischte und sich zum Schluss mit seiner rotgefärbten Stirnlocke besondere Mühe gab, bis sie wieder einigermaßen blond war. »Ihr helft, als wärt ihr es gewohnt«, sagte sie lobend.

Der Jüngere verstand mehr Italienisch, als er sprach. Er verbeugte sich artig und dolmetschte für den älteren Kameraden. Der grinste dankend.

Schließlich erklärte Costanza ihre Arbeit für beendet.

Der ältere Knappe ergriff Costanzas Hand und drückte ihr unter gestammelten, ihr nur teilweise verständlichen Worten einen Kuss darauf. »Cavaliere Henry wird Euch bis an sein Lebensende dankbar sein.«

Nun ja, das war zu viel der Ehre, dachte Costanza und versteckte die Hand hinter dem Rücken, damit der blonde Knabe nicht das Gleiche versuchte, der noch ein rechtes Kind zu sein schien. Ein strahlender kleiner Wirbelwind, der unentwegt von einem auf den anderen Fuß hibbelte und bestimmt noch nicht in ein Heer gehörte. Er konnte nur wenig älter als Guglielmo sein.

Inzwischen war der Ritter wach geworden. Er versuchte, sich die Benommenheit aus dem Kopf zu schütteln, aber Costanza hielt ihn schnell fest. Genau das durfte er nicht.

Nach einigen hin und her gewechselten Sätzen zwischen den Knappen und ihm begriff der Cavaliere offensichtlich, warum, und auch, dass er tadellos behandelt worden war. Er brachte ein vorsichtiges Lächeln zustande und gab einen leisen Befehl.

Einen Augenblick später bekam Costanza ein Ledersäckchen überreicht, in dem Münzen klimperten. Vor Freude vergaß sie ihre Umgangsformen und besann sich fast zu spät, den Franzosen hinterherzurufen, dass sie in einigen Tagen zur Nachbehandlung wiederkommen sollten.

Der kleine Blonde winkte zum Zeichen, dass er verstanden hatte.

Stolz trug Costanza das Ledersäckchen zu ihrer Mutter in die Küche. Es enthielt zehn Silber- und zehn Goldmünzen, wie sie in aller Eile feststellte, eine geradezu fürstliche Bezahlung! Vor allem, wenn man an die schäbigen Fallamonaca und ihr Hühnchen dachte. Allerdings war die Behandlung des Franzosen wesentlich schwieriger gewesen.

Uberto saß auf der Wandbank und plauderte mit seiner Mutter, wobei er sich nicht einmal durch die Anweisungen, die Mariannina galten, unterbrechen ließ. Costanza überprüfte verstohlen die Fächer für Feuerholz zu ebener Erde. Alles leer. Für Nachschub hatte ihr Bruder jedenfalls nicht gesorgt. Fleisch oder Fisch von einem der Märkte lagen auch nicht auf dem Tisch.

»Zwei habe ich selber erledigt«, prahlte Uberto gerade. »Mit dem Messer. Verstecke sind in unseren Gassen ja nicht gerade rar. Und wer würde sie besser kennen als ich!«

Er war tatsächlich immer noch mit seinen Heldentaten beschäftigt, erkannte Costanza verdrießlich und gleichzeitig mit einem Stich von Eifersucht, dass in den Augen ihrer Mutter nur er zählte.

»Ich bin stolz auf dich, Uberto«, erwiderte Rosalia und blies ihm mit der einen Hand ein Küsschen zu, während sie mit der anderen die Tür des Kornbehälters öffnete, um einen Becher Weizen herauszuholen und die Körner in die Handmühle zu schütten. »Wir sind stolz. Du bist ein Sohn, wie man ihn sich besser nicht wünschen kann.«

Ubertos Schultern schienen sich in die Breite zu dehnen. Sein Blick überging gleichgültig Mariannina und wanderte zu Costanza hinüber. Und was hast du zu melden, schien er zu fragen.

»Mutter, du musst das Geld verwahren«, platzte Costanza heraus. »Es ist so viel!«

»Wofür?«, fragte Rosalia misstrauisch und hörte auf, *cavatieddi* aus dem Mehlteig zu formen. »Wer gibt dir Tari?«

Es hörte sich wie ein Vorwurf an – als hätte sie sie gestohlen.

Costanza wollte gerade aufbegehren, als Uberto ihr das Wort aus dem Mund nahm.

»Von den Feinden natürlich, stimmt's, Costanza? Du erschlägst sie nicht, du lässt dich von ihnen bezahlen. Wie eine *butta...*« Er ließ ein gluckerndes Lachen los. »Na, ich sag's lieber nicht.«

»Du unverschämter Bengel!«, schrie Costanza und ging mit der Faust auf ihren Bruder los. »Du weißt ganz genau, dass ich eben einen Verletzten behandelt habe!«

Er fing ihre Hand mit Leichtigkeit ab und umklammerte sie wie ein Schraubstock, bis sie erschlaffte und er sie losließ.

»Einen Krieger der Anjou?«, fragte Rosalia mit schreckgeweiteten Augen.

»Einen Ritter, ja«, ergänzte Costanza und stellte das Säckchen glücklich auf den Küchentisch, mitten in den Mehlstaub hinein.

Ihre Mutter rückte um mehrere Schritte zurück, als wäre Luzifer vor ihr erschienen. Sie hob den Arm und wies mit dem zitternden Zeigefinger auf das Beutelchen. »Dieses Sündengeld soll ich nehmen?«, kreischte sie. »Nimm's weg! Nimm's weg!«

»Nichts leichter als das. Du brauchst keine Angst davor zu haben, Mutter, beruhige dich«, rief Uberto mit einem liebevollen Lächeln in ihre Richtung, sprang auf und schnappte sich den Geldbeutel. Er war schneller aus dem Haus, als Costanza reagieren konnte.

»Er kann doch nicht mit meinem Geld abhauen«, sagte sie ungläubig.

»Gewiss nicht. Er wird es natürlich unserer heiligen Agata weihen, eine Idee, auf die du nie kämst«, erklärte Rosalia mit großer Selbstverständlichkeit. »Jedenfalls würde ich das von

Uberto verlangen, und das weiß er auch. Er ist bestimmt schon auf dem Weg zu ihrer Kapelle in der Kathedrale.«

»Natürlich, Mutter, natürlich«, murmelte Costanza und verließ mit Tränen in den Augen die Küche, vorbei an Mariannina, die sich wie üblich nicht äußerte, aber missbilligend die Stirn furchte.

Der Vater, der sich über die Mauer hinter den Olivenbäumen im rückwärtigen Gartenteil abgesetzt hatte, um während der Behandlung des Franzosen nicht zugegen zu sein, kehrte am späten Nachmittag zurück. Er holte sich einen Hocker aus der Küche, ließ sich von Mariannina einen Becher Wein einschenken und setzte sich unter das weinberankte Vordach, das einen schönen lichten Schatten gab.

Costanza versuchte behutsam, seine Stimmung zu erspüren, schnupperte über ihn hinweg und stellte fest, dass er ein wenig nach Wein roch. Für ihre Zwecke durchaus brauchbar.

Sie trat vor ihn, berichtete, dass die Behandlung des Franzosen erfolgreich verlaufen sei und dass sich die Bezahlung sehen lassen könne.

»Na, ich wusste doch, dass ich unter meinen Kindern mindestens ein geschicktes heranziehe«, sagte Santino und betrachtete sie wohlwollend. »Wie viel ist es?«

»Zehn goldene Tari und zehn silberne Grana«, sagte Costanza, als ob es das Selbstverständlichste der Welt sei, den Lebensunterhalt der Familie für ein halbes Jahr zu sichern.

»Bei allen Heiligen!«, sagte der Vater spontan bewundernd, um gleich darauf sein Lob allein mit seinem Gesichtsausdruck einzuschränken. »Aber ich sehe, du bist eitel wie ein Eroberer. Und voller Hochmut! Schäm dich, Costanza! Alles, was du kannst, hast du mir zu verdanken.«

»Gewiss, Vater.«

»Behalte das immer im Kopf und schlag nicht über die Stränge. Das Geld nehme ich in Verwahrung.« Santino beugte sich vor und streckte Costanza schwankend die Hand entgegen. Vielleicht war es doch ein bisschen mehr Wein gewesen, als sie vermutet hatte.

»Ich wollte es Mutter geben. Aber Uberto hat es mir gestohlen.«

»Uberto?« Santino fuhr erbost in die Höhe und sackte wieder zurück.

»Ja«, sagte Costanza fest und wartete schon jetzt mit Genugtuung darauf, dass der Vater Uberto streng maßregeln würde.

»Nun«, sagte Santino bedächtig und leerte seinen Becher bis auf den Grund. »Uberto hat es gewiss stellvertretend für mich an sich genommen, wie es ihm zukommt. Geld gehört nicht in die Hand von Frauen, sie sind den Umgang damit nicht gewohnt und würden es für Seidentand ausgeben.«

Costanza blieben vor Erbitterung alle Widerworte im Halse stecken.

In diesem Augenblick schlenderte Uberto von der Gasse auf ihr Grundstück, erfasste die Anwesenheit seines Vaters und seiner beiden Schwestern unter der Pergola mit einem Blick und reagierte sofort. Noch im Rückwärtstreten zog er das Tor leise wieder zu.

»Uberto!«, brüllte der Vater, der ihn schon gesehen hatte. »Hierher! Zu mir!«

Uberto tänzelte mit unschuldigem Gesicht heran. »Geht's auch später, Vater? Mir ist gerade etwas eingefallen, ich muss noch mal weg.«

»Nein, du bleibst hier!«

Uberto fügte sich missmutig. »Was gibt es denn?«

»Ich will das Geld haben, das du verwahrt hast.«

»Welches Geld?« Uberto überlegte mit gerümpfter Nase. Als Costanza, die die Fäuste in die Seiten stemmte und grimmig auf seine Erklärung wartete, in sein Blickfeld geriet, dämmerte es ihm offenbar. »Oh, du meinst das Sündengeld!«

»Der Einzige, der hier sündigt, bist du!«, fiel Costanza ihm hitzig ins Wort. »Durch Faulheit und mangelnde Ehrfurcht den Eltern gegenüber!«

»Still, Costanza!«, knurrte Santino. »Das steht dir nicht zu! Er ist dein Bruder!«

»Was erlaubst du dir, Schwesterchen?«, fügte Uberto sarkastisch hinzu. »Du hättest das Geld doch für irgendwelchen Tand ausgegeben.«

Der Vater nickte einverständlich. Männer haben die Pflicht, dafür zu sorgen, dass die Frauen der Familie nie über die Stränge schlagen, pflegte er zu sagen. Hatte er über der anstrengenden Erziehung der Mädchen vergessen, seinem faulen, selbstsüchtigen Sohn beizubringen, was Arbeit und Anstand bedeuteten?

Costanza hatte keine Mühe, ihren Vater zu durchschauen. Sie packte ihren Bruder am Oberarm und rüttelte an ihm, als ob sie das Säckchen aus ihm herausschütteln könnte. An seinem Gürtel hing es nicht, und auch sonst sah es nicht so aus, als ob er es am Leibe trüge. »Was hast du mit meinem Verdienst gemacht, Uberto?«

»Mit dem Verdienst«, wiederholte Uberto, schielte zu seinem Vater hin und versuchte offenbar einzuschätzen, was er ihm an Ausreden auftischen könnte.

Santino saß vornübergebeugt, den Kopf in die Hände gestützt.

»Ja, mit meinem Verdienst!«, bekräftigte Costanza und stampfte mit einem Fuß auf. »Hast du ihn der heiligen Agata gebracht?«

Uberto hatte Costanza mit offenem Mund zugehört. »Sant'Agata?«, vergewisserte er sich verständnislos. Dann ging ein Grinsen über sein Gesicht. »Ja, genau. Der heiligen Agata. In der Kapelle der Kathedrale.«

Zu spät begriff Costanza ihren Fehler. Sie selbst hatte ihm die denkbar beste Ausrede geliefert. Natürlich log er, dass sich die Balken bogen. Sie hätte vor Wut aufstampfen mögen.

Uberto grinste triumphierend, während er darauf wartete, dass der Vater ihn verständnisvoll gegen die dauernden Attacken seiner missgünstigen Tochter verteidigte.

Costanza ertrug diese Attitüde des Siegers nicht. Ohne lange darüber nachzudenken, versetzte sie ihm eine schallende Ohrfeige.

Das Geräusch holte den Vater aus seiner Betäubung. Er fuhr in die Höhe und starrte Costanza an. »Was hast du getan, Tochter?«

Sie gab ihm den Blick mit funkelnden Augen zurück. »Mich bei Uberto bedankt, wie er es als Dieb und Lügner verdient hat.«

Santino brachte Costanza mit einer verächtlichen Geste zum Schweigen und wandte sich seinem Sohn zu, dem er wohlwollend auf die Hüfte klopfte. »Deine großzügige Spende ehrt dich, Uberto, wenn auch eine Silbermünze ausgereicht hätte. Ich benötige dringend Geld für … wofür auch immer. Aber du hast wie ein echter Cataliotti gehandelt. Ich bin stolz auf dich.«

Uberto nickte. Dann richtete er den Zeigefinger auf Costanza. »Wir beide sind noch nicht fertig miteinander. Vor allem ich mit dir nicht.«

Der Vater hingegen war fertig mit Costanza. Sie merkte es erst am nächsten Tag, als er kein Wort mehr mit ihr sprach. Ihr kleiner Bruder erwies sich als der Schatz, der er die ganze Zeit gewesen war. Er begann sie heimlich mit den Informationen zu versorgen, die sie benötigte.

Der Vater ahnte sicher diese Verbindung zwischen den Geschwistern. Jedenfalls kam einige Tage später Guglielmo mit der Botschaft, sie könne die wartenden verletzten Krieger des Anjou übernehmen, wenn sie wolle, er, Santino Cataliotti, tue es nicht.

Costanza, die auf der Terrasse hinter dem Haus den Boden neben den Weinstöcken lockerte und gar nicht gehört hatte, was sich vorne tat, nickte und lehnte die Hacke an den nächsten Olivenbaum. Dann ging sie nach vorne zum Tor.

Auf der Straße hatten sich Krieger in weitem Umfeld verteilt, um ihre Pferde am Fuß der Mauern das spärliche Gras rupfen zu lassen oder sie in dem Bachlauf zu tränken, wo er den Garten der Cataliotti verließ.

Angesichts der großen Schar von Franzosen erschrak Costanza. Nicht alle waren verletzt. Und unter den Verletzten waren nicht sonderlich viele mit Blessuren im Gesicht. Dafür gab es etliche mit Schwertwunden an Armen und Beinen, wie Krieger sie in der Schlacht davonzutragen pflegen. Sie gehörten in die Hände von studierten Wundärzten.

Einer der einfachen Knechte sprach Sizilianisch. Er berichtete, während neben ihm der Anführer stumm zuhörte und nur gelegentlich ein paar Stichworte einwarf.

Die Schar hatte in Paternò eine regelrechte Schlacht mit bewaffneten Aufständischen ausgetragen. Sie waren auf dem Rückweg nach Aci Castello, wo die gegenwärtig dort befindlichen Medici des französischen Heeres jedoch schon mit Arbeit ausgelastet waren. Cavaliere Guy Le Brun, der sie angeführt hatte, aber schon zurückgeritten war, hatte ihnen freigestellt, sich an einheimische Wundärzte zu wenden, vor allem aber Costanza Cataliotti empfohlen. Und nun waren sie allesamt hier. Ihre wenigen Versuche bei anderen Wundärzten in der Stadt waren erfolglos gewesen.

»Bitte«, sagte der einfache Krieger, »nehmt uns an. Euer Ruf hat sich bei uns im Lager schon herumgesprochen – durch Cavaliere Henry. Und nur zu gut wissen die meisten von uns, wie aus einem Kratzer ein Wundbrand werden kann. Keiner fürchtet sich vor der Schlacht und dem Tod – aber vor langem Siechtum.«

Costanza nickte flüchtig und war schon halb auf dem Weg durch die Reihe der Wartenden. Man musste sie nicht mit umständlichen Argumenten überreden. Großes Mitleid erfasste sie beim Anblick dieser Wunden, die zum Teil tief und offensichtlich sehr schmerzhaft waren. Außerdem – wenn sie auch beim Ersatz der Nase zu Nadel und Faden greifen musste: Wo war der Unterschied zu Schwertwunden am Bein?

Sie wies Guglielmo, der ihr neugierig gefolgt war, an, die schwerer verletzten Männer unter den Zitronenbäumen zu lagern und allen ausreichend Trinkwasser zu bringen, auch denjenigen, die im Schatten ihrer Bäume keinen Platz fanden. Ihr kleiner Bruder gehorchte voller Eifer. Es gab ihr einen Stich, als sie daran dachte, dass er noch vor einigen Wochen als Erstes Turi hätte holen müssen.

Danach begann Costanza konzentriert und umsichtig mit der Versorgung der Männer. Vor allem den tiefen Schwertwunden durch mehrere Lagen von Muskeln stand sie beklommen gegenüber. Sie hatte schon gehört, dass diese ausgebrannt oder mit kochendem Öl getränkt werden mussten, damit die Männer mit dem Leben davonkamen.

Damit konnte Costanza nicht dienen. Ihr Vater besaß weder die notwendigen Gerätschaften, noch kannte er deren Handhabung, und sie natürlich auch nicht. Sie waren eben keine Wundchirurgen, sondern Wundheiler.

Costanza hatte nur Wein zum Auswaschen der Wunden und Essig für das Nahtmaterial zur Verfügung. Von beidem machte sie reichlich Gebrauch, nachdem sie den Männern die Gefahr erklärt hatte, die durch ihre nicht sachkundige Behandlung entstehen konnte. Seltsamerweise waren alle einverstanden.

KAPITEL 5

Guy Le Brun blickte über das Meer, dessen kurze Wellen im Morgenlicht gleißende Blitze warfen. Von den Zyklopeninseln im Norden bis zum ehemals normannischen Kastell von Aci Castello, neben dem er das Lager hatte aufschlagen lassen, war alles ruhig. Am gestrigen Tag hatte er eine Herde von Schafen und Ziegen unter Aufsicht einiger Soldaten nach Messina losgeschickt, so dass sie an diesem Morgen das Blöken nicht ertragen mussten. Den Gestank auch nicht.

Und natürlich auch nicht die lästigen Bittgesuche der Einwohner von Aci Castello. Immer wieder tauchten alte Weiber auf, die sich ihm zu Füßen warfen und zu erklären versuchten, warum ausgerechnet sie oder das Urenkelchen oder sonst wer ohne die Ziegenmilch elend umkommen würde.

Ihm war es völlig gleichgültig, wer umkam, er hatte eine Aufgabe zu erledigen, und das tat er. Beliebt war er vielleicht nicht, aber er hatte seine Männer im Griff und konnte auf gewonnene Schlachten zurückblicken.

Im Augenblick war sein wichtigstes Anliegen eine Auskunft, die er von Henry haben musste, der nach der Behandlung seiner Nasenverletzung noch nicht ansprechbar gewesen war. Falls er selber sich mit seiner Vermutung nicht irrte, konnte diese sein Leben grundlegend verändern.

Warum saßen an der Tafel des Königs vor allem Gecken in

Brokat und Gold statt derjenigen, die wie er für Karl von Anjou die Schlachten schlugen? Einer dieser Plätze gebührte ihm, dazu ein nennenswerter Besitz und der Aufstieg in den höheren Adel. Sein neues Wissen war von einer Art, die ihn beschleunigt an sein Ziel tragen konnte.

Ohne Ankündigung betrat Guy Le Brun wenig später das Zelt des Cavaliere Henry, als ob es sein eigenes sei. Seine herrische Handbewegung ließ den Knappen mitten im Protest verstummen.

»Cavaliere Le Brun«, murmelte er, erhob sich von der Truhe, auf der er Wache gehalten hatte, und verbeugte sich. Ein sehr junger Mann, fast noch ein Kind, mit furchtsamen blauen Augen, die er auf den imposanten Ankömmling richtete. »Cavaliere Henry schläft.«

»Hältst du mich für blind?«, fragte Le Brun und musterte den Jungen wohlwollend. Ein Kerlchen, das Appetit machte. Doch das konnte warten. »Wie heißt du?«

»Rainier, Herr«, antwortete der Knappe schüchtern.

»Ein stolzer Name. Du bist neu hier? Frisch aus der Heimat? Wie alt?«

»Von Henrys Besitzung in Nordfrankreich«, sagte Rainier und verbeugte sich, wie es sich in seiner Stellung gehörte. »Ich bin gerade vierzehn Jahre geworden.«

»Also eben zum Knappen erhoben. Na ja.« Le Brun wandte sich Henry zu. Dessen Gesicht war abgeschwollen, seine Schönheit hatte es natürlich verloren. Sonderlich leid tat es ihm nicht. Er musste sich zurückhalten, um nicht gegen das Feldbett zu treten. »Warum steht er nicht auf?«, röhrte er.

»Der Cavaliere darf nicht. Die Wundärztin hat angeordnet, dass er Ruhe halten soll, um die Heilung nicht zu stören.«

»Das mag für Fürsten und Prälaten im Schutz ihrer Burgen gelten«, versetzte Le Brun verächtlich. »Nicht im Feldlager.« Noch ehe der Kleine ihm in den Arm fallen konnte, packte er Henrys Arm und rüttelte kräftig daran. »He, wach auf! Oder willst du den Krieg im Stroh verschlafen wie ein feiger Stallknecht?«

»Bitte, Herr!«, rief Rainier entrüstet und zerrte an Le Bruns wattierter Weste. »Nicht!«

Eine Handbewegung des Lagerkommandanten, und der Kleine klemmte mit verwundertem Gesicht zwischen Truhe und Zeltwand. Le Brun entblößte seine großen Zähne zu einem schiefen Lächeln. Der Junge würde sich beim nächsten Mal vorsehen. »Cavaliere für dich!«

»Was ist, Le Brun?«, fragte Henry benommen und stemmte sich zum Sitzen hoch. »Ist der König angekommen?« Während er auf Antwort wartete, fiel ihm das leise Stöhnen auf, und er wandte den Kopf. »Was wühlst du da in der Ecke herum, Rainier?«, fragte er missbilligend. »Siehst du nicht, dass wir Besuch haben? Biete Cavaliere Le Brun Wein an! Wo bleibt deine Erziehung?«

Le Brun lächelte spöttisch. »Vielleicht hat er keine. Jedenfalls bin ich es nicht gewohnt, von einem Knappen attackiert zu werden.«

»Ist das wahr, Rainier?«

Der Junge nickte mit düsterer Miene.

»Entschuldige dich.«

Rainier sah ihn verzweifelt an. »Ich bitte um Vergebung, Cavaliere«, murmelte er dann, als er merkte, dass er von seinem Herrn keine Hilfe zu erwarten hatte.

Le Brun nickte gleichgültig. »Ein Becher würde nicht schaden, während ich auf deinen Herrn warte, Junge. Der König ist noch nicht in Messina angekommen, Henry, aber unsere Kriegsflotte soll auf dem Weg sein oder kurz vor dem Aufbruch stehen. Nahrungsmittel und Futter reichen bei weitem noch nicht für die Überfahrt ins Heilige Land. Stemm also deinen Hintern hoch und führ deine Männer in die Dörfer. Ich sage dir, diese widerspenstigsten Untertanen eines Königs, die mir jemals begegnet sind, verstecken ihr Vieh in den Kastanienwäldern und die Vorräte in den unscheinbaren Hütten, mit denen die Abhänge des Ätna übersät sind. Wir haben jede einzelne zu durchsuchen!« Mitleidslos beobachtete er, wie der Knappe seine schmerzenden Rippen rieb, um dann in aller Eile einen Becher Roten einzuschenken. Er tat es geschickt und ohne einen Tropfen zu vergießen, was Guy selber nie geschafft hätte. Bei ihm zu Hause ging es bäuerlich zu.

»Die Menschen sind arm«, entgegnete Henry besonnen. »Wo nichts ist, kann man nichts holen.«

»Aber man kann ihnen beibringen, dem eigenen König mit Respekt und Ehrfurcht zu begegnen. Wir werfen für die gesamte Christenheit unsere Leiber in einen Kreuzzug, während sie hier ein geruhsames Leben führen. Daher fordere ich von ihnen, dass sie alles hergeben, was uns hilft, und wenn es ihr letztes Hemd ist!«

»Du vergisst, dass wir nicht für das Christentum streiten, sondern gegen Byzanz. Es ist ein Kreuzzug gegen Christen in einem christlichen Land, nicht gegen die ungläubigen Besitzer von heiligen Stätten im Heiligen Land!«

»Papperlapapp! Spitzfindigkeiten!« Le Brun wischte den Einwand mit einer Geste beiseite. »Wenn unser Heiliger Vater, Martin IV., und unser König, Karl I. von Anjou, einen Seefeldzug gegen Byzanz und seinen unsäglichen Kaiser befehlen, dann hat es seine Richtigkeit damit, und wenn sie ihn als Kreuzzug deklarieren, auch. Wer bist du, dass du mit Worten zu widersprechen wagst, die von einem Ketzer stammen könnten? Bist du am Ende einer?«

Henry schüttelte gleichgültig den Kopf.

»Nicht schütteln, Cavaliere«, flüsterte Rainier besorgt.

Le Brun grinste hämisch. Von ihm aus sollte doch die neue Nase des Schönlings abfaulen. Er hegte inzwischen gegen den Ritter, den er vom ersten Augenblick an verabscheut hatte, den ernsthaften Verdacht, es mit den Abtrünnigen zu halten. Henry war aus dem Süden Frankreichs, stammte aus Carcassonne, das immer der Hort von Katharern gewesen war. Und hatte nicht sogar ein Adeliger aus ebendieser Gegend Barcelona als Lehen anvertraut bekommen, dann aber die Lehnstreue gegenüber seinem fränkischen Herrn aufgekündigt? Mit jeder Generation steckte die Familie die Nase höher in die Luft. Und heute nannten sich diese Abkömmlinge eines Verräters Haus Aragon und waren die schlimmsten Feinde der Anjou. Auf jeden Fall war es wert, diese Möglichkeit von heimlichem Ketzertum bei Henry im Hinterkopf zu behalten.

»Dem Heiligen Vater steht es zweifellos zu, einen Krieg als Kreuzzug zu bezeichnen, wenn er so entscheidet«, antwortete Henry nach einigem Nachdenken. »Aber er schickt damit Gläubige, die er mit dem Versprechen der Absolution lockt, auf den Weg. Und plötzlich müssen diese Menschen entdecken, dass sie nicht Ungläubige, sondern andere Christen töten sollen.«

»Na und? Das hat in Byzanz schon einmal geklappt. Im Rausch des Tötens und in der Erwartung, dass sie nach Herzenslust plündern dürfen, macht sich darüber kein Mensch mehr Gedanken!«

»Ja, das ist es. Ein Rausch. Und immer sind wir Franzosen die Haupttäter. Gibt dir das nicht zu denken?«

Le Brun leerte den Becher, ohne auf das einzugehen, was wie schlimmster Verrat klang. Ketzertum und Verrat des eigenen Königs. Bemerkenswert. Und von Worten bis zur Tat war es manchmal ein kurzer Weg. »Komm, Henry. Wir haben geplauscht wie die Marktweiber, statt uns um die sizilianischen Schweine zu kümmern. Dabei fällt mir etwas ein. Du wurdest doch von der blonden Schweinebesitzerin behandelt. Was hältst du von ihr?«

Henry machte eine unbestimmte Geste. »Ich habe sie, glaube ich, kaum wahrgenommen. Sie hat mir etwas zwischen die Zähne gepresst, das äußerst bitter schmeckte, und alles andere ist in meiner Erinnerung verschwommen. Rainier weiß wahrscheinlich mehr.«

»Und, Rainier? Was sagst du?«, fragte Le Brun.

Der Knappe errötete und humpelte zwei Schritte vor. Er verbeugte sich vor Le Brun. »Die Madama Costanza hat sehr umsichtig, aber auch schnell gearbeitet. Das Ergebnis ist wie ein Wunderwerk«, stammelte er unbeholfen. »Ich hätte es nie für möglich gehalten.«

Wunderwerk. Le Brun beschloss, auch diese Beurteilung im Kopf zu behalten. Losgelöst von christlichem Handeln war Wunderwerk so gut wie Zauberei. Man wusste nie, wo man ein entsprechendes Argument gegen den Ritter und seinen Knappen gebrauchen konnte. »Ich fragte nicht nach der Nase, sondern nach der Frau«, schnauzte er.

»Über sie weiß ich nichts«, antwortete Rainier mit bebender Stimme. Nach einigem Zögern fiel ihm noch etwas ein. »Sie war blond wie eine Frau aus dem Norden …«

»Ja, genau, und ihr Gesicht kantig statt spitz …« Le Brun führte seine Beobachtung nicht weiter aus, sondern wartete mit demonstrativ in die Höhe gezogenen Augenbrauen, bis der

Knappe seinen Herrn angekleidet hatte und endlich für den Fouragierzug bereit war. Es erfüllte ihn immer noch mit Genugtuung, dass es ihm gelungen war, diesen Kerl aus altem Adel zum vertraulichen *Du* zu überreden, auch wenn es für die Öffentlichkeit nicht galt. Für ihn selber markierte es den Beginn seines Aufstiegs.

Uberto stolzierte eines Morgens mit einem Schwert am ledernen Gehänge zwischen Tor und Wohnhaus und zurück. »Falls es mal zum Schlimmsten kommt«, sagte er laut, ohne jemanden Bestimmten zu meinen, und pfiff anschließend einen frivolen Gassenhauer.

Costanza, die gerade die Kräuter in den Dreibeintöpfen am Fuß der Treppe begoss und außer ihrem Bruder die Einzige vor dem Haus war, nahm ihn so wenig zur Kenntnis, wie er sie. Sie wusste nur zu gut, dass er die großzügige Bezahlung eines blonden Franzosen spazieren führte.

Überhaupt bezahlten die französischen Soldaten freigiebig für diese sehr spezielle Heilmethode, die kein Arzt des Heeres jemals erlernt hatte. Im Vergleich zu ihnen waren die Sizilianer geizig.

Noch hatte Costanza keine Gelegenheit gefunden, dem Vater den neuen Verdienst zu übergeben. Von morgens früh bis abends spät versorgte er Verletzte in der Stadt, zu denen er Costanza nicht mitnahm, und wenn er nicht arbeitete, ertränkte er seine Sorgen in Wein. Sie hätte nur zu gern gewusst, was ihn bedrückte.

»Es gibt sonderbare Leute auf der Welt, auch hier in Catania. Hast du schon mal von den Joachiten gehört?«, fragte Uberto sie unvermittelt.

Costanza kümmerte sich nicht um ihren Bruder, spitzte aber

die Ohren. Die Frage hörte sich nicht wie eine seiner gewöhnlichen Prahlereien an.

»Schwesterchen, hast du mich gehört?«

»Nein«, sagte Costanza.

»Dann ist es gut. Konnte ich mir auch gar nicht vorstellen. Die Joachiten sind geistig Zurückgebliebene, die sich den Staufer Friedrich zurückwünschen. Kann man so etwas glauben? Ich nicht!« Uberto lachte schallend. »Sie denken, dass der Kerl in einem Ätnakrater hockt und demnächst herauskommt, um sie vor den Franzosen zu retten. So ein Blödsinn!«

Wenn jemand ihr etwas über den Stauferkaiser erzählen wollte, konnte Costanza nicht widerstehen. Sie interessierte sich brennend für den Mann, der als König über Sizilien geherrscht, Experimente an Tieren durchgeführt und angeblich sogar mit den Sarazenen in Briefen Gedanken ausgetauscht hatte. »Und weiter? Was glauben sie noch?«, fragte sie begierig, während ein Schwall Wasser auf den Boden plätscherte.

Uberto lachte anzüglich über ihre Ungeschicklichkeit. »Auf deine Neugier kann man sich immer verlassen. Oder hat deine Wissbegier speziell mit diesem merkwürdigen Deutschen zu tun?«

»Unser ehemaliger König interessiert mich eben«, antwortete Costanza so unbeteiligt wie möglich.

»Auch auf deine Widerborstigkeit ist Verlass. Wer bei normalen Leuten Abscheu erweckt, ist für dich besonders liebenswürdig, stimmt's?«

Costanza brummelte irgendetwas vor sich hin. So wie sie ihren Bruder kannte, konnte er der Möglichkeit, sich mit seinem Wissen großzutun, nicht widerstehen. Er würde zur Sache kommen.

»Na ja«, sagte Uberto gönnerhaft, nachdem er das Schwert gezogen und ein Paar Zitronen am Baum geköpft hatte. »Die Joachiten folgen den Prophezeiungen des Joachim von Fiore, der ausgerechnet haben soll, dass wir uns jetzt im *Zeitalter des Geistes* befinden, in dem die gesamte Menschheit Gott liebt. Da hat sich der gute Mann wohl geirrt. Wahrscheinlicher ist schon, dass wir uns noch im *Zeitalter des Sohnes* befinden, und zwar im Interregnum des Antichrist. Stammt auch von ihm.«

»Was sind das denn für Zeitalter?« Davon hatte Costanza noch nie gehört, und sie hätte wetten können, ihr Bruder bis zum Vortag auch noch nicht. Sie setzte sich auf die unterste Treppenstufe, um demonstrativ auf seine Erklärung zu warten. Die Pflanzen waren vergessen.

»Es hängt mit dem Einfall der Mongolen zusammen«, berichtete Uberto wichtigtuerisch. »Sie erzählen sich das im Kloster. In dem haust noch ein vergessener Franziskanermönch.«

Warum musste man ihm die Würmer immer aus der Nase ziehen? Das war ja zum Verzweifeln! »Welches Kloster?«

»Ach, in den Klosterruinen am Lago di Nicito. Wir treffen uns da.«

»Gibt es dort auch Ruinen?«, fragte Costanza neugierig. »Ich kenne am See nur den Friedhof der Juden. Und wer ist wir?«

»Na, ich ... und ein paar Leute«, sagte Uberto vage. »Wir organisieren den Widerstand gegen die Franzosen.«

»Was hat das mit den Mongolen zu tun?«

»Ich weiß es nicht ganz genau«, gab Uberto zu. »Jedenfalls wird das richtige, friedliche *Zeitalter des Geistes* beginnen, wenn alle diese Wirren überwunden sind, von den Mongolen bis zu den Anjou.«

»Es hört sich an, als ob du den Prophezeiungen dieses Joachim Glauben schenkst. Oder glaubst du sie eher nicht?«

Uberto schob die Unterlippe nachdenklich vor, dann zuckte er mit den Schultern in einer Art und Weise, die erkennen ließ, dass er keine Antwort wusste oder Costanza keiner Antwort zu würdigen beabsichtigte.

»Ich kann mir gar nicht denken, dass du wirklich auf ein Zeitalter des Geistes Wert legst«, spottete Costanza und grinste anzüglich.

»Was?« Uberto sah verständnislos zu ihr herüber, dann errötete er trotz seiner dunklen Haut und verließ sie hocherhobenen Hauptes in Richtung Tor.

Costanza kicherte hinter ihm her. Sie fühlte sich ausgesprochen beschwingt davon, dass sie wieder erfolgreich ausgeteilt hatte, auch wenn das Geld, das sie für Cavaliere Henrys Behandlung erhalten hatte, auf Nimmerwiedersehen fort war. Voller Genugtuung wandte sie sich dem Basilikum zu. Das dumme Geschöpf pflegte Läuse zu bekommen, wenn es nicht feucht genug gehalten wurde.

»Costanza!«

Sie drehte sich um. »Mariannina, kleines Küken«, sagte sie erfreut. »Willst du mir beim Gießen helfen?«

Das Mädchen schüttelte mit ernstem Gesicht den Kopf. »Du darfst Uberto nicht so sehr reizen, Costanza. Er wünscht dir den Aussatz an den Hals. Der Aussatz soll sie fressen, hat er zu Mutter gesagt. Du musst aufpassen, dass er dir nichts antut.«

»Das darf er doch nicht, Wachtelchen. Ich liefere ihm außerdem keinen Vorwand! Was geht nur in deinem Köpfchen vor, dass du solche schweren Gedanken darin wälzt?« Costanza strich ihrer Schwester liebevoll über die Wange.

»Ich höre manches, weil niemand mich beachtet, wenn ich am Kochherd stehe«, beharrte Mariannina. »Mutter schaut manchmal heimlich, ob dir schon Bocksfüße wie dem Satan gewachsen sind. Aber das glaube ich nicht. Dir nicht.«

Costanza hörte den Zweifel, der aus ihrer Schwester sprach, und nahm sie in den Arm. »Sie meinen es nicht so«, versuchte sie Mariannina zu trösten. »Wahrscheinlich sind sie so wütend auf mich, wie ich es auf Uberto bin.«

Mariannina schüttelte unbeirrt den Kopf.

Costanza merkte sehr wohl, dass ihre Schwester sich auch diesmal nicht beschwichtigen ließ. War sie erst einmal zu einer Meinung gekommen, blieb sie dabei. Meistens hatte sie recht, und das fand in diesem Fall sogar Costanza beunruhigend.

Kurz darauf kam der Vater aus dem Behandlungsraum und wollte achtlos an ihr vorbeigehen. Heute war jedoch nicht der Tag, an dem Costanza sich von allen ignorieren ließ. Sie sprang auf.

»Guten Morgen, Vater«, sagte sie ehrerbietig, aber nicht ohne Nachdruck.

»Na ja, guten Morgen«, knurrte Santino. »Willst du dich bei mir entschuldigen?«

»Es gibt nichts, das entschuldigt werden müsste«, antwortete Costanza hochfahrend. »Ich wollte dir das Geld geben, das du brauchst.«

»Ich brauche kein Geld von meiner Tochter«, schnarrte der Wundarzt, um leiser zu werden und schließlich mit einem Brummen zu verstummen. »Wie viel?«

Statt einer Antwort zählte Costanza ihm die Gold- und Silbermünzen in die Hand. Sie wunderte sich über seinen gierigen

Blick. Als er alles in einem Tuch verwahrt hatte, das er zuknotete und im Inneren seiner Jacke verwahrte, schickte er sich kommentarlos an zu gehen.

»Ist das keinen Dank wert, Vater?«, fragte Costanza hinter ihm her.

»Dank?«, fragte Santino verständnislos. »Wieso? Du lebst in meinem Haus, du isst, du schläfst, du wirst gekleidet ... Was brauchst du noch?«

»Dank für meine Arbeit. Uberto arbeitet nie, aber du verwöhnst ihn. Auch mit dem Geld, das ich durch meiner Hände Arbeit verdient habe.«

Santino runzelte verwirrt die Stirn. »Was meinst du? Uberto ist ein Mann. Ich behandele ihn, wie es ihm zukommt. Frauen sind anders.«

»Dann sollten wohl wir Frauen besser zusammenhalten?«, fragte Costanza mit schief gelegtem Kopf und im schelmischen künstlichen Ton wie eine Adelstochter.

Dafür war ihr Vater empfänglich, er hätte sich gerne zum städtischen Adel gezählt. Sie wusste, dass sie ihn um den Finger wickeln konnte, wenn sie sich entsprechend gab. Manchmal musste man eben das Unangenehme wählen, auch wenn es einem nicht gefiel.

Der Vater schmunzelte wohlgefällig über ihre töchterliche Demut. »Ich möchte dir keine Kriegstaktik gegen Männer empfehlen. Aber wäre ich eine Frau, würde ich zustimmen.«

Costanza seufzte tief und sah ihn bittend an. »Würdest du mir dennoch etwas über die Frauen der Familie erzählen? Ich weiß so wenig.«

»Nun, ja«, sagte Santino geschmeichelt. »Was willst du denn wissen?«

Jetzt oder nie! »Großvater Jacopo hat Großmutter Maddalena geheiratet, obwohl er ein Tagelöhner war, Maddalena aber aus guter Familie stammte und die Eltern dagegen waren. Wie ist das gekommen?«

Santino schnitt ein Gesicht. »Mir wäre lieber, du hättest nicht gefragt. Maddalena war in Umständen, als Jacopo sie geheiratet hat.«

»Von ihm?«

Der Vater hob den Kopf und blinzelte in den wolkenlosen Himmel. »Muttergottes, verschone uns von neugierigen Töchtern! Nein, es war nicht sein Kind. Der Erzeuger war offensichtlich zu stolz, eine entehrte Frau zu heiraten, und damit hatte er recht. Ich hätte Maddalena auch nicht genommen, das kann ich dir sagen. Aber sie bekam eine gute Mitgift, und so hat Jacopo sich zu dem Handel bereit erklärt.«

»Dann hat Großmutter Maddalena also all die Jahre von ihrer Mitgift gezehrt«, stellte sie erleichtert fest, weil sie dieses nun geklärt hatte.

»Nein, wo denkst du hin? Die war bald aufgezehrt. Maddalena war das Sparen doch gar nicht gewohnt …«

Costanza starrte ihren Vater bestürzt an. »Ich dachte, sie konnte gut wirtschaften.«

Santino lachte leise. »Ja, so haben sie es immer dargestellt. Kluger Zug. Nein, Maddalena hat immer mit vollen Händen ausgegeben. Aber es gab einen Notar, der sich darum gekümmert hat, dass es nicht unvernünftig viel wurde. Weißt du, die Konstitutionen des Stauferkaisers Friedrich II., der gleichzeitig König von Sizilien war, hatten viele engherzige Bestimmungen. Aber es gab auch gute, weil sein Grundsatz die Gerechtigkeit war. Maddalena war bis zu ihrem Tod Nutznießer davon und Rosalia bis dahin auch. Keinem Gauner gelang es, Maddalena auszunehmen.«

»Hm, hm«, murmelte Costanza höchst erstaunt. »Weiß Mutter das alles?«

»Deine Mutter weiß nichts. Das ist Männersache. Übrigens erlaube ich dir weiterzuarbeiten. Meinetwegen nimm dich auch weiterhin der französischen Soldaten an.«

Der Vater ging, eine Hand im Gewand, die mit den leise klimpernden Münzen spielte.

Erlasse für die Gerechtigkeit. Davon hatte Costanza noch nichts gehört. Aber es imponierte ihr gewaltig, dass ein Herrscher sich um Gerechtigkeit gekümmert hatte. Im Gegensatz zu Männern, die eine Frau erst entehrten und dann zu stolz waren, sie zu heiraten. Das war nicht gerecht. Gerecht war auch nicht, dass der Vater alle Einnahmen für sich behielt.

Costanza hätte sich zu gerne auf der *Fera 'o lune*, dem Markt für allerlei Preziosen, eines der bunten Seidenbänder gekauft, die die jüdischen Seidenweber feilboten.

KAPITEL 6

Wundheilerin Costanza Cataliotti! Wohnt hier die Wundheilerin Costanza Cataliotti?«

Das Gebrüll musste ja noch an der Kathedrale zu hören sein! Oh, war das peinlich. Hoffentlich hatte der Vater nicht darauf geachtet! Costanza ließ den Wasserkrug fast auf einen Kräutertopf fallen und eilte an die Pforte.

Dort standen in der ersten Reihe wenigstens fünf Männer mit Schwertwunden im Gesicht, wie sie in einem schnellen Überblick feststellte, und dahinter noch einige mehr.

»Ein Scharmützel«, erklärte der Anführer müde. »Eure Landsleute bewaffnen sich mittlerweile mit Schwertern, wie es scheint. Werdet Ihr meine Männer behandeln?«

»Cavaliere Henry«, stammelte Costanza und starrte ihm erschrocken ins Gesicht. Schwarze Lavaasche hatte sich mit Schweiß vermischt und seine Haut mit Streifen bedeckt, die eine Schläfe war mit Blut besprenkelt, aber seiner Nase war anscheinend nichts passiert. Gottlob hielt die Naht, obwohl die Nase geschwollen war, und er war kein zweites Mal verletzt worden, jedenfalls nicht im Gesicht.

»Ihr erinnert Euch?«

»Wieso sollte ich nicht?«, fragte Costanza entrüstet. »Ich habe Euch behandelt, und ich erinnere mich an jeden meiner Patienten. Aber Ihr hättet zur Wundversorgung noch mal kommen sollen. Und Ihr müsstet Euch schonen, das habe ich Eurem Knappen auch deutlich gesagt! Selbst der kleine Lehrling hatte es verstanden. Anstrengung und Hitze lassen das Blut in den Kopf steigen und könnten die Nähte sprengen.« So ihre Befürchtung, sie wusste es nicht genau. Der Vater hatte keine seiner diesbezüglichen Überlegungen und Erfahrungen, die er ja haben musste, an sie weitergegeben. Sie musste sich eigene aneignen.

Henry lächelte schwach. »Mein Lehrling ist ein Knappe und heißt Rainier. Er hat mir Eure Anweisungen ausgerichtet. Der andere war ausgeborgt.«

»Ist Rainier auch verletzt?« Costanza spähte erschrocken durch die Reihen des Trupps.

»Nein, nein. Beruhigt Euch. Er ist im Lager. Seine Mutter würde mich mit dem Besen aus ihrer Burg jagen, wenn ich ihn schon auf das Schlachtfeld mitnähme. Er hat gerade erst sein geweihtes Schwert empfangen.«

Costanza machte große Augen. Sollte sie wirklich glauben, dass die Frauen von Frankreich solche Macht hatten? Dann hatten sie es besser als Frauen in Catania. Endlich besann sie sich. »Kommt unter die Bäume. Die Verletzten sollten nicht in der Sonne stehen.«

»Übrigens wollte ich Euch noch etwas erzählen, worüber Ihr Euch freuen werdet«, fuhr Henry fort, während er seine Leute hereinwinkte. Die meisten warfen sich in den lichten Schatten der Zitronenbäume und bespritzten ihre Gesichter mit dem Wasser aus dem Bächlein.

»Ja?«, fragte Costanza unkonzentriert, während sie die Schar musterte. »Ihr solltet alle, die ich nicht behandeln kann, schon zu Euren eigenen Ärzten schicken. Je eher sie hinkommen, desto besser.«

»Damit habt Ihr sicher recht. Aber ich will es nicht. Unsere Männer schwören mittlerweile auf Eure Behandlungsmethoden. Diejenigen, die von Euch versorgt wurden, schwärmen in höchsten Tönen davon.«

»Nanu«, sagte Costanza dumpf und ahnte schon, dass es nicht sonderlich hilfreich war, vom Feind gelobt zu werden.

»Die meisten sind sofort wieder einsatzfähig gewesen, weil sie kaum Schmerzen an den genähten Wunden hatten. Ich habe mir diese Männer selbst angesehen. Ein wenig Eiter zuweilen, aber sonst war die Heilung bei jedem einzelnen tadellos. Ihr wisst, wie unsere eigenen Wundärzte behandeln?«

»Gesehen habe ich es noch nicht«, gab Costanza zu.

»Wer Glück hat, bekommt es mit dem Brenneisen zu tun, mit dem die Wunde ausgebrannt wird. Die Schmerzen sind ungeheuer.«

»Kennen Eure Wundärzte denn keine Schlafschwämme, die den Schmerz nehmen?«

Henry zuckte die Schultern. »Das weiß ich nicht. Auf jeden Fall wenden sie nichts dergleichen an. Vielleicht ist in der Schlacht keine Zeit für umständliche Prozeduren.«

»Umständlich ist es nicht«, widersprach Costanza. »Aber natürlich ist fertiger Mohnextrakt kostspielig. Und was ist mit denen, die kein Glück haben?«

Der Ritter schüttelte sich. »Die werden mit siedendem Öl behandelt. Ihr Gebrüll geht einem durch Mark und Bein, und man ist erleichtert, wenn sie endlich still sind, weil sie bewusstlos werden.«

»Das hört sich grauenhaft an.«

»Ja, ist es auch. Das Seltsame ist nur, dass die Wunden nicht schneller oder besser verheilen als die von Euch genähten. Im Gegenteil. Manche Männer sterben sofort. Weil ihre Konstitution zu schwach ist, wie mir einer unserer Wundärzte erklärte, als ich ihn fragte. Er wollte mir nicht glauben, als ich ihm von Euch erzählte. Die behandelten Männer hat er sich widerwillig angesehen und das Ergebnis als Zufall abgetan.«

Heilige Muttergottes, dachte Costanza beklommen. Hoffentlich sprach sich das nicht herum! Sie hatte nicht auffallen wollen, vor allem nicht durch Heilerfolge, die in aller Munde waren. »Wahrscheinlich hatte ich es mit wesentlich leichteren Verwundungen zu tun als Eure Medici«, erklärte sie glatt.

»Das glaube ich nicht«, erwiderte Henry bestimmt. »Ich habe die Männer über die Schwere ihrer Verletzungen befragt. Ihr müsst wissen, dass ich auf meinen beiden Burgen treue, tüchtige Vorsteher des Reitstalls, Vater und Sohn, habe. Einer ihrer Vorfahren war zu arabischen Zeiten in Spanien Pferdearzt und hat viele uralte Geheimnisse überliefert. In der Burg, in der ich mich mit meiner Familie meistens aufhalte, betreut der Ältere von beiden die Pferde. Er ist eine Quelle des Wissens, und mit ihm unterhalte ich mich oft. Pferdeverletzungen werden nie mit kochendem Öl behandelt. Die Tiere würden sofort sterben.«

»Menschen sind keine Pferde.«

»Ich glaube, so unterschiedlich sind Menschen und Pferde gar nicht ... Höchstens darin, dass Pferde keine Gemeinheiten austeilen.«

Insgeheim hatte Costanza solche Vermutungen auch schon gehegt. Henry beschäftigte sich mit genau den Dingen, die sie gerne mit ihrem Vater diskutiert hätte. Und der Ritter meinte es offenbar ganz ernst, ohne auch nur einen Gedanken daran zu verschwenden, dass er der kirchlichen Lehre widersprach.

»Eure Erfolge sind Tagesgespräch bei den Kriegern ...«, sagte er, als sie nicht antwortete.

»Und was weiter?« Costanza spürte, dass da noch etwas war, was er nicht ausgesprochen hatte.

»Einer der Männer weigerte sich, mit Öl behandelt zu werden. Er schrie und schrie. Immer wieder verlangte er, zu Euch gebracht zu werden ... Da haben die beiden Barbiere, die gerade im Lager von Aci Castello zur Behandlung von allerlei Beschwerden eingetroffen waren, den brandigen Fuß mit der Axt abgeschlagen. Er starb, und sie holten nicht einmal den Priester.«

Costanza gab einen Schreckenslaut von sich. »Ich hatte doch einfach nur Glück ...«

Inzwischen waren sie an der Treppe angekommen. »Ich werde dem Vater Bescheid sagen«, erklärte Costanza entschlossen, nachdem sie sich wieder gefangen hatte, und schickte schon mal Guglielmo los, damit er in den Feigenbaum stieg, um die besten Blätter auszuwählen. Dann suchte sie ihren Vater auf. Er stand an der schattigen Seite des Hauses neben der Ölpresse und dachte offensichtlich über ihre Reparatur nach. Bis zur nächsten Ernte im Herbst musste sie in Ordnung sein. Er hatte von der ganzen Aufregung im vorderen Gartenteil nichts mitbekommen.

Sie gab ihm eine Kurzfassung über die Art der Verwundungen, die sie im ersten schnellen Überblick bekommen hatte. »Entscheide du, wen du zur Behandlung übernehmen möchtest, Vater«, bat sie zum Schluss. »Vielleicht zuerst den, dem auch viel von der linken Wange fehlt ...?«

»Ich?« Santino Cataliotti betrachtete seine Tochter, als falle sie ihm wieder einmal als Missgeburt auf.

Costanza rückte erschrocken zurück. Sie war zu weit gegangen. Sie hatte ihm ein Angebot gemacht, undenkbar für eine gehorsame Tochter. Ihr verfluchter Hochmut! Manchmal ertappte sie sich selbst. »Ich wollte sagen ...«, stammelte sie.

Ihr Vater unterbrach sie. »Keinen.«

»Was?« Costanza schüttelte irritiert den Kopf. »Hast du etwas anderes vor? Die Ölpresse ...«

»Nein, die hat Zeit. Ich behandele keine Feinde ...«

»Uberto?« Costanza hatte seine Drohung, das Haus zu verlassen, nicht vergessen.

»Wie kommst du darauf? Ich handele nicht auf Befehl meines eigenen Sohnes«, sagte Santino verächtlich. »Ich bin Sizilianer. Ich handele als Sizilianer.«

»Ich als Mensch«, hielt Costanza trotzig dagegen. »Ich glaube, wenn man diese jungen französischen Burschen befragte, würden sie lieber die Äcker ihrer ritterlichen Herren bestellen. Oder Pferde vom arabischen Schlag züchten ... Alles besser, als sich hier die Nasen abschlagen zu lassen. Und es sind so viele ...«

»Hochmut kommt vor dem Fall.«

»Du meinst, sie tragen die Nasen hoch?« Costanza schmunzelte insgeheim. »Das glaube ich nicht ...«

Die Hoffnung, der Vater würde ihr wenigstens eine glückliche Hand wünschen, trog. Auf einem Schemel stehend, starrte er mürrisch in den Trichter hinein. »Nein, ich meinte dich«, rief er ihr hinterher, als sie sich schon abgewandt hatte.

Ihre Arbeit währte bis in die Nacht hinein, die warm und sternenklar war. Nach und nach verringerte sich die wartende Schar. Das leise Gemurmel einiger wehte durch den Garten, andere schliefen schnarchend. Costanza schickte Guglielmo zu Bett.

Ritter Henry half, wo er konnte. Er hielt den Mann fest, der gerade kuriert wurde, er sprach ihm zu, er organisierte den

Rücktransport ins Lager für die schwerer Verletzten. Es sollte ein Fußweg für einen halben Nachmittag sein, wie lang man zu Pferde brauchte, wusste Costanza nicht.

Zum ersten Mal erfuhr sie, dass nicht nur ein sizilianischer König, sondern auch ein französischer Ritter Verantwortung für seine Männer trug.

Als der Letzte sich auf den Heimweg machte, waren sie beide erschöpft. Costanza holte ein wenig Wein aus dem Vorrat, den sie sich redlich verdient hatten. Nach dem ersten Becher, den Henry in einem Zug hinunterstürzte, holte sie eines der scharfen Messer, rückte das Öllämpchen näher heran und bat den Ritter, die Augen zu schließen.

Die Wunde auf der Wange war verschorft. Ein kurzer, schneller Schnitt trennte die auf der Nase inzwischen festsitzende Wangenhaut von ihrer Wurzel. Es sah sehr gut aus, auch wenn sie es vorgezogen hätte, damit noch zu warten. Aber weil er ein Krieger war, bei dem man nicht wusste, wann er wiederkommen konnte, schien es ihr so besser. Henry zuckte nicht einmal, nahm aber ein Schwämmchen entgegen, das er auf die frische Schnittstelle drücken konnte, um das Blut zu stillen.

Im Dunklen saßen sie unter einem Zitronenbaum, nippten an ihren Bechern und blickten gelegentlich in den Sternenhimmel. Von der Hauswand strahlten die Lavasteine noch die Hitze des Tages ab.

»Ihr seid sehr schön«, sagte Henry leise. »Erlaubt, dass ich es Euch so unverblümt sage. Warum seid Ihr nicht verheiratet?«

Costanza war gänzlich verwirrt und wusste nicht, wie sie sich verteidigen sollte. Außerdem galt sie als hässlich. »Ich bin anders, als die sizilianischen Männer es von Frauen erwarten«, bekannte sie schließlich ehrlich. »Ich widerspreche, auch wenn ich es gar nicht will. Ich denke mit dem Kopf, nicht mit dem Herzen, wirft man mir vor.«

»Der Kopf sieht klarer als das Herz. Aber wenn das Herz sich mit dem Kopf zusammentut, kommt häufig etwas heraus, was man Mut nennt. Ihr habt ihn. Das ist eine seltene Eigenschaft. Auch bei Männern.«

Er machte Costanza verlegen. »Müsstet Ihr nicht längst auch im Lager zurück sein?«, fragte sie ausweichend.

»Nein. Wir befinden uns ja nicht in einer Feldschlacht, sondern im eigenen Land, jedenfalls nach dem Verständnis meines Königs Karl und dem unseres Heiligen Vaters Martin. Unsere Aufgabe ist das Einfordern von Vorräten für einen Kreuzzug, und das macht jeder Cavaliere auf seine eigene Weise.«

»Ich weiß«, sagte Costanza voll Erbitterung. »Ein Totschlag hier und da als Ermahnung vorweg, Plünderung des Stalles und zum Abschied vielleicht ein kleiner Brand des Anwesens, falls die Übergabe nicht freudig genug vonstatten ging.«

Henry schmunzelte. »Der Beweis für Euren Widerspruchsgeist folgte ja sofort! Eure Offenheit ist selten in diesem Teil der Welt, er scheint mir eher zu unserem zu gehören. Anderen Franzosen gegenüber solltet Ihr trotzdem Eure Zunge um mehr Zurückhaltung bitten.«

»Meine Zunge hat eigene Vorstellungen. Zuweilen hilft sie mir. Zuletzt kurz vor Ostern«, fuhr Costanza mit verstohlenem Lächeln fort. »Ein Ritter hat meine Schweine gerettet, nur weil meine Zunge ohne jeden Anstand auf ihn einsprach. Cavaliere Guy Le Brun heißt er. Er hat mit einem Zeichen am Tor verhindert, dass bei uns geplündert wird. Stellt Euch vor! Kennt Ihr ihn?«

»Hmmm«, brummte Henry.

»Dabei weiß ich gar nicht, warum er mir half.«

»Nun, Ihr seid hübsch genug, um Männer dazu zu bringen, andere im Zaum zu halten.«

»Ich habe nicht dafür gezahlt, wenn Ihr das meint«, sagte Costanza heftig. »Ich bin nicht käuflich!«

»Selbstverständlich nicht«, sagte Henry bedächtig. »Es könnte natürlich sein, dass Le Brun es als Vorschuss betrachtet.«

»Nein! Er schien einfach zu verstehen, wie wichtig mir unsere Tiere sind.« Costanzas Wangen glühten vor Verlegenheit, das fühlte sie, aber es war so dunkel, dass man es nicht sehen würde.

»Mmm.«

»Meint Ihr, nicht?«

Henry nahm einen tiefen Schluck. Costanza hörte, wie der Wein durch seine Kehle rann. »Was die Verletzungen bei meinem Trupp betrifft …«

»Ja?« Costanza war sofort bei der Sache.

»Ich hatte einen weiteren Grund, mit meinen Leuten zu Euch zu kommen. Ihr habt möglicherweise bemerkt, dass wir nicht die Wunden davontrugen, wie sie in einer Schlacht üblich sind?«

Costanza nickte. Die Krieger, die aus der Schlacht von Paternò davongekommen waren, waren anders zugerichtet gewesen.

»Gut. Wir gerieten mitten in Catania in einen Hinterhalt, wurden von beiden Seiten eingeschlossen und sogar von oben aus dem ersten Stockwerk der Häuser dieses Straßenzuges angegriffen. Es war wie eine Falle, in der wir bereits erwartet wurden, und das Ganze war organisiert. Zuerst jagten wild gemachte Eselhengste durch die Gasse, und während sich meine Edelknechte und Sergenten noch auf die Füße rappelten, kamen maskierte junge Männer von beiden Seiten, schnell wie ein

Wirbelwind. Sie versuchten, den Männern die Nasen abzuschneiden, selbst den Bewusstlosen. Ich habe das seltsame Gefühl, dass dies eine besondere Bedeutung haben muss.«

Costanza schluckte und schüttelte entgeistert den Kopf.

»Ich weiß, dass das Abschneiden der Nase in uralten Zeiten in einem Land namens Indien eine Strafe war. Gilt das Abschneiden von Nasen bei euch Sizilianern womöglich als Beleidigung? Könnt Ihr Euch auf die Sache einen Reim machen?«

»Ich glaube nicht«, stammelte Costanza. Uberto? Schon als Henry erwähnt hatte, dass die Einheimischen jetzt mit Schwertern auf die Franzosen losgingen, hatte sie an Uberto und seine Widerstandsgruppe gedacht.

Und dann ausgerechnet die Nasen! Hatte es sogar etwas mit ihr zu tun? Furcht kroch über ihren Rücken.

»Wirklich nicht?«, fragte Henry skeptisch, aber weiterhin freundlich.

»Nein, nein!«

»Ich muss dann los.« Der Cavaliere sprang auf. »Ich danke Euch für die Behandlung und den Wein. Ist es in Ordnung, wenn ich Euch einfach den Beutel übergebe? Rainier hat beteuert, dass sich darin ausschließlich Goldmünzen befinden, und er ist ein äußerst verlässlicher Knappe, der beste, den ich je ausgebildet habe.«

Bei der Schwere des Beutels stieß Costanza ein verwundertes Keuchen aus. Aber bevor sie sich bedanken konnte, eilte der Cavaliere den Gartenweg entlang und war zum Tor hinaus.

Nachdenklich kehrte sie in den Behandlungsraum zurück, wo sie auf dem Wandbett schlief, auf dem bei Tage die Verletzten behandelt wurden. Als sie die für den Tag verstaute dünne Matratze und ihr Kissen aus der Küche holte, grunzten dort nur die Schweine im Schlaf. Uberto war nicht da.

»Cavaliere Henry und sein Trupp sind noch nicht zurück, Cavaliere Le Brun«, sagte Rainier und verbeugte sich artig.

»Das will ich hoffen«, meinte Le Brun und schob sich durch den Zelteingang, ohne auf Rainiers Zehen unter seinem Stiefel Rücksicht zu nehmen.

Rainier unterdrückte sein erschrockenes Keuchen und folgte dem fremden Ritter wohl oder übel, der sich auf die Truhe warf und sich umsah. »Dein Herr ist begütert?«

»Das kann ich nicht beurteilen, Cavaliere. Und wenn ich es könnte, würde ich darüber keine Auskunft geben.«

»So? Du bist treu, hä?«

»Ich bin Knappe eines Ritters, Cavaliere.«

»Stolz auch noch? Oder meinst du etwas Bestimmtes, was mich betrifft?«

Rainier nickte und schüttelte danach verwirrt den Kopf. »Darf ich Euch einen Becher Wein anbieten?«

»Das darfst du. Du bist also doch lernfähig. Ich hatte schon geglaubt, dein Kopf sei auch mit Flachs gefüllt.«

Rainier strich erschrocken eine blonde Haarlocke hinter die Ohren.

»Dein Herr trinkt Wein. Das ist normal. Aber isst er auch Fleisch?«

Die Frage verwirrte Rainier noch mehr. »Nicht besonders viel, Cavaliere«, beteuerte er. »Ritter Henry lebt bescheiden.«

»Das sieht man«, sagte Le Brun in sarkastischem Ton und betrachtete beziehungsvoll die morgenländischen dunkelroten Teppiche, die in einer dicken Schicht auf dem nackten Erdboden lagen und so viel Häuslichkeit vorgaukelten, wie nur möglich war.

»Ich schüttele sie jeden Morgen aus.«

Le Brun machte eine wegwerfende Geste. »Hast du schon

mal etwas von Katharern gehört? Sie selbst nennen sich die Reinen.«

»Nein, Cavaliere«, antwortete Rainier verzweifelt. »Sollte ich das? Wenn ja, tut es mir leid, Eure Frage nicht beantworten zu können.«

Le Brun grinste, klopfte sich auf die Oberschenkel und erhob sich. Den Becher trank er im Stehen in einem Schluck aus und warf ihn Rainier zu, der ihn verdutzt auffing.

Erleichtert sah Rainier dem Heerführer nach, der die Zeltgasse nach Norden beschritt. Er hatte sein Zelt an der höchsten Stelle des Lagers aufschlagen lassen, ob zur besseren Überwachung der Krieger oder weil er so in den Genuss der gelegentlich vom Hügel herabstreichenden Lüftchen kam, wusste Rainier nicht.

Dann zog er sich blitzschnell zurück. Le Bruns Knechte, der ältere ein Sergent, der oft die Knappen bei Waffenübungen schikanierte, schlenderten hinter dem benachbarten Zelt hervor und schlossen sich ihrem Herrn an. Der legte viel Wert auf den Titel Cavaliere, aber eigentlich war er ein Edelknecht ohne Schwertleite und besaß die Ritterwürde nicht auf Dauer, hatte Cavaliere Henry Rainier aufgeklärt. Manchmal vergaß Rainier sich und nannte ihn nur Monsieur, aber jetzt schwor er sich, in Zukunft immer daran zu denken, denn Le Brun machte ihm von Besuch zu Besuch mehr Angst. Und wozu hatte er Bewaffnete mitgenommen? Damit sie ihren Herrn mitten im Lager schützten? Vor Rainier etwa? Sehr seltsam.

Gleich am nächsten Morgen zog Costanza den Beutel unter dem Kopfkissen hervor, um ihn dem Vater hochzubringen, in der Hoffnung, die unerwartet hohe Summe würde ihn versöhnen.

Glücklicherweise war Uberto, der auf der Bank in der Küche seinen Schlafplatz hatte, in der Nacht nicht nach Hause gekommen und hatte vom ganzen Trubel am Nachmittag auch nichts mitbekommen. Gewiss hätte er den Geldsegen geahnt und Costanza gezwungen, einen Teil davon herauszurücken, einzig aus dem Grund, weil dieser ihm als Bruder zustand.

Die Tür öffnete sich vom Treppenabsatz geradewegs in die vordere Stube, wo außer dem Säugling alle jüngeren Geschwister schliefen. Vater Santino erteilte gerade Mariannina den Befehl, den Nachttopf für den nächtlichen Urin zu entfernen, als ob sie nicht selbst gewusst hätte, dass es ihre Aufgabe war.

Mariannina nickte gehorsam und stemmte den schweren Tontopf wie ein Wassergefäß auf den Kopf hoch. Der Vater sah ungnädig zu Costanza herüber, schob mit dem Fuß die Feuerkieke, die zu dieser Jahreszeit nicht verwendet wurde, in die Ecke und bedachte sie mit unterkühlter Schweigsamkeit. Aus dem Schlafraum der Eltern ertönte das Klappern des Webrahmens. Sie waren begütert genug, um sich einen leisten zu können.

Als Marianninas vorsichtige Schritte auf der Treppe verklungen waren, streckte Santino die Hand nach dem Beutel aus und steckte ihn ohne Dank ein. »Eines Tages stößt dich unser himmlischer Herr mit der Nase in den Dreck, um dir zu zeigen, wie unangemessen dein Handeln ist. Ich werde ihm auf Knien danken, wenn deine Strafe nicht allzu hart ausfällt.«

»Was?«, stammelte Costanza.

»Muss ich mich wiederholen?«, höhnte der Vater. »Mir zur Hand zu gehen war eine Sache. Ein paar einfache Behandlungen auch. Aber was du jetzt machst, ist unnatürlich, überheblich und unchristlich. Der Herr duldet es nicht.«

»Es ist das Gleiche, das du machst«, widersprach Costanza trotzig.

»Nein, das ist es nicht! Ich bin ein Mann und du eine Frau!«

Ein Rest von Vernunft ließ Costanza die Zähne zusammenbeißen, bis sie schmerzten. Während sie sich zu fassen suchte, eilte die Mutter zur Treppe, um ihre Arbeit in der Küche aufzunehmen, gleichzeitig stürmte Mariannina hoch, um sich im Schlafzimmer der Eltern an den Webstuhl zu setzen.

»Guglielmo wird derjenige von meinen Söhnen sein, der das Gewerbe in die nächste Generation trägt. Er hat gute Anlagen.«

Inzwischen kochte Costanza vor Wut. »Dass ich längst mache, was er noch lernen muss, zählt nicht?«

Santino schnitt eine Grimasse, was hieß, dass die Frage zu dumm war, um sie einer Antwort zu würdigen. »Übrigens verbiete ich dir, Uberto weiter zu reizen. Als dein älterer Bruder kann er Respekt von dir erwarten. An seiner Stelle hätte ich dir deine Frechheiten längst heimgezahlt.«

»Respekt vor einem, der seinem Vater Geld stiehlt, um sich dafür ein Schwert zu kaufen, mit dem er prahlen kann? Er gackert wie ein Huhn, das ein Ei gelegt hat …«, spottete Costanza. »Glaubst du, dass ein solcher Sohn dir Ehre macht?«

Das traf. So tief, dass der Vater sich stumm umwandte und mit gesenktem Kopf in das Schlafzimmer ging, in dem regelmäßiges Klappern eingesetzt hatte und außerdem das Greinen des Säuglings zu hören war. Das mütterliche Bettzeug war noch aufgeschlagen, und darüber schaukelte das Brüderchen in seiner Hängewiege.

Costanza war unbehaglich zumute, nachdem sie ihrem Vater die Wahrheit so unverblümt gesagt hatte. Andererseits musste er endlich zur Kenntnis nehmen, dass Uberto ein Taugenichts war. Und zugeben, dass sie diejenige war, die das Gewerbe in die nächste Generation trug. Guglielmo trug bisher nur Baumblätter, mehr konnte man von ihm noch nicht sagen.

Voller Trotz stieg Costanza die Treppe hinunter, um zu sehen, ob sie der Mutter möglicherweise doch mit irgendetwas zur Hand gehen konnte. Als stumme Abbitte, weil sie dem Vater die ihm gebührende Achtung verweigert hatte.

Die Mutter stand wie zu erwarten am Herd, und in einer Schüssel auf dem Tisch ruhte ein Teig. Inzwischen war Uberto zurückgekommen. Mutter und Sohn führten ein launiges Gespräch, lachten zusammen und wirkten sehr vertraut miteinander. Rosalias Miene verschloss sich, als sie Costanza bemerkte.

»Kann ich dir helfen, Mutter?«, fragte Costanza. Ihre Mutter musste doch wenigstens ihr Bemühen anerkennen.

»Du könntest den Teig ausrollen«, antwortete Rosalia unter Zögern, und Uberto grinste beziehungsvoll.

»Natürlich, gerne.« Costanza schlug den Teigklumpen forsch auf die schon bemehlte Tischplatte. »Habt ihr heute Nacht wieder Nasen abgeschlagen?«, fragte sie ihren Bruder. »Du und dein Geheimbund, meine ich.«

Uberto verlor auf der Stelle sein überhebliches Gehabe, riss sich seine bäuerliche Kappe vom Kopf und schleuderte sie zu Boden. »Was geht dich an, was ich mache?«, zischte er.

»Ich frage ja nur.« Costanza begann den Teig mit einem Rundholz auszurollen. »Ein Trupp Franzosen wurde gestern heimtückisch von Maskierten überfallen, die nicht etwa töteten, sondern Nasen abschnitten. Das ist kein Krieg gegen Feinde gewesen, sondern bösartigste Rache.«

»Na und? Wir wehren uns so, wie wir es am besten verstehen.«

»Das ist nicht wahr! Verstümmelung ist eine unerlaubte Handlung!« Genau wie die Gewalt an Frauen, aber Costanza hütete sich, dies laut zu sagen.

»Diese fremden Männer müssen aus Catania vertrieben werden«, stand Mutter Rosalia in selbstgerechtem Ton ihrem Lieblingssohn bei und leckte an einem Löffel. »Uberto und seine Freunde sind so mutig, wie es sich für die Besten gehört. Ich bete jeden Tag in Sant'Agatas Kapelle für sie.«

»Ich weiß, dass Sant'Agata euch beiden lieb und teuer ist«, sagte Costanza schnippisch. »Aber wenn Uberto ihr Gold ein zweites Mal für ein noch besseres Schwert ausgibt, wird sie sicherlich sehr, sehr böse mit ihm werden und deine Fürbitten nicht mehr anhören, Mutter.«

Mutter Rosalia fuhr herum. Mit beiden Händen auf den Hüften schritt sie zu Uberto, der ihr unschuldig lächelnd entgegensah, und gab ihm eine schallende Ohrfeige. »Sant'Agata bestiehlt man nicht!«

Uberto war zu verblüfft, um zu protestieren. Ungläubig rieb er sich die Wange. Als sein Blick auf die triumphierende Costanza fiel, sprang er auf und machte sich auf den Weg nach draußen. Unbemerkt von der Mutter, stieß er Costanza seine geballte Faust in den Magen.

»Sagtest du etwas?«, fragte Rosalia.

»Nein«, bekam Costanza undeutlich heraus, stützte sich mit beiden Händen auf den Tisch und bemühte sich, den Schmerz zu ignorieren. Als die Wellen endlich abebbten, sah sie vor sich den dünnen Pastateig, gelb wie die Haut eines kranken Menschen.

Wie von selbst machten ihre Finger sich daran, an ihm zu zupfen und zu ziehen. Er wurde dünner und dünner, schließlich durchscheinend und bedeckte eine Tischfläche, die doppelt so groß war wie die ursprüngliche. So müsste man es mit der Haut auch machen, dachte sie atemlos vor Entdeckerfreude, dann könnte man die Entnahmestelle ganz klein halten und doch viel Wunde abdecken.

Die Hand ihrer Mutter fiel mit einem Klatschen auf ihre Finger, das schmerzte wie der Schlag einer Peitsche.

KAPITEL 7

Die hellhäutigen Schweine waren kräftig gewachsen, dank der Pastareste, die Costanza ihnen in den Trog schmuggelte. Esskastanien mochten sie nicht sonderlich, Feigen umso mehr, aber davon gab es nicht viele. Bis jetzt hatte Costanza nicht herausfinden können, wer ihr diese Tiere mit zusammengeschnürten Klauen in den Garten gelegt hatte. Derjenige hätte sie doch selbst aufpäppeln und essen können.

Der Krieg gegen die Bevölkerung, der kein richtiger Krieg war, schwelte wochenlang weiter. Gelegentlich verzogen die Franzosen sich in eine andere Gegend, wenn aber die Leute in Catania und den Dörfern an der Via Magna zwischen Paternò und Aci Reale sich in Sicherheit wähnten und die Schafe und Ziegen aus den Verstecken in Weilern und Lagerschuppen an den höher liegenden Ätnaabhängen holten, fielen die Krieger blitzschnell über sie her und konfiszierten die Herden. Es war, als hätten sie einen besonderen Sinn für Bocksgestank.

Oder gab es Verräter? Gewissermaßen von einem Tag zum anderen hatte Costanza entdeckt, dass das wirkliche Leben außerhalb des väterlichen Anwesens ganz anders war, als sie geglaubt hatte. Meistens im Haus beschäftigt und nur zum Kirchgang oder zum Besuch des Kräutermarkts in der Stadt, war sie kaum jemals Gewalt direkt begegnet.

Aber jetzt tauchten immer wieder in ihrem Kopf die schrecklichen Bilder von den Greueln im Gut der Familie Pesce auf. Die Ermordung von fünf Erwachsenen und einem Kleinkind hatte sie aufgerüttelt. Die Totschläger waren diejenigen, die sie mit so viel Glück vom eigenen Anwesen abgewiesen hatte, und immer noch fragte sie sich, ob sie die Schreckenstat hätte verhindern können. Und warum niemand aus der unmittelbaren Nachbarschaft zu Hilfe gekommen war.

Zu ihren beunruhigenden neuen Wahrnehmungen gehörte auch das Rätsel um das Geld, das sie verdiente. Was machte der Vater mit den Münzen, die er einstrich? Fisch, Käse, Mehl und Gemüse, soweit sie es nicht selbst anbauten, brachte er vom Markt mit nach Hause – aber wo blieb der Rest des Geldes? Jedoch konnte sie ihn nicht fragen, und die Mutter würde es schon gar nicht wagen.

Costanza versuchte in aller Behutsamkeit Marianninas Meinung dazu zu erfahren. »Weißt du, wo Vater ist, wenn er alle Tage so lange ausbleibt?«, fragte sie harmlos.

Ihre Schwester sah sie mit hochgezogenen Augenbrauen an. »Du meinst, wenn er den halben Vormittag braucht, um zwei Fische zu kaufen?«

Costanza nickte. Mariannina hatte es faustdick hinter den Ohren. Sie sah alles, bedachte das meiste und sprach wenig.

»Ich weiß es nicht. Und weißt du, ob es Ubertos Idee war, den Fremden die Nasen abzuschneiden, damit du Geld für uns verdienst?«

Costanza zuckte erschrocken zusammen. »Ob es seine Idee war, weiß ich nicht. Aber es war seine Gruppe.« Und außerdem eine Falle, in die er sie hineingelockt hatte. Sie galt inzwischen als Überläuferin, wie Uberto ihr in aller Behaglichkeit geschildert hatte. Sie konnte sich des Gefühls nicht erwehren, dass er etwas Bestimmtes bezweckte. Der Gedanke verschaffte ihr Unbehagen.

Mariannina ergriff Costanzas Hände, um zu verhindern, dass sie sich ihr entzog. »Costanza, Ubertos Anliegen ist ganz sicher nicht, den Vater dir gegenüber milde zu stimmen. Er hat etwas vor. Du musst aufpassen.«

»Ich weiß«, seufzte Costanza. »Danke, Steinhühnchen.«

Eines Abends, schon in der Dämmerung, trugen Uberto und ein weiterer junger Mann einen Verletzten zum Tor herein. Dem Vater, der vor dem Haus ein kühles Lüftchen genoss, gebot Uberto mit dem Finger über den Lippen Schweigen. »Still, es darf niemand wissen, dass wir hier sind«, flüsterte er zur Erklärung.

Niemand? Oder die Franzosen? Die beiden Catanesi gehörten vermutlich wie Uberto zu der Gruppe, die sich im Kloster traf und die Feinde aus dem Hinterhalt überfiel.

»Weg hier«, fauchte Uberto, als sich Costanza über den Verletzten beugte, den sie auf der Behandlungsbank abgelegt hatten. »Vater, du musst ihn zusammenflicken. Er ist ... Er ist ... Nun ja, er ist unser wichtigster Mann. Wir brauchen ihn.«

Santino nickte bedächtig und schritt heran. »Ist er nicht der Jüngste von Tommaso Fallamonaca?«, fragte er.

»Keine Namen«, zischte Uberto.

Das war ja merkwürdig. Den Vater dieses Jünglings wollte Uberto noch vor ein paar Tagen nicht gekannt haben.

Santino nickte. Mit geschürzten Lippen betrachtete er sich die Wunde.

Sie sah nicht gut aus. Nicht nur die Nase war abgeschlagen worden, das Schwert hatte auch einen Teil der Stirnhaut mitgenommen. Unzählige Blutstropfen vereinigten sich auf der Stirn zu einer lackroten Schicht, liefen an beiden Schläfen als dickliches Rinnsal herunter und versickerten im feinen Leinenhemd. Aus dem Nasenrest hingegen strömte helleres Blut, außerdem würgte der Verletzte, um sich von der Flüssigkeit zu befreien, die ihm in den Rachen lief.

»Verschwinde, Costanza«, befahl Uberto. »Und lass deine schmutzigen Hände von ihm.«

»Bei der Behandlung von Wunden sind meine Hände makellos sauber. Und er wird ersticken, bevor er behandelt werden kann«, sagte sie unbeeindruckt. »Es sei denn, du lagerst seinen Kopf etwas höher.«

Uberto dachte gar nicht daran. Sein unbekannter Begleiter entledigte sich schließlich seiner Weste und stopfte sie dem Liegenden unter den Kopf.

»Danke. Und jetzt gehst du am besten«, befahl Costanza. »Das ist nichts für Männer, die den Anblick nicht gewohnt sind.«

Der junge Mann nickte, spuckte vor ihr aus und ging.

»Vater, willst du nicht anfangen?«, drängte Uberto.

Santino hob die Hände zu einer hilflosen Geste. »Es geht nicht. Du siehst ja, dass er auf der Stirn keine Haut mehr hat ... Man kann ihm nicht helfen.«

Costanza hörte verwundert zu. Natürlich konnte man ihm helfen.

»Was?«, schrie Uberto empört, ohne sich darum zu scheren, dass die stille Luft seine Stimme weit durch die mittlerweile im Dunkeln liegenden Gärten trug. »Ich habe allen meinen Freunden erklärt, dass sie vor den Schwertern der Feinde keine Angst haben müssten ... Du würdest jede Wunde heilen ...«

Dann hätte er sich wohl einmal beim Vater oder bei ihr erkundigen sollen, was sie konnten und was nicht, dachte Costanza aufgebracht. Statt mit Vaters Kunstfertigkeit zu prahlen und Erwartungen zu wecken, die ja auch mal nicht erfüllt werden konnten. In diesem Fall allerdings war es anders. Warum kam der Vater nicht endlich auf die Idee, sich von den Stirnseiten oder den Wangen Hautlappen zu holen? Es war schwieriger, aber deswegen würde man doch nicht von vornherein aufgeben. Sie selbst hätte noch einen ganz anderen Weg gewusst.

Der Vater betrachtete den Patienten von allen Seiten, wie man ein geschlachtetes Schaf begutachtet, tupfte mit dem Zeigefinger auf die blutige Stirn und schüttelte endlich bedauernd den Kopf. »Du hast es gut gemeint, Uberto, das ehrt dich. Aber in diesem Fall – nein.«

»Aber ich verliere mein Gesicht vor den anderen … Aufständischen wie ich.« Vor Aufregung über die unerwartete Weigerung des Vaters begann Uberto wieder wie als Kind zu stottern.

»Bring den jungen Fallamonaca zu einem der städtischen Chirurgen«, riet der Vater. »Die Nase können sie ihm nicht ersetzen – aber vielleicht sein Leben retten.«

Ubertos Freund stand plötzlich wieder in der offenen Tür. Er sagte nichts, aber er machte mit den Fingern eine abwehrende Geste.

»Das geht nicht, Vater«, bekräftigte Uberto mit unruhig umherirrenden Augen.

»Weshalb nicht?«

»Vater, das hat dich nicht zu interessieren!«

Santinos Hand griff wie von selbst zum Messer, das stets auf seinem Rücken in einer Scheide verwahrt war, bevor er sich besann und langsam zurücktrat. Sein Blick wanderte zu Uberto hinüber, und die sehnigen Muskelstränge an seinem Hals schwollen an. Er schien erstmals zu verstehen, wen er da in seinem Haus herangezogen hatte.

Costanza war vor Schreck der Mund offen geblieben. Was ging hier zwischen Vater und Sohn vor? War das der Beginn eines Bruchs zwischen beiden?

»Es steht dir nicht zu, mir so etwas ins Gesicht zu sagen!«, brachte Santino mühsam heraus.

»Ja, gut, Vater«, lenkte Uberto flüsternd ein, »es geht um unseren Aufstand gegen die Franzosen. Wir können nicht einem beliebigen Wundarzt auf die Nase binden, dass es eine geheime Organisation in der Stadt gibt. Wir wären im Nu verraten.«

»Wenn es so ist, kann ich dir auch nicht helfen«, sagte Santino, merklich kühler seinem Sohn gegenüber als gewöhnlich.

Uberto ballte die Fäuste und holte tief Luft. Dann wandte er sich zu Costanza um. »Und du?«

»Ich?« Meinte er das wirklich ernst?

Uberto nagte auf der Unterlippe. »Kannst du ihm helfen?«

Das war die Chance ihres Lebens. Für Menschen, die mit dem Kopf dachten. Für das Herz war hier kein Platz. »Ich werde es versuchen«, versprach Costanza.

Das Schwein schrie, als ginge es ihm ans Leben. Als Costanza und Guglielmo den Läufer endlich tief in die Ecke gedrängt hatten, stieß er mit dem Kopf zwischen ihre Beine und zappelte derart, dass Costanza Angst hatte, sich selbst oder den Bruder mit dem Küchenmesser zu verletzen.

Sie hielt es in die Höhe und beäugte das Tier. Nein, so ging es nicht. Man konnte ihm nicht einfach ein Stück Haut aus dem Leib schneiden. Ein Schlafschwämmchen kam nicht in Frage.

Wahrscheinlich hätte das Schwein es in seiner Gier gefressen. Abgesehen davon wusste niemand, wie Schweine auf Mohn reagierten.

Wieder einmal musste sie an den Stauferkaiser denken. Der hätte es längst ausprobiert und gewusst. »Wir müssen es schlachten«, sagte sie bedauernd. »Hol Uberto.«

Guglielmo ließ die Hinterbeine des Tieres fahren, das sich mit ihm durch das Türchen in der Absperrung drängte und in rasender Fahrt ein paar Runden durch die Küche drehte. Um ein Haar hätte es das Weinfass von seinem Sockel gestoßen, wenn Costanza ihm nicht in den Weg getreten wäre. Das zweite Schwein rannte panisch grunzend hinterher.

Uberto erschien. »Was willst du?«, fragte er und betrachtete ungläubig das Chaos.

»Fang sie ein«, schrie Costanza. »Schnell!«

Einige Augenblicke später lagen beide Schweine mit gefesselten Beinen quiekend in ihrer Ecke, und Guglielmo saß obendrauf.

»Ich möchte, dass du das eine Schwein schlachtest«, keuchte Costanza und strich sich das feuchte Haar aus der Stirn. »Wie Vater sagt, ist die Wunde deines Freundes derart beschaffen, dass die eigene Haut nicht reicht.«

»Du bist ja nicht bei Sinnen! Vater würde nie Schweinehaut nehmen.«

»Genau. Eben deshalb riet er zum städtischen Wundarzt. Das steht euch immer noch frei.«

Ubertos ungnädige Grimasse zeigte, dass er einlenkte.

»Guglielmo, sag Mutter Bescheid, dass sie sich auf nächtliche Arbeit einrichten muss«, bat Costanza. »Mariannina soll ihr helfen, ich habe keine Zeit …«

Im hinteren Gartenteil, wo immer geschlachtet wurde, begann Costanza ihr Werk der Hautentnahme. Sie entschied sich für den Bereich zwischen Vorderlauf und Brust, wo die Haut zarter schien, rosa und etwas weniger behaart.

Uberto, der die Laterne halten musste, machte ein angewidertes Gesicht und schlug das Kreuz.

»Kaiser Friedrich hätte es auch gemacht«, sagte Costanza, die es bemerkte, und säbelte verbissen. Die Haut erwies sich als erstaunlich dick, womit sie nicht gerechnet hatte, jedenfalls wesentlich dicker als die eines Menschen.

»Das ist Frevel und Sünde«, flüsterte Uberto mit wachsendem Entsetzen. »Mutter Kirche würde das niemals gutheißen. Hast du keine Angst vor der Hölle?«

»Kein Priester wird es erfahren. Oder beichtest du die Sünden anderer?«, setzte Costanza in scharfem Ton hinzu.

Uberto grunzte nur, und eine bessere Antwort würde sie von ihm nicht bekommen.

Costanza versuchte, die abgeschnittene Schwarte zu halbieren. Ihrer Berechnung nach durfte sie sie so dünn schneiden, wie es ihr möglich war. Wichtig war nur, dass die roten Blutstippchen vorhanden waren, die eine frische, lebende Haut kennzeichneten. So ging es jedoch nicht.

Dann kam sie darauf, das dünne Stück direkt vom Tier zu schneiden. Nach einigen Versuchen war sie zufrieden.

Endlich hatte sie mehrere Hautstücke beisammen. Damit sie sich nicht einrollten, breitete Guglielmo jedes einzelne geschickt auf eben gepflückten Blättern des Feigenbaums aus und hielt sie auf Costanzas Anordnung mit Wassertropfen feucht.

Danach überließen sie das Schlachtschwein der Mutter und Mariannina, die schon bereitstanden.

Rosalias grimmige Miene zeigte, dass sie nicht einverstanden war mit dem, was hier passierte. Aber niemals wäre ihr eingefallen, etwas abzulehnen, das sich zu Vorräten für die Familie verarbeiten ließ. Der hölzerne Trog, den Mariannina mitgebracht hatte, dampfte noch vom Ausbürsten mit kochendem Wasser, und ihre Hände waren von der Hitze gerötet und makellos sauber.

Vater Santino war hingegen weit und breit nicht zu sehen.

Henrys Bericht über die guten Heilungen hatte Costanza darin bestärkt, viel mit Essig und Wein zu arbeiten. Sie wusch neuerdings sogar ihre Hände in Essig, ohne es sich selber erklären zu können, warum es gut sein sollte. Die Sauberkeit hatte ihre Mutter ihr ans Herz gelegt, die der Meinung war, dass sich eingelegte oder gedörrte Nahrungsmittel länger hielten, wenn sie mit gewaschenen Händen zu Werke ging. Trotz ihrer gewohnten Widerspenstigkeit hatte Costanza festgestellt, dass die Mutter recht hatte.

Die Wundseite der Schweinehaut klebte wie von selbst auf der Stirn des Verletzten. Die Ränder festzunähen war schwierig, weil die Schweinehaut mehr Widerstand als Menschenhaut leistete, aber gegen Mitternacht war es geschafft. Costanza hatte erstmals ein Schlafschwämmchen zum Aufpolstern der verlorenen Nasenflügel verwendet, und gesäubert sah der junge Mann ganz annehmbar aus. Sie war sehr zufrieden.

Schließlich schützte sie alle Wunden und Nähte mit einem Leinenverband, der nur die Augen freiließ. Die Hohlräume neben beiden Nasenflügeln stopfte sie mit trockenem Seegras aus.

»Damit ist meine Arbeit getan«, sagte sie feierlich und beobachtete erleichtert, wie ihr Patient sich endlich rührte. Vier

Schlafschwämme hatte sie noch niemandem verabreicht, aber sie hatte auch noch nie jemanden so lange behandelt. »Er soll in drei Tagen wiederkommen.«

»In drei Teufels Namen wird er das«, murmelte Uberto und wich vor Costanza wie vor einer Aussätzigen zurück.

Costanza bleckte mit einem spöttischen Lächeln die Zähne, überließ ihm alles Weitere und ging.

Dass sie eine neue Heilmethode erfunden hatte, machte Costanza unglaublich stolz und froh.

Die Familie hüllte sich in Schweigen mit Ausnahme von Guglielmo, der sich mehrmals bei Uberto erkundigte, wann er Nino wieder herbrächte. Die Dreitagesfrist war bereits verstrichen.

»Du kennst diesen jüngeren Fallamonaca?«, fragte Costanza ihn erstaunt, die zufällig in die Küche kam.

»Natürlich. Er ist doch der Anführer der Gruppe, die gegen die Franzosen kämpft. Sie sind Helden«, antwortete Guglielmo treuherzig.

Uberto klopfte ihm geschmeichelt auf die Schulter. »Du wirst auch noch einer von uns.«

»Geduld, Uberto, das dauert noch eine Weile«, warf Rosalia ein und überprüfte mit den Fingern den Zustand einer Hinterkeule des Schweinchens, die im Rauchfang hing. Mariannina tat es ihr sofort nach.

Costanza äußerte sich nicht, sondern kaute nachdenklich auf ihrer Unterlippe herum. Offenbar war die Tätigkeit der Gruppe längst nicht so geheim, wie Ubertos Behauptung hatte vermuten lassen. Und damit fiel auch ihre Hoffnung, die neue Methode heimlich erproben, vielleicht sogar bei künftigen Verletzungen noch verbessern zu können, in sich zusammen.

Womöglich pfiffen es bereits die Spatzen von den Dächern, dass man Nasen jetzt auf weniger blutige Art ersetzen konnte. Auf teure allerdings.

Das Schwatzen der anderen wurde leiser. Sie verzogen sich nach draußen in den Zitronengarten, aber Costanza blieb, wo sie war, um nachzudenken. Man müsste die Schweinehaut auf irgendeine Art am Leben erhalten können, so dass ein Schwein für viele Verletzte verwendet werden konnte. Ein Schwein für eine Nase konnten sich nur Begüterte leisten.

Costanza tastete beglückt nach den zwei Goldstücken im Rocksaum, die sie von Henrys Lohn zurückbehalten hatte. Es würde ein Fest werden, vom eigenen Verdienst endlich die Kräuter einkaufen zu können, die sie für die Wundbehandlung ausprobieren wollte. Es musste noch mehr geben als die vom Vater verwendeten. Er war nie von den Angaben des Großvaters abgewichen. Und wenn dann vom Geld noch etwas übrig war, würde sie das Seidenband erstehen.

Hochgestimmt schlüpfte sie zum Hof hinaus und bog in den Weg zur Hauptstraße ein. Es war ihr gleich, dass Mutter Rosalia und Uberto ihr Gespräch einstellten und ihr nachstarrten. Wahrscheinlich überlegten sie, was Costanza bei den Branca zu suchen hatte, den einzigen Nachbarn, zu denen sie ohne Geleit gehen durfte.

Guglielmo, Mariannina und Alberto konnte sie nirgendwo sehen. Offensichtlich waren sie mit den Schafen und der Ziege zum Grasen an anderen Wegesrändern unterwegs.

Costanza tanzte am Gartenweg der Branca, der hinter der Kurve abzweigte, vorbei. Zum ersten Mal in ihrem Leben war sie ohne Begleitung auf dem Weg zum Markt.

Bis zur Kathedrale, die stämmig wie eine Festung erbaut war, war es nicht weit. Mit einem flüchtigen Kreuzschlagen eilte sie daran vorbei und auf der Platea magna, wo heute Markt abgehalten wurde, über die Brücke des Amenanokanals.

Überall stieß sie auf die düstere Masse der Männer, die hier ihren Geschäften nachgingen, gedrungene Körper, die ihre olivfarbenen Gesichter befremdet nach ihr drehten, als sie ohne männliche Begleitung leichtfüßig und flink durch Lücken schlüpfte. Schweißgeruch mischte sich mit den Rauchschwaden von den Holzkohlengrills der Röster.

Der Ruf der Fischhändler, ein Singsang, der aus sarazenischer Zeit stammen sollte, mischte sich mit Stimmen, die Melonen, Möhren, Kohl und Spinat anpriesen.

Drei Querstraßen weiter lag der Kräuterplatz. Er war von verfallenden Häusern gesäumt, die als prachtvoll galten, als hier noch der Mittelpunkt der Stadt gewesen war, ungefähr auf halber Strecke zwischen dem Hafen und dem ehemaligen Dom Sant'Agata.

Der Kräutermann hatte seinen kleinen Stand in einer lichten, luftigen Nische an der Westseite des Platzes, wo keine fauligen Schwaden seine Ware erreichten, keine gestikulierenden Arme und stinkenden Ausdünstungen. Es gab nur den Wohlgeruch von Rosmarin, Thymian, Lavendel und Zitronenmelisse. Hier war ein kleiner Markt der Düfte.

Ciccu, ein alter Mann mit schon krummem Rücken, stieg immer noch in den Bergen umher, um die wildwachsenden Kräuter zu suchen, die für die bürgerlichen Küchen und Krankenstuben gebraucht wurden. Er wusste alles über ihre Wirksamkeit und dazu, ob man lieber Blüten, Blätter oder Wurzeln nehmen sollte. Viele Catanesi trauten ihm mehr zu als jedem Arzt, der in Salerno studiert hatte.

»Gott zum Grüße«, sagte Costanza erleichtert, als sie endlich bei ihm angelangt war.

»Costanza Cataliotti«, grüßte er höflich. »Erstmals ohne den Vater auf dem Markt! Ist er siech?«

»Nein, nein, es geht ihm gut«, beteuerte Costanza hastig.

»Ah«, meinte Ciccu verständnisvoll. »Mit dem Alter wächst auch die Verantwortung einer künftigen Heilerin, und der große Bruder ist unabkömmlich. Was darf ich dir denn heute anbieten? Vielleicht ein frisch gesammeltes Nest von Kantharideninsekten? Spanische Fliegen sind äußerst beliebt. Und jetzt, wo dein Vater gerade nicht zu sehen ist …«

»Wogegen sind die?«

»Nicht gegen. Für. Sie regen zur Liebe an … Und du hast doch gewiss schon einen Liebsten im Sinn …«

»Oh, ich brauche doch keine Hilfsmittel für die Liebe«, wehrte Costanza tief errötend ab.

»Nein?« Der Kräutermann schmunzelte. »Nein, du siehst nicht so aus. Dann hoffe ich, dass du nicht auf das Gegenteil aus bist. Ich habe ganz frischen Schierling vorrätig …«

Costanza schüttelte verlegen den Kopf und erkundigte sich lieber nicht, ob er wirklich verbotenes Gift bereithielt.

Ciccu machte endlich sein berufsmäßig ernstes Gesicht. »Ich verkaufe natürlich weder Gift noch Liebestränke. Beides ist strafbar, seitdem unser *imberadour* für Sizilien Gesetze erließ, und da sie nie außer Kraft gesetzt wurden … Was soll es denn nun wirklich sein, meine kleine Heilerin?«

»Ich brauche Mittel, mit denen ich Hautwunden zur schnelleren Heilung verhelfen kann. Wer ist denn unser Imberadour?«

»Der Stauferkaiser Friedrich«, antwortete Ciccu knapp.

Ob er den Kaiser gekannt hatte, der schon dreißig Jahre tot war? Vom Alter her wäre es sicherlich möglich gewesen. Es machte Costanza neugierig, aber da sie nicht wusste, wie Ciccu zum Kaiser stand, traute sie sich nicht, ihn darauf anzusprechen. Die meisten Catanesi verabscheuten ihn, weil er ihnen eine Zwingburg vor die Nase gesetzt hatte.

»Kein Pulver von Sennesblättern und Kreuzkümmel?«, fragte Ciccu weiter. »Das ist ja ganz was Neues in der Familie Cataliotti.«

Costanza nickte.

»Und auch keinen Rosmarin, von mir höchstselbst bei Neumond in der Nacht gepflückt? Dein Vater will stets reichlich davon.«

»Ich bezweifele, dass solcher Rosmarin wirksamer ist als der, den wir im Garten haben«, sagte Costanza unbedacht. »Mutter pflückt ihn bei Tage, wenn er vor Hitze duftet, und verwendet ihn in Speisen mit Schaf- und Ziegenfleisch. Wir haben zwei große Büsche.«

»Nanu, nanu. Die jungen Küken wollen doch nicht etwa die alten Hähne belehren?«

»Man muss auch mal etwas Neues probieren«, verteidigte Costanza sich rasch, die den Kräuterhändler nicht beleidigen wollte. Zu ihrer Überraschung nickte Ciccu bedächtig, als hätte sie etwas bestätigt, was er schon lange ahnte. Er war auch keineswegs beleidigt.

»Du bist im Wesen nach deiner Großmutter geraten, der Mutter deiner Mutter, wie es scheint. Die hatte immer ihren eigenen Kopf, auch wenn der ganz anders aussah als deiner.«

Costanza riss die Augen auf. Er hatte tatsächlich Maddalena gekannt!

»Ich habe sie geliebt und nie mehr eine andere Frau in Betracht gezogen«, setzte er sinnierend fort. »Sie hatte so tiefschwarze Haare wie du weizengelbe. Sie war schön und von den

Eltern her begütert. Manch einer hat sich damals gewundert, dass ihr Herz Jacopo in den Schoß fiel und die Eltern die Verbindung gestattet haben.«

»Warum?« Im Augenblick war Jacopo Costanza wichtiger als Ciccus unerfüllte Liebe.

Der Kräutersammler beugte sich über seine Körbe und winkte Costanzas Ohr an seinen Mund heran. »Das weiß ich nicht. Denn nachdem er tot war, galt er als Ketzer. Da nahm das Wundern noch zu.«

Costanza fuhr zutiefst erschrocken zurück.

»Ich weiß nicht, ob er es war«, fuhr der Alte beschwichtigend fort. »Aber er starb so. Teilweise.«

»Wie?«

Ciccu mahlte unschlüssig mit seinen schon abgekauten Zähnen. »Wenn du es noch nie gehört hast, dann wahrscheinlich, weil man dich schonen wollte. Ich sollte vermutlich auch mein loses Maul halten … Habe damit schon oft schlechte Erfahrungen gemacht.«

»Ich würde durchaus gerne von anderer Seite als aus der Familie eine Ansicht hören«, sagte Costanza mit so großer Würde, wie sie es vermochte. Insgeheim zitterte sie vor Erwartung und Furcht.

»Wie wahr, wie wahr. Der Wahrheit kommt man so näher.« Der Kräutersammler schien ohnehin begierig darauf, sein Wissen weiterzugeben.

Oder es sind nur Gerüchte, dachte Costanza, um sich selbst zu beruhigen.

»Er wurde gefoltert, wie es seit dem Kuttenmann namens Papst Innozenz für die Ketzerbefragung Vorschrift wurde«, flüsterte der Alte wieder. »Alle Gelenke an den Armen waren ausgekugelt. Und rotblau von mehrmaligem Strecken.«

»Wie schrecklich«, keuchte Costanza entsetzt.

»Das war nicht alles. Davon stirbt man nämlich nicht sofort. Sie haben ihn die Burgmauern hinuntergeworfen, das erst hat ihm das Genick gebrochen.«

Costanza legte misstrauisch die Stirn in Falten. »Und das soll zur Folter von Ketzern gehören?«

»Ich weiß es nicht. Vielleicht waren die Leute, die ihn quälten, unerfahren ... Oder die Folter hat nichts erbracht. Ich meine, vielleicht hat er nicht zugegeben, Ketzer zu sein. Soviel ich weiß, wurden Ketzer auch damals immer mit dem Feuertod bestraft ...«

»Wann war das eigentlich?«

»Ich weiß nicht mehr genau. Aber jedenfalls zur Regierungszeit des Imberadours Friedrich.«

»Das ist nicht wahr! Das hätte einer wie er nicht erlaubt!« Costanzas Augen glühten vor Zorn.

Der Kräutersammler legte nachsichtig schmunzelnd einen Finger über die Lippen. »Pst. Ich weiß, was du meinst. In meinen Augen regierte Friedrich als König über Sizilien immer gerecht und gut. Aber hier in Catania ist es nicht vernünftig, wohlwollend über ihn zu reden. Du weißt ja, dass die Catanesi sich gegen ihn aufgelehnt haben und er zur Strafe die Stadt brandschatzen ließ ... Ich vermute, er hat vom Tod deines Großvaters nie gehört.«

Costanza nickte verstört, während Ciccu in Körben und Säckchen zu stöbern begann und an seiner Ware mal schnupperte, mal nachdenklich Körner zwischen den Fingern rieb.

»Die Sennesblätter und der Kreuzkümmel, die dein Vater kauft, sind für seine Zwecke Unsinn«, murmelte Ciccu kopfschüttelnd. »Die taugen nur gegen zu viel Luft im Bauch. Aber er will auf mich nicht hören.«

Costanza holte tief Luft. Statt den erwarteten vergnüglichen Einkauf zu tätigen, sah sie sich plötzlich doppelt enttäuscht. Und beunruhigt.

Unter Ciccus dicken weißen Augenbrauen blitzten seine tiefbraunen Augen hervor, und er spähte argwöhnisch mehrmals in die gleiche Richtung.

Beiläufig drehte Costanza sich um. Der Marktbetrieb befand sich auf dem Höhepunkt, Männer schimpften, gestikulierten, feilschten, lachten, der Boden war übersät mit Abfall. Ein schwarz gekleideter junger Bursche, der untätig im Gedränge stand, fiel ihr auf. Seltsam uninteressiert gingen seine Blicke über die Menge hinweg, um für einen kurzen Augenblick intensiv auf dem Stand des Kräuterhändlers zu verweilen.

Costanza fühlte sich unbehaglich. Was wollte der Kerl?

Ciccu rückte mit gesenktem Kopf näher, in den Händen mehrere dicke Blätter einer Pflanze, die einer Agave ähnelte. »Wirst du überwacht?«, murmelte er, ohne die Lippen groß zu bewegen.

»Ich weiß nicht!«, bekannte Costanza erschrocken. »Warum sollte ich überwacht werden? Und durch wen?«

»Es gibt im Land immer noch Spitzel, wie sie der *Orden der Gerechtigkeit* zu Friedrichs Zeiten ausschickte, sagt man. Weißt du das nicht?«

Nein, davon hatte Costanza noch nie gehört.

»Oder der Bursche dort ist ein verkleideter Franziskanermönch. Menschen, die sich um die Gesundheit anderer kümmern, genießen allezeit besondere Aufmerksamkeit durch Glaubenswächter.«

Der Zusammenhang mit den Spitzeln war Costanza ebenfalls unbekannt.

Ciccu bemerkte ihre Unwissenheit. »Der selige Papst Gregor IX. hatte alle Länder der Welt mit den Orden der Dominikaner und Franziskaner überzogen. Vor beiden mussten sich auch anständige Menschen fürchten«, flüsterte er. »Die Franziskaner schnüffelten wie abgerichtete Jagdfrettchen in alle Behausungen hinein und suchten Ketzer oder andere Menschen, die der Kirche unerwünscht waren. Wenn die fanatischen Bettelmönche erst einmal Laut gaben, war der Betreffende verloren. Dann gingen die gelehrten Dominikaner an ihre höchstchristliche Arbeit und bereiteten mit Hilfe ihrer Bücher die Anklage vor. Wie römische Kampfhunde ließen diese Hunde des Herrn nie los. Wen sie hatten, hatten sie. Alle, die sie als Häretiker oder Ketzer bezeichneten, wurden verbrannt. Lebendig. Wenn sie zugaben, Ketzer zu sein, war das Ende auf dem Scheiterhaufen in den Augen der Dominikaner selbstverständlich, und wenn sie leugneten, auch. Nur unseren Kaiser haben sie nie bekommen. Der überstand die Exkommunikation sogar zweimal.«

Costanza drückte die Hände auf ihre Ohren. Die Päpste Gregor, Innozenz ... Das sollten fromme Männer sein, die mit Folter, Frettchen und Kampfhunden Gläubige auf das Himmelreich Christi vorbereiteten? Sie konnte es kaum glauben. Außerdem wunderte sie sich über die unverblümte Sprache des Kräuterhändlers. Als sie an seinen Lippen erkannte, dass er schwieg, nahm sie die Hände herunter.

»Beinahe wäre ich selbst ...« Ciccu brach ab und fuhr dann fort: »Der schwarze Spitzel da drüben kann alles Mögliche sein. Wahrscheinlich weiß nicht einmal dieser Charles, Karl von Anjou, was auf dieser ihm zugesprochenen Insel vor sich geht. Sant'Agata sei Dank, wenigstens dafür.« Er hielt demonstrativ ein fleischiges Blatt mit Stachelrand in die Höhe und schnitt ein kurzes Ende davon ab. »Kann auch sein, dass sie wieder einmal überprüfen, ob ich bestimmte Pflanzen an die Giftmischerinnen der Stadt abgebe … Beunruhige dich also nicht.«

Verwirrt nickte Costanza und schüttelte gleich darauf den Kopf, während sie das Blatt beobachtete, an dessen Schnittstelle sich ein dicker Tropfen bildete.

»Von diesem *Kühlkraut* nimmst du den frischen, zähflüssigen Saft aus den Blättern. Er zieht die Hitze aus Wunden und heilt. Du kannst mit dem Saft die Wundränder einreiben oder sogar ein Blattstück auf die Wunde binden. Das Blatt lässt sich gebrauchen, bis es trocken wird. Dann musst du ein neues abholen.« Er sah sie fragend an.

Costanza nickte. Das war klar wie gutes Olivenöl. Es gelang ihr, die Gedanken an den schwarzen Kerl zu verdrängen und sich ganz auf den Kräuterhändler zu konzentrieren.

Ciccu füllte eine Handvoll bräunlicher Brocken ab, die wie kleine Rindenstücke einer Korkeiche aussahen. »Wenn aber ein Mann zu dir kommt, dessen Verletzung schon zurückliegt und die Wunde pelzig aussieht, gar schon riecht, verwendest du diese Wurzelstücke der *erbella*. Du musst sie abkochen, mit dem Sud eine Salbe oder ein Salböl herstellen und die Wundfläche damit bestreichen.«

Agata, hilf, dachte Costanza, aufs Neue bestürzt. Es gab so viel, das für ihr Gewerbe jetzt notwendig schien, und sie hatte von alldem keine Ahnung. »Wie mache ich die Salbe und das Salböl?«, erkundigte sie sich beklommen.

»Die Salbe aus Schweineschmalz, das du erhitzt, und das Salböl aus Olivenöl«, antwortete Ciccu gutmütig, aber Costanza spürte doch, dass er es allmählich an der Zeit fand, den einträglicheren Teil seines Geschäfts zu betreiben.

Inzwischen war ein älterer Mann an den Stand getreten, der ihr mit unwirscher Miene mehrmals ungeduldige Seitenblicke zuwarf. »Beim Blut der Madonna, komm endlich zum Ende!«, zischte er erbost.

»Das Öl darf nicht rauchen«, ergänzte der Kräuterhändler, als er ungläubig das Goldstück entgegennahm, das er nur unter großer Mühe wechseln konnte. »Schmalz wird hart, wie du sicher weißt, während das Öl immer flüssig bleibt. Ich könnte mir denken, dass dies für dich einen Unterschied macht. Und du musst die Medizin immer frisch zubereiten. Sie verliert nach einigen Wochen ihre Wirksamkeit.«

»Danke«, murmelte Costanza und entfloh mit den Arzneimitteln und einem Berg kleiner Münzen, während der Kunde hinter ihr herschimpfte, als hätte sie ein Unrecht begangen.

Tief in Gedanken trat sie den Heimweg an. Es hatte sich angehört, als ob ihr Großvater auf einer Burg des Kaisers ermordet worden war. Warum? Wer hatte es veranlasst? Und warum sprach in der Familie niemand darüber? Welche Bedeutung hatte ein Mann, der möglicherweise sie überwachte und vielleicht ein Franziskanermönch war? War er einer von denen, die ihren Großvater aufgespürt haben mussten, bevor er unter der Anklage, Ketzer zu sein, ermordet wurde?

KAPITEL 8

Costanza gelang es, das, was Ciccu ihr erzählt hatte, vor allem seine Frage, ob sie überwacht würde, zu verdrängen.

In ihrem Kopf hatte im Augenblick nur der Stolz auf ihre Fähigkeiten Raum. Letzten Endes hatte der Vater sie ja auch gewähren lassen. Sie fühlte sich als perfekte Wundheilerin mit der besonderen Begabung, den im Gesicht verletzten Menschen ihre Würde zurückzugeben. Ganz bestimmt bestand zwischen Würde und Nase ein Zusammenhang.

Beunruhigung mischte sich in ihre Zufriedenheit lediglich insofern, als Nino Fallamonaca noch nichts von sich hatte hören oder sehen lassen. Aber dies ließ sich wahrscheinlich erklären. Je besser es Nino ginge, desto eher würde er sich wieder in den Kampf werfen. Aus seiner Sicht bestand vermutlich gar kein Grund, sich ihr nochmals vorzustellen.

Costanza nahm sich hingegen eines blutjungen Franzosen mit großem Interesse an, der nicht durch ein Schwert, sondern durch zahllose Messerschnitte verletzt schien. Sie entschied sich dafür, die winzige Verletzung der Nasenspitze sich selbst zu überlassen. Die würde von selbst heilen, und die weiße Narbe würde der Schönheit des Burschen nicht schaden. Viel schlimmer sah ein Schnitt aus, der tief in die Wange reichte.

Sie nähte mit großer Sorgfalt, und weil die Haut von den

Wangenmuskeln annähernd getrennt worden war, nahm sie sich zuerst die Muskeln vor und danach die Haut. Zwei Schichten von Nähten übereinander hatte sie noch nie angelegt. Aber es sah gut aus, dachte sie zufrieden, als sie ihr Werk musterte. Der Vater hatte es so nie gemacht, aber allmählich war sie sicher, auf seine Erfahrung verzichten zu können. Allzu umfangreich war sie nicht, wie sie sich eingestand.

Beim Anlegen des Verbandes half ihr der Mann, der den Verletzten gebracht hatte. Der Kerl war ein grober Klotz. Seine Witze, die er durch ein Grinsen aus schwarzen Zahnstummeln kenntlich machte, verstand sie nicht und verzog darum nur die Lippen. Krieger waren sie anscheinend beide nicht.

Costanza war dankbar, als sie gegangen waren, nachdem der Ungehobelte ohne Feilschen die von ihr vorgeschlagene Summe beglichen hatte.

Umso verblüffter war sie, als der Vater ihr das Geld förmlich aus der Hand riss, erbost bis ins Innerste. Sie vermutete Streit mit der Mutter, bis sie verstand, dass er sich über sie ärgerte. »Glaubst du, ich könnte deine Mitgift nicht bezahlen«, polterte er, »dass du so verzweifelt stinkreiche Krieger des Karl behandelst?«

»Jedenfalls hättest du sie längst verheiratet haben sollen«, keifte Mutter Rosalia aus der Küche. »Jetzt siehst du selbst, was daraus folgt, dass du so nachgiebig gegenüber ihren Launen bist!«

Dieser Vorwurf kam zu häufig, als dass Costanza darauf eingegangen wäre. In sarkastischem Ton antwortete sie deshalb nur ihrem Vater. »Ich schätze zwar kluge nasenlose Köpfe mehr als die schönste Nase an einem hirnlosen Schädel. Trotzdem versuche ich, sie alle wiederherzustellen.«

Hinter ihr ging irgendetwas zu Bruch, als sie davonrannte, aber sie drehte sich nicht um. So viel töchterliche Hinwendung hatten die streitenden Eltern nicht verdient.

Am Morgen danach schleppte Uberto einen Mann zum Tor herein. Costanzas Herz begann zu galoppieren, als sie Nino Fallamonaca erkannte. Das Gesicht in Schweiß gebadet und totenbleich, war er nicht mehr der junge Held, der vor einer Woche in das väterliche Anwesen gebracht worden war.

»Sieh, was du angerichtet hast, Schwester«, sagte Uberto dumpf.

Costanza brachte vor Schreck kein Wort heraus. Die Schweinehaut, die sie so säuberlich mit kleinen Stichen festgenäht hatte, war an den Rändern vertrocknet und hatte sich aus den Nähten losgerissen. Stellenweise glasig wie Speck in der Bratpfanne, an anderen rascheldürr und entfärbt wie Herbstlaub, hing die ganze komplizierte Konstruktion nur noch an einigen Fäden, die von Eiterstippchen gelb verfärbt waren. Kein einziges Stück Schweinehaut war angewachsen. An einigen Stellen hielt sie zwar an der Unterlage fest, aber nur, weil sie am Eiter klebte.

Costanza verstand es nicht. Die vom Schwein verpflanzte Haut hatte auf der Unterseite ganz genau so ausgesehen, wie das abgeschälte und gedrehte Stück Stirnhaut bei dem Verfahren, das sie üblicherweise anwandten.

»Man soll den Tag nicht vor dem Abend loben und die Frau nicht vor dem Tod.«

Hinter dem salbungsvoll vorgetragenen Spruch hörte Costanza die Häme des Vaters. Stumm zeigte sie auf die Bank im Behandlungsraum.

»Und? Was machst du jetzt?«, fragte Uberto genauso höhnisch, nachdem er seinen Freund zurechtgerückt und ihm die Stirn abgetupft hatte.

Nino war heiß wie sonnendurchglühte Lava. Vielleicht hatte er eine der Krankheiten, wie Kinder sie üblicherweise durchmachten. Jedenfalls beschloss Costanza, ihn so zu behandeln. Als Erstes mit kalten Wadenwickeln. Weder ihr Bruder noch ihr Vater hob eine helfende Hand. Sie rief Guglielmo.

Der halbe Vormittag verging, bis die Hitze aus Ninos Körper wich. Costanza stützte ihn hoch und ließ ihn in winzigen Schlucken kühles Wasser trinken. Sein Stöhnen und Stammeln unverständlicher Worte ließen nach. Es wurde Zeit, den jungen Mann zu behandeln.

Während Guglielmo frische Baumblätter besorgte, legte Costanza sich einen genauen Behandlungsplan zurecht. Vor dem verschwörerischen Murmeln von Vater und Bruder im Garten verschloss sie die Ohren.

Erst nachdem sie die Nähte mit dem Federmesser aufgeschnitten und die Hautfetzen des Schweins abgezogen hatte, sah sie die blutigen und gelblichen Krusten darunter. Auf derart schlimme Wunden konnte man keine frische Haut setzen. Ihr Plan war nicht durchführbar.

»Nino ist kein Schwein, wie man sieht.« Mit den Händen an den Türholmen wippte Uberto auf Zehenspitzen hin und her. »Deine Freunde, die Franzosen, vertragen bestimmt Schweinehaut, weil sie Schweine sind, aber Sizilianer natürlich nicht. Merk dir das, Schwesterchen.«

»Verschwinde«, blaffte Costanza. »Du nimmst mir das Licht.« Uberto war randvoll mit diesem nicht gerechtfertigten Stolz, der so viele Männer wie einen Ziegenmagen aufblähte. Es lohnte nicht, ihm darauf zu antworten. Sie arbeitete unbeirrt, tupfte immer wieder mit dem Kamillensud, den erstmals Guglielmo zubereitet hatte, über die Wunde, bis sie endlich allen Eiter beseitigt hatte.

Als alles zu ihrer Zufriedenheit sauber war, bestrich sie Ninos Nasenstumpf mit der Salbe aus Erbella, glücklicherweise vor wenigen Tagen angefertigt aus stibitztem Schmalz. Aus eigenem Ermessen hatte Costanza das Schweinefett mit einer Spur Lavendel versetzt, und zumindest ihre Nase konnte über dem Duft des Krautes nichts Befremdliches wahrnehmen.

»Mehr kann ich nicht tun«, sagte sie erschöpft, als sie die Behandlung ohne Zwischenfall hinter sich gebracht hatte. »Es wäre besser, wenn niemand darüber sprechen würde, was hier passiert ist.«

»Natürlich nicht«, versetzte Uberto gehässig, der in Hörweite auf der Bank lümmelte. »Du würdest angeklagt werden wegen unnatürlicher Handlungsweise, oder was weiß ich. Einmal werden wir noch Gnade vor Recht ergehen lassen. Noch gehörst du ja zur Familie. Hoffentlich nicht auf ewig.«

»Gnade vor Recht gewähren wir auch, weil außer Uberto und mir alle mit drinhängen«, ergänzte der Vater ruhig. »Selbst Rosalia und deine jüngeren Geschwister hast du gezwungen, den Schadenszauber mitzumachen, Costanza. Was hier von dir begangen wurde, ist ein Verbrechen. Ich kenne die weltlichen Strafen nicht, die dafür verhängt würden, und ich möchte sie auch nicht kennen ... Aber unser Herrgott wird dich strafen.« Seine Schritte knirschten auf dem Gartenboden und verstummten dann.

»Oder Mutter Kirche«, warf Uberto grinsend ein, der so gläubig war wie ein falscher Priester. »Schadenszauber, das merke ich mir.«

Zum ersten Mal beschlich Costanza ein unbestimmtes Gefühl von Furcht. War es ein Verbrechen, jemandem auf diese Weise zu helfen? Sie hatte nach bestem Vermögen gehandelt. Aber sie war nicht gut genug gewesen.

Kurz vor Mittag war Nino endlich wieder auf den Beinen. Er sprach kein Wort zu Costanza, aber seine Verachtung ruhte bleischwer auf ihr. Uberto wieselte dienstbereit um seinen Freund, brachte Trinkwasser, einen Becher Wein und Käse. Mit einer einzigen Handbewegung wischte Nino alles vom Tisch.

»Ich bringe dich jetzt nach Hause«, beschloss Uberto schließlich beleidigt. »Ich sehe nur mal nach, ob die Luft rein ist.«

Nino gestattete es ihm schweigend.

Kaum hatte Uberto nach rechts und links Ausschau gehalten, flog das Tor schon wieder zu. »Am Ende der Gasse lungert einer der Spitzel herum«, raunte er. »Ein Schwarzkittel.«

Der Spitzel vom Markt! Der war offensichtlich hinter ihr, nicht hinter Ciccu her! Costanza setzte sich mit wackeligen Knien auf einen Hocker gegenüber Nino.

»Wir müssen bis zur Dunkelheit warten, Nino!«

Nino erhob sich schwankend. »Ich denke gar nicht daran! Wenn der Kerl mich anzeigt, weise ich nach, dass deine Schwester mich verunstaltet hat. Aus lodernder Eifersucht. Du bist mein Zeuge.«

Uberto stieß einen unsäglichen Fluch aus. »Hätte ich Nino bloß nicht dir überlassen, Costanza, Bankert eines blonden Schweins! Du richtest unsere Familie zugrunde. Es wird höchste Zeit, dass du fortkommst. Zu einem Mann, der dich besser bändigen kann als Vater.«

»Vielleicht könntest du mich zusammen mit meinen rosa Schweinen verkaufen«, schlug Costanza betont spöttisch vor, nachdem ihr Herzjagen abgeebbt war. Auf den Bankert beabsichtigte sie nicht einzugehen. Sie war keiner, und Uberto war nur gehässig und ein Unruhestifter. »Dann wärst du doch alle Sorgen auf einen Schlag los. Den Verdacht der Verbrüderung mit dem Feind – das Weib, das Nasen verfaulen lässt, um den Ruf der ehrbaren Familie zu zerstören – den Spitzel, der hinter ebendiesem Weib her ist ...«

»Was du dir nur einbildest«, unterbrach Nino sie, näselnd wegen des Verbandes. »Für einen Spitzel gibt es dich nicht. Frauen sind unwichtig. Und gerade du mit deinem breiten Maul bist ja wahrlich nicht schön genug, um die Aufmerksamkeit eines Mannes auf dich zu ziehen.«

»Genau«, pflichtete Uberto ihm eilig bei.

Costanza hörte ihnen ohne Überraschung zu. Wenn sie glaubten, dass sie Ziel des Spitzels waren, sollten sie doch. Die Angst gönnte sie ihnen. Offenbar war es eine Frage der männlichen Ehre.

»Du bist närrisch! Und manche Narren sind gefährlich«, zischte Uberto ihr noch zu, bevor er Nino folgte, der sich in überheblicher Pose wie sein Vater zum Tor aufmachte, wo inzwischen ein Diener mit seinem Pferd wartete.

Costanza hörte die jungen Männer noch eine Weile miteinander sprechen.

Dann kam Vater Santino mit ausgestrecktem Arm auf sie zu, um ihr zu ihrer Überraschung seinen harten Zeigefinger in die Schulter zu stoßen. »Ich werde dem Herrn auf Knien danken, wenn ich dich aus dem Haus habe.«

»Warum? Willst du die Quelle trockenlegen, die euch nährt?« Costanza stand, ohne zu wanken. Im Inneren war ihr zum Heulen zumute, aber gerade der Vater, der jegliche Hilfe verweigert hatte, hatte kein Recht, sie zu tadeln.

Santino schlug ihr mit der flachen Hand ins Gesicht, dass sie rückwärtstaumelte.

»Warum? Du hast doch gehört, dass vor unserem Haus schon die Spitzel lauern!«

»Lauern, Vater? Da trieb sich ein Mann herum! Und wenn in diesem Anwesen jemand geeignet ist, Spitzel anzulocken, dann doch wohl Uberto. Er ist Mitglied eines Geheimbundes, den Nino Fallamonaca führt!«

»Sohn von Tommaso Fallamonaca, eben! Sie gehören zu den Herren dieser Stadt. Begreifst du das denn nicht? Es ist nicht klug, ihnen zu schaden! Der ehrenwerte Tommaso hat wahrscheinlich begonnen, Beweismittel gegen dich zusammenzutragen!«

Costanza kräuselte die Lippen. »Nino hat mir gerade zu verstehen gegeben, dass er beleidigt wäre, wenn man ihn für zu unwichtig hielte, um ihn zu verdächtigen. Seiner Meinung nach komme ich nicht in Frage.«

»Dass du nie etwas glauben kannst!«, zeterte der Vater und warf die Hände in die Höhe. »Widerspruch! Widerspruch! Mutter Maddalena musste auch immer recht behalten, aber wenigstens war sie nicht so neugierig wie du. Von mir hast du das nicht.«

»Ja, Vater. Ich weiß, du gibst dich mit dem zufrieden, was du von Großvater gelernt hast. Mir ist das nicht genug«, versetzte Costanza hochfahrend und nicht bereit nachzugeben. Sie machte sich auf einen weiteren Schlag gefasst.

Santino Cataliotti holte tief Luft und sah sie mit glühenden Augen an. »Ab sofort schaffst du täglich den Nachttopf aus dem Haus!«

Fast hätte Costanza gelacht. Ein wenig Reue überkam sie erst, als ihr Vater in die Küche zurückgekehrt war. Dort erteilte er sogleich seiner Ehefrau einen Verweis, weil Alberto das Schwein mit dem Brei des Säuglings fütterte.

»Wenn du Costanza nicht solche Freiheiten ließest, könnte sie wenigstens über die Geschwister die Aufsicht führen, wenn sie am Herd schon nicht zu gebrauchen ist«, zeterte die Mutter.

Zwei Tage später ließ Vater Santino Costanza durch Guglielmo zu sich rufen. »Du wirst in sechs Wochen vermählt werden«, sagte er kalt, als sie vor ihm erschienen war.

Kein Gruß, kein guten Morgen. Die Heirat war Strafe, nicht das fröhliche Ereignis, das der Geburt von Enkeln vorausging. Und Turi? Nein, sie hatte sich entschieden. Costanza blieb stumm.

»Mit wem, Vater?«, fragte hinter ihr neugierig ihr Bruder, der unbemerkt mitgekommen war. »Und werden wir eine große Hochzeit feiern?«

»Du kennst ihn nicht, Guglielmo. Die Familie ist sehr vornehm. Aber das Ansehen, das ich mittlerweile genieße, ist nicht zu unterschätzen, und das wissen sie. Trotzdem werden wir auf Wunsch beider Familien eine stille Hochzeit halten. In diesen Kriegszeiten schickt sich kein großes Fest.«

»Ach, meine Kleine!«, rief Rosalia irgendwo im Hintergrund, klagend, als wäre Costanza fünfzehn Jahre jung und ihre Lieblingstochter, die jetzt der Welt allein gegenübertreten sollte. »Du wirst bestimmt sehr glücklich werden! Und wir müssen dein Hochzeitskleid sofort anmessen lassen. Ich werde mir überlegen, wen ich damit betraue. Cora näht mir zu oft für einfachstes Volk ...«

Sie verlor sich im Selbstgespräch. Das Kleid zu planen gehörte sich wohl für eine Mutter, überlegte Costanza gleichgültig. Sie selbst machte sich nicht die Mühe zu fragen, um wen es sich bei ihrem Bräutigam handelte. Sie war ohnehin nicht einverstanden. Seitdem sie Turi nicht mehr wollte, wollte sie gar keinen.

»Dir ist bewusst, dass du in deiner neuen Familie nicht die Heilkünste eines Wundarztes ausüben kannst?«, fragte der Vater streng.

Costanza erwachte aus ihrer Lethargie und starrte ihn zutiefst erschrocken an. Nein, das war ihr nicht klar. Diese Tätigkeit stellte ihr Leben dar. In der Küche fühlte sie sich linkisch, wann immer die Mutter sie an ihre Seite befohlen hatte, und nie hatte es sie interessiert, was in den Kochtopf kam. Sollte sie jetzt kochen, statt zu heilen?

»Unter meinen Fittichen waren dir Handreichungen für mich gestattet. Aber glaube ja nicht, dass dein Ehemann solche Narreteien unter seiner Verantwortlichkeit dulden würde. Wir haben ausführlich darüber gesprochen.«

Blut stieg Costanza zu Kopfe. Einiges, das sie bisher von sich gewiesen hatte, wurde ihr nun klar. Ihr Vater hatte sie lange mit einer Heirat unbehelligt gelassen, weil sie eine willkommene Arbeitskraft gewesen war. Jetzt, wo sie ihm über den Kopf zu wachsen drohte, wollte er sie loswerden und gleichzeitig unterbinden, dass sie ihm zur Konkurrenz wurde. Sie mochte es kaum glauben.

KAPITEL 9

Von ihrem Bräutigam bekam Costanza in den nächsten Tagen nichts zu sehen und nichts zu hören. Es war wie ein Spuk, der vorübergegangen war. Schließlich tat sie es als Drohung des Vaters ab, nicht als Abmachung mit einer ihr unbekannten Familie. Auch die Mutter ließ sie nicht merken, dass sie nun endlich eine glückliche Braut sein musste, denn niemand kam, um ihr das Hochzeitskleid anzumessen.

Mit einem erleichterten Seufzer lehnte sich Costanza über die Absperrung und betrachtete das Schwein, dem sie soeben Futter in seine Ecke gestreut hatte. Die übrige Familie befand sich noch in den oberen Räumen, und Uberto war sowieso nicht da. Es waren die letzten Augenblicke der Ruhe vor der täglichen Betriebsamkeit in der Küche.

Die Haut der Bauchbinde ihres Läufers war genau so hell wie bei einem hellhäutigen Menschen. Zweifellos waren die Borsten hart. Die beiden Läuse, die sich in Costanzas Blickfeld befanden, schafften es nicht, die Borsten zu biegen, sondern krabbelten darum herum. Aber solche Borsten gab es auch bei Menschen, vor allem bei älteren Frauen am Kinn. Nichts war grundlegend anders als bei Menschen, und deshalb hatte nichts sie darauf vorbereitet, dass ihr Plan scheitern könnte. Sie hatte jedenfalls alles richtig gemacht, davon war sie überzeugt.

Allerdings gab es einen wesentlichen Unterschied zwischen der alten Heilmethode und ihrer neuen: Genau genommen hatte sie von einem Lebewesen Haut entfernt, um sie auf ein anderes zu pflanzen. Bei der herkömmlichen Methode stammte der Hautlappen vom gleichen Lebewesen und blieb durch einen schmalen Stiel mit der ursprünglichen Position verbunden. Womöglich musste dieser Stiel sein, bis sich die Haut an die neue Stelle gewöhnt hatte? Sie schnitten den Stiel ja auch erst durch, wenn die verschobene Haut zuverlässig angewachsen war, sogar an den Rändern.

Wahrscheinlich war das die Erklärung.

Costanza stöhnte vor Enttäuschung laut auf, als sie den Grund für das Versagen ihrer Methode verstanden hatte. Schlimmer noch: Es würde nie funktionieren, denn es war unmöglich, ein Schwein an den verletzten Menschen zu fesseln. Ihr Verfahren schied grundsätzlich aus.

Sie musste sich wahrscheinlich für die großen Verletzungen, bei denen die Stirnhaut und womöglich auch noch die der Wangen fehlten, etwas anderes ausdenken.

Ein ungewöhnliches Geräusch im Hof ließ Costanza aufschrecken und unterbrach ihre Überlegungen. »Ich komme zurück, so ganz hast du deine Haut noch nicht gerettet«, drohte sie missmutig dem zu ihr mit großen feuchten Nasenlöchern hochschnüffelnden Schwein und ging nach draußen.

Verwirrt blickte Costanza auf den Boden vor dem Laubeneingang. Anfangs erkannte sie gar nicht, was sie sah. Ein großer Kadaver mit vier Beinen und einem langen Schwanz, rotstreifig, als hätte man das kurze braune Fell in Blut gebadet, lag auf dem Hof. Der Kopf fehlte. Grausig, dachte Costanza und wich zurück, bis sie auf jemandes Füße trat.

»Gesù«, sagte Uberto, der unerwartet und lautlos hinter Costanza aufgetaucht war, »ein Jagdhund! Irgendeiner unserer Nachbarn wird sich darüber aber gar nicht freuen!«

»Wo kommt das Tier her?«, schnappte Costanza. »Und wo kommst du her? Hast du den Hund hierhergelegt?«

»Zu welchem Zweck sollte ich das wohl getan haben?« Uberto zuckte die Achseln, sprang über das Blut hinweg, das sich auf der Gartenerde verteilt hatte, und besichtigte den Kadaver ausgiebig von der anderen Seite.

»Was soll das denn bedeuten?«, fragte Costanza, als sie sich vom ersten Schrecken erholt hatte.

»Der Beginn einer Rache, schätze ich. Für den Verlust einer Nase. So etwas wirst du ab jetzt wohl öfter zu sehen bekommen«, antwortete Uberto mit scheinheiligem Bedauern in der Stimme.

»Und du bist der Bruder, der Costanza vor so etwas in Schutz nehmen muss!«, schrie Mariannina wütend, am oberen Treppenabsatz über das Geländer gebeugt, und lief dann behende herab.

»Rache«, wiederholte Costanza ratlos, ohne ihrem Bruder zu glauben. »Kannst du den Hund nicht entfernen?«

»Ich? Wieso? Den hast du zu verantworten. Ich habe damit nichts zu tun!«

Costanza gab ein wütendes Fauchen von sich.

Mariannina stellte sich mit den Händen in die Seiten vor ihren Bruder und sah zu ihm hoch. »Du bist ein hirnloser Ochse, Uberto! Brüder haben die Pflicht, ihre Schwestern zu verteidigen. Übrigens auch, die Männerarbeit zu übernehmen. Wir Frauen haben andere Arbeit.«

»Schon gut, ich mache es«, sagte Uberto überraschend nachgiebig und begann, den Kadaver am Schwanz zum Tor zu

schleifen. Als er auf der Gasse angekommen war, eine breite, blutige Spur hinter sich lassend, meldete er sich frohlockend.
»Ach, der Kopf liegt hier im Bach.«
»Ich glaube dir. Ich muss ihn nicht sehen«, rief Costanza und drehte sich um, als Uberto ihn an einem langen spitzen Ohr in die Höhe hielt. »Sei so gut und begrab beides.«
»Warum? Du kannst ja weggucken, wenn du auf die Gasse trittst. Oder noch besser: Bleib im Haus, wo du hingehörst!«
»Unsinn!«, fauchte Costanza. »Was meinst du, wo die Fliegen und die Maden ihr nächstes Futter suchen, wenn sie das Hundefleisch satthaben? An unseren Zitronen oder in der Küche auf deinem Pastateig ...« Doch Uberto lachte nur höhnisch.
Inzwischen war auch der Vater die Treppe herabgestiegen, die noch im Schatten lag. Aber sein ganzer Körper sandte das Ärgernis eines vergeblichen Bemühens im ehelichen Bett aus.
»Was ist hier los?«
»Vendetta, Vater. Die haben wir deiner tüchtigen ältesten Tochter zu verdanken. Der Grund ist, weil sie meinen besten Freund verstümmelt hat«, rief Uberto gut gelaunt und tänzelte den Gartenweg zurück. »Und du bekommst es außerdem noch mit dem Nachbarn zu tun, dem der geschlachtete Jagdhund gehörte. Wenn du Glück hast, nur mit den Pesce, die haben fünf im Zwinger hinter dem abgebrannten Haus. Wenn er aber Eigentum eines der hohen Herrschaften der Stadt ist ...«
Santino hatte mit steinernem Gesichtsausdruck zugehört. »Du Satanstochter«, fluchte er dann. »Weißt du, dass bei einer Vendetta Uberto der Nächste sein wird? Dann ich oder Guglielmo.«
Costanza hielt sich die Ohren zu. »Was soll ich denn tun?«, schrie sie.
»Nichts!«, brüllte der Vater. »Frauen sind schuldig, das weiß

jeder schon seit Adam und Eva, aber die Männer halten ihren Kopf hin, wann immer Weiber gegen die Regeln des Anstands verstoßen!«

Uberto gab Costanza einen derben Stoß, durch den sie über die unterste Treppenstufe stolperte und mit dem Rücken auf die Kante aufschlug. »Erkläre es ihr deutlicher, Vater! Sag ihr: Verschwinden sollst du!«

Mariannina war außer sich vor Zorn. Wie eine Ziege sprang sie in die Höhe und trat ihrem Bruder ins Gemächt. Er schaffte es gerade noch, ihr eine Ohrfeige zu verpassen, bevor er sich ächzend auf dem Boden zusammenkrümmte.

Die auf die Ohren gepressten Hände waren nutzlos. In Costanzas Kopf gellte die ganze Verächtlichkeit, mit der sie von beiden Männern überschüttet worden war. Sie stemmte sich hoch und humpelte zusammen mit ihrer schluchzenden Schwester hinter das Haus.

In der Ecke unterhalb der Terrasse waren die Schafe eingepfercht, nach dem Beutezug der Franzosen waren noch drei übrig. Costanza kauerte sich mitten zwischen sie an die Mauer, Mariannina neben sich. Tränen der Trostlosigkeit liefen ihr die Wangen hinunter.

Nach einer Weile gewann Costanzas Verstand wieder Oberhand. Sie hatte sich durch die Männer ins Bockshorn jagen lassen. Sie hatte niemanden getötet. Nino war jetzt nicht schlechter dran, als wenn er zum besten Medicus von Catania gegangen wäre.

Warum dann Blutrache, angeblich wegen ihr? Und wie stand es mit Uberto selbst? Womöglich hatte er so schnell die Schuld auf sie gelenkt, um gar nicht erst in Verdacht zu geraten. Und natürlich war der Vater jederzeit bereit, ihm zu glauben.

Oder war es noch ganz anders gewesen? Hatte Uberto den Hund getötet, um sie aus dem Haus zu jagen? Denn wo hatte er gesteckt? Weder im Behandlungsraum noch in der Küche. Und doch war er plötzlich hinter ihr aufgetaucht. Er konnte sich nur aus dem hinteren Gartenteil angeschlichen und gewartet haben, bis jemand den Hund entdeckte.

Die Schafe blökten jämmerlich. Sie hatten noch kein Futter bekommen. Seit gestern streiften die Franzosen wieder durch Catania, und dann konnte man die kleineren Kinder nicht mit den Tieren zum Grasen an die Wegesränder schicken. Costanza krabbelte auf die Füße und zupfte auf der Terrasse ein paar Grasbüschel aus, um sie zu beschäftigen. Mariannina sah ihr gedankenverloren zu. »Weißt du was, Costanza«, platzte sie plötzlich heraus.

Costanza schüttelte den Kopf, mit ihren Gedanken bei den drei Schafen, die sich aneinanderdrängten, Wolle an Wolle.

»Ich denke, es war Uberto.«

Costanza nickte flüchtig. Warum sollte die Haut, die der Nase und der Stirn fehlte, unbedingt aus der Nachbarschaft stammen? Wenn der Stiel für das Festwachsen entscheidend war, sollte es völlig gleichgültig sein, von welcher Stelle des Körpers der Nasenersatz gewonnen wurde. Das konnte die Haut des Handrückens oder des Fußes sein. Oder des Hinterteils, dachte Costanza frivol und kicherte vor sich hin. Hauptsache erreichbar! Vor allem musste der Verletzte damit leben können, ohne sich wie ein Gaukler verwinden zu müssen. Denn den Stiel durfte man erst nach einiger Zeit durchtrennen.

»Danke, Rebhühnchen, für deine Hilfe. In den nächsten Tagen wird Uberto sich hüten, zu …, zu … Also zu den Weibern hinter Sant'Agata Vetare zu gehen.« Costanza umarmte Mariannina ganz fest und gab ihr einen Kuss auf die dunklen Haare, bevor sie hocherhobenen Hauptes den Pferch verließ. Die Blutpfütze vor dem Eingang zum Behandlungsraum ignorierte sie. Mit der Blutrache sollte sich gefälligst ihr Bruder befassen. Es war nicht ihre Angelegenheit.

Zu ihrer Überraschung stieß Costanza im Behandlungsraum auf Cavaliere Henry, der Uberto fragend ansah. Ihr Bruder starrte mit zusammengekniffenen Lippen zu Boden und blieb offenbar eine Antwort schuldig.

Es gehörte sich nicht, einen Klienten unhöflich zu behandeln, das hatte der Vater der ganzen Familie eingeschärft. »Ich freue mich, Euch wohlauf zu sehen«, sagte sie rasch, im Versuch, die Stimmung zu retten. »Ist etwas passiert?«

»Ich weiß es nicht. Euer Bruder ist aus mir unbekannten Gründen ungehalten.«

Uberto schnaubte wie ein Pferd und verließ das Haus.

»Nun ja, er sieht Euch als Feind wie alle der französischen Streitmacht«, erklärte Costanza verlegen. »Als Besatzer von Sizilien. Nur Besatzer berauben die Menschen. Ein Herrscher, der seine Landeskinder gedeihen sehen will, lässt die eigenen Krieger nicht plündern.«

Henry nickte kurz, äußerte sich dazu aber nicht. »Ich wollte Euch Euer Werk gerne noch einmal vorführen, da Ihr daran wahrscheinlich interessiert seid. Wir haben in unserer Tätigkeit eine Pause eingelegt. Unsere Ställe sind zu voll, um …, um …«

»Um weiterzuplündern«, ergänzte Costanza sachlich und verwies ihn auf die Bank. »Allerdings befinden sich trotzdem Franzosen in der Stadt.« Während sie die von ihr behandelte Gesichtspartie musterte, mit dem Daumen sacht über die Nähte strich und die Weite der neuen Nasenlöcher prüfte, folgten seine Augen jeder Bewegung von ihr. Sie waren von einem tiefdunklen Blau wie der See im Ochsental auf dem Ätna, wo sie ein einziges Mal gewesen war. »Es ist gut geworden ... Habt Ihr spürbare Probleme?«

»Ein wenig beim Atmen im Kampf. Und ich kann den Topfhelm nicht mehr tragen, er drückt zu sehr auf die neue Nase.«

»Oh«, sagte Costanza betroffen und setzte sich neben ihn. »Dann seid Ihr ja überhaupt nicht angemessen gerüstet.«

Henry lächelte sie zart an. »Es ist lieb von Euch, dass Ihr Euch um mich sorgt. Ich benutze stattdessen die Hirnhaube, die das Gesicht freilässt, aber den Hinterkopf einigermaßen schützt.«

Einen Augenblick schlug Costanzas Herz schneller. Plötzlich begann sie ihn als Mann zu betrachten. Er sah nicht nur anders aus als jeder Sizilianer, er war auch anders. Er brachte ihr auf eine Art Respekt entgegen, die hierzulande unbekannt war. Auch wie er seinen kleinen Knappen in Schutz nahm, hatte ihr gefallen. »Ja«, sagte sie gedehnt, dann fiel ihr endlich eine Antwort ein. »Ich glaube nicht, dass man mehrmals Haut aus der gleichen Stelle entnehmen kann. Ihr müsst sehr vorsichtig mit der neuen Nase umgehen.«

»Das tue ich«, versprach der Cavaliere und hielt seine Schwurhand in die Höhe. »Aber eigentlich bin ich gekommen, um Euren Rat einzuholen. Ihr seid dermaßen tüchtig und beherzt, dass ich dachte ...«

»Was? Sprecht nur.« Costanza sah ihn erstaunt an.

»Unsere Krieger bekommen es häufig mit einem Fieber zu tun. Nicht irgendeines, sondern ein bestimmtes. Es beginnt immer mit Kopfschmerzen. Nach einigen Tagen hört es auf, kehrt aber nach Wochen wieder. Viele der Männer behaupten, Sizilien liege unter einem Fluch, aber das glaube ich nicht. Ich habe die Männer befragt. Das Fieber befiel stets diejenigen, die durch die Ebene der Flüsse geritten sind, die ihr Simeto und Guaralonga nennt. Wenn sie aus den Gegenden um Augusta oder Lentini nach Aci Castello zurückgekehrt sind, haben sie immer die Gelegenheit genutzt, in Eurem wasserarmen Land die Pferde an den Tümpeln oder Rinnsalen zu tränken und ihre Wasservorräte aufzufüllen. Manchmal haben sie am Fluss übernachtet, weil sie dort erfahrungsgemäß keine Wachen aufstellen müssen. Das alles ist harmlos. Was für ein Fluch sollte das schon sein?«

»Wisst Ihr denn nicht, warum Wachen nicht nötig sind?«, fragte Costanza entsetzt. »Die Gegend ist unbewohnbar! Wer sich dort einige Zeit aufhält, wird krank und stirbt früh, selbst die Kinder. Sie leiden vor allem an aufgetriebenen Bäuchen. Auch bei uns halten viele es für einen Fluch der Wassergeister. Aber unser Kräuterhändler nennt den Fluch Sumpffieber. Es ist eine Krankheit.«

»Tatsächlich!« Henry schwieg bestürzt und sprach erst nach einer Weile wieder. »Da haben wir Späher und Kundschafter, die jedes Huhn in den Weilern zählen – aber dass es hier todbringende Gegenden gibt, entgeht ihnen. Was kann man gegen die Krankheit tun?«

»Ich weiß es nicht, ich bin keine Medica«, sagte Costanza, um ein wenig zweifelnd fortzufahren: »Aber ich werde Ciccu fragen. Er ist der Einzige, der mehr darüber wissen könnte.«

»Ich wäre Euch sehr dankbar.«

Für einen Augenblick trat Stille ein, die unterbrochen wurde, als Uberto zurückkam. Beim Anblick Costanzas so dicht neben dem Feind stieß er einen wütenden Laut aus. Henry musste seine Stiefel zurückziehen, um nicht getreten zu werden, als Uberto dicht an ihm vorbei in die Küche fegte.

»Er hasst uns«, bemerkte Henry. »Habt Ihr zufällig erfahren, von wem meine Männer bei diesem Hinterhalt überfallen wurden?«

»Nein!«, sagte Costanza gekränkt und sprang auf. War er etwa hauptsächlich gekommen, um sie auszuhorchen? Ihre Zuneigung zu ihm war ein Irrtum gewesen. »Ich muss jetzt meiner Mutter in der Küche helfen. Gehabt Euch wohl!« Sie lief Uberto nach, ohne sich umzusehen.

Das Lager der Franzosen wirkte wie ausgestorben. Die zur Wache eingeteilten Krieger schritten gelangweilt ihre Strecken ab, und gelegentlich wieherte ein Pferd. Die älteren Knappen hatten die Erlaubnis erhalten, sich in Catania zu vergnügen, während die meisten Sergenten und Fußknechte sich für eine ausgeplünderte Stadt nicht interessierten. An allen Ecken und Enden des Lagers wurde gespielt und getrunken. Das Gegröle von Liedern aus der Heimat schwappte zuweilen wie eine Welle durch die Lagergänge.

Rainier war im Zelt, denn es war wieder seine Wache, und er beklagte sich nicht, weil das System, das sein Herr eingeführt hatte, gerecht war. Er kannte Jungen in seinem Alter, die doppelt so oft wie die älteren, die mehr Rechte beanspruchten, Wache schieben mussten.

Außerdem durfte er wieder in einem von Cavaliere Henrys Büchern lesen. Besonders interessierten ihn die Lieder des Troubadours Jaufré Rudel, verfasst in *langue d'oc*, der Sprache des Südens. Henry hatte viele Worte ins Französische übersetzt und mit winzigen Buchstaben zwischen die Zeilen geschrieben.

Einige Texte hatte Rainier schon verstanden. Begierig machte er sich an die nächsten. »Sobald die Tage lang sind im Mai«, las er laut vor sich hin, als es am wegen der Hitze aufgeschlagenen Zelteingang raschelte.

Le Brun stand breitbeinig im Eingang, ein dunkles Dreieck im Licht, als Rainier aufsah. »Was ist im Mai?«, fragte er. »Und was hast du da auf den Knien?«

»Ein Buch, Monsieur Le Brun.« Rainier sprang auf und legte es hinter sich auf den Scherenhocker.

»Cavaliere! Und antworte nicht so dämlich! Was du liest, will ich wissen.«

»Gedichte eines Troubadours«, antwortete Rainier leise, schon im sicheren Gefühl, dass dies keine gute Antwort war.

»Lass sehen!« Le Brun stieß den Knappen beiseite und griff sich das Buch, das er grob durchblätterte. »Was für eine Sprache ist das? Ich kann sie nicht verstehen.«

Rainier erklärte es ihm.

Le Brun lächelte kalt. »Und wo diese unnütze Brut in Frankreichs Süden auch immer dichtet und singt, gibt es Aufruhr gegen den König. Außerdem rotten sich dort die Katharer und Albigenser zusammen. Ketzer, wo immer man hineinleuchtet. Pack!«

Rainier zuckte die Schultern.

»Du weißt nichts über diese Leute?«

Der Knappe schüttelte den Kopf.

»Ah, du bist ja aus dem Nordfranzösischen, wie du sagtest.«

»Ja.«

Le Brun entdeckte die Weinkaraffe im Hintergrund des Zeltes. Mit zwei Schritten war er dort und schenkte sich ein.

»Cavaliere Henry gestattet es Euch«, sagte Rainier leise.

»Was?« Le Brun fuhr herum, mit ungläubiger Miene. Dann lachte er herzhaft. »Du gefällst mir, Bursche. Du bist frech wie eine Pferdebremse!«

Rainier nickte unerschüttert und hoffte, dass der Ritter nun bald mit seinem Anliegen herausrückte.

Dieser holte einen ledernen Beutel hinter dem Gürtel hervor und kramte eine Silbermünze heraus. Er steckte sie Rainier in die geschlossene Faust. »Du tätest mir einen Gefallen, wenn du mit deinem Herrn ein wenig über Katharer schwatzen würdest. Es interessiert mich brennend, was man in Henrys Heimat so über sie spricht.«

Rainier reichte Le Brun das Geld zurück. »Nein.«

»Was nein?«, fragte Le Brun ungläubig.

»Ich horche meinen Herrn nicht aus.« Rainier öffnete die Finger und ließ die Münze fallen, die der Ritter nicht zurücknehmen wollte.

»Ich kann auch anders«, fauchte Le Brun.

Rainier machte sich auf Prügel gefasst, aber dadurch ließ er sich nicht beirren.

Der große Ritter hatte jedoch anderes im Sinn, er riss Rainier mit einem Ruck die Beinkleidung herunter und warf ihn zu Boden. Es gelang ihm nicht einmal, unter der groben Hand auf seinem Mund zu schreien. Er fühlte, wie der Kerl in ihn eindrang, der Schmerz war gewaltig.

Viel später, als Le Brun endlich von ihm abgelassen und ihm obendrein noch gedroht hatte für den Fall, dass er darüber reden würde, wollte Rainier am liebsten vor Scham sterben.

KAPITEL 10

Als Costanza zusammen mit Mariannina und Guglielmo als männlichem Schutz am nächsten Sonntag von der Messe zurückkehrte, um etliches schneller als die Eltern, vor allem als Mutter Rosalia, die nicht gut zu Fuß war, erschrak sie maßlos, als sie vor ihrem Anwesen schon von weitem eine Ansammlung von Pferden sah. Sie begann trotz der Mittagshitze zu laufen.

Wollten die Franzosen jetzt ihr Haus in Brand setzen?

Keuchend kam sie bei dem Burschen an, der alle Zügel in der Hand versammelt hatte. »Was ist los?«, rief sie voll Angst, aber er verstand sie nicht, und sie rannte durch den Garten, Guglielmo auf den Fersen.

Misstrauische und abweisende Gesichter wandten sich ihr zu. Ritter in kostbar bestickten Waffenröcken, die sie noch nie gesehen hatte. Costanza atmete auf. Anscheinend hatten sie einen ihrer Führer gebracht, jedenfalls einen Vornehmen, der mit einem blutigen Tuch über dem Gesicht auf der Bank ruhte. Ein grobschlächtiger Knecht, der daneben stand, versuchte es auszuwringen und warf es dann mit gleichgültiger Miene wieder über den Verletzten.

»Cavaliere Le Brun bestand darauf, zu Euch gebracht zu werden«, erklärte ein dicker Mann ungnädig in holperndem Italienisch. »Die Neugier und der Wunsch nach Zeitvertreib nötigte uns zu diesem Umweg.« Sein Gesicht war feist, so dass die Augen in Fettpolstern verschwanden, die Wangen waren vom Weingenuss rot und von vielen Äderchen durchzogen. Ein beständiger Strom von Schweißtropfen lief von seinem Kinn in das gelbliche Untergewand. Seine seidenen Gewänder waren bunt wie der Regenbogen.

Costanza betrachtete ihn verstohlen von Kopf bis Fuß. Ein Ritter war er nicht, denn Kleidung und Schuhe deuteten auf eine ganz andere Tätigkeit. Konnte er der französische König sein?

Er schnaufte atemlos und setzte zu einer hochnäsigen Erklärung an. »Ich bin Arnaud de Paris, studierter Medicus mit Pariser Diplom, wie auch meine beiden Collegae. Während unserer Inspektion der größeren französischen Niederlassungen weilten wir zufällig in Aci Castello, als Le Brun verletzt von einem Scharmützel zurückkam. Der König hört auf meinen Rat, aber nicht jeder Monsieur vom Lande, man könnte auch von Dummbeuteln sprechen … Nun, ja.«

»Ich verstehe. Ich soll den Cavaliere Le Brun behandeln. Er hat viel Haut verloren. Wollt Ihr mir zur Hand gehen?«, fragte Costanza entgegenkommend. »Ich zeige Euch gerne …«

»Wir ihr zur Hand gehen, studierte Medici einer sizilianischen …? Ja, was stellt sie denn eigentlich dar?«, kreischte jemand ungläubig.

Darauf brach die ganze Gruppe in Hohngelächter aus.

»Danke. Wir haben genug gesehen«, spottete Meister Arnaud, worauf sich die Herren unverzüglich und entschlossen im Trupp zu entfernen begannen.

Als Letzter schaukelte der mit einem Schwert bewaffnete Mann hinaus, der offenbar Le Bruns Knecht war. Breitschultrig und mit einem flachen Nacken, dessen Lederhaut fast ein Teil der ledernen Schutzweste zu sein schien, machte er den Eindruck einer Schildkröte, uninteressiert an allem, und gänzlich gleichgültig gegenüber dem Schicksal seines Herrn. Hier und da riss er ein Blatt von den Zitronenbäumen, um es kurz darauf wie einen unerwünschten Käfer mit dem Fuß zu zerreiben. Welch ein Unterschied zum Knappen Rainier!

Danach war keine Zeit mehr für unnütze Überlegungen. Unter dem Trappeln der Pferdehufe auf der Gasse inspizierte Costanza die schwere Verwundung und entwarf einen Plan, wie sie dieses Mal verfahren wollte. Guglielmo war schon fort, wahrscheinlich bereits im Feigenbaum, und Mariannina schleppte Wasser herbei.

»Costanza?«

Sie wusste, ohne sich umzudrehen, dass Turi gekommen war, Aber verziehen hatte sie ihm nicht. »Ja«, sagte sie ungnädig, »was willst du?«

»Guglielmo sauste zu uns herein und sagte, dass du Hilfe gebrauchen könntest. Sofort. Dann war er schon wieder weg.«

»Da irrt sich Guglielmo«, erwiderte sie schnippisch, »ich habe ihm nichts dergleichen aufgetragen. Er sollte sich in unserem Garten befinden, nicht in eurem.«

Turi kam näher. Sie spürte die Hitze, die von ihm ausging. Er war die ganze Strecke gerannt. Genau wie Guglielmo. Ein Gefühl von Dankbarkeit durchströmte sie. Ihr Bruder hatte die Situation richtig eingeschätzt und sich entschieden, Turi zu holen. Er würde tatsächlich eines Tages die Stelle des Vaters einnehmen können.

»Ich habe die Franzosen beobachtet, als sie bei uns vorbeiritten. Dass der Trupp nicht auf Plünderung aus war, merkte man auf den ersten Blick. So viele blanke Panzerhemden, bestickte

Umhänge, wappenverzierte Schabracken und Zaumzeug mit seidenen Troddeln sieht man nicht alle Tage. Und als sie dann an uns vorbei den Weg, der zu euch führt ...«

Costanza nickte gleichgültig. Das alles hatte sie nicht bemerkt.

»Beim Allmächtigen«, sagte Turi erschrocken nach dem ersten Blick auf Le Bruns linke Gesichtsseite, auf der eine scharfe Waffe die Stirnhaut geradezu abgeschält und auch den Nasenflügel getroffen hatte. »Willst du wirklich wagen, diesen Mann zu behandeln, Costanza? Du bist tollkühn! Was meinst du, was die Franzosen mit dir machen, wenn es schiefgeht?«

»Er hat meine Schweine gerettet. Und sich mir anvertraut, nicht den französischen Medici. Ich muss es machen«, entgegnete Costanza eigensinnig. Hinzu kam, dass man nicht wusste, ob bei solchen Verletzungen nicht die Bande von Nino und Uberto die Hände im Spiel hatte.

»Du willst es also eigentlich gar nicht«, stöhnte Turi entsetzt. »Du bist nicht nur tollkühn, du bist von Sinnen!«

»Turi, geh jetzt«, verlangte Costanza, ohne ihm zu antworten, mit den Gedanken konzentriert bei dem Verfahren, das sie sich in den letzten Tagen ausgedacht und jetzt erstmals anwenden würde. Sie war nur sehr überrascht, wie überstürzt es notwendig geworden war. Turi wäre dabei hinderlich gewesen.

Er nickte, gefasst, aber verletzt. Trotzdem: Sie konnte nicht anders.

Augenblicke später kam die Mutter. Beim Anblick des großen Mannes auf der Liege prallte sie mit einem Schreckenslaut zurück.

»Komm herein, Mutter«, rief Costanza irritiert. »Wo ist Vater?«

Rosalia fasste sich ein Herz, legte die flache Hand wie eine Scheuklappe vor das rechte Auge und erreichte die rettende Küchentür. »Er hatte noch etwas zu erledigen und ist umgekehrt.«

»Nach der Messe muss er etwas erledigen?«

»Zweifelst du an dem, was dein Vater sagt?«

Genau das tat sie. Die Eltern waren den französischen Reitern begegnet, der Vater hatte geahnt, was passiert war, und Fersengeld gegeben. Wie immer.

Einige Stunden später betrachtete Costanza ihr Werk, mit großer Furcht im Herzen. Sie hatte es sich einfacher vorgestellt und zu viel gewagt.

»Sant'Agata! Du Närrin!«, fauchte der Vater, dessen Rückkehr ihr entgangen war und der jetzt fassungslos auf den Ritter hinunterstarrte. »Welch absurde Konstruktion! Glaubst du, du kannst an einem Menschen herumschneiden wie an einem Kindergewand? Du versuchst den Herrn. Das kann nicht gutgehen!«

»Der Herr ist auch ein Schneider. Er hat sich die Menschen nach seinem Geschmack zusammengeschneidert. Es war die einzige Möglichkeit, das Aussehen des Cavaliere zu retten«, widersprach sie mit einer Sicherheit, die erlogen war, und rückte Le Bruns Arm in eine geringfügig andere Position, die ihr bequemer zu sein schien.

Le Brun war noch nicht ganz wach geworden, mehrere Schlafschwämmchen hatten ihm schwer zugesetzt. Er zerrte an seinem linken Arm, der mit einem starken Ledergurt am Hinterkopf befestigt war, ohne zu wissen, was er tat.

Costanza setzte sich neben ihn und sprach auf ihn ein, bis er sich beruhigte.

»Einen Arm am Kopf festnähen! So etwas hat noch niemand in der Familie gemacht«, zeterte Santino außer sich vor Zorn. »Was bringt dich nur auf solche absurden Ideen? Hat das Unglück mit der Schweinehaut dich denn nicht gelehrt, dass deine Wagnisse schiefgehen? Deine Vorväter einschließlich meiner Person haben das bestmögliche Verfahren entwickelt, und du tust gut daran, davon nicht abzuweichen!«

Nein, das beste Verfahren habt ihr eben nicht erfunden, dachte Costanza rebellisch.

»Du setzt uns einer unendlichen Gefahr aus! Ist dir denn nicht einmal das klar?« Die väterlichen Worte gingen in einem Gurgeln namenlosen Zorns unter.

Erschrocken sah Costanza ihn an. Eigentlich verstand sie nicht, warum er so erbost war, denn der Unterschied zu der Behandlung durch Vater und Vorväter war gar nicht so groß. Er verwandte Stirnhaut, sie Wangenhaut und nun eben auch Armhaut.

»Wenn die Franzosen morgen ihren wichtigsten Heerführer in die Sicherheit ihres Lagers zurückgebracht haben, werden sie zurückkommen und sich an uns rächen.«

»Nein. Guy Le Brun wird bei uns bleiben, bis ich ihm zu gehen erlaube«, entgegnete Costanza kühn.

Santino griff sich hilflos mit beiden Händen an den Kopf und stapfte an die frische Luft.

Am späten Nachmittag schaute Costanza wieder hinter die aus Rohr geflochtene leichte Stellwand, mit der sie ihren Patienten auf der Liegebank abgeschirmt hatte. Noch war er nicht ansprechbar. Die Stiefel hatte sie ihm selbst ausgezogen, an das Beinkleid hatte sie sich nicht gewagt. Sein Kopf und der Arm ruhten bequem auf einer raffinierten Konstruktion von Polsterung, während die Füße vom Bettende herunterhingen.

Er war ein außergewöhnlich stattlicher Mann. Ihr Blick umfasste ihn mit einem verlorenen Lächeln, das sowohl ihrem Werk als auch dem Mann galt.

Er rührte sich. Dann schlug er die Augen auf.

Es dauerte eine Weile, bis sie ihn davon überzeugt hatte, dass in seinem Gesicht nicht genügend unverletzte Haut übrig geblieben war, um sie auf die Nase zu verpflanzen. »Ich musste sie mir von Eurem Unterarm holen«, erklärte sie fest. »Im Grunde ist es nicht anders als unser übliches Verfahren. Nur eben, dass Euer Arm einige Tage an Euer Gesicht gebunden sein wird, bis die Haut am neuen Platz richtig sitzt. Dann werde ich sie vom Arm schneiden! Ihr bleibt so lange hier.«

»Mutter Gottes«, stöhnte Le Brun. »War das wirklich nötig?«

»Ich denke mir, dass Ihr nicht ohne Grund Eure eigenen Medici abgelehnt habt.«

»Das ist wahr«, murmelte Le Brun erschöpft. »Die Gefahr, dass die Bader einem das beschädigte Glied abhacken, um den Rest zu retten, ist groß. Ich fürchtete ernsthaft für meinen Kopf, dabei lege ich großen Wert auf ihn.«

Costanza schmunzelte in sich hinein, während sie ihm mit Hilfe der Polster half, sich so bequem es nur ging zum Schlafen zu legen. Le Bruns Witz war mit der Nase jedenfalls nicht verlorengegangen. Überhaupt nahm er die ganze Sache leichter als ihr Vater, der offenbar nur Gefahren für sich und die Familie witterte, wo sie eine Anerkennung ihres Erfindergeistes erwartet hatte.

Sie hätte sich unendlich gefreut, wenn Vater Santino bereit gewesen wäre, selbst einmal neue Wege zu wagen. Aber das war wohl zu viel verlangt. Er schien sich immer mehr zu ihrem Gegner zu entwickeln.

Im Verlauf der folgenden beiden Wochen wurde Le Brun ungeduldig und unwirsch, ungnädig und unzufrieden.

Costanza rechnete es ihm darum hoch an, dass er um seinen Geldbeutel zum Lager schicken lassen wollte. Tatsächlich hatte sie sich eine Anerkennung verdient, wie sie fand. Die Wunden heilten gut. Von Henry hatte sie für einen einfacheren Dienst einen Beutel mit Geldstücken erhalten. Trotzdem verzichtete sie darauf zu spekulieren, wie viel Le Brun die neue Nase wert sein mochte. »Guglielmo könnte gehen«, schlug sie vor. »Der ist Botengänge gewohnt.«

Der Heerführer grinste. Unangenehm. Erschrocken rückte Costanza zurück, um sich sofort für ihre argwöhnische Reaktion zu schämen. Stets auf der Hut durch Uberto, hatte sie im Gesicht des Cavaliere gelesen und etwas Falsches herausbekommen. Wahrscheinlich hatte er seine Gesichtsmuskeln noch nicht wieder unter Kontrolle.

»Ich tät's nicht«, murmelte er mit steifen Lippen. »Die Männer sind ausgehungert nach Frischfleisch.«

Ihr war unverständlich, was er meinte.

»Lasst einen wehrhaften Mann gehen. Euren Vater in Begleitung Eures älteren Bruders.«

Das war nicht möglich. Einer der Feinde konnte Uberto erkennen. Dieser Gefahr konnte sie ihn nicht aussetzen. Und Turi wollte sie nie mehr um etwas bitten. »Sie würden beide ablehnen«, sagte Costanza.

»Dann denkt Euch einen anderen Weg aus, mir mein Geld zu beschaffen. Oder rückt das Geld selber heraus, das ist mir auch recht. Ich brauche jedenfalls etwas Vernünftiges zwischen die Zähne, um zu Kräften zu kommen. Fleisch, damit wir uns richtig verstehen! Schwein, Schaf oder Ziege. Schwan nur, wenn Eure Mutter ihn zuzubereiten versteht. Tranig ist er widerlich. Und Kleinzeug lehne ich ab. Eichhörnchen, Rebhühnchen und dergleichen. Zu viele spitze Knochen, zu wenig Fleisch.«

»Es geht Euch nur darum, dass wir Fleisch für Euch kaufen?«, fragte Costanza entgeistert, bereute aber ihre Vorwitzigkeit auf der Stelle. Zu oft hatte der Vater sie getadelt, als dass sie sich ihrer Schwächen nicht bewusst gewesen wäre.

»Was denn sonst? Gäbe es noch etwas, wofür ich im Bett Gold brauchen könnte? Eine Hure würdet Ihr mir verweigern, stimmt's?«

Es verschlug Costanza im ersten Augenblick die Sprache, aber dann rief sie sich ins Gedächtnis zurück, dass das Kriegerleben auf Feldzügen und im Lager ein anderes sein musste als das auf der Ritterburg. »Ich fürchte, die angenähte Haut würde reißen«, sagte sie leise und setzte mutig hinzu: »Ihr wirkt auf mich wie ein wilder Löwe.«

Er lachte erheitert, was sich sehr locker und natürlich anhörte. »Das ist richtig. Im Feld und ... anderswo. Was ist mit dem Fleisch?«

»Mein Vater würde kein Geld für Fleisch hergeben, weil mein Bruder Uberto es nicht will«, bekannte Costanza, in die Enge getrieben. »Immerhin geltet Ihr als Feind. Und Uberto, der für unsere Schafe und Ziegen verantwortlich ist ...«

»... würde das Fleisch lieber selber fressen. Schon klar. Außerdem würde er nie zugeben, dass er eine Herde versteckt. Wir könnten ihn für den Betrug an seinem eigenen König hinrichten, wisst Ihr das?«

Angstschweiß lief an Costanzas Rücken entlang. Sie wusste nicht, wie sie sich herausreden konnte. Dann fiel ihr etwas ein. »Das Schwein! Wir könnten das Schwein schlachten.«

»Doch nicht etwa eines von den Schweinen, die die Ursache

für unsere Bekanntschaft waren, wenn ich auch nie verstanden habe, warum Euch an denen so viel lag.«

»Ich brauchte ihre Haut für schwere Verletzungen.«

Le Brun runzelte die Stirn und riss seine Augen über dem festgenähten Arm weit auf.

Oh, sie hatte sich schon wieder vergaloppiert. Costanza hielt den Atem an.

»Und dann lasst Ihr mich derart leiden? Warum habe ich keine Schweinehaut erhalten? Und warum wollt Ihr die Schweine plötzlich schlachten?« Er legte den Finger präzise in die Wunde.

»Mein Plan war wohl nicht so gut. Mir ist aufgefallen, dass die Haut des Schweins sich doch sehr von der des Menschen unterscheidet«, sagte Costanza gepresst. »Die meisten Frauen würden einen Mann ablehnen, dem blonde Schweinsborsten auf der Nase sprießen. Womöglich mit Läusen.«

Le Brun betrachtete sie eine Weile stumm. »Ja gut, das lasse ich gelten«, sagte er, als ob er keinen vernünftigen Einwand gefunden hätte. »Und wenn man dann keinen Barbier in der Nähe hat …«

Costanza atmete heimlich auf. Nie hätte sie ihm bekennen dürfen, dass die Behandlung seiner Verletzung nichts als ein Versuch war. »Wir können es für Euch schlachten.«

Le Brun schloss die Augen. »Dann lasst schnell machen. Schwein esse ich am liebsten. Fette Schweinebacke vor allem.«

»Ja«, sagte Costanza und verließ erleichtert das Krankenzimmer. Der Ritter kam ihre Familie ziemlich teuer zu stehen, wie sie mittlerweile begriffen hatte. Trotzdem hatte er ihre Bewunderung, weil er ihr vertraute und alles leidlich geduldig ertrug. Irgendwo im Grunde ihres Herzens mochte sie ihn leiden.

In seinem Fall würde ihr Gewinn die Sicherheit sein, dass es eine brauchbare Methode gab, großflächige Hautverletzungen im Gesicht zu heilen.

Zwei Tage später kochten bereits Würstchen aus Brät in einem Kessel, in Pfannen brutzelte Schweinefleisch, und ein ungewohnter Duft zog in den Behandlungsraum.

»Wann ist der Fraß endlich fertig?«, fragte Le Brun ungeduldig. »Ich sage Euch, ich habe einen Bärenhunger!«

»Gibt es Bären, dort, wo Ihr wohnt?«, fragte Costanza, um ihn abzulenken.

»Nicht gerade da. Aber in den Pyrenäen, einem Gebirge zwischen den Anjou und den Aragoniern. Dort jage ich gelegentlich. Ich liebe Bärentatzen. Sie bestehen fast nur aus Fett.«

»Jagt Ihr auch Vögel?«, warf Costanza ein. »Auf Sizilien gibt es ganz unterschiedliche wilde Hühner, ich kenne sie alle.«

»Vögel, nein. Ist das Schwein fett?«

Costanza merkte, dass sie ihn nicht vom Thema abbringen konnte. Sie wand sich. »Vielleicht nicht überaus. Seitdem Eure Krieger plündern, haben wir häufig selbst nicht ausreichend zu essen. Nur manchmal.« Sie verschwieg, dass sie hin und wieder eine von Uberto erschlagene Ratte unter das Schweinefutter gemischt hatte. Sie hatten sie gegessen. Gern.

»Wir plündern nicht. Hütet Euch vor diesem Ausdruck, wenn Ihr Franzosen behandelt. Wir wahren das Recht des Königs.«

Costanza fuhr auf ihrem Hocker mit gestrecktem Rücken in die Höhe. »Aber Ihr esst unsere gestohlenen Tiere selbst, nicht wahr?«

»Ritter und Sergenten sind der Leib des Königs, der der Kopf ist. Natürlich ernähren wir uns von seinen Schafen. Wovon denn sonst? Sollen wir hier Kohlrüben anbauen, statt zu kämpfen?«

»Nicht hier, aber in Frankreich«, sagte Costanza standhaft. »Und was sind Sergenten?«

»Sergenten. Männer, die keine Ritter sind und auch nicht werden können.« Le Brun lachte von Herzen und warf sich in das Kissen zurück. »Ich liebe Euch! Ihr seid so mutig mit dem Maul, wie es sonst nur alternde Huren mit genügend Geld sind, obwohl Ihr selbstverständlich besser erzogen seid, und Ihr habt das Herz auf dem rechten Fleck. Eure Vorfahren müssen besondere Menschen gewesen sein. Richtig?«

»Ich kenne nicht alle«, sagte Costanza ein wenig verwundert. Wie kam er denn darauf? Aber sie verstand, dass er es als Kompliment gemeint hatte, und stimmte heiter in sein Gelächter ein. »Erzählt das nur nicht meinem Vater. Der will davon nichts wissen.«

»Wovon?«

»Ich fürchte, es gibt einen dunklen Fleck unter meinen Vorfahren«, bekannte sie. »Niemand spricht darüber. Ich auch nicht.«

»Nein, sprechen wir darüber nicht«, stimmte Le Brun nachgiebig zu. »Und wer hat nicht einen zweifelhaften Ahnen unter seinen Leuten?«

»Genau«, sagte Costanza zufrieden und erhob sich. »Ich denke, ich kann Euren Arm bald von der Nase abtrennen, dann seid Ihr wieder frei. Aber erst sehe ich mal nach dem Braten.«

In diesem Augenblick erhob sich vor dem Haus ein beängstigender Lärm.

KAPITEL 11

Draußen lärmte ein Mann, außer sich vor Zorn. Genau vor ihrem Anwesen, und irgendjemand würde natürlich mit Interesse lauschen, also war es sehr schlecht für den Ruf der Familie. Costanza blieb verwundert in der Tür stehen, denn Vater Santino eilte bereits mit entschlossenen, steifen Schultern hinaus.

Er riss die Pforte auf. »Brüll deinen Unmut woanders heraus!«, schrie er, um den Fremden zu übertönen.

»Ach, halt deinen Mund!« Santino wurde von einem schwarz behaarten Arm zurückgeschoben. Der Arm gehörte Turis Vater, lang von Wuchs, dürr, aber sehnig und kräftig. Er stieß den kurzbeinigen Santino ohne Mühe unter einen Zitronenbaum und spähte angriffslustig zum Haus hoch. Costanza schmiegte sich ahnungsvoll an die Laube. Aber Saverio hatte sie schon gesehen.

Er stürzte mit stochernden Schritten auf sie zu. Seine Ellbogen machten bei jedem Schritt Ausschläge wie Ruderblätter in einem Boot. »Ihr seid eine Schande für die Heilkunst«, kreischte er, »eine Schande für Catania, eine Schande für Sizilien!«

Costanza schaute ihn verständnislos an. Allein die Lautstärke, die Saverios Brustkorb entsprang, raubte ihr den Atem.

»Und du bist eine Hure, die hinter den Franzosen her ist. Du verkaufst dich und das Wissen deines Vaters. Dein Gestank nach Läufigkeit verpestet dieses Grundstück!« Er fuhr zu Santino herum. »Merkst du nicht einmal mehr das? Was bist du nur für ein Vater! Warum verstößt du dieses Ungeheuer von Wechselbalg nicht, um deine Ehre zu retten? Oder hat sie sie bereits abgeschnitten? Hast du aufgegeben?«

Endlich fand Costanza ihre Stimme wieder. »Still!«, befahl sie an Vaters statt in die Pause hinein, die Saverio einlegen musste, um Luft zu schöpfen, worauf er verblüfft den Mund schloss.

»Was willst du?« Santino schaute seinen cholerischen Konkurrenten verdrossen an. Sie kannten sich Jahrzehnte. Von ihm ließ er sich nicht aus der Ruhe bringen.

»Befiehlt in deinem Hauswesen jetzt schon sie?«, fragte Saverio gehässig, während er die Finger in Abwehr kreuzte. »Dein Satan von Tochter.«

»Sie geht mir zur Hand, wie du genau weißt, und in Kürze geht sie ganz. Es gibt dann keine Costanza Cataliotti, Helferin des Wundarztes Santino Cataliotti, mehr. Also lass das Lärmen um nichts, Saverio.«

Mit Erbitterung vernahm Costanza, dass ihr Vater dem unverschämten Mann auf ihre Kosten den Mund stopfte. Saverio ging es gar nichts an, was sie tat, sie betätigte sich in einem Gewerbe, das Tradition in ihrer Familie hatte, und wenn er etwas dagegen hatte, so sprach allein der Neid aus ihm. »Mein guter Ruf wird mir allerdings folgen, Vater, und die Verletzten wohl auch …«, sagte sie vernehmlich.

»Dein Ruf? Du hast keinen Ruf! Du bist ein Nichts! Du ziehst unsere Kunst in den Dreck! Kein Weib darf sich anmaßen zu tun, was allein Männern zukommt.«

Wieso? Sie hatte bewiesen, dass sie es konnte. Die Wut würgte Costanza derart, dass sie nichts zu sagen vermochte. Dieser Mann dachte ja nicht einmal mit dem Herzen. Er dachte gar nicht.

»Was blähst du dich auf, Saverio? Beachte dieses Weib nicht, das ist es, was sie braucht.«

Saverios Gedanken kreisten schon um erfreulichere Dinge. Er klopfte sich mit großer Geste auf die Brust. »Ich werde höchstpersönlich dafür sorgen, dass unser zukünftiges Parlament erfährt, wie du, Santino, und deine Familie für den Feind arbeiten. Sobald wir Catania zur unabhängigen Republik erklärt haben, werden wir mit den Franzosen aufräumen, wie es die Palermer getan haben. Wenn erst das Wichtigste erledigt ist, werden die städtischen Knechte jedes Loch, in dem Verräter hausten, ausnehmen.« Abschätzig sah er sich um. »Könnte sein, dass ich deinen Hof übernehmen möchte. Mir fehlt ein Stall. Deine Wohnzimmer oben sind geeignet für meine Hühner, und unten ... Na ja, mir fällt schon noch etwas ein.«

Was meinte er denn? Was für eine unabhängige Republik? Auch dem Vater klappte vor Staunen der Unterkiefer nach unten. Noch während Costanza über diese merkwürdige Neuigkeit nachdachte, spürte sie eine Bewegung neben sich. Guy Le Brun. Er lehnte neben ihr an der Wand, der hochgebundene Arm sackte nach unten, und sein sonnenverbranntes Gesicht wurde zusehends blasser. »Nehmt den Arm hoch! Und Ihr solltet nicht aufstehen, Cavaliere«, stieß sie warnend aus.

»Das Liegen schwächt. Deswegen mache ich mich jetzt zu den Fleischtöpfen in Mutter Rosalias Küche auf. Und was Euch betrifft, Wundheiler Saverio, Verschwörer gegen Euren König, seid bedankt für das freiwillige Geständnis des Hochverrats. Hochverrat wird seit des Antichrists Friedrich Zeiten, den man zuweilen auch Kaiser nennt, mit Hängen bestraft.«

Saverio, dem die Augen angesichts der fremdartigen Konstruktion an Le Bruns Gesicht fast aus den Höhlen traten, wusste sich nicht zu fassen. »Ihr seid alle des Teufels!«, stieß er mit schriller Stimme aus und flüchtete mit flatternden Armen den Gartenweg entlang und zur Pforte hinaus. Niemand rührte sich, um ihn aufzuhalten.

»Was machst du aus meiner Familie, Weib?«, heulte Santino in namenlosem Entsetzen.

Den Blick aus Fassungslosigkeit und glühender Wut, mit dem er sie niedermachte, würde Costanza nie vergessen. Einen Berg von Schuldgefühlen wollte er ihr auflagen. Sie hob ihr Kinn. Es gab keine Schuld.

»Wir kriegen ihn«, sagte Le Brun beiläufig und kratzte sich gedankenlos an der versetzten Haut.

Sofort abgelenkt, griff Costanza nach seinem Zeigefinger und zog ihn energisch herunter. »Nicht«, sagte sie milde. »Auch wenn es juckt. Jucken bedeutet Heilung.«

Le Brun lächelte überrascht auf sie herunter. »Euch liegt ja an mir … Dann werdet Ihr verstehen, dass es mich jetzt nach dem Schweinebraten verlangt. Mir läuft schon das Wasser im Mund zusammen.« Er setzte sich, unhörbar auf seinen Beinlingen, in Bewegung, zurück ins Haus.

Der Vater blieb still.

Costanza erkannte, dass er sich für Saverio nicht einsetzen würde. Sie lief hinter Le Brun her und packte ihn am Wams. »Ihr wollt doch nicht wegen einer derart unbedachten Äußerung einen Mann verhaften. Der Wundheiler Saverio ist ein Wichtigtuer, mehr nicht!«

»Wichtigtuer oder nicht«, sagte der Franzose gleichgültig, »er ist nicht allein. Er wird uns zu den übrigen Verschwörern führen.«

»Nein, nein, nein!«, rief Costanza und stampfte mit dem Fuß auf. »Womöglich durch Folter!«

Le Brun drehte sich zu ihr um. »Natürlich. So regt Euch doch deswegen nicht auf, Costanza! Folter ist notwendig. Mutter Kirche schreibt sie vor, damit die Wahrheit gefunden werden kann. Hochverrat hingegen ist nicht üblich. Der Mann musste wissen, was er riskiert.«

Costanza fiel Uberto ein. Irgendwie hing die Tätigkeit seiner Bande möglicherweise mit diesen Verschwörern zusammen. War es nicht geradezu wahrscheinlich, dass einige ältere Respektspersonen der Stadt die neue Regierung vorbereiteten, während ihre kühnen Söhne durch Aktionen aus dem Hinterhalt Angst und Schrecken beim Feind zu verbreiten versuchten? Furcht schloss ihr den Mund.

Als sie in den Garten zurückgekehrt war, war der Vater fort.

Le Brun verfasste ein kurzes Schreiben für einen seiner Unterführer. Costanza konnte ihm Papyrus und Tinte – bislang nutzlose Bezahlung einer Wundbehandlung – zur Verfügung stellen. »Verrat ist wichtiger als Geld fürs Essen«, murmelte Le Brun, während er tanzende Buchstaben malte. »Wer deinem kleinen Bruder etwas antut, bekommt es mit mir zu tun.«

Aber dann wäre es zu spät, dachte Costanza mit ungutem Gefühl.

»Dieser Wundheiler Saverio wird spätestens morgen in Gewahrsam genommen.« Der Cavaliere grinste spöttisch und übergab Costanza das Schreiben.

Sie beschloss, seine gute Laune auszunutzen. Er hatte allein so viel Schweinebraten vertilgt wie eine sizilianische Großfamilie, die Pasta liegengelassen, aber eine Karaffe Wein getrunken. Kein Wunder, dass er schläfrig war. Auf das Schlafschwämmchen würde sie deshalb verzichten. »Etwas Schmerz werdet Ihr aushalten, oder?«

Le Brun gähnte. »Ich halte jede Menge davon aus. Vorausgesetzt, ein guter Schweinebraten stellt mich ruhig. Woher kann Mutter Rosalia so gut Schwein zubereiten? Wie bei mir zu Hause.«

Ja, es war auch Costanza aufgefallen, dass die Mutter ganz anders gekocht hatte als sonst. Abgesehen von den Nudeln war daran kein sizilianischer Geschmack gewesen. Keine Zitronen, Oliven, Sardellen, Schafskäse, Anis, Zimt und was sonst noch üblich war. Statt Olivenöl Sahne. Mutter Rosalia hatte ihren Ehemann in das Hügelland geschickt, um Milch der eigenen Kühe zu holen. Sie kochte sonst nie mit Sahne, denn die war viel zu kostbar, sie wurde gebraucht, um Käse herzustellen.

Aber für den fränkischen Kommandeur war plötzlich nichts gut genug. Woher war ihr der Geschmack der Nordleute zugeflogen? Costanza kam zum Schluss, dass Mutter Rosalia aus sich heraus eine neue Kochkunst erfunden hatte. Das Erfinden lag wohl in der Familie. »Ich werde jetzt Eure Nase vom Arm befreien«, verkündete sie entschlossen.

»Welche Erleichterung!«, sagte Le Brun und ließ den linken Arm kreisen.

»Für mich auch«, stimmte Costanza zu und begutachtete immer noch die neue Haut von allen Seiten. »Ihr seid so ansehnlich wie vorher.«

»Das will ich hoffen«, sagte der Befehlshaber, fing sie mit der Rechten ein und drückte ihr einen leichten Kuss auf das Haar.

»Oh, das dürft Ihr nicht«, widersprach Costanza verlegen und wich zurück. »Ich bin versprochen.« Einem Mann, den ich weder kenne noch als Ehemann haben will, fuhren ihre Gedanken wie von selbst fort.

Le Brun brach in ein raumfüllendes Gelächter aus.

»Was ist?«, fragte Costanza konsterniert.

»Dein Vater hat dich jemandem versprochen? Von diesen kurzgeratenen Schwarzlocken hält dich doch keiner aus! Du brauchst einen von uns, einen willensstarken Nordfranzosen. Wir verstehen, die Weiber in Schach zu halten … Nur wenige gehen lieber ins Kloster.«

Sie musterte ihn. Er sah nicht übel aus, auch jetzt nicht. Und sie hatte gelernt, mit ihm umzugehen. War es wirklich undenkbar, ihm auf seine Burg in einem fremden Land zu folgen, in dem es in der meisten Zeit des Jahres Eis und Schnee wie auf dem Ätna geben sollte? Konnte man in solcher Umgebung überhaupt leben? Dann erst fiel ihr auf, dass er in der Anrede nunmehr zum vertraulichen *Du* übergegangen war. Auch sie fühlte, dass ihr Verhältnis sich geändert hatte.

»Unsere Sitten sind anders als Eure. Als Eure«, wiederholte sie ablehnend und verließ ihn.

Nachdem Guglielmo nach wenigen Stunden zurückgekommen war, schickte Costanza ihn erneut los, damit er die Branca warnte. Sie schärfte ihm ein, auf dem Weg Platanenblätter einzusammeln.

»Aber hier ist doch gar keiner, der behandelt werden müsste«, wandte Guglielmo ein. »Und wieso Platanen?«

»Das stimmt«, flüsterte Costanza, »aber wenn dich jemand zurückkommen sieht, muss ich eine Erklärung für deinen Botengang haben. Die Pesce und die Branca haben ihre Feigenbäume hinter dem Haus, davon kannst du nicht stibitzen. Also nimmst du von den Platanen der Pesce am Weg. Ich brauche die Blätter zu einem Zweck, den du nicht kennst. Du darfst nicht sagen, dass du bei Turi warst!«

»Klar. Der Cavaliere«, nickte Guglielmo und verschwand lautlos.

Saverio, den Costanza nicht ausstehen konnte, musste sich in den Hügeln verstecken. Hoffentlich glaubte ihr Turi, dass sein Vater in Gefahr schwebte, verhaftet zu werden, obwohl ihr Verhältnis zueinander so schlecht geworden war.

Kaum war ihr kleiner Bruder losgelaufen, erschien vor ihr der ältere Mann, der sie an Ciccus Stand beschimpft hatte. Unter kritischem Stirnrunzeln sah er sich im Garten um. Er war hochgewachsen und wirkte auf den ersten Blick energisch, aber seine herabhängenden Arme zitterten beständig, und sein Kinn schnellte in kurzen Abständen nach rechts, bevor es sich wieder beruhigte.

Er beachtete Costanza nicht weiter und schien sie auch nicht wiederzuerkennen. »Wo finde ich den Wundheiler, Frau?«, schnarrte er, nachdem er mit einem abfälligen Grunzen kundgetan hatte, dass ihm hier nichts, aber auch gar nichts, gefiel.

Costanza wies ihm mit der gebotenen Höflichkeit den Weg in den Behandlungsraum, in dem der Vater hörbar herumkramte. Sie blieb hinter dem Besucher, der jedenfalls persönlich keine Heilung suchte, stehen.

Santino sah auf. »Signore Corrado Capece«, rief er enthusiastisch und verbeugte sich tief. »Kommt nach draußen unter den Weinstock! Wir können bei einem Becher vom Feinsten bereden, was Euch auf dem Herzen liegt.«

Was sollte das denn nun wieder bedeuten? Costanza zog sich eilends hinter die Wand aus Wein zurück, wo sie zwischen den Blättern hindurchspähen konnte. Der Vater schien so aufgeregt, dass er ihre Anwesenheit gar nicht bemerkte. Und beinahe hätte sie nicht bemerkt, dass sich Mariannina an sie schmiegte, bevor sie ihre Hand nahm.

Das aber lag daran, dass sie an Turi dachte. Wo jetzt dieser scheußliche Signore Platz genommen hatte, hatte immer Turi gesessen, wenn sie sich über Behandlungsmethoden ausgetauscht hatten. Das war das einzige Gesprächsthema zwischen ihnen, das der Vater, wenn auch widerwillig, geduldet hatte.

»Es gibt nichts zu bereden. Die Vermählung ist abgesagt.«

»Die, die ...«, stammelte Santino. »Das kann nicht sein. Sie ist verabredet. Meine Tochter würde die Schande einer solchen Zurückweisung nicht überleben.«

»Eure Sache«, bemerkte Signore Capece. »In meiner Familie ist eine Ehefrau unerwünscht, die mit Verrätern Umgang pflegt. Wir waren bereit, ihr ungewöhnliches, ja ihr geradezu hässliches, wie meine Mutter sagt, Äußeres in Kauf zu nehmen, aber nicht ...«

»Ich habe niemanden verraten«, keuchte Santino und griff sich an die Brust. »Ich bin Catanese mit Leib und Seele. Mein Sohn Uberto ist ...«

Das uninteressierte Kopfschütteln des Besuchers stoppte Vater Santinos Redefluss. »Keine Namen. Keine Erwähnung von vaterländischen Handlungen. Die Spitzel des Imberadours lauern überall.«

Und ich? Bin ich etwa eine Verräterin, dachte Costanza empört. Seine Beschuldigung war ungeheuerlich. Der Anjou war der Herrscher von Sizilien, und vor wenigen Stunden erst hatten sie alle gehört, dass Freiheitsbestrebungen als Hochverrat galten. Der Verräter war Capece, und ein mutiger Vater hätte ihn darauf hingewiesen.

Der Kleidung des Besuchers hatte sie an Ciccus Stand keine Beachtung geschenkt. Jetzt erkannte sie, dass er zum städtischen Adel gehören musste. Offensichtlich war die Beschuldigung des Verrats der Preis dafür, dass sie den Sohn dieses unsympathischen Mannes nicht mehr heiraten musste. Im Augenblick war sie erleichtert, aber wie würde der Vater mit diesem Vorwurf leben? Und auf wessen Seite würden sich die Catanesi stellen?

»Aber ...«

Signore Capece unterbrach Santino mit einer kaum sichtbaren Geste, die so voller Hochmut schien, dass Costanza nach Luft schnappte. Wieso ließ ihr Vater sich dies alles gefallen?

»Ich«, hob Capece voller Würde an, »werde in Zukunft eines der wichtigen Ämter der Stadt versehen. Ihr werdet einsehen, dass ich Eure Tochter unter diesen Umständen nicht heiraten kann. Gebt Euch mit dieser meiner Entscheidung zufrieden. Es mag sich durchaus unter den Latrinenputzern oder den Tagelöhnern jemand finden, den Verrat an der Stadt nicht stört und dem Ihr sie geben könnt.« Er ging.

Costanza griff sich voller Entsetzen an den Kopf. Dieser Greis hätte ihr Ehemann werden sollen? Und jetzt stattdessen ein Latrinenputzer? Was ging nur im Vater vor? Und dann begriff sie, dass der Vater sie zu verkaufen versucht hatte. Gegen welche Leistung? Um zur Verwandtschaft eines Adeligen zu gehören, etwa? Sie bebte vor Zorn.

»Ich hätte ihn genommen«, flüsterte Mariannina, die ihre Gedanken zu erraten schien, und griff wieder nach Costanzas Hand. »Er wäre in jedem Fall besser als sein Sohn. Sicher lebt er nicht mehr lange, und als Witwe ist man Erbin und frei, sich einen Mann zu nehmen, den man liebt.«

»Aber Purpurhühnchen!« Costanza sah ihre Schwester plötzlich in einem ganz anderen Licht.

Costanza hatte die nüchterne Beurteilung ihrer kleinen Schwester fassungslos angehört. Zu solcher Ansicht war sie nicht fähig, schließlich bestand sie aus Fleisch und Blut und war voller Sehnsucht nach allem, was das Leben ihr bieten konnte. Einstmals nach Turi, der ihr half, der sie ausschimpfte und doch da war, wenn er glaubte, sie könnte ihn brauchen. Das war vorbei, aber es würde ein neuer Turi kommen. Nach zitternden Signori verlangte es sie nicht. Sie befreite ihre Hand aus der von Mariannina, stahl sich um die Hausecke und lief blindlings in den hinteren Garten.

Und direkt in die Arme des Cavaliere Le Brun, der dort spazieren ging und sie einfing. Am nächsten Morgen würde er ins Lager zurückkehren.

»Nanu? Wohin so eilig, Heilerin? Und warum so wütend?«

»Fort von hier! Stellt Euch vor«, sprudelte sie heraus, »man wirft mir vor, eine Verräterin zu sein, und zur Strafe soll ich einen Latrinenputzer heiraten.«

Le Brun schnalzte kopfschüttelnd mit der Zunge. »Komm mit mir«, schlug er vor.

»Mit Euch?« Costanza bemerkte jetzt erst, in welcher körperlichen Nähe sie sich zu einem Mann befand, und befreite sich errötend aus seiner Umarmung.

»Ja. Nichts einfacher als das. Wenn du mich morgen aus deiner wundärztlichen Obhut entlässt, kommst du mit mir. Das Heer hat für jemanden mit deinen speziellen Fähigkeiten ausgezeichnete Verwendung.«

»Aber in einem Heer gibt es keine Frauen …«, wandte Costanza ein. Ein besserer Einwand wollte ihr gerade nicht einfallen.

»Oh, das denkst du nur. Es gibt Scharen von Frauen, die sich um Ritter, Knappen und Knechte kümmern. Sie kochen, flicken Wämser und Hosen, übernehmen manchmal den Verkauf oder den Tausch von Beute, verarbeiten Wolle ... Viele haben eigene Zelte oder sogar einen eigenen Karren.«

»Und ...«

»Du könntest in meinem Zelt schlafen, es ist groß genug. Mein Sergent würde dir eine eigene Abteilung herrichten. Die Behandlung der abgeschlagenen Nasen fände selbstverständlich nicht bei uns statt ...«

Costanza hörte ihm atemlos zu. Nie hatte sie an ein Leben dieser Art gedacht. »Sprecht weiter«, bat sie. »Erklärt mir das Leben im Zeltlager.«

KAPITEL 12

Nein, es war völlig ausgeschlossen! Eine sizilianische Tochter verließ ihr Elternhaus nicht auf dieses Weise. Le Brun ging allein, und Costanzas Leben verlief wieder in gewohnten Bahnen. Aber noch nie war ihr die eigene Stadt so bedrohlich erschienen wie jetzt.

Denn Uberto steckte mittlerweile bis zum Hals im Widerstand. Seine Seele gehörte Nino Fallamonaca. Zum Essen tauchte er gelegentlich zu Hause auf, meistens mit einer Wunde, die er ihr stumm vor die Nase hielt. Nie dem Vater. Sie wusste, warum. Ihr konnte er den Mund verbieten, sie notfalls schlagen. Den Vater nicht.

Der Vater wusste wahrscheinlich nicht, was sein Sohn trieb. Noch wahrscheinlicher war, dass er wegsah, so wie er alles ignorierte, was ihm nicht passte.

Unversöhnlich lastete er ihr die Beleidigung an, die Capece ihm zugefügt hatte. Auch hatte er sich angewöhnt, die meiste Zeit des Tages, sofern er überhaupt zu Hause war, vor einem Becher Wein auf Rache zu sinnen. Auch für diesen Wein ging ihr kostbarer Verdienst, auf den sie so stolz gewesen war, drauf. Das übrige Geld erlitt auf unerklärbare Weise einen Schwund, bis nicht einmal genug übrig blieb, um Heilkräuter zu kaufen. Wenn sie ihren Vater danach fragte, zuckte er mit den Schultern und behauptete, ihr keine Rechenschaft schuldig zu sein.

Glücklicherweise hatte sie einige Münzen abgezweigt und in ihren Rocksaum eingenäht.

Von Turi hatte sie trotz der Warnung, die sie ihm wegen seines Vaters hatte zukommen lassen, nichts gehört. Mutter Rosalia sprach umso mehr. Jeden Tag schlug sie ihr die Schuld an der verpatzten Hochzeit und ihre Undankbarkeit um die Ohren. Dann pflegte Mariannina mitten in ihre Beschimpfungen hinein zu entdecken, dass der Tonkrug kein Olivenöl mehr enthielt, das Salz nass geworden war oder die Trockendarre aus Rohr ein Loch hatte, alles Probleme, die nur eine tüchtige Hausfrau mit der langjährigen Erfahrung einer Mutter Rosalia beheben konnte. Costanza zwinkerte ihrer Schwester zu und schlüpfte aus der Küche.

Die Sorgen wegen des Zerfalls der Familie lasteten jedoch immer schwerer auf Costanza. Endlich beschloss sie, der bedrückenden Stimmung wenigstens für kurze Zeit zu entfliehen. Ciccu war der Einzige, mit dem sie ernsthaft reden konnte.

Schon außerhalb der Pforte zum Anwesen des Wundheilers Cataliotti ließ sich die Luft wieder leichter atmen, und Costanzas Laune hob sich. Ein Händler, der seine Besen und Bürsten aus Körben verkaufte, versperrte mit seinem Esel den schmalen Weg – wie immer. Einige Frauen, Mägde aus den benachbarten besseren Häusern, schwatzten miteinander, wo sie von ihren Herrschaften nicht gesehen werden konnten – auch wie immer. Das Gerippe des Dachstuhls des Pescehauses schimmerte zwischen den verkohlten Pinien hindurch, und noch schien Brandgeruch in der Luft zu liegen.

Aber Costanza ignorierte ihn und schnupperte stattdessen den Zitronenduft, der sich mit dem von Rosmarin und Thymian mischte. Bienen summten, der Himmel war klarblau und die

Wärme des Morgens noch angenehm. Eine alte Melodie fiel ihr ein, die immer von einer *marranzanu*, einer Maultrommel, begleitet wurde. Nach den ersten Tanzschritten stoppte sie und schritt wieder sittsam vorwärts. Am liebsten wäre sie selbst Maultrommel gewesen, so sehr zupfte und zerrte es an ihren Beinen.

Die Straße zum Stadttor nach Norden war unbelebt, und noch nässte Feuchtigkeit sie. In Richtung der Kathedrale merkte man vom Frühsommer jedoch nichts mehr. Staub lag in der Luft, Karren ratterten über die Straße, und die Hufe der Esel klapperten auf dem ausgetrockneten Boden. Käufer waren zum Markt unterwegs, die Costanza in weitem Bogen höflich Platz machten, jedenfalls schien ihr das der Grund zu sein. Offenbar hatte sich herumgesprochen, dass die Stadt sich nunmehr auch einer vollwertigen Heilerin erfreute.

Die Anerkennung tat gut. Costanza schickte der heiligen Agata einen heißen Dank. Auf dem Rückweg würde sie ihrer Kapelle einen Besuch abstatten. Gesenkten Kopfes und mit bescheidenem Auftreten durchquerte sie das Viertel der bessergestellten Bürger. Die schwarzen Häuser waren zwei- oder dreistöckig, es gab keine Gärten zwischen ihnen, und trotzdem atmeten sie Reichtum.

Das Ende der Straße wurde sichtbar und mit ihm die Öffnung zum Marktplatz und die Seitenfront der Kathedrale. Von hier ab war die Straße mit schwarzen, viereckig geschnittenen Lavaplatten gepflastert, die zuweilen gefegt wurden, so dass man auch bei Regen nicht bis über die Knöchel durch Dreck waten musste.

Hinter diesen Fassaden wohnten die wirklich Reichen und Vornehmen der Stadt. Hier lebte vermutlich auch Signore Corrado Capece, in seiner Vorstellung demnächst Ratsherr der unabhängigen Republik Catania, während er in der Stadt weilte.

Wahrscheinlich besaßen die Capece zudem ein Landgut in den Hügeln, auf das sie sich in der heißesten Zeit des Jahres zurückzogen.

Sie selbst hätte nach der Hochzeit mit Capece Anspruch auf den Titel Signora gehabt. »Signora, Signora, Signora«, repetierte sie vor sich hin. In unterschiedlichen Betonungen von ehrerbietig bis unterwürfig probierte sie alles aus, was ihr einfiel. Es hörte sich sehr angenehm an.

Aber nur, um Signora genannt zu werden, hätte sie ihre Heilkunst nicht aufgegeben. Und wer wusste schon, was aus der Ehe geworden wäre, wenn sie darauf bestanden hätte?

Etwas Undefinierbares klatschte Costanza vor die Füße. Erschrocken wich sie in weitem Bogen aus. Wie kam eine Schlange in die Stadt? Sie rührte sich nicht.

Vorsichtig näherte sich Costanza ihr und erkannte endlich ein eng zusammengerolltes, dünnes Tau. Sie sah nach oben. Über ihr, in einem kleinen Erker des zweiten Stockwerks, stand ein Mann mit einer Maske vor dem Gesicht.

»Gib gut acht, Costanza Cataliotti«, schrie er. »Ich verkünde dir Rache! Mit dem heutigen Tage wirst du nirgendwo mehr sicher sein!«

Costanza zitterte plötzlich vor Furcht. Vendetta! Das war die Vendetta, von der Uberto ihr verkündet hatte. Wie versteinert starrte sie den Mann mit der Maske an, ohne von der Stelle zu kommen. Er beugte sich über das Geländer, als ob er sie anspucken wollte, dann zog er sich in die Wohnung zurück.

Sie holte wieder Luft. Der Spuk war vorbei. Nach wenigen Augenblicken schon zweifelte sie, ob er sich überhaupt zugetragen hatte.

Als sie sich jedoch umsah, um sich bei jemandem nach den Besitzern des Hauses zu erkundigen, entdeckte sie, dass die

Passanten, die es hier noch vor kurzem gegeben hatte, fort waren. Der letzte war ein Franziskanermönch, der mit wehender Kutte und klappernden Sandalen auf die nächste Straßenkreuzung zueilte und um die Hausecke verschwand, ohne sich umzusehen. Danach war sie allein.

Costanza blickte an den schwarzen Hausfronten nach oben. Die Fensterläden waren geschlossen und kein lebendes Wesen zu sehen. Ein Spuk war es nicht gewesen. Sondern eine rabenschwarze Drohung mit dem Tau, an dem sie hängen sollte.

Voller Angst raffte Costanza ihren Rock zusammen, begann zu laufen, so schnell ihre Schuhe es zuließen, quer über die Platea magna hinweg. Hier gab es Leute, aber sie fürchtete sich vor ihnen. Kurz vor dem Piano delle Erbe bekam sie Seitenstechen und musste aufgeben; warum bist du auch so groß, pflegte Mutter Rosalia ihr vorzuwerfen. Keuchend und mit der Hand auf der Seite schleppte sie sich weiter.

Endlich sah sie den Kräuterhändler Ciccu. Wie ein Leuchtfeuer auf einem Felsen kam er ihr vor, denn er hatte sie entdeckt, sobald sie den Marktplatz betreten hatte, und ließ sie während ihres Spießrutenlaufs zwischen Männern und Ständen hindurch nicht aus den Augen, ein Willkommenslächeln auf den Lippen. Als sie bei ihm angelangt war, schob er ihr seinen Hocker hin.

Costanza sank darauf nieder und drückte ihr Gesicht in einen Lavendelbusch. »Ciccu, bei allen Heiligen, was mache ich jetzt? Man hat die Vendetta gegen mich ausgerufen!«, stieß sie hervor, als sie wieder zu Atem gekommen war.

Der alte Mann machte große Augen. »Wie?«

»Wieso, wie? Frag lieber, wer! Ich kenne ihn nicht.«

»Das wie sagt uns vielleicht, wer. Nun beantworte meine Fragen ohne Umschweife!«

»Von einem Erker der Vornehmen herunter. Der Mann trug eine Maske«, berichtete Costanza gehorsam, nachdem ihr seine Sachlichkeit geholfen hatte, sich zu fassen. »Und uns wurde vor einiger Zeit ein kopfloser Hund in den Hof geworfen. Vielleicht besteht da ein Zusammenhang.«

»Ganz sicher! Und das ist ernst. Das sind offensichtlich rabiate Meuchelmörder, mit denen wir es heutzutage zu tun bekommen. Alles wird schlechter«, klagte Ciccu. »Unter Kaiser Friedrich ging es gesitteter zu. Da wurde jede Anklage gegen jemanden mit Hilfe eines schwarzen Büchleins überstellt, in dem die Klage mitsamt dem Namen des Klägers notiert war. Sehr akkurat und alles überprüfbar. Die Beamten des Kaisers waren berühmt. Manche behaupteten aber auch: berüchtigt. Die Päpste nannten den Kaiser, seine Kinder und Kindeskinder *Vipernbrut*.«

»Ciccu!«, rief Costanza. »Was um Himmels willen redest du da von früher? Ich bin hier, und es ist heute! Meinst du, dass ich von Meuchelmördern verfolgt werde? Warum?«

»Ach so, ja. Ja. Du hast jemanden tödlich beleidigt, verraten oder erschlagen. Und dieser oder seine Familie werden sich an dir rächen. Ganz einfach.«

»Ich habe nichts dergleichen getan!«, widersprach Costanza aufbrausend. »Ich heile abgeschlagene Nasen. Wenn die Vendetta an meinen Bruder gerichtet wäre, würde ich es sofort glauben. Aber was habe ich damit zu schaffen?«

»Wessen Nasen heilst du?«, fragte Ciccu geduldig.

»Von allen, die meine Hilfe suchen.«

»Das ist zu unbestimmt«, sagte Ciccu mit einem Seufzer. »Erzähl mir mehr.«

»Ich frage dich lieber mehr. Wie kann ich mich vor ihnen schützen?«

»Das ist äußerst schwierig«, gab der Kräuterhändler mitfühlend zu. »Du brauchst eine Schutzmacht. Aber keinem einzigen des Adels kann man trauen. Selbst wenn dein Vater sich auf die Dankbarkeit eines von ihnen berufen könnte ...«

»Im Gegenteil! Wir haben unter diesen Leuten einen, der sich zu unserem Feind erklärt hat. Meinen ehemaligen künftigen Ehemann. Er ist ungefähr so alt wie du, Ciccu.«

»Armes Mädchen. Dann bleibt dir nur ein Kloster.«

Um vor den Klostermauern Soldaten ohne Nase zu empfangen? »Unmöglich«, entschied Costanza. »Außerdem: Ist ein Kloster wirklich sicher? Von den vielen, die eben noch in meiner Nähe waren, war ein Franziskanermönch der letzte, der sich davonmachte. Er hat zugesehen und zugehört, bis der Kerl den Erker verlassen hatte, aber hat er mir zu helfen versucht? Nein!«

»Wieder ein Franziskaner?«, wiederholte Ciccu argwöhnisch. »Weißt du, nachdem Papst Gregor sie als Jagdfrettchen abgerichtet hatte, hat sein Nachfolger, der unheiligste aller Heiligen Väter, der schlimme Innozenz, sich ihrer als Botschafter von Lügen über den Stauferkaiser Friedrich bedient. Wo immer sie in Sizilien hinkamen, flüsterten sie den Leuten böse Lügen in die Ohren, manchmal mit mehr Erfolg, manchmal mit weniger. In Catania mit besonders viel.«

»Ciccu!«, sagte Costanza erschüttert. »Wie sprichst du von unserer heiligen Mutter Kirche?«

»Ich spreche, wie sie es verdient«, beharrte der Kräuterhändler. »Die Kirche richtet manches zum Guten, aber mächtig vieles zum Schlechten. Unser Kaiser und König ließ jedenfalls ihre Brut verfolgen, die ihn schlimmer als unsereinen Kopfläuse plagte, wie hätte er sie sonst loswerden sollen? Ihre ständigen Intrigen haben ihn vermutlich auch daran gehindert, noch mehr seiner vielen neuartigen Ideen durchzusetzen.«

»Welche Ideen?«, fragte Costanza prompt.

Ciccu schmunzelte. »Hast du schon gehört, dass wir unserem König Friedrich den Anbau von Zuckerrohr, Indigo und Henna verdanken? Das hat er von den Sarazenen gelernt. Und weißt du, dass wir keinen Taxus oder giftige Kräuter in Gewässer werfen dürfen, damit die Fische nicht vergiftet werden? Und dass Flachs oder Hanf eine Meile außerhalb von Städten oder Burgen gewässert werden müssen, weil ihr Gestank die Luft verdirbt? Und Leichen ohne Urne eine halbe Rute tief begraben werden müssen? Kadaver und stinkenden Abfall neben bewohnte Häuser zu werfen war zu Lebzeiten des Kaisers auch verboten, aber das ist schnell in Vergessenheit geraten.«

»Tatsächlich?« Costanza staunte.

»Ja«, nickte Ciccu weise, »um solche Dinge hat er sich gekümmert, und die waren allemal von Nutzen für seine Untertanen, vor allem auch für Frauen. Damals waren die Straßen von Catania sicherer, selbst nachts. Unser Friedrich handelte wahrhaft königlich, wie man es von seinem Herrscher erwartet, dem man am Herzen liegt. Es macht stolz, einen Wert zu haben.«

Der Mann auf dem Erker erschien Costanza vorübergehend beinahe nebensächlich. Ciccu wusste viel mehr über den Kaiser, als sie jemals erwartet hätte.

»Aber die meisten haben nicht einmal bemerkt, wie er für seine Sizilianer sorgte.«

Costanza nickte beklommen. In gewisser Weise hatten sie ihren König verraten, als sie nach seinem Tod alles abgeworfen hatten, was ihnen unbequem gewesen war.

»Auf der anderen Seite dieser Kerl, der Karl von Anjou«, fuhr Ciccu dumpf fort, »der vom päpstlichen Stuhl gekauft wurde, um die Staufer auszurotten, und sich seitdem für unseren König hält! Der hat den rechtmäßigen Erben des Kaisers, seinen sechzehnjährigen Enkel Konradin, mit Billigung des Papstes wie einen Mord- und Spitzbuben öffentlich enthaupten lassen und plündert seither Sizilien.«

Costanza holte erschrocken Luft. Für sie war immer nur König Karl Herrscher von Sizilien gewesen, aber wie er an die Macht gekommen war, hatte nie jemand erwähnt.

Ciccu nickte bedächtig. »Der Mord an Konradin ist jetzt knapp fünfzehn Jahre her, aber der neue Herrscher hat selbstverständlich in jeder Stadt für eine Gefolgschaft unter den Stadträten gesorgt. Diese Gewinner, Speichellecker der Anjou, müssen sich ebenfalls versichern, wem sie trauen können und wem nicht. Sie schicken Spitzel aus, die sich umhören.«

»Ja?« Offensichtlich kehrte Ciccu jetzt zu dem zurück, was für Costanza wichtig war.

»Die Gewinner haben selbstverständlich Feinde im städtischen Adel. Die sind gezwungen, sich heimlich zu betätigen, da sie sonst verhaftet würden.«

»Sind das die Joachiten?«, unterbrach ihn Costanza, die endlich glaubte, den roten Faden entdeckt zu haben.

»Die Joachiten.« Ciccu lächelte schmerzlich, dann schüttelte er den Kopf. »Nein, die Joachiten sind unscheinbare, stille, ehrenwerte Männer, die auf die Rückkehr des Kaisers warten.«

»Aber der Kaiser ist doch tot, wie kann er dann wiederkommen?«

»Für die Joachiten ist er nie richtig gestorben. Du musst wissen, sie sind Hoffende, keine Kämpfer, und in der Öffentlichkeit bemerkt man sie nicht.«

Costanza wurde ungeduldig. »Also. Wer sind diese anderen?«

»Männer, die sich zuweilen mit Masken unkenntlich machen und Menschen überfallen, die sie aus irgendeinem Grund zu beseitigen wünschen. Erinnerst du dich an den Mann, als du neulich bei mir eingekauft hast?«

»Der Schwarze. Natürlich.« Costanza sah sich um.

»Er kam nie wieder her. Wahrscheinlich war er also hinter dir her, womit ich dich nicht erschrecken möchte. Nur zur Wachsamkeit aufrufen.«

»Du willst damit also sagen, dass sowohl Spione aus Rom und Speichellecker der Anjou als auch deren Gegner aus dem städtischen Adel meinen Tod wünschen könnten? Aber warum? Ich habe doch gar nichts mit ihnen zu tun.«

»Wenn du niemanden beleidigt, verraten oder erschlagen hast, kann es nur einen Grund geben, dich beseitigen zu wollen: Du störst.«

Costanza begann zu zittern.

Ciccu bediente einen Kunden, der echte Kamille zu kaufen wünschte, dann kam er wieder zu Costanza zurück und legte ihr tröstend die Hand auf die Schulter. »Deine Heilerfolge, die in der Stadt natürlich schon die Runde machen, widersprechen zum Beispiel der Kirchenlehre. Das versetzt die Priester in Unruhe. Die Gnade Gottes ist nicht berechenbar. Also fürchten dich die Priester, weil du dein Werk an ihnen und an unserem Herrn vorbei verrichtest. Sie werden es darum ein gottloses Werk nennen.«

»Aber ich gehe zur Messe, ich beichte, und ich liebe unsere heilige Agata«, rief Costanza. Mit Maßen, aber immerhin.

»Ja, aber betrachte dich einmal aus ihrer Sicht. Sie würden dich als anmaßend bezeichnen. Besonders schlimm ist für sie, wenn deine Vorgehensweise sich als richtig erweist. Mit dem Abfaulen der Nasen oder dem Tod der von dir Behandelten könnten sie sich abfinden. Das würde beweisen, dass die Gnade des Herrn und nichts als Seine Gnade die Heilung bewirkte. Nicht du.«

Costanza zügelte ihre Empörung und überlegte eine Weile. Vielleicht hatte er recht. »Und wen störe ich noch?«

»Die Verteidiger Siziliens. Die halten dich für eine Verräterin, weil du den Soldaten des Anjou hilfst.«

»Ja«, seufzte Costanza. »Das ist sicher alles richtig. Aber das bedeutet, dass ich trotzdem nicht weiß, wer hinter mir her ist. Einer? Alle? Was mache ich denn nun?«

»Es ist schwierig, dir zu raten«, bekannte Ciccu ehrlich.

Das verstand sie. Und sie ahnte ein Weiteres. »Bist du Joachit?«, fragte sie.

Ciccu nickte mit zuversichtlichem Lächeln. »Ich hänge dieser Lehre an, ja. Ich gebe auch die Hoffnung nicht auf, dass der Kaiser zurückkommt oder jemanden benennt, der in seinem Sinn herrscht. Wir sind viele, die daran glauben. Leider gibt es auch immer wieder Betrüger, die sich für den Kaiser ausgeben. Giovanni de Calcaria war der letzte, von dem ich weiß. Vor rund zwanzig Jahren wurde er verraten und gehängt. Aber *das Kind von Apulien*, wie Friedrich auch genannt wird, wird uns nicht im Stich lassen. Es wird einmal jemanden geben, der kein Betrüger ist und der sich der Stadt Catania annimmt wie früher der Kaiser. Einen vertrauenswürdigen Regenten, der uns liebt. Ich hoffe, vor meinem Tod.«

Mit Zweifeln im Herzen fingerte Costanza eine Münze aus dem Rocksaum, dann stand sie auf und suchte sich unter Ciccus Angebot die Dolden des wilden Fenchels aus. Keinesfalls wollte sie als jemand dastehen, der nur Geschenke einsammelte, und seien es Informationen. Während er die Köpfe mit den prallsten Samen aussuchte, dachte sie über das Gehörte nach.

Noch nie hatte jemand glaubhaft berichtet, dass ein Toter wiederauferstanden war. Mit Ausnahme von Jesus Christus. Sofern das nicht gelogen war, konnte auch ein Herrscher auferstehen und zurückkehren.

»Weißt du, Rom ist nicht allmächtig. Dass unser Kaiser und König zweimal exkommuniziert war, hat ihm nichts anhaben können. Und einer, der im Ätna wartet, schmort nicht im Fegefeuer.«

Das stimmte. Trotzdem hatte Ciccu sie nicht beruhigt. Ihre Verwirrung und Unsicherheit waren größer denn je, als sie sich auf den Heimweg machte.

Costanza war bereits an der Kathedrale angekommen, als ihr einfiel, dass sie noch einen Auftrag zu erledigen hatte, weshalb sie wieder umkehrte. Die Mutter würde sie ohnehin ausschelten. Nur ein Wunder würde sie davor bewahren.

Sie wartete geduldig, bis der letzte Käufer gegangen war.

»Costanza, schöne Heilerin«, sagte Ciccu höflich, als wäre sie nicht gerade eben bei ihm gewesen.

»Ciccu, ich muss noch etwas wissen«, platzte Costanza heraus. »Was ist mit diesem Sumpffieber vom Simeto? Wie heilt man es?«

Ciccu schüttelte verwundert den Kopf. »Warum fragst du? Wenn du die Flussniederungen meidest, brauchst du keine Angst zu haben ...«

»Ja, aber wenn jemand das Pech hatte ...«

»Ach, ich verstehe. Dir könnte ein solcher Kranker vor die Füße laufen ...«, unterbrach Ciccu sie, als ob er gar nicht wissen wollte, dass es sich um Franzosen handeln musste. »Derjenige ist nicht zu retten. Es geht mal schneller, mal langsamer, bis einer stirbt, aber der Tod durch das Fieber ist unabwendbar. Hast du einmal Eingeweide von Schlachttieren genau betrachtet?«

Die Frage war Costanza unangenehm. Aber Ciccu verdiente eine wahrheitsgemäße Antwort. »Ich habe sie bei geschlachteten Hühnern untersucht«, bekannte sie verschämt. »Mutter war nicht im Haus. Und bei einem Schwein.«

»Das hätte ich mir ja denken können! Deine Neugier wird dich noch in Gefahr bringen, Costanza. Aber gut. Ich will dir erzählen, was ich weiß.«

Costanza nickte mit funkelnden Augen.

»Alle Tiere und Menschen haben die gleichen Eingeweide. Ich habe schon Tiere gesehen, die nach Luft geschnappt haben, weil die Eingeweide geschwollen waren. Warum, weiß ich nicht. Aber wer an Sumpffieber stirbt, ringt kurz vor dem Tod auch um Luft. Bei Kindern sind die Bäuche so gebläht, dass jedermann es sehen kann. Ich vermute deshalb, dass die Eingeweide der Lunge keinen Raum zum Atmen lassen. Wenn das Weiße in den Augen gelb und der Urin blutig wird, ist das Ende abzusehen.«

»Wie eigenartig! Das muss doch einen Grund haben!«

»Ja. Wir kennen ihn nicht, aber der erste Schritt ist allemal, zu begreifen, dass es einen gibt. Vermutlich haben auch Heiden und Ungläubige, die Gott, unseren Herrn im Himmel, nicht anbeten, die gleichen Krankheiten«, setzte er flüsternd hinzu.

Costanza erschrak und sah ihm forschend ins Gesicht. »Willst du damit sagen, dass alle diese Krankheiten uns gar nicht vom Herrn zur Prüfung geschickt werden? Dass sie mit Ihm nichts zu tun haben? Das hieße ja, wir würden von der römischen Kirche belogen!«

Ciccu legte einen Finger über die Lippen und machte ein fröhliches Gesicht. Costanza begriff. Im Eifer hatte sie sich zu weit vorgewagt. Zweifel an der Kirche waren ketzerisch. Zumindest, sie zu äußern.

»Und wie heilt man das Sumpffieber?«, fragte Costanza leidenschaftslos, aber für sie knisterte die Luft trotzdem vor Spannung. Sofern Ciccus Überlegung stimmte, müsste man ja alle Krankheiten heilen können!

»Es gibt keine Rettung. Man kann dem Kranken Erleichterung verschaffen, das ist alles.«

»Oh!« Damit fiel Costanzas Hoffnung wieder in sich zusammen. »Wie macht man das?« Ciccu wollte natürlich seine Kenntnisse für sich behalten, fiel ihr ein. Es tat ihr leid, ihn überhaupt gefragt zu haben.

»Costanza«, sagte Ciccu schließlich, nachdem er eine Weile mit sich zu Rate gegangen war. »Du hast sicher bemerkt, dass ich nicht weiß, ob du oder ich ausspioniert werden. Es wäre durchaus möglich, dass ich gemeint bin. Die herrschenden Familien von Catania mögen keine Joachiten. Ich habe so etwas früher schon mitgemacht, und der Schrecken sitzt mir bis heute in den Knochen.«

Er hatte schon einmal eine Andeutung gemacht. Sie nickte mitfühlend.

»Ich habe deine Großmutter von Herzen geliebt, aber mein Wunsch, sie zu heiraten, blieb unerfüllt, wie du weißt. Ich habe keine Kinder. Jedoch stehst du mir von allen Menschen am nächsten, du bist die Enkelin, die ich gerne gehabt hätte.«

Costanza wollte nicht, dass Ciccu ihr etwas mitteilte, was er als Vermächtnis ansah. Doch er sprach gegen ihr Unbehagen an.

»Ich möchte dir deshalb mein Mittel gegen das Sumpffieber des Simetotals schenken, das einzige, das es gibt: »Weidenrinde. Die Weide, die du dafür brauchst, wächst am Wasser, es sind höhere Bäume, deren Blätter an der Unterseite silbrig sind.«

»Ich habe solche schon gesehen«, warf Costanza ein.

»Es gibt außerdem noch einen Weidenstrauch mit rötlichen Zweigen. Auch er taugt für deine Zwecke.«

Costanza nickte.

»Schäle die Rinde von fingerdicken Zweigen ab, trockne sie auf eurer Darre im Schatten und schneide sie danach sehr fein. Davon nimmst du einen gestrichenen Löffel voll, setzt diese Menge mit zwei Trinkbechern Wasser kalt auf das Feuer, erhitzt das Ganze langsam, bis der Sud simmert, lässt ihn dann geraume Zeit ziehen und seihst schließlich ab.«

Glücklicherweise erfreute sich Costanza eines guten Gedächtnisses.

»Der Kranke soll nicht mehr als fünfmal am Tag je zwei Becher voll trinken. Es lindert seinen Zustand und lässt die Hitze schwinden. Mehr kann man nicht machen. Die Anfälle werden immer wieder auftreten, sie werden stärker und der Kranke schwächer, bis er stirbt. Es gibt eine ähnliche Erkrankung, die manchmal zu heilen ist, aber nicht das Wechselfieber vom Simeto.«

»Schrecklich«, seufzte Costanza. »Und wo finde ich die Weiden?«

Ciccu wiegte den Kopf. »Ja, das ist das Schwierige daran. Heiler wissen seit alten Zeiten, dass am Ort, die eine Krankheit hervorruft, immer ihre Kur zu finden ist. Die Weiden mit der besten Wirkung wachsen an der Mündung des Simeto.«

»Oh«, sagte Costanza betroffen.

»Ja. Nimm dir ausreichend Trinkwasser mit, wenn du dort hingehst, und halte dich nicht lange auf. Ich denke, dass vor allem das Trinken des abgestandenen Sumpfwassers diese Krankheit verursacht. Versorge dich im Frühling mit so viel Rinde, dass es bis zum nächsten reicht. Länger hält die Heilkraft nicht. Ein wenig kann ich dir mitgeben.«

Costanza nickte und nahm in Feigenblätter eingewickelte Rinde entgegen, die sich zusammengerollt hatte.

»Noch etwas. Da ich glaube, dass du dich zu einer ernsthaften Heilerin entwickelst und ein viel größeres Können haben wirst als dein Vater, gebe ich dir rohen Schlafmohn mit. Den wirst du brauchen.«

»Ja, das stimmt.« Fast beschämt entdeckte sie, dass sie auf die Schlafschwämmchen des Vaters zurückgegriffen hatte, ohne sich Gedanken darüber zu machen, woher er sie bezog. Anscheinend hatte er sie stets in ihrer Abwesenheit präpariert, damit sie sich nicht am Rohmaterial vergriff.

»Es ist ein gefährliches Mittel für schwache Menschen. Sie gewöhnen sich daran und träumen sich in eine bessere Welt. Du weißt das?«

»Das weiß ich.«

»Dann erkläre ich dir jetzt, wie man die Arznei herstellt und verwendet. Ich gebe dir meine ganzen Vorräte mit. Das sind Stücke im Gewicht von vier und acht Unzen. Du musst sie in starkem Wein auflösen und die Flüssigkeit von gereinigten Schwämmen aufsaugen lassen, die du anschließend trocknen lässt. Wie du sie zum Gebrauch fertigmachst, weißt du sicherlich.«

»Das ist meine Aufgabe«, erklärte Costanza zustimmend.

Ciccu schob Costanza zwei Handvoll kleiner Päckchen zu, jedes einzelne in ein Blatt gewickelt und mit Bast verschnürt. »Noch zwei Dinge«, sagte er leise. »Bei allem, was du an Kranken tust, mach es mit blitzsauberen Händen. Schrubbe sie, bis du mindestens zwei Vaterunser aufgesagt hast.«

»Mutter schreibt es mir schon für das Kochen vor«, erwiderte Costanza ein wenig gelangweilt.

»Sieh an. Ich hoffe, du gehorchst ihr.«

»Na ja«, gab Costanza zu. »Manchmal.«

»In diesem Fall: immer!«, forderte Ciccu nachdrücklich. »Die Männer des Vatikans, die stinkende Mönche lieben, warfen dem Kaiser heidnische Sauberkeit vor, weil er wie die Sarazenen badete. In seinen Palästen gab es Räume, die dem Baden vorbehalten waren, und in seinen Burgen wurde geduftet, nicht gestunken.«

»Oh.« Costanza lächelte hingerissen. Ja dann … Sie würde seinem Vorbild sofort nacheifern.

»Dann zu den Schweinen. Was habt ihr mit ihnen gemacht?«

»Die gebänderten hellhäutigen?«, fragte Costanza. Ihr Herz schlug plötzlich heftig. »Die waren von dir?«

Ciccu nickte. »Ich habe sie im Kastanienwald gefangen. Sie waren sehr zutraulich und kamen gleich angelaufen, bestimmt sind sie einem französischen Tross entkommen. Ich vermutete, den Kindeskindern meiner Maddalena könnten sie nützlich sein. Mehr als mir, ich esse kaum Fleisch.«

»Ach, Ciccu«, rief Costanza aus. »Danke!« Sie hatte nicht das Herz, ihm zu erzählen, was sie mit den Schweinen gemacht hatte.

Sie ging, tief in Gedanken versunken. Ciccus Vermächtnis war wie ein Abschied gewesen. Wollte er Catania verlassen? Oder fürchtete er, verhaftet zu werden?

Schauer der Angst liefen ihr den Rücken herab. Etwas Böses lag in der Luft.

Es sollte nur eine kurze Zusammenkunft sein. Der Lago di Nicito war an diesem Tag ruhig. Kleine Wellen plätscherten an sein steiniges Ufer, während Uberto und Nino Fallamonaca auf die anderen der Widerstandsgruppe warteten. Uberto, anerkannter Stellvertreter von Nino, saß auf einem Stein und ließ im Wasser herangetriebene Schilfstengel mit der Schwertspitze von sich fortschnellen.

Sorgsam vermied er, Nino ins Gesicht zu sehen, der mit der abgeschnittenen Nase wie ein flachschnäuziger Hund aussah, noch mit schwarzen Krusten an den langen Wundrändern. Eine Missgeburt, die beim Atmen Geräusche von sich gab. Für einen Überfall auf die Franzosen aus einem Versteck heraus war er nur einsetzbar, wenn er die Luft durch den Mund einsog, was er häufig vergaß. Uberto wagte nicht, Nino darauf hinzuweisen. Aber es brauchte nur eines Tages ein aufmerksamer Kundschafter der Franzosen ihn zu hören, und sie waren allesamt geliefert.

Ihr Erfolg beruhte auf dem blitzschnellen Zuschlagen aus dem Hinterhalt, nicht auf der Größe des Verschwörertrupps. Im offenen Kampf mit den Soldaten waren sie unterlegen. Deshalb wurde Nino gefährlich für seine Mitstreiter. Aber wer würde es ihm mitteilen?

»Bei den Juden ist etwas los. Vielleicht eine Beerdigung«, sagte Nino und zeigte auf die langen schlanken Zypressen, unter denen sich der Friedhof verbarg. Schwarz gekleidete Männer wanderten bedächtig auf dem Weg vom städtischen Tor heran.

»Und wennschon. Die stören ja niemanden.« Uberto zuckte die Schultern. Diese Leute, die längs des Kanals von der Porta della Judeca bis fast in die Innenstadt wohnten, nahmen keinen Anteil am Kampf der Sizilianer gegen ihre jeweiligen Besatzer. »Fra Sinibaldo hat mir erzählt, dass sie sich damals auch nicht gegen den Kaiser gestellt haben. Sie wurden als Seidenweber angesiedelt und haben dafür von ihm Privilegien erhalten.«

»Friedrich! Dieser Hund! Rotgelockter Vielfraß! Erzgimpel! Christenfeind!«, schimpfte Nino erbittert. »Ohne den hätten wir auch keine Franzosen im Land.«

»Wir hätten bessere Herrscher«, sagte Uberto zustimmend. »Fra Sinibaldo behauptet allerdings, dass unser Heiliger Vater Martin ein Freund der französischen Könige ist, weil er selbst Franzose ist. Also hätten wir sie wahrscheinlich doch hier.«

»Kann ja sein. Aber was machen sie hier? Sollen sie doch in ihrem eigenen Land bleiben! Wir können uns selbst regieren! Wir brauchen weder die Anjou noch die Staufer«, sagte Nino hochfahrend.

Uberto zögerte, seine Meinung so offen zu sagen, aber dann konnte er nicht widerstehen. »Ich hab läuten hören, dass manche sich den Peter von Aragon als Herrscher für Sizilien wünschen. Der ist in Ordnung, der hat mehrere Feldzüge gewonnen.«

»Dummkopf! Weißt du nicht, dass die Aragon mit den Staufern verwandt sind? Zum Glück bestimmst nicht du, wohin die Reise geht, sondern ich und andere!«

Uberto biss die Zähne zusammen. Die Staufer konnte er zwar nicht leiden, aber die Aragon waren trotzdem etwas anderes. Und so leicht ließ er sich den Schneid nicht abkaufen. »Wir könnten abstimmen, auf wessen Seite wir uns stellen.«

»Seit wann stimmen wir ab? Wir sind weder für die Anjou noch für die Aragon. Wir stehen auf der Seite von Catania. Und wir werden das tun, was mein Vater befiehlt. Er gehört zum künftigen Stadtrat, vergiss das nicht.«

Der hochmütige Tommaso. Schon lange passte es Uberto nicht mehr, nach der Pfeife der Fallamonaca zu tanzen, nach der des alten Giftzwerges nicht und nach der des jungen Möchtegernbefehlshabers erst recht nicht.

Nino beobachtete ihn mit zusammengekniffenen Augen, wartete auf unterwürfige Zustimmung. Uberto dachte nicht daran, sie zu liefern.

Die Greise aus den zwölf wichtigen Familien der Stadt verlangten Respekt, hieß es. Aber weswegen? Was hatten sie denn für die Stadt getan? Nichts, andernfalls wären die Franzosen nicht hier, und unter der Knute des Kaisers hätten die Catanesi auch nicht leiden müssen, wenn sich die Alten nicht gegen ihn aufgelehnt hätten. Und trotzdem waren sie immer die Nutznießer gewesen, die Gewinn aus ihrem Buckeln vor den Herrschern gezogen hatten. Mittlerweile hatten die Greise hohe Stimmen, kaum Zähne im Mund und im Schritt nutzloses Werkzeug. Und von denen sollte er Befehle entgegennehmen? Nein, ein Uberto nicht. Er musste grinsen.

Nino machte eine rasche Bewegung. Uberto fühlte plötzlich die Hand in seinem Haar, die ihn in die Höhe riss. Mit Tränen in den Augen schoss er von seinem Sitzplatz hoch, ohne sich wehren zu können. »Was fällt dir ein?«, keuchte er.

»Ich sage, wo es langgeht. Ist das klar, Uberto?«

»Ja, ja«, murmelte Uberto gepeinigt.

»Du stinkst nach Scheiße. Ich hoffe, du stinkst nicht auch nach Verrat! Du wirst vor den Kameraden deine unsäglich dämliche Sicht der Sache jedenfalls nicht ausbreiten!«

»Nein, werde ich nicht«, wimmerte Uberto.

Er presste die Hände auf seinen Kopf, als Nino ihn losgelassen hatte, ein ganzes Büschel schwarzer Locken zwischen den Fingern, aber das linderte nicht den Schmerz, weder den auf dem Schädel noch den im Herzen.

Verrat? Er? Nie!

Aber er würde sich andere Freunde suchen. Nino spielte andere grundsätzlich an die Wand, weil er sich wie sein Vater für etwas Besseres hielt. Aber es gab noch mehr Gruppen von jungen Männern in der Stadt, die auf andere Weise Widerstand gegen die Franzosen leisteten. Und die dem Aragon den Weg bahnten. Er jedenfalls war Feuer und Flamme für einen Kerl wie ihn.

KAPITEL 13

Vom Markt zurückgekehrt, gab es für Costanza nicht einmal zu Hause ein Durchatmen. Im offenen Tor ihres Hauses drängten sich Leute, von denen sie nur einige kannte. Manche hielten sich die Nasen zu, andere wandten sich unter schallendem Gelächter ab.

»Wie lange willst du deiner Tochter noch nach der Pfeife tanzen, Santino?«, schrie einer. »Alter Wolf wird von Hunden angepinkelt«, ein anderer abfällig.

Costanza musste die nach Neuigkeiten gierenden Männer beiseitestoßen, um in den eigenen Garten zu gelangen. Irgendeine Scheußlichkeit war dort geschehen, noch sah sie nichts, aber sie roch es. Der Gestank ließ sie würgen.

Auf der festgestampften schwarzen Erde vor der Treppe und bis unter das Schattendach lagen Haufen von gelbgrauen tierischen Gedärmen, warm noch, aufgebläht und schon geplatzt. Ihr übel riechender, schleimiger Inhalt war über die Mauern, die Kräuterkübel, den Eingang zum Behandlungsraum und die nächststehenden Bäume verteilt. Stellenweise liefen die grünlichen Schlieren an senkrechten Flächen hinab, und dazwischen klebten Fellfetzen, Fischschuppen, Knochensplitter, brauner Kot und ekelhaftes Undefinierbares. Es raubte Costanza den Atem.

Mutter Rosalia kauerte zwischen Mariannina, Guglielmo und Alberto laut schluchzend auf dem oberen Treppenabsatz, der Vater stand aufrecht neben ihr. Als er Costanza entdeckte, spürte sie, wie blanker Hass sich gegen sie richtete. Uberto war natürlich nicht anwesend.

»Was stehst du herum?«, schrie Santino. »Fang an, Costanza! Schaff den Unrat weg!«

Costanza rührte sich nicht. »Wer war das? Mein künftiger Ehemann, der Latrinenputzer? Oder warum soll ausgerechnet ich sauber machen?«

Guglielmo befreite seine Hand aus Marianninas. »Wir wissen nicht, wer es war, Costanza. Wir waren alle beschäftigt.«

»Weiß von euch jemand etwas?« Costanza wandte sich an die Leute, die ihr geschlossen gefolgt waren. Sie hatte ihre schlurfenden Füße gehört und dem Drang widerstanden, sich umzudrehen und sie wie eine Schafherde zurückzuscheuchen. »Der Übeltäter muss schließlich mit einem großen Karren durch die Gasse gerattert sein, unbeschreiblichen Gestank um sich herum verbreitet haben, und das Abladen dürfte einige Zeit gedauert haben. Wer hat etwas gesehen?«

Männer und Frauen schüttelten mit verschlossenen Mienen die Köpfe. Wie üblich, dachte Costanza gereizt, nie kam jemand mit der Sprache heraus. Immer hatten sie Angst, in die Angelegenheiten anderer verwickelt zu werden.

Ein kleiner rothaariger Junge, dem man schon von weitem ansah, dass er naseweis war, öffnete den Mund. Aber seine Mutter, die ihn gut kannte, packte ihn warnend am Nacken, und er schloss ihn wieder.

»Ihr wisst es. So etwas dachte ich mir«, sagte Costanza verächtlich. »Feiglinge!«

»Costanza!«, zischte Santino von oben. »Es ist genug!«

»Ja, Vater, da hast du recht! Jetzt ist es genug«, sagte Costanza nachdrücklich und verließ den Hof ihrer Eltern.

Ausnahmsweise bog sie auf den einsamen Steig ein, der hinter der Apsis der Kathedrale vorbeiführte und den kürzesten Weg in die Stadt darstellte. Gewöhnlich mied sie ihn, weil er nicht geheuer war. Ganz am Anfang gab es noch drei armselige Hütten mit kinderreichen Familien, zu denen der kleine Rothaarige gehörte, mit denen die Cataliotti aber keinen Umgang hatten. Danach kam nur noch unbewohnte Wildnis.

Ratten raschelten in den Abfällen, die in den Brombeersträuchern faulten, und irgendwo geiferte ein Hund, dessen aggressives Bellen sich Costanza von hinten näherte. Wenn wenigstens der Fischhändler mit seinen Körben hier unterwegs gewesen wäre, aber für ihn war es zu spät am Tag. Sie war ganz allein.

Bis sie entdeckte, dass ihr eine Jammergestalt mit gesenktem Kopf entgegenschlurfte. Ein alter Bettler? Einer, dessen Manneskraft bei ihrem Anblick im Nu aufleben würde? Costanza überlegte flüchtig, ob sie umkehren sollte. Dies war kein guter Ort für eine unbegleitete Frau. Aber hinter ihr war der wilde Köter ...

Dann hob der Mann den Kopf, und sie erkannte ihren Bruder Uberto. Er nahm sie nicht wahr, er sah zerzaust aus, wenn nicht gar verstört, und schlug einen Bogen um sie ein.

»Uberto!«, rief Costanza irritiert. »Was ist dir passiert? Und hast du den Unrat bei unserem Haus gesehen? Kot, Schleim, Gedärm ... Weißt du, wer uns das angetan hat?«

Endlich riss er seinen Kopf hoch und starrte sie mit vorgeschobenem Unterkiefer an wie ein missgestaltetes Kleinkind. »Wieso treibst du dich hier herum? Hurst du in diesem Gebüsch?«

Sie schaffte es, abfällig zu lachen. »Seit wann interessiert dich, was ich mache? Was ist mit dem Unrat?«

Uberto bekam von einem Augenblick zum anderen eine wachsame, lauernde Miene. »Woher ist dir bekannt, dass an diesem Weg die Weiber auf die Franzosen zu warten pflegen? Tust du das auch, um hier mit einem Ritter zu liegen? Von denen stammt das viele Geld, ja? Kein Sizilianer würde für eine kleine Handreichung, für die sich die städtischen Medici zu schade sind, mehr als ein Huhn bezahlen. Du entehrst die Familie! Dafür verdienst du den Tod!«

Die Ungeheuerlichkeit seiner Anschuldigung und seine Gnadenlosigkeit ließen Costanza um Atem ringen. Ihr Schädel dröhnte. »Der Unrat …«, stammelte sie, ohne es zu wollen.

»Glaubst du, der spielt jetzt noch eine Rolle?« Uberto straffte sich, schien die Demütigung, die ihn anfangs niedergedrückt hatte, gleichsam von sich abzuschütteln und setzte unter triumphierendem Grinsen seinen Weg nach Hause fort.

Ohne irgendeinen vernünftigen Gedanken fassen zu können, streifte Costanza durch breitere Straßen und schmale Gassen von Catania, hügelauf und hügelab. Eine Weile saß sie auf einer der steinernen Stufen des römischen Theaters. Ein Gewitter von Gefühlen schüttelte sie. Man verfolgte sie, drohte ihr, verspottete die Familie, und ihr stinkender Geißbock von Bruder hatte nichts Eiligeres zu tun, als einen Beweis für ihre angebliche Hurerei zu entdecken.

Allmählich wurde sie ruhiger, was ihre Wut und ihre Gekränktheit um keine Unze minderte. Aber ihr Denkvermögen kehrte zurück, und ihr Blut floss jetzt dünn und schwarz wie eine Natter durch ihre Adern. Gestählt machte sie sich wieder auf den Weg.

Den Blicken der Männer, die sie jetzt ein weiteres Mal ohne Begleitung sahen und endgültig an eine neue Hure in der Stadt glaubten, begegnete sie mit trotzigen Blicken.

Geboren im falschen Land, in der falschen Familie, war sie dieser Gesellschaft überdrüssig. Sie würde es allen zeigen.

Nur wusste sie noch nicht, wie.

Erstmals bemerkte Costanza den Unrat in den Straßen, den es schon immer gegeben haben musste, den sie aber nicht wahrgenommen hatte, weil sie sich nie Gedanken darum gemacht hatte. Er stank, was kein Wunder war, lagen doch überall neben den Mauern von Ratten angefressene, faulende Katzen- und Hundekadaver, blanke Knochen und Zitronenschalen herum, dazwischen braune vertrocknete Palmwedel, durchlöcherte Schuhsohlen, unbrauchbar gewordene Teile von Strohmatten und zerfallende Vorratsbehälter aus Rohr.

Sie versuchte, sich vorzustellen, wie Kaiser Friedrich dies betrachtet haben musste, der sich oft in den Ländern aufhielt, in denen Frauen mehr galten als hier. Es gelang ihr nicht. Jedenfalls war ihm der Dreck ein Dorn im Auge gewesen, und er hatte mit seinen Gesetzen versucht, die übelsten Zustände zu beseitigen.

Und das war ihm nicht gelungen.

Es war ihr ein Trost zu wissen, dass Ciccu das Anliegen des Kaisers als Erster verstanden hatte. Und jetzt sie. Sie war nicht etwa sonderbar, sie sah lediglich die Welt wie der Kaiser.

Als ihre Füße müde wurden, kletterte sie über die Felsen am Fuß der Mauer, auf der das Castello Ursino erbaut war, bis zur äußersten Spitze, die das Hafenbecken abschloss, und setzte sich hin, nachdem sie herumliegende Fischköpfe und Tang in weitem Bogen von sich geschleudert hatte. Der Stein war noch heiß, lag aber schon im Schatten der sinkenden Sonne, und so war der Platz erträglich und zum Nachdenken geeignet. Die wenigen Männer, die ihre Schnüre ins Wasser warfen, um Fische für das Abendessen zu fangen, waren zu beschäftigt, um sich an ihr zu stören.

Was sollte sie machen? Wohin sollte sie sich wenden? Lebende Verwandte hatte sie nicht, so seltsam es ihr auch vorkam.

Le Brun?

Das kam nicht in Frage! Frauen, die ein feindliches Heer begleiteten, waren Huren, skrupellose Nutznießerinnen der Tatsache, dass Männer sich nicht anders als Ziegenböcke, Eber oder Rüden von Zeit zu Zeit entleeren mussten. So hatte eine Tagelöhnerin ihr erzählt, die Mutter Rosalia vor einigen Jahren gedungen hatte. Costanza verachtete solche herabgesunkenen Kreaturen zutiefst.

Sie würde die Stadt verlassen, um sich irgendwo einen Unterschlupf für die Nacht zu suchen und um in aller Ruhe über ihre weiteren Schritte nachzudenken. Aber wo bekam sie Essen her?

Stehlen, natürlich.

Auf einmal bekamen die Schnüre der Fischer für sie eine Bedeutung. Eine Weile beobachtete sie die Männer. Die Schnüre ins Wasser werfen und einholen. Das konnte sie auch. Nur hatte sie keine lange Schnur.

Nach einer Weile fesselte ein Fang die Männer. Es musste etwas Besonderes sein. Sie scharten sich jedenfalls um den Angler, vor dem auf dem Felsen ein großes Tier einen wilden Kampf aufführte, um dem Haken zu entkommen. Die silbernen Flossen warfen Lichtblitze, als der Fisch in die Höhe schnellte. Ein Mann versuchte, sich auf ihn zu werfen; er knallte bäuchlings auf den Felsen, und der Fisch war fort. Costanza kicherte hinter der Hand. Der Kerl würde die Blamage nicht in der Stadt herumerzählen, aber seine Freunde.

Mehrere Schnüre hingen straff, nur von einem Stein beschwert, vom Felsen bis ins Wasser. Fische hatten offensichtlich angebissen. Aber die Männer waren lautstark mit Prahlen beschäftigt und konnten sie im Augenblick nicht einholen. Ausgebreitete Arme und Markierungen auf den Felsen mit Seetang beschrieben eigene Fänge von märchenhaften Ausmaßen. Einer wollte den anderen übertrumpfen. Plötzlich begriff Costanza, wie günstig die Umstände waren.

Sie schlenderte zu der nächstliegenden Schnur, wo sie sich vermeintlich zu ihrem Schuh bückte, zog sie zügig mitsamt Fisch aus dem Wasser und nahm anschließend die Beine in die Hand. Sie war bereits hinter einer Klippe außer Sicht, als sie vom Angelplatz her Ausrufe der Verwunderung hörte.

Es musste wieder ein Gigant gewesen sein, der sich mit Haken, Schnur und Stein aus dem Staub gemacht hatte. Plötzlich wandelte sich der Lärm in Streit. Die Männer beschuldigten sich gegenseitig, nicht aufgepasst zu haben.

Wenigstens ein Erfolg an diesem Tag! Zufrieden eilte Costanza in Richtung des südlichen Stadttors, das am schnellsten zu erreichen und auch noch nicht geschlossen war.

Sie war gerade hindurch, als ihr zwei Ziegen mit übermütigen Sprüngen entgegenkamen, dahinter der Besitzer, der sie mit kräftigen Püffen vorwärtstrieb. Wahrscheinlich, um den wachsamen Augen der Franzosen zu entgehen, die möglicherweise noch umherstreiften.

»Costanza?«

Turi, wie Costanza zu ihrem Verdruss erkannte. Sie dachte gar nicht daran, ihm aus dem Weg zu gehen. Der strenge Bocksgeruch strich an ihrer Nase vorbei, als das Tier vor ihr in die Höhe sprang und den Kopf senkte.

Turi scheuchte seine Ziege zur Seite. »Was machst du denn hier, so kurz vor dem Schließen des Tors, Costanza?«, fragte er, höchst verwundert. »Willst du in die Hügel, um einen Hauch Landluft vor dem Nachtessen zu schnuppern? Allein mit einem Fisch?«

»Ich will hinaus, um draußen zu bleiben«, versetzte sie mürrisch. »Lass mich vorbei.«

»Auf gar keinen Fall! Du wirst den Franzosen in die Hände fallen.«

Costanza schüttelte mit funkelnden Augen den Kopf. »Keine da! Du bist mit deinen Ziegen ja auch aus den Hügeln bis hierher gekommen, ohne dass man dich beim Raub von königlichem Eigentum erwischt hat.«

»Ziegen! Ziegen! Was sprichst du denn davon?« Turi pflockte beide Tiere an, zog Costanza auf einen schwarzen Felsen und setzte sich neben sie. »Und jetzt erzähle einmal, was los ist!«

Zuerst wollte Costanza nicht. Wiewohl sie ihm auf die rotbraunen lockigen Haare starrte, konnte sie seinem warmherzigen Blick aus den meergrünen Augen nicht entgehen. Schließlich brach ihr Widerstand. Zu viel war in der letzten Zeit geschehen. Mit Mühe gelang es ihr, die Tränen zurückzuhalten. Sie berichtete von Anfang bis Ende, ohne dass Turi sie unterbrach. Zu ihrem eigenen Erstaunen fühlte sie sich danach schon getröstet.

Sie schwiegen lange. Gemeinsam. Nicht jeder für sich.

»Mein Vater und dein Bruder sind von der gleichen Art«, befand Turi schließlich. »Sie bleiben ihr ganzes Leben das, wozu sie als Buben erzogen wurden. Aus ihrer Haut können sie nicht heraus, sie sind so starr wie unser steinerner *Liotrú*. Deswegen glaube ich nicht, dass Uberto Zugang zu Kreisen erhalten hat, die diese Art von Vendetta verüben. Die brauchen

Männer, deren Geist flink und erfinderisch wie der von Ratten ist.«

Bedrückt hörte Costanza zu. Turis Beurteilung ihres Bruders stimmte mit ihrer eigenen überein.

»Eher glaube ich, dass dich die Falken im Auge haben«, fuhr Turi fort, »nur die Sache mit den Gedärmen ist zu plump für sie.«

Costanza runzelte beunruhigt die Stirn. »Ich traue meinem Bruder alles zu. Außerdem kenne ich keine Falken.«

»Aber sie dich. Alle Mitglieder der Stadtherrschaft sind Falken. Zum Beispiel Corrado Capece. Die Fallamonaca, Vater und Sohn. Beides Familien, die um ihre Macht in der Stadt kämpfen, entweder wollen sie sie erhalten oder bekommen.«

»Woher weißt du das?«, staunte Costanza.

»So etwas spricht sich herum.«

»Und dann hat sich natürlich auch herumgesprochen, wer der Mann mit der Maske war, der mir Rache schwor?«, erkundigte sich Costanza sarkastisch.

Turi verzog die Lippen zu einem schmalen Lächeln. »Nein. Es geschah zwar aus der Wohnung von Corrado Capece heraus, aber er war mehrere Tage auf seinem Landgut und weist jedes Mitwissen von sich, habe ich gehört.«

»Hast du gehört.«

»Ja, und ich glaube ihm.«

»Ich nicht«, widersprach Costanza entschieden.

»Capece ist nicht dumm. Für das Amt, das er sich in der freien Republik erhofft, musste er sich öffentlich von dir und deiner Familie trennen. Er wird trotzdem alles vermeiden, was auf eine Feindschaft gegen euch hindeuten könnte. Sollten aber die Franzosen sich in Catania durchsetzen, wird er auf die langjährige Freundschaft zu deinem Vater pochen. Über ein gebrochenes Heiratsversprechen wird nicht mehr geredet werden.«

»Hm«, brummelte Costanza, wenig überzeugt.

»Es ist so. Wir gewöhnlichen Catanesi bedeuten der städtischen Herrschaft wenig und denjenigen, die hoffen, jetzt aufzusteigen, nichts, aber wir haben manchmal einen Wert als Unterpfand, als Beweis für ihre Gesinnung ... Derzeit warten sie alle ab, was die Zukunft bringen wird ...«

»Dann bin ich jetzt so klug wie zuvor. Du kannst mir auch nicht helfen«, schnaubte Costanza.

»Warte. Ich glaube, für dein Leben besteht keine Gefahr. Neben den Parteien, die in der Stadt um die Herrschaft kämpfen, gibt es auch Mitläufer. Diese Klientel der Herrschenden macht sich zunutze, dass du als Heilerin in aller Munde bist, und sorgt um ihrer selbst willen für Aufmerksamkeit.«

»Mehr ist es nicht?«, fragte Costanza misstrauisch.

»Mehr ist es bestimmt nicht«, bestätigte Turi. »Du bist nicht die Einzige, die plötzlich die Aufmerksamkeit gewisser Leute auf sich zieht. Und jetzt komm wieder mit zurück. Sie schließen gleich das Tor, und eine Nacht außerhalb der Stadt ist ungemütlich und gefährlich.« Er sprang auf und befreite seine Ziegen.

Costanza dachte an den einsamen Friedhof der Juden und an die Ruinen, in denen vielleicht ein verwirrter, unberechenbarer Mönch lebte, und schüttelte sich. Sie hatte ihr altes Vertrauen zu Turi noch nicht wiedergefunden. Seine Erklärungen waren so bemüht gewesen, wahrscheinlich wollte er vor allem verhindern, dass sie Catania verließ. Jedoch schien er im Augenblick das kleinere Übel zu sein.

Darüber hinaus war ihr mittlerweile klargeworden, dass sie Uberto einen glatten Sieg schenkte, wenn sie ihrer Familie davonliefe. Nicht nur, was die vermeintliche Hurerei betraf, sondern auch wegen der Gedärme im Garten. Der Geruch, der aus seinen Kleidern gedrungen war, war der, der auch Aborten entstieg. Fäkaliengestank.

Niedergeschlagen wanderte Costanza hinter Turi durch das Tor, wo sie die spöttischen Mienen der Wachen ignorierte. Seine Erklärungen und Beschwichtigungen hatten sich zum Teil vernünftig angehört. Aber Vendetta als Zeitvertreib geltungssüchtiger Männer? Woher überhaupt hatte Turi seine Informationen über die Tätigkeit der wichtigen Familien? Er wusste zu viel für den Sohn eines Wundheilers! Er hatte doch nicht etwa Verbindung zu diesen Falken, wie er sie nannte?

Sie blieb abrupt stehen. »Ich kann in mein Elternhaus nicht zurück«, war ihr eingefallen. »Jedenfalls heute nicht. Vater hat mit sich selbst abgemacht, dass ich die Gedärme aus dem Hof entfernen soll. Er tut es nicht. Ich auch nicht.«

Turi, der seine Ziegen in Schach halten musste und einige Schritte vor ihr war, ließ seinen Stock sinken und drehte sich um. »Du hast es ihm eingebrockt. So sieht er es. So muss er es sehen, denn inzwischen bist du bekannter als er, vergiss das nicht! Man fragt nach dir, nicht nach ihm. Nach meinem Vater auch nicht mehr.«

»Dann können die beiden sich ja gegen mich zusammentun! Hat dein Vater den Dreck bei uns abladen lassen?«

»Du kannst in unserem Ziegenstall schlafen«, bot Turi unbeirrt an. »Heute Abend betritt ihn keiner aus der Familie. Geschlachtet wird erst morgen.«

»Warum antwortest du nicht auf meine Frage?«, erkundigte sich Costanza in scharfem Ton.

»Ich sehe keinen Grund, auf eine dumme Frage zu antworten.«

»Dumme Frage!«, schnaubte Costanza. »Wenn man deiner Familie eine derartige Beleidigung zugefügt hätte, würdest du auch wissen wollen, wer es war.«

»Ich habe dazu nichts zu sagen«, bemerkte Turi. »Ich werde nachher unter dem Vorwand, das Gerät für die Schlachtung bereitzustellen, zum Stall zurückkommen. Ich bringe dir Brot, Käse, Oliven, Wein und Wasser.«

»Ja«, sagte Costanza mürrisch. Sie wusste, dass sie im Stall der Branca sicher wäre, immerhin. Das dazugehörige Wohnhaus eines verstorbenen Verwandten war verfallen und unbewohnt. »Danke.«

»Schön, dass es dir noch eingefallen ist«, bemerkte Turi.

Costanza warf ihm einen wütenden Blick zu. »Schön, dass ich deinen Vater warnen durfte.«

»Was meinst du damit? Wovor warnen?«

»Vor der Verhaftung natürlich. Dein Vater ist doch hoffentlich in die Berge gegangen, oder nicht? Ich dachte, du wolltest die Ziegen für ihn schlachten …«

»Einen Augenblick«, unterbrach Turi sie. »Wer sollte uns denn warnen? Und warum Verhaftung?«

»Le Brun hat Guglielmo zum Lager der Franzosen geschickt, mit dem Befehl, deinen Vater Saverio Branca wegen Hochverrats verhaften zu lassen. Er hörte zufällig mit, dass dein Vater vom Parlament der unabhängigen Republik Catania sprach. Als Guglielmo wieder zurück war, habe ich ihn zu euch gesandt, damit er euch warnt.«

Turi warf sich entsetzt die Hände an den Kopf. »Heilige Madonna!«, stammelte er. »Ausgerechnet mein Vater ist so dumm, über Gedanken zu reden, die er irgendwo aufgeschnappt hat.«

»Aufgeschnappt! Beteiligt wird er sein. Sprich ruhig weiter, Turi«, forderte Costanza mit verkniffener Miene. »Ihr Männer schmiedet mal wieder Pläne, die uns alle ins Verderben führen.«

»Es geht um unsere Freiheit! Freiheit für Sizilien. Palermo hat sich befreit, wir Catanesi werden es auch tun. Nur besteht die Gefahr, dass die Falschen tätig werden«, erklärte Turi aufgebracht.

Costanza murrte unzufrieden. »Denk an deinen Vater, nicht an deine Freiheit«, mahnte sie. »Wie er sich gegen mich aufführte, war abscheulich, aber einen Kopf kürzer wäre er auch nicht schöner. Verstümmelt übrigens auch nicht. Sie wollen ihn foltern, damit er seine Komplizen verrät.«

»Er wurde weder verhaftet noch gewarnt«, beteuerte Turi.

»Da wüsste ich nur eine Erklärung, die beides unter einen Hut bringt«, meinte Costanza nach einer Pause, in der sie sich die Sache hatte durch den Kopf gehen lassen. »Guglielmo hat die Botschaft wahrscheinlich gar nicht nach Aci Castello ins Lager gebracht, und aus seiner Sicht erübrigte es sich dann, euch zu warnen.«

»Das wäre denkbar. Aber Le Brun ist doch schon längst zurück. Er müsste ja gemerkt haben, dass nichts passiert ist.«

»Ach, was weiß ich«, sagte Costanza ärgerlich. »Dein Vater ist wahrscheinlich nicht sein wichtigstes Problem. Vielleicht hat er es gar nicht gemerkt …«

»Wie dem auch sei. Jetzt beeilen wir uns besser. Vater muss schnellstens in die Berge und du in den Stall!« Turi rannte los, die Ziegen mit dem Stock zu flotten Galoppsprüngen antreibend.

Costanza blieb dicht hinter ihm. Sofern Uberto tatsächlich Lügen über sie erzählt hatte, würde es ein schweres Stück Arbeit werden, die Eltern von der Wahrheit zu überzeugen. Hinzu kam, dass sie Guglielmo zur Rede stellen musste. Was er getan hatte, war, sofern ihre Vermutung stimmte, eine eigenmächtige Entscheidung von der Art, die Leben kosten konnte.

Turi ließ Costanza in den Stall ein, in dem es durchdringend nach Tier und feuchtem Stroh stank. Im Verschlag nebenan rumorten die beiden Ziegen, die am nächsten Tag geschlachtet werden sollten.

Als Turi später Costanza mit allem versorgt hatte, was die mütterliche Küche hergab, und die knarrende Tür wieder hinter sich zugedrückt hatte, brach Costanza in Tränen der Trostlosigkeit aus. Zwar hatte Turi ihr, bevor er ging, noch ins Ohr geflüstert, dass er sie liebe, aber nach allem, was geschehen war, war sie sich dessen nicht mehr sicher. Überhaupt nicht.

KAPITEL 14

Am Morgen machte Costanza sich mit schweren Gedanken auf den Heimweg. Die Zahl ihrer Gegner war groß, auf ihrer Seite stand, wenn überhaupt, nur Mariannina.

Als sie vor dem Haus anlangte, war der Unrat grob beseitigt. Eine bräunliche Schleimschicht überzog Erde und Gras, und der Gestank hing noch zwischen den Bäumen. Die Kräuterkübel vor dem Treppenaufgang fehlten.

Die ganze Familie war vor dem Schattendach versammelt. Sonnenflecken tanzten über ihre Gesichter, das des Vaters wirkte bedrückt, über das der Mutter liefen Tränen. Den Säugling im Arm, drückte sie Guglielmo und Alberto an sich. Die Aufmerksamkeit aller war auf zwei Männer gerichtet, die unter dem Olivenbaum standen.

Costanza kannte sie nicht. Der eine hielt ein schwarz eingefärbtes Buch in der Hand. Schwarzes Büchlein? Gab es tatsächlich noch die Beamten des Kaisers, von denen Ciccu erzählt hatte? Der andere Fremde war ein Priester.

Ein flaues Gefühl machte sich in Costanzas Magen breit.

»Da ist sie ja«, meldete Vater Santino distanziert. »Bringt Euer Anliegen ihr gegenüber vor. Mit mir hat das alles nichts zu tun.«

»Fangt Ihr mit der Anklage an, Vikar«, sagte der mit dem schwarzen Buch wohlwollend. »Bei mir dauert es länger.«

Das flaue Gefühl wanderte nach oben und legte sich wie eine Eisschicht um Costanzas Herz.

Der Priester nickte und fixierte sie. »Du, Costanza Cataliotti, wirst von der Gemeinschaft des Leibes Christi ausgeschlossen. Deine Handlungen sind moralisch und geistlich unrein. Verstümmelungen, mit denen der Herr uns aus Gründen straft, die nur Ihn angehen, geschehen nach Seinem Willen. Das Versetzen von ganzen Körperteilen ist ein Greuel vor den Augen Gottes, der den Menschen nach seinem Ebenbild erschuf. Du wagst es, Ihn, unseren Herrn, in Frage zu stellen!«

Nein!, dachte Costanza.

»Dass du dich sogar an die Schöpfung von Mischwesen zwischen Mensch und Schwein oder Mensch und Schaf gewagt haben sollst, vermag ich nicht zu glauben. Ich halte es für ein bösartiges Gerücht, denn in diesem Fall hätte der Herr dich auf der Stelle in eine Feuersäule verwandelt. Aber es gibt immerhin Menschen, die dich kennen und die es dir zutrauen. Allein dem Gedanken an dergleichen muss Einhalt geboten werden.« Der Priester fühlte solchen Schrecken bei dieser Vorstellung, dass er sie nur unter Stammeln vorbringen konnte.

Costanza begriff erstmals, was sie nach Ansicht der Priester getan haben sollte. Aber das stimmte doch alles nicht!

Der Geistliche fasste sich. »Ich kündige dir diese Strafe der Kirche heute nur an, damit du dich darauf vorbereiten kannst«, fuhr er mit der kältesten Stimme, die Costanza jemals gehört hatte, fort. »Das *anathema sit* wird dir entsprechend dem Pontifikale Romanae Curiae Saeculi XIII. in aller Form am nächsten Sonntag von der Kanzel herunter verkündet. Es bleibt der Zukunft überlassen, ob du irgendwann in den Schoß der Kirche zurückkehren kannst. Solltest du dich als ungehorsam und hartleibig erweisen, zwingst du uns zu deinem eigenen Seelenheil, härtere Maßnahmen zu ergreifen.«

»Aber ich verhelfe doch den Menschen wieder zu ihrem Aussehen nach dem Ebenbild Gottes«, brachte Costanza mit einer letzten Kraftanstrengung heraus. Sie zitterte.

»Wage nicht, den Namen Gottes, unseres Herrn, zu missbrauchen!«, schnaubte der Geistliche. »Bestätigst du, dass du alles verstanden hast?«

Costanza nickte.

»Sage laut ja«, verlangte er.

»Ja.«

»Du hast es der Hingabe deiner Mutter an ihre Kirche und seine Diener zu verdanken, dass ich dir so ausführlich die Gründe für deine bevorstehende Exkommunikation erklärt habe. Aus freiem Willen bin ich nicht gekommen.« Mit schnellen Schritten verließ der Priester den Hof, als ob er keinen Augenblick länger als nötig hier verweilen wollte. Er ließ die Familie in tiefem Schweigen zurück.

Mutter Rosalias Augen suchten Hilfe im Himmel über ihnen und wandten sich dann leer und ausdruckslos Costanza zu. Als sei sie nicht mehr ihre Tochter.

»Nicht nur die Kirche, sondern auch die Stadt Catania hat Grund zur Klage über Costanza Cataliotti«, verkündete der Beamte mit dem schwarzen Buch, der obendrein in schwarzer Kleidung erschienen war. Costanza fühlte sich an den Mann erinnert, den Ciccu auf dem Marktplatz als Spitzel bezeichnet hatte. Er hatte eine einschmeichelnde, melodiöse Art zu sprechen, aber es war kein richtiges Sizilianisch, und sie war auf der Hut.

»Mein Name ist Nicola Orsini.« Er machte eine Pause und sah Costanza an, die sich nicht äußerte. »Du musst auch mir bestätigen, dass du mich verstehst, denn du wirst nach unserem Gespräch alles mit deinem Kreuz zu unterzeichnen haben.«

»Aha«, sagte Costanza und versuchte, sich gegen das Urteil zu wappnen, das zweifellos kommen würde. Warum sollte sie ihn nicht verstehen? Er sprach klar und deutlich.

Er blätterte im Buch. »Nach den uns vorliegenden Unterlagen bist du die Enkeltochter eines Jacopo Pirrone, gestorben im Jahr des Herrn 1240. Richtig?«

»Soviel ich weiß, ja«, sagte Costanza und ergriff die Gelegenheit beim Schopf. »Sagt, ehrwürdiger Nicola Orsini: Ist mein Großvater als Ketzer gestorben?«

Orsini nickte nachdrücklich. »So steht es hier. Einer der Gründe, weshalb ich heute hier bin.«

Mutter Rosalia sank mit einem vernehmlichen Seufzer zu Boden. Mariannina kniete bei ihr nieder und klopfte ihr sacht auf die Wangen, während Santino in steifer Haltung stehen blieb, als ginge seine Frau ihn nichts an. Schließlich wuchtete Mariannina ihre Mutter in die Höhe und lehnte sie an einen der Pfosten des Schattendachs, wo sie sich mit leidender Miene aufrecht hielt.

»Die Ketzerordnung des Jahres unseres Herrn, 1232«, fuhr Orsini mit tragender und weit über die Mauer ihres Grundstücks hinaus hallender Stimme fort, »sieht vor, dass die Nachkommen von Ketzern bis in die zweite Generation enterbt werden. Die zweite Generation nach Jacopo Pirrone sind Eure Kinder, Meister Cataliotti.«

Costanza biss sich auf die Lippen. Hätte sie vom Ketzer Jacopo besser geschwiegen? Oder war es genau das, weswegen er gekommen war?

»Dieses Anwesen hier, Meister Santino Cataliotti«, richtete Orsini sich jetzt vor allem an den Vater, »kann also nicht von Euren Kindern übernommen werden, wenn es mit Eurem Eheweib Rosalia Pirrone, inzwischen Cataliotti, dereinst zu Ende geht. Diese Kinder sind außerdem nicht berechtigt, öffentliche Ämter zu versehen und Ehren anzunehmen. Darüber hinaus kann natürlich Euer Gewerbe in diesen Räumen nicht fortgeführt werden – dafür gibt es einen weiteren Grund, auf den ich noch komme.«

»Davon … davon habe ich noch nie gehört«, stammelte Santino, dem alle Farbe aus dem Gesicht gewichen war.

»Uberto, es tut mir so leid für dich!«, keuchte Mutter Rosalia und versuchte, ihrem Sohn die Stirn zu küssen, traf aber nur seinen Hals, weil er angewidert zurückzuckte.

Orsini blickte nach oben in den wolkenlosen Himmel, der Costanza noch nie so verhangen wie an diesem Morgen erschienen war. »Die Ketzerordnung«, dozierte er auswendig, »wurde anno 1232 von Kaiser Friedrich II. eingeführt, der auch als König von Sizilien der Feind der Bevölkerung war, weil er Maßnahmen erließ, die allen Gewohnheiten zuwiderliefen. Nichtsdestotrotz wurde die Ketzerordnung nie außer Kraft gesetzt und behielt daher ihre Gültigkeit.«

»Aber man hat sie hier in Catania nach seinem Tod nie angewandt«, schrie Santino, völlig außer sich.

»Warum also sollen ausgerechnet wir davon betroffen sein?«, sprudelte es aus Costanza etwas ruhiger heraus.

Orsini blickte sie amüsiert an und dann auf ihren Vater, bis dieser sich beruhigt hatte. »Das weiß ich nicht«, behauptete er glattzüngig. »Ich bin der Bote, das Gesetz habe ich nicht gemacht. Ich war zur Zeit des …«, er suchte erneut in den Unterlagen, »… des Jacopo Pirrone noch nicht im Land. Sobald die Herrschaftsansprüche zwischen den Herren von Catania und den Herren des Landes geklärt sind, kannst du dich mit deiner Frage an die neue Obrigkeit wenden.«

... die von nichts weiß und mich an die alte, die es nicht mehr gibt, verweisen wird, ergänzte Costanza in Gedanken. Hoffnungslos. So viel hatte sie inzwischen begriffen. Wütend blickte sie auf ihre Mutter, die es vorzog, ein weiteres Mal kraftlos zu Boden zu sinken und auf Hilfe zu warten. Aber Santino war wie versteinert, Mariannina runzelte wütend die Stirn, und Costanza dachte gar nicht daran, sich um die Mutter zu kümmern. Zu genau spürte sie, dass sie sich in diesem Augenblick nicht durch Mutter Rosalias komödiantische Fähigkeiten ablenken lassen durfte. Der Schwarzgewandete hatte noch nicht alles gesagt.

»Der zweite Grund, der mich herführt, betrifft euch alle schon zum jetzigen Zeitpunkt«, fuhr der Schwarze mit Genugtuung fort.

Costanza schluckte und holte tief Luft.

»Folgendes: Friedrichs Konstitutionen von Melfi aus dem Jahr 1231 regeln die Ausübung aller medizinischen Berufe, zu denen in beiden Sizilien die Medici einschließlich der Chirurgen sowie die Apotheker zählen. Andere heilende Berufe gibt es nicht.«

Jetzt versteinerte auch Costanza.

»Diese Vorschriften sehen fünf Jahre Studium der Medizin vor, nachdem das Studium der Logik erfolgreich absolviert worden ist. Die Chirurgie gilt im ehemaligen Reich Friedrichs und im Unterschied zum Reglement von Paris, wo die Barbiere alles übernehmen, wo Blut fließt, als Teil der Medizin und muss mindestens ein Jahr über das gewöhnliche Medizinstudium hinaus studiert werden.«

Wieder entstand eine Stille, die so tief war, dass man die Unterhaltung der Tauben in ihren Verschlägen in der Nachbarschaft hören konnte.

»Habt Ihr, Meister Cataliotti, Logik und Medizin studiert? Wenn ja, wo? Ich nehme an, in Salerno?« Orsini blickte sich suchend um, entdeckte die Bank unter dem Schattendach und schritt vorsichtig über die Schleimreste zu ihr, während er aus seinem Gewand ein Holzkästchen holte und die Schreibgeräte auspackte. »Meister Cataliotti«, rief er mahnend. »Ich höre.«

Bis ins Innerste erschrocken, konnte Vater Santino nur den Kopf schütteln.

»Das Heilen von Nasen ist seit den Zeiten der Sarazenen ein Handwerk«, verteidigte Costanza ihn erbittert. »Es gab immer nur wenige Menschen, die es beherrschten! Mit der Medizin, die Ihr meint, hat es nichts zu tun! Wir sind keine Medici, sondern Wundheiler. Wir haben auch nie eine bestimmte Summe Geld für einen Krankenbesuch verlangt wie ein Medicus.«

Orsini lächelte schmal. »Das Berufen auf Ungläubige und ihre barbarischen Sitten ist nicht gerade von Vorteil für dich, nicht wahr? Unklug, will ich damit sagen.«

»Was fällt Euch ein«, schrie Costanza erbost. Was immer sie über die Sarazenen in Erfahrung gebracht hatte, hatte anders gelautet. »Kaiser Friedrich, der fließend Arabisch sprach, hatte arabische Gelehrte an seinem Hof!«

»Soso. Übrigens, was dich selbst betrifft: Du hast dich nicht auf Nasen beschränkt, nicht wahr? Du schnippelst an Haut herum, zerrst sie von einem Ort zum anderen und breitest sie zum Trocknen auf Blättern aus. Ganz ähnlich hantiert meine Mutter mit Nudelteig. Ich denke, der Ort, an dem du zu arbeiten hast, wird ab sofort wieder die Küche sein. Sofern es deinem anscheinend etwas schwächlichen Vater gelingt, dich dorthin zu verweisen.«

Sie waren über alles informiert! Selbst über den Versuch mit der Schweinehaut. Widerspruch war sinnlos. Costanza wusste jetzt auch nicht mehr weiter.

»Wie viel habt ihr für eine neue Nase verlangt? Hoffentlich nicht mehr als drei Tari, die der studierte Medicus für einen Besuch außerhalb der Stadt berechnen darf! Innerhalb der Stadt höchstens ein halber Taro, bei zweimaligem Besuch pro Tag, versteht sich.«

»Nichts!«, fauchte Costanza und erinnerte sich voll Wut an das Hühnchen des Tommaso Fallamonaca im Wert von kaum einem Viertel Taro. »Wir haben nie etwas verlangt.«

»Nichts?«, fragte Orsini ungläubig. »Das glaube ich nicht. Ich vermerke hier, dass ich eine Lüge vermute, die du sehr geübt hervorbringst.«

Es war hoffnungslos. Was auch immer sie sagte, er verwandte es gegen sie.

»Hat eigentlich der Kräuterhändler, mit dem du öfter den Kopf zusammensteckst, dir jemals etwas Giftiges angeboten?« Der Schwarze ließ die Frage hervorschnellen wie die Zunge einer Schlange.

»Was?«, schrie die Mutter empört. »Du warst allein auf dem Markt?«

Jetzt geriet auch noch Ciccu in deren Visier! Flüchtig dachte Costanza an sein scherzhaftes Angebot von Schierling. Angstschweiß sammelte sich zwischen ihren Schulterblättern. »Nein, das hat er nicht. Ciccu ist kein Giftverkäufer. Gifte hat Kaiser Friedrich verboten!«, sagte sie mit zusammengebissenen Kiefern.

»Ach, wir wissen also doch gut über seine Gesetze Bescheid. Schön, schön. Du wirst im Rahmen der Prozessvorbereitung noch von mir hören, Costanza Cataliotti, Enkelin des verurteilten Ketzers Jacopo Pirrone. Ihr alle werdet von mir hören.« Er berührte knapp seine ausladende Hutkrempe, erhob sich und stolzierte mit wiegenden Hüften zum Hoftor.

»In welche verfluchte Situation hast du uns gebracht, Tochter?«

Als Costanza erschrocken herumschnellte, stand der Vater in loderndem Zorn vor ihr, die Hand zum Schlag erhoben. »Nein, Vater! Überlege doch mal!«, rief sie. »All das kann gar nicht sein …« Die Ohrfeige landete auf ihrer Augenbraue, weil sie sich wegdrehte, und war sehr schmerzhaft.

Die Mutter kauerte wieder am Boden, und die Geschwister waren voll Schreck stumm. Uberto, der über die Kleineren emporragte, rührte sich nicht.

Aber sein hinterhältiges Lächeln weckte Costanzas Verdacht. »Hast du uns das eingebrockt?«, fragte sie hasserfüllt, nachdem sie sich das Blut aus dem Mundwinkel gewischt hatte. »Den Unrat und die Anzeige?«

»Ich?«, zischte Uberto, die Augen zu schmalen Schlitzen zusammengekniffen, und trat über die anderen hinweg zu Costanza, den Hals wie ein Ganter nach vorne gestreckt. »Du hast es Vater und dir ganz allein eingebrockt! Ich habe damit nichts zu tun!«

»Doch, du bist auch enterbt.«

»Es tut mir so leid, Uberto«, jammerte Rosalia ein zweites Mal, und jetzt merkte Costanza auf. Sie fand diese Entschuldigung seltsam.

»Wieso bin ich enterbt?«

»Hast du es nicht verstanden, Dummkopf?«, höhnte Costanza, unvorsichtig in ihrer Wut. »Jemand hat alte Bestimmungen herausgekramt und entdeckt, dass wir alle als Nachkommen des

Ketzers Jacopo enterbt werden können, wenn sie es wollen. Und dieser jemand will es! Wer ist das, Mutter?«

»Vater war kein Ketzer«, widersprach Rosalia schwach. »Meine Mutter Maddalena hat es mir bei der heiligen Agata geschworen, aber diese Leute sind nie davon abgegangen.«

»Wer, Mutter? Wer ging von der Anklage nicht ab?« Ganz plötzlich entdeckte Costanza, dass ihre Mutter sehr wohl noch einiges über ihre Eltern wusste. Und wenn Großvater Jacopo ermordet worden war, dann vielleicht, weil er eben kein Ketzer war, aber dringendes Interesse bestand, ihn tot zu wissen, bevor seine Aussage in Protokollen festgehalten werden konnte. Ciccu hatte bezeugt, wie akkurat die Beamten Friedrichs alles niederschrieben.

»Ich weiß es nicht ...«

»Wer hat denn die Ketzerprozesse geführt? Die Kirche?«

»Nein, das darfst du nicht denken!«, rief Rosalia entrüstet, die sich allmählich erholte und mit Ubertos Hilfe auch wieder auf die Beine kam. »Mutter Kirche führt doch keine Prozesse! Sie spürt Sünder und vom Glauben Abgefallene auf und übergibt sie den städtischen Behörden, damit diese den Irrenden Einsicht einflößen. Damals war es der Antichrist persönlich, der dafür sorgte. Verflucht sei er, der meinen Vater auf dem Gewissen hat!« Sie spuckte aus.

Einsicht. Verbrennung! Costanza dachte scharf nach. Angebliche Ketzer wurden also von den Kirchenorganen angezeigt, und die weltlichen Behörden übernahmen diese, um ihren Fall in einem Prozess zu untersuchen, zu dem die Folter gehörte. Waren sie schuldig, wurden sie mit dem Feuertod bestraft.

Großvater Jacopo war gefoltert, aber nicht verbrannt worden, und unter nicht geklärten Umständen zu Tode gekommen. Und jetzt wurden erneut Repressalien gegen die ganze Familie ausgesprochen, wiederum von Männern, die anonym blieben. Es war mysteriös.

Dennoch schien es Costanza so gut wie sicher, dass beides miteinander zusammenhing. Die Männer von damals lebten zum Teil noch. Irgendetwas hatte sie auf den Plan gerufen, und jetzt versuchten sie, der Familie mit nie angewandten Gesetzen den Garaus zu machen. Der Vater würde sein Gewerbe aufgeben müssen, die Kinder ihr Erbe verlieren und damit der Armut anheimfallen. Als Tagelöhner würden sie sich irgendwohin verdingen und in alle Welt verstreut sein. Die geachtete Familie Cataliotti würde es nicht mehr geben. In wessen Interesse lag das?

»Jedenfalls hast du mit deinem unerträglichen Hochmut die Aufmerksamkeit der Stadtregierung auf uns gelenkt. Ich fluche dir, Costanza!« Santino Cataliotti bahnte sich rücksichtslos den Weg durch die bedrückte Kinderschar ins Haus.

Costanza atmete mehrmals tief durch und ließ ein letztes Mal ihren liebevollen Blick über Guglielmo, Mariannina und die nichts begreifenden Kleinen gleiten ...

Sie wusste, was sie zu tun hatte. Wenn auch nicht sich selbst, konnte sie doch möglicherweise die Familie vor dem Untergang bewahren. Sie würde nichts außer einigen Schlafschwämmchen mit sich nehmen. Die konnten Leben retten. Fremde oder ihr eigenes.

Uberto spähte seiner Schwester hinterher, vergewisserte sich, dass sie die Gasse nahm, die an der Kapelle an der Ausfallstraße mündete, und lief dann trotz des schweren Pakets unter seinem Arm leichtfüßig in die entgegengesetzte Richtung. Er hatte Nino zugesagt, sich an der Aktion dieses Tages zu beteiligen, und es war eine Frage der Ehre, das Versprechen einzulösen.

Aber das würde sein letzter Dienst für Nino sein. Der musste sich einen anderen Stellvertreter suchen.

Jenseits der Kathedrale folgte Uberto dem Kanal des Amenano an der Santa Maria della Rotonda vorbei bis in die Giudecca, wo der Kanal den Namen Judicello trug. Auf dem Piano San Filippo und dem Piano delle Erbe wurde wie üblich am Freitag gehandelt und gefeilscht, und im Viertel der Juden eilten die Männer in die Gebetshäuser. Normales Alltagsleben eben. Hier wie in den anderen Stadtteilen war alles ruhig.

Das sollte sich heute ändern.

Noch wusste niemand von dem besonderen Spaß, den Nino sich für die Franzosen ausgedacht hatte. Nicht einmal Uberto kannte den ganzen Plan. Aber er war vorbereitet. Erwartungsvoll klopfte er auf sein Schwert, das noch eingewickelt war und das er erst gürten würde, wenn es losginge.

An der Mauer neben der Porta della Judeca wartete die Gruppe um Nino schon ungeduldig. Uberto war der vorletzte von zwanzig jungen Widerstandskämpfern. Nino hatte inzwischen einige ihm unbekannte Burschen angeworben, dafür fehlten andere, die schon länger dabei waren.

Noch waren die Franzosen, die auf der Straße vom Lago di Nicito erwartet wurden, nicht in Sicht.

»Hört mal her«, rief Nino gedämpft und schlüpfte durch die unbewachte Stadtpforte nach draußen, wo sich alle dicht um ihn scharten. »Ich habe in Erfahrung gebracht, dass die Feinde seit zwei Tagen auf Jagd für die Garnison sind und heute zurückkommen sollen. Jagd bedeutet: keine Plünderung, also keine große Bewaffnung und erst recht keine Rüstung. Kapiert?«

Einige johlten vor Begeisterung.

»Sobald wir sie sichten, ziehen wir uns getrennt zum Piano delle Erbe zurück, wo die Bande auf dem Weg zum Kastell auf jeden Fall durchreitet. Und dann geht es los, Mann gegen Mann. So eine gute Gelegenheit kommt so schnell nicht wieder.«

Die meisten stimmten zu, aber Uberto war unbehaglich zumute. »Auf dem Piano delle Erbe ist Markt«, gab er zu bedenken. »Allein durch die vielen Käufer werden wir behindert werden, und dazu noch die Stände und Schragen der Bauern und ihre Karren …«

»Das Gleiche gilt für die Franzosen«, sagte Nino grinsend. »Die verzetteln sich in den Gängen, bedenke, dass sie ihre große Beute wie Hirsche und Rehe quer vor dem Sattel liegen haben. Allein wegen des zusätzlichen Gewichts können sie nicht so leicht entkommen. Und unsere Messer und geschleuderten Steine fliegen über die eigenen Leute hinweg.«

»Warum können wir sie denn nicht wie bisher aus der Deckung heraus erledigen«, wandte Uberto ein. »Ein offener Marktplatz ist ja geradezu das Gegenteil unserer alten Taktik.«

»Du sagst es«, stimmte Nino mit verkniffenem Lächeln zu. »Alte Taktik. Die war am Anfang unseres Widerstandes. Es wird Zeit, sie zu ändern. Jetzt sollen alle sehen, dass wir geschlossen kämpfen, und wir werden auch die letzten Feiglinge zwingen, mitzumachen.«

Uberto schüttelte unschlüssig den Kopf und beteiligte sich auch nicht an den begeisterten Rufen seiner Kameraden.

»Für uns und Sant'Agata!«

Der Schlachtruf war kaum verhallt, als ihr Späher rief: »Sie kommen!«

Wie auf Kommando erstarb jedes Geräusch, und alle drehten sich um, um den Trupp zu beobachten, der sich auf der breiten Landstraße, die am See vorbei zu den Städten Augusta und Siracusa führte, in fast schleppendem Tempo näherte. Offensichtlich trugen die Gäule eine beträchtliche Jagdbeute. Und selbst die Hunde waren müde.

»Wie viele sind es?«

»Angeblich zwölf Mann«, wusste Nino.

»Die Hatz war erfolgreich«, äußerte jemand anerkennend. »Wir sollten den Anjou eigentlich danken, dass sie so freundlich sind, uns Jagdbeute zu beschaffen, die wir selbst gar nicht schießen dürfen.«

»Fluch dem Bischof«, knurrte einer.

»Später«, sagte Nino kurz angebunden. »Jetzt machen wir uns auf den Weg. Wie abgesprochen.«

Der Marktplatz war jetzt, kurz vor der Mittagszeit, nicht mehr ganz so voll wie auf Ubertos Hinweg. Dafür bedeckte Abfall jeder Art den Boden zwischen den Ständen. Uberto nahm ihn unter dem Aspekt der Gefährdung der Fußkämpfer missmutig in Augenschein. Zu leicht konnten sie auf Kohlblättern, Lauch und welkendem Spinat ausrutschen, und es tröstete ihn keinesfalls, dass die Pferde möglicherweise über große Melonen stolpern würden, die ihnen zwischen die Beine rollten.

Dieser Marktplatz als Austragungsort eines Kampfes machte Uberto nervös. Er fühlte nach seinem Schwert, aber noch durfte er es nicht auspacken. Gelegentlich tauchte einer der Kameraden am Ende eines Ganges zwischen den Ständen auf und verschwand wieder. Er fühlte sich inmitten des Getümmels einsam.

Das Trappeln von Hufen auf den Lavasteinen war bis zum Markt zu hören, und die meisten Besucher wandten sich argwöhnisch um. Das allgemeine Schwatzen hob erst wieder an, als man erkannte, dass es sich nur um eine Jagdgesellschaft handelte.

Der erste Stein flog einem Reiter in den Nacken. Er kippte vom Pferd und zog ein Reh mit sich auf den Boden. Die nächsten Pferde begannen unruhig zu tänzeln und zu steigen, als auch ihre Reiter herabrutschten.

Unter Geschrei brach Uberto zwischen zwei Ständen hindurch und stürzte sich auf den vordersten Reiter, einen Krieger, der wie die meisten nur im Lederwams und ohne Helm zur Jagd geritten war. Sein Schwert fuhr dem Mann tief in die Seite, und Uberto wandte sich dem nächsten zu. Bevor dieser seinen Spieß gegen ihn richten konnte, traf ihn ein Messer tödlich in den Nacken.

Nino hatte recht gehabt, fuhr Uberto durch den Kopf. Die Jagdgesellschaft war eine leichte Beute, und die Bauern an ihren Ständen blieben ungefährdet. Zu groß war für die Franzosen das Überraschungsmoment. Triumphierend winkte er seinem Anführer zu, den er zufällig im Getümmel sichtete, bevor dieser in der den Markt kreuzenden Hauptstraße außer Sicht geriet.

Dass Nino verschwand, während sie alle noch mitten im Kampf steckten, fand Uberto zwar seltsam, aber für müßige Gedanken war keine Zeit. Er zerrte an einem gerissenen Zügel und versuchte, das reiterlose Pferd vor dem Durchgehen zu bewahren. Dann alarmierte ihn das harte Knallen von vielen galoppierenden Hufen auf dem Straßenpflaster, und er ließ los.

Um ihn herum gerieten die Bauern in Panik, krochen unter ihre Stände oder flüchteten in die angrenzenden Gassen, wo die Menge bald hinter den Eselskarren wie Stopfen in der Flasche stecken blieb.

Während Uberto sich noch umsah, fegten französische Ritter und Knechte wie die Sturzfluten eines Herbstunwetters über den Marktplatz. Bewaffnete, dachte er erstaunt. Wo kamen die denn her? Mit ihnen hatte niemand gerechnet. Bis an die Zähne gerüstet, brachen sie zwischen den Ständen hindurch, sprangen über Gefährte hinweg und holten mit ihren Langschwertern in geübten Streichen nach rechts und links aus. Blutüberströmte Marktbesucher, Bauern und die jungen Männer der Widerstandsgruppe sanken schwer verletzt oder tot auf das Pflaster.

Voller Wut sprang Uberto einem Reiter in den Weg. Dessen Schwert traf ihn tief in die Brust. Er ging in die Knie, fassungslos um sich blickend. Während er keuchend Luft holte und spürte, wie ihm sein Blut höher und höher in die Kehle stieg, als wäre er ein Ertrinkender in der See, fragte er sich, wieso Nino geahnt hatte, dass gleich ein kleines Heer sie niedermachen würde. Oder hatte er es gar gewusst? Danach verschwammen alle seine Gedanken, und er sank in die blutige Pfütze, die sich um ihn herum ausbreitete.

TEIL II

Aci Castello, Sommer 1282

KAPITEL 15

Costanza musste fort. Möglicherweise würden sie, wer immer sie waren, die Familie dann in Ruhe lassen. Und sie wusste nur eine einzige Möglichkeit, ihr Leben allein zu fristen: bei Monsieur Guy Le Brun. Sein Angebot hatte ehrenwert geklungen. Alles, was sie über das Leben der Menschen des Nordens gehört hatte, musste ohnehin das Paradies auf Erden gegenüber dem Leben einer Sizilianerin sein.

Fest entschlossen klammerte sie jeden Gedanken an die Huren im Heer aus. Sie würde sich als Heilerin von Nasenverletzungen betätigen und alle Kontakte mit den Huren meiden.

Mit wirbelnden Gedanken eilte sie zum Haus der Familie Branca. Turi wegen der neuen ärztlichen Bestimmungen zu warnen würde ihr letztes Anliegen in Catania sein. War der Anfang erst gemacht, würden sie wahrscheinlich auch gegen die Branca vorgehen. Vater Saverio war vermutlich längst in einem guten Versteck in den Hügeln am Ätna.

Das erwies sich als Irrtum. Saverio Branca war der Erste, dem sie von der Familie vor dem Haus begegnete, und als er sie sah, wedelte er mit den Armen wie ein Geier mit den Flügeln und versuchte, sie fortzuscheuchen.

»Hinaus! Hinaus!«, schrie er aufgebracht. »Du hast hier nichts zu suchen!«

»Ich wollte Turi warnen«, sagte Costanza eingeschüchtert

und trat zurück. »Sie dulden keine Wundheiler mehr in der Stadt, die Nasen ...«

»Wage nicht, dich so zu bezeichnen!« Er schlug Costanza, die mittlerweile unter dem Torbogen angekommen war, das Tor vor der Nase zu.

Seltsam. Allmählich begann jedoch Costanzas Empörung in Wut umzuschlagen. Warum befand sie sich plötzlich im Blickwinkel von Männern, die eine regelrechte Treibjagd auf sie veranstalteten und sich nicht scheuten, nebenher auch noch ihre Familie einzuschüchtern? Denn dass eigentlich sie im Mittelpunkt stand, war ihr klar. Die Exkommunikation war ihr allein angedroht worden, und ob die Familie in den Gerichtsprozess gegen sie überhaupt einbezogen werden würde, war unbestimmt.

Die Fallamonaca schienen eine ungeheuer rachsüchtige Sippe zu sein. Es konnten nur sie sein, die diese Vernichtung ihrer Person als Vergeltung für Ninos entstelltes Gesicht in Gang gesetzt hatten.

Costanza schlug das Kreuz, als sie an der Cappella Bonajuta vorbeikam, vielleicht war es das letzte Mal in ihrem Leben. Sie unterdrückte einen Seufzer.

Aber als sie auf der Straße angekommen war und das Stadttor in Sichtweite vor sich hatte, schritt sie schon forsch aus. Sie würde lernen müssen, allein auf ihrem ungewöhnlichen Weg zurechtzukommen. Das sollte kein Privileg eines Kaisers sein!

Der Weg an der Küste entlang nach Norden war belebter, als sie gedacht hatte. Soviel sie wusste, gab es im Hinterland noch eine andere Landstraße, die wahrscheinlich von den Franzosen zu Pferde und den Fußkriegern mit den beschlagnahmten Herden benutzt wurde. Vielleicht waren viele Einheimische deshalb auf diese Strecke ausgewichen, hier fuhren jedenfalls Eselskarren mit Gemüse, das auf dem Markt von Catania nicht verkauft worden war, und auf dem Rückweg befanden sich auch Frauen mit Lasten auf dem Kopf.

Es war nur kurz nach Mittag, und die Sonne brannte herunter. Der Weg von Karrenbreite schlängelte sich am Klippenrand entlang, und der schwarze Lavaboden warf die Gluthitze zurück. Die niedrigen Pflanzen waren verdorrt und braun, abgerissene Kakteenohren waren auf den Weg geweht, und man musste darauf achten, sich die Stacheln nicht in die dünnen Sohlen zu treten.

In der Ferne sah Costanza den Ätna und darunter ockergelbe Hügel, wo der Bischof den Wald hatte großflächig abholzen lassen. Dazwischen leuchtete aber auch das tiefe Grün von Wäldern. Und höchstwahrscheinlich gab es dort Wasser, im Gegensatz zu hier unten, wo zu dieser Jahreszeit kein Bach floss, nicht einmal ein Rinnsal aus den Felsen sickerte.

Nach ihrem hastigen Aufbruch von zu Hause hatte Costanza Turi um Wegzehrung und eine Feldflasche mit Wasser bitten wollen, aber das war durch den verbiesterten alten Wundheiler vereitelt worden. Allmählich wurde sie durstig.

Sie näherte sich einem alten Wehrturm, der von wilden Olivenbäumen umgeben war, und nachdem nach und nach die meisten Wanderer zu ihren irgendwo im Hinterland verborgenen Hütten verschwunden waren, umging sie ihn mit Herzklopfen, obwohl sie gar nicht wusste, ob er besetzt war. Sie traute keinem Krieger, es sei denn, er hieße Le Brun oder Henry.

Nichts rührte sich, und sie schalt sich selber wegen ihrer dummen Furchtsamkeit.

Aci Castello und das Militärlager der Franzosen sollten nicht sehr weit von Catania entfernt sein. Aber da die Sonne sichtlich voranrückte, zweifelte sie allmählich daran. Man musste dieses Aci doch sehen können! Oder war die Klippenküste womöglich so unregelmäßig beschaffen, dass ein Kastell erst in unmittelbarer Nähe auszumachen war?

Schließlich, als ihr die Zunge am Gaumen klebte und sie einen Ziegenpfad entdeckte, der sich in höher gelegenes Gelände schlängelte, folgte sie ihm, sich argwöhnisch umblickend. Er führte zu einer winzigen Hütte, neben der drei braune Ziegen auf den Hinterbeinen standen und am Laub von Bäumen knabberten. Sie war also bewohnt. Erleichtert entschloss sie sich, dort um Wasser zu bitten.

Auf dem Küstenpfad ertönte Hufeklappern von vielen Pferden. Costanza ging hinter einem Brombeergebüsch in Deckung, von wo sie durch die spärlich belaubten Ranken nach unten spähte.

Französische Ritter und Knappen trabten vorbei, in gleicher Richtung wie sie selbst unterwegs. Keiner blickte nach rechts oder links oder gar nach oben.

»Mörder, Spitzbuben, Räuber«, murmelte eine hasserfüllte Stimme hinter Costanza.

Erschrocken fuhr sie herum.

Eine alte Frau, in Lumpen gekleidet, war den Steig von der Hütte herabgekommen. Mit glühenden Augen starrte sie den Reitern hinterher. »Sie haben meinen Sohn umgebracht, der unsere beiden Schafe nicht hergeben wollte. Du bist fremd hier?«

Costanza nickte.

Das Geräusch der Hufe verklang. Die alte Frau schielte über einer hakenförmigen Nase angestrengt auf Costanza herab, schaumigen bräunlichen Speichel in den Mundwinkeln.

Argwöhnisch erhob Costanza sich und rückte ein wenig von

der furchterregenden Person ab. Die Zeiten waren schlecht und die Not überall groß. Wer wusste schon, was in fremden Köpfen vorging?

»Vor mir altem Weib musst du keine Angst haben. Aber vor diesen französischen Strolchen nimm dich in Acht. Sie sind allen Frauen gefährlich, besonders den jungen, hübschen. Mir haben sie auch Gewalt angetan, aber ich bin zäh wie Ziegenleder.« Die Alte machte eine Pause und humpelte um Costanza herum. »Du siehst sehr ungewöhnlich aus. Arm bist du nicht. Und du erinnerst mich an jemanden.«

»Ich bin nicht reicher als du. An wen erinnere ich dich?« Costanza glaubte zwar nicht an die Gespenster der alten Frau, aber sie wollte das Gespräch nicht abreißen lassen, jetzt, wo sie sich entschlossen hatte, sie für harmlos zu halten.

Die Alte schüttelte den Kopf. »Ich weiß nicht mehr. Die Arbeit ist schwer, und mein Gedächtnis lässt nach.«

»Versorgst du dich ganz allein?«, fragte Costanza angesichts des etwas konfusen Mitteilungsbedürfnisses der Frau mitleidig.

»Noch, ja«, nickte die Frau. »Wolltest du mich besuchen? Kennen wir uns? Oder warst du nur auf der Flucht vor den Kriegern?«

»Weder, noch«, bekannte Costanza. »Ich wollte um Wasser bitten.«

»Du bist also auf der Flucht. Ich erkenne jemanden, der mit nichts von zu Hause wegläuft. Aber die Richtung ist die falsche. Du kommst an den Franzosen nicht vorbei. Sie sind überall. An der Küste haben sie ihr Lager, und in den Hügeln schwärmen sie auf der Suche nach Kaninchen herum. Das war früher schon so.«

»Was meinst du mit früher?«

Die alte Frau wiegte ihren Kopf, während ihre Gedanken in die Vergangenheit zurückkehrten und sie wie verloren aus einem zahnlosen Mund lächelte. »Als Friedrich, der Antichrist, noch zur Jagd kam. Oder wollte er zu den Benediktinermönchen nach Nicolosi? Ich weiß es nicht mehr. Jedenfalls ritt er manchmal auf seinem schwarzen Ross vorbei. Er war kräftig wie ein Bulle, mit breiten Schultern, ein Bild von einem Mann! Seine Männer folgten ihm wie eine Herde Schafe. Einer, so schwarz wie die Lava zu unseren Füßen, hatte eine riesige gefleckte Katze hinter sich auf der Kruppe des Pferdes. Sie trug ein glitzerndes Halsband aus Edelsteinen … Wir versteckten uns vor dem Untier, aber es war nicht nötig. Es war auf Kaninchen abgerichtet. Wenn sie aber Wildschweine jagten, hatten sie Hunde mit, groß wie Esel. Damals gab es hier herum noch mehr Wälder … Der Antichrist ist tot, nicht wahr?« Sie verlor sich in Erinnerungen.

»Ich war noch nicht geboren, da war er schon tot, falls du Friedrich den Staufer meinst. Könnte ich wohl Wasser …«

»Ja, ja, ja«, murmelte die Frau und führte Costanza zu ihrer Zisterne. »Eines Tages wird er aus einem feuerspuckenden Krater des Ätna herauskommen. Als Gott, mit einem goldenen Strahlenkranz um den Kopf …«

Was sie vielleicht noch sagen wollte, endete in einem unartikulierten Murmeln. Sie wankte davon und hatte Costanza schon vergessen.

Costanza lächelte verträumt, während sie Wasser schöpfte, obwohl die Brühe trüb war und kleine Tierchen an der Oberfläche schwammen. Vielleicht hatte schon der Imberadour aus dieser Zisterne getrunken. Dass außer dem klugen Ciccu noch mehr Menschen an die Legende glaubten, machte sie wahrscheinlicher.

Irgendwo musste es einen Nachkommen des rechtmäßigen Königs von Sizilien geben, der die Zügel in die Hand nehmen und dort weitermachen würde, wo Friedrich aufgehört hatte. Costanza war sich ganz sicher. Gestärkt und zuversichtlich machte sie sich wieder auf den Weg.

Die Küste beschrieb einen unerwartet scharfen Knick, dahinter weitete sich der Pfad zu einem flachen Plateau, und von dort bekam Costanza endlich die Burg Aci Castello zu Gesicht, die auf einer eigenen Felseninsel erbaut war. Auf dem Festland gegenüber befand sich innerhalb der Stadtmauer ein Städtchen. Sie blieb stehen und betrachtete gedankenvoll das Kastell. Dort also sollte ihr Großvater herabgestürzt worden sein.

Gleich darauf bereute sie ihre Unaufmerksamkeit. Von hinten trabte wieder ein Reitertrupp heran. In diesem kahlen Gelände hatte man sie zweifellos schon gesehen. Weglaufen war sinnlos. Costanza hielt sich an einem Palmenstamm fest, der in der Nähe des Abgrundes wuchs, und betete still um Hilfe.

Die Männer waren allesamt jung, leicht bewaffnet, in wattierte Waffenröcke gekleidet, ohne die Harnische und Kettenhemden, die sie bei den Kriegern in ihrem Garten gesehen hatte. Die waren auf Raubzug gewesen und auf Kampf eingestellt. Diese hier schienen eher auf ein Abenteuer aus.

Als Erstes drängte ein waghalsiger Reiter Costanza von der Palme ab, die anderen rückten nach, bis sie sich inmitten des freien Platzes wiederfand. Grinsend tuschelten sie über ihre blonden Haare, die sich wie üblich an den Rändern des schwarzen Kopftuchs herausringelten. Hätte sie nur dunkelbraune Haare gehabt, niemand hätte sie beachtet!

Alle sprachen lebhaft und durcheinander Französisch. Dann formierten sie sich zu einem Kreis, in dessen Mitte Costanza stand, und trabten los, als handele es sich um eine Übung.

Wie konnte sie ihnen Einhalt gebieten? War der Krieger mit dem am Sattel befestigten längeren Schwert ihr Anführer? Die jüngeren Burschen hatten kürzere. Welcher verstand Italienisch? Costanza fand es nicht lustig. Sie drehte sich verzweifelt mit den jungen Männern und betrachtete mit zugeschnürter Kehle jedes einzelne Gesicht. Irgendwann war sie den Kloß im Hals los. »Cavaliere Le Brun!«, versuchte sie sich Gehör zu verschaffen.

Das rief Heiterkeit hervor. Die Pferde beschleunigten ihr Tempo.

»Cavaliere Le Brun!« Die Kerle würden doch wohl den Namen verstehen.

Ein Reiter ließ sein Pferd in den Galopp wechseln. Ein zweiter schloss neben ihm auf, und die übrigen formierten sich ebenso. Immer zwei neben einander. Der Kreis wurde enger und das Tempo schneller.

Ohne Vorwarnung jagten die Jünglinge plötzlich los, brüllten Schlachtrufe in die klare Luft, lachten schallend und warfen beide Hände in die Höhe, um ihre Pferde nur mit den Knien zu lenken. Ein Zeitvertreib von lebenslustigen jungen Männern, Costanza war zur Nebensache geworden.

Ihr reichte es jetzt. Sie zog einen Schuh aus und schleuderte ihn blindlings in die Reihe. So leicht er auch war, der harte Hacken traf den Mann mit dem längeren Schwert mitten im Gesicht. Blutverschmiert parierte der Reiter mit ungläubiger Miene zum Schritt durch.

»Cavaliere Le Brun!«

Die Stimmung schlug im Nu um. Der mit der blutigen Nase sprang ab und näherte sich Costanza mit geballter Faust, während die anderen sie zu Pferde bedrängten. Costanza wich Schritt für Schritt zurück, trotzdem flog ihr der schaumige

Speichel der schnaubenden Tiere ins Gesicht. Vor ihr war der Kerl mit der Ringerfigur und hinter ihr der Abgrund.

Die Frau in dem Einödhof hatte sie gewarnt. Costanza hätte auf sie hören sollen. Jetzt war es zu spät.

Vor lauter Angst hatte Costanza auf nichts anderes geachtet. Plötzlich trieben die jungen Männer wie auf Kommando ihre Pferde auseinander, und in dieser Gasse erschien ein gerüsteter Reiter.

Cavaliere Henry. Costanza war so erleichtert, dass ihr die Worte in der Kehle stecken blieben.

»Was haben wir euch gelehrt, ihr Knappen?«, fragte Henry scharf und wiederholte es auf Italienisch. »Frauen innerhalb der Besitztümer unseres Königs werden nicht belästigt, außerhalb von Kampfhandlungen schon gar nicht! Und gerade du, Geoffroy, solltest als Sergent für die anderen ein gutes Beispiel abgeben.«

»Sie hat mich verletzt«, murrte der Angesprochene und wischte sich das Blut mit dem Ärmel über das ganze Kinn.

»Ich glaube kaum, dass Costanza Cataliotti auf einen Trupp bewaffneter Knappen losgeht. Sie wird sich verteidigt haben.«

»Ach, sie steht unter Eurem persönlichen Schutz?« Der Sergent grinste frech. »Darum ...«

»Bisher noch nicht«, erwiderte Henry und wandte sich nach hinten. »Rainier, du sorgst dafür, dass die Wundheilerin unbelästigt dort ankommt, wohin sie heute unterwegs ist. Und ihr anderen macht euch schon mal auf den Weg ins Lager. Aber diszipliniert, zu zweit nebeneinander im Arbeitstrab, wenn ich bitten darf.«

Die meisten der Horde wandten gehorsam ihre Pferde zum Städtchen um, anscheinend etwas geknickt wegen des Tadels. Sie formierten sich zu einer Doppelreihe und trabten in gleichmäßigem Takt an. Nur einige wenige blieben zurück, drängten sich feixend an Geoffroy und flüsterten mit ihm, während sie ihre Pferde am langen Zügel gemächlich dahinschlurfen ließen.

Henry schenkte Costanza ein knappes Nicken und folgte ihnen, als treibe er die ungehorsamen Knappen vor sich her.

Rainier sprang mit unglücklichem Gesicht vom Pferd und begab sich wortlos an Costanzas Seite.

»Ich danke dir«, sagte Costanza hastig, »aber ich komme auch so zurecht. Reite deinem Cavaliere nach.«

Der Knappe schüttelte mit zusammengepressten Lippen den Kopf.

»Nein?«, fragte Costanza.

»Nein. Mein Herr hat gesagt, ich soll Euch begleiten.«

»Du sprichst ja jetzt schon gut Italienisch!«, bemerkte Costanza taktvoll.

»Ich lerne fleißig! Im Zeltlager gibt es genügend Leute, die Italienisch können. Und es ist sicherer.«

»Soso. Ich will übrigens auch dorthin. Sobald jemand Le Brun von meiner Ankunft benachrichtigt hat, bin ich geschützt.«

Rainier machte große Augen, eine ungläubige Reaktion, die Costanza nicht deuten konnte. »Was ist?«

»Geoffroy ist Le Bruns Sergent. Der Mann, der wie ein Ritter bewaffnet war, dessen Schwert aber am Pferd befestigt war. Wer die Schwertleite nicht empfangen hat, darf keinen Schwertgurt tragen.«

»Oh.«

Rainier nickte.

Es lagen Sorge und Zweifel in seinem Nicken, die Costanza ratlos machten. Aber sie mochte nicht in ihn dringen und ihn in einen Zwiespalt stürzen. Er war ein treuer Junge, der seinem ehrenwerten Herrn nachzueifern versuchte. »Was meintest du damit, dass es sicherer ist, Italienisch zu können?«

Rainier lächelte voll Unbehagen. »Nein, Italienisch zu lernen ist ein feiner Zeitvertreib, wenn ich alle meine Pflichten erledigt habe. Ich wollte eigentlich sagen: Wenn Cavaliere Henry auf Streifzug ist, ist es sicherer, im Lager zu zweit zu sein. Ich bei meinem Italienischlehrer.«

Le Bruns Schilderung vom Lagerleben war offensichtlich zu schön gewesen. Costanza war ein wenig beunruhigt.

Vor dem Stadttor von Aci Castello bog Rainier ab und schlug einen Weg ein, der zwischen Gebüschen, die mit den blauen Trichterblüten der alles verschlingenden Winden überzogen waren, im Bogen außen an der Stadtmauer entlangführte.

Nachdem sie ein weiteres Stadttor passiert hatten, neben dem Handwerker an der Arbeit waren, senkte sich die Straße, und Costanza sah eine Meeresbucht vor sich. Eine kleine Mole schützte die Boote der Bewohner, und auf dem flachen Teil des Ufers waren die Zelte der französischen Krieger aufgeschlagen.

Etwas oberhalb des Lagers wuchsen drei Pinien, und Rainier führte Costanza zu derjenigen, die ihren weiten Schatten über ein besonders großes Zelt und angepflockte Pferde ausbreitete, einen Rappen und zwei Füchse. Davor war eine Standarte in den Boden gerammt, die auf blauem Grund viele kleine goldene Lilien aufwies.

»Monsieur Le Brun ist im Lager«, meldete Rainier verhalten und zeigte auf das riesige, muskulöse schwarze Tier, das selbst schon gefährlich wirkte.

Man hatte Rainier gehört. Vermutlich hatte Geoffroy ihr Kommen bei Le Brun angekündigt, dachte Costanza. Schlimmer hätte sie sich bei ihm gar nicht einführen können. Es blieb ihr trotzdem nichts übrig, als ganz selbstverständlich vor ihn hinzutreten, um sein Versprechen einzufordern.

Le Brun erschien im Zelteingang. »Gott zum Gruße, Heilerin Costanza«, grüßte er spöttisch mit einer leichten Verneigung, wonach er Rainier einen misstrauischen Blick zuwarf. »Verschwinde, Bursche«, herrschte er ihn an, und Rainier nahm die Beine in die Hand, bevor sich Costanza bei ihm für die Begleitung bedanken konnte.

»Es freut mich, dass Ihr meiner Einladung gefolgt seid, Costanza Cataliotti.«

Geoffroy spielte zwischen ihnen keine Rolle. Costanza verstand hingegen sofort, dass ihr Verhältnis hier ein anderes sein würde als zuletzt im väterlichen Haus, und sie war dafür dankbar. Außerdem war sie unendlich erleichtert, dass Le Bruns Wort galt. Rainiers Vorbehalte hatten sie bereits fürchten lassen, den Cavaliere falsch verstanden zu haben. Aber es war alles in Ordnung.

Le Brun änderte sein Versprechen dahingehend, dass er für Costanza ein eigenes Zelt beschaffen ließ, das im Schatten der benachbarten Pinie aufgeschlagen wurde. Sergent Geoffroy und der Knecht mit dem Schildkrötennacken, die mit der Arbeit betraut worden waren, ließen sich unendlich viel Zeit, spuckten auf den Boden, dehnten die überbeanspruchten Glieder, beobachteten auf See einen Segler und in der Luft einen Falken.

Costanza entschloss sich, sie mit ihrer Demonstration des Unwillens allein zu lassen. Sie konnte sich in der Zwischenzeit mit den Lagerverhältnissen bekannt machen. Vor allem mit den Latrinen, die sie dringend aufsuchen musste.

Abseits der Kriegerunterkünfte standen einige Zelte, zwischen denen Frauengestalten auszumachen waren, einige Kinder und Hühner. Ihr Instinkt und der zunehmende Geruch, der durch die Zeltgassen strich, leitete Costanza zu einem durch Planen und Decken geschützten Bereich dicht bei den Frauenzelten. Das mussten die Latrinen sein.

Ein ekelerregender Gestank herrschte im Viereck, und Massen von Fliegen umsummten Costanza sofort. Es war leer. Notgedrungen hockte sie sich über ein in die flache Erdkrume gegrabenes Loch und bemühte sich dabei, nicht allzu tief in den durch Urin aufgeweichten Schlamm einzusinken. In ihrem Kopf summte es kaum anders als außerhalb.

Die Konstitutionen von Melfi rumorten darin herum. Der Kaiser hatte doch die Luft schützen wollen. Hatte er nicht an militärische Aborte gedacht, oder ignorierten die Franzosen die örtlichen Bestimmungen? Womöglich war menschlicher Unrat genauso gefährlich wie Leichen, die nicht eingegraben wurden. Warum konnte man dies hier nicht verbessern? Es war ja grässlich!

»Oh, eine Neue«, kreischte jemand, eine Frau in mittlerem Alter, die hereinstürzte und Costanza hocken sah. »Habt ihr sie schon gesehen? Wer bist du? Wo kommst du her? Mit wem bist du zusammen? Oder bist du frei?«

Eine Menge Fragen. Bevor Costanza den Irrtum aufklären konnte, antwortete eine andere Stimme hinter einer Zwischenwand. »Die ist doch die neue Geliebte unseres göttlichen Befehlshabers. Hat ein schmuckes Zelt gleich neben ihm bekommen.«

Wütend sprang Costanza mit nacktem Hintern auf und sah sich einer weiteren, gerade hereingekommenen älteren Frau gegenüber. Sie blickte beiden abwechselnd fest in die Augen, fand darin statt Gehässigkeit nur Neugier und beschloss, sich zu bezähmen. »Ich bin mit niemandem zusammen, auch nicht mit Cavaliere Le Brun. Er hat mich gebeten, die Krieger als Wundheilerin zu betreuen.«

»Was 'n das?« Die Stimme hinter dem Vorhang.

Noch mehr Frauen drängten herein und scharten sich um die beiden ersten.

»Ich heile Gesichtsverletzungen, besonders die der Nase«, sagte Costanza ruhig.

»Ach, du warst das, die den Cavaliere Henry behandelt hat? Wir haben schon von dir gehört.« Die ältere Neugierige riss voller Hochachtung die Augen auf und hielt Costanza eine Hand hin. »Ich bin Stelluccia. Willkommen. Verstärkung der Frauenabteilung können wir gebrauchen.«

»Danke«, sagte Costanza versöhnt und überrascht von Stelluccias warmherzigen Worten. Derweil ging hinter dem Vorhang die Flegelei weiter.

»Was ist das schon? Wie das Nähen eines Beinkleides, mehr nicht. Ihr werdet es erleben, Schwestern: Bald ist sie nichts Besseres als jede von uns! Bei Tage flicken, bei Nacht ficken.«

»Unsere Cora«, stellte Stelluccia vor, während ihr Daumen hinter den Vorhang wies. »Sie hat ein loses Mundwerk. Mach dir nichts draus.«

Eifersucht. Das war es. Costanza ignorierte Cora, gab jeder der anderen die Hand, wiederholte jedes Mal ihren Namen und bekam immer neue zu hören. Offenbar sprach sich die Begrüßungszeremonie im Latrinenzelt der Frauen in Windeseile herum.

Endlich musste Costanza lachen. Die Situation war so absurd. Einige begriffen, was sie dachte, und schließlich fielen alle in das Gelächter ein.

In Catania brodelten die Gerüchte. Auf dem Gewürzmarkt sollte es zu einer regelrechten Schlacht gekommen sein, aber keiner wusste etwas Genaues. Zuverlässig wurde nur berichtet, dass im Kanal des Amenano kein Wasser, sondern Blut geflossen sei. Nun ja, dachte Santino gleichmütig, das wird übertrieben sein, aber Uberto wird bald kommen, um mir mehr zu erzählen.

Der Erste, der kam, war Tommaso Fallamonaca. Santino, der am Tor stand und ungeduldig auf Uberto wartete, erkannte ihn von weitem. Mit derart unbeugsamem Rücken ritt nur jemand, der in der Stadt etwas darstellte. Bewaffnete Diener zu Fuß hielten mit dem Trab des Schimmels Schritt.

Blumige Begrüßungsworte sammelten sich bereits auf Santinos Zunge, als Tommaso bei ihm anhielt und mit hochmütig abgewandtem Gesicht zu sprechen anfing. »Dein Sohn ist tot. Mein Nino lebt.«

Santino verstand nicht.

»Mit der Planung des Scharmützels«, fuhr Tommaso kalt fort, »hat Nino sein Meisterstück abgeliefert und gleich zwei Heldentaten vollbracht. Die sichern ihm seinen Platz im neuen Stadtrat, und aus dieser Position heraus wird er dich bis zu deinem kläglichen Ende im Auge behalten.«

»Wovon sprecht Ihr?«, stammelte Santino.

»Erzählt ihr es dem Mann«, befahl Fallamonaca seinen Knechten gleichgültig, setzte seinem Pferd die Hacken in die Seiten und sprengte davon.

Einer der Diener nickte und zog mit funkelnden Augen die Kappe vom Kopf. »Es ist so«, begann er. »Der gnädige Herr Nino organisiert den Widerstand gegen unsere Feinde und hat zu dem Zweck junge, wagemutige Burschen um sich versammelt, wie Euch bekannt ist. Nun ist aber der Herr Nino bei einem der

Kämpfe im Gesicht verletzt worden, und Euer Sohn Uberto ist daran schuld, dass daraus eine schlimme Entstellung wurde.«

»Nein, nicht Uberto!«, rief Santino gequält aus.

»Die Signori Tommaso und Nino sind dieser Meinung. Und deshalb hat der Herr Nino sich einen Plan ausgedacht.«

»Welchen Plan?« Santino war der Überzeugung, dass dieses alles ein großer Irrtum sein müsse. Uberto war immer nach Hause gekommen. Das würde er auch jetzt tun. Trotzdem erfasste den Wundheiler ein Zittern.

»Die Sache ist ganz einfach. Die Burschen haben einigen französischen Jägern, die ihre Beute ins Kastell bringen wollten, aufgelauert und sie getötet. Plötzlich aber stürmte eine Schar bewaffneter Ritter des Anjou den Marktplatz. Sie haben alle Catanesi niedergemacht. Auch Euren Uberto.«

»Uberto!«, klagte Santino und brach in die Knie.

»Ninos Plan war sehr schlau. Seine Leute haben alle Jäger erwischt. Die sind wir los. Und wegen des anschließenden Vorfalls haben viele Catanesi Rache gegen die Franzosen geschworen. Endlich wird es zum Aufstand wie in Palermo kommen.«

»Die Familien der Getöteten werden an den Fallamonaca Rache üben!«, begehrte Santino auf. »Nino ist schuld, dass viele starben.«

»Nein, nein«, widersprach der Diener mit hässlichem Grinsen. »Da hat der Herr Nino vorgesorgt. Junge Herren aus den guten Familien waren gar nicht bei den Kämpfern, nur Tagelöhner, Fischer und Hirten. Und der Rest bestand aus den Bauern, die ihr Gemüse verkauften. Alle miteinander Leute ohne Einfluss.«

Santino hörte mit offenem Mund zu. Die Informationen verschlangen sich in seinem Kopf zu einem unverständlichen Geflecht. Hatten die Franzosen Rache geübt oder Nino? Oder beide? An wem und warum? Verstanden hatte er nur, dass Tommaso Fallamonaca dem Diener jedes Wort eingetrichtert hatte, um ihn, Santino, bis an den Rand des Erträglichen zu quälen.

Mit hängenden Schultern sah er den beiden Dienern nach, die sich unter Hohnlachen, das wie ein Echo ihres Herrn klang, davonmachten. Er brachte kaum noch die Kraft auf, die Faust zu heben, um ihren Rücken zu drohen.

Dann schleppte er sich in die Küche. »Wo ist Costanza?«, keuchte er.

Rosalia, die an drei Kochstellen mitten in den Vorbereitungen für das Abendessen steckte und sich dabei von Mariannina helfen ließ, machte sich nicht die Mühe, sich umzudrehen. »Ich weiß es nicht«, zeterte sie. »Seit heute Mittag habe ich sie nicht gesehen. Sie wird ja immer ungebärdiger! Aber wenn du das Mädchen nicht zu diesen abartigen Handlungen als Wundheilerin verführt hättest, wüssten wir es! Und als ob das nicht genug wäre, hat sie ihren Stolz als Catanesa vergessen und hilft dem Feind! Auch das ist deine Schuld.«

»Schuld, Schuld!«, brüllte Santino und wischte voller Erbitterung alles vom Tisch, was daraufstand.

Rosalia wandte sich endlich um und betrachtete ihn voller Argwohn. »Was ist los, Tino?«

»Uberto ist tot. Costanza hat ihn auf dem Gewissen.«

Eine Weile blieb es still im Raum, nur die Fliegen summten. Mariannina ergriff die widerstrebenden Geschwister an den Händen und zog sie mit sich aus der Küche.

Viel später machte Rosalia den Mund auf und sprach, steif und unerbittlich wie eine aus dem Stadtadel. »Sie ist Fleisch aus meinem Fleisch. Und trotzdem fluche ich ihr bis an ihr Lebensende. Geh Costanza suchen, Santino.«

KAPITEL 16

Als Turi am Sonntag von seiner Schafherde in den Hügeln zurückkam, schaffte er es noch gerade in die Messe in der Santa Maria della Rotonda, der Porta della Judeca am nächsten gelegen. Gläubig, aber so erschöpft, dass er fast eingeschlafen wäre, folgte er dem Ritual des Niederkniens, des leisen Gebets der Gemeinde, des vernehmlichen Segens durch den Priester, bis er zu seinem Schrecken durch die Verkündung der Exkommunikation der Costanza Cataliotti, Tochter des Wundheilers Santino Cataliotti, wohnhaft in Catania, aufgeweckt wurde. Grundgütiger Gott, dachte er.

Noch vor Ende der Messe stahl er sich aus der uralten Kirche und fiel draußen in Laufschritt, immer am Kanal entlang. Zuweilen schnappte er Neuigkeiten auf. Unbedingt musste er mit Costanza sprechen! Später. Zuerst aber mit seinen Eltern. Ganz sicher wussten sie Näheres.

Wieder zu Hause, traf er auf einen ausgesprochen ungnädigen, schweigsamen Vater, um den er einen weiten Bogen machte. Besser, er erkundigte sich bei Mutter Nunzia, was passiert war.

»Die Messe für die Toten auf dem Gewürzmarkt wurde feierlich begangen. Ich fluche diesen Franzosen!«, schnaubte Nunzia, als sie ihren Sohn sah.

Turi hatte auf dem Heimweg davon gehört. Von Verrat war die Rede gewesen, von einem doppelten Spiel, bei dem die Catanesi die Opfer gewesen waren, aber niemand hatte Ross und Reiter benennen können oder wollen. Ausgeschlossen, dass die Mutter mehr wusste. »Ich meinte, ob hier zu Hause etwas passiert ist.«

»Nichts. Nur, dass … dass Costanza Cataliotti hier gewesen ist und dein Vater sie fortgejagt hat«, fiel ihr dann noch ein. »Sie passt nicht zu uns, Turi! Sie ist ohnehin fort, also hänge deine Gedanken nicht an sie.«

Turi wunderte sich. Wusste seine Mutter nicht, dass Costanza exkommuniziert war? In dem Fall hätte sie nicht einmal die Möglichkeit einer Verbindung beider Familien in Erwägung gezogen. Die einzige Erklärung, die ihm einfiel, war, dass man es in der Kathedrale, deren Messe die Familie schon wegen der Nähe zum Wohnhaus zu besuchen pflegte, wegen der Totenfeier nicht verkündet hatte. »Fort?«

»Fort auf immer!«, bestätigte Nunzia mit großer Befriedigung.

Turi stieß die Geschwisterschar beiseite und sprang in den Garten. »Was wollte Costanza bei uns, Vater?«

»Was soll sie schon gewollt haben?«, knurrte Saverio nach einer Weile.

»Das frage ich dich.«

»Irgendeinen Unsinn.«

»Mutter sagt, sie sei fort.«

»Möglich. Vielleicht wollte sie sich von dir verabschieden …«

»Kaum.« Costanza verhielt sich ihm gegenüber so kühl, dass sie sich Handlungen erspart hätte, die unter Freunden normal waren. Freunde! Er liebte sie, aber sie ihn nicht. Da sie trotzdem gekommen war, musste es sich um etwas weit jenseits von Zuneigung und Liebe handeln. Eine weitere Warnung?

»Doch«, widersprach Saverio nach langem Nachdenken,

»jetzt fällt es mir wieder ein. Sie wollte sich verabschieden, weil sie für einige Zeit zu ihrer Schafherde geht.«

»Nach Trecastagni?« Turi wusste, dass die Cataliotti ihre Tiere dort in einem sicheren Versteck hatten.

»Nach Trecastagni, Nicolosi, Pedara ... Was weiß denn ich?«, antwortete der Vater mürrisch. »Lass mich in Ruhe.«

Während Turi mit Angst im Herzen im Dauerlauf zu den Cataliotti unterwegs war, überlegte er, dass Costanzas Rückzug in die Hügel wohl nichts mit der Exkommunikation zu tun hatte. Aber sie hatte ihm etwas mitteilen wollen, und was ihr wichtig war, war auch ihm wichtig.

Dann rannte er den Gartenweg hoch, der am Haus der Cataliotti endete. Zwischen zwei Zitronenbäumen kokelte ein Feuer, das fast niedergebrannt war. Ein merkwürdiger Geruch waberte Turi entgegen.

Santino, der offenbar das Feuer bewachen sollte, aber im Halbschlaf unter dem Weinstock am Haus saß, schlug die Augen auf, als er Turis Schritte hörte. »Was willst du?«

»Mit Costanza reden.«

Santino schüttelte den Kopf.

»Warum nicht?«

»Sie ist fort.«

»Wohin?«

Vater Santino schüttelte nochmals den Kopf. Er wollte offenbar nur, dass Turi ginge.

Turi spähte unauffällig nach allen Seiten. Keines der Geschwister schien im Garten zu sein, es herrschte überhaupt eine gespenstische Stille. Und dieser Gestank, der sich inzwischen über den ganzen Garten gelegt hatte, war befremdlich. »Sucht Uberto nach Costanza?«, fragte er vorsichtig.

»Uberto ist tot. Er starb auf dem Kräutermarkt.«

Entsetzt erkannte Turi, dass er einem trauernden Vater gegenüberstand, der zugleich einen Sohn und eine Tochter verloren hatte. »Ich werde auf die Suche nach Costanza gehen«, versprach er. »Ich bringe sie euch zurück.«

Santino richtete sich auf. In seinen Augen spiegelten sich Gedanken, die Turi zutiefst erschreckten. Mit verbitterter Miene zeigte er auf den noch glühenden Aschehaufen. »Wir verbrennen die Kleider, die diese Ausgeburt, die nicht mehr Fleisch von unserem Fleisch ist, zurückgelassen hat. Und halte du dich aus unseren Angelegenheiten heraus!«

Turi fühlte, wie ihm alles Blut aus dem Gesicht wich. Er wusste, was das zu bedeuten hatte.

»Unser Cavaliere befiehlt dich zu sich, Bademagd«, gauzte Geoffroy zwei Tage später, als Costanza sich bereits etwas eingerichtet hatte, lehnte sich im dreieckigen Zelteingang nach innen und sah sich um.

Cavaliere Le Brun. Costanza wusste nicht, wie der Sergent es geschafft hatte, sich so lautlos Zutritt zu ihrem Zelt zu verschaffen. Es war ihr so unangenehm wie der ganze Mann. Sie suchte mit ihm keinen Streit, aber ihre Rechte musste sie verteidigen. Dazu gehörte auch die korrekte Anrede, die er ihr schuldig war. »Ich bin Wundheilerin, Geoffroy!«, sagte sie schließlich ruhig.

»Das, was du tust, macht bei uns die Bademagd«, berichtigte er träge. »Entlausen und scheren, Schröpfköpfe setzen, Klistiere geben, Geschwüre ausquetschen ... Manchmal nennt man sie Reiberin. An dem Teil deiner Pflichten wäre ich auch interessiert. Ich hoffe, du verstehst, was ich meine.« Zur Unterstreichung seiner Worte legte er die Hand an den Schritt und führte anschaulich vor, was er begehrte.

»Raus!«, zischte Costanza. »Verschwinde!«

Geoffroy grinste dreckig. Er trat so nahe an sie heran, dass sie in seinen Kleidern und seiner Haut riechen konnte, was er in den letzten Stunden getrieben hatte: Schweiß, Pferd, Rauch, Wein und etwas Süßes, das sicherlich von einer der Frauen stammte, mischten sich zu einem unerträglichen Gestank. Sie widerstand dem Drang, sich die Nase zuzuhalten.

»Ein bisschen Freundlichkeit von dir, ist das zu viel verlangt?«, flüsterte er heiser. »Ich könnte dir einige Vorteile verschaffen.«

»Danke«, sagte Costanza mit all der Höflichkeit, die sie ihm gegenüber noch aufbringen konnte, »ich werde mich hier erst einmal selbst zurechtfinden müssen. Danach sehe ich weiter.«

»Soso, Baderin«, brummte er unzufrieden, aber wenigstens nicht mehr angriffslustig, und ging widerwillig.

Costanza atmete auf. Sie hatte ihn erst einmal hingehalten. Danach fiel ihr auf, dass er jetzt fließend Italienisch gesprochen hatte.

Wenige Augenblicke später schritt sie über den spärlich bewachsenen Platz, der von Pinienzapfen und braunen Nadeln übersät war, zum Zelt von Le Brun hinüber. Sie holte einige Male tief Luft. Es duftete würzig. Der Geruch von Sizilien.

Die Franzosen hingegen stanken zum Teil gottserbärmlich, obwohl sie die See vor den Füßen hatten und täglich viele Stunden Müßiggang. Statt sich und ihre Kleidung zu waschen, gaben sich offenbar die meisten dem Würfelspiel und dem Trunk hin. So viel hatte Costanza bereits gesehen.

»Gott zum Gruße, Costanza«, sagte Le Brun undeutlich, der gerade mit einem Stöckchen seine Zähne reinigte. Er war zum

Ausritt angekleidet, im leichten Kettenhemd und der Haube, die nur den Hinterkopf schützte.

Folglich war kein Kampf vorgesehen, sondern die Plünderung von Bauern. Eigentlich konnte es kaum mehr etwas zum Stehlen geben, fand Costanza. Ihr würde es wahrscheinlich schwerfallen, angesichts von Diebesgut den Mund zu halten.

»So still heute?«, nuschelte Le Brun.

»Ich bin als Wundheilerin in dieses Lager gekommen, was dasselbe ist wie Wundärztin«, erklärte Costanza verärgert, »und Euer Sergent bezeichnet mich herablassend als Baderin und Reiberin. Ist das auch Eure Meinung?«

»Immer deutlich in der Sprache.« Le Brun wandte sich ihr belustigt zu. »Nein, es ist nicht meine Meinung. Geoffroy ist ein grober Klotz. Er hält sich eben an das, was er aus Frankreich kennt.«

»Wieso? Ist es bei euch anders als bei uns?«

»Eine Wundheilerin gibt es bei uns nicht. Ein Medicus oder Arzt muss studiert haben. Studieren darf nur, wer tonsuriert ist. Versteht Ihr?«

»Nein.« Sie wollte nicht verstehen.

»Die Zugehörigkeit zum geistlichen Stand ist Vorbedingung für das Studium der Medizin. Die Tonsur bedeutet, dass der Studierende ein Mann sein muss. Frauen können nicht studieren.«

»Frauen sind die Ersten an allen Krankenbetten …«

»Tja.« Le Brun zuckte die Schultern. »Übrigens ist den Klerikern die Ausübung der manuellen Heilkunde verboten seit dem vierten Lateranischen Konzil, das 1215 stattfand. Soll heißen: Alles, was blutig ist, teilen sich die Chirurgen mit den Barbieren. Beide Gruppen haben nicht studiert und gelten als Handwerker.«

»Und die Bademägde?«, fragte Costanza misstrauisch. »Wo kommen die bei euch Franzosen vor?«

Le Brun grinste hinterhältig. »Im öffentlichen Bad. Wenn ein Mann Grind, Läuse und Geschwüre loswerden will, wenn er seine vom Aussatz faulenden Glieder, die er erfolgreich vor Kirche und Obrigkeit versteckt hat, von Eiter und Dreck befreien lassen will ... Soll ich weiterreden?«

»Nicht nötig!«, schnaubte Costanza. »Kaiser Friedrich, der als unser König für Sizilien Gesetze erlassen hat, ist den Frauen gegenüber freundlicher und gerechter gewesen! Ich verabscheue die Anjou!«

»Tut das. Aber vergesst nicht, wo Ihr Euch befindet«, riet Le Brun, schon im Weggehen. »Bei den Truppen ebendieser Anjou. Und es würde mir nicht schwerfallen herauszubekommen, warum Ihr plötzlich und ohne Begleitung hier erschienen seid, nachdem Ihr den Gedanken, uns zu dienen, zuerst weit von Euch gewiesen habt. Ist jemand hinter Euch her, mit dem sich eine Verhandlung über Euren Kaufpreis lohnen würde?«

Sein Verdacht brachte Costanza auf der Stelle in die Wirklichkeit zurück. Nein, sie hatte keinen Grund zur Klage. Sie hatte ein eigenes Zelt zur Verfügung gestellt bekommen, und Geoffroy brachte ihr Essen von der Tafel des Befehlshabers. »Tut mir leid«, murmelte sie erschrocken.

»Das ist gut. Ich habe Euch noch mitzuteilen, dass Ihr Euch alle Instrumente, Kräuter und was Ihr sonst noch braucht, selber zusammensuchen müsst. Wir haben hier keine Vorräte zur Wundversorgung, weil die Medici und Bader mit dem König nach Messina gegangen sind und uns nichts zurückgelassen haben. Ihr seid also für die Behandlung von Verletzungen und Krankheiten ganz allein verantwortlich.«

»Oh.« Costanza brauchte nur einen Augenblick zu überlegen. Dann ergriff sie die Gelegenheit, auf die sie schon lange gewartet hatte, beim Schopf. »Ich besorge alles. Aber dürfte ich mir helfen lassen? Von Eurem Koch, vom Schmied, vom Kräutersammler im Städtchen …«

Le Brun winkte gleichgültig ab. »Von wem Ihr wollt. Sagt ihnen, es sei mein Befehl. Was die Kosten in Aci Castello betrifft, wendet Euch an Henry, er fungiert als mein Zahlmeister.«

Kurze Zeit später trabte ein Trupp Krieger aus dem Lager. Costanza triumphierte. Das Glück, Werkzeuge nach eigenen Ideen herstellen zu lassen, wog alle Unannehmlichkeiten auf.

Ein Messer, dünn und scharf wie ein Schilfblatt. Nadeln zum Nähen, am besten zwei gleiche von mittlerer Dicke. Costanza stellte sich vor, dass sie mit beiden zugleich gegenläufig nähen konnte, ähnlich wie die Segelmacher, wenn sie für große Festigkeit einen Kamm anlegen wollten. Sehr feine Nadeln brauchte sie für die Eitlen, die viele Stiche in Kauf nahmen, um Narben zu vermeiden. Und ein zweiarmiges Gerät mit löffelartiger Verbreiterung an beiden Enden, um die Haut festhalten zu können, ohne die Finger benutzen zu müssen. Die Löffel konnte sie im Feuer säubern, die Finger nicht. Nur den Helfer konnte ihr niemand schmieden. Sie vermisste Guglielmo. Sie musste einen neuen Helfer ausbilden.

Costanza entdeckte die Schmiedehütte in einiger Entfernung vom südlichen Rand des Lagers dicht am Ufer. Das Schmiedefeuer ließ hellen Rauch kerzengerade in die Luft steigen.

Sie fand schon bei der Begrüßung heraus, dass der Schmied kein Franzose, sondern Kalabrese war. Er stammte aus dem Städtchen, in dem einst König Friedrich seine Leibwache aus Sarazenen angesiedelt hatte. Die Sarazenen waren begnadete

Waffenschmiede, und er hatte dort als Junge eine Menge aufgeschnappt.

Vor allem die Freude an unbekannten Formen und Geräten. Er war sofort interessiert, als sie ihm ihr Anliegen erklärte und noch dazu die Erlaubnis des Befehlshabers überbrachte.

Dagegen seien Hufeisen langweilig, beteuerte er, worauf sie sich gemeinsam ans Werk machten.

Einige Tage vergingen ereignislos, abgesehen davon, dass Costanza am frühen Sonntagmorgen gefragt wurde, ob sie zur Messe nach Aci Castello mitkommen wollte.

Nein, das wollte sie keineswegs, sie fühlte sich zu Unrecht exkommuniziert. Zudem hätte sie nach dem Kirchenrecht das Gotteshaus gar nicht betreten dürfen. »Keine Lust darauf«, maulte sie.

»Das ist keine Begründung! Komm doch mit, Costanza«, mahnte Stelluccia sanft. »Es ist eine so hübsche Kirche, man fühlt sich in ihr wohl. Wenn der Priester vorne seine lateinischen Gebete und Sprüche murmelt, hänge ich meinen eigenen Gedanken nach Herzenslust nach, und das tut richtig gut. Dir bestimmt auch.«

Costanza sah sie überrascht an. »Nach Gläubigkeit hört sich das aber nicht gerade an.«

»Nein, natürlich nicht! Wer könnte denn bei dem Leben, das wir führen, an einen Herrn glauben, dem seine Kinder am Herzen liegen? Habe ich auch nur ein einziges Mal von ihm Hilfe erhalten? Ich habe darum gefleht, als meine Mutter von Plünderern vergewaltigt und getötet wurde. Mit einem Käse zogen sie ab, und ich war um die dreizehn Jahre und habe zwei Geschwister allein großgezogen. Half Er, als mein kleiner Sohn unter den Hufen eines adeligen Reiters starb? Und davon, dass ein christlicher König für den Papst einen Krieg gegen andere Christen führt, will ich gar nicht sprechen. Nein, der Herr hat sich mein Wohlwollen schon vor langer Zeit verscherzt.«

»Ich zweifle noch«, seufzte Costanza. »Du musst jetzt los.«

Stelluccia breitete ihre Hände aus und drückte einige Kinder an sich, die wie so viele, die im Lager lebten, ihre Nähe suchten. Zusammen mit einigen Müttern machte sie sich auf den Weg in die Stadt.

Eines Morgens stand ein leeres Kästchen vor Costanzas Zelt, das sich wunderbar für die blanken, neuen Instrumente eignete.

Kaum hatte sie es sich eingerichtet, wurde ihr die Bitte überbracht, unverzüglich auf das Kastell zu kommen. Das passte ihr gut, hatte sie bisher doch nicht gewusst, wie sie das bewerkstelligen konnte. Es schien ihr, dass die Garnison dauerhaft auf dem Kastell lebte, während das Zeltlager von Le Brun eine vorübergehende Einrichtung für die Zeit war, in der das Vieh der Gegend konfisziert wurde und beide Abteilungen kaum etwas miteinander zu tun hatten. Nur die Befehlshaber besuchten sich gegenseitig.

Henry war auf einer Mission, weswegen sein Knappe Rainier Zeit hatte. Er erbot sich eifrig, Costanza zu begleiten und ihren Kasten zu tragen, was ihr sehr lieb war. »Gefällt er Euch?«, fragte er schüchtern.

»Du hast ihn mir geschenkt?«

Rainier nickte.

Eine kurze Zugbrücke führte zur Kastellinsel, dann schritten sie eine schräge Rampe zu einem Tor hoch, hinter dem sich das Garnisonsleben zwischen hohen und niedrigen Mauern, Rundbögen, einem höheren Aussichtsturm und zwei winzigen, dreieckigen Gärtchen mit Ringelblumen und drei Schildkröten abspielte. Costanza lächelte bei ihrem Anblick entzückt. Viele Männer konnten hier eigentlich nicht wohnen, und wer sich mit Schildkröten umgab, führte gewiss ein beschauliches Leben.

Der Befehlshaber, Bernardo Sacerdote, saß mit schmerzverzerrtem Gesicht hinter einer schön geschnitzten Tür auf einem Hocker, Ober- und Unterschenkel auf ein kurzes Ruderblatt gelegt. Im Dämmern erkannte Costanza allmählich, dass sie sich in der Kapelle befanden und allein waren.

Sacerdotes Gesicht war nicht verletzt. Doch er ließ ihr keine Zeit, den Irrtum richtigzustellen. »Du musst mein Bein richten«, keuchte er. »Mein Hengst geriet gestern in eine dieser verfluchten Lavaspalten und brach sich ein Bein. Wir mussten ihn töten. Ich hoffe, du gibst nicht die gleiche Empfehlung für mich. Mein Unterschenkel scheint ebenfalls gebrochen.«

Er sprach ein so geläufiges Sizilianisch, dass Costanza vor Staunen erstarrte.

»Oder doch?«

»Ich weiß nicht«, antwortete Costanza verwirrt. »Ich muss erst feststellen, was mit Euch ist. Obwohl ...«

»Gut! Ruf meine Leute, Knappe. Sie sollen mich ans Licht tragen.«

Costanza wagte keinen Widerspruch, während der Herrscher der Festung durch zwei Männer unter Ächzen in die Sonne geschleppt wurde. Als das Bein auf ein breites Brett gelagert worden und der Schmerzanfall vorüber war, atmeten Sacerdote und Costanza auf.

Sie wickelte das Beinkleid vorsichtig vom Unterschenkel. Der dünnere der beiden Beinknochen war gebrochen, zwei Spitzen zeichneten sich unter der Haut ab.

Noch nie hatte Costanza sich mit dergleichen Verletzungen befasst, trotzdem erschien es ihr völlig selbstverständlich, was sie zu tun hatte. Sie bat denjenigen herbei, der auf der Burg für Futter, Feuerholz, Kerzen und ähnliche Materialien sorgen musste. Der Kastellan, wurde sie belehrt.

Rainier hatte ihn nach kurzer Zeit gefunden. Verzweifelt sprang er zwischen einem uralten Mann, der im Schneckentempo heranschlurfte, und Costanza hin und her. Endlich sank der Alte schnaufend auf die Mauer und war bereit, ihr zuzuhören.

Oje, dachte Costanza zweifelnd, ob er besorgen kann, was ich brauche? Und ob er mich überhaupt versteht? Sie benötigte drei unterschenkellange Latten, zwei Latten von Beinlänge und zwei Krückstöcke, die man unter die Achseln klemmen konnte, die hatten allerdings noch Zeit bis zum nächsten Tag.

Der Kastellan, der sie nicht aus den Augen ließ, nickte. Doch, das alles konnte er herbeischaffen, sagte seine Miene, kein Problem.

Schnell? Sofort!

Ja, auch das ginge. Sie könne ihn nicht erschrecken. Mit solchen ganz eiligen Auftraggebern hatte er schon in seiner Jugend zu tun gehabt.

»Ja, fein«, sagte Costanza unkonzentriert. »Und ich brauche Polstermaterial. Leinwand, dazu Schafwolle oder getrocknetes Seegras.«

»Seegras«, entschied der alte Krieger ohne Zögern und stapfte mit krummem Rücken davon.

Der Auftrag war viel schneller erfüllt, als Costanza erwartet hatte. Entweder konnte der Alte zaubern, oder er hatte mehrere unsichtbare Helfer, denen er befehlen durfte. Als alles außer den Krücken vor ihr lag, schickte sie Rainier um heißes Wasser.

Der Kranke reagierte in wünschenswerter Weise auf die Schlafschwämmchen. Zwei seiner Krieger hielten ihn fest, während Costanza sich von Rainier beim Einrichten des gebrochenen Knochens helfen ließ. Irgendwann gab es ein Knacken, ein Geräusch, als ob ein Schlüssel im Schloss eingerastet sei. Costanza tastete auf der Haut entlang und war zufrieden. Keine Spitzen mehr, höchstens ein schmaler Spalt zwischen den Knochenenden.

Dann schienten sie das Bein so, dass die Knochenteile sich nicht mehr verschieben konnten. Schweißgebadet befand Costanza endlich, dass nunmehr nichts zu verbessern sei.

Der alte Wächter über die Materialien schüttelte bewundernd ein übers andere Mal den Kopf. »Ich glaube, kein Bader hätte sich diese Behandlung einfallen lassen. Höchstens der Kaiser«, murmelte er.

Costanza schmunzelte. Ein solcher Vergleich machte sie froh. Dann erstarrte sie zur Salzsäule. Hatte er Friedrich gekannt?

Aber da Bernardo Sacerdote im Aufwachen begriffen war, bot sich keine Gelegenheit zu fragen. Auf jeden Fall würde sie zurückkommen. Das gebrochene Bein verschaffte ihr dazu jede Möglichkeit. Sie verließ das Kastell so hochgestimmt, dass sich Rainier wunderte.

Das Essen im Lager war ausreichend, aber es gab mehr Fleisch, als Costanza zuträglich fand, die vor allem Gemüse gewohnt war, hauptsächlich Bohnen, Kohlarten und Salate, verfeinert mit Zitronen und Oliven, dazu oft Fisch. Grünes vermisste sie sehr, besonders wenn gedörrtes Fleisch und manchmal sogar nur geräucherter Speck, der bereits leicht tranig schmeckte, mit Brot auf dem Speisezettel stand.

Aber sie wagte nicht, Geoffroy mitzuteilen, dass sie sich lieber an den Mahlzeiten der Frauen beteiligen würde, die größtenteils vom italienischen Festland stammten und anders als die französischen Männer kochten. Er würde daraus die größtmögliche Undankbarkeit Le Brun gegenüber heraushören und ihm brühwarm berichten.

An einem der nächsten Tage zog von den Kochfeuern her ein seltsamer Duft über die Zelte. Kurz darauf brachte Geoffroy Costanza eine riesige Portion aus ungewohnt dunklem Fleisch, in dem sich nicht ein Hauch von Thymian, Rosmarin oder Fenchel befand. Das Fleisch schwamm im Fett. Ihr drehte sich der Magen herum.

»Ich hoffe, du erlaubst dir nicht die Frechheit, das gute Stück abzulehnen«, bölkte Geoffroy warnend. »Es ist besonders zart. Vom Hinterviertel.«

»Was ist es?«, fragte Costanza und erblasste vor Furcht. Die Franzosen würden doch nicht Fleisch ihrer Feinde servieren?

»Der Hengst von Bernardo Sacerdote. Er hat ihn Le Brun überlassen.«

»Ja, ja«, murmelte Costanza, in der Hoffnung, dass Geoffroy sofort ginge, bevor ihr schlecht würde. Im Traum würde sie nicht daran denken, das Pferd eines Nachbarn oder seinen Jagdhund zu verzehren. Sacerdote offenbar auch nicht.

Rainier rettete Costanza. Von weit her preschte er winkend und rufend heran und bremste unter der Pinie so scharf ab, dass die Baumnadeln stoben. »Kommt zu den Frauen!«, keuchte er. »Eine hat sich tief geschnitten.«

»Wen kümmert's, solange nicht die einzig wichtigen Körperteile betroffen sind ...« Geoffroy schlenderte grinsend davon.

Costanza sprang auf. Nachdem in den letzten Tagen spöttische oder abwertende Stimmen hinsichtlich ihrer Tätigkeit verstummt waren, war ihr Selbstvertrauen gewachsen. Für die Behandlung von Verbrennungen und kleineren Verletzungen hatte man sie akzeptiert. Einen Schnitt zu behandeln gehörte zu ihren Pflichten. All das, was anscheinend französische Bademägde auszuführen bereit waren, verweigerte sie.

Rainier, der sich selbst zu ihrem Helfer erklärt hatte, ergriff ihren Instrumentenkasten und rannte voran.

Stelluccia sah ihnen ungeduldig entgegen. Resolut, wie Costanza sie inzwischen kennengelernt hatte, hielt sie unnachgiebig den blutüberströmten Daumen einer nicht mehr ganz jungen Frau in die Höhe, die andere Hand mit festem Griff an deren Oberarm. »Ich habe den Blutfluss schon fast zum Versiegen bekommen«, verkündete sie triumphierend.

Diese Technik kannte Costanza nicht, aber sie begriff schnell. Das hellrote Blut, das unterhalb des Daumens aus einem tiefen Schnitt lief, konnte zum Stillstand gebracht werden, wenn man die Ader an der richtigen Stelle des Oberarms abdrückte.

Aber Stelluccia konnte die Freundin, die Costanza bisher nur gesehen und nie gesprochen hatte, ja nicht ständig festhalten. »Rainier, sei so gut und besorge mir einen kräftigen Pinienzapfen oder ein Stück Borke, das sich nicht zerbrechen lässt«, ordnete sie an, und der Knappe fegte davon.

Die Reihenfolge, in der sie vorgehen musste, lag für Costanza ganz klar auf der Hand, ohne dass sie lange überlegen musste: den Blutfluss zum Stillstand bringen, dann die Wunde mit Wein und Kamillensud auswaschen, sie trocknen, nähen und verbinden.

Als schwierig erwies sich, den runden Zapfen in die Delle zwischen die Muskeln am Oberarm zu zwingen, aber mit Hilfe eines langen schwarzen Schleiers war das Problem schließlich gelöst. Costanza staunte, wie viele kostbare und weniger kostbare, aber nützliche Gewebe die Frauen herauskramten und als Verbandsstoff zur Verfügung stellten. Keine geizte damit, sie hielten alle zusammen.

Costanza wählte mit Bedacht ein oft gewaschenes Stück Leinen, das fast fadenscheinig, aber ungefärbt und blitzsauber war. Als sie mit dem einzigen kurzen Fadenende, das sie besaß, die Wunde genäht und verbunden hatte, betrachtete sie unter Zweifeln den Knebel am Oberarm. »Es ist zu früh, ihn abzumachen, glaube ich. Ich laufe eben nach oben und esse, was Geoffroy mir gerade hingestellt hatte«, entschied sie, »dann komme ich wieder und nehme den Pinienzapfen ab, damit dir die Finger nicht taub werden.«

Die Verletzte nickte erleichtert.

»Francesca ist stumm«, erklärte Stelluccia für Costanza. »Dankbar ist sie dir ganz bestimmt.«

»Oben beim Cavaliere gibt es Pferdefleisch«, warf Rainier, an Stelluccia gerichtet, leise ein. »Scheiben von zwei Fingern Dicke. Es ist von Darius, dem Hengst des Festungskommandanten.«

»Oh, du Ärmste«, rief Stelluccia mitleidig. »Diese Franzosen kochen Pferdefleisch entweder mit Pferdefett, oder sie legen es einige Tage in Essig ein und servieren es mit Honigkuchen in einer Tunke. Zu Hause haben wir es mit fettem Speck umwickelt, und dazu gab es Pilze. Das schmeckte sehr gut. Aber wo wollen sie hier Honigkuchen herbekommen? Deswegen nehmen sie den Talg.«

Costanza schauderte es.

»Du isst natürlich bei uns!«, setzte Stelluccia fort. »Francesca bedarf der ständigen Beobachtung, das ist ja klar wie gute Fleischbrühe. Andernfalls würden wir womöglich unsere geschickteste Näherin verlieren.«

Costanza schmunzelte erleichtert in sich hinein. Dann setzte sie sich wieder und ließ sich das Essen der Frauen schmecken. Als Erstes gab es spaghetti di rughetta, danach calamaretti in ihrer eigenen Tinte. »Woher bekommt ihr Rauke?«, staunte sie.

»Oh, kein Problem«, antwortete Stelluccia. »Die Frauen in Aci Castello sind gern bereit zu tauschen. Gold gegen Gemüse ist immer willkommen. Wir müssen nur darauf achten, dabei nicht von Männern beobachtet zu werden, weder von denen aus dem Ort noch unseren eigenen. Die aus Aci dürfen nicht wissen, dass ihre Frauen eigenes Geld haben, und unsere Krieger würden uns sofort des Verrats beschuldigen, wenn sie wüssten, dass wir mit dem feindlichen Freund Freundschaft geschlossen haben.«

»Welche Geheimnisse könntet ihr denn verraten?«, erkundigte sich Costanza erstaunt.

»Wie ich meine römischen spaghetti di rughetta zubereite, natürlich!«, rief Stelluccia, von Gelächter geschüttelt. »Oder wie ich die Schinken unserer französischen Schweine räuchere, die ja leider in die Wälder entkommen sind.«

Die ganze Versammlung löste sich unter Lachen auf, und Costanza fühlte sich zum ersten Mal richtig wohl. Ihre Erleichterung kannte keine Grenzen, als sie nach der Abnahme des Knebels von Francescas Arm feststellte, dass die Blutung unterhalb des Daumens tatsächlich stillstand. Und endlich wusste sie, woher die Schweine stammten, die Ciccu ihnen mit gefesselten Füßen in den Garten gelegt hatte.

Im Nachhinein wünschte sie, sie hätte die Schweinedärme außer Sicht der Mutter geschmuggelt, um daraus Nahtmaterial herzustellen. Beim Gedanken daran, dass es ihr nun fehlte, verging ihr das Lachen. Und noch mehr, als ihr die Anschuldigung des Priesters einfiel. Konnte ein Mensch, dem sie mit einem Faden aus Schafs- oder Schweinedarm eine Wunde schloss, wirklich zu einem Mischwesen werden? Das kam ihr doch seltsam vor.

Nach einigen Stunden Fußmarsch war Turi in Trecastagni angelangt. Wo sich der Schuppen der Cataliotti befand, in dem die Schafe und Ziegen in der Nacht eingesperrt waren, wusste er. Aber trotzdem musste er die Herde suchen gehen, die sich weit fort vom Schuppen befinden konnte. Seufzend machte er sich auf den Weg.

Die zweite Herde, auf die er stieß, war die der Cataliotti. Er erkannte den Hirten.

Der Mann hatte Costanza seit dem Frühjahr nicht zu Gesicht bekommen. Turi kehrte sofort um.

Auf dem Weg in die Hügel war er zum Schluss gekommen, dass Costanza aus einem ihm unbekannten Grund die Familie verlassen hatte, weswegen er auch gar nicht wirklich geglaubt hatte, dass sie sich bei der Herde aufhielt. Mit der Exkommunikation hatte dies alles nichts zu tun, denn in einem solchen Fall bot die Familie den einzigen Schutz.

Auf der Flucht war sie auch nicht, denn von Ubertos Tod, der erst gegen Abend bekanntgeworden war, konnte sie nichts gewusst haben. Und noch viel weniger ahnte sie, dass die Familie sie verstoßen hatte und ihr Leben in Gefahr war.

Er musste sie vor Santino finden.

KAPITEL 17

Am nächsten Morgen wanderte Costanza zum zweiten Krankenbesuch auf das Kastell, wieder begleitet von Rainier. Es machte einen besseren Eindruck, wenn sie mit einem Helfer kam, fand sie. Zumal mit einem, dem es gelang, sich auch im Lager proper zu halten, im Gegensatz zu dem stinkenden Geoffroy.

Als hätte er es gewittert, tauchte Geoffroy auf, als sie loswollten. Rainier, den Instrumentenkasten bereits in der Hand, runzelte voller Misstrauen die Stirn.

»Du kleiner Wichser«, knurrte Geoffroy, auf Italienisch, damit Costanza ja alles verstand, »du willst dich wohl wieder vor der Arbeit drücken. Du sollst die Latrinen der Männer leeren und säubern.«

Rainier zitterte, dass der Kasten an sein Bein schlug und die Instrumente klirrten. »Wer hat das befohlen?«

»Ich. Le Brun hat mir die Aufsicht darüber übertragen. Denke mir, dass es für uns alle lustig wird, dir bei einer Männerarbeit zuzusehen. In deinem Alter hatte ich schon die ersten Feinde erschlagen …«

»Dann wird es die reinste Erholung für dich werden, jetzt Knabenarbeit zu verrichten«, fuhr Costanza ihn schroff an.

»Reiberin …«, drohte Geoffroy leise. »Der Befehlshaber ist nicht unendlich langmütig. Er kann auch anders.«

»Ich auch. Und dem Befehlshaber liegt sehr am Herzen, dass ich einen geschickten Helfer für die nächste Schlacht ausbilde«, versetzte Costanza. »Für die Latrinen suchst du dir am besten einen Kraftprotz. Wie wäre es mit dir selbst? Soll ich dich dem Cavaliere vorschlagen?«

Geoffroy schluckte einen Fluch, aber nicht den Batzen Schleim, mit dem er beinahe Costanzas Fuß traf. Dann trollte er sich.

Costanza lächelte ihm kühl hinterher, aber Rainier sah alles andere als erleichtert aus. Sie nahm sich vor, über ihn zu wachen wie eine Glucke über ihre Küken.

Das Burgtor wurde sofort geöffnet und Costanza zum Kastellan geführt, der in einem kleinen Gärtchen saß und mit einem Becher Wein in der Hand den Schatten genoss.

»Es ist schön, dass du kommst«, sagte er wohlwollend. »Nötig wäre es nicht gewesen, denn unser Herr über das Gemäuer ist seit deinem ersten Besuch zahm wie ein Täubchen. So kannten wir ihn bisher nur, wenn es uns gelungen war, ihm seine heimatlichen *strangolapreti* so zuzubereiten wie seine Mutter. Also selten, wie du dir denken kannst. Es geht ihm gut.«

Costanza kannte keine Strangolapreti. Aber sie erinnerte sich, wie ihr Entsetzen über das Fleisch des Darius sich angesichts der römischen Rauke verflüchtigt hatte. »Ich werde den Befehlshaber nicht lange stören«, versprach sie. »Aber würdet Ihr mir selbst danach ein paar Fragen erlauben? Ich glaube, Ihr könntet meinen Großvater gekannt haben …«

Neugier blinkte in den Augen des alten Mannes auf, und er neigte würdevoll den Kopf. »Du bist hier willkommen …«

»Nein, ich habe kaum noch Schmerzen«, beteuerte Bernardo Sacerdote, und Costanza wagte kaum an sein und ihr Glück zu glauben. »Mit Euch hat Le Brun einen guten Griff getan. Ich habe ein einziges Mal das Geheul eines Mannes miterlebt, dem der französische Barbier einen Arm abnahm. Er starb. Hätten sie mir einen solchen Verrückten zum Einrichten der Knochen geschickt – ich hätte mich von der Mauer gestürzt. Ich bin Euch unendlich dankbar. Ich denke, in ein paar Tagen ist alles überstanden.«

»Nein, das ist es nicht«, widersprach Costanza entschieden. Wenn die Haut auf den künstlichen Nasen erst nach vielen Wochen wirklich als angewachsen gelten konnte, war eine kürzere Heilungszeit für Knochen undenkbar. Sie erinnerte sich an einen Jagdhund, der fast ein Jahr mit einem schlenkernden Hinterbein umhergehüpft war, bevor er starb. »Ich hoffe, dass ich Euch am Beginn des Herbstes die Hölzer abnehmen kann. Vorher dürft Ihr an den Krücken, die Euer Kastellan herrichten wird, schon umherhumpeln.«

»Oh«, sagte Sacerdote reuevoll, »ich wusste gar nicht, dass Ihr auf so umfangreiche Erfahrung zurückblicken könnt. Ich werde tun, was Ihr anordnet. Ich muss mich sowieso erst an ein neues Pferd gewöhnen, vielmehr einen Hengst an mich … Sie haben ein zartes Gemüt, es dauert, bis sie Vertrauen fassen. Wenn man es aber geschafft hat, sind sie treuer als eine Ehefrau.«

Costanza betrachtete ihn mitfühlend. »Die Männer haben Darius gegessen«, sagte sie leise. »Ich konnte nicht, obwohl ich ihn nicht kannte.«

Sacerdote nickte mit zusammengebissenen Zähnen. »Wir halten es üblicherweise so«, brachte er nach einer Weile heraus. »Die Männer müssen bei Kräften gehalten werden, nichts wird verschwendet.«

»Ja«, sagte Costanza beklommen. Damit war der Krankenbesuch beendet.

Gegen die zum Meer gewandte Seite des Kastells klatschten in regelmäßigen Abständen Wellen. Costanza beugte sich über die niedrige Mauer und spähte nach unten. Tief unter ihr ruhte das Fundament der Wehranlage auf Platten von Lavagestein, in dessen Kuhlen sich Wasser sammelte. Dort war ihr Großvater hinuntergestoßen worden, sie mochte sich seinen zerschmetterten Leib gar nicht vorstellen.

Einige holpernde Herzschläge später betrat sie das Höfchen des Kastellans. Gerade fütterte er zwei Schildkröten mit Salat- oder Spinatblättern, während die dritte wohl Ausgang hatte. Sie mümmelten vor sich hin, und er schmatzte leise. Alle drei wirkten sehr zufrieden.

Auf einem kleinen Tisch stand ein zweiter Becher mit Wein bereit, und der alte Mann bedeutete Costanza, sich zu ihm zu setzen. »Was hast du auf dem Herzen? Wie hieß dein Großvater?«, fragte er freundlich.

»Jacopo Pirrone!«

»Jacopo Pirrone?« Der Kastellan riss die Augen auf.

Costanza nickte. »Ich weiß, dass er hier auf dem Kastell starb.«

»Ja, er starb hier«, bestätigte er lakonisch.

»Warum? Durch wen? Erinnert Ihr Euch?«

»Ich erinnere mich, als wäre es gestern gewesen«, murmelte der Alte. »Deswegen kann ich dir sagen, dass ich nie die Namen der Männer erfuhr, die Pirrone herbrachten.«

Wirklich nicht?, dachte Costanza zweifelnd. »Und Ihr habt solche Unbekannten einfach hereingelassen? Wieso konnten sie denn hier auf dem Kastell schalten und walten, wie sie wollten?«

Der Kastellan schüttelte den Kopf. »Das verstehst du nicht. Du bist zu jung und eine Frau. Sie waren Männer, denen man nicht widerspricht.«

»Aber sie sollen Großvater gequält und von der Mauer gestürzt haben.«

»Wenn du es so sagst ...«

Costanza streichelte der Schildkröte vorsichtig das Köpfchen, während sie überlegte, wie sie ihn zum Sprechen bringen konnte. Da war wieder diese Wand. Sie beschloss, einen Umweg einzuschlagen. »Seid Ihr wirklich noch die alte Besatzung von früher?«

»Man könnte uns mit gutem Recht noch als Staufer bezeichnen, ja. Aci Castello ist zu klein und zu unwichtig, um das Kastell mit Franzosen zu besetzen. Die Ratgeber des Königs haben uns wahrscheinlich einfach vergessen, und Le Brun schert sich um uns vier Übriggebliebene nicht.«

»Dabei hütet Ihr dieses Geheimnis um ein Verbrechen, das irgendwie mit dem Kaiser zusammenhängt und von dem er selbst wahrscheinlich nie erfahren hat. Seltsam«, meinte Costanza träumerisch. »Ich habe in den letzten Wochen sogar Menschen kennengelernt, die fest an seine Wiederkehr glauben.«

Der Kastellan runzelte die Stirn und betrachtete Costanza forschend. »Du scheinst nichts dagegen zu haben.«

»Nein. Ich habe so viel vom Imberadour gehört, ich würde ihn wenigstens gerne einmal sehen.«

»Der Imberadour, ja«, sinnierte der Kastellan und lächelte vor sich hin.

»Wie sah er aus? War er jemals hier?«

»Nein. Also gut, ich werde dir erzählen, was ich weiß, Costanza. Ich glaube, die Männer, die Pirrone brachten, wollten etwas von ihm erfahren. Uns erklärten sie, der Kaiser hätte sie mit Nachforschungen beauftragt, und wenn uns unser Leben lieb sei, sollten wir das Maul halten.«

Der Kaiser selbst? Wie versteinert, ließ Costanza den Krieger nicht aus den Augen. Ohne jeden Zweifel gab es also ein Geheimnis um ihren Großvater.

»Für den Fall, dass ich schwatzen würde, drohten sie, meinem kleinen Sohn die Zunge herauszureißen. Er ist nun schon lange tot, und ich habe vom Leben nichts mehr zu erwarten«, setzte der Kastellan bekümmert fort. »Frage du nur.«

»Ist der Sohn …?«

»Nein, nein, er ist beim Fischen ertrunken. Ich habe die Kerle nie wiedergesehen. Aber kurz nach dem Tod deines Großvaters hat sich jemand nach ihm erkundigt.«

»Wer?«

»Eine junge Frau.«

Costanza war verblüfft. Damit hatte sie nicht gerechnet. »War sie schwarzhaarig?«

»Tiefschwarze Haare. Eine schöne Frau. Und ohne Begleitung.«

Einiges sprach dafür, dass es sich um Großmutter Maddalena gehandelt haben könnte. »Auf jeden Fall also gab es jemanden, der Großvater Jacopos Spur aufgenommen hatte«, meinte sie.

»So war es. Sie kam nie wieder. Merkwürdig fand ich die Behauptung der Männer, dass es keinen schriftlichen Befehl des Kaisers hinsichtlich des Pirrone gäbe.«

Costanza runzelte die Augenbrauen und schüttelte unbewusst den Kopf.

»Ja, genau! Unser Friedrich hätte ihnen das Todesurteil unterschrieben und gesiegelt mitgegeben. So war er. Klare Entscheidungen und klare Anweisungen. Da er das nicht getan hat, haben die Kerle eine eigene Rechnung mit deinem Großvater beglichen.«

Costanza seufzte. »Ich habe so etwas geahnt.«

»Es waren acht Männer«, sagte der Kastellan gedämpft. »Wir waren zu viert. Eine Patrouille von sechs Mann war ausgeritten.«

»Aber warum haben sie meinen Großvater denn nicht einfach irgendwo an der Straße ermordet?«, wandte Costanza verständnislos ein.

»Wir hatten hier die üblichen Folterwerkzeuge. So sah das Ganze sehr normal aus, eben nicht wie ein gewöhnlicher Mord. Und es ging wohl darum, dass der Tod des Pirrone auf jeden Fall dem Kaiser Friedrich angelastet werden sollte«, mutmaßte der Kastellan. »Sie schlugen so zwei Fliegen mit einer Klappe.«

»Aha.«

»Die Catanesi waren in ihrem Widerstand gegen den Kaiser sehr listenreich. Ich denke, es waren Kreise aus der Stadt, die dem Kaiser auf diese Weise schaden wollten«, fügte der Kastellan entschlossen hinzu.

Costanza begriff. »Sahen sie so aus?«

»Sie waren zweifellos Adelige. Von noch größerem Adel waren ihre Pferde! Ausdauernd, kräftig und bildschön, ich denke, aus kalabrischer Zucht. Mit Abstand das kostbarste Tier war der Araber des Anführers, reinrassig und weiß wie ägyptisches Leinen.«

»Aber warum ausgerechnet mein Großvater? Was hatte er mit dem Kaiser zu tun? Diese Männer greifen sich doch nicht irgendjemanden von der Straße … Oder doch?«

»Nein, bestimmt nicht. Sie haben den Mann getötet, den sie loswerden wollten.«

Costanza dachte an die jüngsten Anfeindungen zurück. »Glaubt Ihr, dass ich als Enkelin des Jacopo für diese Leute von früher unbequem sein könnte? Mir geschehen zuweilen … merkwürdige Dinge.«

»Wer weiß? Das Gedächtnis mancher Menschen ist länger als eine mailändische Hopfenstange.«

Costanza nickte beklommen und bedankte sich. Dann rupfte sie für die Schildkröten noch je ein Blättchen aus der mit Moos und Kräutern bewachsenen Mauer, reichte sie ihnen behutsam und lief rasch durch den Torbogen ins Innere des Kastells, wo Rainier schon auf sie wartete.

Er empfing sie mit einem strahlenden Lachen. »Ihr habt das nicht sehen können, aber das Herz des alten Mannes habt Ihr gewonnen, weil Ihr zu seinen Schildkröten freundlich seid.«

»Soso«, bemerkte Costanza und schritt ganz in Gedanken die Rampe hinunter zur Fallbrücke. Es gab so vieles, über das sie jetzt nachdenken musste. Am liebsten hätte sie sich alles notiert. Aber sie konnte nicht schreiben. Sie wandte sich um. »Sag, Rainier, kennst du jemanden, der mir Lesen und Schreiben beibringen könnte?«

Rainier streckte sich. »Natürlich. Ich.«

»Du?«

»Ja. Die Herrin auf Ritter Henrys Burg, also seine Ehefrau, hat es mich gelehrt. Ich müsste es können, hat sie gemeint, damit ich Gedichte unserer Troubadoure lesen kann. Und später meiner Liebsten selbst eines widmen«, setzte er verschämt hinzu.

Costanza blieben vor Erstaunen stehen und stellte sich vor, die Herrin einer solchen Burg zu sein. Was es im Norden nicht alles gab! »Wir fangen gleich mit dem Unterricht an«, entschied sie.

Am nächsten Morgen machte Costanza sich ins Städtchen auf. Was sie zu erledigen hatte, wurde dringend. Sie streifte durch die Gassen der Handwerker, die hier auf engerem Raum arbeiteten als in Catania. Verstohlene Blicke folgten ihr. Sie fand die stillen Kerzenzieher und die Bein- und Holzschnitzer, die Sattler, Saumsattler, Schuster, Messerschmiede und Beutelmacher, nur keine Seiler.

Costanza wanderte wieder zurück in Richtung auf die Burg, wo sich die kleine trutzige Kirche zwischen Steilufer und Marktplatz befand. Unter einer ausladenden Palme boten hier außer den Männern zwei Frauen ihr Gemüse feil.

Eine, die nur drei Köpfe Blumenkohl zu verkaufen hatte, sah Costanza mit stummer Bitte entgegen. Sie erstand einen. Stelluccia würde ihn zu schätzen wissen. Als Costanza sich nach einem Kräutermann und dem Seiler wegen des Wergs für Verbände erkundigte, wurde die Frau gesprächig.

»Du bist gar keine Hure der Franzosen?«

»Nein, natürlich nicht, ich bin eine Heilerin aus Catania.«

Die Blumenkohlfrau schlug die Hände an die Wangen vor Erstaunen, und nun konnte sie gar nicht schnell genug alles Wissenswerte über das kleine Örtchen hinaussprudeln.

So erfuhr Costanza, dass die Einwohner zwar nicht wohlhabend waren, sich aber gut ernähren konnten, weil alle ihr Gärtchen hätten, das mehrmals im Jahr Erträge bringe. Es sei nur im Sommer trocken, ab dem frühen Herbst gäbe es jeden Tag Schauer, und süßes Wasser hätten sie deshalb nicht nur aus einer Bergquelle oberhalb der Stadtmauer, sondern vom Himmel selbst. Aber sie sei allein, ihr Mann war gerade gestorben und noch kein neuer in Sicht.

»Einer wird dich finden in diesem gesegneten Städtchen«, stellte Costanza freundlich fest. »Und wo ist nun der Seiler?«

»Am Berghang, gleich außerhalb der Mauer.«

Auf die Idee war Costanza dummerweise nicht gekommen. »Und der Kräutermann?«

»Hinter der Kirche. So Gott will, habe ich in der nächsten Woche wieder einen Kohl zu verkaufen. Kommst du?«

Das wusste Costanza noch nicht, aber sie schieden als Freundinnen.

In einer versteckten Nische zwischen der Kirche und dem benachbarten Haus saß auf der niedrigen Gartenmauer ein verhutzelter alter Mann und wartete geduldig auf Kunden, neben sich einen Korb mit einigen welkenden Pflanzenbündeln.

Oh, oh, dachte Costanza und musterte kritisch die Kräuter. »Ich könnte Kreuzkümmel und Sennesblätter gebrauchen.« Angesichts der Tatsache, dass die Abteilung ganz ohne Medici und Bader war, konnte ein kleiner Vorrat von gebräuchlichen Mitteln nicht schaden.

»Du bist mit kleinen Kindern auf Wanderschaft?«

»Nein, das bin ich nicht.« Überrascht durch den unerwarteten Scharfsinn des Alten, der zweifellos Blähsucht bei ständig wechselndem Essen vermutete, keimte in Costanza die Hoffnung, dass es mit seiner Ware möglicherweise doch nicht so trübe aussah. »Könntest du mir Wurzel von Alant, Erbella, beschaffen?«

»Das kann ich sofort«, murmelte der Händler erstaunt und beförderte aus der Tiefe des Korbes mehrere Stücke der Wurzel hervor. »Jahr und Tag hat niemand danach gefragt, aber ich halte sie stets vorrätig, weil ich es nicht anders kenne. Was machst du damit?«

»Ich heile Wunden. Ciccu in Catania hat mich das gelehrt.«

»Ciccu!« Der alte Mann lächelte strahlend und erschien plötzlich viel jünger. »Wie geht es ihm? Wir sind uns schon einige Zeit nicht begegnet.«

»Als ich ihn zuletzt sah, war er wohlauf«, antwortete Costanza verblüfft. »Ihr kennt euch gut?«

»Auf der Suche nach Heilpflanzen wandern wir manchmal zusammen über die Hügel.«

»Ich vermute also, dass ich bei dir kaufen kann, was ich auch bei Ciccu bekam ...«

»Du vermutest richtig. Allerdings, was du frisch benötigst, muss ich jeweils besorgen.«

»Ich werde allmählich feststellen, was ich brauche, und komme wieder«, versprach Costanza froh und verabschiedete sich.

Jenseits des Tors entdeckte sie die beiden Männer, die außerhalb der Mauer ihr Reep schlugen. Am Tag ihrer Ankunft hatte sie sie gesehen, aber nicht beachtet. Höflich wartete sie mit ihrer Frage, bis die Seiler pausierten. Fertig gewässertes und gekämmtes Hanfwerg hätten sie stets vorrätig, versicherten sie, und damit war ihr auch diese Sorge genommen. Um Feigenblätter hingegen brauchte Costanza sich nicht zu sorgen, denn Feigenbäume wuchsen in allen Gärten.

Dann war der Teil ihres Einkaufs an der Reihe, vor dem Costanza sich bisher gedrückt hatte: die Därme. Mit leichtem Widerwillen machte sie sich auf den Weg in die Gasse der Metzger, Knochenhauer und Flecksieder.

Der junge Kuttelmacher, in dessen Laden in mehreren Kesseln weißliche Kaldaunen köchelten und der Dampf von Essig durchsetzt war, betrachtete sie nach ihrer Bestellung von oben bis unten und grinste anzüglich über beide Ohren.

Costanza runzelte die Stirn. »Das Gedärm eines einjährigen Schafes«, wiederholte sie. »Was gibt es da zu lachen?«

»Du kommst doch vom Franzosenlager, auch wenn du sprichst wie ich, oder?«

Immer noch verständnislos, nickte Costanza.

»Und die Weiber bestellen bei dir Verhütungsbeutelchen? Bist du besonders fingerfertig in der Herstellung, oder brauchst du sie alle selber? Mit wie vielen am Tag treibst du's denn?«

»Was?«, stammelte Costanza und wurde schlagartig mit der Erkenntnis konfrontiert, warum der Vater sie nie zum Kauf von Gedärm mitgenommen hatte. Es hatte mit der Verhinderung von Kindern zu tun, streng verboten von der Kirche und doch heimlich ausgeübt.

»Wie eine Hure siehst du gar nicht aus. Aber so kann man sich irren. Ich habe, was du brauchst: frisch, geschmeidig, feucht, schlüpfrig …« Der Mann wandte sich unter Gelächter ab, um aus einem Bottich mit Geschlinge ein unendlich langes, gelbliches Gebilde herauszuziehen, an dem noch Fettklümpchen und grünlicher Kot klebten.

»Ich …, ich bin keine Hübschlerin«, brachte Costanza endlich heraus, nachdem es ihr gelungen war, sich zu fassen. »Die Krieger haben ein Pferd schlachten müssen, und um Wurst zu machen …«

»Für Wurst. Das sagen sie alle«, quetschte der Schlachter hervor, dann überkam ihn erneut die Heiterkeit.

Blutrot verließ Costanza den Laden mit dem Gedärm, nahm den Weg, der außen an der Stadtmauer vorbeiführte, und hoffte, dass sie mit ihrem eiligen Schritt die unangenehmen Düfte aus dem Korb so weit hinter sich ließ, dass niemand deren Ursprung erkennen konnte.

Costanza merkte bald, dass Cavaliere Henry seinen Knappen im Lager ließ, wenn er bewaffneten Widerstand erwartete. Umso mehr Zeit verbrachte Rainier bei ihr, und dass er dafür von den älteren Knappen gehänselt wurde, nahm er mit Gleichmut hin. Sie bemerkte auch, dass er sich gewissermaßen in Luft auflöste, wenn Le Brun mit seinem Sergenten und dem Knecht im Gefolge auftauchte. Vor beiden schien Rainier Angst zu haben. Geoffroy traute auch sie nicht.

Im Augenblick sorgte sie sich mehr als um Rainier um Verbandmaterial. Für Leinenbinden hatte sie noch keine Quelle gefunden. Dabei musste sie mehr davon bereithalten und zumindest die gebrauchten Leinenverbände endlich waschen, was nicht zu ihren Lieblingstätigkeiten gehörte.

Der Waschplatz der Dorffrauen befand sich neben der kurzen Mole, wo Becken zum Spülen der Wäsche gemauert worden waren. Als Costanza mit ihrem Korb voller blutiger Stoffstücke ankam, luden gerade zwei Fischer ihren Fang aus, einer davon Schwämme.

Den schickte ihr der Himmel! Costanza wurde sich mit dem Fischer schnell handelseinig. Er verkaufte ihr den ganzen Bottich und war außerdem bereit, sie regelmäßig mit Schwämmen zu beliefern. Für ihn würde es ein gutes Geschäft sein. Er kannte den Cavaliere Henry.

Die Wäsche. Costanza murrte still, aber es ging kein Weg daran vorbei, sie musste endlich damit anfangen. Wenigstens hatte sie Rainier. Welche Wäscherin hatte sonst schon das Vergnügen, unter dem Klang französischer Liebesgedichte Blut und Eiter aus Stofffetzen zu waschen?

Der Knappe, der auf einem Stein saß, begann laut und leidenschaftlich zu deklamieren. Die Kinder, die in der Nähe Fische ausnahmen, wurden still.

Costanza kniete auf einem der keilförmig zugehauenen steinernen Kissen am Rand des Waschbeckens, schrubbte und rubbelte die Stofffetzen und hörte Rainiers melodiösem Vortrag auf Französisch zu, ohne ein Wort zu verstehen. Es war einfach wunderbar. Allein der Klang entführte sie in eine fremdartige Welt.

Etwas später entdeckte sie neben sich Stiefel. Sie gehörten Le Brun. Rainier verstummte mitten im Satz.

Der Befehlshaber stimmte ein brüllendes Gelächter an. »Dann war ich ja auf der rechten Spur, mein Junge«, sagte er auf Französisch.

Costanza sah Rainier tiefrot werden. »Ich bin dabei, mich auf die nächsten Verwundungen vorzubereiten«, erklärte sie eilig, um Le Brun abzulenken.

»Die könnt Ihr leicht haben«, versetzte Le Brun. »Auch ich bereite mich darauf vor.«

»Es ist nur so, dass ich nicht genügend Verbandsstoff habe«, bekannte Costanza. »Baumwollstoff und Leinen bekomme ich nur in Catania, sagte man mir.«

»Wenn es weiter nichts ist«, versetzte Le Brun gleichgültig. »Jeder meiner Krieger hat schon so viel solches Zeug eingesackt, dass er damit seine Schlafunterlage dreimal füllen könnte. Unmöglich, das alles nach Frankreich zu schleppen. Ich gebe heute Nachmittag den Befehl aus, Euch den Kram vorzulegen, und Ihr wählt aus, was Ihr braucht.«

»Wollt Ihr das wirklich machen?« Costanza war ihm unendlich dankbar. Als sie ihn nicken sah, stellte sie fest, dass die Ränder seiner neuen Nasenhaut ein wenig durchsichtig schienen wie beim Sonnenbrand.

»Deswegen bin ich hier. Um Euch darauf hinzuweisen, dass wir in einigen Tagen nach Randazzo aufbrechen. Alle. Zu uns werden noch weitere Einheiten aus der Umgebung stoßen. Erwartet also kein Scharmützel, sondern bereitet Euch auf einen Krieg mit vielen Verwundungen vor. Wendet Euch wegen der

Packmulis für Eure Instrumente und so weiter an Geoffroy.« Le Brun schritt mit den Händen auf dem Rücken bedächtig zum Lager zurück.

»Womit hat er dich beleidigt?«, fragte Costanza sanft.

Rainier schüttelte mit zusammengepressten Lippen den Kopf.

Noch würde er nicht reden. »Etwas Angst habe ich vor diesem Randazzo«, bekannte Costanza. »Auf einmal bin ich zuständig für Verletzungen, die ich nie im Leben behandelt habe. Und dann die fremden Männer, die mich für eine … na ja, Hure halten werden, wenn ich auf dem Schlachtfeld umherwandere. Aber ich kann doch nicht bei den anderen Frauen hocken, wenn das Leben aus Männern, die nicht weit von mir liegen, rinnt …«

»Unsere eigenen Männer werden Euch mit ihrem Leben schützen«, widersprach Rainier sofort. »Ihr seid sakrosankt. Monsieur Le Brun hat laut verkündet, dass er jedem, der sich an Euch vergreift, und sei es nur mit einem bösen Wort, eigenhändig die Eier abschneidet. Ich bitte um Vergebung, aber er hat es so gesagt.«

»Warum übertreibt er derart?«, fragte sich Costanza laut. »Es gäbe Heerscharen von Frauen, die einen einfachen Verband anlegen können. Ich verstehe das nicht.«

»Ich weiß es auch nicht. Aber ich bin froh drum, denn Männer wie Geoffroy würden sich vor dem Verlust ihrer Kleinodien fürchten«, verkündete Rainier grinsend und hatte seinen Schrecken schon überwunden. »Soll ich weiterlesen?«

»Ja, tu das«, murmelte Costanza, konnte sich aber nicht mehr richtig konzentrieren. Irgendwie war ihr unbehaglich zumute.

Einige Stunden später wurde Costanza von Geoffroy ins Lager gerufen. Die Männer hatten aus ihren Zelten eine Auswahl von Kleidern und Plunder herausgeschleppt, die Zeugnis davon abgaben, wo sie im Verlauf ihrer Militäraktion gewesen waren. Von steifen Zeltstoffen über bestickte Altartücher, wollene weiße arabische Umhänge und schwarze Kaftane bis zu schreiend bunten, marktneuen, knisternden Seidenstoffen war alles vorrätig, was ein gutbestückter Kleidermarkt auch hergegeben hätte.

Costanza verzichtete auf die bunten Seidenbänder, die sie in einem anderen Zeitalter gerne gekauft hätte. Sie griff zu weichgewaschenen dichten, alten Geweben, vor allem zu ungefärbtem Leinen. Wolle kam nur in Betracht, wenn es um das Aufsaugen von Flüssigkeit ging. Schließlich dünkte ihr der Vorrat ausreichend groß.

Der allerletzte Krieger in der Lagergasse saß neben einem roten Seidenkleid, offenbar seiner einzigen Beute. Als Costanza dankend ablehnte, bemerkte sie, dass er bleich wie ihre rosa Schweine war und der Schweiß an seinen Schläfen herabperlte. »Geht es dir nicht gut?«, fragte sie, und Rainier übersetzte.

»Vielleicht die Anstrengung«, murmelte der junge Mann. »Wir sind von Lentini hergeritten. Ist allerdings schon ein paar Tage her, deshalb wundere ich mich selbst.« Danach sackte er wie leblos auf die Seite.

Costanza fühlte an seiner Stirn. Er kochte vor Hitze.

Zwei Soldaten trugen den Kranken unter eines der an den Kochfeuern aufgespannten Sonnensegel. Sie hatten den Mann gerade ausgestreckt und fächelten ihm Kühlung zu, als ein weiterer Kranker gemeldet wurde.

»War er auch in Lentini?«, fragte Costanza argwöhnisch.

Henry, der angesichts der Aufregung herbeigeeilt war, nickte.

»Ja, es sind wohl zehn Mann in dieser Gegend unterwegs gewesen.«

»Erinnert Ihr Euch noch, wie wir über das Sumpffieber sprachen?«

»Als wäre es gestern gewesen.«

»Mittlerweile solltet Ihr doch bemerkt haben, dass immer wieder das Gleiche passiert.«

»Habe ich«, bestätigte Henry.

»Könnt Ihr den Männern denn nicht verbieten, dort durchzureiten?«, fragte Costanza erbost und ein wenig verständnislos. »Es gibt dort kein Vieh zu stehlen, das solltet Ihr gemerkt haben.«

»Meine Gefolgsleute und ich wissen um die Gefahr und richten uns danach. Ich habe Cavaliere Le Brun informiert, aber er ignoriert meine Warnung. Seine Männer sind stärker als ein Fieber, sagt er.«

»Wie ich Euch versprach, habe ich mit dem Heilkräutermann von Catania gesprochen«, sagte Costanza kopfschüttelnd. »Er hat mehr Kenntnisse als studierte Apotheker, sagt man. Die Männer, die sich das Fieber am Simeto holen, werden sterben. Langsam. Unter Qualen.«

»Kann man nichts dagegen unternehmen? Ich meine, wenn man sie sofort irgendwie behandelt«, erklärte Henry hoffnungsvoll.

»Weidenrinde lindert, ich habe einen kleinen Vorrat davon.«

»Ja«, sagte Henry. »Was ist, wenn noch mehr Leute erkranken?«

»Dann brauche ich noch mehr Weidenrinde! Sofort!«, erklärte Costanza. »Leider gibt es die wirksamste nur an der Mündung des Simeto.«

»Seid Ihr sicher, Madama?«, fragte Rainier. »Zu Hause stehen Weiden an jedem Gewässer.«

Costanza wandte sich ihm besorgt zu. »Ich weiß nicht, welches die richtigen sind, Rainier. Unsere haben silberne Blätter oder rötliche Äste.« Dann fiel ihr etwas ein. »Ihr solltet den Kräutermann an der Kirche fragen. Der weiß es bestimmt.«

»An der Kirche«, wiederholte Henry und eilte los, um keine Zeit zu verlieren, Rainier auf den Fersen.

Costanza sah den beiden nach. Das Kastell mit seinen abweisenden grauschwarzen Mauern fiel ihr in die Augen, und sie musste an ihren Großvater denken. Das Gespräch mit dem Kastellan ging ihr plötzlich durch den Kopf und ihre eigene Frage, ob diese Patrizier nach so vielen Jahren immer noch Rechnungen mit der Familie des Jacopo Pirrone offen haben könnten. Genauer gesagt, die Erben damaliger Patrizier mit den Erben des Jacopo Pirrone. Ihr schien fast, dass Ciccu sich von den gleichen Männern bedroht fühlte wie sie. Und möglicherweise ging es gar nicht um eine verfehlte Nasenbehandlung.

Ihr selber bot wenigstens das französische Heer Sicherheit. Sie verdrängte alle beunruhigenden Gedanken und ging in der Abendkühle an die Arbeit, wusch sorgfältig den Schafsdarm, kratzte die weichere innere Haut aus und teilte den Darm in Stücke von passender Länge auf, die sie in Stelluccias Essig einlagerte. Später würde sie daraus Nahtmaterial anfertigen. Sie hatte vom Vater gelernt, wie man es machte, genau wie Turi von seinem Vater.

Cavaliere Henry und Rainier waren zwei Tage später mit einem Korb voller Rindenstücke zurück. Der Kräutermann hatte Stellen gewusst, die näher an Aci Castello lagen als die Flussmündung. Inzwischen waren es fünf Männer, die sich mit hohem Fieber auf ihrem Lager wälzten. Costanza verarbeitete die Rinde nach Ciccus Vorschrift und flößte den Kranken mit Rainiers Hilfe den Sud ein.

Ciccu hatte nicht zu viel versprochen, drei der Männer waren am Abend schon wieder ansprechbar, und einer hatte sogar Hunger. Es fiel ihr schwer, ihm in die Augen zu sehen, weil er glaubte, geheilt zu sein. Der nächste Anfall würde kommen. Sie vertraute Ciccus Beschreibung rückhaltlos. Allein, dass sie den Kranken die Qualen lindern konnte, war Ciccus großartiges Geschenk gewesen, das sie zu würdigen wusste.

Gleichzeitig wuchs ihre Angst um Rainier. Immer überzeugter wurde sie, dass ihn etwas bedrückte, und sie wollte ihn auch in Randazzo unbedingt im Auge behalten. Zwar schien es für den Cavaliere ausgemacht, dass sein Knappe wie üblich im Lager zurückbleiben würde und dann die Pflege der Kranken übernehmen könnte, aber Costanza überzeugte Henry, dass sie Rainier benötigte.

Der Cavaliere hatte den Kopf so voll mit den Vorbereitungen für den Abmarsch, dass er Costanza freie Hand gab.

Rainier, der darauf brannte, seine junge Kampfeskraft endlich im Feld zeigen zu dürfen, war glücklich. Und Stelluccia erklärte sich bereit, für die kranken Männer zu sorgen. Nachdem Costanza ihr erklärt hatte, was sie mit den Rindenstücken machen musste, war sie ganz zufrieden, die lange Wanderung nicht auf sich nehmen zu müssen. Für was auch? An Reichtümern mangelte es ihr nicht, wie sie Costanza flüsternd verriet.

Am Sonntagmorgen, als eine Glocke dünn die Messe ankündigte, schickte Le Brun alle diejenigen in die Kirche, die ein letztes Mal vor ihrem Auszug einen Priester sprechen hören wollten. Er ging selbst mit.

Costanza verdrückte sich irgendwo. Sie hatte Stelluccia immer noch nicht gestanden, dass sie exkommuniziert war.

Nach dem Gottesdienst brachen sie auf. Le Brun führte die Einheit, neben ihm Henry, der als Organisator seine rechte Hand war. Die Krieger pflegten sich auch an ihn zu wenden, wenn sie Probleme oder Kummer hatten.

Rainier ritt weit hinten, denn er beaufsichtigte beide Maultiere Costanzas, die schwer mit allem beladen waren, was sie glaubte zu benötigen. Am meisten Gedanken machte sie sich um die Feigenblätter. Sie wusste nicht, wo Randazzo lag. Womöglich in einem schneereichen Gebiet am Ätnahang, wo keine Feigenbäume wuchsen? Notfalls mussten Kastanienblätter herhalten.

KAPITEL 18

Wenn Costanza das Hinterteil nicht so gewaltig geschmerzt hätte, hätte sie den Ritt genossen, vor allem, als sie vom Küstenland in höher gelegenes Gelände kamen, wo es kühler wurde. Die gewohnte schwarze Lava ließen sie allmählich hinter sich, schon der hellere Boden sah nach einem anderen Land aus.

Umgeben waren sie von duftenden Pinienhainen, neben dem Weg wuchsen niedrige Kiefern, und in der Ferne breiteten sich sattgrüne Kastanienwälder aus. Costanza konnte sich gut vorstellen, wie es dort von wilden Schweinen wimmelte. Womöglich waren die zahmen französischen sogar dankbar gewesen, auf Ciccu zu treffen. Sie sog die würzige Luft tief ein und dachte, nie etwas Besseres gerochen zu haben. Unzählige Bienen und Fliegen schienen dasselbe zu finden.

In den kleinen Weilern, durch die sie hindurchschritten, meinte man jedoch, Angst zu riechen. Weder Menschen noch Hunde ließen sich blicken.

Costanza schämte sich plötzlich, in der Gesellschaft von Männern zu sein, die als Feinde angesehen wurden. Für einen Augenblick war sie dankbar, dass Turi es nicht wusste. Dann zwang sie sich, nicht an ihn zu denken.

Viel wusste sie nicht über das militärische Vorhaben, dem sie entgegenritten. Was stellte Randazzo dar? Eine reiche Stadt mit vielen Viehherden? In einer kurzen Ansprache an Ritter und Knappen hatte Le Brun gebellt: »Wir gehen in eine Schlacht mit den Spaniern!«

Mit welchen Spaniern? Was hatten Spanier hier in Sizilien zu suchen? Auf wessen Seite standen die? Da die Franzosen die Herrscher der Insel waren, wenn auch bei der Bevölkerung unbeliebt, mussten logischerweise die Spanier deren Feinde sein. Traten sie als eine weitere Besatzungsmacht auf, oder waren sie gar erwünscht? Costanza wollte sich die Zusammenhänge ausführlich vom Cavaliere erklären lassen.

Ihr Ziel war die Ebene vor dem Städtchen Randazzo. Le Bruns Trupp sollte in einiger Entfernung von der Stadtmauer lagern, vor sich die Spitzen dreier ganz unterschiedlicher Kirchtürme, hinter sich Weinstöcke in Reih und Glied, dazwischen in Senken Pistazienhaine.

Eine alte, ehrwürdige Stadt im Schutz des Ätna, dachte Costanza erstaunt, als sie die unbewachsenen Lavaströme sah, die die Stadt auf dem Felsen nicht berührt, sondern weiträumig umflossen hatten. Ein breiter Fluss schützte die Stadt im Rücken, und jenseits von ihm breiteten sich Getreidefelder aus, die von Kastanienwäldern umstanden waren.

Es musste ein Städtchen sein, das den Segen des Herrn besaß. Costanza, die immer noch den Brandgeruch vom Anwesen der Pesce in der Nase hatte, erschnupperte hier nur Erde, sorgsam aufgelockert, um auch den kleinsten Tropfen Tau an die Pflanzen zu lenken. Wenn Randazzo tatsächlich von Spaniern regiert wurde, war an ihrer Herrschaft nichts auszusetzen.

Aber kein Laut drang über die Mauern, keine Hammerschläge von Zimmerleuten, kein Klimpern und Klingen von Blechschmieden und auch kein Geschrei spielender Kinder. Sämtliche Kochfeuer schienen gelöscht zu sein, denn in die klare, stille Luft stieg kein Rauch.

Eine tote Stadt lag vor ihr.

Vor Le Bruns Kriegern waren schon andere Truppenteile aus Messina und anderswo angekommen. Bisher sollten ihre Angriffe nichts ausgerichtet haben. Schwach und unkoordiniert seien sie gewesen.

Während das Lager derer aus Aci Castello mit den zugehörigen Abtritten unter Henrys Aufsicht errichtet wurde, rief Le Brun die Führer der einzelnen Truppenteile zur Beratung zusammen. Später sah Costanza ihn in der Schar dieser Ritter die städtischen Mauern und Wachtürme besichtigen. Offenbar war er hier der Kriegsherr.

Noch am gleichen Nachmittag begannen die Kampfhandlungen, und kurze Zeit später wurde schon der erste Verwundete zu Costanza geschleppt. Da kein Nahkampf stattgefunden hatte, waren keine Nasen zu ersetzen. Costanza bekam es stattdessen erstmals mit Pfeilwunden zu tun.

Der Pfeil stak noch, ein fürchterliches dreieckiges Ding mit Widerhaken, das sie mit Rainiers Hilfe und unendlicher Mühe aus dem Oberschenkel herausschälte. Der Sergent ertrug die Prozedur mit leichenblassem Gesicht, die Zähne fest auf einem Beißholz verankert.

Aus einem Gefühl heraus drückte Costanza ein wenig Werg, das sie mit einem Gemisch aus Essig und Wein tränkte, in die Öffnung der tiefen Pfeilwunde. Das Loch musste von der Tiefe zur Oberfläche verheilen, nicht umgekehrt. Dabei wusste sie nicht ganz genau, weshalb sie dieser Meinung war. Es hatte mit Mutter Rosalias Gewohnheiten beim Nähen zu tun – es war zwecklos, außen alles proper herzurichten, wenn innen eine schlampige Naht aufging.

Der Sergent runzelte die Stirn, aber der Schmerz war erträglich, und er war zu stolz, sich zu beschweren. In ähnlicher Weise behandelte Costanza noch mehr Verletzte, zu denen sie gerufen wurde. Als die Dämmerung aufzog, ging sie zum Schmied und beschrieb ihm die neue Zange, die sie benötigte.

Er versprach, sich sofort darum zu kümmern. Bei einem Belagerungskrieg waren kaum Hufeisen zu erneuern.

Nach der ersten Woche erfuhr sie, dass sie sich einen guten Ruf erworben hatte, weil sie keine Gliedmaßen abhackte, die Schmerzen bei der Behandlung auszuhalten waren und die Wunden verheilten. Kaum einer der von ihr Versorgten litt unter eiternden, stinkenden Wunden und wälzte sich fiebernd auf seinem Lager. Selbst der Schmerz beim Herausziehen von Pfeilen war mit der neuen Pfeilzange erträglich. Es schien, als ob jedermann froh sei, dass keiner der Barbiere von Messina herübergekommen war.

»Die Männer mögen Euch sehr«, sprudelte Rainier plötzlich glücklich und ohne jeden Anlass heraus. »Wenn Ihr plötzlich befehlt, dass sie sich in den Alcantara werfen sollen, um zu baden, werden sie es tun.«

»Eine gute Idee, sie stinken nämlich.«

»Dafür können sie nichts.«

»Nein. Aber Waschen hilft.«

An einem Tag wagte sich Costanza in die Nähe des kleinen Kastells, um die Mauern aus der Nähe zu betrachten. Der Kampf tobte an der anderen Seite der Stadt, wo an der alten Porta degli Ebrei, der Pforte der Hebräer, vor der Ankunft der Franzosen noch gemauert worden war und die Angreifer hoffen durften, noch nicht verstärkte Schwachstellen zu entdecken. Henry hatte Rainier mitgenommen, und Costanza versuchte, sich von ihrer Unruhe durch einen eigenen Erkundungsgang abzulenken.

In diesem Teil von Randazzo war es still. Endlich musste sie nicht mehr das Dröhnen der steinernen Katapulte, das Zischen der Armbrustbolzen und die Schreie der Getroffenen anhören. Der Kampflärm zermürbte sie.

Hier aber bimmelte wie in Friedenszeiten ein Glöckchen, um Gläubige in eine Kapelle zu rufen, und als es aufhörte, gab es nur noch das Zirpen der Zikaden. Ein friedlicher Sommertag wäre es gewesen, hätte Costanza den Krieg vergessen können.

Sie nahm den Pfad, der sich zwischen Fluss und Kastellmauern in dürrem Gestrüpp und spärlichem Gras dahinschlängelte. Vor ihren Schuhen rollten die trockenen Kotkügelchen von Schafen auseinander, aber an diesem Tag ließ kein Hirte seine Tiere hier weiden.

Neugierig schritt sie voran. Beiläufig richtete sie ihren Blick nach oben zum Kastell und entdeckte zu ihrem Schrecken zwei Krieger, die zwischen den Zinnen hindurch nach unten spähten, ein bärtiger alter Mann und ein junger, der sie an Rainier erinnerte. Angesichts der schussbereiten Bögen erschrak Costanza zutiefst, drehte sich um und hetzte den Pfad zurück.

»*No, ama! Non hay motivo para escaparse!*« Nein, Dame! Ihr habt keinen Grund wegzulaufen!

Es hörte sich eher einladend als feindlich an – überdies klang *ama*, was sie als Madama interpretierte, sehr höflich –, so dass Costanza einen Blick über ihre Schulter zurückwagte. Die Krieger hatten die Bögen zum Zeichen ihrer Friedfertigkeit abgelegt und winkten ihr. Ein wenig misstrauisch, aber wie so oft ein Opfer ihrer Wissbegier, kehrte sie um.

Inzwischen hatte sie durch Gespräche, vor allem mit den aus Messina gekommenen Kriegern, herausgefunden, dass der spanische König nach dem Gemetzel an den Franzosen in Palermo um Hilfe gebeten worden war. Manche behaupteten auch, ihm wäre der Königstitel von Sizilien angetragen worden. Jedenfalls war der König Peter III. von Aragon und Katalonien bereit, den Sizilianern zu helfen, und seine Hauptstreitmacht konnte täglich auf Sizilien eintreffen. Hier in Randazzo hatten es die Franzosen mit einem kleinen spanischen Vorabkommando zu tun, das sich in der alten normannischen Festung eingeigelt hatte, so wie es ähnlich in einer Reihe weiterer Kastelle auch geschehen war.

Jedenfalls war es eine gute Gelegenheit zu erfahren, ob das alles stimmte. Der Turm war nicht hoch, und die Krieger befanden sich nicht mehr als zwei, drei Manneslängen über ihr.

»Barcelona.« Der Jüngere klopfte dem Alten, dann sich selbst auf die Schulter.

Mit der Vorstellung von Kriegern anderer Länder hatte Costanza mittlerweile Erfahrung. Sie kamen also aus Barcelona, um hier einen Turm zu bewachen.

»Wer bist du?«, fragte der Zausebart, ein wenig aufgeregt.

Sie hatte keinen Grund, es zu verschweigen.

»Catania!«, wiederholte der Spanier. »Ist das die Stadt beim Castello Ursino?«

Ein wenig musste Costanza schmunzeln, aber dann nickte sie. Wer aus Katalonien kam, kannte wohl Catania, und sie wunderte sich auch nicht, dass er sich ihr verständlich machen konnte. »Ja. Wir Catanesi sehen es allerdings umgekehrt.«

»Das verstehe ich«, brummte der Alte, mit dem Kinn so weit draußen auf der äußeren Mauerkante, dass der Jüngere ihn in Gefahr wähnte und am Lederwams festhielt.

»Seid ihr in deiner Familie alle so hellhaarig wie du?«

Diese persönliche Frage in einem Gemisch aus seiner Heimatsprache Katalanisch und Sizilianisch überschritt jetzt aber jedes gebührliche Maß! »Nein!«, schnaubte Costanza unwirsch. »Aber es geht dich nicht das Geringste an! Sie sind alle schwarz wie Tinte! Ich bin in eine Familie von Tintenfischen hineingeboren worden!«

»Reg dich nicht auf«, sagte der Alte versöhnlich. »Ich frage ja nur.«

»Und ich frage mich, warum du mich fragst.«

»Du erinnerst mich an jemanden.«

»Ich sehe, wie es scheint, der halben Welt ähnlich, und immerfort belästigt mich jemand mit dieser Frage.«

»Es tut mir leid.«

»Ja, schon gut.« Nachdem dies zu Costanzas Zufriedenheit erledigt war, wurde es Zeit, den fremden Kriegern auf den Zahn zu fühlen. »Was macht ihr eigentlich hier?«, fragte sie streng.

Ihr Gesprächspartner schmunzelte gutmütig. »Wir sollen euch vor den Franzosen beschützen.«

»Mit welchem Recht?«

»Mit dem des rechtmäßigen Landesherrn.«

»Wie das?«, staunte Costanza.

»Unser König ist mit Kaiser Friedrichs Enkeltochter Constantia verheiratet.«

»Sie heißt ja wie ich«, erkannte Costanza staunend.

»Tatsächlich? Das kommt dann hinzu«, brummte der Krieger. »Jedenfalls ist sie als Tochter von Manfred von Hohenstaufen die legitime Erbin von Sizilien. Karl von Anjou ist ja nur ein Schlächter, ein Söldner im Besitz der Insel Sizilien, die – bei allem Respekt – die Päpste ihm zum Ausplündern gekauft haben, damit er für sie einen Krieg gegen Byzanz führt.«

Costanza nickte. Das hatte sie schon gehört, auch wenn es ein wenig höflicher geklungen hatte.

»Willst du nicht in die Stadt kommen, *ama*? Ich könnte die Schlupfpforte für dich öffnen, und schwupp, stündest du auf der richtigen Seite«, beteiligte sich der junge Krieger in respektvollem Ton. Noch zierte ihn kein Bart, aber mit den Händen gab er zu verstehen, dass sie ihn mächtig anzog und er sie zu küssen wünschte.

Wieder musste Costanza lachen. Diese Spanier waren von anderer Art als die Franzosen. Angst hatte sie vor ihnen nicht mehr. Sie beabsichtigte gerade, sie ein wenig über die zu erwartende Rittermacht auszufragen, als sie auf dem Pfad Huftritte hörte.

Um die scharfe Ecke des Kastells bog ein älterer Knappe, in der Hand die Zügel eines Pferdes, das hinkte und das er offensichtlich nach einer Verletzung zu trainieren hatte. Am Krieg an der anderen Stadtseite nahm er zwar nicht teil, denn er war nur mit einer wattierten Weste ausgerüstet, an seiner Seite hing jedoch ein Hauschwert, das bis zu den Knien reichte.

Er war genauso überrascht wie Costanza. Hinzu aber kam nach kurzer Zeit ein Gesichtsausdruck, den sie als Gier deutete.

»Alfonso!«, brüllte der Alte warnend, bevor Costanza noch erkannt hatte, dass sie sich in Gefahr befand.

Dann aber drehte sie sich um und hetzte davon. Der Kerl war vermutlich als Frauenschänder bekannt.

Der Knappe trampelte hinter ihr her. Trotz der hinderlichen Waffe holte er auf, sie hörte sein Schnaufen immer lauter. Für einen winzigen Augenblick drehte sie sich im Laufen um und erfasste alles, was sie sah, ohne es noch richtig zu begreifen.

Der alte Krieger hing weit draußen zwischen zwei Zinnen

und zielte mit Pfeil und Bogen in ihre Richtung, der junge war verschwunden, und das Pferd zupfte mit gebeugtem Hals am Gras.

Seitenstechen zwang Costanza kurze Zeit später aufzugeben. Sie sank zu Boden.

Auf dem Gesicht des Spaniers, der nur noch zwei, drei Pferdelängen hinter ihr war, spiegelte sich Vorfreude. Er nestelte schon an seinem Schwertgurt, als er mitten im Lauf in die Knie brach, nach vorne kippte und mit dem Gesicht auf dem steinigen Boden aufschlug.

In seinem Rücken steckte ein Pfeil.

Costanza erstarrte. Ihr konnte er nicht gegolten haben. Der Spanier hatte einen Mann der eigenen Streitmacht erschossen!

Der junge Mann vom Kastell preschte heran. Costanza wusste, dass sie ihm ausgeliefert war, aber sie konnte keinen Schritt mehr tun. Zu spät. Alles war zu spät.

»*Ama!*«, schnarrte der Spanier höflich, zusammen mit einer ihr unverständlichen Geste, dann packte er den Leichnam des Knechts Alfonso, zerrte ihn herum und verwischte die Schleifspuren. Jetzt wiesen die Füße zum französischen Lager, der Kopf zum Kastell.

Costanza hob fragend die Augenbrauen.

»*Francés*«, sagte der Jüngling und rieb zur Demonstration die Befiederung des Pfeils, den er im Rücken des Knappen stecken ließ, zwischen zwei Fingern.

Sie begriff. Irgendein Merkmal machte den Pfeil zu einem französischen. Und der Mann lag jetzt so, dass er auf dem Weg Richtung Kastell mit dem Pferd unterwegs gewesen sein musste, als er von einem Franzosen von hinten erschossen wurde.

»*Grazie, Grazie!*«, rief Costanza inbrünstig.

»De nada«, antwortete der höfliche spanische Jüngling mit einem fröhlichen Lächeln und rannte davon, hier und da einen dornigen Busch mit einem Stock köpfend. Um das Pferd kümmerte er sich nicht, das würde sich wahrscheinlich in dieser halbwilden Gegend mit Büschen und Gräsern wohler fühlen als in einem Stall.

Die Schlupfpforte, durch die er gleich darauf ins Kastell eintauchte, war so gut in der Mauer verborgen, dass Costanza sie erst erkannte, als der Spanier sie aufgezogen hatte.

Die vorübergegangene Gefahr hatte Costanza mehr mitgenommen, als sie geglaubt hatte. Ohne mit jemandem zu sprechen, zog sie sich trotz der Hitze in ihr Zelt zurück. Den von der Zeltgasse abgekehrten Eingang knöpfte sie zu, kroch mit Tränen in den Augen auf ihr Lager und versuchte vergeblich, das Wummern der Steinschleudern zu überhören.

Sie begriff nicht, was passiert war, nur, dass sie sich durch ihren Leichtsinn wieder einmal in Gefahr gebracht hatte.

Nach einiger Zeit schien es ihr ein wenig lächerlich, über Dinge zu grübeln, die nicht mehr zu ändern waren. Sie beruhigte sich mit einem halben Becher Wein aus der Schenkung des Monsieur Le Brun und dachte dabei über die Fragen des alten Zausebarts nach. Und pflegten denn die Spanier lieber eigene Leute zu erschießen, als dass sie einer beliebigen Vergewaltigung zusahen? Von solcher Rücksichtnahme hatte sie noch nie gehört.

Sie gönnte sich einen zweiten halbvollen Becher Wein. Oder hatte die Hilfe der Spanier etwas mit ihr im Besonderen zu tun? Mit ihr als einem rotblonden Tintenfisch in einer Familie von ordnungsgemäß schwarzen, die gar nicht mal so ausnahmslos schwarz, sondern auch braunhaarig waren? Über ihren dummen im Zorn erfundenen Vergleich musste sie selbst lachen. Tintenfisch!

Vor dem Zelt waren Geräusche zu hören, jemand patschte unbeholfen an die Zeltwand. »Madama Costanza«, keuchte Rainier, »es gibt Verwundete. Sei Ihr bereit?«

»Mein Gott, Junge, bist du verletzt?« Costanza riss die Zeltklappe auf. Vor ihr stand Rainier, verdreckt, aber mit einem seligen Lächeln auf den Lippen und unverletzt, soweit sie das erkennen konnte.

»Nein. Ich habe einen erschlagen, stellt Euch vor«, berichtete er stolz und drückte ihr einen Packen frischer Feigenblätter in die Hand, bevor er im Zelteingang erschöpft in die Knie ging.

Sogar daran hatte er gedacht. Er musste auf dem Rückweg vom Tor einen Baum geplündert haben. Gerührt drückte ihm Costanza den Becher in die Hand. Verdünnter Wein würde den Jungen wieder auf die Beine bringen.

»Berichte, Rainier«, verlangte sie, als der Knappe seine Gesichtszüge wieder unter Kontrolle hatte.

»Ja, die Pforte der Hebräer hat uns nicht mehr standgehalten. Wir waren schnell in der Stadt. Ich geriet an eine Kirche mit einem Glockenturm, er ist wunderschön, durchbrochen, mit kleinen Türmchen an den Ecken. Sie heißt San Martino … Und wie ich sie betrachtete, war ich plötzlich allein mit einem kleinen Jungen. Er hatte einen aufgetriebenen Bauch, wie manche Kinder am Fiume Simeto. Dann kamen spanische Krieger. Und ein Jude, der mich nach meinem Namen fragte, als er merkte, dass ich mich abseits hielt. Kaum hörte er, dass ich Franzose bin, hieß er mich schweigen und brachte mich eilig zurück in die Nähe des Stadttors. Da ist ein Konvent …« Der Becher rutschte ihm aus der Hand.

»Nicht einnicken, Rainier. Erzähl noch zu Ende.«

»Vor diesem Konvent di San Giorgio tobte der Kampf, jedenfalls waren einige von unseren Leuten da und töteten die Mönche. Und dort habe ich den Mann erschlagen«, setzte Rainier tonlos fort.

»Einen Spanier.«

Rainier zuckte ratlos die Schultern. »Ich weiß es nicht. Der Mann lag im Abfall vor dem Haus, und in seiner Nähe saßen Katzen. Schöne Katzen. Eine falbe mit schwarzem Schwanz und schwarzen Öhrchen schien über seinen Schlaf zu wachen ...« Unvermittelt brach er in Tränen aus.

»Oh, Rainier«, sagte Costanza und nahm ihn in den Arm. Sie wiegte ihn wie ein kleines Kind, und nach wenigen Augenblicken schlief er fest.

Der Krieg zeigte ihr zum ersten Mal seine grauenhafte Seite.

Der Tag war nicht zu Ende. Kurze Zeit später wurden die Verwundeten gebracht. Mit ihnen kam glücklicherweise Cavaliere Henry, der Rainier suchte. Als er zu hören bekam, dass sein Knappe an seinem ersten Kampftag wie ein Toter schlief, blieb er an seiner statt, um Costanza zu helfen.

Henry teilte die Reihenfolge der zu Behandelnden ein, er veranlasste, dass die Frauen des Trosses mit dem von Knechten herbeigeschleppten Wasser die Leichtverletzten wuschen, er organisierte Essen, Wein und die Unterbringung derjenigen, die nicht in die Kampfhandlungen zurück entlassen werden konnten. Er war die Ruhe selbst.

Bei beginnender Nacht waren sie fertig. Henry verabschiedete sich leise, und Costanza fiel auf ihr Lager, neben dem Rainier laut schnarchte. Es war ein gesundes Geräusch. Er war schon dabei, sich von dem Entsetzen des Tages zu erholen.

Am nächsten Tag erlebte Costanza eine Überraschung. Während wie zuvor in der Stadt gekämpft wurde, brachte Rainier, dem heute ein Ruhetag verordnet war, Turi durch die schnurgerade, verlassene Lagergasse zu ihr.

»Du siehst ja auch so abgekämpft aus, als wärst du in der Schlacht gewesen«, sagte Costanza mitleidig, ohne zu zeigen, wie froh sie war, ihn zu sehen. Das ließ ihr Stolz nicht zu. »Komm, setz dich. Wohin bist du unterwegs? Rainier!«

»Ich eile, ich eile, Madama! Wein, Brot, Oliven, Fleisch und Käse.«

Turi sank ächzend auf eine Strohmatte. Eine Sandale hing ihm nur noch am Knöchel, die Zehen waren blutig. Er musste einige Zeit unterwegs gewesen sein, ohne sich zu schonen. Costanza erschrak. »Ist zu Hause etwas passiert?«

»Uberto ist umgekommen. Zusammen mit achtzehn anderen. In einem dieser Scharmützel, die sich seine Gruppe mit den Franzosen lieferte. Nino ist der Einzige, der entkam. Aber es steckt irgendetwas dahinter, denn die Franzosen waren vorbereitet, und es entwickelte sich eine Schlacht auf dem Piano delle Erbe während des Markts. Wahrscheinlich eher eine Schlächterei, denn Bauern wurden auch getötet.«

Costanza schlug ihre Hände auf den Mund. »Die Fortsetzung der Vendetta«, flüsterte sie.

Turi schüttelte den Kopf. »Mit dir hat es nichts zu tun. Man sagt, es sei Verrat gegen unsere Leute im Spiel gewesen.«

»Wieso bist du eigentlich immer so gut informiert, Turi?«, begehrte Costanza auf. »Gehörst du auch zu diesen Verrückten, die von Mongolen und Joachiten faseln, am liebsten Nasen abschlagen und Gedärme in fremde Gärten schütten?«

»Nein.«

»Du weißt zu viel, um nicht dazuzugehören«, beharrte Costanza.

»Zu diesen Irren gehöre ich nicht«, gab Turi widerwillig zu.

»Die sind gefährlich für alle, wie wir gesehen haben.«

»Aber?«

»Es gibt auch verständigere Catanesi, die sich um die Stadt Sorgen machen. Mich hat diese Gruppe gebeten, Giftmischerinnen, Kindsmörderinnen und so weiter im Auge zu behalten. Bei unseren Zusammenkünften erfahre ich einiges. Der Rest ist eigene Beobachtung.«

»Du hast uns den Unrat also nicht in den Garten gekippt?«

»Wo denkst du hin, Costanza! Es war Uberto!«

»Uberto«, keuchte Costanza. »Und das hast du selbst gesehen?«

»Nein, erzählt bekommen.«

Costanza fiel ein Stein vom Herzen. Turi war es nicht. Das gab ihr Mut für die nächste Frage. »Warum hast du mir nicht geholfen, an dem Tag, als der französische Marodeur meine Schweine wollte?«

»Dich wollte, meinst du wohl. Es war die ganze Zeit ein Bolzen auf dich gerichtet. Ich war von Herzen dankbar, dass dein Vater sich nicht rührte. Der Kerl mit der Armbrust hockte hinter der Mauer und sicherte seinen Kameraden. Ich vermute, dass sie sich gegenseitig immer solche Freundschaftsdienste leisten. Wäre der Ritter nicht erschienen, hätten sie dir Gewalt angetan. Erst der eine, dann der andere.«

Am liebsten hätte Costanza sich Turi an den Hals geworfen. Stattdessen senkte sie schuldbewusst den Kopf. »Es tut mir leid.«

»Was tut dir leid?«

»Manches. Eines musst du noch erfahren. Bei dieser Schlacht

muss es sich um eine Vendetta handeln, die mir gilt. Nino ist anscheinend jemand, der sich auf genau diese Weise rächen würde.«

»Du hast recht, er ist tückisch. Aber wofür denn, um Himmels willen? Was hast du mit ihm zu tun?«, fragte Turi, endlich geneigt, ihr zu glauben.

»Für den Verlust seiner Nase. Uberto hat Nino nach seiner Verletzung zu uns gebracht. Vater hat sich aus Gründen, die aus seiner Sicht richtig waren, geweigert, und ich habe es gemacht.«

»Darüber ist mir nichts zu Ohren gekommen. Ich dachte deshalb, er hätte alle Behandlung abgelehnt, weil er unser Gewerbe verabscheut!«

»Nein, so war es nicht. Ich habe eine Methode angewandt, die ich mir ausgedacht hatte und die sich als unbrauchbar erwies.«

Es blieb eine ganze Weile still, während Turi nachdachte. »Sieht Nino deshalb aus, als liefe er mit einem Schweinerüssel herum?«

»Ja«, gab Costanza zu, »mein Fehler.«

»Dann wird mir nun einiges klar. Deine Mutter Rosalia gibt dir die Schuld, dass Nino sich an Uberto gerächt hat. Sie wünscht deinen Tod. Sie wird deinen Vater aussenden, um dich zu töten«, sagte Turi mit kristallklarer Direktheit.

Dem Knappen Rainier, der gerade zurückgekommen war und Turis letzte Worte mitgehört hatte, rutschte das Holzbrett aus den Händen und mit ihm eine hohe Zinnkanne. Der Wein ergoss sich über Costanzas Kleid.

Sie selbst war zu keiner Bewegung fähig. Ihre aufgerissenen Augen im bleichen Gesicht blickten Turi wie tot an. Vorsichtig umfasste er ihre Hand, die eiskalt war. Er wartete einige Zeit, während er ihre Hände kräftig rieb, aber nichts änderte sich.

»Wir machen es wie bei unseren Verletzten zu Hause«, sagte er bekümmert zu Rainier. »Warm einpacken und die Füße hoch lagern. Diese Nachricht war zu viel für sie.«

»Wird es helfen?«, fragte Rainier stockend.

»Meistens tut es das, sorge dich nicht.«

Rainier schaffte alles herbei, was Turi wünschte. Er füllte sogar heißes Wasser in einen Ziegenbalg, um ihn unter Costanzas Füße zu packen. Bis zum Abend änderte sich Costanzas Zustand trotzdem nicht.

Allmählich sprach sich herum, dass die Wundheilerin selbst erkrankt sei. Vor ihrem Zelt sammelten sich Gaben ganz verschiedener Art, geplünderte Teppiche und prachtvolle Stoffe, ganze Käselaibe, duftende Sträuße aus Rosmarin, Thymian und harzenden Nadelbaumzweigen sowie blühende Blumen aller Art, die Rainier nicht kannte, aber getreulich mit Wasser versorgte. Zum Schluss meckerte sogar eine angepflockte empörte und hungrige Ziege.

Rainier und Turi unterhielten sich gerade gedämpft über die Bekundung der großen Zuneigung zu Costanza, als sie unterbrochen wurden.

»Sind saubere Leinenstoffe dabei?«, fragte Costanza benommen. »Und wir müssen diese Kinder mit den aufgeblähten Bäuchen behandeln!«

KAPITEL 19

Am nächsten Morgen war Costanza wieder auf den Beinen.

Turi wollte so schnell wie möglich nach Hause. Man wusste in diesen Zeiten nicht, was von einem zum anderen Tag geschehen würde, und natürlich war sein Platz bei der Familie.

Die Ziege nahm er mit. Er versprach Costanza, sie nicht zu schlachten. Er befestigte gerade den Strick um ihren Hals, als Costanza noch etwas einfiel, was ungeklärt geblieben war. »Wie hast du mich eigentlich gefunden?«, fragte sie.

Turi lächelte. »Mein Vater schickte mich nach Trecastagni, aber ich ahnte schon, dass du dort nicht sein würdest. Euer Hirte hatte dich natürlich nicht gesehen. Und da du ja die ganze Zeit gute Kontakte zu den Franzosen hattest, wanderte ich anschließend nach Aci Castello hinunter. Das Lager war weitgehend leer, abgesehen von den Kranken, und so geriet ich auf der Burg an den Kastellan. Ein freundlicher, redseliger Mann, der gewisse Catanesinnen gut leiden kann.«

»Ja?«, fragte Costanza argwöhnisch. »Was hat er dir denn erzählt? Und wieso überhaupt? Er kann doch nicht einem Fremden gegenüber einfach über mich reden …«

»Ja, das lag an mir«, gab Turi mit schlechtem Gewissen zu. »Ich kam als dein Vetter mit einer Botschaft für dich. Als ein Mitglied der großen Familie der Nasenspezialisten unter den

Wundheilern, und das stimmt ja auch … Was meinst du, was er sonst von dir gedacht hätte!«

»Na ja. Gut. Also?«

»Besonders gefallen hatte ihm dein Interesse für unseren gemeinsamen Großvater Jacopo …«

Heilige Agata, dachte Costanza bestürzt. Nie hatte sie jemanden Fremden in die Familiengeheimnisse einweihen wollen.

»Soll ich weiterreden?«, erkundigte sich Turi mit gerunzelten Augenbrauen. »Du wirst doch nicht wieder in Ohnmacht fallen?«

»Nein, nein, sprich!«

»… und zwar, weil sich die Enkel heutzutage nicht mehr oft für die Wurzeln ihrer Familie interessieren. Es würde alles immer nur schlechter, sagte er.«

»Ja doch!« Costanza wurde ungeduldig.

»Unser gemeinsamer Großvater muss einiges an Geld versteckt haben. Die Catanesi, die ihn folterten, wollten ein Geständnis und sein Geld haben.«

»Warum hat er mir das denn nicht erzählt?« Costanza wurde richtig fuchsig. Sie war der Meinung gewesen, das Recht zu haben, alles, aber auch alles, restlos zu erfahren, und dem Kastellan dies klargemacht zu haben.

»Die Sache war nur Männerohren zuträglich.«

»Männerohren!«, schnaubte Costanza ungläubig. »Eselsohren!«

»Nun lass mal. So sagte der Kastellan. Ich gebe es ja nur an dich weiter«, beteuerte Turi unter Schmunzeln. »Jacopo soll irgendwelche Händel mit Friedrichs Hof gehabt haben. Und der Kastellan hat sich Folgendes ausgerechnet: Damals war allgemein bekannt, dass der Kaiser keinen Hof führte, wie es in

Europa üblich war, also keine Frau an seiner Seite, keine Turniere – außer solche für die schnellsten Köpfe –, kein Minnedienst und keine abendlichen Gelage für Hunderte Ritter.«

»Was hat das …?«

»Warte. Das muss man wissen, damit man den Rest versteht. Unser Kastellan meint, Jacopo, der als Handwerker im Castello Ursino aus und ein ging, wäre von einer der Frauen aus der Oberschicht von Catania bestochen worden, um sie in das Kastell zu schleusen. Sie hatte wohl ein Auge auf den Kaiser geworfen …«

»Sant'Agata«, murmelte Costanza angewidert. »Eine Hure in den Kreisen, die sich für die besten halten?«

»Ich kann es nicht beurteilen. Jedenfalls erzählt man einer Enkelin nicht, dass der Großvater sich als heimlicher Heiratskuppler im Haushalt des Kaisers betätigte und dafür Geld nahm.«

»In diesem Fall Unfug!«

»Nein, es ist kein Unfug! Ich verstehe den Kastellan«, widersprach Turi und gab der Ziege einen Klaps, die sich mit einem Sprung nach vorn rettete.

Costanza sah Turi nach, als er und die Ziege davonsprangen, aber er drehte sich nicht mehr um. Sie verspürte auf einmal große Sehnsucht nach ihm, aber die verbot sich von selbst. Sie passten eben nicht zusammen.

Turi war kaum außer Sicht, als Le Brun herantrabte und sein Pferd neben Costanza durchparierte. Sie blickte überrascht hoch und erkannte, dass er wütend war.

»Lasst Euch ja nicht einfallen, mitten unter diesen Kämpfern nochmals Männerbesuch zu empfangen!«

»Was meint Ihr damit?«, fragte Costanza verwirrt.

»Mit Männerbesuch meine ich, dass Ihr in diesem Lager von Kriegern keine einheimischen Männer zu Gast haben könnt! Die Krieger gieren nach Frauen. Ihr macht sie brünftig wie Hirsche im Herbst! Ich musste ihnen bei der Strafe des Erhängens untersagen, Euch zu belästigen«, schnaubte Le Brun.

»Ja«, sagte Costanza beklommen. Sie hatte schließlich selbst erfahren, dass einem Krieger nicht einmal Zeit zu seiner Verteidigung gelassen wurde.

»Trotz meiner Drohung fällt es den Männern schwer zu gehorchen. Ihr seid nur durch Euren Stand als Heilerin geschützt. Wenn aber die Krieger sehen, dass Ihr Liebschaften pflegt wie jede Hure, kann ich Euch nicht schützen. Will ich auch nicht.« Le Brun galoppierte aus dem Stand an.

Costanzas Verteidigung, dass Turi nur ein Bote gewesen sei, erreichte ihn nicht mehr. Es wäre außerdem eine Lüge gewesen.

Am zehnten Tag der Kämpfe war Randazzo in der Hand der Anjou. Die Spanier waren erschlagen, ebenso die Einwohner des Städtchens, soweit man ihrer habhaft wurde, ohne jeden Dachraum und jedes Erdloch durchsuchen zu müssen. Solches Einvernehmen zwischen den Bürgern und dem Feind, wie es hier sichtbar geworden war, musste mit aller Härte geahndet werden, um nicht andere Städte geradezu aufzufordern, dem Beispiel Randazzos zu folgen. Man konnte nicht erlauben, dass die Sizilianer spanischen Truppen Lebensmittel lieferten, die dringend für den Kreuzzug benötigt wurden, und sie zu ihren Gottesdiensten zuließen, als wären sie mit den Spaniern ein Herz und eine Seele.

Als Ermahnung für jetzt und für die Zukunft hatten die Franzosen auch die Innenräume von San Martino verwüstet, wo die unerträglich hochnäsigen Lombarden zur Messe zu gehen pflegten, und noch viel gründlicher waren sie in San Nicolò zu Werke gegangen. Hier feierten die Griechischgläubigen ihren Götzendienst, und da der ganze französische Kreuzzug gegen Byzanz ging, konnte man gut mit diesen Tempeln der Orthodoxen schon auf Sizilien aufräumen.

Das Schlimmste, das Rainier gesehen hatte, war jedoch der Tod einer jungen Frau und ihres kleinen Sohnes gewesen, die sich aus unbekannten Gründen auf den Weg verirrt hatten, der vom Lager zur Porta degli Ebrei führte. Le Brun hatte die Frau, die auf der Erde hockte, um an der Kleidung des Kleinen etwas zu richten, umgeritten, und die Ritter waren ihm gefolgt. Eine zertrampelte Masse von Körperteilen und Kleidern war alles, was übrig geblieben war.

Rainier, der dies alles Costanza stammelnd berichtete, musste die Tränen zurückhalten. Er beeilte sich, vom schönen Turm von San Martino zu erzählen, der nicht beschädigt worden war. Die Katzen und die kranken Kinder hatte er nicht mehr gesehen.

Aber über dem Lager waberte ein süßlicher Geruch, der allmählich überlagert wurde von dem Rauch einzelner angezündeter Gebäude und dem schwelenden Brand der Pinienhaine.

Costanza war dankbar, dem Städtchen den Rücken kehren zu können. Bald würden sich die Gassen mit Verwesungsgeruch füllen, weil kaum einer mehr da war, um die Toten unter die Erde zu bringen. Womöglich lebten auch die Priester der unterschiedlichen Glaubensrichtungen nicht mehr. Krähen und Ratten würden über die stinkenden Leichname herfallen.

Mit aller Macht versuchte sie, das erschreckende Ende des schönen, reichen Randazzo aus ihren Gedanken zu bannen, nachdem das Belagerungsheer sich aufgeteilt hatte, um zu den heimischen Standorten zu reiten, und der Trupp von Le Brun sich auf dem Rückweg nach Aci Castello befand.

Turi hatte nichts Näheres über den Racheakt gesagt, den ihre Familie plante, aber Costanza hatte keinen Zweifel, dass es stimmte. Mutter Rosalias Kopf war hart wie der Schädel eines Esels, der des Vaters vielleicht nicht ganz.

Über Maßnahmen der Behörden von Catania gegen die Nasenheilkundigen hatte es offenbar nichts Berichtenswertes gegeben. Turi wäre ja selber betroffen gewesen und hätte sie gewarnt. Es war nur eine Drohung gewesen, und sie würde im Alltagsgeschäft versickern. In der Stadt hatte man andere Sorgen.

Zurück konnte Costanza trotzdem nicht, denn die Mutter würde nicht vergeben und nicht vergessen und den Vater nach ihr aussenden.

Sie musste auch deshalb bei den Franzosen bleiben. Immerhin hatte sie ein ganzes Heer zu ihrem Schutz. Ihr sarkastisches Lachen über die wachsende Gefahr, die ihr drohte, machte Rainier aufmerksam, aber sie wich seiner Frage aus. Das ging ihn nichts an. »Ob wir unsere Fieberkranken wohl lebend vorfinden?«, gab sie zu bedenken.

Den Aussatz sollten die Krieger des Herrn aus dem Heiligen Land mitgebracht haben, das hatte Costanza zuverlässig gehört. Und wenn die Männer dann in ihrer Heimat angekommen waren, griff die Erkrankung merkwürdigerweise auch auf Menschen über, die nicht dort gewesen waren. Nicht, dass Costanza jemals begriffen hätte, warum der Herr ausgerechnet diejenigen schlug, die Sein Reich auf Erden zu retten versuchten – aber darüber nachzudenken hatte sie aufgegeben.

Sie war daher erleichtert, als Stelluccia sich mit weit ausholenden Bewegungen den Weg durch die heimkehrende Truppe zu ihr hindurchbahnte. Costanza hätte sich gegrämt, wenn sie diese neue Freundin einer Gefahr ausgesetzt hätte. Offensichtlich war jedoch das Simetofieber für die pflegenden Menschen nicht gefährlich.

Stelluccia drückte ihr fest den Arm. »Willkommen zurück«, sagte sie warmherzig. »Du willst sicher wissen, wie es deinen Schützlingen geht.«

Costanza lächelte zustimmend und umarmte sie.

»Einer hat sich in die Hölle davongemacht, den anderen geht es ganz ordentlich. Diese Fleischfresser mussten sich erst an unser Essen gewöhnen, aber jetzt schmeckt es ihnen. Alles eine Frage der Erziehung.«

»Ja, aber kannst du ein ganzes Heer erziehen? Ich fürchte, nicht.« Costanza überflog die Schar der Männer in ihrer Nähe. Manche hatte sie aus Randazzo schwer beladen mit Beutegut zurückkehren sehen, andere waren durch und durch von kübelweise Blut durchnässt gewesen, das nicht aus den eigenen Adern stammte. Obwohl sie sich nach ihrer ersten Begegnung mit dem Feind, der ihr als Freund entgegengekommen war, nicht aus dem Lager gerührt hatte, war ihr Grauenvolles unter die Augen gekommen. Das Schlimmste waren wohl die Kinderärmchen gewesen, die einige Sergenten zum Spaß mitgebracht und wie Windmühlenflügel in der Luft hatten kreisen lassen. Vorneweg Geoffroy.

Solche Männer ließen sich nicht umerziehen.

Stelluccia sah Costanza prüfend an. »Es gibt heute bei uns Frauen *capuzzelle*. Als Zugeständnis an die gesundenden Männer, damit sie wieder zu Kräften kommen. Aber du siehst nicht aus, als würdest du das heute vertragen.«

Halbierte Lamm- oder Ziegenköpfe. Im Ofen mit Gemüse gebacken, aber über Möhren, Olivenöl, Knoblauch und Oregano würde man immer den Geschmack des Fleisches wahrnehmen. »Nein, in nächster Zeit möchte ich von Fleisch nichts mehr wissen«, sagte Costanza angeekelt.

»Das ging mir bei meinen ersten Schlachten auch so, aber das gibt sich«, versicherte Stelluccia in beruhigendem Ton, klemmte sich Costanza gleichsam unter den Arm und zog sie resolut aus dem Pulk der nach Blut und Schweiß stinkenden Männer heraus. »Wir machen dir ein Bad fertig. Es wird derart nach Lavendel duften, dass du gar nicht mehr herausmöchtest.«

Das stimmte. Noch am gleichen Abend aalte sich Costanza im heißen Wasser. Die Frauen hatten während der Abwesenheit der Krieger eine passend ausgetiefte Stelle im Lavaboden ausfindig gemacht, Kanten und scharfe Stellen herausgemeißelt und die ganze steinerne Wanne mit dem fast wasserdichten schwarzen Filz ausgefüttert, den die Bauern und Hirten der Gegend für ihre Regenumhänge benutzten. Wie die Abtritte war die Konstruktion mit Tüchern an Stangen umgeben und für keinen Mann einsehbar.

»Was sagst du?«, fragte Stelluccia stolz, die neben der Wanne auf einem Stein saß.

»Großartig!«, befand Costanza. »Man muss euch Frauen nur mal allein lassen, und schon erfindet ihr die wirklich nützlichen Dinge des Lebens.«

»Das will ich meinen!«

»Merkwürdig«, meinte Costanza. »Im Lager von Randazzo hat Cavaliere Henry die Abtritte bauen lassen, und sie stanken kaum. Warum ist das denn hier nicht möglich?«

Stelluccia rieb sich die Nase. »Möglich schon«, sagte sie leise. »Aber diese hier hat Cavaliere Le Brun anlegen lassen, als Henry gerade nicht da war. Ich meine ja, mit Absicht. Er ist eifersüchtig auf unseren Henry. Als die Latrinen fertig waren, konnte Henry sich unmöglich anmaßen, sie zu verbessern.«

»Ich habe manchmal den Eindruck, dass Henry Le Brun aus dem Wege geht …«, sinnierte Costanza.

»Stimmt.« Stelluccia erhob sich und schlug für Costanza ein Leinentuch zum Abtrocknen auseinander.

Costanza seufzte. Die kurze Pause der Entspannung war viel zu schnell zu Ende gegangen.

Schon am zweiten Morgen nach der Rückkehr wanderte Costanza zu ihrem Patienten auf dem Kastell hoch. Ihm ging es gut, er war schmerzfrei. Und er wollte das Anmachholz an seinem Bein, wie er sich ausdrückte, jetzt endlich loswerden. Costanza verstand, warum. Das Seegras drückte sich zu schnell zusammen und löste sich praktisch in Staub auf. Eine Wergpolsterung war viel besser für diesen Zweck, und seit dem Vortag besaß sie neue Vorräte. Bernardo Sacerdote fügte sich und fand es ausreichend bequem.

Danach besuchte sie, wie sie es sich zur Gewohnheit gemacht hatte, den Kastellan in seinem Gärtchen. Nachdem sie die Schildkröten ausgiebig gehätschelt hatten, setzten sie sich auf die niedrige Brüstung, die sich zur Stadtseite öffnete, wo das französische Lager aufgeschlagen war.

Schräg unterhalb von ihnen lag der Marktplatz, auf dem an diesem Tag nicht gehandelt wurde. Nur ein einzelner Reiter trieb sich dort herum, in Schlangenlinien galoppierte er um abgeschnittene dicke Stämme von uralten Palmen herum, sinnlos und müßig. Das Pferd war ein Schimmel mit einem kleinen

Kopf, viel zu zierlich für den plumpen Reiter, der sich nicht besonders geschickt anstellte.

Der Kastellan schaute mit glänzenden Augen nach unten. »Ich hätte nicht gedacht, dass ich ein Pferd aus dieser Zucht in meinem Leben noch mal sehen würde.«

»Eine besondere?«, fragte Costanza, während sie sich fragte, wen in aller Welt sie schon in dieser Weise hatte reiten sehen.

»Und wie! Das sind Pferde für Herrscher, wie sie höchstens aus Saladins weltbekannten Zuchtställen in Outremer in Friedrichs nicht weniger bekannte in Kalabrien gelangten. Ich habe immer gemeint, dass unserem Kaiser und König die Stute gestohlen worden war. Hätte er solche edlen Pferde als Ehrengabe oder zum Dank verschenkt, würde jeder in Catania, bis hinunter zum armseligsten Bettler, es erfahren haben.«

»Welche Stute und warum Catania?«, fragte Costanza beiläufig. Sie hing immer noch ihrer eigenen Frage nach.

»Na, die Adeligen, nach denen du dich erkundigt hast, stammten doch aus Catania, und der Anführer ritt die Stute.«

»Oh!« Endlich wurde Costanza aufmerksam. »Wollt Ihr damit sagen, dass der Anführer der Gruppe, die meinen Großvater ermordet hat, ein solches Pferd ritt?«

»Ja. Sieh mal, der Hengst da unten schwebt fast über der Erde. Und trotzdem riegelt der Reiter ihn im Maul, als hätte ein widerwilliger Gaul Rüstung und Waffen von Zentnergewicht durch eine Schlacht zu schleppen. Santa Maria, welch ein Verbrechen an dem schönen Pferd!«

Ja, wirklich. Und Costanza hatte inzwischen auch erkannt, wer der Verbrecher war: Geoffroy. Als Anführer der Knappen hatte er einen unauffälligen Braunen geritten, von der ziemlich einheitlichen Art wie die meisten Pferde des Heeres. Nur einige Ritterpferde hoben sich deutlich davon ab, waren augenscheinlich als Kriegswerkzeug für Schlachten oder Turniere gezüchtet. Und dieser Hengst war das Gegenteil davon, das konnte auch jemand wie sie erkennen.

Anscheinend genügten Le Bruns Sergenten die Stümpfe der abgeschlagenen Palmen als Herausforderung nicht mehr. Mit einem Sprung setzte er über den letzten hinweg, galoppierte in wildem Tempo um die scharfe Ecke, hinter der sich die Nische des Kräuterhändlers befand, und verschwand auf der Hauptstraße außer Sicht.

»So grausam die Männer, die Jacopo töteten, auch waren, in dieser Hinsicht waren sie Ehrenmänner«, schloss der Kastellan, als aus der Stadt nur noch unbestimmte Geräusche an ihre Ohren drangen. »Mit einem edlen Pferd in solcher Weise umzugehen wäre für sie undenkbar gewesen. Um das fertigzubringen, muss man Franke sein und im Kriegsdienst bei den Anjou stehen.«

Costanza grub die Zähne in die Lippen. Geoffroy, ein Ungeheuer. Was alles mochte er auf dem Kerbholz haben?

Bereits am Nachmittag schwirrten Gerüchte durch das Zeltlager, dass Geoffroy einen waghalsigen Ritt durch ganz Aci Castello unternommen hatte. »Denen hat er gezeigt, wo es langgeht«, meinten die meisten befriedigt, der Rest äußerte sich nicht.

Die Frauen im Lager dachten anders. Unnötig und dumm, sagten sie. Wer weiß, was daraus noch wird. Stelluccia, die alles in die Hand zu nehmen pflegte, machte sich als Erste in die Stadt auf, um genau das festzustellen. Costanza überlegte nicht lange, sondern schloss sich ihr an. Sie benötigte ohnehin wieder Polsterwerg.

Sie stiegen die Treppe zum Marktplatz nach oben, der wie

üblich voll von gewöhnlichem Abfall war. Aber bereits am Fuß der abschüssigen Hauptstraße rollten ihnen Pistazien und Mandeln entgegen, die aus mitten auf der Gasse umgestürzten, beschädigten Karren stammten. Abgesehen von ein paar Männern, die dabei waren, die größten Schäden zu beseitigen, lag die Gasse bis zum Tor hoch leer und still vor ihnen. Die Castellani kehrten den Frauen stumm die Rücken zu, und ihre Wut war mit den Händen zu greifen.

Denn Geoffroy hatte sinnlos zerstört, was immer die Lebensgrundlage dieser Menschen bildete und was für ihn erreichbar gewesen war. Er war in die kleinen Vorgärten hineingeprescht, wovon statt gepflegter Weinstöcke – die Arbeit von Jahren – abgerissene Blätter und kahle Wurzelstöcke zeugten, in Kopfhöhe hatte er wie mit einer Sense reifende Zitronen und Äste abgeschlagen und war dann systematisch über Reihen von Kohl, Zwiebeln, Knoblauch und anderem Gemüse hinweggetrampelt. Baum- und Erdfrüchte waren zu einem unverwertbaren Brei zusammengetreten.

Die beiden Frauen sahen sich bestürzt an und wagten, als hätten sie sich abgesprochen, niemanden anzureden. Dieses war das Werk von Besatzern, und sie gehörten zu ihnen. Sie konnten dankbar sein, wenn niemand sich an ihnen vergriff.

Dass Geoffroy allmählich die Lust an der Zerstörung vergangen wäre und er die Gassen der Handwerker in der Nähe der Mauer womöglich verschont hätte, erwies sich als vergebliche Hoffnung. Die Auslagen der Blech- und der Kupferschmiede waren bis in die Tiefe der kleinen Geschäfte hinein verwüstet, wo der Knappe sein Pferd hineingeprügelt haben musste.

Bevor sie das Stadttor erreichten, mussten sie sich auf der abschüssigen Gasse den Weg durch Rinnsale von Wasser bahnen, die Dreck und Abfall mit sich führten.

»Das Schwein hat ihnen auch noch die Einfassung der Quelle zertreten«, schimpfte Stelluccia erbittert. »Lass uns da nicht mehr hingehen!«

Ja, es reichte, dachte Costanza. Was war der Knappe Geoffroy nur für ein Mensch? Warum tat er so etwas? Aber, rigoros, wie Le Brun zu sein pflegte, würde er eine harte Strafe verhängen.

»Und wozu das Ganze?«, sprach Stelluccia aus, was Costanza nur gedacht hatte. »Eines weiß ich jedenfalls genau: In Zukunft werden wir Fleisch essen müssen. Gemüse gibt es nicht mehr. Und wenn es welches gäbe, dann bestimmt nicht für uns, weil wir zum Lager der Anjou gehören!«

Bedrückt kehrten sie zurück ins Lager. Eine unangenehme Überraschung bot sich Costanza. Unter den Pinien hatte sich eine kleine Gruppe von Kriegern versammelt, unter denen sich auch Henry befand. Die Männer schwatzten durcheinander, gestikulierten. Aufregung lag in der Luft.

Etwas abseits von ihnen saß Geoffroy auf der Erde, hochrot vor Wut und umgeben von seiner eigenen weingeschwängerten Atemluft. Aber nicht betrunken genug, um Costanza nicht zu bemerken. »Wo bist du gewesen?«, brüllte er ihr mit hervorquellenden Augen entgegen. »Hast du nicht den Auftrag, dich bereitzuhalten, um Verletzungen zu kurieren?«

»Ich wusste nicht, dass heute eine Schlacht geschlagen worden ist«, antwortete Costanza knapp. »Wo ist der Verletzte?«

»Dahinten«, sagte Geoffroy mürrisch und machte eine unbestimmte Kopfbewegung.

Costanzas ungläubiger Blick blieb schließlich auf dem leinenweißen Pferd haften, auf dem Geoffroy offensichtlich einen Teil des Tages randalierend und saufend verbracht hatte. Es stand mit zitternden Flanken da. Aus den Mundwinkeln troff blutiger Schaum, aus mehreren Schnitten an der Brust lief Blut und tropfte auf den Boden. Auch die Beine waren geschunden.

»Ihr anderen lasst eure dreckigen Hände von meinem Eigentum!«, warnte Geoffroy, noch während Costanza zu erfassen versuchte, was er von ihr wollte. »Dieser Gaul taugt nicht für den Kriegsdienst, er ist im Rücken viel zu kurz für einen voll bewaffneten Mann! Und dann der Kopf! Diese eingefallene Nase wie bei einem Sarazenen mit Aussatz! Was sind denn das für Missgeburten, die sie hier Pferd nennen! Sieh zu, dass du ihn so weit zusammenflickst, dass ich ihn wenigstens für den Karren losschlagen kann!«

»Das liegt nicht in meiner Macht! In meiner Familie heilen wir Krieger. Von geschundenen Tieren verstehen wir nichts.« Costanzas Stimme vibrierte vor Abscheu.

Sie spürte eine Luftbewegung im Rücken. »Erklärt Euch bereit dazu«, flüsterte Rainiers Stimme. »Der Cavaliere bittet darum, er beschwört Euch …«

An die Haut der Tiere, mit der sich Costanza in Catania abgegeben hatte, erinnerte sie sich nur ungern. Das Gefühl, wie dick und unnachgiebig die Schwarte der Jungsau gewesen war, konnte sie noch förmlich in den Händen spüren. Nein, das musste sie alles nicht noch einmal erleben.

»Madama«, insistierte Rainier eindringlich. »Geoffroy kann in dieser Stimmung zum Berserker werden. Er wird diesen wunderbaren Hengst auf der Stelle schlachten lassen, wenn Ihr ablehnt. In diesem Zustand würde er ihn niemandem verkaufen, selbst Cavaliere Henry nicht, der doch ein Kenner von Pferden ist.«

»Feiges Hurenpack«, murmelte Geoffroy, versuchte aufzustehen und schlug der Länge nach hin.

Hurenpack? Und was war er? Ein Rohling. Es gab für keinen der Männer auch nur irgendeinen Grund, eine Frau herablassend zu behandeln. Costanza hatte ihre Einstellung zu den Frauen im Heer ganz und gar geändert, seitdem sie sie näher kennengelernt hatte.

»Gut. Ich kümmere mich um ihn«, schnaubte Costanza. »Unter der Bedingung, dass du mir freie Hand lässt und den Hengst nicht anrührst, bis ich ihn dir in aller Form zurückgebe.«

Geoffroy murmelte etwas Unflätiges, schaffte es endlich, auf die Beine zu kommen, und torkelte davon.

Kaum hatte Le Bruns Knappe ihnen den Rücken zugekehrt, eilten Henry und Rainier zu dem Hengst. Costanza, die sich mit respektvoller Zurückhaltung näherte, war erleichtert, dass er sich jetzt in erfahrenen Händen befand. Ratlos folgte sie den beiden Männern, die das Pferd unter leisen Koseworten an den Rand des Lagers führten und ihr winkten, mitzukommen. Was sollte sie dabei?

Sie beobachtete, wie der Ritter und der Knappe den Hengst mit sorgsamen, bedächtigen Bewegungen wuschen, um ihn von Blut und Schweiß zu befreien. Langsam beruhigte er sich, und allmählich schälte sich die Schönheit heraus, von der der Kastellan gesprochen hatte und die auch Costanza jetzt zu erkennen glaubte.

Der Schimmel sah sie aus seinen dunklen Augen an, und sie konnte gar nicht anders, als an seinen Kopf zu treten und ihm behutsam über die großen Nüstern zu streichen. Er nahm ihren Geruch auf und schnaubte leise.

Costanzas Angst vor dem Tier verflog.

Nachdem die Männer den Hengst abgerieben hatten, trat

der Cavaliere ein Stück zurück und betrachtete sich die Wunden. »Dieser Schinder von einem Knappen wird nie begreifen, dass er sich an einem ganz edlen Tier vergriffen hat. Hoffentlich ist es in der Lage, allmählich zu vergessen, was ihm angetan wurde. Aber das wird sich alles in seinem Kopf abspielen. Was seine Wunden betrifft, seid Ihr jetzt dran, Costanza.«

»Ich?«, fragte Costanza erschrocken. »Ihr meint das nicht im Ernst, oder?«

»Doch.«

»Ihr habt mir einmal von einem Pferdearzt bei Eurem Vorfahren erzählt … Ihr wollt, dass ich mich als solcher betätige?«

Henry nickte mit leuchtenden Augen. »Es ist um kein Jota etwas anderes, als wenn Ihr Männer zusammenflickt. Und seht, nach meinem Verständnis ist ein Pferd wie dieses ein größerer Beweis für die Herrlichkeit des Herrn als der Knappe Geoffroy.«

Rainier erbleichte und trat hastig an seine Seite. »Sagt so etwas nicht laut, Herr, Monsieur Le Brun könnte es missverstehen, wenn es ihm hinterbracht würde.«

»Wie meinst du das?«, fragte Henry aufmerksam, ohne den Hengst aus den Augen zu lassen, der jetzt wieder ruhig atmete und am langen Zügel begonnen hatte, wie ein Feinschmecker die spärlichen Grashalme zu zupfen.

»Er fragte mich schon zweimal, ob ich etwas von den Katharern weiß«, flüsterte Rainier und fuhr mit einem argwöhnischen Seitenblick auf Costanza fort: »… und ob Ihr Fleisch esst. Solche Dinge. Und wenn Ihr nun Geoffroy für weniger wert haltet als ein Pferd, wer weiß, was der Monsieur daraus macht …«

»Gut, dass du mich darauf aufmerksam machst, Rainier, aber nenne ihn bitte Cavaliere«, sagte Henry ernst und wandte sich mit mehr Enthusiasmus wieder dem Hengst zu. »So schnell, wie er sich beruhigt hat, kann er bisher keine schlechten Erfahrungen mit Menschen gemacht haben, kann also noch nicht lange im Besitz von Geoffroy sein. Aber durch Diebstahl oder Beschlagnahme kann er nicht an dieses kostbare Tier herangekommen sein. Es ist mit Sicherheit in der Umgebung bekannt. Kauf kann es auch nicht sein. Also Schenkung. Warum bekommt ein Sergent ein solches Pferd geschenkt? Und von wem?«

»Der Kastellan kennt diese Zuchtlinie der Sarazenen aus ehemalig königlichem Besitz in Kalabrien«, mischte Costanza sich ein. »Er hat ein Pferd dieser Art zuletzt bei einem Stadtadeligen von Catania gesehen. Er scheint etwas von Pferden zu verstehen.«

»Es ist ein Pferd aus arabischer Zucht, da hat er recht. Mit einem solchen Kenner muss ich mich unterhalten«, sagte Henry aufgeräumt, »während Rainier die ehrenvolle Aufgabe übertragen wird, sich unter der Hand zu erkundigen, wie dieser Mistbube zu dem Hengst gekommen ist. Und Ihr, Costanza, solltet Nadel und Faden und was Ihr sonst noch so braucht, holen. Mohn, vor allem. Und ich nehme an, Ihr habt Dill zur Verfügung. Den brauchen wir.«

KAPITEL 20

Costanza war noch stundenlang nach der erfolgreichen Behandlung des Hengstes so aufgeregt, dass sie nicht einschlafen konnte. Am Ende wurmte es sie, dass sie nicht selber die Idee gehabt hatte, dass man Tiere wie Menschen behandeln konnte, obwohl ihr umgekehrt die Hautübertragung vom Schwein auf den Menschen einst als selbstverständlich erschienen war.

Der Cavaliere hatte Mohnsaft mit drei Fingerspitzen Dill, den er zerrieb, in einem Becher Weinessig aufgelöst und dem Schimmel das Ganze mit Hilfe eines Ziegenbalges eingeflößt. Daraufhin hatte sich das Pferd ihre Arbeit ruhig gefallen lassen, und sie hatte die Wunden mit Knoblauchsaft gewaschen statt mit dem üblichen Wein. Diesen Saft hätten die Normannen schon erfolgreich verwandt, wie Henry sagte. Dann hatte sie die Nähte angelegt, einmal sogar drei übereinander.

»Und die Fadenenden immer am unteren Wundwinkel heraushängen lassen«, hatte Henry angeordnet, weil es auf seinen Burgen so Brauch war und die Wunden zumeist heilten.

Und weil ihr alles so gut von der Hand lief, hatte sie schöne Nähte angelegt, gegen die sogar Mutter Rosalia nichts hätte einwenden können.

Einzig konnte zum Problem werden, dass sie nicht wagte, unter den Augen so vieler Neugieriger mit Schafdarm zu nähen. Sie musste sich mit den gewaschenen Seidenfäden begnügen.

Höchstwahrscheinlich war der Stauferkaiser ihr auch bei der Behandlung von Pferden voraus gewesen. Costanza wünschte sich brennend, Schriften in die Hand zu bekommen, in denen sie über solche Dinge nachlesen konnte. Dass es sie gab, hatte Henry ihr erzählt. Seine Familie bewahrte Abschriften einer Maultierheilkunde des Kentauren Chiron auf, und es gab auch von Römern geschriebene Bücher über Pferdekrankheiten.

Inzwischen buchstabierte sie sich dank Rainiers Unterricht schon recht flüssig durch Texte hindurch. Wenn sie nur verständliche und interessante zur Hand gehabt hätte! Die lateinischen Gebete, aus der sie die italienische Hälfte erraten musste, um sie für sich ins Sizilianische zu übersetzen, gaben ihr nichts, und Henrys provenzalische Liebesgedichte waren in einer ihr gänzlich unbekannten Sprache verfasst.

Sie grübelte noch über dieses Ärgernis nach, als sie meinte, draußen fremdartige Geräusche zu hören. Leise kroch sie zum Eingang und schlug ein Eckchen der Zeltbahn auf, um in die warme, feuchte Nacht zu lauschen. Gedämpfte Stimmen irgendwo, die Richtung ließ sich in dieser drückenden Windstille nicht bestimmen.

Flammen flackerten am anderen Ende des Lagers auf, und im Nu brannten mehrere Zelte. In der Lagergasse wurde es laut, ein Pferd, das in der Nähe angebunden sein mochte, wieherte in Panik, Le Brun stürzte mit nacktem Oberkörper aus seinem Zelt und spähte nach unten. Im Feuerschein sah Costanza rennende Gestalten, offenbar bildeten sie eine Eimerkette zum Ufer.

Nach kurzer Zeit waren die Brandherde gelöscht.

»Verdammtes Pack! Es soll mich kennenlernen!«, brüllte Le Brun und machte kehrt, um wieder im Zelt zu verschwinden.

Costanza blieb im Eingang liegen, drehte sich auf den Rücken und sog die Nachtluft ein, die zu dieser Jahreszeit mit der Feuchtigkeit auch den Duft sprießender Kräuter und reifender Früchte in sich trug.

Nur der scharfe Brandgeruch störte ihre Illusion, sich zu Hause im eigenen Garten zu befinden. Und die Erkenntnis, dass Le Brun seinen Sergenten Geoffroy nicht bestrafen würde, was ihren Glauben an seine Gerechtigkeit zerstörte.

Erschrocken blinzelte Costanza am Morgen durch den Spalt des Zelteingangs. Auf dem Platz unter den Pinien hatte sich ein größerer Trupp von Kriegern versammelt, jeder ausgerüstet mit Helm und wattierter Weste. Statt ihrer Langschwerter hatten sie Spieße und wollten augenscheinlich zu Fuß losziehen. Als vier Rammböcke von berserkerhaften Männern herbeigetragen wurden, von denen einer Geoffroy war, ahnte Costanza, was geschehen würde. Als Strafgericht für die Bewohner von Aci Castello würde Le Brun es bezeichnen. Costanza nicht.

Sie konnte nicht verhindern, dass sie im Lauf des Vormittags immer wieder zum Städtchen hinlauschte, aus dem gelegentliches Poltern und Krachen zu hören war. Offensichtlich wurden ganze Straßenzüge systematisch geschleift.

Sie wagte sich nicht ins Lager hinunter, um nicht noch mehr und Schrecklicheres zu hören. Allerdings kam Stelluccia mit den neuesten Gerüchten: Es sollte Tote gegeben haben, obwohl der Auftrag nur gelautet hatte, jedes vierte Haus zu zerstören. Einige Männer, die sich widersetzt hatten, waren zur Warnung an ihre eigenen Olivenbäume geheftet worden.

Nachdem sie sich gegenseitig getröstet hatten, begleitete Costanza Stelluccia nach unten und kehrte mit frischem Trinkwasser auf den Pinienhügel zurück. Ihr entgegen kam Cavaliere Le Brun.

Er sah grimmig aus, das Gesicht rotbraun gebrannt, wogegen die neue Nasenhaut hell abstach. Erleichtert bemerkte Costanza, dass sie angewachsen war, wenn sich auch der Rand ein wenig aufrollte, als würde sich die Haut wegen Sonnenbrandes schälen. Die würde sie in einer ruhigen Stunde abzupfen. Diese Nase war eines ihrer Glanzstücke, und sie war sich nur zu sehr dessen bewusst, wie viel Glück sie dabei gehabt hatte. Le Brun natürlich auch.

»Was seht Ihr mich so streng an?«, warf er ihr hin. »Wenn Ihr mich jetzt unnötiger Grausamkeit beschuldigen wollt, irrt Ihr. Es handelt sich um eine Strafe wegen der Brandstiftung, und sie musste sein, ich würde mich sonst vor der Bevölkerung unglaubwürdig machen.«

»Ihr rechtfertigt Euch vor mir?«, fragte Costanza ungläubig.

Er zuckte die Schultern. »Mir liegt an Euch. Ihr wisst das.«

»Ihr gebt Eure Rache also als Strafe aus?«, platzte Costanza jähzornig heraus. »Der Einzige, der eine Strafe verdient hat, ist Euer Sergent Geoffroy für die Verwüstung, die er in der Stadt angerichtet hat! Habt Ihr sie Euch angesehen, bevor die Rammböcke eingesetzt wurden? Wisst Ihr überhaupt, was die sinnlose Zerstörung der Hausgärten, der Ernte und der verkaufsfertigen Ware für die betroffenen Leute bedeutete? Nicht zu vergessen, dass Eure Krieger ihnen die Vorräte und Herden ja schon längst geraubt hatten!«

Le Brun lauschte entzückt.

Costanza trat einen Schritt auf ihn zu. »Sie werden im Winter verhungern! Das bedeutet es!«, schrie sie ihm ins Gesicht.

Le Brun griff nach Costanzas Handgelenk und hielt sie mühelos auf Entfernung. »Ihr seid eine Kämpferin, wie ich sie liebe. Geplündert wurde nicht. Ich habe es untersagt.«

Am liebsten hätte sie ihm ins Gesicht gespuckt, aber so viel Beherrschung, es zu lassen, besaß sie noch.

Er wartete.

Sie musste ungeheure Selbstdisziplin aufbringen, um ihre Wut niederzukämpfen. »Im Übrigen war die nächtliche Aktion ja ganz gewiss alles andere als eine geplante Zerstörung des Zeltlagers«, setzte sie erbittert fort. »Aci Castello ist weder Palermo noch der Gewürzmarkt von Catania!«

»Ihr seid gut informiert«, stellte der Cavaliere bedächtig fest. »Bei uns zu Hause würde man in der Tat das Abfackeln von drei Zelten als Streich von Narren ansehen, aber nicht hier in Sizilien. Bei euch hat man es immer gleich mit Banden oder Verschwörern zu tun.«

Bei ihren geringen Erfahrungen außerhalb der Familie konnte Costanza gerade das nicht bestreiten. Sie sah ihm stoisch ins Gesicht. Er schien noch mehr loswerden zu wollen.

»Wenn man in Frankreich über einen Toten stolpert, weiß man, dass der entweder einem Raub oder der persönlichen Rache eines Beleidigten zum Opfer fiel. Also ganz leicht durchschaubare Gründe. Hier aber weiß man nicht einmal, ob der Tote überhaupt gemeint war, vielleicht hatte er an diesem Tag nur das Pech, einem Mann vor die Füße zu laufen, der gerade für persönliche Zwecke eine Leiche brauchte. Natürlich nur, um einem anderen zu drohen oder etwas von ihm zu erpressen oder ihn zu warnen, etwas Bestimmtes nicht zu tun. Mir ist das alles sehr fremd!«

Vendetta. Kopflose Hunde. Masken. Anonyme Mörder. Costanzas Gedanken schwirrten umher wie Fledermäuse in der Dämmerung.

»Und deswegen gibt es für mich nur eine Antwort: Auch der

geringste Widerstand gegen uns wird mit äußerster Härte bestraft. Habt Ihr das verstanden?«

»Ja.« Costanza nickte widerwillig. Insgeheim räumte sie ein, dass er von seinem Standpunkt aus möglicherweise recht hatte. Ohne das Land und seine Menschen zu kennen, konnte er nicht maßvoll handeln, sondern musste zum Schutz seiner eigenen Truppe den Sizilianern begreiflich machen, dass er jede Gewalt anwenden würde, die er für notwendig hielt.

»Wundheilerin!« Le Brun neigte leicht den Kopf zum Abschied und setzte seinen Weg ins Lager fort.

So wie er hatte Costanza ihre Lebensumstände noch nie betrachtet. Sie wusste nur durch beide Cavaliere, dass man anders leben und dieses andere Leben für das normale halten konnte. Ein wenig verblüfft war sie schon.

Am späten Nachmittag herrschte nach der Rückkehr der Krieger einige Unruhe im Lager, man torkelte von Feuerstelle zu Feuerstelle, an einigen wurde gegrölt, und getrunken wurde überall. Costanza, die vom Hügel hinunterschaute, konnte sich denken, was los war. Ob Fischfang oder Mauern schleifen – Männer mussten sich ihrer tapferen Taten rühmen. Auch Frauen beteiligten sich, vermutlich war entgegen Le Bruns Befehl auch hier und da geplündert worden, und sie waren die Nutznießerinnen.

Dagegen rührte sich bei den Fischerbooten im Hafen gar nichts. Niemand fuhr heute Abend hinaus zum Fischen. Alle würden damit beschäftigt sein, aufzuräumen und Brauchbares in Sicherheit zu bringen. Zu dieser Jahreszeit waren die ersten nächtlichen Gewitter und Platzregen zu erwarten.

In Costanzas Blickfeld tauchte der Cavaliere Henry auf, der zu ihr hochstieg.

»Wollt Ihr mal mitkommen, bitte?«, bat er gedämpft. »Die Gelegenheit ist günstig.« Er setzte seinen Weg ohne Verzug fort, auf der dem Lager abgewandten Seite hinunter in das kleine Tal, hinter dem die größeren Hügel vor dem Ätna ihren Anfang nahmen.

Costanza folgte ihm. Sowohl Le Brun als auch sein Sergent waren unten im Lager. Henry und sie würden gleich außer Sicht sein. Vor sich sah sie Rainier mit dem Hengst.

Der Knappe saß auf einem Stein und ließ den Hengst in einem kleinen Fleckchen frischen Grüns weiden. Der Araber schnaubte bei ihrer Ankunft, ließ sich aber beim Naschen der Halme nicht unterbrechen.

»Geht es ihm gut?«, erkundigte sich Costanza.

»Oh ja«, bestätigte Rainier stolz. »Seht Euch die genähten Wunden selbst an. Alles trocken. Nichts suppt.«

»Habt Ihr hervorragend gemacht«, lobte Henry.

Costanza klopfte mit strahlendem Gesicht den Hals des Hengstes. »Dank dem Pferdearzt Eures Vorfahren. Und ohne Euer Drängen hätte ich es nie gewagt.«

»Warum nicht? Ich habe gehört, dass Ihr nicht immer so zurückhaltend seid«, machte Henry schmunzelnd geltend.

»Ja, was Menschen betrifft …«, sagte Costanza mit einem Seufzer. »Aber mein Bruder verlor deswegen sein Leben, und ich bin schuld.«

»Ich kann es nicht beurteilen«, sagte Henry respektvoll. »Aber ich glaube nicht, dass eine *medica*, die voller Ernst abwägt, welchen Weg zur Behandlung sie einschlagen soll und dieser sich dann als Irrtum erweist, von einer Schuld sprechen sollte.«

»Das versteht Ihr nicht. Er ist mein Bruder«, sagte Costanza und fühlte sich trotz alledem ungeheuer stolz auf den anerkennenden Titel, den er ihr gegeben hatte. Die Reiberin war aus der Welt. Und doch konnte sie nicht verhindern, dass beim Gedanken an Uberto ein neuer Schauder über ihren Rücken rieselte. Im Augenblick war ständige Furcht ihre Begleiterin.

Ohne es wirklich zu beabsichtigen, drehte sie sich um und musterte sorgfältig den schmalen Ausschnitt der Hügelkette, den sie von hier aus sehen konnte. Hier gab es hauptsächlich wilde Olivenbäume, Gestrüpp und Kakteen an der steilen Wand eines einzelnen Lavafelsens. Zwischen dem Hügel und dem Felsen schlängelte sich der Pfad, auf dem Rainier von der Pferdeweide gekommen war. Ihr Vater, der Rächer, würde den Karrenweg am Ufer nehmen.

»Beunruhigt Euch etwas?«, fragte der Cavaliere.

Für einen Augenblick schwankte Costanza, ob sie ihm von ihrer Angst erzählen sollte. Dann entschied sie sich dagegen und schüttelte den Kopf. »Ich werde die Fadenenden morgen abschneiden«, entschied sie.

Im Schutz des Felsens kauerte ein Junge, Sohn einer der Frauen, und spitzte die Ohren. Von Geoffroy hatte er den Auftrag, Costanza im Auge zu behalten, warum, wusste er nicht. Jedenfalls war das Weib dem Knappen wichtig, und er sollte sie belauschen und sich jedes Wort merken. Eine kleine Münze war ihm dafür sicher.

»Wie Ihr wollt«, sagte Henry bedauernd und wandte sich seinem Knappen zu. »Dann erzähl jetzt der Madama, was du herausbekommen hast, Rainier.«

»Also, das ist so«, begann dieser. »Madama, wir Knappen kennen gegenseitig die Verhältnisse der meisten, auch der

Sergenten, so etwas spricht sich einfach herum. Ihr müsst also wissen, dass Geoffroy von zu Hause aus nicht begütert ist.«

Costanza nickte.

»Geoffroy ist ungefähr so ausgerüstet wie wir alle, die ohne Ritterschlag sind: Er hat ein erschwingliches, aber schlachtenerprobtes Pferd, ein Falchion, das ist ein kurzes Hauschwert, einen Reiterspieß, einen Eisenhut und ein Kettenhemd. Alles ist Eigentum des Cavaliere.«

So weit war das klar. Costanza erinnerte sich an Geoffroys unauffälligen Braunen.

»Als wir aus Randazzo zurück waren, sprengte Geoffroy auf einmal die Lagergasse auf dem Schimmel entlang. Er ist ein geborener Angeber, er musste ihn einfach vorführen. Natürlich versammelten sich diejenigen um ihn, die ihn sowieso als Anführer ansehen.«

»Und die haben doch bestimmt gefragt, woher er ihn hat.«

»Gewiss. Und ratet mal, was Geoffroy da gemacht hat. Statt zu antworten, hat er dem Hengst die Sporen gegeben, nur wenig, so dass er vorne stieg, aber nicht weggaloppierte.«

»Solche Feinheiten kann nur erkennen, wer von Pferden etwas versteht«, fügte Henry hinzu, »und das trifft für Rainier zu.«

»Dann kann Geoffroy doch gut reiten?«, erkundigte sich Costanza überrascht.

»Nicht sonderlich. Nur raffiniert quälen.«

Rainier nickte und schüttelte sich ein wenig. »Kurz, Madama: Antworten wollte Geoffroy nicht, seine Zuschauer verlieren aber auch nicht. Bis er dann den angeblich aufgeregten Hengst beruhigt hatte, war die Frage vergessen.«

»Du weißt also nicht, woher er ihn hat?«

»Na ja.« Rainier verzog das Gesicht. »Einer von Geoffroys

engeren Freunden erzählte mir, er hätte den Hengst von einem hungrigen Bauern erhalten, im Tausch gegen zwei Schafe.«

Henry lächelte flüchtig. »Das stimmt ganz und gar nicht mit dem überschwenglichen Loblied unseres Kastellans über diese Zuchtlinie überein, nicht wahr, Costanza?«

»Ihr wart bei ihm?«

»Ja, heute früh. Ausgeschlossen, dass ein Bauer ein solches Pferd in die Hand bekommt …«

»Ja. Geoffroy lügt«, stellte Costanza unumwunden fest.

»Selbstredend. Es fragt sich, zu welchem Zweck.«

»Herr?«

»Ja, Rainier?«

»Wenn er jemanden übers Ohr gehauen hätte, richtig betrogen, würde er damit prahlen. Ein unauffälliger Tausch passt nicht zu ihm.«

»Du meinst, er verbirgt etwas?«

Rainier nickte mit funkelnden Augen.

»Dann würde wohl ein einträgliches Geschäft eher zu ihm passen«, dachte Henry laut. »Ein kostbarer Hengst gegen … Gegen was?«

Ja, gegen was?

»Informationen«, beantwortete Henry seine eigene Frage. »Jemand wollte etwas wissen, was ihm sehr wichtig ist, und Geoffroy kannte die Antwort. Nur hat der Sergent den Wert seiner Informationen und damit des Pferdes nicht einzuschätzen gewusst.«

Welche Information konnte wohl Geoffroy liefern? Doch nicht mehr als die paar Brocken, die Le Brun ihm vielleicht hinwerfen würde, um seine Eitelkeit zu stillen. Da stimmte etwas nicht. Es würde als Ware nicht reichen, so wie Costanza ihre Landsleute kannte. Ihre Beklemmung war so groß, dass sie kein Wort mehr herausbrachte. Sie hätte aber auch gar nicht gewusst, wie sie Henry ihre Skepsis hätte erklären können.

»Wir sollten gehen. Womöglich fällt jemandem nach ausgiebigem Renommieren doch noch auf, dass er einen Knochen gebrochen hat und Euch braucht, Costanza. Rainier?«

Rainier nickte und setzte sich auf dem Pfad in Richtung der Pferdeweide in Bewegung. Der Hengst trabte mit verhaltenen eleganten Bewegungen neben ihm her, und Costanza blickte beiden beglückt nach. Ein winziger Augenblick, erfüllt von Schönheit.

Geoffroy musterte das Dreckskerlchen, das mit hängenden Schultern vor ihm stand, aus blutunterlaufenen, zusammengekniffenen Augen. Der Junge hatte ihn aus einem Trinkgelage herausgeholt, um wie befohlen Bericht zu erstatten. Inzwischen ärgerte er sich jedoch mächtig über den kleinen Wichtigtuer. Während er zuhörte, nahm er hin und wieder einen Schluck zur Stärkung aus seinem Weinkrug. »Sie haben also gesagt, dass ich ein guter Reiter bin«, vergewisserte er sich.

»Jawohl, Cavaliere.«

»Was weiter?«

»Und dass Ihr deshalb ein zweites Pferd aus bester Zucht bekommen habt.«

»Was? Dieses zu kurz geratene Miststück soll aus bester Zucht sein?«

Der Junge kaute nervös auf der Innenseite seiner Wange.

Geoffroy beugte sich vor und versetzte dem Jungen eine Backpfeife, die ihn von den Füßen riss. »Soll ich dir die Würmer einzeln aus der Nase ziehen? Wird's bald?«

»Ja, Cavaliere«, murmelte der Kleine, kam schnell wieder auf die Füße und hielt sich jetzt respektvoll außerhalb der Reichweite des Sergenten. »Sie haben gesagt, dass der Kastellan auf unserem Kastell und die Madama die Zuchtlinie Eures neuen Hengstes kennen. Bestes Blut. Wenn Ihr also darüber etwas erfahren möchtet …«

»Maul halten«, befahl Geoffroy unwirsch. »Ich muss nachdenken.«

»Das war auch schon alles.« Der Junge wagte, die offene Handfläche auszustrecken, um seinen Lohn entgegenzunehmen.

»Komm morgen zu mir.« Geoffroy drehte sich um und stieg schwankend zu den Pinien hoch. Er setzte sich mit dem Rücken an den Stamm der einen und war im nächsten Augenblick eingeschlafen.

Am nächsten Morgen erwachte Geoffroy mitten in den Piniennadeln, neben ihm der umgestürzte Weinkrug, aus dem säuerlicher Geruch stieg. Steif räkelte er sich, bis ihm die Ursache seiner Misere einfiel: Schlechten Wein gesoffen. Schlechte Nachrichten erhalten. Weitergesoffen.

Das Problem lag in dem, was der kleine Spion ihm berichtet hatte. Zwei Leute kannten die Zuchtlinie seines Schimmels von früher, und inzwischen wohl auch Ritter Henry, der anerkannten Pferdeverstand besaß, und der Wichtigtuer Rainier. Damit war nicht zu spaßen.

Jetzt aber würde es Gerede geben, wenn er seinen Plan umsetzte, und er würde seine liebe Not haben, Le Brun Rede und Antwort zu stehen. Denn dass der fragen würde, war klar. Geoffroy rieb sich heftig den Kopf. Da musste eine glaubhafte Antwort her, die er noch nicht hatte.

Hoffentlich flickte die Reiberin den Hengst ordentlich zusammen. Gerüchte besagten, dass sie bald das Lager in Aci Castello abbrechen und sich nach Messina zurückziehen würden, wo sich das ganze Heer der Anjou derzeit sammelte. Dort würde er das Pferd mit Gewinn verkaufen können, wenn es wirklich so gut war, vielleicht sogar an den Stallmeister des Königs.

Allmählich verstand er, dass die kleine Aufgabe, der er zugestimmt hatte, hoch bezahlt worden war. Und warum? Sie war offenbar so heiß, dass er sich die Finger daran verbrennen konnte.

Unter diesen Umständen wäre es geradezu tollkühn, Aufsehen zu erregen, das womöglich mit ihm in Verbindung gebracht werden konnte. Schließlich wusste auch der kleine Schlingel etwas ... Nein, so blöde war ein Geoffroy, Sergent des Anführers einer Ritterstreitmacht, der sich Hoffnungen machte, durch Tapferkeit zu glänzen und in den niederen Adel aufzusteigen, natürlich nicht!

Geoffroys Gedanken wollten an diesem Morgen nur träge fließen. Endlich aber fiel ihm ein Ausweg ein, mit dem er nichts verkehrt machen konnte. Es würde sich später, wenn niemand mehr an den Hengst dachte, eine unauffällige Möglichkeit bieten, die Sache zu erledigen, am besten sogar auf dem Marsch nach Messina.

KAPITEL 21

Der Knappe Rainier hatte Costanza durch einen der Jungen im Frauenlager rufen lassen. Er stand mit dem Hengst am kurzen Zügel in der Nähe der Becken der Wäscherinnen an der Stelle, an der der Bachauslauf ins Meer mündete. Costanza bestand darauf, bei allem, was sie tat, frisches, sauberes Wasser zur Hand zu haben.

Eine kleine Gruppe Schaulustiger hatte sich versammelt, wie immer, wenn es nichts Interessanteres gab. Costanza, die mit ihrem Instrumentenkasten und dem mit Kräuterzubereitungen gefüllten Korb den Hügel hinuntereilte, war dankbar, dass Geoffroy nicht unter den Zuschauern war. Dafür aber das bissige Weib Cora. Für gewöhnlich hielt sie sich von Costanza fern. Vielleicht wollte sie jetzt nur ihr neues seidenes Schultertuch ausführen.

Von der anderen Seite kam mit großen Schritten Henry herbei. Er hatte ihr aus dem Erfahrungsschatz seines Stallmeisters die jeweils zweckmäßige Behandlung empfohlen, um den Erfolg anschließend großzügig als ihren darzustellen. Einem solchen Mann war sie bis dahin noch nie begegnet. Bei seinem Anblick klopfte wieder einmal ihr Herz.

Staunend hielt Costanza für einen Augenblick inne, als sie bemerkte, dass der Hengst heute geradezu festlich geschmückt war. Seine Trense war aus bunten Lederbändern geflochten, und von der Stirn hingen kleine Troddeln. »Euer Zaumzeug, Cavaliere?«

»Sein Saumzeug. Zur Feier der geglückten Heilung«, bestätigte Henry. »Es ist von sarazenischer Hand geknüpft und passt am besten zu einem solch edlen Pferd.«

Costanza nickte. »Dann lass uns anfangen, Rainier«, sagte sie munter und nässte einen kleinen Wergballen, der in einen ungefärbten Leinenlappen gehüllt war, mit Kamillensud. Dann nahm sie ihren Patienten von allen Seiten in Augenschein.

Die meisten Wunden waren Kratzer gewesen, die einen haarlosen rosa Strich auf der dunklen Haut hinterlassen hatten und nicht behandelt zu werden brauchten. Ein Riss, der hingegen eine Naht erfordert hatte, befand sich an der Hinterhand. Costanza hatte großen Respekt vor dem Huf darunter, aber Henry nahm ihn einfach zwischen die Hände, so dass sie gefahrlos arbeiten konnte.

Die Haut hatte sie mit mehreren einzelnen Nähten zu einem Kamm geformt. Was ein Schuster als angemessen erachtete, um die Kraft eines Fußes beim Laufen auszuhalten, konnte bei einem Pferd nicht verkehrt sein. Es war lediglich etwas mühsam, die Fäden zu finden und loszuschneiden.

»Alle Achtung«, sagte Henry anerkennend, als sie jeden einzelnen Faden aufgeschnitten und vorsichtig aus der Haut gezogen hatte. »Das habe ich so noch nie gesehen.«

Costanza nickte knapp, sehr konzentriert, und wandte sich der schlimmsten Verletzung an der Schulter zu. Sie hatte ausgesehen wie ein gerader Schnitt, als ob jemand mit dem Messer auf den toll gewordenen Sergenten losgegangen wäre und den Hengst getroffen hatte. Costanza hatte drei Schichten von Nähten gelegt, eine durch die Haut, eine weitere durch eine kräftige weiße Sehne und die letzte durch das Fleisch, obwohl

Henry ihr gesagt hatte, dass man dies nicht täte. Das hatte Costanza jedoch nicht einsehen wollen, denn wenn die Muskeln ordentlich arbeiten sollten, mussten sie so zusammenheilen, wie sie vorher waren. Dem hatte Henry nicht widersprechen können.

Aus dem unteren Wundwinkel hingen also zwei Fadenenden, an denen Costanza vorsorglich Knoten angebracht hatte, damit sich die Fäden nicht im Wundsekret verloren. Ihr Gefühl sagte ihr, dass ein Seidenfaden nicht im Fleisch zu bleiben hatte, Seide war unendlich lange haltbar. Und warum auch, wenn das Fleisch zusammengeheilt war?

Die Fäden folgten ihren Fingern leichter, als sie gedacht hatte. Der Rest war ihre eigene Idee. Ein mit Mastix eingeriebenes Leinenläppchen, sorgfältig unter Zug über den unteren, offen gebliebenen Wundwinkel geklebt, sollte für das Zusammenwachsen des Restes sorgen. Als sie zum Schluss die Haut unterhalb der Wunde behutsam mit Kamillensud abgetupft hatte, erklärte sie die Behandlung von Geoffroys Hengst endgültig für beendet.

»Beendet vielleicht. Und den Hengst für alle Zeiten verdorben, liebe Costanza«, meldete sich Coras gehässige Stimme. »Diesem Pferd wird bald ein Schafskopf wachsen, oder es zeugt schafsköpfige Nachkommen. Der Priester von San Pietro hat es mir erklärt. Ich musste ihm schließlich beichten, was du heimlich mit dem Schafsgekröse angestellt hast, um mich nicht selber einer Sünde schuldig zu machen. Frauen, die Mischwesen herstellen, erwartet ein schreckliches Ende. Wusstest du das?«

»Unsinn!«, polterte Henry und hob die Sudschale auf, die Costanza vor Schreck aus der Hand gefallen war.

Costanza hob den Kopf und suchte nach Cora. Inmitten verwunderter Männer stand sie, die Hände triumphierend in die

Seiten gestemmt. »Lass dir meine Worte eine Warnung sein, du Künstlerin der schwarzen Magie.« Damit drehte sie sich um und verschwand zwischen den Männern, ihre große Gestalt noch eine Weile gut sichtbar.

»Mein Stallmeister hat kein einziges Pferd verloren, das sich verletzt und das er genäht hat«, brummte Henry gleichgültig. »Wer glaubt denn an solchen Unfug?«

Zumindest tat man es auf Sizilien, dachte Costanza niedergeschlagen, und das würde reichen, um ihr den Garaus zu machen, auch wenn noch keiner, den ihr Vater oder sie behandelt hatten, je das Wesen eines Schafes angenommen hatte.

»Costanza«, flüsterte Henry in warnendem Ton, und jetzt war es ihm ernst.

Sie fuhr herum.

Vor ihr versperrte mit verkniffener Miene ihr Vater den Blick auf alles andere.

»Bis zum Sarg hört man nicht auf zu lernen«, sagte Santino Cataliotti leise.

Costanza betrachtete ihren Vater eine Weile. Er wirkte verhärmt, abgerissen wie jemand, der lange auf Wanderschaft gewesen war, viel weiter als die Entfernung zwischen Catania und Aci Castello betrug. Sie hatte keinen Zweifel daran, dass ihre Mutter Rosalia ihn mit eiserner Härte gezwungen hatte, sie überall zu suchen, und die gleiche Härte spiegelte sich in seinem Gesicht wider.

Aber mit welchem Recht stellten sie ihr nach? Mochte sie in den Augen der Kirche und den Herrschern der Stadt Unrecht getan haben, hatte sie doch alles unternommen, um die Familie zu schützen. »Der Vulkan bricht aus, wann er will; der Krieg, wann es die Menschen wollen«, antwortete sie.

»Du hast ihn erklärt.«

Die französischen Zuschauer verloren ihr Interesse an einem Streit, den sie nicht verstanden, und schlenderten davon. Auch Rainier wollte sich mit dem Hengst entfernen. Aber Costanza bemerkte mit ihren alarmierten Sinnen, dass der Cavaliere kaum merklich den Kopf schüttelte, worauf der Knappe große Augen machte und begriff, dass Gefahr im Verzug war.

Was Rainier dann tat, sah sie nicht, aber der Hengst trat unruhig hin und her, drehte sich schließlich auf der Hinterhand, und unversehens befanden sich sein Hals und der Kopf zwischen ihrem Vater und ihr.

Die Wurfhand des Vaters war nun deutlich behindert. Sollte er zum Messer greifen, musste er einen Schritt zur Seite tun. Und dort stand der Cavaliere, die Hand an dem Falchion, die zu seiner leichten Bewaffnung innerhalb des Lagers gehörte. Costanza wusste sich beschützt.

Der Vater sprach nicht, er richtete nur forschende Blicke in alle Teile des Lagers, die er einsehen konnte. Schließlich hielt Costanza es nicht mehr aus.

»Will Mutter mich sehen?«

Santino lächelte verächtlich. »Ich und mein Weib Rosalia richten unsere Zukunft ganz auf Guglielmo aus. Er lernt eifrig.«

Was heißen sollte, dass Costanza für die Familie tot war, aber nicht außer Gefahr. Im Gegenteil, das Urteil war gesprochen, der unbarmherzige Rest war der Ordnung wegen unabwendbar.

»Deine Mutter Rosalia betet täglich für dich.«

Sant'Agata, dachte Costanza, sie betet für meinen Tod. Sie musste ihre Panik bekämpfen, bis ihr Atem sich wieder beruhigt hatte.

»Ich denke, es gibt nicht mehr zu sagen«, schaltete Henry sich behutsam ein. »Ihr seht, dass es der Madama Costanza gutgeht. Sie wird dringend von einem Verletzten erwartet.«

Santino sah erstmals den Ritter offen an. »Mit Euch und Euresgleichen hat alles begonnen. Ich fluche diesem Tag. Unser Sprichwort sagt: Wer alles nur wegen des Geldes macht, wird bald für Geld alles machen.«

»Für die Madama Costanza trifft dies nicht zu«, widersprach Henry ruhig.

»Nein? Noch schlimmer«, höhnte Santino. »Dann hat Tommaso Fallamonaca den Hengst Eurer Madama wohl geschenkt! Für welche Liebesdienste eigentlich? Uberto hatte recht und Rosalia auch: Du bist zur Hure geworden!« Er drehte sich um und verdrückte sich zwischen die verbliebenen Zuschauer. Dort drehte er sich noch einmal um und rief ihr zu: »Wir denken an dich, vergiss es an keinem einzigen Tag deines restlichen Lebens!«

Er ließ Costanza voller Furcht zurück.

Eine Weile hatte sie sich der Illusion hingeben können, sie habe ein neues Leben begonnen. Und nun musste sie mit einem Schlag entdecken, dass es das alte war, angereichert um weitere Gefahren und Unsicherheiten.

Inzwischen war Cataliotti schon an den Stufen zum Marktplatz angelangt und damit zu weit weg, um seine Tochter durch einen Messerwurf zu töten.

»Sieh einer an«, murmelte Henry zwischen zusammengepressten Zähnen und entspannte sich endlich. »Jetzt wissen wir doch, von wem Geoffroy den Hengst bekommen hat.«

»Habt Ihr gehört, Costanza?« Der Cavaliere drehte sich zu ihr um, aber Costanza konnte nicht antworten. Sie zitterte, und ihre Zähne schlugen aufeinander. »Großer Gott, Ihr seid ja ganz bleich!«, rief er bestürzt aus. »Ihr legt Euch besser erst einmal flach hin. Rainier, dein Wams!«

Rainier nahm den Zügel zwischen die Zähne und wand sich aus dem wattierten Wams heraus, das Henry unter Costanzas Kopf zurechtschob, bis sie es ausreichend bequem hatte. Besorgt beobachtete er sie und seufzte erleichtert, als ganz allmählich die Farbe in ihre Wangen zurückkehrte. »Noch einmal: Wovor müsst Ihr solche Angst haben, Costanza? Vor Eurem Vater etwa?«

»Ja«, flüsterte sie. Ihr Blick flackerte unstet.

»Da ist noch mehr«, sagte ihr Henry auf den Kopf zu. »Euer Vater und was noch?«

Doch wieder einmal schüttelte sie den Kopf.

»Wenn Ihr es mir nicht erzählt, wird es eines Tages vielleicht zu spät sein, Euch zu beschützen«, warnte Henry sie.

Die anderen, die neuen Ängste, die dazugekommen waren, hatte Costanza dem Cavaliere unter Aufbietung aller Kräfte verschwiegen. Denn in Wahrheit stand sie Todesangst aus.

Was hatte Geoffroy den Fallamonaca, dieser überaus geizigen Familie, schon liefern können, um sich ein solches Pferd zu verdienen? Für die Zerstörung des Städtchens Aci Castello hatte er den Hengst sicherlich nicht bekommen. Eigentlich sprach alles dafür, dass er den Kaufpreis noch gar nicht entrichtet hatte.

Sie fröstelte trotz der Mittagsglut draußen und der Hitze, die in ihrem Zelt herrschte. War Tommaso Fallamonacas Vater einer der Patrizier, die ihren Großvater Jacopo ermordet hatten? Gar der Anführer auf dem kostbaren Araber?

Wenn das stimmte, ahnte sie, womit Geoffroy den Hengst bezahlen würde. Mit ihrem Tod! Costanzas Zähne begannen so laut zu klappern, dass sie es selber hörte. Sie musste unter die Leute! Etwas anderes sehen und hören! Harmlose Verletzungen behandeln. Sie würde sich erst besser fühlen, wenn sie sich mitten unter den Frauen befand. Sogar die Weiberlatrine kam ihr sicherer vor.

Wie gehetzt rannte Costanza den Hügel hinunter.

»Ist etwas passiert?«, fragte Stelluccia zwischen den Zähnen, während sie gerade einen Faden durchbiss, mit dem sie einen heruntergetretenen Saum ausgebessert hatte. »Du hast es ja so eilig.«

»Nein, nein«, schnaufte Costanza und sank so dicht neben ihr auf den Boden, dass sie ihre Hand wie ein Kind in die Falten von Stelluccias Rock stecken konnte. »Ich brauche Gesellschaft. Mir wurde es da oben zu einsam.«

»Dann bist du hier richtig. Wir tauschen uns gerade über die schmackhafteste Zubereitung von Pferdefleisch aus.« Sie kicherte in sich hinein.

Pferdefleisch. Costanza verzog angeekelt das Gesicht. Sie sah in die Runde. Da saßen die stumme Francesca, ebenfalls mit einer Näharbeit beschäftigt, und ihr pfiffiger Sohn, der Matteo gerufen wurde und ein Pferdchen schnitzte. »Kann Matteo denn kochen?«

»Wo denkst du hin! Er hat da nicht mitzureden. Aber Francesca kocht doch.« Auf Costanzas Stirnrunzeln hin setzte sie fort: »Francesca kann sich natürlich verständlich machen, gar kein Problem, nicht wahr?«

Francesca nickte, und Matteo grinste verschmitzt. »Ich weiß sehr gut, was Mutter gerade an Zutaten braucht, wenn ich sehe, dass sie Farfalle, Penne oder Spaghetti vorbereitet«, versicherte er.

Stelluccia wuschelte ihm zärtlich die braunen Lockenhaare. »Und du passt auch immer brav auf, dass niemand zusieht, wenn Speck, Erbsen und Pilze, die Francesca braucht, irgendwo verschwinden?«

»Grrr«, machte der Junge enttäuscht. »Ich dachte, das merkt keiner …«

»Oh, ich zähle meine Erbsen, Matteo«, versetzte Stelluccia und lachte ihr ansteckendes Lachen, dem niemand widerstehen konnte, am wenigsten Matteo.

In der Lagergasse wurde ein Ruf laut, der sie ihr Gespräch unterbrechen ließ. »Geoffroy! Hat jemand den Sergenten Geoffroy gesehen?«

»Ich nicht«, murmelte Stelluccia, »und ich lege auch keinen Wert auf diesen Grobian. Von mir aus soll er auf Nimmerwiedersehen verschwinden.«

Sein Ruf war bei den Frauen nicht der allerbeste. Noch während Costanza darüber nachgrübelte, sah sie Matteo auf seinem Platz unruhig hin- und herrutschen, Pferdchen, Holzspäne und Messer auf den Hosenbeinen. Zuweilen blickte er in die Richtung, aus der der Ruf nach Geoffroy allmählich lauter wurde, dann wieder mit böser Miene vor sich auf die Erde.

Er weiß etwas, erkannte Costanza überrascht, und überlegt, ob er es sagen soll.

Dann kam der Mann, der auf der Suche nach Geoffroy war, um eine Zeltecke, und Costanza erkannte den Knecht mit dem Schildkrötennacken. Er blieb bei ihnen stehen. »Ihr Weiber habt's ja schon gehört«, sagte er, »ich suche Geoffroy. Unser Cavaliere hat Sehnsucht nach ihm. Seit gestern Abend hat niemand ihn gesehen.«

»Danke Gott, deinem Herrn, dafür«, antwortete Stelluccia barsch. »Wir tun es auch.«

»Halt's Maul, Alte«, befahl der Mann gelangweilt. »Und?«

Matteo biss sich auf die Unterlippe. Schließlich schlich sich seine Hand vor und blieb mit geöffneter Handfläche in Gürtelhöhe des Knechts schweben.

»Du weißt was?«, fragte der junge Mann ungläubig.

»Könnte sein«, bestätigte Matteo.

»Ja oder nein?«

»Ja, wenn die Entlohnung stimmt. Ohne, weiß ich nix.«

Der Knecht grunzte unschlüssig, runzelte die Stirn und dachte nach. Wahrscheinlich durfte er Le Brun mit dem kleinen Erpresser nicht unter die Augen kommen. Er entschied, dass es besser sei zu zahlen, und holte aus seinem Gürtel eine kleine Münze heraus, die er in die Höhe hielt. »Dann spuck's aus.«

Matteo sprang auf die Füße. »Ich zeig es dir lieber. Komm mit.«

Sie zogen ab. Costanza fühlte ein Grummeln im Magen. Was das nun wohl wieder zu bedeuten hatte? Im Augenblick war sie leicht aus der Bahn zu werfen.

»Du fürchtest dich wegen Coras dummer Bemerkung, stimmt's?«, warf Stelluccia wie nebensächlich ein. »Zum Glück kommt der Priester von San Pietro nicht zu uns ins Lager, weil die Franzosen sich weigern, einem Sizilianer zuzuhören.«

»Du hast gut reden. Meinst du wirklich?«

Stelluccia nickte beruhigend.

Einige Zeit später plumpste Matteo wieder auf seinen Platz, sehr zufrieden mit sich, wie es schien.

»Habt ihr Geoffroy gefunden?«, erkundigte sich Stelluccia beiläufig.

»Sicher. Und jetzt gehen alle mal gucken.«

Costanza drehte sich zum Lager um. Tatsächlich hatten sich viele der Männer aufgemacht.

»Soll ich Euch auch hinbringen, Madama?«, fragte Matteo eifrig. »Es kostet Euch nichts.«

»Ja, bitte.« Sollte ausgerechnet Geoffroy tot sein, der stets für andere eine Bedrohung gewesen war? Davon wollte sich Costanza doch lieber mit eigenen Augen überzeugen.

In stummer Erwartung lief sie hinter dem quirligen Jungen her, der einen anderen Weg als die Menge der Männer über den Hügel nahm. Binnen kurzem standen sie auf dem Pfad, auf dem sie vor einigen Tagen die Unterredung mit Henry und seinem Knappen geführt hatte. Nur wenige Franzosen waren bereits angelangt, und die flüsterten miteinander.

»Ich habe ihn versteckt hinter dem Felsen gefunden«, raunte Matteo Costanza zu. »Inzwischen hat ihn wohl jemand herausgeholt und ins Gras gelegt, so dass man ihn besser besichtigen kann.«

Besichtigen, dachte Costanza irritiert. Was gibt es da zu besichtigen?

Matteo hatte recht. Costanza erschrak zutiefst, als sie Geoffroy in der Senke liegen sah. Er war tot, aber wie er zu Tode gekommen war, erzählte eine ganze Geschichte. Vor allem das blau angelaufene Gesicht.

Geoffroys Hände und Füße waren mit einer kräftigen Hanfschnur hinter seinem Rücken zusammengebunden. Zusätzlich lag eine Tauschlinge um seinen Hals, deren beide Enden zum Knoten auf dem Rücken führten. Der Sergent musste versucht haben, sich aus dieser unerträglichen Lage zu befreien. Aber je mehr er die Beine gestreckt hatte, desto mehr hatte sich die Schlinge um seinen Hals zugezogen und ihn langsam erdrosselt.

Woran erinnerte die Fesselung sie nur? Nach einigem Grübeln kam Costanza darauf. Ziegen wurden zum Transport zur Schlachtung mit genau solchen Tauen gebunden.

Diese Bindung war nicht einfach eine Tötungsart, an der ein Mörder seinen Spaß hatte. Sie war eine grausame Abart eines Schlachttodes, eine Strafe für etwas, das Geoffroy begangen hatte. Was hatte er begangen, und wer hatte ihn bestraft? Alles deutete darauf hin, dass es ein Sizilianer gewesen war.

»Nun, Madama, für Euch gibt es hier wohl nichts mehr zu tun«, ertönte Le Bruns Stimme direkt neben Costanzas Ohr. Sie fuhr zusammen. »Ein Sergent, der wie ein Schützenbogen gespannt ist! Könnt Ihr Euch erklären, warum man einen Mann derart herausputzt?«

»Nein, das kann ich nicht«, sagte Costanza und entfloh sowohl von diesem schrecklichen Ort als auch Le Bruns mitleidlosen Worten.

Vor Geoffroy brauchte Costanza keine Angst mehr zu haben. Aber nun war alles noch schrecklicher geworden. Unumstößlich fest stand für sie, dass keiner aus dem Heer Geoffroy ermordet hatte. Und ihr Vater, der zur Tatzeit in der Gegend gewesen war? Wohl kaum. Sie konnte sich allmählich des Gefühls nicht erwehren, dass alles auf eine verworrene Weise in Zusammenhang mit ihrer Person stand und bereits zwei Generationen früher begonnen hatte.

Gerade hatte sie sich in ihrem Zelt verkrochen, dessen Nachbarschaft zu dem von Le Brun jetzt wiederum den besten Schutz versprach, als sie draußen schnelle Schritte hörte.

»Seid Ihr hier, Madama?«, fragte Henry.

»Ja, bin ich«, antwortete Costanza mit einem Seufzer und kroch zurück ins Freie.

»Ihr habt nun ein exzellentes Pferd in Eurem Besitz«, stellte Henry fest, während Costanza sich die Piniennadeln vom Kleid klaubte.

»Wieso?«

»Die Abmachung war, dass Ihr es Geoffroy zurückgebt, wenn Ihr die Behandlung beendet habt. Dazu ist es nicht mehr gekommen. Deswegen gehört der Hengst Euch. Zeugen dafür gibt es genug.«

»Ja. Warum erklärt Ihr mir das?«, fragte Costanza nachdenklich.

»Um Euch darauf vorzubereiten, dass einer oder mehrere Männer als Geoffroys Erbe auftreten werden. Sie werden versuchen, Euch Eure arabische Kostbarkeit abzuluchsen. Sie werden Euch unter dem Anschein eines Rechtsanspruchs bedrängen. Geht nicht darauf ein.«

»Aber was soll ich mit einem Pferd?«

»Darum geht es nicht. Wahrt Euer Recht, das in diesem Fall unser französisches Recht ist und sich wahrscheinlich vom sizilianischen unterscheidet. Das Pferd war Geoffroys persönliches Eigentum, und er konnte nach Gutdünken darüber verfügen. Ihr habt genug Zeit, darüber nachzudenken, was Ihr letztendlich mit dem Hengst machen wollt. So lange kann Rainier ihn in seine Obhut nehmen. Er wird es gerne tun, das wisst Ihr.«

»Ohne jeden Zweifel«, beteuerte Costanza. »Und wenn er jetzt mein Hengst sein soll, würde ich ihm gerne einen Namen geben. Glaubt Ihr, er versteht Arabisch?«

Henry schmunzelte. »Ich weiß es nicht. Aber Araber sind sehr klug. Und ich kenne einen arabischen Namen, der den Schimmel sehr stolz machen würde.«

»Und der wäre?«

»Aasim. *Der Beschützer.*«

»Ja, der Name ist schön«, sagte Costanza begeistert. »Ich werde ihn ihm erklären.«

»Tut das, einer Frau sieht das ähnlich. Solltet Ihr jemals die Gelegenheit haben, darauf angewiesen zu sein: Ich glaube, er ist schnell wie der Wind. Einziges Problem vielleicht: Wir haben keinen Seitsattel, wie er wohl für Frauen angenehmer sein soll. Ihr müsst im Spreizsitz reiten wie wir Männer.«

»Ich muss ohnehin das Reiten richtig lernen, das habe ich auf dem Braunen gemerkt, der mich brav nach Randazzo und zurück getragen hat, aber keinen einzigen Schritt aus der Reihe heraus tun wollte. Von Sätteln verstehe ich sowieso nichts.«

»Ein sarazenisches Pferd versteht, was Ihr möchtet.«

»Tatsächlich? Was kann mir dann auf einem solchen Pferd noch passieren?«, seufzte Costanza hingerissen, um sofort auf den Boden der Tatsachen zurückzukehren. »Habt Ihr jemanden Bestimmten im Sinn, vor dem ich mich in Acht nehmen muss?«

»Ja«, sagte Henry ohne Umschweife. »Ihr werdet schon merken, wer er ist.« Er lächelte ihr aufmunternd zu, schlenderte pfeifend auf die Rückseite des Hügels und verschwand außer Sicht.

Merkwürdig, dachte Costanza, die ihm nachsah, diese Männer des Nordens sind so einfach gewebt wie eine Stellwand aus Rohr. Einmal drunter, einmal drüber, ohne jegliche Raffinesse. Aber liebenswürdig. Seinen Rat würde sie beherzigen. Er hatte ihn ihr nicht ohne Grund gegeben.

Lange hielt die Ablenkung wegen des Pferdes nicht an. Geoffroys Tod beunruhigte Costanza und ließ sie nicht zur Ruhe kommen. Sie setzte sich in den Zelteingang, um ungestört nachzudenken.

Sofern ihr Gefühl stimmte, dass Geoffroy einen Auftrag hatte ausführen sollen, dessen Lohn der Hengst war, konnte es sein, dass er es getan hatte und jetzt aus Rache von der geschädigten Seite ermordet worden war.

Aber wo hätte er schon die Gelegenheit zu einer Tat gehabt, die solch kostspielige Bezahlung erforderte? Eher sprach einiges dafür, dass er vor der Ausführung seiner Tat getötet worden war. Warum?

Geoffroy war geschwätzig und galt als Angeber. Hatte man ihn beseitigt, damit er nicht noch mehr ausplaudern konnte?

Dann wurde es Costanza siedend heiß. Schließlich gab es noch weitere geschwätzige Leute in diesem Lager. Sie dachte an das Gespräch zurück, das sie zu dritt in der Talsenke geführt hatten, gleich in der Nachbarschaft zu dem Felsen, hinter dem Matteo den toten Geoffroy entdeckt hatte. Die Stelle war auch für einen versteckten Lauscher bestens geeignet.

Mühsam versuchte Costanza, sich in Erinnerung zu rufen, worüber sie gesprochen hatten. Da war Henrys Vermutung, dass Geoffroy Informationen verkauft hatte, und Rainiers Bericht, dass der Knappe mit dem Hengst geprahlt hatte. Wichtiger war möglicherweise aber die Bemerkung gewesen, dass die Zuchtlinie des Hengstes bekannt war.

Geoffroy war der Einzige gewesen, der mit dem ehemaligen Besitzer gesprochen hatte, es sei denn, dieser hätte sich eines Mittelsmannes bedient, was wahrscheinlich war. Insofern wären sie vier, der Kastellan, Henry, Rainier und schließlich sie selbst, eher in der Lage gewesen, den Hengst bis zu seinem ehemaligen Stall zu verfolgen als der Sergent. Dass sie seine Herkunft durch Zufall von ihrem Vater erfahren hatten, hatte keiner voraussehen können.

Stellte trotzdem die Geschwätzigkeit des Sergenten für den unbekannten Mörder die größere Gefahr dar? War er den Leuten lästig geworden?

Natürlich kannten auch die Bewohner von Aci Castello diesen Felsen am Pfad. Für einen an dieser Stelle ertappten Lauscher war es ein ausgezeichneter Ort zum Sterben. Man würde wissen, weshalb er dort lag. Der tiefere Grund mochte die Strafe für sein Wüten in der Stadt sein.

Costanza drehte sich im Kreis. Eine Frage verästelte sich und schuf weitere Fragen, schließlich einen ganzen Baum voller Fragen.

Ihre Furcht blieb, dass die Sache mit Geoffroys Tod nicht ausgestanden war.

Es war ruhig im Lager, auch die See war heute friedlich. Die Wellen liefen mit einem schmalen weißen Schaumrand auf dem Ufer auf, den Costanza gut erkennen konnte.

Bis Le Brun ihr die Sicht versperrte. Er kam vom Lager hoch und hatte ein Panzerhemd aus Kettengeflecht in der Hand. Er hob es grinsend im Vorbeigehen in die Höhe, damit Costanza es besichtigen konnte, dann blieb er plötzlich stehen, als ob ihm etwas eingefallen sei. »Eine Leihgabe an meinen ehemaligen Sergenten. Ich sammele mein Eigentum wieder ein«, erklärte er. »Diese Steppwesten, die die meisten nichtritterlichen Krieger haben, bieten nicht den geringsten Schutz gegen einen Bolzen aus der Armbrust, und meine Leute möchte ich so gut gerüstet sehen, wie es geht.«

Costanza nickte anerkennend.

»So, wie ich auch für Euren Schutz gesorgt habe …«

Das stimmte. Costanza war Le Brun sehr dankbar.

»Ach, übrigens könntet Ihr dann auch Geoffroys Schimmelhengst meinem Knecht übergeben. Ich habe gehört, dass er wiederhergestellt ist.«

Daher wehte also der Wind. Trotzdem erschrak Costanza, sie

hatte nicht erwartet, dass es Le Brun sein würde. »Er gehört mir. So haben Geoffroy und ich es vereinbart«, sagte sie mit gebührendem Bedauern in der Stimme.

»Besitztümer von Knappen und Sergenten fallen bei ihrem Tod im Krieg oder im Feldlager an den Herrn zurück.«

Costanza begriff jetzt in Windeseile das Ausmaß dessen, was Henry ihr erklärt hatte. »Es handelt sich dabei offensichtlich um die Güter, die ein Sergent von seinem Herrn erhalten hat, während er in seinem Dienst steht«, sagte sie treuherzig. »Waffen, das braune Pferd, das Kettenhemd.«

»Richtig.« Le Bruns Lächeln blieb unverändert jovial.

»Den Schimmel hat er nicht von Euch bekommen, Cavaliere Le Brun. Er war Geoffroys persönlicher Besitz. Da Ihr seine und meine Abmachung mit eigenen Ohren gehört habt, wisst Ihr, dass der Hengst durch seinen Tod in mein Eigentum übergegangen ist.« Costanza hielt den Atem an vor Furcht, Le Brun würde toben oder handgreiflich werden.

Aber er blieb beherrscht und kühl, warf sich das Kettenhemd über die Schulter und wandte sich zum Gehen. »Nun, Ihr werdet sehen, was Ihr davon habt, beste Costanza. Könnt Ihr überhaupt reiten? Übrigens ist die Fürsorge für ein solches Pferd nicht einfach. Und kostspielig, wenn man sie bezahlen muss.«

Sie sah ihm verblüfft nach. War das eine gewöhnliche Bemerkung oder ein Drohung?

TEIL III

MESSINA, HERBST 1282

KAPITEL 22

Zwei Tage später stieg Cavaliere Henry zu Costanza hoch. »Guten Morgen«, grüßte er, fröhlich wie meistens, aber mit angespannten Gesichtszügen.

»Ist etwas?«, fragte Costanza alarmiert.

»Nein. Habt Ihr schon gehört, dass wir in zwei Tagen nach Messina aufbrechen? Der König zieht dort sein Heer zusammen.«

»Dass wir aufbrechen, weiß ich«, sagte Costanza, dankbar für jede weitere Stunde Fußmarsch, die sie zwischen sich und ihre Familie legen konnte. Und zwischen den Priester von San Pietro und sich. »Aber warum jetzt? Das wussten die Frauen nicht.«

»Nein, das versteht sich von selbst. Ich sage es Euch im Vertrauen: Peter von Aragon schwärmt mit seinen Truppen mittlerweile über ganz Sizilien aus. Wir sind auf dem Rückzug ...«

Costanza merkte auf. »Verlieren die Anjou an Boden?«

»Nein. Unser König und seine Ratgeber wissen, dass die Sizilianer nunmehr alles hergegeben haben, was sie vermögen, um ihn bei seinem Kreuzzug zu unterstützen. Das Heer wird von Messina aus zum Stiefel von Italien und dann nach Byzanz übersetzen. Es ist aus König Karls Sicht sinnlos, die Soldaten im Kampf mit den Spaniern zu opfern, statt sie gegen Byzanz zu schicken.«

»Warum denn gegen Byzanz? Sie sind keine Ungläubigen! In Catania kenne ich Familien, die so gläubig sind wie wir, nur dass sie dem Patriarchen von Byzanz statt dem Heiligen Vater in Rom folgen«, sagte Costanza empört.

»Ja, eben. Das ist ihr ganzer Fehler. Sie sollen das Primat von Rom anerkennen. Die Streitigkeiten gehen seit Jahren hin und her.«

»Und Ihr meint, das sei richtig?« Costanza weigerte sich, es zu glauben, weil es ein so offensichtliches Unrecht war. »Wollt ihr Franzosen etwa die Kirchen von Byzanz zerstören wie San Nicolò in Randazzo?«

»Beruhigt Euch, Costanza«, empfahl Henry knapp. »Das ist nicht meine Meinung. Ich wollte Euch nur klarmachen, was Ihr in der Mitte des französischen Heeres zu erwarten habt. Solltet Ihr nicht doch besser nach Hause zurückkehren?«

Costanza fuhr in die Höhe. »Nein! Ihr wisst ja nicht, was mich erwartet!«

»Das stimmt. Ihr wollt es mir nicht sagen.«

Sie holte tief Luft. Henry war ein vertrauenswürdiger Mann, sie hatte nie an ihm zweifeln müssen. Jedoch behielt man Familienangelegenheiten für sich. Es kostete sie Überwindung, davon zu reden. Endlich entschloss sie sich dazu, weil Franzosen anders waren als Sizilianer. »Ich soll umgebracht werden. Meine Mutter hat beschlossen, den Tod meines Bruders, ihres Lieblings Uberto, an mir zu rächen. Mein Vater war nur vorsichtig genug, um es nicht vor aller Augen zu tun. Genau genommen: vor französischen Augen. In sizilianischen hätte er recht gehabt und wäre nach getaner Arbeit unbehelligt nach Hause zurückgekehrt.«

Der Cavaliere sah sie bestürzt an. »Seltsame Bräuche. Ich verstehe, dass Ihr Euch an uns haltet.«

Ja. Dabei hatte Costanza sich geschworen, nicht davon zu sprechen. »Werden die Franzosen mich auch gegen die sizilianische Kirche schützen, die mir vorwirft, das falsche Nahtmaterial zu verwenden?«

Der Cavaliere lächelte ein wenig verächtlich, ein Zug, den Costanza an ihm noch nie gesehen hatte. »Heißt es nicht: Wer heilt, hat recht? Aasim wird nie einen Schafskopf bekommen …«

»Allein schon deshalb nicht, weil ich mit Seidenfäden genäht habe«, flocht Costanza ein.

»Unter anderem. Natürlich ist klar, dass diese Begründung einen Priester in seiner eisenharten Überzeugung nicht wanken lassen würde. Jedoch ist noch bei keiner Behandlung mit Schafsdarm aus einem Menschen ein Schaf geworden. Es sei denn, er wäre es vorher schon gewesen.«

»Aber hilft mir das?«

»Wer jeden Sonntag Jesu Fleisch und Blut verspeist, sollte sich wohl bei einem solchen Disput zurückhalten …«

Costanza schrak zusammen und starrte Henry mit weit aufgerissenen Augen an.

Henry lächelte ein wenig. »Ich bin kein Ketzer, ich gebrauche nur meinen Kopf …«

Worin Costanza eine Ähnlichkeit mit dem Kaiser zu erkennen glaubte. Sie schmunzelte verhalten. Darüber hinaus fiel ihr endlich auf, dass Henry bedrückt schien, und das hatte mit ihr wohl nichts zu tun. »Wolltet Ihr mir nur den Aufbruch ankündigen, oder …«

Der Cavaliere seufzte. »Ich suche Rainier. Er ist wie vom Erdboden verschluckt. Unsere Pferde – und Eures – hat er gestern Abend wie üblich versorgt, gestriegelt, gefüttert und getränkt. Aber seitdem hat ihn niemand mehr gesehen.«

Costanza lief es kalt über den Rücken. Ganz genau so hatte

die Suche nach Geoffroy begonnen. Allerdings gab es keinen Grund, einem Jungen etwas anzutun, im Gegensatz zu Geoffroy, der wahrscheinlich viele Menschen herausgefordert hatte. Sie stand sofort auf. »Ich helfe Euch suchen. Ich gehe nach Aci Castello hinein.«

»Zu unsicher für Euch«, sagte Henry ablehnend. »Wenn er dort verschwunden ist, würde man Euch vermutlich ebenfalls beseitigen. Mich nicht. Ich bin bewaffnet. Vielleicht könntet Ihr in Rufweite des Lagers suchen? Nehmt Matteo mit.«

Er hatte recht. Besonders bedrückend fand Costanza, dass er sich mit den gleichen Ängsten wie sie herumschlug.

Auch ohne Matteo fand Costanza Rainier. Sie hatte sofort an die Klippe denken müssen, hinter der Geoffroy gestorben war. Voller Furcht eilte sie als Erstes dorthin, nachdem sich der Cavaliere ins Städtchen aufgemacht hatte.

Rainier lag auf dem Bauch und rührte sich nicht.

Sie hielt sich am scharfen Lavagestein fest, um nicht vor Entsetzen umzusinken. Ihr fehlte selbst die Kraft, um Hilfe zu rufen. Rainier lag annähernd unbekleidet in einer Felsspalte, Hose und Wams hingen über nadelspitzen Steinbrocken, als ob sie dort hingesegelt wären.

Die nackten Hinterbacken des Knappen waren blutverschmiert, und auch an den Oberschenkeln zogen sich trockene Blutstreifen entlang. Jemand hatte ihm Gewalt angetan, bevor er ihn tötete.

Doch dann hörte Costanza ein Stöhnen.

Rainier lebte. Costanza zwängte sich in den Spalt und hob vorsichtig seinen Kopf an.

»Madama Costanza? Lasst mich«, krächzte er mit geschlossenen Augen und schluckte schwer.

Er litt Durst.

»Hörst du mich, Rainier?«, sprach ihm Costanza langsam und deutlich ins Ohr. »Ich hole Wasser und deinen Cavaliere. Ich bin gleich zurück.«

»Nicht Cavaliere Henry«, murmelte Rainier kraftlos. »Nicht ihn!«

»Dann nur Wasser.« Costanza stürmte davon. Ihr zitterten die Knie, wie sie merkte.

Es dauerte nicht lange, bis sie mit einem großen Ziegenschlauch voller Wasser, Schwamm und sauberen Tüchern zurück war. Rainier hatte sich nicht von der Stelle gerührt, aber er atmete jetzt tiefer.

»Nein, macht das nicht«, bat er verzweifelt, als er den Schlauch abgesetzt hatte und Costanza anfing, ihn zu säubern.

»Rainier, ich bin Heilerin«, versetzte sie ärgerlich. »Wer wüsste es besser als du? Dein Herr sieht mich als Medica. Ich mich auch.«

»Ja«, keuchte er, weil die Blutkrusten nicht ganz abgingen, ohne dass sie ihm Schmerz zufügte. »Ich weiß. Aber Hilfe von einer Art Lehrherrin anzunehmen ist etwas anderes.«

»Du meinst Behandlung. Würdest du mir sagen, wer es war?« Costanza bemühte sich bewusst um Nüchternheit, das machte es Rainier vielleicht leichter.

»Nein!«

»Doch nicht der Cavaliere Henry?«

Er lächelte unter Tränen. »Nein, er doch nicht! Er ist der beste ritterliche Lehrmeister, den ich je hätte finden können.«

»Das beruhigt mich«, sagte Costanza und ging in Gedanken die Männer des Heeres durch, die sie kennengelernt hatte. Der Einzige, den sie jemals einer solchen Tat verdächtigt hätte, war tot.

Als Rainier sich einigermaßen erholt hatte, war er in der Lage, sich auf die zittrigen Beine zu stellen.

Zu Costanzas Erleichterung war der Blutfluss gestoppt. Sie half ihm, die Beinlinge anzuziehen. »Ich begleite dich jetzt zu eurem Zelt«, sagte sie bestimmt. »Damit du auch wirklich dort ankommst.«

»Nein, das geht nicht«, stieß Rainier voll Entsetzen aus. »Man darf uns nicht zusammen sehen.«

»Warum nicht?«

Rainier wich ihrem Blick aus. »Es wäre nicht gut. Weder für Euch noch für mich.«

»Das ist eine seltsame Antwort«, vermerkte Costanza. »Aber dir ist es wichtig, scheint mir.«

Er nickte. »Bitte schwört mir, dass Ihr von dieser Sache niemandem erzählt!«

»Ich kann es dir schwören, Rainier, aber nötig ist es nicht. Mir steht es unter keinen Umständen zu, mich über Angelegenheiten der von mir Behandelten zu äußern. Mein Vater hat mich das gelehrt. Es ist Brauch unter Heilern, und keiner verstößt dagegen.«

»Ah so«, sagte Rainier erleichtert. »Das ist gut.«

»In Ordnung? Dann geh du voraus, ich komme später nach.«

Der Knappe nickte. Mit steifen Bewegungen trat er auf dem Pfad, der ihn auf einem Umweg zum anderen Ende des Lagers führen würde, seine schmerzhafte Rückkehr in Henrys Zelt an.

Costanza hätte etwas darum gegeben, wenn sie gewusst hätte, wer ihm das angetan hatte. In Männergesellschaften kam es häufiger vor, so viel wusste sie durch Stelluccia. Aber Rainier war noch ein Junge. Sie fragte sich auch, ob es eine hintersinnige Bedeutung haben sollte, dass der Täter Rainier in dem Felsspalt abgeladen hatte, in dem Geoffroy gestorben war. Und hatte er gewollt, dass Rainier dort verblutete oder verdurstete?

Costanza hatte den Hügel, über den ihr Weg zurück ins Lager führte, noch nicht erklommen, als vor ihr eine braune Eidechse forthuschte. Sie folgte ihr gedankenlos mit den Augen, um hinter einem ginsterartigen Gebüsch eine Bewegung wahrzunehmen. Dann war wieder alles still. Selbst die braunen Augen wagte der heimliche Lauscher nicht zu schließen, aber Costanza sah sie. »Komm heraus, Matteo!«, befahl sie, nicht unfreundlich, aber unnachgiebig.

Der Junge spürte es. Mit gesenktem Kopf befreite er sich von dem Gewirr von Ästen, trottete heraus und blieb vor ihr stehen.

»Nun, Matteo, wie ist es, kannst du jetzt Pferdefleisch zubereiten?«

Matteo sah überrascht hoch und fing an zu grinsen. »Wollt Ihr es von mir lernen?«

Costanza lachte, so schwer es ihr auch fiel, und schüttelte den Kopf. »Nicht wirklich. Ich würde mich immer fragen, wessen Pferd ich gerade esse und ob es ein treues Tier war.«

»Ja, stimmt«, gab Matteo zu. »Aber wenn einem der Magen vor Hunger brennt ...«

»Ich würde fischen gehen. Mit einer Hanfschnur und einer Muschel als Köder ...«

Matteo schob die Unterlippe vor und betrachtete sie aus goldbraunen Augen und schräg geneigtem Kopf. »Ihr seid wirklich nicht übel, Madama, ganz anders, als Cora immer behauptet.«

Nun ja, das konnte warten. Jetzt wollte sie etwas von dem Jungen erfahren, der anscheinend immer unterwegs war und vieles beobachtete, was er zur gegebenen Zeit preisgab. Costanza griff an ihre Schärpe, aber sie hatte vergessen, ihren Beutel mit den Münzen mitzunehmen. »Matteo, hast du beobachtet, was mit Rainier passiert ist? Wie er in diese Felsspalte geraten ist? Wer es war?«

Der Schreck trat dem Jungen in die Augen, und er schüttelte so heftig den Kopf, dass seine Kappe herabsegelte. »Ich habe nichts gesehen!«

»Wenn doch, darfst du dir nachher bei mir am Zelt einen Silberdenar abholen …«

»Nein, Madama Costanza, ich habe nichts gesehen«, bekräftigte Matteo bedrückt und sah sich verstohlen nach allen Seiten um. »Bestimmt nicht! Ich bin Euch gefolgt. Als Ihr mit dem Wasserschlauch hierhergegangen seid.«

Da war nichts auszurichten, obwohl Matteo Costanza das ganz sichere Gefühl gab, sehr wohl etwas beobachtet zu haben. Aber seine Angst war größer als sein Verlangen nach dem Denar.

»Ich wüsste gerne noch etwas anderes von dir«, sagte sie sanft. »Hast du möglicherweise gehört oder irgendwie erfahren, wer meinen Schimmel Geoffroy übergeben hat?«

»Gesehen, Madama, sogar gesehen«, berichtete Matteo eifrig.

»Wirklich? Kannst du mir denn schildern, wie es vor sich gegangen ist?«

»Leicht, Madama. Der Mann war Sizilianer. Das erkennt man am schaukelnden Gang, denn sie haben ein Gemächt wie Bullen, und das zwingt die Beine auseinander. Er hatte sich wohl mit Geoffroy verabredet, denn der wartete schon. Das war auf der anderen Seite der Pferdekoppel.« Matteos ausladende Geste zeigte in Richtung auf die Hügel, wo Costanza noch nicht gewesen war.

»Mm«, murmelte sie zum Zeichen, dass bis hierhin alles klar war, musste aber wegen seiner unbekümmerten Zeltlagersprache ein Lächeln unterdrücken.

»Der Kerl hatte eine Maske auf dem Gesicht, wollte wohl nicht erkannt werden«, setzte Matteo seinen Bericht fort. »Aber dann scheute der Hengst vor Geoffroy und warf seinen Kopf nach oben. Dabei riss er dem Kerl die Maske vom Kopf, und die flog irgendwohin. Da hab ich es gesehen.«

»Was hast du gesehen?«

»Das Gesicht. Der Mann sah ganz komisch aus. Ich kann gar nicht beschreiben, wie. Seine Nase fehlte. Es war vielleicht nicht so, dass er nicht erkannt werden wollte. Ich glaube eher, dass andere Menschen vor ihm erschrecken. Geoffroy hat flugs das Kreuz geschlagen und ich auch.«

»Kann man sagen, dass er so etwas Ähnliches wie einen Schweinerüssel hatte?«

»Ja, genau!«, bestätigte Matteo aufgeregt. »Als hätte er einen Schweinerüssel wie die Schweine bei uns zu Hause. Woher wusstet Ihr? Aber Ihr kennt Euch mit allen Tieren gut aus, stimmt's?«

Costanza schmunzelte. »So gut auch wieder nicht, Matteo. Danke für deinen Bericht.«

»Darf ich mir den Denar jetzt doch noch abholen?«, fragte Matteo hoffnungsvoll.

»Natürlich. Komm nach dem Abendessen. Die Schnur zum Fischen gebe ich dir auch.«

Matteo grinste und nickte und huschte fast lautlos davon. Wahrscheinlich hätte sich mancher gewundert, was dieser Junge alles in seinem Kopf speicherte. Doch noch wichtiger war die Erkenntnis, dass der Gewalttäter ungeheure Angst verbreitete. Wovor fürchteten sich die beiden Jungen?

An diesem Abend war das Zeltlager erfüllt von Betriebsamkeit. Überall wurde gepackt, wurden Ballen mit Beutegut gebunden und zum Transport durch die Maultiere bereitgestellt, letzte Pferde beschlagen und Ziegenschläuche mit Wasser am Quellenbächlein gefüllt.

Le Brun war dagegen die Ruhe selbst. Er saß vor seinem Zelt, trank hin und wieder einen Schluck Wein und schaute gedankenvoll über das wirbelige Lager.

Costanza ging es ähnlich. Sie war längst fertig mit Packen, das sie schnell erledigt hatte, nachdem sie vom Kastell zurückgekehrt war. Bernardo Sacerdote war heilfroh gewesen, die Schienen endlich ablegen zu können. Er hatte ihr geschworen, stets die Krücken zu benutzen, und ihr zum Dank einen gut mit Münzen gefüllten Beutel überreicht. Sie waren zufrieden voneinander geschieden. Die Schildkröten hatten sich nicht geäußert, aber dem Kastellan würden ihre Gespräche fehlen, hatte er gesagt. Und dass sie ihn besuchen sollte, falls sie jemals zurückkäme.

Als Costanza zum Luftschnappen aus ihrem Zelt hinaussah, winkte Le Brun sie zu sich. Erstaunt folgte sie seiner Aufforderung, sich neben ihn zu setzen, und nahm folgsam auch den Becher Wein entgegen, den er ihr reichte.

»Ich habe«, sagte Le Brun, »darüber nachgedacht, warum Ihr Eure Familie aufgegeben habt. Das Gespräch mit Eurem Vater soll offenbart haben, dass Euer Verhältnis zueinander zerrüttet ist. Warum?«

Costanzas Herz begann zu hämmern. Eigentlich hätte sie jeden Verdacht dieser Art von sich weisen müssen. Aber das halbe Lager war Zeuge gewesen.

»Oder seid Ihr möglicherweise wegen Eurer ungewöhnlichen Handlungen unserer Mutter Kirche unangenehm aufgefallen?«

Sein Ton war nach wie vor freundlich. Costanza sah sich in die Enge getrieben. Sie nickte und trank einen Schluck in der Hoffnung, der Becher möge bald leer sein, damit sie sich verabschieden konnte.

»Mit anderen Worten: Ihr seid exkommuniziert, und die Familie hat Euch deswegen verstoßen?«

»Ja«, gab Costanza widerwillig zu. Wenigstens hatte er nur die halbe Wahrheit erraten. Die in ihren Augen weniger verfängliche Hälfte.

Le Brun nickte. »Das dachte ich mir. Wir haben, wie jedes Heer, auch ein paar üble, gottlose Burschen. Wir achten aber darauf, dass sich keine Häretiker und Exkommunizierten unter den Soldaten befinden, und wir schicken alle zur Beichte, wenn ein Geistlicher erreichbar ist.«

Costanza hielt den Atem an. Worauf wollte er hinaus?

»Schließlich befinden wir uns auf einem Kreuzzug und dienen unmittelbar dem Heiligen Vater.«

»Ja«, murmelte Costanza kläglich.

»Ich halte Euch nicht für moralisch und geistlich unrein«, sagte Le Brun bedächtig. »Deswegen werde ich Euch aus unserer Gemeinschaft nicht ausschließen. Aber das ist meine persönliche Auffassung, die mich in den Augen der Geistlichkeit bereits mitschuldig macht. Weiß es sonst noch jemand?«

»Nein, nein«, beteuerte Costanza.

»Gut. Dann sprecht auch weiterhin mit niemandem darüber. Es ist außerdem für Eure Sicherheit das Beste, wenn Ihr Euch auf unserem Marsch und in Messina immer in meiner Nähe haltet. Vor allem solltet Ihr Euch vom Cavaliere Henry fernhalten. Es gehen Gerüchte, dass er dem Irrglauben der Katharer anhängt, also ein Ketzer ist, und das wäre in Eurem Fall doppelt fatal. In Frankreich ist es schon seit mehr als hundert Jahren üblich, die Leugner des römischen Glaubens auf den Scheiterhaufen zu setzen.«

»Ja, ja«, versprach Costanza aus dem Instinkt heraus, endlich fortzukommen. Er mochte ja teilweise recht haben, aber sie hatte andererseits das Gefühl, dass er sie bedrängte.

»Also«, sagte Le Brun und hob seinen Becher, »auf eine bessere Zukunft. Wollt Ihr den Araber immer noch behalten?«

»Auf eine bessere Zukunft«, wiederholte Costanza stoisch, trank aus und sprang auf. »Ich habe noch ein paar Dinge vorzubereiten. Ja, ich will ihn behalten.«

»Wir werden sehen, wie lange.« Der Cavaliere sah sehr zufrieden mit sich selbst aus.

Costanza war gerade zurück, als Matteo erschien, um sich seine Belohnung abzuholen.

Ab dem Morgengrauen wurden die Maulesel angeschirrt und die Reitpferde gesattelt.

Costanza wurde durch Kratzgeräusche an der Rückseite ihres Zeltes überrascht und dann durch Rainiers gedämpfte Stimme, der fragte, ob er hereinkommen dürfe.

Mit verlegener Miene stahl er sich herein. Unter seinem Arm klemmte ein Kleiderbündel, das er ihr hinhielt. »Madama Costanza«, sagte er mit gesenktem Kopf. »Der Cavaliere schickt mich mit Reiterbruche und Beinlingen zu Euch. In Randazzo seid Ihr gehumpelt, wir haben es beide gesehen … Die Bruche hat an den Oberschenkeln keine Innennähte, und …«

Costanza nahm ihm beides wie selbstverständlich ab, um ihm aus der Verlegenheit zu helfen. Sie hatte Brüder, er aber wahrscheinlich keine Schwestern und wusste nicht mit einer so delikaten Angelegenheit umzugehen. Wahrscheinlich der Cavaliere auch nicht, weshalb er sie seinem Knappen aufgehalst hatte.
»... und scheuert nicht, wolltest du sagen. Ist das die Bruche des Cavaliere?«

Rainier schüttelte den Kopf. »Die wäre zu groß gewesen.«

»Also deine eigene. Ich danke dir, Rainier, das ist wirklich aufmerksam von euch. Wundgeritten zu sein ist kein Spaß.«

»Nein, bestimmt nicht, Madama«, rief Rainier erleichtert und spähte umher, bevor er aus dem Zelt schlüpfte.

Von irgendjemandem wollte er nicht gesehen werden. Vielleicht von dem Gewalttäter. Womöglich beobachtete der ihn, um sicher zu sein, dass Rainier ihn nicht anklagte.

Der Vormittag verstrich, während die Zelte abgebaut und verpackt wurden, und dann setzte sich endlich die Kolonne in Bewegung. Costanza hatte von Henry, der die Einteilung in Gruppen vorgenommen hatte, ihren Platz in der Nähe von Le Brun zugewiesen bekommen, wo sie die Standarte mit den Lilien ständig im Blick hatte. Sie ritt jetzt einen anderen Braunen als auf dem Weg nach Randazzo, während ihr Schimmel sich weiterhin in Rainiers Obhut befand.

Der Wallach des toten Sergenten Geoffroy war zunächst etwas lebhafter, aber als er merkte, dass sie keinerlei Macht über ihn besaß, verfiel er in Lethargie. Costanza war es recht. Es war besser, als Aasim ständigen neidischen Blicken auszusetzen.

Der Heerwurm war beeindruckend lang. Anscheinend hatten die Männer den Befehl erhalten, sich der sizilianischen Bevölkerung im bestmöglichen Zustand zu präsentieren. Die

Pferde glänzten, ebenso wie das Zaumzeug, die Ritter waren mit ihren langen Schwertern gegürtet, während die Sergenten mit den an den Sätteln befestigten Langschwertern geordnet hinter ihrem Herrn herritten. Zwischen dem Ritter und seinen Mannen befanden sich die mit Kurzschwertern bewaffneten Knappen, soweit sie nicht an der Spitze des Trosses die Ersatzpferde ihres Herrn beaufsichtigten.

Der Nachmittag verlief ereignislos. Die Wanderung führte sie meistens in nicht allzu weiter Entfernung von der Küste und endete schließlich auf einer Ebene, die dichter als anderswo besiedelt war. Überall wuchsen hier Zitronen- und Feigenbäume, und die Gegend war ein einziger Garten. Sie lagerten in der Nähe des Ortes Riposto, ohne die Zelte aufzuschlagen. Endlich konnte Costanza wieder den Ätna sehen, der so oft durch die Hügel im Vordergrund den Blicken entzogen war. Mit zuversichtlichen Gedanken für die Zukunft rollte sie sich in ihre Decke ein und schlief sofort ein.

Die nächsten Tage waren anstrengend und eintönig. Costanza geriet schließlich sogar mit der Zählung durcheinander, vor allem, als sie den Fiume Alcántara und sein Niederungsgebiet hinter sich gelassen hatten. Ab da wechselten Berge und enge Taleinschnitte einander in dichter Folge ab, dem jetzt noch schmaleren Karrenweg mussten sie ins Landesinnere folgen, um irgendwo tief unten ein trockenes Flussbett zu durchqueren, dann ging es wieder hoch, zur Steilküste zurück und eine Wegstrecke dort entlang. Die Landschaft war Costanza ganz fremd. Sie kamen aufreibend langsam voran, fand sie ungeduldig.

Eines Abends, als das Lager schon stand, schlug Costanza sich bis zu Stelluccia durch, die mit den anderen Frauen im

Tross wanderte und somit weit von der Spitze mit Le Brun entfernt war. Mit Genugtuung stellte sie fest, dass Henry schon bei den Frauen angelangt war. Hier organisierte er vor allem den Wassertransport aus einem tief unterhalb des Weges gelegenen Bachbett durch Knechte. Etliche Lagerfeuer brannten schon, um die sich Gruppen von Frauen gesammelt hatten, wie üblich aufgeteilt nach Sympathien und auch Muttersprache.

»Gut, dass du kommst«, sagte Stelluccia mit breitem Lachen. »Wir alle brauchen hier mal Abwechslung. Wie steht's da vorne bei euch? Lagert der Kopf des Wurms schon in Sichtweite von Messina?«

»Wo denkst du hin«, sagte Costanza schmunzelnd und schnupperte genießerisch in die Dampfschwaden über dem Kochtopf. »Was ist das? Und wovon braucht ihr Abwechslung?«

»Von allem. Vom Marschieren unter sengender Sonne. Vom erbitterten Schweigen der Weiber, nachdem sie sich gestritten haben. Vom Auskeilen eigensinniger Maultiere. Vom Männermangel mitten in einer Streitmacht. Schlechthin von der Eintönigkeit.«

»Vom normalen Leben also«, stellte Costanza nüchtern fest.

Stelluccia lachte wieder ihr unverwüstliches Lachen, für das man sie einfach lieben musste. »Da magst du recht haben. Cora macht auch wieder Ärger. Sie verteilt das Gift des Neides. Unter anderem stichelt sie wegen deiner angeblichen Bevorzugung. Besonders, dass du reitest, während wir gehen müssen.«

»Oh«, sagte Costanza in bedauerndem Ton. »Tut mir leid, wenn sie euch damit in den Ohren liegt. Aber entschuldigen werde ich mich dafür nicht.«

»Kümmere dich jetzt nicht um sie. Willst du mitessen? Es gibt Schwertfisch in Zwiebeln, Oliven, Kapern, Knoblauch und Sellerie.«

»Liebend gern! Und du hast es wieder einmal geschafft, einem Fischer den Fang abzuschwatzen?«

»Man muss sie nur zu nehmen wissen. Nimm dich trotzdem vor Cora in Acht«, warnte Stelluccia leise. »Boshafte Gerüchte könntest du mit einem Schulterzucken beantworten, weil sowieso niemand sie glauben würde. Es müssen andere Gründe als Eifersucht sein. Sie versucht dir zu schaden, wo sie kann. Bei deinen Freunden kann sie nichts ausrichten. Aber es gibt ja noch mehr Cavalieri mit Einfluss. Womöglich solche, die im großen Heer in Messina mehr zu sagen haben als hier.«

»Welche Freunde meinst du denn?«, fragte Costanza vergrätzt. Sie pflegte keine Freundschaften wie viele Huren, die sich von einem bestimmten Mann aushalten ließen und dafür seine Sachen in Ordnung hielten.

»Dummerchen, so meine ich es doch nicht«, sagte Stelluccia warmherzig, die wusste, was Costanza jetzt gedacht hatte. »Ich spreche von den Cavalieri Le Brun und Henry, die von Anfang an deine Fähigkeiten als Heilerin geglaubt und dir immer den Rücken gestärkt haben.«

»Le Brun hat mir schon zu verstehen gegeben, dass ich mich eng an ihn halten soll, wenn wir nach Messina kommen«, bekannte Costanza mit einem tiefen Seufzer.

»Siehst du. Er baut auch vor. Wenn man schon älter ist, weiß man, dass bekannte Persönlichkeiten Anfeindungen ausgesetzt sind. Je bekannter, desto größer die Feindschaft – und je größer die Gruppe, desto mehr Feinde.«

»Von welchen Persönlichkeiten sprichst du jetzt?«, fragte Costanza zerstreut.

»Von dir.«

Costanza wandte sich ihr bestürzt zu. »Nein, das bin ich nicht! Und das darfst du auch nicht sagen. Bitte, Stelluccia.«

Stelluccia musterte stumm ihr Gesicht. »Du hast Angst. Stimmt's?«

»Ja«, gab Costanza gequält zu.

»Wovor?«

Ganz genau wusste Costanza es selbst nicht. Es war eine Menge zusammengekommen, das sie ängstigte: Santinos Drohung, die bis zu ihrem Tod Geltung hatte, Fallamonacas kostspielige Bezahlung für etwas, was noch nicht erledigt war, Geoffroys seltsamer Tod, schließlich sogar die Vergewaltigung des Knappen Rainier, über die er Stillschweigen bewahrte. Und immer wieder das Gefühl, dass alle diese Dinge eine bestimmte Bedeutung hatten, die mit ihr in Zusammenhang standen.

Und ganz besonders fehlte Turi ihr, sie schaffte es nicht mehr, ihre Sehnsucht nach ihm zu verdrängen. Sie konnte auch nicht verhindern, dass ihr die Tränen über die Wangen liefen und in den Schoß tropften.

Stelluccia nahm sie auf mütterliche Art in den Arm und drückte sie ganz fest an sich, während sie mit der anderen Hand von Zeit zu Zeit sachte im Topf rührte.

KAPITEL 23

Cavaliere Le Brun gab das Zeichen zum Anhalten. Es gelang Costanza, sich in die vorderste Reihe durchzumogeln, wo sie sich auf halber Höhe der Hügel wiederfand und einen Blick über Messina werfen konnte. Ihr Ziel.

Die Aussicht war überwältigend. An einer tiefen Bucht lag die Stadt, von einer Mauer umgeben und mit zahlreichen Kirchtürmen geschmückt. Die Bucht war eine Aussackung der Meerenge, von der man stets Fürchterliches zu hören bekam, deren Wasser von hier oben aber ganz friedlich wirkte. Und jenseits davon wiederum sah man im Dunst das Bergland von Italien.

In der Mitte der Bucht ragte eine kleine Insel mit einem Gebäude aus dem Wasser, vielleicht einem Wachturm oder einem Leuchtfeuer. In der nächsten Nähe zur Insel befand sich auf festem Land das Lager des großen französischen Heeres, Zelt an Zelt.

Costanzas Herz klopfte hart. So riesig hatte sie es sich nicht vorgestellt. Sie würde verlorengehen, wenn sie sich nicht an Le Brun hielte. Sie verstand jetzt, was er gemeint hatte.

Am frühen Nachmittag waren die Zelte von Le Bruns Einheit aufgestellt, unter Henrys Befehl ähnlich ordentlich wie in Randazzo, jedoch musste man wegen des Platzmangels auf dem

Sandstrand dichter zusammenrücken. Noch waren nicht einmal alle erwarteten Rittereinheiten eingetroffen, hieß es.

Le Bruns und Costanzas Zelte standen am Ufer, wo gelegentlich eine kleine Brise das Wasser kräuselte und die Luft frisch war. Ganz in der Nähe befand sich eine Kirche mit mehreren zugehörigen Gebäuden. Was mochte es sein? Wirklich eine Herberge für Pilger ins Heilige Land, wie Costanza gehört hatte? Es musste eine Bedeutung haben, dass der Komplex sich außerhalb der Stadtmauern befand.

Die Frauen aus Le Bruns Tross hatten ihren Platz noch näher zur Stadt als die Krieger angewiesen bekommen. Am liebsten hätte sich Costanza am gleichen Nachmittag mit Stelluccia auf einen kleinen Streifzug durch Messina begeben. Aber daraus würde nichts werden, wie sie erkannte.

Cavaliere Le Brun steuerte auf sie zu, gekleidet in einen eleganten wadenlangen blau-gelb bestickten Waffenrock, in dem sie ihn noch nie gesehen hatte, und gegürtet mit einem Einhänder mit vergoldetem Handgriff. Groß, wie er war, und mit der neuen Nase, die ihn interessant erscheinen ließ, war Costanza tief beeindruckt von seinem stattlichen Aussehen. Zuweilen fühlte sie sich zu ihm stärker hingezogen, als sie wollte.

»Seid Ihr bereit?«, fragte er.

»Wozu?«

»Ich werde Euch wichtigen Männern vorstellen, damit Euch im Lager niemand mit einer Hure verwechselt.«

Immer ging er ohne Umschweife und ohne jede Höflichkeit direkt auf das Ziel los. Es war Costanza trotz allem peinlich, wie er sie mit nur wenigen Worten in die Nähe des Gewerbes zu rücken verstand, das sie verabscheute. Aber sie schwieg. Es war nicht vernünftig, den Monsieur wegen unwichtiger Nebensächlichkeiten gegen sich aufzubringen.

Der König der Franzosen war in dem großen Zelt, in das Le Brun Costanza geleitete, nicht anwesend. Schade, dachte sie und widmete sich der Ansammlung wichtiger Herren, die in Zweier- und Dreiergruppen herumstanden und gedämpft miteinander schwatzten. Auch Cavaliere Henry fehlte. Dann tauchten vor ihren Augen zwei asketisch wirkende Geistliche in schwarzen Kutten und angegrauten, einstmals weißen Mänteln auf. Diese Männer mussten die Dominikaner sein, von denen Ciccu gesprochen hatte.

Der Einzige, dem sie von all diesen Leuten jemals begegnet war, war der fettleibige Medicus, dessen Dienste Le Brun abgelehnt hatte. Leider erkannte auch er sie sofort. Mit ausladenden Bewegungen begann er sich seinen Weg zum Cavaliere zu bahnen. Mehrmals sah sie den üppigen Edelstein an seinem Daumenring aufblitzen, während die jüngeren Ritter behende beiseitesprangen, ohne seine Rücksichtslosigkeit zu rügen. Offensichtlich war er einer der wichtigsten der wichtigen Herren.

Zu ihrer Erleichterung postierte der Medicus sich auf Le Bruns andere Seite, so dass er Costanza gar nicht zur Kenntnis zu nehmen brauchte.

»Ihr solltet doch Eure Hure nicht hier hereinbringen«, flüsterte er vernehmlich. »Sind Eure Sitten in diesem Castello denn ganz verwildert?«

»Meister Arnaud de Paris«, gab Le Brun in normaler Lautstärke zurück, »Ihr wisst genau, dass Costanza de Catania eine erfahrene Heilerin ist, deren besondere Kenntnisse in der Wiederherstellung abgeschlagener Nasen für Ritter, die mit dem Schwert kämpfen, mit Gold aufzuwiegen sind. Ihre Familie übt seit Jahrhunderten dieses Heilverfahren aus, das es sonst im ganzen Weltkreis nirgendwo gibt. Da Madama Costanza trotz ihrer Jugend jetzt schon besser als ihr Vater ist, habe ich mir erlaubt, sie mitzubringen und nicht ihn. Sie ist ein großer Gewinn für unsere Streitmacht.«

Die Gespräche ringsherum wurden leiser und verstummten zum Teil ganz. Die Dominikaner musterten Costanza abweisend.

»Frauen können nur in einer einzigen Hinsicht ein Gewinn für das Heer sein«, gab Arnaud säuerlich zurück. »Und ob sie dafür taugt? Sie ist mager wie ein Skelett im Unterricht der Pariser Chirurgien-Barbiers.«

»Ihr braucht nur mein Gesicht anzusehen. Ihr wisst, wie es nach meiner Verwundung aussah«, bemerkte Le Brun.

Wie ein Mann fuhren sämtliche Köpfe herum und musterten neugierig Le Bruns verheilte Nasenverletzung.

Nur Meister Arnaud starrte beleidigt in die Luft. »Übrigens«, hob er nach einer Weile spitz an, »erbringt das Weib selbst den Nachweis, Hure zu sein. Ich habe gehört, dass ihr unsere bewährte Behandlung mit kochendem Öl fremd ist. Stattdessen wendet sie die unverantwortlichen, dilettantischen Methoden von Reiberinnen an. Wenn sie nicht Eure Hure wäre, hättet Ihr sie längst anzeigen müssen.«

Costanza kochte. In aller Öffentlichkeit wurde sie bloßgestellt. So hatte sie sich das Bekanntmachen nicht vorgestellt. Aber sie bezähmte sich zähneknirschend, weil sich in diesem Augenblick der Medicus umdrehte und auf seinen dicken, kurzen Beinen davonstolzierte, lächerlich bunt gekleidet wie ein *arlecchino*.

Später brachte Le Brun Costanza zu den einzelnen Gruppen, wo sie ein paar unverbindliche Worte von sich zu geben hatte, unterstützt vom Cavaliere, der hin und wieder ihre Worte ins Französische übersetzte. Aber ihre Empörung flaute nicht ab, denn einige Ritter lächelten sie so anzüglich an, dass sie sich ihren Teil denken konnte.

Auf dem Rückweg durch die Lagergassen konnte Costanza ihre Wut nicht mehr bezähmen. »Dieser grässliche Arnaud von Paris!«, schimpfte sie. »Hätte der mich nicht so unverschämt verleumdet, wäre vielleicht alles gutgegangen.«

»Wieso? Es ist gutgegangen«, widersprach Le Brun launig. »Bestens sogar.«

Costanza blieb stehen. »Das nennt Ihr bestens? Dass der medizinische Ratgeber des Königs lautstark alle Anwesenden darüber informiert, dass er mich für eine Hure hält? Am liebsten hätte ich ihn erwürgt.« Zu spät fiel ihr ein, dass Geoffroy stranguliert worden war. Sie spürte, wie sie vor Scham rot anlief.

Aber Le Brun besaß so viel Feingefühl nicht. Er genoss seinen Sieg. »Glaubt mir, Costanza, diese Doppeldeutigkeit macht Euch für viele Eurer künftigen Kunden erst richtig interessant. Manche überlegen wahrscheinlich, ob es ihnen gelingen könnte, Euch zu Gefälligkeiten der besonderen Art zu bewegen. Ihr haftet jetzt in vielen Gedächtnissen, und das ist die Hauptsache.«

Costanza schnaubte verhalten und ballte die Fäuste. Er verstand überhaupt nicht, wie tief gekränkt sie war.

Für Costanza gab es noch nichts zu tun. Der König, um den allein drei Medici herumscharwenzeln sollten, wie man sich erzählte, benötigte anscheinend deren Dienste hauptsächlich für die tägliche Harnbeschau. Für die gemeinen Krieger waren zwei Bader zuständig, denen Costanza noch nicht begegnet war.

»Wahrscheinlich gibt es in diesem großen Heer auch die Reiberinnen, von denen Geoffroy sprach«, bemerkte sie schnippisch, als Stelluccia und sie sich am nächsten Vormittag in die Stadt aufmachten. »Jede Menge Leute, die sich um die körperlichen Bedürfnisse der Krieger kümmern. Einschließlich der Priester, die ihre Seele in die Hölle beten.«

Stelluccia machte ein verwundertes Gesicht. »Warum siehst du denn heute alles so rabenschwarz? Du solltest auch besser dein buntes Kleid anziehen, um etwas fröhlicher zu wirken.«

»Le Brun hat mich geärgert«, antwortete Costanza knapp. »Er ist gefühllos wie ein Felsklotz.«

»Das ist kein Geheimnis«, sagte Stelluccia zustimmend. »Er ist schlimmer als ein Felsklotz. Er ist roh von Gemüt, hat sich aber angepasst und versteht es, sich zu verstellen.«

Costanza seufzte. Sie vergaß immer wieder, dass diese französische Streitmacht sich erst auf Sizilien in kleine Gruppen aufgeteilt hatte. Stelluccia war schon seit langem dabei und kannte viele Leute. Bereits am frühen Morgen hatte Costanza beobachtet, wie sie immer wieder aufgesprungen war, um eine ihr selbst unbekannte Frau zu umarmen oder einige Schritte Arm in Arm mit ihr zu gehen und einvernehmlich zu flüstern. Das Heer war wie ein großer Ameisenhaufen, in dem jeder seinen Platz und seine Aufgabe hatte. Nur ihr kam alles so fremd vor.

»Jetzt vergiss mal alles, was dich bekümmert, und freu dich auf eine neue Stadt«, mahnte Stelluccia gutmütig. »Ich bin sicher, dass wir heute etwas Leckeres zum Abendessen kaufen können.«

Costanza nickte stumm.

Die Neustadt war, anders als die Altstadt, von keiner Mauer umgeben, vermutlich wuchs sie rascher, als die städtische Regierung Geld für Baumaßnahmen beschaffen konnte. Die Menschen, die hier wohnten, waren zumeist schwarz gekleidet, die

Männer in den gleichen langen Mänteln und Hüten wie im Viertel an der Porta Judeca in Catania. Sie durchquerten offenbar das jüdische Viertel.

Überrascht erkannte Costanza, dass die Kennzeichnung von Juden mit gelben Flecken auf der Kleidung hier durchgesetzt worden war. Die Vorschrift sollte ein längst gestorbener Papst erlassen haben, aber schon zu Kaiser Friedrichs Zeiten hatte sich kein Mensch darum geschert. Und nun, unter dem französischen König, wurde sie befolgt.

Niemand nahm von ihnen Notiz. Alle waren eilig zu Fuß und tief in Gedanken versunken.

»Ich möchte als Erstes auf den Gemüsemarkt«, erklärte Stelluccia bestimmt. »Dann zum Fischmarkt. Und danach können wir ja schauen, was es sonst noch Erfreuliches gibt.«

»Ist mir recht«, murmelte Costanza düster.

»Da vorne ist das Stadttor«, rief Stelluccia emphatisch aus.

Costanza musste wider Willen lachen. »Du brauchst mich doch nicht aufzuheitern, jedenfalls nicht mit Stadttoren. Ich werde etwas finden, was ich kaufen möchte, da bin ich mir ganz sicher. Weißt du, früher, in Catania also, wusste ich, wo ich das Seidenband kaufen konnte, an dem mein Herz hing. Aber ich hatte kein Geld. Jetzt habe ich Geld.«

»Aha, also auf zu den Seidenhändlern«, sagte Stelluccia vergnügt und ging voraus, denn sie waren an dem sehr schmalen Durchgang des Stadttors angekommen.

Die Männer der Stadtwache mit Wämsern in den Farben Gelb und Rot musterten sie mit eisigen Mienen. »Aus dem Lager der Anjou?«

»Aber sicher doch«, bestätigte Stelluccia heiter. »Sehe ich etwa aus, als ob ich aus dem jüdischen Viertel käme? Ich bin doch wahrlich kein Trauerkloß.« Sie strich kokett über ihr

Kleid, das in Rüschen und Volants alle Farben des Regenbogens wiedergab, und übertrieb dabei schmeichelnd ihre Rundungen.

Costanza blickte betreten zu Boden und wünschte sich weit fort. Die Wachmänner straften sie mit Schweigen, ließen sie aber passieren. Stelluccia ergriff Costanzas Hand und zog sie flugs durch den feuchten, nach Urin stinkenden Durchgang ins Freie. Dort blieben sie erst einmal stehen, um sich umzusehen.

»Ich schätze, wir sind an der Kathedrale richtig«, meinte Stelluccia und zeigte auf zwei viereckige Zwillingstürme, die über andere Gebäude emporragten.

Die vierstufigen Türme waren der Kathedrale von Catania so ähnlich, dass sich auch Costanza sicher war, dort den Markt zu finden.

Neugierig machten sie sich auf den Weg, und selbst Costanza begann sich zu freuen.

Kurze Zeit später war es mit der Freude vorbei. »Puttane francesi!«, brüllte eine Stimme und eine andere: »Putains françaises!« Und zum guten Schluss, damit es auch wirklich alle verstanden, die in der Nähe waren, »buttana!«, auf Sizilianisch. Dreisprachig hatten sie nun erfahren, dass sie als französische Huren galten!

»Was soll das denn?«, fragte Costanza aufgebracht.

Stelluccia wiegte nachdenklich den Kopf. »Na ja, man muss immer auf alles gefasst sein, auch auf so etwas. Nicht überall sind Huren gern gesehen.«

»Ich bin noch nicht einmal eine«, flocht Costanza erbittert ein.

»Weißt du, Frauen sind immer und überall gegen uns Huren«, fuhr Stelluccia fort, ohne sich auf ihren Einwurf einzulassen, »Männer eigentlich nur in Gegenwart ihrer Frauen. Abends kommen sie dann angekrochen, diese Heuchler, und umschmeicheln dich, in der Annahme, sie könnten so den Preis drücken. Steht der erst fest, geht's sofort zur Sache.«

»Aber das hier sind Männer, junge noch dazu«, wandte Costanza ein und deutete mit dem Kopf dorthin, wo sie die Schreihälse ausgemacht hatte. Sie verschwieg Stelluccia, dass sie sich an Catania erinnert fühlte, an Ubertos Reden, die er als stolzer Catanese geschwungen hatte, dabei hatte aus ihnen nur Dummheit gesprochen. Vermutlich hatten er und seine Freunde sich ähnlich gegenüber den Franzosen aufgespielt, um kurz darauf zu Grabe getragen zu werden. Am liebsten hätte sie ihnen zugerufen: Haut ab, so schnell ihr könnt!

»Ja, gut«, sagte Stelluccia wegwerfend, »so ganz tapfere, die hinter den Ohren noch nicht trocken sind. Sie werden das Spiel schnell leid sein.«

Ohne sich abzusprechen, nahmen sie die Gasse, die ungefähr auf die Kirchtürme zulief, und schlugen dabei ein schnelles Tempo an.

Stelluccia irrte, was die jungen Männer betraf. Sie blieben ihnen auf den Fersen, ohne ihre Schmährufe einzustellen. Viele Passanten wichen ihnen aus. Ein gut gekleideter Bürger steuerte auf Stelluccia zu und spuckte vor ihr auf den Boden. Von den Jünglingen, die sich inzwischen um etliche vermehrt hatten, kam Beifallsklatschen.

»Gut, dass er dir nicht ins Gesicht gespuckt hat«, murmelte Costanza. »Wollen wir nicht lieber umkehren? Wir werden diese Blutegel nicht los.«

»Nein«, sagte Stelluccia mit tödlicher Verachtung. »Wir zeigen ihnen im Gegenteil, dass sie uns nicht beeindrucken. Und dass Huren sehr großzügig beim Einkauf sein können.«

»Nein, nein«, widersprach Costanza. »Ich glaube, hier geht es nicht um Huren, sondern darum, dass sie uns für Französinnen halten. Zumindest dich. Du siehst mit deiner frischen Gesichtsfarbe und dem bunten Kleid nicht wie eine Sizilianerin aus.«

»Na, du erst recht nicht, Costanza! Trotz deiner ehrpusseligen Aufmachung in Schwarz könntest du aus der Lombardei stammen. Helle, blasse Haut und blonde Haare mit einem rötlichen Stich. Hat dir noch niemand gesagt, dass du das blühende Gegenteil jeder sizilianischen Frau bist?«

Costanza schnitt eine Grimasse. »Das war zu Hause immer mein Kummer.«

»Haben sie es dir vorgeworfen?«, fragte Stelluccia ungläubig und hielt im Vorbeigehen einem Mann die geballte Faust vor die Nase, der mit einer halbherzigen Bewegung versuchte, ihnen den Weg zu versperren.

»Mehr oder minder.«

»Also mehr. Du Ärmste! Na, was habe ich gesagt? Da ist der Markt!«

Costanza erblickte erleichtert die Stände, die gegen die Sonne mit Tüchern, Säcken und Zeltplanen abgedeckt waren. Wie in Catania. »Komm, beeil dich«, zischte sie. »Wir hängen sie ab.«

Sie huschten in den ersten Gang hinein, bogen zweimal um Ecken und hörten anschließend nichts mehr von den beleidigenden Rufen.

»Geschafft«, sagte Stelluccia hochzufrieden. »Riechst du, was ich rieche? Und siehst du, was ich sehe?«

»Fisch.« Schmunzelnd folgte Costanza ihrer Freundin an den Auslagen entlang. Auf Holzbrettern stehende Schwertfischköpfe streckten ihre Schwerter in die Luft, daneben lagen in Körben Speerfische, Brassen, Barben, Hornhechte und Plattfische. Und Muscheln. Von Zeit zu Zeit schwappten die Fischer aus Kübeln Seewasser über ihre Ware. Wehmut überkam sie, es war, als wäre sie zu Hause.

»Du wirst lachen«, sagte Stelluccia, die von Stand zu Stand schritt, »ich suche gar keine bestimmte Fischart, sondern *colatura di alici*. Das ist eine ganz köstliche Tunke aus gereiften Sardellen für alle Nudelteige. Sie bereiten sie in der Gegend von Salerno zu, aber ich wette mit dir, dass es sie hier auch gibt.«

»Salerno?« Costanza brachte den Städtenamen nur mit der medizinischen Ausbildung, wie der Kaiser Friedrich sie vorgeschrieben hatte, in Zusammenhang. Es gab dort eine ehrwürdige Universität. Von der Soße hatte sie noch nie gehört.

»Genau. Hast du Colatura vorrätig?«, fragte Stelluccia den Fischer, vor dessen Schragen sie gerade stand.

»Ich nicht. Landolfo Carafa ist der Einzige, der sie hat. Zwei Stände weiter.«

»Wusste ich's doch!« Stelluccia bahnte sich den Weg und baute sich vor einem vierschrötigen Mann auf, der sie fragend ansah. »Du sollst Colatura haben.«

»Natürlich«, sagte der Fischer behäbig. »Sie wird hier nicht so oft verlangt. Es freut mich, dass du sie kennst.«

Stelluccia reichte ihm zufrieden eine mitgebrachte Zinnflasche. »Mach sie voll. Wie viel soll die Brühe kosten?«

»Brühe!«, stieß der Fischer schnaubend aus. »Drei Tari.«

»In Neapel bezahle ich für die gleiche Menge einen Taro.«

»Dann fahr dorthin.«

»Hm«, grummelte Stelluccia vor sich hin. »Zwei Tari.«

»Zweieinhalb.«

»Na gut, füll ab.«

In diesem Augenblick hörte Costanza es wieder. »Puttane

francesi!« Sie streiften offenbar auf der Suche nach ihnen durch alle Gänge des Marktes. »Beeil dich«, flüsterte sie Stelluccia ins Ohr. »Sie kommen.«

Es war zu spät. Zwei Gruppen junger Männer drangen gleichzeitig von beiden Seiten in den Gang und sammelten sich in ihrem Rücken.

»Du verkaufst an französische Huren?«, erkundigte sich einer höhnisch. »Ich dachte, wir hätten dich zum Messinesen gemacht. Bist du vielleicht doch immer noch Neapolitaner, Landolfo?«

»Keine Spur«, antwortete Carafa und warf sich in die Brust. »Aber ich bin höflich. Ich überlasse es den Weibern selbst, ob sie zwanzig Tari für eine Köstlichkeit ausgeben wollen.«

»Was?«, rief Stelluccia wutschnaubend. »Will ich eine Kuh kaufen? Eben waren es noch zwei Tari!«

»Französische Huren«, sang einer in der Melodie eines bekannten Gassenhauers.

Costanza fuhr herum und gab ihm eine schallende Ohrfeige. »Ich werde dich lehren«, schrie sie aufgebracht in sizilianischer Sprache. »Ich bin aus Catania, Wundheilerin aus der Familie von Santino Cataliotti!« Es war heraus. Zu spät bemerkte sie, dass es klüger gewesen wäre, keinen Namen preiszugeben. Aber vielleicht ging es im wachsenden Tumult unter.

Argumente interessierten derzeit niemanden. Die jungen Männer drängten heran, drückten sie gegen die Schragen, so dass sie sich mit aller Gewalt dagegen stemmen mussten, um nicht mit dem Gesicht zwischen den Fischen zu landen. Immer mehr böse Rufe wurden laut, auch die Händler beteiligten sich. »Haut ab, ihr Franzosenliebchen«, und Ähnliches. Von irgendwoher flogen matschige Zitronen heran.

Costanza verschloss ihre Ohren vor der Häme. Sie schätzte

den schmalen Spalt zwischen den benachbarten Ständen ab. Mit etwas Nachdruck würde er als Fluchtweg dienen können. Sie zog Stelluccia hinter sich her, die sich sträubte. Ihre kostbare Zinnflasche war der Grund, vermutete Costanza. Außerdem gehörte sie zu den Menschen, die vor Gewalt nicht weichen wollen. Aber Costanza war unnachgiebig.

Es gelang Stelluccia, noch schnell die schützende Plane des benachbarten Standes herabzuziehen, fast hätte sie sich selbst darin verwickelt, aber nach einem bangen Augenblick konnten sie endlich loslaufen.

Hinter sich hörten sie Flüche und gegenseitige Beschimpfungen. Die Burschen hatten gegenwärtig mit sich selber zu tun.

Sie liefen um ihr Leben. Irgendwann konnte Costanza nicht mehr. Ihr übliches Seitenstechen zwang sie zum Gehen.

Die Anwohner der Straße hatten die fremden Frauen inzwischen nicht vergessen. Der Inhalt eines Uringefäßes, das aus dem ersten Stockwerk ausgeleert wurde, verfehlte ihre Köpfe um Haaresbreite. Ein Mann stellte Costanza ein Bein, als sie gerade wieder anfing zu rennen, so dass sie der Länge nach hinschlug und über den Straßenbelag rutschte.

Während Stelluccia Costanza aufhalf, hörten sie hinter sich das Gejohle der jungen Männer, das rasch lauter wurde.

»Durch die Porta della Giudecca«, keuchte Stelluccia. »Auf der anderen Seite sind wir in Sicherheit.«

Costanza wunderte sich über nichts mehr. Mit letzter Kraft schleppten sie sich durch das Tor. Stelluccia sank mit hochrotem Kopf und laut schnaufend auf den Aufsteigestein für Reiter, Costanza neben sie auf die Erde. Die Wachleute unterhielten sich miteinander und nahmen sie und ihre Not nicht zur Kenntnis.

Costanza begutachtete ihre abgeschürften Unterarme und

Knie, während sie lauschte. Das Gebrüll ihrer Verfolger, die es fast geschafft hatten, sie einzuholen, hallte im steinernen Durchgang wider. Aber sie blieben drüben in der Stadt. »Woher wusstest du das?«

»Carafas Frau hat es mir zugeflüstert. Die gehen nicht ins jüdische Viertel. Wir sollen hier warten.«

»Aha.« Die Ehefrau des Fischers hatte Costanza gar nicht wahrgenommen. Und wozu sollten sie hier warten? Sie nahm es ausnahmsweise einfach hin, dankbar, diesem Pöbel entgangen zu sein und ausruhen zu dürfen.

Die Männer verloren offenbar die Lust an der Hetze. Sie verstummten, und kurze Zeit später huschte eine schmächtige Frau durch das Tor und blieb vor Stelluccia stehen. Sie reichte ihr die Zinnflasche.

Stelluccia entkorkte sie, blickte hinein und verschloss sie befriedigt. »Zweieinhalb Tari.«

Die Fischersfrau schüttelte entschieden den Kopf. »Drei. Wir müssen dem Nachbarn den Schaden ersetzen, den du angerichtet hast.«

Ausnahmsweise versuchte Stelluccia nicht mehr zu handeln. Sie kramte die drei Goldmünzen heraus, hielt sie aber noch zwischen Daumen und Zeigefinger fest. »Dafür will ich aber noch eine Auskunft.«

»Frag.«

»Warum sind sie so? Die Männer, meine ich.«

»Warum?« Die Fischerin gab ein ungläubiges kleines Lachen von sich. »Das weißt du nicht? Die Franzosen haben uns anfangs belagert, dann haben sie sich neben unseren Stadtmauern wie Schmeißfliegen, die nach Kot suchen, niedergelassen. Sie behindern unsere Geschäfte, manchmal verbieten sie uns, die Stadttore zu öffnen oder den Männern zum Fischfang auszufahren, die Frauen werden belästigt, und hin und wieder verschwinden Kinder auf Nimmerwiedersehen. Wir hassen die Franzosen und alles, was mit ihnen zu tun hat.«

Stelluccia zählte ihr mit zusammengekniffenen Lippen das Geld in die Hand, ergriff die Flasche und marschierte wortlos los.

Niedergeschlagen durchquerten sie unbehelligt die jüdische Vorstadt, deren Bewohner keinen Anteil an den Konflikten ihrer unmittelbaren Umgebung nahmen.

Zum Abendessen war Costanza bei Stelluccia in aller Form eingeladen worden. Wegen der kostbaren Tunke, die sie zusammen erobert hatten.

Es gab Fadennudeln mit einer Soße aus Colatura, die Stelluccia mit Kapern, Oliven, Knoblauch, Nüssen, Pfeffer und Zitronensaft verfeinert hatte, worüber sie sich in aller Breite ausließ. Anschließend erzählte sie Francesca, wie viel sie für die Sardellenflüssigkeit zu guter Letzt hatte ausgeben müssen.

Francesca verschluckte sich vor lauter Staunen und kaute fortan an jedem Bissen viel länger herum, um ihn entsprechend seinem Wert zu genießen. Nur Matteo schaufelte völlig ungerührt vom hohen Preis Nudeln in sich hinein, solange noch Platz in seinem Magen war. Anschließend übernahm er Costanzas Rest, der das Essen nicht richtig schmecken wollte.

Messina hatte keinen guten Anfang genommen, und sie fürchtete, dass es so weitergehen würde. Obendrein sichtete sie am Ende der Zeltgasse die beiden Dominikaner vom königlichen Zelt, die ihre Hälse nach hierhin und dorthin drehten, als ob sie auf der Suche nach jemandem seien. Glücklicherweise gingen sie vorüber, aber Costanza hatte nicht das Gefühl, aufatmen zu können.

KAPITEL 24

Die Feindseligkeit, die sie in Messina erlebt hatten, brachte Costanza ins Grübeln. Sie waren bespuckt, beschimpft, verfolgt und betrogen worden.

Was immer die französischen Krieger in den Straßen und auf dem Markt von Catania erlebt hatten – sie waren auf Geheiß ihres Königs dort, des rechtmäßigen Herrschers von Sizilien. In gewisser Weise konnte Costanza jetzt verstehen, warum die Reiter ein für alle Mal unter den aufsässigen Jugendlichen aufgeräumt hatten. Es war die Wut derer, die sich im Recht fühlten. In den nächsten Tagen dachte Costanza noch öfter darüber nach.

Stelluccia hatte die Sache dagegen mit Gleichmut genommen und schon wieder vergessen, wie es schien. Sie arrangierte sich mit einigen Fischern, die gerne bereit waren, an sie zu verkaufen, verdienten sie dabei doch etwa das Doppelte wie auf dem städtischen Markt, wo sich die Frauen nicht zeigen durften.

Die Fischer legten gewöhnlich in unmittelbarer Nachbarschaft der Chiesa Santa Maria degli Alemanni an, die sie regelmäßig belieferten. Dies waren die Kirche und das Hospital des Deutschen Ordens, wie Costanza inzwischen in Erfahrung gebracht hatte. Sie und Stelluccia mischten sich einfach unter die Pilger, die auf dem Weg ins Heilige Land in Messina ausgebootet wurden oder die auf dem Rückweg in ihre Heimatländer waren und auf die Gesundung ihrer kranken Verwandten oder Freunde im Hospital warteten.

Neugierig betrachtete Costanza den ersten Deutschherrn, den sie sah. Ohne Kopfbedeckung war er so blond wie sie selbst und gekleidet in einen langen weißen Mantel mit schwarzem Kreuz. Jedermann ließ ihm ehrfürchtig Vortritt zu den Fischern. Dann war er plötzlich fort, und das Gedränge zu den Booten ging weiter.

»Ich kaufe heute alles, was ich bekommen kann. Ich möchte mir einen Vorrat von getrockneten Fischen anlegen«, flüsterte Stelluccia Costanza zu. »Für Notfälle. Matteo fischt für uns. Er hat den Dreh mit der Schnur raus und einen guten Platz am Ufer gefunden.«

»Warum?«, fragte Costanza erstaunt.

»Matteo hat Gerüchte aufgeschnappt, die mir nicht gefallen. Es scheint, dass die spanischen Truppen von allen Seiten an Messina heranrücken. Man erwartet, dass sie die Stadt mitsamt Hafen und französischem Heer einschließen werden. Wenn dann die Flotte von Karl noch nicht angekommen ist, um unser Heer zum Festland überzusetzen, wird es hier schwierig werden, Nahrungsmittel zu bekommen. Wir Frauen sind sowieso immer die Letzten, die bedacht werden. Wenn es hart auf hart kommt, opfern sie uns zugunsten der Krieger.«

Costanza schwieg betroffen. Solche Erwägungen und Vorsichtsmaßnahmen waren in ihrem bisherigen Leben noch nicht vorgekommen. Sie konnte dankbar sein, sich Stelluccia angeschlossen zu haben.

»Etwas Übles braut sich zusammen«, murmelte Stelluccia, und dann war sie an der Reihe.

Vielleicht sah Stelluccia zu schwarz, denn die Tage vergingen ohne besondere Ereignisse. Costanza, die inzwischen das riesige Feldlager erkundet hatte, stellte fest, dass sie Cavaliere Henry und Rainier nirgends entdecken konnte. Aber sie ahnte, wo sie waren, und entschloss sich, zur Pferdeweide in die Hügel zu wandern. Außerdem hatte sie Sehnsucht nach ihrem Hengst.

Matteo, der wie immer über alles Bescheid wusste, erklärte ihr, wo die Weide war, und sie machte sich mit Wasser, Brot und einem halben Kabeljau, was für zwei Tage reichen musste, auf den Weg.

Kastanienwälder wie am Ätna gab es hier nicht. Der Erdboden bestand ja auch nicht aus schwarzer Lava. Die Laubbäume und das Gebüsch waren Costanza zum Teil unbekannt. Neugierig folgte sie einem ausgetretenen Pfad in die Höhe.

Die Sonne stand schon hoch am Himmel, als sie plötzlich freien Blick über den Talausschnitt bekam, in dem die Pferde sich befinden sollten. Da es jetzt im Herbst schon ausreichend geregnet hatte, war alles grün, und die Pferde weideten gruppenweise in einem großen Gebiet. Sie musste sich zu den Tieren aus Le Bruns Einheit durchfragen.

Hinter Costanza knackte es im Gebüsch, als ob sich jemand eilig hindurchzwängte. Sie fuhr herum. Erstmals wünschte sie sich Stelluccia oder Matteo an ihre Seite. Unbekümmert, wie sie sich in Aci Castello im Lager bewegt hatte, hatte sie gar nicht an mögliche Gefahren gedacht. Die Pferdehirten lebten hier womöglich mehrere Wochen in den Hügeln, ohne eine willige Frau zu Gesicht zu bekommen. Und eine unwillige wurde dann gar nicht gefragt. Unwillkürlich begann sie leiser aufzutreten.

In Sichtweite weidete eine Herde von zumeist braunen Pferden, und nach einigem Suchen erspähte sie den dazugehörigen Hirten auf einem Baumstumpf. Ein alter Mann mit weißen

Haaren, vielleicht der erfahrene Stallknecht seines Herrn, jedenfalls kein liebeshungriger Knappe. Costanza schlug beherzt den Weg zu ihm ein, um sich nach Cavaliere Henrys Pferden zu erkundigen.

Als einer ihrer Schuhe in einer stacheligen Schlingpflanze hängenblieb, bückte sie sich, um ihn zu befreien. Dann geschahen mehrere Dinge zugleich. Ein Schwirren in der Luft – sie warf sich flach auf den Erdboden, bevor sie überhaupt darüber nachgedacht hatte.

Vor ihr steckte ein Messer im Boden. Sein Griff federte noch, als sie die harten, schnellen Hufschläge von einem heranjagenden Pferd hörte und anschließend ein Schmerzensgebrüll.

Costanza hob vorsichtig den Kopf und spähte um sich. Sie sah Cavaliere Henry zu Pferde und neben ihm im Gras einen Mann, der sich mit gebeugtem Nacken den Arm hielt. Heilige Agata, ihr Vater! Sie sprang auf.

Henry sah sie kommen. »Ich wollte ihn nicht töten, da er Euer Vater ist, aber ich habe ihm mit dem Rücken meines Fauchons wohl den Wurfarm gebrochen«, sagte er entschuldigend. »Ich wusste nicht, wie gut er zielt und wie viele Messer er noch bereithält.«

Ein Messer lag vor Santino im Gras. Henry musste ihn, unmittelbar bevor es seine Hand verlassen hätte, getroffen haben. Costanza wäre durch das zweite Messer getötet worden. Sie kannte die Zielgenauigkeit ihres Vaters.

Santino zeigte mit keiner Regung, dass er Schmerzen hatte. Stattdessen war er bis in die Haarspitzen mit Gift und Galle gefüllt. »Ich wusste doch, dass du bald mal nach dem kostbaren Geschenk deines Galans sehen würdest«, zischte er.

»Soll ich dir den Arm schienen?«, fragte Costanza und hütete sich, Mitleid zu zeigen. Das hätte ihr Vater nicht ertragen.

»Nein!«, brüllte Santino. »Und wage nicht mit mir zu sprechen, als wärest du ein Chirurg von Neapel! Das bist du nicht!«

»In einer Streitmacht gewinnt ein Heiler mehr Erfahrung als nach fünf Jahren Studium«, warf Henry beschwichtigend ein.

»Vater, wenn der Arm unbehandelt bleibt, wirst du ihn nie mehr richtig verwenden können! Dann schlenkerst du mit deiner Hand wie ein Hund mit gebrochenem Bein. Mit deiner Tätigkeit als Erschaffer neuer Nasen ist es dann aus«, warnte Costanza ihn eindringlich. Sie brachte es nicht fertig, ihn in sein Unglück laufen zu lassen.

»Was geht es dich an, Weib? Ich kenne dich nicht, und ich traue dir nicht! Außerdem verdiene ich ausreichend Geld mit meinen Hähnen!«, schnauzte Santino Cataliotti und griff in die Äste eines verkrüppelten Bäumchens hinter sich, um sich daran hochzuziehen. Mit zusammengebissenen Zähnen wandte er sich ab und stapfte auf dem Pfad hügelaufwärts davon, die linke Hand als Stütze unter dem gebrochenen rechten Unterarm.

»Wird Euer Vater es noch mal versuchen?«, erkundigte sich Henry.

Costanza brauchte eine Weile, bis sie zu einem Schluss kam. »Ich glaube nicht«, sagte sie trotz einiger Zweifel. »Die rechte Hand wird er wohl nie mehr gebrauchen können, außer er findet jemanden, der sie ihm sachgerecht schient. Üblicherweise werden solche Dinge bei uns innerhalb der Familie geregelt, das heißt, er würde die Rache den nächsten männlichen Verwandten übertragen. Aber Uberto, mein großer Bruder, wurde erschlagen, meine kleinen Brüder sind zu jung, und alle Vettern oder Onkel sind ebenfalls gestorben oder irgendwo verstreut.«

»Was Ihr *solche Dinge* nennt, heißt Mord. Ich bin froh, dass Ihr jetzt in Sicherheit seid«, stellte Henry erleichtert fest.

»Ja.«

»Dann bringe ich Euch zu Eurem Hengst, dem es in Rainiers Obhut sehr gutgeht, und anschließend kehren wir gemeinsam ins Heerlager zurück.«

»Ihr kommt mit?«

»Ja, ich muss mich dort mal zeigen, vor allem dem König meine Aufwartung machen. Wie ist die Stimmung?«

»Sie ist nicht schlecht. Aber es spricht sich herum, dass die spanische Streitmacht sich von allen Seiten auf Messina zubewegt. Und die Flotte, die das französische Heer über die Meeresenge bringen soll, ist noch nicht da.«

»Das hört sich nicht gut an«, meinte Henry und sprang vom Pferd, um Costanza zu Fuß zu begleiten.

»Dann hat wohl Stelluccia recht. Sie legt insgeheim einen Vorrat an Nahrungsmitteln für schlechte Zeiten an. Bohnen, getrockneten Fisch, hartes Brot, Mehl, Zwiebeln, Olivenöl … Sie sagt, dass die Frauen immer hinter den Männern zurückstehen müssen und deshalb stets in der größten Gefahr seien.«

»Sie ist eine kluge Frau mit viel Erfahrung im Hinblick auf alle schwierigen Situationen, in die ein Heer geraten kann. Ihr könnt ihr bedingungslos vertrauen. Gut, dass sie Euch unter ihre Fittiche genommen hat.«

»Ja, ich hatte auch schon das Gefühl«, bekannte Costanza. Trotzdem überraschte sie Henrys uneingeschränktes Lob, denn er pflegte damit sparsam zu sein.

In Rainiers Gegenwart sprachen sie weder vom Mordanschlag noch von der unsicheren Situation, in der sich das Heer befand. Stattdessen freute sich Costanza von Herzen, dass Aasim sie unter Schnauben begrüßte und ihr mit seinen weichen Lippen über das Gesicht fuhr.

Erst als sie sich von Rainier verabschiedet hatten, dachte Costanza darüber nach, wie auffallend fröhlich er hier im Vergleich zum Zeltlager von Aci Castello war. Offenbar konnte er sich in der Sicherheit wiegen, dass er in diesen Hügeln nicht in Gefahr war.

Als Costanza und Henry das Zeltlager von oben überblicken konnten, lag im Hafen ein neues Schiff vor Anker, aber keine Flotte.

»Wir trennen uns, bevor wir ganz unten sind«, sagte Henry. »Le Brun muss nicht wissen, dass wir öfter miteinander reden.«

»Hat er Euch den Umgang mit mir verboten?«, fragte Costanza neugierig.

»Nein, das steht ihm nicht zu. Anordnungen kann er Rittern gegenüber nur im Hinblick auf unsere kriegerischen Aufgaben treffen. Welche Frage überhaupt! Lasst Ihr Euch von ihm etwas verbieten?«

»Ich soll mich ausschließlich an ihn halten«, gab Costanza kleinlaut zu. »An Euch insbesondere nicht! Als Hauptgrund gab er an, dass er Euch für einen Ketzer hält.«

»Einen Katharer?«

»Ja, so sagte er«, fiel Costanza jetzt wieder ein.

»Le Brun hat auch Rainier schon abzupressen versucht, dass ich den Glauben der Katharer angenommen habe«, berichtete Henry nachdenklich. »Der Junge ist treu wie Gold und standhaft auch gegenüber Druck, er hat alles abgestritten.«

Ein Gedanke wirbelte durch Costanzas Kopf, aber sie vermochte ihn nicht zu halten.

»Ich denke, ich sollte die nächste Einladung Karls zum Abendessen nicht ausschlagen – Ihr müsst wissen, dass im Feldlager sogar ich gelegentlich eingeladen werde. Ich pflege mich sonst bei den Fressgelagen grundsätzlich mit irgendwelchen Begründungen unabkömmlich zu melden: Ich habe die Knappen bei der Herde bei Laune zu halten oder die Wachhabenden zu beaufsichtigen, oder, oder …«

»Aha«, sagte Costanza, als sich Henrys Stimme in Überlegungen verlor. »Und was werdet Ihr beim Gelage tun?«

»Mich Le Brun gegenübersetzen und, mehr als mir lieb ist, in die Fleischspeisen reinhauen. Und dazu ordentlich Wein in mich kippen. Grässlich«, bemerkte Henry und verzog voll Abscheu das Gesicht. »Aber es ist der Beweis, dass ich dem römischen Glauben anhänge. Katharer lehnen Fleisch und Wein ab.«

»Le Brun nahm mich zu einem Empfang mit«, murmelte Costanza gedämpft vor Zorn, »um mich mehr oder minder als Hure mit gewissen Heilkenntnissen vorzustellen. Es waren dort auch zwei Dominikaner anwesend. Wenn Ciccu, unser Kräutersammler in Catania, recht hat, müsst Ihr Euch vor denen in Acht nehmen.«

»Dominikaner? Tatsächlich? In Palermo gab es bei unseren Streitkräften noch keine Dominikaner. Danke für die Warnung, Costanza. Ihr selber solltet Euch auch vorsehen. Diese Männer werden meistens auf die Suche nach etwas Bestimmtem ausgeschickt. Wenn ich es nicht bin, dann Ihr.«

Als Costanza sich allein und vor Henry auf den Weg machte, flogen ihre Gedanken immer wieder zu der seltsamen Bemerkung ihres Vaters zurück, dass er sein Geld mit Hähnen verdiene. Züchtete er Hähne? Der Verkauf konnte aber nie und nimmer den Ausfall ersetzen, den er jetzt durch den unbrauchbaren

Arm erleiden würde. Vor allem wegen der Geschwister machte sie sich Sorgen.

Als sie im Lager ankam, herrschte dort sichtliche Nervosität. Manche Zelte waren schon abgebaut worden, und die Krieger schliefen auf den Planen, soweit diese nicht schon zusammengerollt neben ihnen lagen. Waren denn jetzt die Schiffe angekündigt? Jedenfalls wollten diese Männer bei den Ersten sein, die abreisten.

Stelluccia wirkte nicht beunruhigt. »Hast du schon gehört, dass es morgen Arbeit für dich gibt?«, fragte sie.

»Nein, ich habe noch mit niemandem gesprochen.«

»Die Einheit, die in Milazzo gestanden hat, hat sich den Spaniern ergeben, nachdem sie viele Wochen auf der Festung eingeschlossen war und gehungert hat. Ein Melder, der vorausgeritten ist, hat berichtet, dass rund die Hälfte der Männer bei Nacht entkommen ist, zum Teil wohl verletzt. Die Spanier haben sie laufen lassen. Warum wohl?«

»Ist das eine ernsthafte Frage?«

»Ja. Du musst allmählich denken lernen wie ein Krieger im Heerlager. Was meinst du wohl, wie viel dreißig Mann mehr fressen? Wenn wir erst eingeschlossen und die Schiffe immer noch nicht da sind, wird es um die letzten Lebensmittel ein Hauen und Stechen geben. Außerdem verkürzt sich die Zeit, die die Spanier warten müssen, bis die Ersten verhungert sind und der Rest geschwächt ist.«

»Heilige Agata«, sagte Costanza erschüttert. »Stimmt das wirklich?«

»Ich könnte dir Beispiele nennen«, bot Stelluccia an.

»Nein, nein, ich weiß, dass du recht hast. Wo sind eigentlich alle Schafe und Ziegen geblieben, die sie uns gestohlen haben? Die sollten doch nach Messina gebracht werden …«

»Und dann vermutlich gleich weiter zum Festland, von wo sie nicht mehr zurückgeholt werden können. Hier sind keine. Ich habe Matteo herumgeschickt, der wirklich in jedes Mauseloch hineinkriecht, wenn es einen Anlass gibt.«

»Der Cavaliere Henry nannte dich eine kluge Frau.«

»Der Cavaliere Henry ist ein guter Mann«, merkte Stelluccia an. »Ich bin froh, dass du unter seinem Schutz stehst.«

Costanza begann zu lachen, aber sie weigerte sich, Stelluccia den Grund zu nennen.

Am nächsten Morgen torkelten die Überlebenden von Milazzo die Hügel herab. Geschützt von den Kriegern des Heerlagers durchquerten sie Messina in Ufernähe, auf geradem Weg von einem Tor zum anderen. Costanza hörte später die Berichte darüber, und dass die Messinesen Beifall geklatscht hätten, je elender die Gestalten, desto mehr.

Die Verletzten und Kranken wurden in benachbarten Zelten untergebracht, und der König selbst forderte seine Medici auf, sich um die Männer zu kümmern. Auch alle Bader seien im Einsatz, berichtete Matteo.

Costanza saß vor Stelluccias Zelt und wartete ungeduldig darauf, dass sie gerufen würde. Als Spezialistin für Gesichtsverletzungen wagte sie nicht einfach, sich ohne Aufforderung in fremdem Aufgabenbereich zu betätigen.

Als unerwartet ein tierisches Gebrüll sie aufschreckte, hielt es sie aber nicht mehr zurück. Die Krieger konnten doch wohl nicht so pietätlos sein, jetzt ein Schwein zu schlachten! Ein neuer, lang anhaltender schriller Schrei leitete sie in eine Zeltgasse, die weit landeinwärts lag. Er brach plötzlich ab.

Die schäbig gekleideten Sergenten und Knechte, in deren Nähe sich Costanza jetzt befand, grinsten sie lüstern an, ohne ihre Tätigkeiten des Waffenputzens, oder was immer sie machten, zu unterbrechen. Es war hier widerwärtig dreckig.

Ganz sicher fühlte sie sich nicht. Le Bruns Warnung schien bei diesem Pöbel nicht bekannt zu sein. Zwei Gassen weiter wurde sie plötzlich von einem Kerl unter Johlen verfolgt. Er hatte sie fast erreicht, als ein anderer dem Knecht ein Bein stellte, der wie gefällt hinschlug. Es war der Beginn einer Schlägerei.

Costanza machte sich aus dem Staub. In einem weiteren Gang kam sie gerade rechtzeitig an, um einen der Bader zu erkennen, der im Bogen einen Gegenstand aus dem Zelt warf.

Argwöhnisch näherte sich Costanza ihm und erkannte entsetzt einen Unterschenkel, dessen blaurot geschwollenes Fleisch sulzig war. Ein Hund begann daran zu fressen.

Schwankend klammerte sich Costanza an eine Zeltstange. Neues Geschrei aus dem Zelt, in dem der Bader tätig war, rüttelte sie auf.

Vor dem Zelteingang glomm ein niedriges Feuer, in dem ein Tiegel auf einem Dreibein stand. Ölige Flüssigkeit brodelte darin. Der Bader wirbelte aus dem Zelt, ergriff das steinerne Gefäß mit einer Zange und stürzte zurück.

Das Gebrüll endete. Kurze Zeit später kam der Bader aus dem Zelt, riss sich die blutige Schürze vom Leib und stopfte sie in einen Sack, in den auch ein kurzschäftiges Beil, der Tiegel und die Zange flogen. Dann warf er sich den Sack über die Schulter und machte sich davon.

Costanza tappte zum Zelt und wagte einen Blick hinein. Der Behandelte lag mit geschlossenen Augen auf rotgeflecktem Seegras. Eine Blutlache unterhalb des Knies, aus dem ein Knochen spießte, vergrößerte sich gemächlich. »Kann ich dir helfen?«, fragte sie zaghaft einen zweiten Mann, den sie jetzt erst entdeckte. »Warum war der Bader so wütend?«

»Weil ich ihn nicht bezahlt habe, darum! Soll ich für einen Toten bezahlen?« Er drehte sich zu ihr um, mindestens so wütend wie der Bader.

»Nein, natürlich nicht«, flüsterte Costanza und entfloh.

Der halbe Vormittag war vergangen, als Le Bruns Knecht angerannt kam und vor Costanza haltmachte. »Warum seid Ihr denn nicht in den Krankenzelten?«, kläffte er. »Was glaubt Ihr wohl, weshalb mein Herr Euch der Gesellschaft der Cavalieri vorgestellt hat?«

Costanza spürte, wie sie blass wurde. »Ich dachte, jemand würde mir Bescheid sagen ...«

»Dummes Weib!« Der Schildkrötenkerl, ein Geoffroy der Zweite, spuckte auf die Erde und machte, dass er fortkam.

»Stelluccia, du musst mir helfen«, bat Costanza nervös. »Rainier ist in den Bergen, und ich brauche einen Helfer, wie du weißt.«

»Auch das«, sagte Stelluccia gemütvoll und krempelte sich schon mal die Ärmel hoch. »Ich trage deinen Korb, das gehört sich so für eine Helferin, nehme ich an. Und bleib ruhig, Costanza. Du musst dir immer vor Augen halten, dass die Herren Harnbeschauer mit ihren Gläsern nur angeben. Das ist auch in Ordnung, denn so richten sie den geringsten Schaden an. Stell dir vor, sie griffen zu Nadel und Faden. Das gäbe Blutbäder!«

»Ich habe heute den Bader und ein frisch abgehacktes Bein gesehen. Schrecklich!« Costanza begann zu zittern. Stelluccias Gelassenheit half ihr, sich zu beruhigen.

Vor einem der Krankenzelte erwartete Le Brun sie. »Wir gehen hier hinein«, raunte er Costanza zu. »Hier liegt einer der Cavaliere aus Milazzo, der zum französischen Königshaus gehört, und er ist gottlob aufs angenehmste verletzt. Lasst mich zuerst mit ihm sprechen.«

Er sah sie beschwörend an. Costanza fragte sich, was er dem Mann denn sagen wollte. Unbehagen überkam sie, als sie nebenher feststellte, dass die Zahl weißer Stippen auf Le Bruns Nase zugenommen hatte. Offenbar hatte er jedoch keine Beschwerden.

Der verletzte Ritter lag allein auf einem doppelt breiten Feldbett. Sein Gesicht war leichenblass, und von der Nasenspitze war ein kirschgroßes Stück abgeschlagen. Die Wunde war schon verschorft, aber die Blutspuren über der Oberlippe nicht abgewaschen.

»Matteo muss doch hier irgendwo sein«, wandte sich Costanza leise an Stelluccia. »Er soll mir drei Feigenblätter besorgen, die nicht kleben, ich bezahle ihn dafür.«

»Diesen kleinen Spitzbuben? Na, meinetwegen«, murmelte Stelluccia und stahl sich aus dem Zelt, um Matteo zu suchen. Man konnte davon ausgehen, dass er dort war, wo etwas passierte. Also ganz in der Nähe.

Costanza wandte sich höflich dem Verletzten zu, der die Augen geschlossen hatte und mit leidender Miene mit Le Brun disputierte. Anscheinend waren sie noch nicht zu Ende gekommen, und sie hielt sich trotz ihrer Ungeduld zurück. Worüber musste denn noch geredet werden, wenn der Mann dringend auf Hilfe wartete?

»Zwölf Tari«, sagte Le Brun.

»Wollt Ihr mich ausrauben?«, protestierte der Cavaliere matt.

»Nein, nicht im Geringsten«, sagte Le Brun mit Staunen in der Stimme. »Aber gutes Aussehen kann man gar nicht mit Geld aufwiegen. Und es gibt Vorschriften für die Taxa … Wie hoch wird für einen Medicus der Besuch eines Kranken in Sizilien veranschlagt, Madama Costanza?«

Vor lauter Verblüffung kam Costanza gar nicht zur Besinnung. »Ein halber Taro für zwei Besuche am Tag.«

»Das macht«, sagte Le Brun leise rechnend, »allein für die Besuche an den kommenden zehn Tagen fünf Tari. Der Rest ist für das außerordentliche Können der Madama Costanza de Catania. Ihr könnt selbstverständlich einen der Medici des Königs rufen lassen, das steht Euch frei. Er wird mit dem Harnglas feststellen, dass Eure Verletzung entstellend ist.«

»Ihr seid ein Aasgeier, Le Brun …«

Costanza hörte sich den Wortwechsel entsetzt an. Le Brun hatte für die Behandlung seiner Nase nie auch nur einen Denar bezahlt. Wer zufrieden mit ihrer Behandlung war, gab nach seinem Vermögen, aber von der Taxa eines Medicus konnte nicht die Rede sein. »Das ist gegen das sizilianische Gesetz, Cavaliere Le Brun.«

»Ihr seid still!«, fuhr er sie an. »Elf Tari.«

»Zehn«, seufzte der Ritter. »Ich habe nicht mehr. Wir waren den Sommer über eingeschlossen, müsst Ihr bedenken.«

»Ja, gut«, gab Le Brun nach, erhob sich vom Hocker und überließ Costanza seinen Platz. »Also zehn Tari, abgemacht.«

Eintausendzweihundert Denare! Costanza schwindelte es. Nach ihren Vorstellungen würde sie mit einer einzigen Behandlung reich sein. Ein wenig schämte sie sich für ihre Dankbarkeit gegenüber Le Brun, aber in diesen Zeiten war es nicht verkehrt, Gold zu besitzen.

Die Feigenbaumblätter, die Matteo brachte, waren gut. Sie klebten nicht von Ungeziefer, hatten keine braun verfärbten Stellen und keine trockenen Spitzen. Als hätte Guglielmo selbst sie geholt. Und zur Sicherheit hatte er noch Blätter von einem Zitronenbaum mitgebracht. Costanza wuschelte ihm zärtlich die Haare. »Du bekommst deine Entlohnung an Stelluccias Zelt«, versprach sie ihm ins Ohr.

Die Behandlung war keine große Kunst, Costanza war schnell fertig. Sie blieb am Lager des Ritters sitzen, bis er erwachte. Für so viel Geld hatte sie sich erlaubt, ihn mit einer angemessenen Dosis Mohnsaft in tiefen Schlaf zu versetzen, so dass er nichts von der Behandlung gespürt hatte. Er wollte nicht einmal glauben, dass alles schon getan war, bis es Le Brun gelungen war, aus einer der Kisten mit Raubgut einen Spiegel mit besonders blank polierter Silberauflage heranzuschaffen.

»Und ich werde wieder einigermaßen normal aussehen?«, erkundigte er sich staunend.

»Aber ja doch«, sagte Costanza zuversichtlich. »Wenn der Stirnlappen an der Nasenspitze angeheilt ist, kappe ich die Verbindung zur Stirn. An der Nase sieht man dann nur noch eine ganz feine Narbe zwischen der alten und der neuen Haut. Die Stirnwunde verheilt von selbst. Die Narben werden aussehen, als wären sie von einem Schwert verursacht.«

»Nun, das stört keine Frau, im Gegenteil«, sagte der junge Ritter erleichtert. »Ihr seid Euer Geld wert, Madama Costanza.«

Costanza hatte noch zwei weitere Verletzte zu betreuen, die allerdings nicht dem Königshaus angehörten. Le Brun handelte auch mit diesen Männern eine angemessene Entlohnung aus. Nachdem sie den Ritter aus dem Königshaus an drei Tagen besucht hatte, erlaubte sie sich, Le Brun nach ihrer Entlohnung zu fragen, denn sie musste sich neue Schwämme beschaffen. Ihr Vorrat an Mohnsaftpäckchen würde hingegen noch für etliche Behandlungen reichen.

Le Brun hatte es sehr eilig, als sie ihn endlich antraf. »Welches Geld?«, fragte er.

»Die zehn Tari, die der Cavaliere aus Milazzo für die Behandlung bezahlt hat«, erklärte Costanza geduldig, fast peinlich berührt, dass sie ihn bedrängen musste. »Ich brauche das Geld, um die Fischer zu bezahlen, die mir Schwämme besorgen sollen.«

»Was habe ich damit zu tun?«, herrschte Le Brun sie an.

»Ihr habt die Taxa für meine Dienste eingenommen, und jetzt brauche ich sie.«

Le Brun baute sich vor ihr mit gerunzelter Stirn auf. »Das ist wohl ein Irrtum. Bei den zehn Tari handelt es sich um meine Vermittlungsgebühr. Sie steht allein mir zu. Ob Ihr für Eure Dienste eine Entlohnung verlangt, ist allein Eure Sache.«

»Aber Ihr habt das Geld doch selber für meine Tätigkeit verlangt ... Und was für eine Vermittlungsgebühr?«, fragte Costanza irritiert. »Ich brauche keinen Vermittler.«

»Aber natürlich braucht Ihr«, sagte Le Brun, als wäre schon der Zweifel daran ein nicht zu entschuldigender Irrtum. »Muss ich Euch wirklich an den Schweinerüssel erinnern?«

»Der Schweinerüssel?«

Le Brun formte mit der hohlen Hand vor seiner Nase ein Gebilde aus Luft.

Costanza hielt den Atem an. Sie verstand. Die Mär vom Schweinerüssel würde die Runde machen, falls sie nicht bereit war, Le Brun ihre Einnahmen zu überlassen. »Ihr werdet keine Freude an diesem Handel haben, wenn mir die notwendigen Zutaten ausgehen«, sagte sie dumpf. »Schwämme, Seide zum Nähen, Mohnsaft ...«

»Ja? Nun gut, Costanza. Du erhältst jeweils ein oder zwei Tari von der Summe, die ich mit dem Verletzten ausgehandelt habe. Das ist das Äußerste. Wage nicht, noch mehr zu verlangen. Übrigens ist deine Position im Heer in keiner Weise gefestigt. Nicht wahr, das ist uns klar?«

Costanza ballte erbittert die Fäuste hinter ihrem Rücken. Welch gönnerhafte Sprache er sich auf einmal erlaubte!

»Die Medici lachen über dich – noch, während die Bader deine erklärten Feinde sind. Übrigens sind sie nicht zimperlich in der Wahl ihrer Waffen, sie bevorzugen Rasiermesser, wenn sie jemanden loswerden möchten. Am gefährlichsten für Menschen wie dich sind aber zweifellos die *domini canes*, die wachsamen Bewahrer des rechten Glaubens der heiligen römischen Kirche. Hast du jemals einen Eid geleistet?«

War das eine Falle? Costanza war mittlerweile gänzlich verwirrt von der Flut merkwürdigster Eröffnungen, mit denen er sie überschüttete und sie nichts anzufangen wusste. »Nein, noch nie«, beteuerte sie.

Er nickte bedeutsam. »Häretiker verweigern oft Eide. Man könnte auch dies leicht als Beweis gegen dich verwenden. Zwischen all diesen Gefahren für Leib und Leben der Heilerin Costanza de Catania und den Dominikanern stehe nur ich. Du verstehst?«

Der Boden drohte Costanza unter den Füßen wegzusacken. Ihr war elend zumute.

»Du sollst wissen, es gab einmal eine Zeit, da auch ich tonsuriert war.« Er strich sich über seinen vollen braunen Haarschopf, dem nicht anzusehen war, dass er einst auf dem Weg zum Mönch gewesen war.

Aber Costanza wusste nun, dass er alle Mittel einsetzen würde, um sich ihrer zu bedienen, und dass er obendrein das Werkzeug einer geistlichen Ausbildung besaß.

»Baderin.« Le Brun nickte und ging.

KAPITEL 25

Die Spanier rückten von allen Seiten gegen Messina vor, hieß es. Das bedeutete, sie kamen auf beiden Küstenstraßen von Palermo sowie von Catania und Siracusa. Und mehr über Land führende Straßen gab es in dem unwegsamen, bergigen Gelände nicht.

Und trotzdem fehlten noch französische Krieger: die Einheit, die Le Brun als Besatzung im Kastell von Randazzo gelassen hatte. Es schleppten sich aus verschiedenen Gegenden außerdem einzelne Männer ins Lager, die verletzt und als nicht transportfähig zurückgelassen worden waren, sich aber wie durch ein Wunder erholt hatten.

»Was gibt es Neues, Matteo?«, erkundigte sich Costanza beim Abendessen, zu dem es heute *stocca* gab, an der Luft getrockneter und wieder gewässerter Seehecht in einem Sud aus Olivenöl und Wein, gegart mit Pinien, Kapern, Oliven und Rosinen. »Besser kann auch der König nicht speisen, Stelluccia.«

»Ja, es geht, auch wenn nicht alles so ist, wie ich gewohnt bin. Der Wein ist nicht besonders gut.«

Costanza schmunzelte. »Wenn das alles ist …«

Der Junge zappelte schon vor Ungeduld, endlich sprechen zu dürfen. »Die Flotte verspätet sich, Madama. Ein Sturm hat sie aufgehalten. Man weiß gar nicht, ob sie überhaupt schon losgesegelt ist. Und beim Bankett des Königs ist ein Ritter von der Bank gefallen.«

Francesca hob den Kopf von ihrer Näharbeit und schüttelte besorgt den Kopf. Sie hatte Angst um ihren Sohn.

»Und immer noch trudeln Männer ein, die sich irgendwie durchgeschlagen haben«, gab Stelluccia zu bedenken. »Es wird eng hier. Und es stinkt nach Lagerkrankheiten.«

»Was ist das?«

»Durchfall und Spucken. Tritt auf, wenn wir zu viele auf einem Fleck sind. Wenn zu wenig Latrinen da sind und sie nicht tief genug ausgehoben werden können. Wenn sie zu weit weg sind. Wer vor Kraftlosigkeit nur noch kriechen kann, erleichtert sich hinter dem Zelt.«

»Glücklicherweise ist genug Wasser da. Seewasser ... Was ist mit dem Ritter, der von der Bank fiel, Matteo?«

»Das weiß keiner.«

Stelluccia fuhr fort, als Matteo nichts mehr zu sagen wusste. »Außerdem fangen die Männer an zu streiten, wenn sie so dicht aufeinanderhocken. Beide Barbiere waren schon im Einsatz nach Messerstechereien.« Sie entfernte dezent einen Bissen Fisch von den Lippen. »Nicht weich geworden. Sollte nicht vorkommen.«

»Sei nicht so streng mit dir selbst«, mahnte Costanza. »Deine *Stocca alla moda di Messina* ist köstlich.«

»Du hast sicher recht«, meinte Stelluccia knapp. »Aber ich sehe Sorgen auf uns zukommen.«

»Ich auch. Mir fehlt Verbandmaterial.« Costanza wandte sich an Francesca. »Du bist eine solche Künstlerin, was Stoffe angeht, Francesca. Wenn bei deinen Näharbeiten Flicken anfallen – könntest du sie für mich säumen, damit sie beim Waschen nicht allmählich aufribbeln? Und ich brauche einzelne

Seidenfäden. Ich bezahle dich mit Denari oder Grana. Oder auch mal mit Tari, wenn es ein besonderer Verband sein muss, vielleicht mit eingearbeiteter Polsterung«, sagte sie träumerisch. Sie hatte so viele Ideen …

Francesca verschluckte sich fast vor Eifer zuzustimmen. Und Matteo warf sich stolz in die Brust, jetzt wo er eine Mutter hatte, die einen ehrenhaften, regelmäßigen Verdienst erhalten würde. Schließlich wurde Verbandsstoff ständig gebraucht.

Die Männer hatten bemerkt, dass weniger Glieder brandig wurden, vermutete Costanza. Die Barbiere schlugen weiterhin Glieder ab, aber immer öfter wurde sie hinzugezogen, denn die von ihr behandelten Wunden heilten weiterhin gut. Das lag bestimmt daran, dass ihre Verbände immer gewaschen waren. Der Kaiser, Ciccu und selbst Mutter Rosalia hatten recht.

Am nächsten Morgen wurde Costanza zu einem Verletzten aus den eigenen Reihen gerufen. Der Sergent, den sie in Aci Castello nur flüchtig wahrgenommen hatte, wollte ausdrücklich von ihr behandelt werden, die Barbiere lehnte er ab.

Le Brun bekam Costanza nicht zu Gesicht, während sie die Wunde inspizierte, die auf halber Länge den Unterarm aufgeschlitzt hatte. Über eine Entlohnung sprachen sie nicht, und Costanza hatte auch weiterhin nicht die Absicht, eine einzufordern.

Sie säuberte den Messerschnitt sorgfältig mit Wein und nähte ihn mit Seide. Schlafmohn hatte sie für eine solche leichte Wunde nicht übrig, sie hielt den Mann an, einen Becher Wein zu trinken und die Zähne zusammenzubeißen.

»Geht schon, Heilerin«, sagte er grinsend. »Ich bin nicht wehleidig.«

Costanza hatte längst die Erfahrung gemacht, dass es vernünftig war, einzelne Nähte zu legen, die sie jeweils für sich verknotete. Was sie bei ihrem Aasim ausprobiert hatte, bewährte sich auch bei Kriegern, die nicht lange und unter Schonung auf die Heilung warten konnten. Der niedrige Hautkamm pflegte sich mit der Zeit zu glätten. »Ich lege dir keinen Verband an«, sagte sie, »nach meiner Erfahrung wird der nur nass, was schmerzhaft ist, wenn er trocknet. Du musst die Wunde von allen Seiten sauber halten und versuchen, dich nicht zu stoßen.«

»Mach ich. Sehr hübsch«, lobte der Mann, als sie den letzten Blutstropfen abgewischt hatte.

»Ja, aber du solltest auf noch mehr hübsche Andenken an Sizilien verzichten …«

»Aber wenn es die Ehre erfordert, gibt es keinen Verzicht«, brauste er auf.

Costanza lachte und räumte ihre Hilfsmittel in Kasten und Korb zurück. Die Ehre – darauf beriefen sich alle, die Lust zum Raufen verspürten, ob Sizilianer oder Franzosen.

Einige Stunden später wurde sie zu einem der Ritter bestellt, der sein Zelt in der Nähe des Königs hatte. Le Brun war bereits dort und fing sie ab. »Ihr habt den Ablauf inzwischen verstanden?«, erkundigte er sich drohend.

»Ja«, bestätigte Costanza grimmig.

Er schürzte die Oberlippe geringschätzig und trat vor ihr ins Zelt.

Der nicht besonders kräftige Ritter saß mit dem schmalen Rücken zum Eingang auf einem Hocker und drückte ein Tuch gegen sein Ohr. Es war blutig, genau wie sein Waffenrock auf der Schulter. Vor ihm hatte sich der fette Medicus des Königs aufgebaut und wartete offenbar darauf, dass der Ritter nachgab und ihn die Verletzung sehen ließ. »Mich verlangt es nicht nach Eurem Dienst, Meister Arnaud de Paris«, sagte der Cavaliere geziert. »Ich pflege stets die besten Spezialisten zu rufen. Sollte einmal mein Urin erkranken, gebe ich Euch Bescheid.«

»Wie Ihr wollt, wie Ihr wollt«, schnaubte Meister Arnaud. Seine beutelartige schwarze Kopfbedeckung bebte im Takt seiner Entrüstung. »Aber das Weib aus Catania übt bestenfalls ihr Handwerk zufriedenstellend aus, so wie ein Schlachter zu töten versteht, ohne dass das Lamm ihm entwischt. Als Spezialistin würde ich sie nicht bezeichnen.«

»Ihr nicht, aber wer von ihr behandelt wurde, durchaus.«

Meister Arnaud gab einen unbestimmten Laut von sich, raffte sein schwarzes, langes Gewand zusammen, damit es Costanza bei seinem Abgang nicht berührte, und segelte aus dem Zelt.

»Seine kleine schwarze Seele ist beleidigt.« Le Brun gab ein höhnisches Lachen von sich.

Und hoffentlich hatte er die Bemerkung nicht mehr gehört, dachte Costanza mit Unbehagen.

»Wollt Ihr Euch jetzt das Ergebnis eines persönlichen Scharmützels ansehen, Madama Costanza, und mir dann sagen, wie schwierig die Heilung ist«, bat Le Brun. »Während ich in die Verhandlungen trete, die nun mal sein müssen, wartet Ihr am besten draußen. Die Alltagsgeschäfte sollen Euch nicht berühren.«

Schweigend betrachtete Costanza das Ohr, während sie sich wunderte, dass der Monsieur ihr die Ehre erwiesen hatte, sie immer noch Madama zu nennen. Wahrscheinlich hob es ihr Ansehen. Und seines.

Die obere Kante des Ohrs war abgeschnitten und der Rest sowie der Hals mit Blut besudelt. Aber die Blutung stand. Ihr

Entschluss stand ebenfalls fest. »Ich werde dem Cavaliere ein Schlafschwämmchen verabreichen, die Wunde nähen und verbinden, sodann mehrere Tage hintereinander den Verband wechseln.«

»Gut. Dann entfernt Euch einstweilen.«

Vor dem Zelt schlich das Leben dahin wie an allen bisherigen Tagen. Ein Knecht brachte ein Pferd, vielleicht wollte der König durch das Lager reiten. Ein Kochfeuer entließ grauen Rauch kerzengerade in die Höhe. Krieger schlenderten herum und stritten miteinander. Es war glühend heiß.

Costanza biss sich auf die Unterlippe, bis sie schmerzte. In aller Geschwindigkeit war ihre Kunst zu einer Handfertigkeit geworden, die sie unter für sie entwürdigenden Umständen auf Zwang auszuführen hatte. So hatte sie sich ihre Tätigkeit als Heilerin nicht vorgestellt.

Wann hatte Le Brun sich derart geändert? Oder hatte er sich gar nicht geändert, und was sie in ihm gesehen hatte, war immer Illusion gewesen? Sie grübelte darüber noch nach, als sie auf regelmäßiges Klacken aufmerksam wurde.

Es rührte vom Medicus her, der den harten Gassenboden mit kleinen Trippelschritten durchmaß, zu denen ihn vielleicht die ungewöhnlich hohen Hacken seiner Schuhe zwangen. Und an seiner Seite Cora. Sie umfasste seine Leibesmitte mit der einen Hand und klammerte sich mit der anderen an seinen Talar. Ihren Kopf vertraulich auf seine Schulter gelegt, gelang es ihr zu kaschieren, dass sie erheblich größer war als er und sie ein seltsames Paar darstellten.

Cora hatte wirklich schnell einen Gönner gefunden, dieses Talent musste man ihr lassen.

Sie beachteten Costanza nicht. Cora kicherte ausgelassen in

das schwarze Gewand des Medicus hinein und prustete zwischen ihren Lachanfällen etwas heraus, das sich wie Schweinerüssel anhörte. Costanza war sich allerdings nicht ganz sicher, vielleicht war es nur ein Gespinst ihrer Furcht.

»Wir sind uns einig geworden, Madama Costanza«, rief Le Brun. »Ihr könnt anfangen.«

Costanza kümmerte sich von dem Augenblick an nicht mehr um Le Brun, als sie das Ohr des verletzten Ritters zwischen die Fingerspitzen nahm.

Das, was weder Knochen noch Muskel war, fehlte: ein weißliches, hartes Gewebe, das so ähnlich aussah wie das in der Nase. Also Knorpel. Knorpel wurde nie genäht, so hatte ihr Vater es sie gelehrt, und Costanza beschloss, auch am Ohr lediglich die Haut über dem Knorpel zusammenzuheften.

Ein einfacher Soldat hätte den Schmerz ausgehalten, aber dieser zierliche Mann, der dem Medicus mit Erfolg getrotzt hatte, hatte sich die Schmerzlosigkeit im Schlaf verdient. Außerdem war sich Costanza darüber klar, dass Männer, die sich gewohnheitsmäßig in der Nähe des Königs aufhielten, nicht verunstaltet aussehen wollten. Und darüber hinaus konnte sie besser arbeiten, wenn der Patient schlief. Also erhielt er ein Schlafschwämmchen.

Sie arbeitete mit ihrer feinsten Nadel und einem dünnen Faden und machte dem Ritter gerade einen Leinenverband, der um den Kopf herumführte, als er aufzuwachen begann.

»Werdet Ihr es eine Weile ohne Helm aushalten, Cavaliere?«, fragte sie. »Der Heilung des Ohrs wird es förderlich sein.«

»Helme sind sowieso nicht mehr nötig«, lallte der junge Mann benommen. »Gegen Gefangennahme hilft kein Helm.«

»Was meint Ihr denn damit?«

»Die Flotte kommt nicht. Nur die Spanier. Der König wird nicht kämpfen. Wir werden Lösegeld zahlen.«

»Aber die Flotte ...«

»Ist eine Mär, wie so vieles auf diesem Kreuzzug.« Der Ritter schlief wieder ein.

Costanza rüttelte sanft an seinem Arm. »Cavaliere, Ihr müsst aufwachen. Ich will sehen, dass Ihr es gut überstanden habt.«

»Meinetwegen. Weil Ihr ein barmherziges Wesen habt, aber nur darum.« Der Ritter schlug die Augen auf und blickte ihr etwas wacher ins Gesicht. »Deswegen verstehe ich auch nicht, dass Ihr Euch wie eine Dirne von Le Brun feilbieten lasst.«

Costanzas Herz raste los, schickte ein Hämmern in ihre Ohren und ließ ihren ganzen Körper vibrieren. Es dauerte, bis sie ihre zitternden Hände in den Griff bekam. »Ich ...«, stammelte sie, um dann anders fortzufahren. »Nein, das ist nicht so. Ich habe mich freiwillig als Heilerin der französischen Streitmacht angeschlossen. Ich dachte, hier wäre ich willkommen und würde geachtet. Stattdessen sähen mich die Medici und die Bader am liebsten in der Hölle. Und Le Brun erpresst mich, ich muss ihm gehorchen.«

»Scheißkerl! Dann bekommt Ihr wohl kaum etwas ab von den halsabschneiderischen Preisen, die er für Eure Dienste verlangt?«

»Er will mir so viel abgeben, dass ich neue Schwämme kaufen kann – Ihr habt Euren auch zerkaut – und was ich sonst noch so an Hilfsmitteln brauche ...«

»Ihr arbeitet umsonst? Zurücklegen könnt Ihr gar nichts?«

»Ich kann über das Geld hinaus, das Le Brun verlangt, nicht noch etwas für mich fordern«, bestätigte Costanza unglücklich.

»Er ist ein Halunke. Er braucht Geld, um sich die Ritterwürde zu erhalten, die man ihm seit Palermo verliehen hat. Eigentlich ist er nur ein brandehrgeiziger Edelknecht. Das weiß im Heer jeder, nur Ihr wahrscheinlich nicht«, sprach der Ritter und döste wieder weg.

Jetzt konnte Costanza beruhigt gehen. Es war ein ganz normaler Schlaf, das Beste, was ihm für seine Gesundung passieren konnte. Le Brun besaß eine Ritterwürde auf Zeit. Was mochte das wohl sein? Aber die ständig wechselnden Anreden zwischen Monsieur und Cavaliere hingen damit wohl zusammen.

Es war schon dunkel, als Costanza an ihrem Zelt ankam. Sie erschrak mächtig, als sie hinter dem Eingang unbekannte Geräusche hörte. Was war das? Diesem Getöse musste sie auf den Grund gehen.

Im Schein der Fackel, die man ihr mitgegeben hatte, tobte ein Huhn. Seine grüngefärbten Beine waren zusammengebunden, aber die Flügel schlugen, und das Tier wälzte sich flatternd durch das ganze Zelt, es hatte schon offene Gefäße mit Abkochungen von Kräutern umgestoßen, kurz, es war hier unerwünscht.

Costanza packte den goldfarbenen Hahn mit dem zweifachen Kamm an den Beinen, um ihn zu Stelluccia hinüberzutragen.

Sie fuhr zusammen, als sich in der Lagergasse hinter ihr eine dünne Stimme erhob, obwohl sie niemanden gesehen hatte.

»*Grifo, grifo*«, rief die klanglose Stimme.

Schweinerüssel auf Italienisch. Das hatte ja kommen müssen.

Und dann, zusammen mit einem brüllenden Gelächter: »*Groin, groin*«, begleitet von einem nicht zu verkennenden Grunzen. Wohl dasselbe auf Französisch.

Der Ruf wurde von anderen im Zeltlager aufgenommen. Costanza beschleunigte ihren Schritt und kam atemlos bei Stelluccia an, der sie den Hahn vor die Füße legte.

»Na, das ist aber mal ein feiner Kerl«, stellte Stelluccia fest. »An dem werden wir zwei Tage unsere Freude haben.«

»Hast du das Gebrüll gehört?«, fragte Costanza.

»Sicher.«

»Das galt mir. Sie fangen an, mich auch hier zu hetzen. Ich weiß nicht, warum.«

»Überhöre es. Es gibt überall gehässige Menschen. Wenn du nicht darauf eingehst, wird es ihnen langweilig.«

»Das hast du schon einmal gesagt, aber sie hörten nicht auf.«

»Einmal muss es stimmen«, sagte Stelluccia lächelnd. »Wie kommst du an einen solchen Hahn? Unsere zu Hause sehen anders aus.«

»Er ist ein Kronenhahn. Ich weiß nicht, woher er kommt«, bekannte Costanza. »Er flatterte in meinem Zelt herum.«

»Wen hast du jüngst behandelt?«

»Einen unserer Männer aus Aci Castello, der nichts bezahlt hat. Außerdem einen Ritter, den Le Brun ausgenommen hat. Er war aber sehr nett.«

»Nett, nett«, murmelte Stelluccia gedankenverloren. »Ich könnte wetten, dass der Kerl aus Aci den geliefert hat. Aber woher hat er einen Hahn mit diesem Prachtgefieder? Vermutlich gestohlen. Ich werde ihn morgen schlachten und die Federn verbrennen, damit er spurlos verschwindet. Ist besser so.«

»Ja«, sagte Costanza, erleichtert, dass Stelluccia wieder einmal Rat wusste. Das Tier würde sich in eine herrliche Suppe verwandeln, und sie brauchte kein schlechtes Gewissen zu haben. Es blieb nur ein Quentchen Unbehagen zurück, aber das würde sie zu bewältigen wissen.

Dann fiel ihr noch etwas ein. »Stelluccia! Vergiss den Hahn! Ich habe etwas Wichtiges erfahren, als mein Ritter vom Schlafschwämmchen noch etwas benommen war. In dem Zustand werden sie häufig redselig. Es kommt keine Flotte!«

»Keine Flotte? Wir werden nicht abgeholt?«, fragte Stelluccia und verlor die Bräune ihres Gesichts schlagartig. »Aber sie haben es uns versprochen.«

Costanza zuckte die Schultern. »Ich weiß. Aber der Ritter aus der Verwandtschaft des Königs plauderte Dinge aus, die ganz sicher nicht für die Ohren von unsereinem bestimmt sind. Der König und die Männer des Hochadels werden gefangen genommen und gegen Lösegeld freigegeben. Von allen anderen, die nicht zahlen können, war nicht die Rede.«

Stelluccia war nicht über längere Zeit zu erschüttern. »Wer von den Männern zur Arbeit zu gebrauchen ist, wird versklavt werden, und der Rest wird sterben. Frauen sind für gewöhnlich ein Beutegut, das nicht absichtlich getötet wird.«

»Sondern?«

»Nun ja, im Rausch des Sieges pflegen die Männer den Frauen Gewalt anzutun, das halten sie für einen Teil ihrer Rechte. Dabei kommen viele zu Tode. Besonders die hübschen, die für viele Männer herhalten müssen – soweit sie nicht das Glück haben, zum Eigentum eines Einzelnen erklärt zu werden.«

»Heilige Agata!«, stieß Costanza aus.

»Ich muss eine Nacht darüber schlafen«, meinte Stelluccia mit konzentrierter Miene. »Ich werde einen Ausweg finden. Für mich, für dich, für Francesca und für Matteo, den kleinen Schlingel.«

»Ja«, sagte Costanza und fühlte sich allein durch die Zusage schon gerettet. Stelluccia, die Ideenreiche, würde sie aus dem Lager hinauslotsen können. Denn hinaus mussten sie. Henry und Rainier auch.

Am nächsten Vormittag wankte die französische Besatzung von Randazzo ins Lager. Costanza war entsetzt, in welchem Zustand die Männer waren. Alte und frische Wunden trug jeder von ihnen. Die Medici und die Bader, deren verstärkten Einsatz sie jetzt erwartete, zeigten sich gleichgültig. Alle hatten sie irgendwo Aufgaben zu erledigen. Auch Le Brun, dessen Aufgabe es gewesen wäre, für seine tapfere Mannschaft zu sorgen, war wie vom Erdboden verschwunden.

Costanza nahm alles selbst in die Hand. Nach bewährter Art trennte sie die Schwerverletzten von den Leichtverletzten und legte außerdem die sofort zu behandelnden in ein einziges großes Krankenzelt zusammen.

Als sie hinausrannte, um für die Fieberkranken, denen die Kiefer vor Kälte klapperten, warme Decken zu besorgen, stieß sie mit einem Deutschherrn zusammen, der gerade das Zelt betreten wollte. Es war der ritterliche Mönch aus dem Hospital, der Fische gekauft hatte.

»Kann ich helfen?«, fragte er in gutem Italienisch und wiederholte die Frage auf Französisch.

»Ihr kommt wie gerufen!« Costanza wäre vor Erleichterung fast in Tränen ausgebrochen. »Ich weiß gar nicht, wo mir der Kopf steht. Also, natürlich weiß ich das durchaus, aber mir fehlen ungefähr sechs Hände.«

»Ich bin hier. Soll ich noch zwei Brüder rufen?«

»Ich glaube nicht«, antwortete Costanza, beschämt über die eigene Aufregung. »Die Pilger bedürfen Eurer vielleicht mehr.

Wir zwei zusammen schaffen es, außerdem habe ich noch eine eingearbeitete Helferin und einen aufgeweckten Laufburschen. Sofern er aufzutreiben ist.«

»Dann lasst uns anfangen.«

Stelluccia war zu allem bereit. Sie arbeitete an den Krankenbetten, wie sie kochte. Lebhaft und gutgelaunt plauderte sie mit den Verwundeten, bestreute leichte Wunden mit Kamillenpulver wie mit Salz oder Pfeffer, andere verband sie, als breite sie ein Lasagneblatt auf eine Fleischfüllung, kommentierte entsprechend, und die Männer konnten sogar darüber lachen. Schließlich kannten sie sich alle, und Stelluccia war beliebt.

Der Deutschritter und Costanza lächelten sich zu, während sie sich der schweren Fälle annahmen.

Plötzlich tauchte Matteo auf und legte einen Packen Feigenblätter neben Costanza auf den Instrumentenkasten. Als er den Deutschherrn entdeckte, zuckte er erschrocken zusammen.

»Hm. Wäre es möglich, dass der Baum im Hospitalgarten jetzt entlaubt ist, junger Mann?«, fragte der Ritter, auf einem Auge zwinkernd.

»Nur die Seite zur Mauer hin«, hauchte Matteo beschämt und war blitzschnell verschwunden.

Kein Einziger der Besatzung von Randazzo hatte eine Schwertverletzung im Gesicht davongetragen. Aber es gab keinen Grund, nur Nasen mit Hilfe von Feigenblättern zu behandeln. Costanza kam darauf, dass diese sich zusammen mit Mastix zu prächtigen schnellen Wundabdeckungen eigneten. Sie sandte Matteo in Gedanken einen Dank zu.

Nach beendeter Arbeit erkundigte sich Costanza bei dem schweigsamen deutschen Mönch: »Woher wusstet Ihr denn, dass ich Hilfe gebrauchen könnte?«

Der Ritter verzog sein Gesicht. »Vergesst nicht, dass alle diese Krieger an unserem Hospital vorbeigetorkelt sind. Wir erkennen ein geschlagenes Heer, wenn wir es sehen. Auch wir waren schon in solcher Verfassung. Ich wundere mich nur, dass Eure Medici gerade jetzt wie vom Erdboden verschluckt sind.«

»Ja«, sagte Costanza zustimmend. »Darüber wundere ich mich auch. Wie darf ich Euch nennen?«

»Hermann von Lübeck.« Er verneigte sich vor Costanza und begleitete sie höflich zu ihrem Zelt. Stelluccia war schon lange vorher gegangen, um ihre Aufgabe als Köchin wahrzunehmen.

Als Costanza an Stelluccias Kochfeuer angekommen war, wurde sie mit niederschmetternden Nachrichten empfangen.

»Wir kommen aus Messina auf dem Landweg nicht mehr raus«, wusste Stelluccia zu berichten. »Ich habe mich mit einem der leichter Verletzten unterhalten, ein zuverlässiger Mann und nicht dämlich. Ich kenne ihn genauer …«

»Und?« Costanza interessierte sich nicht für Stelluccias ehemalige Kunden.

»Die Spanier haben die Männer von Randazzo vor sich hergetrieben. Weil die Straße von Catania nach Messina schon abgeriegelt gewesen sein soll, sind sie nach Norden gegangen. Aber auch auf der Küstenstraße von Palermo nach Messina waren die Spanier hinter ihnen her. Die Spanier haben das gesamte französische Heer in der Zange.«

»Und ein Fischerboot? Ich würde alles Geld dazutun, das ich habe.«

Stelluccia seufzte. »Wenn du noch bei Helligkeit gekommen wärst, hättest du selbst sehen können, wie rasch sich der Hafen heute geleert hat. Ritter mit Geld hatten die Idee vor dir und sind schon auf der Flucht.«

»Ohne Erlaubnis ihres Königs?« Costanza ließ sich fallen, ihre Füße waren müder als auf der Landstraße von Catania nach Aci.

»Das weiß man nicht.«

»Jedenfalls gibt es für uns keine Straße, keine Flotte und kein Boot.«

»Wir können nur noch warten«, meinte Stelluccia. Den Mut hatte sie trotz allem noch nicht verloren, wie ihr Lächeln bewies. »Kopf hoch, Costanza. Wir finden ein Schlupfloch.«

Der nächste Morgen weckte alle mit strahlendem Sonnenschein. Die Hügel von Messina lagen im Licht. Statt wie üblich grün, waren sie jedoch dunkel. Das spanische Heer hatte die Bucht mit dem französischen Lager und der Stadt Messina mit Ausnahme des Kanals zur Meerenge von Messina ringsum eingeschlossen.

In der Bucht vor dem Zeltlager hatte ein großes Schiff mit bunten Standarten Anker geworfen. Costanza fragte sich, was das zu bedeuten hatte. Womöglich handelte es sich um das schnellste Schiff der Flotte, das die baldige Ankunft der übrigen ankündigte.

Sie schöpfte gerade Hoffnung, als Matteo angerannt kam. »Ist das unser Schlupfloch?«, fragte sie ihn.

»Schlupfloch? Auf jeden Fall ist es *Die Ganze Welt* des Königs.«

»Des französischen Königs?«

»Ja, natürlich! Was denkt Ihr denn, Madama Costanza, wem es sonst gehören könnte?«

»Und was will es?«

»Den König abholen! Ihn und alle, die mit ihm mitfahren sollen.«

»Und die Flotte?«

»Davon ist keine Rede, Madama. Alle reden nur davon, ob sie zu denjenigen gehören werden, die der König zum Mitfahren einlädt.«

KAPITEL 26

Im Morgengrauen hatten sich auch die Knappen und Stallknechte, die in den Hügeln die Pferde gehütet hatten, in Sicherheit gebracht. Sie hatten nur die kostbarsten Tiere nach Messina retten können, verloren waren Hunderte Pferde sowie alle Packesel und Maultiere. Cavaliere Henry kam mit Rainier zu Costanza, um ihr mitzuteilen, dass ihr Hengst zu den Auserwählten gehörte.

Costanza bedankte sich, aber angesichts der Beiboote des französischen Seglers, die schon seit Stunden verpacktes Gut zum Schiff hinüberruderten, konnte sie nicht anders, als ihrem Sarkasmus freien Lauf zu lassen. »Und Ihr selber, Cavaliere? Gehört Ihr auch zu den Auserwählten, die mit dem König abreisen?«

Henry schmunzelte. »Ganz sicher nicht, Madama. Als ich an des Königs Tafel geladen wurde, war mein Platz am untersten Ende. Ich glaube nicht, dass er heute noch weiß, wie ich aussehe und wer ich bin. Nein, *Die Ganze Welt* ist nur für den König und seine Edlen bestimmt.«

»Warum heißt sie so? Es klingt so hochmütig.«

»So ist es auch gemeint. Das Schiff des Kaisers Friedrich hieß *Die Halbe Welt*. Aber ein Karl I. ist sich mindestens doppelt so viel wert wie ein Friedrich II.«

»Merkwürdig«, brummelte Costanza. »Findet Ihr es übrigens richtig, dass dieser Karl flieht, während es ganz und gar offen ist, was mit seiner Streitmacht passiert?«

Henry lächelte grimmig. »Costanza, Karl von Anjou gilt als völlig skrupellos. Macht ist das, was er will, und dafür verkauft er seine Seele. Sobald der Kapitän die Segel setzen lässt, wird er sein Heer vergessen haben. Schließlich muss er planen, wie er sich dem Heiligen Vater Martin IV. andienen kann. Auch ohne die Heeresmacht, die in Sizilien gerade aufgerieben wird.«

»Kann er denn darauf hoffen?«, fragte Costanza ungläubig.

»Der Papst ist selbst Franzose, er stärkt zielstrebig die Hausmacht der französischen Kardinäle und ist sich mit Karl einig, dass Byzanz in die Knie gezwungen werden muss. Darüber hinaus leitet er die Inquisition. Allen Kardinälen, die jemals der Inquisition vorstanden, bedeutet der Tod anderer Menschen weniger als ihre fürstliche Abendtafel. Sie sind so skrupellos wie Karl von Anjou, aber mächtiger als er. Papst Martin wird Karl infolgedessen verpflichten, ein neues Heer auszuheben, und wird ihm als Anerkennung dafür ein weiteres Gebiet, das einem anderen Herrscher gehört, als Lehen überlassen.«

»Es ist also dem französischen König wie dem Papst gleichgültig, ob das in Messina wartende Kreuzzugsheer gerettet wird oder nicht?«

»Völlig gleichgültig, Madama. Wir dürfen uns vor dieser Einsicht nicht verschließen.«

»Cavaliere«, flüsterte Rainier, »hinter dem Zelt lauscht jemand.«

»Zeig ihm, dass wir ihn bemerkt haben, aber sei vorsichtig, Rainier. Bring dich nicht in Gefahr.«

Rainier stürzte davon.

»Wollt Ihr ihm nicht helfen?«, fragte Costanza.

»Sinnlos. Wer so etwas macht, organisiert seinen Fluchtweg, ein ausgestrecktes Bein oder ein geworfener Hocker werden Rainier zu Fall bringen. Sie sind zu zweit. Das sind die üblen Anzeichen des moralischen Niedergangs im Heer. Wenn keiner mehr an den Sieg glaubt, wird gestohlen, geraubt und geplündert. Viele wollen dann noch ihr Schäfchen ins Trockene bringen.«

Kurz danach schepperte es gewaltig. Rainier kehrte beschämt wegen seines Misserfolgs zurück und rieb sich verstohlen sein Knie.

Während Costanza noch darüber nachdachte, was zu tun übrigblieb, gab es in der Zeltgasse ungewohnten Lärm von einer schrillen Frauenstimme.

»Lasst mich, lasst mich!«, schrie Cora im Laufen mit sich überschlagender Stimme, während zwei Männer sich bemühten, sie aufzuhalten. In der erhobenen Rechten hielt sie ein Messer mit langer Schneide, mit dem sie derart unberechenbar umherfuchtelte, dass es den Kriegern nicht gelang, sie zu entwaffnen. Schließlich riss sie sich sogar los und tobte, sich um die eigene Achse drehend, weiter.

Costanza trat ein wenig zurück, aber Coras Blick folgte ihr.

»Du hast mir meinen königlichen Hahn geraubt!«, schrie Cora, als sie heran war. »Mein Goldhähnchen mit der Krone, mein Grünschenkelchen! Ich liebte es über alles! Bei Stelluccias Zelt fliegen seine Federn umher! Gemordet und gefressen habt ihr ihn.«

»Das tut mir leid«, stammelte Costanza, ohne auch nur einen Augenblick daran zu denken, es abzustreiten. »Er wurde mir ins Zelt gelegt als Bezahlung für meine Dienste.«

»Ich nehme als Bezahlung keine Dinge an, die meinen Mitschwestern gehören! Das lass dir gesagt sein, du sizilianische Nasendiebin! Aber sie werden dich schon bestrafen, wie es einer Ketzerin gebührt.« Sie hob den Arm hoch über den Kopf, um ein Messer in Costanzas Brust zu versenken.

Es kostete Henry nur eine knappe Geste, und die Sergenten, die inzwischen hinter Cora standen, nahmen sie in Gewahrsam und führten sie ab. »Bringt mich zu Meister Arnaud de Paris!«, heulte sie. »Darauf habe ich ein Recht! Er wird mich auf das Schiff des Königs mitnehmen.«

»Ähnliches wird wohl jetzt öfter passieren«, bemerkte Henry bekümmert. »Wer um sein Leben fürchtet, gerät schnell an den Rand dessen, was er ertragen kann. Wenn alle in Gefahr sind, gilt es für viele Mann gegen Mann.«

»Aber das ist es nicht allein. Cora hasst mich persönlich. Ich frage mich, was sie mit der Bemerkung, dass ich eine Ketzerin sei, bezweckt. So etwas Ähnliches war der Grund, warum ich aus Catania geflüchtet bin.« Trotz allem blieb Costanza gelassen, inzwischen hatte sie gelernt, dass es nicht immer so schlimm kam wie gedacht.

Henry lächelte und nickte. »Das vermutete ich. Ich würde nicht allzu viel auf Coras Drohungen geben.«

Costanza fühlte sich bestätigt. »Glaubt Ihr, dass Meister Arnaud Cora wirklich mitnehmen wird?«

»Auf das Schiff des Königs? Schwerlich. Sie würde ihn von einer Blamage in die nächste befördern. Selbst ein Meister Arnaud kann es sich nicht leisten, sich des Königs Wohlwollen zu verscherzen.«

»Schrecklich! Dann bleibt sie uns ja erhalten«, murrte Costanza mit einem tiefen Seufzer. Aber Henry hörte sie schon nicht mehr.

Eine Weile musste Costanza jetzt ihre Gedanken ordnen. Ihre Füße trugen sie von ganz allein durch die belebten Zeltgassen, in denen es zuging, als sei das ganze Heer im Aufbruch. Zwar hatte sie sich vorgenommen, keine Spaziergänge mehr dorthin zu unternehmen, wo zwielichtiges Volk hauste, jedoch fand sie sich plötzlich am Rand des Lagers wieder, wo das Niemandsland zwischen Franzosen und Spaniern begann.

Hier war der Schlachtplatz. Ein unangenehm süßlicher Duft von Blut und eine Rauchwolke von kokelndem Holz waberten Costanza entgegen. Er unterschied sich von den Gerüchen krankhafter Darmentleerungen in den Zeltgassen.

Der Platz war menschenleer bis auf den fetten Medicus und einen der Dominikanermönche, den Meister Arnaud de Paris unziemlich am Ärmel gepackt hatte, um eindringlich auf ihn einzureden. Ihnen ging es wohl darum, Lauscher auszuschließen; dass sie gesehen werden konnten, spielte keine Rolle. Costanza ging hinter einem kniehohen Felsbrocken in die Hocke und beobachtete die beiden. Sie hörte nicht ein einziges Wort.

Je länger das ausführliche Gespräch dauerte, desto mehr beschlich Costanza das Gefühl, dass Cora damit zu tun haben könnte. Eine Hure konnte sich natürlich nicht direkt an die Mönche wenden, aber der Medicus würde sich möglicherweise gern das Wohlwollen der Kirche sichern, indem er eine Ketzerin zur Anzeige brachte.

Als die beiden Männer zu verschiedenen Seiten auseinandergingen, kroch Costanza in den Schutz naher Büsche und lief los.

Schwer atmend kam sie an Stelluccias Lagerfeuer an. Sie musste sich jetzt unbedingt Rat bei ihr holen. Aber Stelluccia war umgeben von Frauen. Gerüchte machten die Runde, und jede hatte eine andere Idee, was zu tun sei, wenn die Flotte nicht käme. Die jüngsten und schönsten Frauen würden natürlich zu den Spaniern wechseln, aber die älteren wurden von Angst geplagt.

Costanza blieb außerhalb ihres Kreises stehen. In dieser Hinsicht gehörte sie nicht zu den Trossfrauen.

»Komm mit, Weib!«, bölkte Le Brun, der unversehens hinter Costanza auftauchte, packte ihren Arm und zerrte sie mit sich fort.

»Wie redet Ihr denn mit mir!«, rief Costanza empört und versuchte vergeblich, sich von ihm loszureißen.

»Schon gut, reg dich nicht auf«, sagte er knapp und steuerte auf ein Zelt zu, das ganz in der Nähe der königlichen Residenz aufgebaut war. Als sie sich weigerte, vor ihm hineinzugehen, stieß er sie durch die Öffnung ins Innere.

Costanza fand sich auf Knien vor grünen seidenen Beinlingen und bunten Schnabelschuhen wieder, die von einem schwarzen Umhang halb verhüllt waren. Arnaud de Paris. Er blickte mit sichtlichem Ekel auf sie herab, als mustere er eine fette Kakerlake. Dann schlug er das Kreuz und tat einen Schritt rückwärts.

»Hier ist das Weib«, verkündete hinter ihr Le Brun. »Ihr macht das Geschäft Eures Lebens, Meister Medicus, wenn Ihr einschlagt. Ihr habt sie noch nicht bei der Arbeit gesehen und deshalb ihren Wert noch nicht erkannt. Aber ich. Für fünfzig Unzen in Gold ist sie Euer. Solltet Ihr nur sizilianisches Geld haben: eintausendfünfhundert Tari.«

»Ich mag sie nicht«, quengelte Arnaud mit heller Stimme wie ein Kleinkind.

»Welche Rolle spielt das schon? Sie soll ja nicht auf Euer Lager, sondern für Euch arbeiten. Ich sage Euch, Ihr werdet berühmt werden mit der Methode des Nasenkurierens, die sie beherrscht.«

»Was fällt Euch ein, Cavaliere!«, schnaubte Costanza, die zuerst sprachlos zugehört und mittlerweile begriffen hatte, worum es ging. »Versucht Ihr jetzt, auch meinen Leib zu verkaufen?«

»Warum nicht?«, sagte Le Brun mit einem Schulterzucken und wandte sich wieder dem Arzt zu. »Meine Männer haben sie nicht berührt und ich auch nicht. Sie ist in jeder Hinsicht ein Kleinod.«

Der Medicus rümpfte die Nase und stampfte mit einem Fuß auf. »Nein! Im Augenblick steht mir der Sinn nicht nach Weibern.«

»Ich weiß. Er steht Euch nach Ziegen und Ähnlichem, man könnte auch sagen, dass ein gewisses Organ Euch bei Ziegen steht«, sagte Le Brun grob, der offenbar sein Geschäft davonschwimmen sah.

»Ihr sollt doch selbst nicht wählerisch sein«, versetzte Arnaud spitz und gab mit einem Wedeln seines Handrückens zu verstehen, dass Costanza sich zu entfernen habe.

Einen winzigen Augenblick war sie abgelenkt und verstand nicht, was er meinte. Mit ihr als vermeintlicher Ketzerin hatte es jedenfalls nichts zu tun. Ein kräftiger Stoß in den Rücken beförderte sie vor das Zelt. Le Brun trat ihr fast auf die Hacken.

»War das der Grund dafür, dass Euch so darum zu tun war, mich erst nach Aci Castello und dann hierherzubringen?«, fragte Costanza aufgebracht.

»Was meint Ihr damit?«

»Ihr wolltet mich von Anfang an verkaufen, und nur deshalb habt Ihr darauf aufgepasst, dass niemand mir Gewalt antat, stimmt's? Mein Wert ist in einem Land, in dem man unsere Heilmethode nicht kennt, anscheinend mit Gold aufzuwiegen.«

Le Brun lächelte spöttisch. »Costanza, ist Euch klar, dass das Heer der Anjou von den Spaniern eingeschlossen ist? Dass der einzige Weg in die Freiheit durch das Schiff des Königs führt? Und dass nicht ich auf diesem Schiff mitsegeln werde, wohl aber der Medicus des Königs?«

»Oh«, sagte Costanza.

»Ja!«

»Dann sollte ich mich wohl bei Euch entschuldigen?«, fragte Costanza kleinlaut.

»Das ist nicht nötig.« Le Brun sprang über ein glimmendes Lagerfeuer und verschwand zwischen den Zelten.

Costanza sah ihm nach. Sie traute ihm trotz der glaubhaften Erklärung nicht.

Am Nachmittag vermehrten sich die Anzeichen, dass *Die Ganze Welt* demnächst Anker lichten würde. Einer der beiden Heckanker wurde mit Hilfe eines der Beiboote aus dem Wasser gezogen, das Schiff schwojte langsam herum und lag schließlich mit dem Bug zum offenen Fahrwasser. Am Heck wurde probeweise ein Segel gesetzt und wieder niedergeholt.

»Heute ist es zu spät abzulegen, aber morgen werden sie in aller Frühe Ankerauf gehen«, rief Cavaliere Henry im Vorbeieilen Costanza zu, »seht Euch die Vorbereitungen nur an.«

Costanza nickte. Es gab im Augenblick nichts Wichtiges zu tun, also spazierte sie zum Ufer hinunter, jedoch immer auf der Hut vor den Dominikanern, die sie allerdings nirgendwo sah.

Verblüfft blieb sie auf der festgetrampelten Erde stehen, wo noch am Vormittag die prachtvollen Zelte der vornehmsten Ritter gestanden hatten. Zurückgeblieben waren nur die aufgerissenen Löcher der Zeltpfosten, die Hölzer selbst waren abtransportiert worden. Den Unrat, der auf der Erde verstreut war, abgenagte Knochen, zerrissene Lederriemen und blutige Lappen, die niemand ausgewaschen hatte, um sie wieder zu verwenden, durchstöberten bereits mehrere Frauen und ein Hund.

Merkwürdig, aber die Ritter, denen diese Zelte gehörten, mussten sich schon an Bord befinden. Costanza hob den Blick und richtete ihn nachdenklich auf das Schiff. Ob sie vielleicht vom König zu einem Festmahl geladen waren? Würden sie heute Nacht feiern, um morgen in aller Frühe aufzubrechen?

Dann bemerkte sie, wie die vier mit jeweils sechs Seeleuten bemannten Beiboote in der Nähe des Buges dümpelten, durch gelegentliche Ruderschläge an Ort und Stelle gehalten. Dann wurden von oben Taue herabgeworfen, die sie am Heck der Jollen befestigten. Währenddessen holten die Seeleute das große Schiff Zug um Zug an den verbliebenen Heckanker heran, um ihn endlich hochzuhieven.

All das geschah fast lautlos.

Trotzdem hatte man im Zeltlager die Vorbereitungen zum Ablegen richtig gedeutet. Es wimmelte am Ufer inzwischen von Edelknechten, Sergenten, Knappen und Stallknechten. Ihnen allen stand Ungläubigkeit ins Gesicht geschrieben.

»Unser König muss sich mit seinen hochrangigsten Fürsten und Ratgebern gefahrlos beraten können, um aus der Entfernung umso besser über eine rettende Taktik zu entscheiden«, mutmaßte jemand.

»Und ihre Pferde und Diener geben Ratschläge dazu, was?«, fragte einer anderer und trieb den Sarkasmus noch weiter.

Costanza hörte dieser halblauten Diskussion in der Nähe zu und begriff endlich, dass *Die Ganze Welt* sich gerade auf die

Flucht begab. Anscheinend war außer den engsten Vertrauten des Königs niemand eingeweiht und mitgenommen worden. Nur Ritter des Hochadels standen schwatzend an Deck. Jeder einzelne trat offensichtlich eine behagliche Reise inmitten seiner persönlichen Reichtümer zum italienischen Festland an.

Am Heck befand sich eine isolierte kleine Gruppe. Der schwarz gewandete Medicus mit der wagenradgroßen Kappe, dessen Hände gestikulierend durch die Luft fuhren. Und im Gespräch mit ihm die beiden schwarz-weißen Dominikaner. Was mochten sie nun wohl aushecken? Jedenfalls nicht ihren Tod. Costanzas Erleichterung war so groß, dass sie auf den Sand sackte und dort sitzen blieb.

Plötzlich wurde das Geraune der Menge am Ufer unterbrochen durch Unruhe und Geschiebe, durch verärgertes Geschrei und dazwischen schrilles Jammern. Costanza drehte sich um.

Cora.

Mit aufgelösten Haaren, das Kleid nicht zugeknöpft und mit nur einem Schuh an den Füßen, hatte sie sich bis ganz nach vorne hindurchgekämpft, wo sie neben Costanza stehen blieb, ohne sie zu bemerken.

»Meister Arnaud!«, schrie Cora, den Blick starr auf *Die Ganze Welt* gerichtet, obwohl sie es schaffte, dabei so wild den Kopf zu schwenken, dass ihre Haare flogen. »Ihr wollt doch wohl nicht ohne mich abreisen! Mein Goldhähnchen, mein Grünschenkelchen, mein Meister Arnaud ...«

Costanza sah sie bestürzt an.

Bevor jemand Cora hindern konnte, watete sie schreiend und um sich schlagend ins Wasser hinaus, dem königlichen Schiff hinterher.

Auf dem Schiff kümmerte man sich nicht um unbedeutende Ereignisse an Land. Die Seeleute vor den Schleppleinen pullten unter Leibeskräften, gleichzeitig sank das Großsegel herab, und das Schiff nahm mit dem ablandigen Wind Fahrt auf.

Coras Kopf verschwand, und ihre Hände griffen in die Luft, als ob sie sich daran hochziehen könnte.

»Ihr bleibt hier«, sagte Henrys Stimme über Costanza, und seine Hand auf ihrer Schulter drückte sie nach unten. »Es hat keinen Zweck. Ihre Sinne haben sich verwirrt, und sie ist für jeden, der sie retten will, eine Gefahr. Sie wird ertrinken.«

»Ich kann gar nicht schwimmen«, gestand Costanza beschämt, die wie alle anderen tatenlos und wie gelähmt zugesehen hatte.

Die Stimmung im Lager war gedämpft. Immer noch hofften viele auf die Flotte. Weitere Gerüchte kursierten, eines immer wahrer als das andere.

Cavaliere Henry blieb an Stelluccias Lagerfeuer, als ob er etwas befürchtete. Dass er Rainier mitsamt ihren Pferden einem zuverlässigen Pferdeknecht, den er schon lange kannte, ans Herz gelegt hatte, erwähnte er nur nebenher.

»Sie hätten«, murmelte Costanza unzufrieden und mit den Gedanken auf dem königlichen Schiff, während sie auf dem mit Öl getränkten altbackenen Brot herumkaute, »doch für viele Männer noch Platz gehabt. Das ganze Deck war ja frei. Und wenn sie auf die Zelte und Zeltstangen verzichtet hätten, hätten sie wenigstens die Verletzten in den Laderäumen unterbringen können. Oder, Cavaliere?«

»Ich fürchte, unserem König sind seine Zeltstangen wichtiger als Kranke«, mutmaßte Henry. »Es sind ja beileibe auch nicht alle Zelte mitgenommen worden, manche Ritter mussten mitsamt ihren gefüllten Truhen darauf verzichten.«

»Auf ihre Knappen und Pferde auch?«, warf Stelluccia beziehungsvoll ein.

»Pferde und Knappen aus kostbarer Zucht wurden selbstverständlich mitgenommen«, antwortete Henry lakonisch.

Costanza begann zu lachen.

Sie lagen im Schlaf, als Lärm sie weckte. Henry drückte Costanza ein Kurzschwert in die Hand, befahl ihr, im Zweifel den Angreifer abzustechen, und rannte in Richtung des Aufruhrs bewaffnet und gewappnet fort.

Während Stelluccia und Costanza sich flüsternd verständigten, außerhalb des Scheins des wieder entfachten Lagerfeuers zu wachen, schliefen Francesca und Matteo im benachbarten Zelt tief.

Aus der Ferne hörten sie Stimmen, denen sie aufmerksam lauschten, ohne ihnen etwas entnehmen zu können. Dann ertönten verständliche Befehle, und die kamen ohne jeden Zweifel von Le Brun.

»Ein Aufruhr dort hinten«, stellte Costanza fest. »Aber Le Brun scheint die Sache in der Hand zu haben. Es brennt ja auch nicht.«

»Gut, dass wir ihn und Cavaliere Henry haben«, pflichtete ihr Stelluccia bei. »Stell dir vor, nur die Gecken mit den Schnabelschühchen wären hiergeblieben. Die hätten die Schwerter fortgeworfen, sich unter einer Gugel versteckt und sich zu Gefangenen der Franzosen erklärt. Und wir wären abgeschlachtet worden.«

»So gesehen, ist es gut, dass sie abgesegelt sind.«

Einige Zeit später raschelte hinter ihrem Zelt eine Ratte.

Oder ein Feind? Costanza sprang auf und spießte der dunklen Gestalt heldenhaft die Spitze ihrer Waffe in den wattierten Bauch, bis sie den schmunzelnden Henry erkannte.

»Etwas herzhafter stellte ich mir Euren Widerstand durchaus vor«, sagte er.

»Na ja, es erstickt sich nicht so leicht«, murmelte Costanza zu ihrer Verteidigung.

»Stimmt. Es muss erlernt werden. Ein Junge benötigt vierzehn Jahre, bis er zum Ritter geschlagen wird.« Henry ließ sich erschöpft am Feuer sinken, und Stelluccia, die stets wusste, was ein abgekämpfter Mann brauchte, drückte ihm einen Becher mit ihrem besten Roten in die Hand.

»Was war los?«, fragte Costanza.

»Plünderer. Knechte und Sergenten, die die Zelte der abgereisten Ritter durchsuchten. Einige Edelknechte ließen sich auch mitreißen. Gute Kleidungsstücke und schlechte Waffen waren noch ausreichend vorhanden. Le Brun hat alles sicherstellen lassen.«

»Cavaliere Le Brun ist nicht übel als Befehlshaber, oder?«, erkundigte sich Costanza zaghaft.

Henry zuckte die Schultern. »Jedenfalls war niemand von unseren Leuten beteiligt. Sie wissen, dass Le Brun sie aufhängen lassen würde.«

»Und die anderen?«

»Costanza, es müssen hier im Zeltlager um die vierhundert Mann sein. Die wenigen hiergebliebenen Ritter kommen aus reichen Geschlechtern, die sich die Ritterwürde leisten können, verwöhntes Jungvolk also, mit ihren ebenso verwöhnten Knappen. Von keinem einzigen Ritter würde ich vermuten, dass in der Not auf ihn Verlass ist«, sagte Henry ehrlich. »Die übrigen Männer sind kampferprobte Edelknechte und Sergenten, aber keiner hat Erfahrung als Befehlshaber oder gar die Befugnis zum Befehlen. Monsieur Le Brun ist ebenfalls Edelknecht, hat jedoch die Ritterwürde verliehen bekommen, weil er sich bestens auf die Taktik in der Schlacht versteht. Nun ist dieses hier keine Schlacht, sondern ein Lagerleben unter besonders misslichen Umständen. Wir werden zu tun haben, um die Männer in Schach zu halten, bis die Schiffe kommen.«

»Kommen doch welche?«

»Anscheinend. Allerdings nicht die Flotte der zweihundert versprochenen Schiffe, sondern eben nur einige. Wir wissen nicht, wann. Und wir haben keinen Nachschub mehr an Lebensmitteln. Was noch vorhanden war, segelte mit dem König. Allerdings haben wir einige Pferde.«

Costanza rümpfte die Nase.

»Ja«, bemerkte Stelluccia zustimmend, »leider kann Pferdefleisch im eigenen Fett einen das Gruseln lehren. Manche werden also wohl eher verhungern als erschlagen werden.«

»Matteo fischt doch schon«, warf Costanza zaghaft ein.

Stelluccia tätschelte ihr schmunzelnd die Schulter. »Gewiss. Mit etwas Glück reichen unsere Vorräte für uns. Wir werden sehen.«

Mit dieser wundervollen Aussicht legten sie sich ein zweites Mal in dieser Nacht schlafen.

Als sie am nächsten Morgen durch erneutes Geschrei erwachten, war es Freudengebrüll. Im frühen Morgen hatten etliche Schiffe in der Bucht angelegt. Die kleinen Küstensegler waren alles andere als die erwartete Flotte von Kriegsschiffen – offenbar waren deren Schiffsführer in den Häfen des Festlands gedungen worden, um die Franzosen abzuholen. Immerhin waren die Schiffe groß genug, um bei jedem Einzelnen des Heerlagers die Hoffnung zu erwecken, dass er nunmehr so gut wie gerettet war.

Die Steuerleute waren gerade in ihren Jollen an Land gerudert worden, als erneutes Gebrüll laut wurde. Dieses Mal das Geheul der Enttäuschung.

Wie ein Mann drehten sich alle zur Einfahrt in die Hafenbucht um. Dort waren unzählige größere und kleinere Schiffe vor Anker gegangen, vermutlich alle besetzt mit bewaffneten spanischen Kriegern.

Jetzt waren sie von allen Seiten eingekesselt.

Costanza blieb keine Zeit, sich darüber zu entsetzen. Sie wurde von einem Knappen geholt, der vor Angst um seinen Herrn schlotterte. Der Ritter hieß Henri de Reims. Er war von einem Medicus behandelt worden, der ihm einen Aderlass verordnet hatte. Seinem Rang und seinem Ansehen entsprechend hätte Henri de Reims auf der *Ganzen Welt* mitreisen sollen, jedoch hatte man ihn aus Furcht vor der Krankheit zurückgelassen.

Als Costanza vor dem Kranken stand, wurde ihr klar, was beide zu erleiden hatten, der Ritter und sein Knappe. Der Mann war ausgemergelt wie der Tod, nach dem es im Zelt auch stank, gelbliche Krusten verklebten ihm die Mundwinkel, das Lager und der Teppich waren glitschig von Erbrochenem und Exkrementen.

»Werdet Ihr Euch seiner annehmen?« Der Junge sah ängstlich zu ihr hoch.

Costanza schluckte. »Kennst du Stelluccia? Lauf zu ihr und lass dir eine hölzerne Trinkflasche mit sauberem Wasser aushändigen. Danach beginnst du, Seewasser im Kübel herzuschleppen. Wir zwei müssen hier gründlich sauber machen, damit dein Herr überlebt.«

»Danke«, flüsterte der Knappe erleichtert und rannte los.

KAPITEL 27

Als Costanza das Zelt des Henri de Reims endlich verlassen konnte, lief sie zum Wasser hinunter. Sie brauchte jetzt frische Luft, am liebsten eine kräftige Brise. Aber die Schiffe in der Bucht, die wie Spielboote in einer Pfütze eingeschlossen waren, dümpelten nur sacht auf den von der Meerenge hereinschwappenden Wellen. Sie versuchte zu schätzen, wie viele Männer sie wohl zu transportieren vermochten, aber daran scheiterte sie. Es war nicht ihre Welt.

Le Brun ließ durch seine Knechte die verbliebenen Ritter zur Beratung zusammenrufen. Sie dauerte Stunden. Cavaliere Henry kehrte missgestimmt zu Stelluccias Zelt zurück.

»Na?«, fragte Costanza nur.

»Le Brun hat vor, die einheimischen Boote zu überfallen und mit Hilfe unserer Armbrustschützen zu verjagen. Er nimmt an, dass die sizilianischen Fischer unter spanischem Kommando nur die Blockade gewährleisten sollen, aber nicht gut bewaffnet sind.«

»Und dann?«

»Er rechnet sich aus, dass dann der Abtransport der Truppe mit den uns zu Hilfe geschickten Schiffen beginnen kann. Ein paar Fahrten über die Meerenge, und alle wären in Sicherheit. Die Spanier würden keinen weiteren Versuch machen, die Ausfahrt zu blockieren, meint er.«

»Was ich bisher von Seekriegen mitbekommen habe, hörte sich aber anders an«, warf Stelluccia ein. »An Land ist Le Brun ein guter Heerführer, aber mit Schiffen hatte er noch nie zu tun.«

»Das ist das Problem«, gab Henry zu. »Allerdings ist ein Gefecht mit den Spaniern zu Lande aussichtslos. Dies ist der beste Kessel, in dem ich jemals eingeschlossen worden bin. Wo auch immer wir versuchen würden, die Höhe zu stürmen, könnten sie uns einen nach dem anderen vom Pferd pflücken.«

»Was sagen die Schiffsführer zu dem Plan?«

»Sie sind dafür.«

Costanza hörte, wie Henry mit den Zähnen knirschte, um seinen Zorn zu bezwingen. »Aber?«

»Ich vermute, sie hoffen, sich durch die Linie der Sizilianer durchschlagen zu können, umso mehr, als sie ja mit unseren erfahrenen Armbrustschützen gut bewaffnet wären.«

»Und dann«, sagte Stelluccia sarkastisch, »winke, winke«, und machte mit ihrem Küchenmesser eine entsprechende Bewegung.

»Ja. Man muss bedenken, dass es keine Kriegsschiffe und königlichen Transporter sind, sondern gedungene oder gepresste Fischerboote. In welche Gefahr sie sich begeben haben, haben sie erst hier bemerkt. Sie werden nie wiederkommen.«

»Und was schlagt Ihr selber vor, Cavaliere?«, fragte Costanza.

»Verhandeln. Uns bleibt nichts anderes übrig.«

»Worum?«

»Um freien Abzug.«

Costanza zuckte und schüttelte erstaunt den Kopf.

»Ihr habt recht«, räumte Henry ein. »Man muss den Spaniern etwas bieten.«

»Das verstehe ich nicht«, sagte Costanza. »Was sich hier an Wertvollem befindet, bekommen sie ohnehin, wenn sie uns totschlagen. Was also wollt Ihr ihnen bieten?«

Stelluccia verzog das Gesicht. Costanza war die Einzige in der Runde, der Kriegstaktik fremd war.

»Ja, richtig. Le Bruns oder meine Burgen und noch ein Dutzend andere dazu, die alle in Frankreich liegen, wären keine angemessene Beute für die Spanier. Wir müssen ihnen zwangsläufig mehr bieten. Ländereien, die unserem König Karl von Anjou gehören, die Provence oder Teile von Süditalien, zum Beispiel, in der Hoffnung, dass wir ihm so viel wert sind ...«

»Aber ...«, begann Costanza einen weiteren Einwand, denn über Karls Macht- und Landgier hatten sie und der Cavaliere ja schon ausführlich disputiert. Ausgeschlossen, dass er sich auf den Handel einlassen würde.

Henry schüttelte kurz und von den anderen unbemerkt den Kopf.

Er wusste, was Costanza sagen wollte. Und er verließ sich auf sie. Darauf, dass sie den anderen nicht die letzte Hoffnung nahm. Sein Vertrauen machte sie stolz. Einige Zeit später bekam sie die Gelegenheit, Henry ohne Beisein der anderen zu fragen, wie sich Le Brun zu Verhandlungen gestellt hatte.

Er hatte natürlich abgelehnt, er sei Ritter und kein Diplomat im Kirchendienst.

Umso erstaunter waren sie alle, als einige Stunden später eine kleine Delegation von Rittern berufen wurde, die mit Cavaliere Le Brun an der Spitze am kommenden Tag Verhandlungen mit den Spaniern aufnehmen sollte.

Cavaliere Henry gehörte nicht zu ihnen.

Die Delegation kehrte am Abend schweigsam von der Höhe, wo sie sich mit den Spaniern getroffen hatte, zurück. Henry, der sich unter die Ritter mischte, erfuhr unter der Hand einiges, das er an Stelluccias Lagerfeuer weitergab.

»Sie haben so gut wie nichts erreicht«, berichtete er, »anscheinend gab es sogar Streit mit den Spaniern. Le Brun soll dies aber nicht für allzu ernst oder endgültig genommen haben, denn auf spanischer Seite waren nur wenige niederrangige adelige Ritter zugegen. Außerdem einer von höherem Adel, aber der ist kein Ritter und für die Kriegshandlungen nicht verantwortlich. König Peter von Aragon wird mit seinem vornehmsten Adel noch erwartet.«

»Le Brun ist doch auch nicht von besonderem Adel, oder?«, fragte Costanza.

»Nein. Vom niedersten in Frankreich, die mehr Bauern als Gefolgsleute des Königs sind.«

»Wo ist dann der Unterschied bei den Unterhändlern? Oder haben die so wenig Vollmacht zu verhandeln wie Le Brun?«

»Ich weiß es nicht«, bemerkte Henry unbestimmt. »Sie hielten alle mit ihrer Meinung zurück. Aus einigen Andeutungen der Delegierten war herauszuhören, dass Le Brun den Mund etwas voll genommen hat. Wahrscheinlich muss er so vorgehen, um auch nur ein Minimum von Erfolg zu haben …«

Costanza schüttelte verständnislos den Kopf. Auch wenn sie nichts von Kriegs- und Verhandlungstaktik verstand, fand sie Le Bruns Verhalten befremdlich und Henry für zu gutmütig in seinem Urteil. »Wärt Ihr selber auch so vorgegangen?«

»Nein, natürlich nicht«, antwortete Henry und verfiel in ein stummes Brüten, in dem ihn keiner stören wollte.

Noch ungewisser hinsichtlich ihrer Zukunft als bisher, saßen sie noch lange zusammen, bis jeder sich in sein Zelt trollte.

Mitten in der Nacht erwachte Costanza von einem mächtigen Knattern und Angstschreien, die vom Wasser kamen. Um ihr Zelt herum tobte Aufruhr von rennenden Menschen, Francesca hielt zitternd Matteo umklammert, der wie üblich auf und davon wollte, um sich umzutun, Henry war nicht zu sehen, nur Stelluccia war die Ruhe selbst. »Da ist nichts zu machen«, sagte sie abgeklärt. »Die Boote brennen ab, bis sie schwimmende Fackeln sind.«

Die Flotte der Franzosen stand in Flammen. Turmhoch loderte das Feuer auf manchen der Schiffe. Costanza begriff, dass dort die Masten und Rahsegel brannten, von anderen die Rümpfe.

Das Gebrüll kam von den Seeleuten, von denen sich einige in ihren Jollen zu retten versuchten, die zum Teil ebenfalls brannten. Das gespenstisch wirkende Licht spiegelte sich in kleinen Kabbelwellen, die unzählige Lichtblitze zurückwarfen, so dass gelegentlich der Kopf eines Schwimmers sichtbar wurde.

»Heilige Agata«, stammelte Costanza. »Wie kann sich ein Feuer so schnell verbreiten?«

»Nun, indem Männer mit Zündschnüren herumgeschickt wurden«, antwortete Stelluccia.

»Du meinst, Brandstiftung?«

»Was sonst?«

Costanza schwieg betroffen. »Wer kann das gemacht haben?«, fragte sie nach einer Weile.

Stelluccia zuckte mit den Schultern.

»Wenn du mich loslässt, Mutter, sage ich, wer es war«, meldete sich Matteo atemlos, der immer noch darum kämpfte, sich aus dem Griff seiner Mutter zu befreien.

In ihrer Verblüffung ließ Francesca los.

»Es waren die aus der Stadt«, erklärte Matteo. »Junge Burschen, etwas älter als ich.«

Costanza und Stelluccia sahen sich an und waren sich sofort einig. Das mussten die Blutegel aus Messina gewesen sein, die sie beide so hasserfüllt verfolgt hatten.

»Was weißt du noch darüber, Matteo?«, fragte Costanza.

»Sie haben Pechfackeln in die Fischerboote gepackt, die auf den Strand hochgezogen waren. Vorher haben sie sie in Häute gewickelt. Als sie fertig waren, sind sie durch das Wassertor in die Stadt zurückgebummelt, immer einzeln oder zu zweit. Die wollten in die Bucht rudern, aber erst später.«

»Warum hast du uns das nicht erzählt?«

»Konnte ich wissen, was sie vorhatten?«, gab Matteo rebellisch zurück. »Ich habe gedacht, dass die hier eine besondere Methode des Fischfangs haben.«

»Na ja, das ist wohl nicht von der Hand zu weisen«, verteidigte Costanza ihn, die auch wusste, dass Fischer in der Nacht manchmal Licht benutzen, um Fische anzulocken.

»Hm«, grummelte Stelluccia. »Kann sein. Jedenfalls werden wir bald mehr wissen.«

Francesca betrachtete kopfschüttelnd ihre leeren Hände. Ohne dass sie es gemerkt hatte, war Matteo entwischt.

»Ihm passiert schon nichts«, sagte Costanza und strich Francesca begütigend über den Arm. »Matteo ist ein ganz Schlauer. Irgendwann kannst du ihn sowieso nicht mehr festhalten. Und dann wirst du dich freuen, wenn er dich festhält.«

Francesca bedachte sie mit einem dankbaren Lächeln, während Costanza plötzlich an ihren Bruder Uberto dachte und mühsam die Tränen zurückhielt. Hoffentlich ließ sich Matteo nicht auch auf zweifelhafte Abenteuer ein.

Um die Ertrunkenen, die von der Flut an das Ufer getragen wurden, kümmerte sich Henry. Zusammen mit einer ganzen Mannschaft an Knappen und Knechten hob er Gräber aus, überwachte, dass keiner der Toten ausgeplündert wurde, und bat den einzig verbliebenen Priester des Heeres immer wieder zu einem letzten Segen der Toten, sofern dieser nicht gerade einem Sterbenden die Letzte Ölung spendete.

Monsieur Le Brun befahl den Männern, herbeizuschleppen, was immer Costanza von ihm an Zelten, Wasser, Kübeln und Tüchern zum Verbinden verlangte. Trotzdem schien ihr, dass er sich eher durch Lautstärke als durch eigene Tatkraft auszeichnete.

Die von den abgesegelten Rittern verlassenen Zelte wurden in Ufernähe erneut aufgebaut und darin die schwer verletzten Seeleute auf Säcke mit trockenem Tang gebettet. Die meisten, die lebend davongekommen waren, litten unter Brandwunden, einige hatten auch Brüche und Platzwunden davongetragen, weil sie vom Schiff herunter auf herumschwimmende Planken oder Boote gesprungen waren.

Costanza hatte sich unendlich glücklich geschätzt, als, im Morgengrauen noch kaum sichtbar, Hermann von Lübeck mit zwei Helfern kam. Alle drei brachten Körbe voller Verbandmaterial und Salben mit.

»Euch schickt der Himmel«, sagte sie.

»Ja, manchmal merkt der Herr, ihm sei Dank, was hier unten passiert.«

Als dann die Zelte errichtet und die Verletzten alle ihren Platz erhalten hatten, gingen sie wie schon gewohnt gezielt und ohne viel zu reden zusammen an die Arbeit.

Irgendwann trafen Costanza und Hermann von Lübeck von zwei Seiten kommend beim gleichen Verletzten zusammen. Da er der Letzte dieses Tages war, behandelten sie ihn gemeinsam.

Vermutlich war der Mann in Flammen getreten, da sein linker Unterschenkel verbrannt war. Er hatte anscheinend das Bewusstsein verloren, aber Costanza befeuchtete seine Lippen mit Wasser, und er leckte sie ab.

»Vermutlich brauchen Brandverletzte Wasser«, sagte sie, etwas beschämt, weil es sich um ein Gefühl handelte, das sie nicht erklären konnte. »Wer außen kocht, muss innen benetzt werden, damit der Brand nicht auf die Gedärme übergreift, glaube ich.«

»Das könnte sein. Meine Ordensoberen würden allerdings vor allem Barmherzigkeit und Gebet fordern.«

»Die reichen nicht aus, Herr Ritter!«, war Costanza der felsenfesten Überzeugung. »Man muss das Gute tun, damit der Herr es geschehen lässt!«

»Habt Ihr einen Beweis dafür?«, fragte Hermann von Lübeck aufmerksam.

»Keinen, den Ihr gelten lassen würdet. Aber ich weiß, dass nichts geschieht, was man nicht selbst in die Hand nimmt. Meine Mutter glaubt ganz fest an den Herrn, an Jesus Christus, an Santa Agata, an alle Heiligen, deren Namen ihr je genannt wurden, und betet täglich um deren Gnade und Fürsprache. Sie bewirkt damit überhaupt nichts, weder Gutes noch Schlechtes. Ihre Gebete sind nutzlos.«

»Vielleicht kennt Ihr die himmlische Hilfe nur nicht.«

»Was das Schlechte betrifft, glaube ich, dass ich es weiß. Mutters sehnlichster Wunsch ist mein Tod, und dafür schickt sie meinen Vater aus, weil die Heiligen ihren Auftrag ohne Hilfe nicht erledigen mögen.«

Der Rittermönch aus Lübeck blickte sie forschend an. »Die

Muselmanen sind ganz Eurer Meinung, was das Gute betrifft. Man muss es selbst tun. Aber wir sollten uns jetzt auf den Kranken konzentrieren.«

Obwohl viele Seeleute verbrannt oder ertrunken waren, war es im Zeltlager wieder deutlich voller geworden. Und die Vorräte knapper, wie Le Brun feststellte und Henry der gewohnten Runde der Frauen abends am Kochfeuer mitteilte. »Jedoch hat Le Brun Wachen aufgestellt, und die restlichen Vorräte werden gerecht aufgeteilt. Jedenfalls unter den Männern. Wie es mit euch Frauen ist, weiß ich nicht«, sagte er ehrlich, während er Stelluccia einen Beutel mit Mehl überreichte.

»Oh, wir kommen schon durch. Ich habe selbst Vorräte angelegt, die noch einige Zeit reichen. Und gelegentlich hilft der Herr.« Stelluccia lächelte ihn zuversichtlich an.

Costanza dachte wieder einmal, welch Segen es war, dass Frauen wie sie und Francesca sich im Tross befanden. Als Huren wurden schlicht alle Frauen bezeichnet, die mit dem Heer mitzogen. Wahrscheinlich zählte sogar sie selbst dazu. Aber diese Abwertung war verkehrt.

Manche von ihnen waren gestandene Persönlichkeiten, die es in der bürgerlichen Gesellschaft nicht ausgehalten hatten. Klüger als viele Männer, verschafften sie sich eine Freiheit, die weder Ehefrauen noch Nonnen besaßen. Es war ein Weg, ein Leben zu führen, das unabhängig von einem schlagenden, betrunkenen Ehemann war. Wurde der Liebhaber rabiat, stand es in ihrer Macht, ihn wegzuschicken.

Dennoch – Costanzas Weg war das nicht. Wenn sie an ihre eigene Zukunft dachte, wusste sie keinen Rat. Sie wurde erst wieder aufmerksam, als sie merkte, dass sich das Gespräch der anderen immer noch um die Vorräte drehte.

»Selten einmal, dass ich Euch vom Herrn reden höre. Wie meintet Ihr das eigentlich, Stelluccia?«, erkundigte sich Henry spöttisch. »Oder meint Ihr einen anderen als den im Himmel?«

Stelluccia blinzelte ihm zu. »Ja, den anderen. Ich war heute in der Hospitalküche – auf Empfehlung des Deutschherrn Hermann von Lübeck mit der Bitte, mir etwas Sahne und Eier zu überlassen. Ich erhielt beides. Sie haben ihre eigenen Quellen in den Hügeln und Vorräte von allem.«

»Und damit wolltet Ihr was machen?«, fragte Henry interessiert.

»*Trofie Genovese*. So wie ich ihre Zubereitung bei meiner Mutter gelernt habe. Mit einer Sahnetunke.«

In Costanzas Erinnerung drängte etwas an die Oberfläche, aber sie hatte keine Ahnung, warum. Sie kannte weder Trofie noch genuesische Speisen. Genua ganz im Norden aller italienischen Länder war wahrscheinlich so weit entfernt von Sizilien wie Konstantinopel.

Trofie stellten sich als kleine gedrehte Pastastücke heraus, die Stelluccia bereits vorbereitet und gegart hatte. Unter ihrer aller Augen briet sie Speck- und Zwiebelwürfel mit Knoblauch an und verquirlte währenddessen die Sahne mit mehreren Eigelb und dem Hartkäse, den sie wie üblich auf einem scharfkantigen Lavastein gerieben hatte. Nachdem sie den gebratenen Speck unter die heißen Trofie gehoben hatte, goss sie ganz zum Schluss die flüssige Masse darüber. Als sie gestockt war, teilte Stelluccia ihnen die Portionen zu, die größten für Henry, Rainier und Matteo.

»Göttlich«, seufzte Henry, als seine Schüssel so sauber war, als hätte ein Hund sie ausgeleckt. »In unserem Haushalt wurde öfter mit Butter und Sahne als mit Öl gekocht, weil meine Mutter aus dem Norden stammte. Wie habe ich das vermisst!«

»Ich auch«, fügte Rainier mit der plötzlich tiefen Stimme eines jungen Mannes im Stimmbruch hinzu. »Bei uns gibt es kein Olivenöl.«
Alle lachten befreit.
Costanza jedoch starrte Henry an, ohne ihn eigentlich wahrzunehmen. Jetzt erinnerte sie sich wieder. Mutter Rosalia hatte zum Schweinebraten für Le Brun eine Tunke aus Sahne gereicht. Woher kannte die Mutter diese Zubereitung? Bei ihnen wurde grundsätzlich nur mit Olivenöl gekocht. Damals hatte sie sich nur gewundert. Soeben war ihr aber klargeworden, dass die Mutter von sich aus gewusst hatte, dass ein Nordfranzose Sahne dem Öl vorzog. Welche Franzosen oder Norditaliener hatte sie so gut gekannt? Oder hatte sie das Rezept etwa von ihrer Mutter Maddalena?
»Ihr seid ja so still, Costanza.«
»Ich genieße«, erklärte Costanza knapp, beschloss aber, ihre Überlegungen zu vertagen. Vielleicht war es der letzte Abend, an dem sie alle beieinandersaßen.

Niemand hatte erwartet, dass ihnen noch weitere Schiffe zu Hilfe kommen würden, aber im Morgengrauen suchten sich tatsächlich einige den Weg in die Bucht und ankerten zwischen den verkohlten Resten der Wracks. Offensichtlich hatten auch die Spanier nicht damit gerechnet, denn sie hatten ihre Blockade am späten Abend aufgehoben.
»Werden wir dann fahren können?«, fragte Costanza hoffnungsvoll.
»Möglich. Aber verlasst Euch nicht darauf, Madama. Die Sizilianer werden zurückkehren, wenn die Spanier es für lohnend erachten. Ich danke Euch sehr«, sagte Henry zu Francesca gewandt und nahm die wattierte Weste in Empfang, die bei der

Bekämpfung des Brandes aufgerissen worden und nun wieder heil war.

Francesca starrte ihn verstört an. Dann liefen Tränen an ihren Wangen herab.

Henry sah bestürzt zu ihr hinunter. »Ich wollte Euch nicht beleidigen …«

»Sie liest von den Lippen ab. Und sie meint«, übersetzte Stelluccia für den Cavaliere, »dass noch niemand sie je mit Ihr und Euch angeredet hat. Unglaubliche Sitten reißen hier im Lager ein! Und das macht Angst, wenn Ihr versteht, was ich meine.«

Henry entspannte sich schmunzelnd, während er nach der Münze fischte, die sich Francesca verdient hatte. »Ihr nehmt kein Blatt vor den Mund, das gefällt mir, Stelluccia. Auch Eure begnadete Kochkunst, natürlich.«

»Jetzt raspelt Ihr auch noch Süßholz! Das beste Zeichen, dass unser Ende naht.«

»Ich hoffe nicht«, sagte Henry und wandte sich zum Wasser um. »Seht Ihr, die ersten Fischerboote beziehen schon wieder Position vor der Bucht. Zeit für mich, Le Brun meinen Plan zu unterbreiten.«

»Und der wäre?«, fragte Costanza rasch, aber da trabte er schon davon.

Noch am gleichen Vormittag hob ein geschäftiges Treiben im Lager an. Waffen, Rüstungsmaterial, Sättel und Zaumzeug wurden aus den Zelten in die Sonne getragen, gewaschen, auf Hochglanz gebracht und gefettet.

Unerwartet erschien Rainier mit Henrys Pferd, das er in der Nähe von Stelluccias Zelt anpflockte und gründlicher zu striegeln begann als je zuvor. Zwischendurch holte er sich Ruß von

Stelluccias Feuer, um damit die Hufe des Hengstes zu schwärzen.

»Was bedeutet das alles?«, erkundigte sich Costanza bei Henry, der wieder einmal im Eiltempo durch die Zeltgasse unterwegs war, aber höflich anhielt, um ihre Neugierde zu stillen.

»Le Brun ist einverstanden. Wir probieren es morgen auf meine Weise. Mit einer zweiten Delegation, in der Hoffnung, dass König Peter inzwischen eingetroffen ist.«

»Und wie ist der Plan?«

»Na ja. Le Bruns Behauptung, die Vollmacht seines Königs zu haben, uns mit seinen Ländereien freizukaufen, würde einer genauen Prüfung nicht standhalten. So können wir also nicht ein zweites Mal vorgehen.«

Costanza und Stelluccia nickten gleichzeitig.

»Wir haben nur unsere eigenen Besitztümer. Wir werden also bei den Spaniern so prächtig ausstaffiert erscheinen wie möglich, unseren ganzen Reichtum zeigen. Gegen freien Abzug bieten wir üppige Vorräte, wasserdicht gewalkte Zelte, hervorragend geschmiedete Waffen, erfahrene Pferde, die jedem Angriffskrieg unter schweren Waffen standhalten, und goldenes Beutegut an.«

»Das verstehe ich nicht! Das bekommen sie doch sowieso!«

»Nicht, wenn wir alles in Brand setzen, bevor sie das Lager stürmen.«

»Tatsächlich«, sagte Costanza beeindruckt. »Das ist ja eine fürchterliche Drohung für beutegierige Leute. Abgesehen davon natürlich, dass wir kaum noch Vorräte haben und alles andere auch gelogen ist, wie ich vermute.«

»Das ist die Kunst des Verhandelns, Costanza. Und unsere einzige Möglichkeit.«

»Und dieses Mal reitet Ihr mit?«

»Dieses Mal reite ich mit«, bekräftigte Henry. »Le Brun weiß, dass er kein guter Unterhändler ist. Und auch, dass wir Ergebnisse brauchen, keine Befriedigung eigener Eitelkeit.«

»Mal sehen, was ich Gutes an Zutaten auftreiben kann«, sagte Stelluccia vergnügt. »Wenn, dann leisten wir uns heute Abend wieder ein richtiges Festmahl. Ich werde doch meine Vorräte nicht an lumpige Spanier verschleudern!«

Später kam Le Brun in voller Rüstung und Bewaffnung auf einem hochglänzenden Rappen die Gasse angetrabt. Er parierte an Stelluccias Feuer zum Stand durch. Der Hengst schnaubte unwillig und schüttelte den Kopf, dass die Speichelflocken stoben. »Ihr«, sagte er vernehmlich und zeigte mit dem Kettenhandschuh auf Costanza, »reitet mit uns zu den Spaniern. Staffiert Euch entsprechend aus.«

Noch bevor Costanza sich von ihrem Schrecken erholt hatte, kam Henry herbei, der mit Rainier zusammen die Hufe seines Pferdes besichtigt hatte. »Das ist für eine Frau zu gefährlich, Le Brun! Das wisst Ihr so gut wie ich.«

»Ach was! Wir sind zwölf Mann, die sie beschützen! Euer Werben um Euren vorzüglichen Plan, Henry, hat mich beeindruckt. Und zweifellos gehört die Madama bei ihrer Schönheit zu den Kleinodien unseres Heeres, Ihr habt sie nur vergessen.«

Henrys Gesicht wurde langsam rot, aber er bezähmte sich. Er hätte andernfalls seine diplomatischen Fähigkeiten Lügen gestraft.

Le Brun wusste, was Henry durch den Kopf ging. Er lächelte boshaft.

»Ich habe nichts anzuziehen, was Eurer Zurschaustellung

von Reichtum dienlich sein würde«, wandte Costanza hastig ein.

Le Brun musterte sie von den Haaren bis zu den Füßen. »Das ist wahr. In diesem schwarzen Trauerzeug könnt Ihr Euch bei einem spanischen König nicht blicken lassen.«

Costanza nickte erleichtert.

»Aber«, setzte Le Brun seine kritische Betrachtung fort, »wir haben Unmengen an Stoffen und Kleidung aus Brokat und Seide vor unseren unbeherrschten Plünderern gerettet. Es befindet sich alles in Truhen in meinem und den drei bewachten benachbarten Zelten. Die stumme Hure sollte es schaffen, Euch bis morgen daraus ein angemessenes Gewand zu schneidern. Auch das passende Geschmeide wird sich dort finden lassen.«

Francesca machte ein ängstliches Gesicht, wagte aber nicht, sich zu weigern. Costanza verstand sie. Francesca würde es büßen müssen, wenn das Gewand nicht so ausfiel, wie Le Brun es für angemessen erachtete.

»Damit dürfte wohl alles klar sein.« Le Brun nahm abrupt den Kopf seines Pferdes hoch, verkürzte die Zügel und ritt an. »Rainier soll das Zeug gleich abholen!«, rief er über die Schulter zurück.

Rainier erstarrte und ließ einen Kübel mit Waschwasser fallen, das sich über seine Füße ergoss. »Nein, nein«, stammelte er. »Das mache ich nicht!«

Aus seinem Gesicht war alles Blut gewichen. Costanza betrachtete ihn besorgt.

»Was gibt's denn da zu widersprechen, Rainier«, sagte Henry barsch und ohne jedes Verständnis. »Danach holst du Costanzas Pferd hierher. Denk daran, das sarazenische Zaumzeug vorsichtig zu waschen. Nimm Seife, aber geh vorsichtig mit der

Bürste um. Und fette das Geflecht nicht ein!« Danach machte er sich wieder zügig auf den Weg zu einer der Aufgaben, die er noch vor Beginn der Verhandlung zu erledigen hatte.

»Ich kann es nicht, Madama!«, brach Rainier gequält aus, weil er erkannte, dass Costanza auf eine Erklärung warten würde, bis sie zufriedengestellt war.

»Warum nicht, Rainier?«, fragte Costanza sanft und nahm seinen Arm. »Komm mit, lass uns ans Ufer gehen, und dann erzählst du mir, was dich bedrückt.«

»Nein, das werde ich nicht!« Er riss sich los und brachte sich hinter Henrys Pferd in Sicherheit. »Außerdem eilt diese Sache mit dem Kleid. Schickt Francesca. Oder besser noch Stelluccia! Die würde es fertigbringen, ihm eigenhändig seinen … seinen … also abzuschneiden.«

Für Costanza fügten sich wie durch Gauklerhand Andeutungen und früher gefallene Bemerkungen zu einem fassbaren Bild zusammen. Jemand aus dem Umfeld von Le Brun hatte Rainier Gewalt angetan, das wurde ihr nun klar. »Sind es Le Bruns Männer oder er selbst?«

»Le Brun«, antwortete er hasserfüllt. »Aber wenn Ihr mich verratet, schneide ich Euch auch alles Mögliche ab!«

»Rainier!«, mahnte Costanza und verkniff sich ein Lächeln.

Er kam wieder zur Besinnung und sank vor ihr auf ein Knie. »Bitte, Madama, verzeiht mir. Es ist mir herausgerutscht, ich würde nie …«

»Natürlich nicht, Rainier. Und nun steh auf, bevor jemand glaubt, dass du mich nach Art der französischen Troubadoure minnst, statt dich auf Abzug oder Krieg vorzubereiten.«

»Ja«, sagte er, höchst verlegen, und sprang auf die Füße. »Ihr werdet mich nicht verraten?«

»Versprochen«, sagte Costanza knapp. »Aber es wäre besser,

wenn du deinem Cavaliere erzählen würdest, was geschehen ist. Er würde dich schützen.«

»Das eben will ich nicht! Ich bin kein Kind mehr.«

»Das ist wahr. Das bist du nicht.« Rainier war in die Höhe geschossen, seitdem sie ihn kennengelernt hatte, er war ein gutaussehender junger Mann geworden. Das mochten einige Männer auch so empfinden.

»Ich würde gerne sofort Euer Pferd holen ...«

»Le Brun widerspricht man besser nicht«, sagte Costanza, und im gleichen Augenblick fiel ihr siedend heiß ein, was er gesagt hatte, als sie ihm ihren Schimmel verweigert hatte. Es war sehr wohl eine Drohung gewesen. »Wir gehen zusammen, Rainier. Die Blöße wird er sich nicht geben, in meiner Gegenwart auf dich loszugehen.«

»Ja, es ist wohl besser, ich gehorche seiner Anweisung. Er ist rachsüchtig.«

Costanza nickte anerkennend. Rainier war nicht nur gewachsen, er dachte jetzt auch nach und plante seine Schritte, wenn er nicht gerade so überrascht wurde wie durch Le Bruns unerwarteten Befehl.

Während Costanza und Rainier sich auf den Weg zu den Zelten des Befehlshabers machten, wurde ihr klar, dass Le Brun Rainier wahrscheinlich aus Rache Gewalt angetan hatte. Zumindest hatte es sich so angehört.

Wenn das zutraf, war niemand vor Le Brun sicher. Er verbarg Verärgerung außerordentlich gut. Sie nahm sich vor, vor ihm noch mehr als bisher auf der Hut zu sein.

Die Costanza unbekannten Knappen, die vor den Zelteingängen wachten, ließen sie widerspruchslos die Truhen öffnen, sie wussten offenbar Bescheid. Le Brun war nicht anwesend.

»Hier, Madama, was haltet Ihr denn hiervon?« Rainiers Begeisterung galt einem rosa gefärbten Seidenstoff, den Costanza grässlich fand.

Costanza schmunzelte anerkennend. Er hatte die List begriffen, die sie auf dem Weg umrissen hatte. »Aber Rainier, wo hast du denn deine Augen? Rosa passt nun wirklich nicht zu meiner Hautfarbe«, schimpfte sie.

Er nickte und grinste bis über beide Ohren. »Dann aber dieses wunderbare, leuchtende Grün, Madama! Seht mal. Das würde Euch stehen! Den Spaniern werden die Augen aus dem Kopf kugeln.«

»Das mag sein, aber vor Entsetzen, Rainier. Ein grelles Grün, das so giftig wirkt, möchte ich ganz bestimmt nicht auf meine Haut lassen …«

»Und dieses Gelb?«

»Rainier! Ich bin doch keine Hure!«

»Nun, dann weiß ich wirklich nicht, welchen Stoff Ihr als angemessen erachtet, Madama«, sagte Rainier resignierend. »Ihr seid schwer zufriedenzustellen. Schabracken für Pferde sind leichter auszuwählen.«

Das reichte, fand auch Costanza. Der junge Mann vor dem Zelt würde hinreichend Rainiers schlechten Geschmack bezeugen können, der sie geradezu gezwungen hatte, sich ihre Stoffe selbst auszusuchen.

Während Rainier, mit der Hand am Kurzschwert, den Eingang nicht aus den Augen ließ, holte Costanza ganz wunderschöne Stoffe aus der Truhe. Was hätte sie nicht dafür gegeben, solches Gewebe in Catania kaufen zu dürfen.

Dann entdeckte sie ein zartgrünes Gewebe, das im Licht schimmerte wie das Meer im Sonnenschein. Das passte zu ihr. Auf dem Boden der Truhe fand sie Edelsteine, die farblich genau dem Stoff entsprachen. Es war ein Collier, das in einem Knäuel von ineinander verschlungenen Ketten versteckt war. Unachtsam, vermutlich in großer Hast hineingeworfen von Räubern und Plünderern, für die diese Kostbarkeiten viel zu schön waren.

KAPITEL 28

Grau ballten sich die Wolken über den Hügeln von Messina, als sich die Delegation am nächsten Vormittag zu Pferde zu den Gegnern aufmachte, Cavaliere Le Brun an der Spitze, Henry und Costanza am Schluss.

Henry schwieg vor sich hin, und auch Costanza hielt es für das Beste, nicht zu vertraut mit ihm zu wirken. Sie war unendlich dankbar über das trübe Wetter, denn bei Sonnenschein und Hitze hätte sie keine dicht gewebte Brokatseide auf dem Leib ertragen. Ohnehin trug sie wie üblich wieder die Bruoche und Beinlinge, um den Rock so hoch wie nötig schürzen zu können.

Der aufmerksame Aasim war unter ihrem sanften Schenkeldruck wie ein Traum. Ihr schien, er setzte sich schon bei ihrem Gedanken an Richtung und Gangart in Bewegung. Im Vergleich zu ihm war der Braune, auf dem sie reiten gelernt hatte, ein unverständiger, gutmütiger Esel gewesen.

Die Stadttore von Messina, die sie passierten, waren verschlossen, und auf den Mauern standen Armbrustschützen. Ihre Bolzen folgten den Reitern, aber offenbar hatten sie den Befehl, nichts gegen die Franzosen zu unternehmen. Costanza, die als Einzige überhaupt nicht gegen Pfeile geschützt war, fand die stummen Gesten bedrohlich.

Aber dann waren sie vorbei und ritten auf dem ansteigenden Pfad in die Hügel hinein. Einfach bewaffnete spanische Krieger wachten überall am Wegesrand. Auch hier wurden sie keinen Augenblick aus den Augen gelassen.

Hinter den Hügeln öffnete sich der Weg in das breitere Tal, in dem das Lager der Spanier errichtet war. Die Delegation setzte den Ritt ungestört fort bis zu einem Zelt, das die anderen an Höhe überragte. Dort hielt Le Brun an, stieg aber nicht ab.

Es tat sich nichts.

Dann eilten auf einmal zwei Knappen auf Costanza zu. Der eine fasste Aasim am Zügel und hielt ihr seine zweite Hand ritterlich zum Ergreifen hin, der andere bückte sich und bot ihr seinen Rücken zum Absteigen. So stand Costanza schon auf feindlichem Boden, als alle anderen noch auf den Pferden saßen.

Henry schmunzelte versteckt.

Costanza nicht. Sie wusste genau, dass sich Le Brun ihre Ankunft so nicht vorgestellt hatte.

Überhaupt nahm die Verhandlung, auf die sie so viel Hoffnung gesetzt hatten, einen schlechten Anfang: Der König und seine Granden waren noch nicht angekommen.

»Nun, seid Ihr Franzosen mürbe geworden?«, fragte einer der Spanier spöttisch, ein junger Mann, dem dies wahrscheinlich gar nicht zustand, zumal jedem bekannt war, wie steif sich Spanier zu geben pflegten, zumindest an den Königshöfen. Er gesellte sich zu Le Brun, der inzwischen abgestiegen und im Begriff war, das größte Zelt ohne Einladung zu betreten.

»Wir wurden vom Heiligen Vater mit der Aufgabe betraut, die gespaltene Christenheit durch einen Kreuzzug zusammenzuführen«, antwortete Le Brun voller Würde. »Unser König erwartet, dass sein Heer unverzüglich zu ihm stößt, und ich wurde beauftragt, neue Verhandlungen aufzunehmen.«

»Dann seht Ihr am besten zu, dass nicht wieder Eure Schiffe in Flammen aufgehen.« Der Jüngling kicherte hinter vorgehaltener Hand.

Costanza musste sich zusammenreißen, um ihn nicht wie ein Monstrum zu betrachten. Sein krapproter, viel zu kurzer Rock war geschlitzt, und darunter blitzte zuweilen die leinene Unterhose mit einer verstärkten, gut gefüllten Schamkapsel hervor. Am Rock wie an den langen Spitzen seiner Schnabelschuhe klingelten Glöckchen.

Aber Le Brun stieß sich nicht an der Kleidung, sondern an den Worten. Er versteifte sich. Costanza konnte an seinem Rücken erkennen, dass er im Begriff war, aufzubrausen. »Wir werden herausbekommen, wer es war, und den Täter hart bestrafen.«

Er wusste es nicht? Costanza staunte. Gleichzeitig wunderte sie sich, dass sich Le Brun auf eine Diskussion mit diesem albernen Fant überhaupt einließ. Erleichtert nahm sie wahr, dass sich Henry durch die Delegation durchdrängte, um das Gespräch zu unterbrechen.

»Ich schlage vor, keine Zeit zu verlieren, Cavaliere Le Brun, wir sollten, eben wegen der prekären Lage, in der sich die Flotte befindet, unverzüglich mit den Verhandlungen unter neuem Aspekt beginnen.«

Der Jüngling wandte sich ihm verdutzt zu. »Wer seid Ihr denn?«

Henry stutzte und machte eine knappe Verbeugung. »Henry de Carcassonne, Señor.«

»Von Carcassonne? Wirklich? Dann seid Ihr ja bestimmt ein entfernter Verwandter von uns«, brach der Spanier in einen freudigen Ruf aus und machte Anstalten, Henry zu umarmen. Etwas verlegen nahm er davon dann doch Abstand, blickte aber

Zustimmung heischend in die Runde. »Sympathisch, nicht wahr?«

Die spanischen Ritter nickten zögernd.

»Und die schöne Señora ist gewiss Eure Gattin, Vetter Henry, habe ich recht?«

Henry hatte sich inzwischen gefangen. »Leider nicht, fürstlicher Vetter – ich würde gerne Euren Namen erfahren, um Euch Eurem Stand entsprechend anreden zu können …«

»Gewiss, gewiss, das gehört sich so. Ich bin Conde Berenguer der Jüngere aus Santiago de Compostela. Meine restliche Familie ist in Barcelona ansässig. Und wer ist dann die Señora, wenn sie nicht Euer ist?«

Costanza schwindelte es angesichts des Tempos, das dieser anscheinend etwas wirrköpfige Jüngling vorlegte.

Als Henry »Verzeihung, Conde«, murmelte und sich tief verbeugte, ging ihr auf, dass dieser Fürst Berenguer der Ranghöchste im Lager sein musste. Anscheinend war er derjenige, mit dem die Franzosen zu verhandeln hatten. Eine peinliche Situation.

Henry, mit hochrotem Kopf, streckte die Hand nach ihr aus, und sie folgte seiner Geste. »Die Madama ist Costanza de Catania, die uns mit ihren speziellen Heilkenntnissen bei schweren Gesichtswunden wieder zu menschlichem Aussehen verhilft.«

»Wundervoll«, schwärmte Berenguer und umfasste Costanzas ganze Gestalt. »Meergrün und Smaragde sind wie für Euch geschaffen … Euer Hengst ebenfalls.«

Costanza wagte kein Wort.

»Eine Medica?«, fiel Berenguer im Nachhinein staunend auf. Widerwillig löste er seinen Blick von Costanza und heftete ihn auf Henrys Gesicht. »Hat sie etwa …?«

Henry nickte.

»Es ist selbstverständlich auch in Spanien bekannt, dass Kaiser Friedrich von Hohenstaufen sehr eigene Vorstellungen hatte, was das Studium der Medizin betraf. Aber dass er so weit ging, entgegen den Erlassen der Päpste auch Frauen zuzulassen, wusste ich nicht.« Berenguer zerfloss geradezu vor Bewunderung, ergriff Costanzas Hand und küsste sie, eine Gepflogenheit, die ihr neu war, was sie jedoch nicht erkennen ließ.

Ihre fragend hochgezogenen Augenbrauen erwiderte Henry mit einem zuversichtlichen Nicken. Costanza verzichtete darauf, die Sache richtigzustellen.

Le Brun schien abgemeldet zu sein. Unwirsch hatte er die Erklärungen verfolgt, und als sie endlich beendet waren, drängte er sich im von Knappen aufgehaltenen Zelteingang neben Berenguer.

Der Conde ignorierte ihn, reichte Costanza ritterlich seinen Arm und geleitete sie ins Zeltinnere.

Dort hatten flinke Diener und Knappen in der Zwischenzeit einen Tisch aufgeschlagen, mit einer Brokatbahn bedeckt und kostbare Gläser bereitgestellt. Dieser kuriose Fürst verstand auch im Feldlager zu leben. Costanza war stumm vor Überraschung.

Sie erhielt neben Berenguers Lehnsessel einen kleineren zugewiesen, während alle anderen mit Bänken vorliebnehmen mussten. In Windeseile brachten Diener silberne Platten mit zahllosen kleinen Speisen herein, die auf dem schmalen Tisch aufgereiht wurden, dann schenkten sie tiefroten Wein ein.

Conde Berenguer hob sein Glas. »Lasst es Euch schmecken, Ihr Herren«, entbot er seinen Gruß in die Runde, und zu Costanza: »Hier im Zeltlager geht es immer weniger förmlich zu als am Hof, Señora Costanza, Ihr mögt unsere rauhen Sitten entschuldigen.«

Costanza, die auf nichts dergleichen vorbereitet worden war, nickte und hoffte, dass die Verhandlung nun bald beginnen möge, damit sie der ständigen Aufmerksamkeit ihres Nachbarn entrinnen konnte. Wie alle anderen, löste sie ihr Messer vom Gürtel und pickte sich eine Leckerei von der Platte. Sie erwischte etwas, das sich als Wurst in locker gebackenem Teig herausstellte. Es war köstlich.

»Mundet es Euch, Señora?«

Sie verstand Berenguer, kannte aber das angemessene Wort in französischer Sprache nicht. »Vorzüglich«, sagte sie, und Henry übersetzte.

Le Brun saß ihr gegenüber. Er hieb mit einem Dolch von mörderischer Länge wahllos in etwas graubraunes Längliches, das feucht aussah, ihm von der Messerspitze flutschte und auf seinen Knien landete. Als er es schließlich wieder eingefangen und verstohlen in den Mund geschoben hatte, verzog er vor Ärger das Gesicht.

Eine Sardelle, schätzte Costanza, und vermutlich war sie ihm zu salzig oder zu sauer. Sie wahrte mit Mühe den Ernst und empfand auch Vergnügen bei der Entdeckung, dass spanische und sizilianische Köstlichkeiten einander ähnelten. Sie wünschte, Stelluccia hätte an diesem Imbiss teilnehmen können. Ganz gewiss hätten sie bald danach an ihrem Kochfeuer davon abgewandelte Speisen kosten dürfen.

Berenguer blinzelte ihr zu. »Ich kann Euch sehr den in Jerez eingelegten Knoblauch empfehlen, Señora«, sagte er mit vollem Mund.

Costanza schrak hoch. Sie durfte sich eigenen Gedanken nicht hingeben. Sie war hier in einer Mission. »Ich bitte um

Verzeihung, Fürst, ich war noch ganz in Gedanken bei diesem köstlichen gefüllten Teig ...«

»Ja, natürlich. Die Franzosen verstehen nicht zu speisen, sie sollen Fresssäcke sein.« Er lachte ungehemmt.

Er provozierte, aber niemand antwortete ihm. »Ihr solltet den Knoblauch kosten«, wiederholte er. »Eingelegt in Jerez mit Rosmarin. Darüber eine Zitronenscheibe ... Es gibt nichts Besseres!«

Sie nahm sich unter seiner strengen Aufsicht davon und konnte ihm nur zustimmen.

Berenguer wandte sich an Le Brun. »Euch hingegen, scheint es heute nicht so zu munden. Welche Sorgen plagen Euch?«

»Die Verantwortung für meine Streitmacht.«

»Nun ja, das verstehe ich. Lasst uns also zur Diskussion über Eure bevorstehende Niederlage kommen«, bot Berenguer großmütig an.

»Niederlage?«, rief Le Brun aufbrausend. »Der König der Franzosen, Karl von Anjou, wird selbstverständlich keine Niederlage erleiden, das weise ich in seinem und im Namen unseres Heiligen Vaters mit aller Entschiedenheit zurück! Er gibt auch keineswegs seine Ansprüche auf Sizilien als Herrscher auf, er zieht lediglich seine Streitmacht vorübergehend zurück.«

»Weist zurück, was Ihr wollt! Mein König, Peter von Aragon, hatte diese Insel kaum betreten, als er von den Sizilianern zum König von Sizilien ausgerufen wurde. Ihr, die Franzosen, haltet dagegen Sizilien besetzt, ihr plündert wie grausamste Feinde, ihr bedient euch an allem, was die Insel liefern kann, und lasst seine Bewohner in Armut zurück.« Berenguer lächelte auftrumpfend.

Le Brun erhob sich, sich seiner Wichtigkeit bis in die Fingerspitzen bewusst. »Die Bewohner von Sizilien leisten den ihnen gebotenen Teil zu einem Kreuzzug, den die gesamte Christenheit fordert! Sie dürfen sich glücklich schätzen, unserem Heiligen Vater deshalb in besonderer Weise ans Herz gewachsen zu sein!«

»Das ist Unsinn, Cavaliere Le Brun!«, rief Costanza empört. Abgesehen davon, dass kein Wort stimmte, machte er mit seiner Salbaderei die Sizilianer lächerlich. Außerdem sollte Henry die Verhandlung führen, was Le Brun anscheinend vergessen hatte. »Kein Sizilianer schätzt sich glücklich, dem von den französischen Besatzern erst die Schafe geraubt werden und der dann totgeschlagen wird. Außerdem hat uns der Heilige Vater schon zu Kaiser Friedrichs Zeiten die Franziskanermönche als Spione und Einflüsterer von Lügen ins Land geschickt! Kein Papst ist auf unserer Seite, das waren sie noch nie. Sie alle wollen nur Sizilien besitzen, um uns für ihre Zwecke auszusaugen.«

Le Brun sackte mit offenem Mund auf die Bank, dass es krachte.

Noch während er nach Luft schnappte, brach Conte Berenguer in Lachen aus. »Unglaublich, Señora, großartig! Aber steht Ihr nicht auf der falschen Seite?«

Nun erhob sich auch Henry von der Bank, sein Glas in der Hand. »Es gehört zur Größe des Cavaliere Le Brun, in seinen Reihen auch andere Ansichten als seine eigene zu dulden und zu akzeptieren. Ich bitte Euch, dies als Zeichen seiner und unser aller Absicht zu nehmen, ein vernünftiges Ergebnis unserer Verhandlungen zu erzielen. Es hat nicht eine Seite recht und die andere unrecht, beides ist wohl gleichmäßig verteilt. Ich trinke auf das Wohl beider Könige.«

»Das zeugt von edlem Denken, Vetter Henry.« Berenguer erwiderte den Toast und trank bis zum Grund aus. Costanza hätte wetten mögen, dass sie ihn zwinkern gesehen hatte. »Dann bringt jetzt Euer Anliegen vor.«

»Gut, Vetter Berenguer«, sprach Henry beherzt. »Wir fordern freien Abzug.«

Berenguers Gesicht verdüsterte sich.

»Wir bieten Euch: sämtliche Vorräte, Pferde, Waffen, dazu Beutegut. Trotz der Ermahnungen an unsere Krieger, nicht zu plündern, ist es in den Truhen, die wir wegen der geringen Größe der Schiffe nicht mitnehmen können, in Hülle und Fülle vorhanden.«

»Hm«, grunzte Berenguer, noch nicht zufriedengestellt.

»Leider befinden sich darunter auch Kirchenschätze aus griechischen Kirchen, Stoffe, Lampen, Tabernakel, Weihrauchgefäße«, setzte Henry die Aufzählung fort.

»Nun ja, die Herkunft stört weniger«, erklärte Berenguer, schon interessierter.

»Welche Waffen habt Ihr?«, meldete sich ein bärtiger alter Ritter.

»Alles, was bei Euch auch üblich ist«, warf Le Brun dazwischen, der sich für die Bewaffnung allein zuständig fühlte. »Die meisten Armbrüste noch in Hornbauweise, aber einige schon aus Stahl.«

»Tatsächlich?«, fragte der alte Haudegen ungläubig.

»Wir sind fortschrittlich bewaffnet«, knurrte Le Brun kurz angebunden. »Wundert mich nicht, dass Ihr sie nicht habt.«

Das alles interessierte Berenguer kaum. »Eure Pferde sind aus mittelmäßiger Zucht, aber wahrscheinlich schlachtenerprobt. Der Hengst der Señora allerdings ist erlesen. Ich denke, er wird freiwillig übergeben?«

Costanza gab einen leisen Klagelaut von sich. »Bitte, nicht mein Aasim. Er ist mir ans Herz gewachsen.«

»Ich verstehe Eure Betrübnis, aber das muss sein, Señora«, sagte Berenguer streng. »Ich kann keine Unterschiede machen, das wäre ungerecht.«

Sie wusste, wann sie geschlagen war, und nickte. »Behandelt ihn gut, bitte.«

»Das kann ich versprechen. Mein Stall wird in jeder Hinsicht bestens geführt.«

»Sind wir uns also einig?«, fragte Le Brun. »Freier Abzug. Dafür erhaltet Ihr alles, was Cavaliere Henry aufgezahlt hat.«

»Freier Abzug auf den Schiffen, die gegenwärtig im Hafen liegen«, berichtigte Berenguer. »Alles andere soll sein, wie Ihr sagt. Ich gelobe es vor Gott, dem Herrn.«

Henry nickte widerwillig.

Eine kleine Pause trat ein. Sie würden nicht alle auf den Schiffen Platz haben, dachte Costanza beunruhigt. Ein Teil der Männer, die Frauen und ihre Kinder würden zurückbleiben. Was würde mit ihnen geschehen?

»Ich möchte eine kleine Abänderung vorschlagen«, sagte Le Brun und kratzte sich ausgiebig am Winkel zwischen Nase und Wange. »Für Euch unwichtig, für mich nicht.«

Er grinste auf eine hinterhältige Art, die Costanza plötzlich das Herz bis zum Halse schlagen ließ. Dieses Grinsen hatte sie schon einmal gesehen.

»Lasst hören.«

»Ich hänge an meinen Waffen, die mich viele Jahre begleitet haben. Ihr als Teilnehmer in vielen Schlachten, so jung Ihr auch seid, werdet das verstehen.«

Berenguer nickte wohlwollend.

»Diese Medica ist mein persönliches Eigentum, wenn es sich auch in der Rede des Cavaliere Henry nicht so angehört hat.

Ich verfüge über sie. Ich biete sie Euch an im Tausch gegen meine Waffentruhe und den Schimmel, den sie reitet.«

Costanza schnappte nach Luft, und sämtliche Gespräche am Tisch verstummten.

Berenguer beschwichtigte Henry, der erregt aufgesprungen war, mit einer Geste, betrachtete Costanza unter Wohlwollen und lächelte sie freimütig an. »Ich wusste gar nicht, dass der französische König sich leibeigene Medicae hält ...«

Auf der anderen Tischseite hüstelte Le Brun siegesgewiss und hatte kaum hingehört. »Sie ist mehr wert als meine Waffen und ein Pferd. Die lassen sich ersetzen, aber eine solche Frau ist einmalig. Sie kann Euren Hof berühmt machen. Aber es gibt noch etwas außer ihrem Handwerk ...«

»Ja?«, fragte Berenguer, nur mäßig interessiert und ließ sich nachschenken.

»Ein Familiengeheimnis. Ich würde es Euch unter vier Augen mitteilen ... Nun, was sagt Ihr?«

Berenguer legte beide Handflächen auf den Tisch, als wolle er sie unter Kontrolle halten. Er räusperte sich. »Das ist alles, was Ihr vorzutragen habt?«

Der Ritter nickte.

»So gern ich auch eine derart kundige Medica an meiner Seite hätte«, sagte Berenguer mit belegter Stimme, »ich pflege meine Heilkundigen nicht von einem Feigling zu kaufen, der seinen König verrät.«

Guy Le Brun wollte nicht glauben, was er gehört hatte. Sein Kopf rötete sich unmäßig, nur die neue Haut auf der Nase blieb weiß.

Costanza kroch in sich zusammen. Wer wusste schon, was er jetzt in seiner Wut tun würde?

Le Brun fasste sich. »Meine Entdeckung ist für verschiedene

Dynastien …«, brachte er heraus, bevor er unterbrochen wurde.

Berenguer wischte alle Einwände beiseite und sagte zu Henry: »Geht mit Gott, Vetter Henry. Ich werde meinen Teil der Abmachung einhalten.«

Ihr Aufbruch fand in peinlichem Schweigen statt. Henry sorgte für schnelles Aufsatteln und einen geordneten Rückzug.

Trotz allgemeiner Empörung sprach kaum jemand, während sie zu Tal ritten. Als Letzter und isoliert von den Übrigen ritt Le Brun, zutiefst gekränkt über den Schimpf, den man ihm vor den Ohren seiner eigenen Leute angetan hatte.

In Costanzas Kopf kreiste unaufhörlich die Frage, warum Le Brun sie im Heer hatte haben wollen. Alles in allem kam sie zum Schluss, dass es von Anfang an sein Plan gewesen war, aus ihren Kenntnissen Geld zu schlagen. Am liebsten durch den Verkauf ihrer Person an die französischen Granden, und als das nicht geklappt hatte, eben an die spanischen. Und dann hatte er noch von einem Familiengeheimnis gesprochen … Was wusste er davon? Und war es überhaupt dasselbe, das sie zu lüften versucht hatte?

Glücklicherweise rührte niemand an das Ereignis, als sie abends Nudeln mit Sardinen aßen, die Stelluccia ihnen vorsetzte. Sie kamen Costanza salzig vor wie nie.

KAPITEL 29

Am nächsten Morgen erst wurde bekanntgegeben, dass die Verhandlung erfolgreich beendet worden war. Tumultartig begannen die Männer, ihre Habseligkeiten zu packen, ungeachtet der Tatsache, dass ein Teil des Heeres zurückbleiben musste. Le Brun rief die Ritter zu einer letzten Besprechung zusammen.

Costanza beobachtete die Männer, die nacheinander bei seinem Zelt eintrafen. Ihr war unbehaglich zumute. Sie fürchtete vor allem die nächsten Tage. Was würde Le Brun mit ihr machen, wenn die Flotte abgesegelt und das Heer praktisch aufgelöst war? Bisher waren seine Pläne mit ihrer Person immer fehlgeschlagen, und jedes Mal hatte er überraschend schnell davon Abstand genommen. Aber aufgegeben hatte er nie.

Die Besprechung währte zu Costanzas Überraschung so kurz, dass sie kaum vom Fleck gekommen war, als die Ritter Le Bruns Zelt schon wieder verließen. Sie wartete auf Henry, der ihr mit einer gesiegelten Pergamentrolle entgegenkam.

Er lächelte grimmig.

»Was hat er beschlossen?«, fragte Costanza, bis ins Innerste beunruhigt.

»Was zu erwarten war. Monsieur Le Brun hat das größte Fischerboot zum Flaggschiff, auf dem er reisen wird, bestimmt.«

Wirklich, dachte sie ungläubig. »War nicht ihm vom König der Befehl erteilt worden, hierzubleiben, bis der letzte Mann absegelt?«

»Doch, genau das wird er nach eigener Auffassung tun: Das Flaggschiff wird als letztes den Hafen verlassen.«

»Aber«, wandte Costanza zitternd ein, jedoch war ihr wichtig, ihn ganz genau zu verstehen. »Gemeint war doch gewiss nicht der letzte absegelnde Mann, sondern der letzte Mann.«

»Er eifert durchaus seinem König nach. Um Spitzfindigkeiten ist er nicht verlegen.«

Am liebsten hätte Costanza gejubelt. Ihre Furcht vor Le Brun würde sich genauso auflösen wie die vor den Dominikanern. Alles andere würde sich finden. »Wann segelt Ihr ab?«

»Es ist wenig zu packen. Je weniger Gepäck, desto mehr Männer. Ich denke, am frühen Nachmittag werden wir alle Berechtigten an Bord haben.«

»Ich meinte Euch persönlich.«

»Ich reise nicht. Ich habe den schriftlichen Befehl, mich um die zurückbleibenden Männer zu kümmern. Es ist alles in doppelter Ausführung festgehalten, von Le Brun und mir unterschrieben und besiegelt. Monsieur hatte die Dokumente schon vorbereiten lassen.«

»Der Edelknecht sichert sich ab«, bemerkte Costanza verächtlich.

»Er versieht seine Aufgabe, wie er sie versteht.«

»Was ist mit den Frauen?«

»Für sie gibt es keinen Platz auf den Schiffen.«

»Aber eine, die so alt wie Stelluccia ist …«

»… werden die Spanier erschlagen. Gefangen genommen werden nur diejenigen, die aus unterschiedlichen Gründen als lohnend erscheinen. Ich nehme an, dass Le Brun Euch als einzige Frau mitnehmen wird.«

Costanza schrak zusammen und schüttelte den Kopf. »Nein, das kommt gar nicht in Frage! Ich bin Sizilianerin, ich werde hierbleiben!«

»Jeden Zurückgebliebenen erwartet ein sehr ungewisses Schicksal«, gab Henry zu bedenken. »In der Gier nach Plündergut, im Rausch des Tötens ist jeder Verlierer in Gefahr. Wenn Ihr erlaubt, werde ich dafür sorgen, dass Ihr in Conde Berenguers Obhut kommt, und er wird Euch unter Ehren nach Barcelona bringen. Möglicherweise finde ich trotz allem ein Boot für die Frauen.«

»Vielleicht sind die Sardellen von Barcelona auch mir zu salzig«, sagte Costanza und rümpfte die Nase. »Ich glaube, ich möchte sie nicht kosten. Ich bleibe hier.«

Henry rieb sich das Kinn mit der Rolle. »Seid so gut und haltet Euch in diesem Fall fern von Le Brun. Er wird sich etwas einfallen lassen …«

»Es muss ihm reichen, dass ich ablehne!«

»Ihm nicht. Rechnet mit seiner Rachsucht. Je nachgiebiger er sich gibt, desto entschlossener ist er. Versteckt Euch vor ihm, am besten im Hospital.«

Costanza überlief es kalt.

»Die Gefahr, in der Ihr seid, kann man gar nicht hoch genug einschätzen, Madama, seid vorsichtig, ich bitte Euch. Am liebsten würde ich Euch an meiner Seite wissen. Aber es geht nicht. Ich bin vor allem Ritter des Königs, und mich rufen die Pflichten.« Cavaliere Henry verneigte sich vor Costanza und ließ sie stumm und voller Ungewissheit stehen.

Nein, auf keinen Fall würde sie sich verstecken, das verbot ihr Stolz. Aber Le Brun aus dem Wege zu gehen war eine Sache der Vernunft. Sie hatte ihn mehrmals bei seinen Geschäften gestört.

Inzwischen hatte sie begriffen, dass er ständig Geld benötigte, um sich seinen Ritterstand zu erhalten, und sie war für ihn eine sichere Geldquelle. Überhaupt durchschaute sie ihn allmählich immer besser.

Als sie später am Tag durch das Gewühl des Aufbruchs zu Stelluccia huschte, bekam sie Le Brun nicht zu Gesicht. Wahrscheinlich war er damit beschäftigt, Dokumente zu verpacken, die ihm als Heeresführer übergeben worden waren.

Dokumente!

Sie musste fast lachen, als sie Le Bruns Knechten begegnete, die ein großes Gepäckstück zum Strand schleppten, wo ein Ruderboot auf sie wartete. Es hatte die Größe der Truhe, in der sie die kostbaren Stoffe und den Schmuck gesichtet hatte, und war in die Teppiche eingeschlagen, die in Le Bruns Zelt auf dem Boden gelegen hatten.

Auch Henry und Rainier waren nirgends zu sehen.

»Nein«, sagte Stelluccia, während sie ihre Habe bündelte, »Matteo war noch nicht hier, obwohl er mir als Spion heute besonders willkommen wäre.«

»Mir auch«, sagte Costanza und setzte sich. »Was machst du?«

»Ich packe das Notwendigste zusammen für den Fall, dass sich plötzlich doch noch eine Möglichkeit ergibt, aus Messina rauszukommen.«

»Du weißt Bescheid?«

Stelluccia hob überrascht den Kopf. »Aber sicher, Costanza. Die Dinge wiederholen sich. Bisher fügte sich alles immer glücklich, sonst wäre ich heute nicht hier. Du solltest dich auch vorbereiten.«

Costanza nickte und stand auf. Ratschläge von Stelluccia verwarf man nicht leichtfertig.

Einige Zeit später waren das wunderbare Kleid und der Schmuck in einen Ziegenbalg eingeschnürt, alle Instrumente frisch poliert und zwischen Seidenlappen im Kasten verwahrt. Nach einem letzten Blick durch das Zelt fand Costanza, dass sie reisefertig war. Falls Conde Berenguer sie gehen ließe, würde sie nach Palermo flüchten. Vielleicht war ihr das Glück hold wie bisher. Nur um Aasim hätte sie jetzt schon weinen mögen.

Sie verließ ihr Zelt, das nun nicht mehr wie ein kleines schützendes Vogelnest wirkte.

Draußen war es ruhiger geworden. Costanza entdeckte die Männer, diszipliniert in Kolonnen eingeteilt, am Ufer. Als sie Henrys Stimme hörte, der Namen aufrief und gleich darauf einige Jollen ablegten, begriff Costanza, welche Pflicht ihn den Vormittag über in Anspruch genommen hatte. Er hatte die Schiffsplätze eingeteilt.

Die Ritter fuhren zusammen mit ihren Knappen, Sergenten und Knechten. Die Fischerboote füllten sich, und erste Segel flappten lose an den Masten. Allmählich leerte sich das Ufer. Costanza erblickte unter den Zurückbleibenden viele aus Aci Castello bekannte Gesichter.

»Dem Herrn sei Dank«, stieß neben Costanza Henry einen tiefen Seufzer aus. Sie hatte ihn gar nicht kommen hören. »Es war oft schwierig, jemandem begreiflich zu machen, dass er zurückbleiben muss. Aber die Jungs, unsere Knappen, sind glücklich alle an Bord gelangt, da waren die meisten Älteren einsichtig.«

»Rainier auch? Ich habe mich gar nicht von ihm verabschieden können«, sagte Costanza enttäuscht.

»Nein, Rainier nicht. Ich hätte ihn mit Gewalt auf ein Schiff schleppen lassen müssen.« Henry schwieg eine Weile. »Es ist tatsächlich so, dass unsere gesamte Mannschaft von Aci Castello auf die Abfahrt verzichtet hat.«

»Warum?«

»Sie wollten lieber mit mir auf ein ungewisses Schicksal warten, als sich mit Le Brun in Sicherheit zu bringen«, antwortete Henry peinlich berührt. »Da ist auch Trotz dabei.«

Costanzas Gedanken wanderten ein paar Tage zurück. »Ist diese Abneigung gegen Le Brun der Grund dafür gewesen, dass die Medici seine Leute nicht verarztet haben?«

»Tatsächlich? Das wusste ich nicht. Sie waren ja alle bestens behandelt.«

»Und Le Brun?«, fragte Costanza unter verstecktem Schmunzeln, weil der Cavaliere gar nicht gesehen hatte, dass alles ihr überlassen geblieben war. »Wo ist der?«

»Auch das weiß ich nicht. Er wird an Bord gegangen sein«, sagte Henry achselzuckend. »Ich verlor ihn aus den Augen, während ich Listen über die vorhandenen Schiffe aufstellte und die Namen der Mitfahrenden festlegte.«

»Er ist ein Feigling!«, sagte Costanza erbost. »Der Conde Berenguer hatte völlig recht. Wie aber hat er das nur so schnell bemerkt? Am Anfang hielt ich ihn für einen aufgeblasenen Dummkopf in seltsamer Kleidung. Aber er ist alles andere als das.«

»Ja, und es wäre gefährlich, ihn zu unterschätzen. Ein Mann, den der erfolgreiche Aragonese Peter I. zum Verhandlungsführer ernennt, kann gar kein Dummkopf sein. Ich habe leider einige Augenblicke gebraucht, bis ich verstand, dass Berenguer nicht der Hofnarr, sondern der Verhandlungsbevollmächtigte war.«

»Das Versäumnis von Le Brun«, bemerkte Costanza kritisch. »Oder wollte er Euch gar in einen Misserfolg locken?«

»Es ging ja noch mal gut.«

»Aber nicht wegen, sondern trotz Le Brun.«

Wieder einmal dem Lob entfliehend, eilte Henry davon. Ohne Haube stand ihm sein aschblondes Haar zu Berge. Costanza war von Herzen dankbar, dass er das Restheer befehligte.

Mit dem abebbenden Wasser verließ die Flotte zur Mittagszeit die Bucht von Messina. Die Belagerer hatten sich im Verlauf des Morgens zurückgezogen, die Ausfahrt zur Meerenge war frei.

Die Späher der Spanier waren äußerst tüchtig, dachte Costanza, als sie im Pulk der Frauen den Schiffen nachwinkte.

»Verfluchte Bande von Seeräubern! Ein Sack Tari für denjenigen, der mich rüberrudert!«, krächzte eine heisere Stimme irgendwo zwischen den Zelten.

Erschrocken drehte Costanza sich um und erkannte mit Mühe Le Brun.

Er torkelte mit blutüberströmtem Gesicht zum Strand. Als er bis zu den Knien im Wasser endlich stehen blieb, sah Costanza an seinem Hinterkopf eine wulstige Wunde, in der ein ganzes Büschel Haare im geronnenen Blut klebte.

»Wo ist die Flotte?«, brüllte er und versuchte mit weit aufgerissenen Augen etwas zu erkennen.

»Das letzte Schiff verlässt gerade die Bucht«, sagte Costanza erschrocken.

»Lüge, alles Lüge! Bei Nebel segelt niemand! Wo ist meine

Jolle? Muss auf mein Flaggschiff und schlafen«, keuchte er, ging in die Knie und trieb auf dem Bauch im Wasser. Ein Blutschwall löste sich aus Haaren und Beinkleidern und schwappte mit den Wellen an Land.

»So holt den Cavaliere heraus!«, rief Henry verärgert, während er sich zwischen den Männern zum Ufer hindurchdrängte. »Ihr seht doch, dass er nicht bei Sinnen ist.«

»Aber verdient hat er es nicht, Cavaliere Henry!« Trotzdem watete der widerspenstige Knecht als Erster ins Wasser, packte Le Brun am Kragen und zog ihn ans Ufer.

»Er ist euer Kommandant und der Befehlshaber der absegelnden Flotte!«, sagte Henry zornig. »Wer hat ihn so zugerichtet?«

Niemand meldete sich, während Henry und Costanza sich um den fast Ertrunkenen bemühten, der endlich hustend nach Luft zu schnappen begann.

»Vielleicht war es einer von denen, die abgesegelt sind«, schlug ein Stallknecht aus Henrys Gefolgsleuten vor. »Einer, der einen Platz brauchte, und Monsieur hat ihn freundlich für ihn frei gemacht.«

»So wird es bestimmt gewesen sein, Bernard«, knurrte Henry und gab deutlich zu verstehen, für wie unwahrscheinlich er diese Vermutung hielt.

»Man muss ihn in sein Zelt tragen«, entschied Costanza. »Er braucht trockene Kleidung, damit er sich nicht den Tod holt.«

»Ja. Le Bruns Knecht sollte zurückbleiben. Er kann das übernehmen«, ordnete Henry an. »Wo steckt er?«

Dieser Mann war offensichtlich nicht mehr im Lager. Vielleicht stimmte Bernards Vermutung.

»Gut«, sagte Henry, ohne Überraschung zu zeigen, »wer meldet sich freiwillig?«

Francesca hob den Arm.

»Ich helfe dir«, bot Costanza an, ihren Widerwillen überwindend. Immerhin war sie unter Le Bruns Schutz der Familienrache entronnen, und persönlich hatte er ihr nie etwas angetan, was sie ihm hoch anrechnete.

»Dann ist das geklärt. Jetzt geht es an die Arbeit. Alle, die zurückgeblieben sind, rücken so eng wie möglich zusammen«, befahl Henry. »Das bedeutet, dass ihr in die leeren Zelte umzieht, die meinem zunächst stehen, damit wir eine geschlossene Gruppe bilden. Alle weiter entfernten und geräumten Zelte legt ihr nieder und deckt die Truhen der ehemaligen Herren mit den Zeltbahnen ab. Ich möchte jenseits der Grenze unseres verkleinerten Lagers freie Sicht haben. Die Spanier werden vermutlich morgen kommen, um die ihnen vertragsgemäß zustehende Beute und die Pferde in Beschlag zu nehmen.«

Die Männer, die in Aci Castello dabei gewesen waren, nickten.

»Ach ja, noch etwas«, sagte Henry, bevor sie alle auseinanderliefen, »ich möchte Nachtwachen aufgestellt haben. Uns soll keiner überraschen! Bernard, kannst du die Einteilung übernehmen? Such dir die zuverlässigsten Männer aus, die du kennst.«

Der Knecht Bernard straffte sich und nickte bereitwillig. Costanza verstand allmählich, wieso die Männer bereit waren, für Henry durchs Feuer zu gehen.

Le Bruns stattlichen Leib von den nassen Kleidern zu befreien wäre eigentlich Arbeit für einen Knecht gewesen. Schließlich lag er nackt vor ihnen. Betreten blickte Costanza an dem gewalttätigen, jetzt schlaffen Organ vorbei, das ihm zwischen den Beinen hing, aber Francesca nahm sich des Gemächts ohne Federlesens an. Es war blutverschmiert, weil Le Brun auch an der Innenseite des Oberschenkels eine klaffende Wunde hatte.

Sie würde weder die Kopfwunde noch die am Bein nähen, beschloss Costanza. Ein brutaler Mann wie er sollte sich nicht mit einer schönen Narbe brüsten können. Ein straffer Verband am Bein sollte ausreichen. Francesca konnte Le Brun verbinden und gesund pflegen und durfte dafür hoffen, aus Dankbarkeit mitgenommen zu werden, wenn er gegen Lösegeld aus der Gefangenschaft entlassen wurde.

Die Ersatzkleider des Befehlshabers waren an Bord gebracht worden. Einer von Henrys Stallknechten trieb nach längerem Suchen mit Hilfe von Matteo, der wiederaufgetaucht war, trockene und passende Kleidung auf.

Als sie Le Brun endlich fertig angekleidet hatten, wirkte er nicht vornehmer als ein Strolch aus dem Tross. Costanza betrachtete ihn nachdenklich. Ihr schien es nicht sicher zu sein, dass er bald wieder bei Sinnen wäre. Gelegentlich sprach er einen vernünftigen Satz, hatte aber kurz darauf ihre Antwort bereits vergessen.

So wie jetzt, stellte er für niemanden mehr eine Gefahr dar. Costanza beugte sich über ihn, um seine Nase aus der Nähe zu inspizieren. Nach dem Bad im Seewasser sah sie noch schlechter aus. Auf allen Seiten rollten sich die Kanten zu Wülsten zusammen, und die weißen Stippchen hatten sich zu größeren Flecken verbunden. Aber im Zentrum der Wunde war die Armhaut angewachsen, anders als die Schweinehaut bei Nino. Hatte sie den Arm zu früh von der Nase abgetrennt? Irgendwie war sie der Meinung, dass dieser Weg trotz allem gangbar war.

Während sie noch grübelte, welchen Fehler sie gemacht haben könnte, erbot Francesca sich, in der Nacht bei Le Brun zu wachen. Das war eine gute Idee, denn womöglich würde er sich erbrechen müssen und dann Hilfe benötigen. Stelluccia und sie schliefen nur drei Zelte weiter im gleichen Zeltgang und konnten schnell geholt werden.

Costanza nahm Le Bruns Kleidung mit, um sie am Feuer zu trocknen. Auf der Innenseite des Wappenrocks knisterte eine Pergamentrolle, die in einer in das Leinenfutter eingenähten Tasche steckte. Sie war trocken geblieben und die Schrift an der Außenseite lesbar: *An einen Geistlichen im spanischen Heer.* Sollte er um Vergebung ersuchen, weil er als Mönch entlaufen war? Vielleicht handelte es sich auch um eine letzte Verfügung an seine Angehörigen, aber es wunderte Costanza doch, dass Le Brun sich darauf vorbereitet hatte, möglicherweise hier zu sterben. So viel Vorsorge hatte sie ihm gar nicht zugetraut.

Sie bat Stelluccia, Henry die Rolle zu übergeben, sobald er auftauchte.

Sie hatten das Essen kaum beendet, als ein ganz junger Deutschritter bei ihnen anlangte und Costanza schüchtern um ein Gespräch unter vier Augen bat.

»Ist etwas passiert?«, fragte sie erschrocken, als sie draußen zwischen den Zelten standen.

»Es ist ein Schiff mit Pilgern angekommen«, sagte er. »Der Schiffsführer hat tagelang darauf gewartet, dass die Blockade aufgehoben wird, und im Dunkeln hat er jetzt die Einfahrt in die Bucht gewagt. Hermann von Lübeck schickt mich mit der Frage, ob Ihr im Hospital bei einer schwierigen Verletzung helfen könntet.«

»Natürlich kann ich das«, sagte Costanza. »Ich muss nur meinen Instrumentenkasten und den Korb holen.«

»Und bitte nehmt Rainier als Helfer mit«, schlug Henry vor, der irgendwo aus der Nachtschwärze auftauchte.

»Ist er denn hier?«, fragte Costanza erfreut, die ihn den ganzen Tag noch nicht gesehen hatte und bei den Pferden vermutete.

»Aber gewiss.« Als er den Knappen geholt hatte, ergriff er Costanzas Hände und sagte bewegt: »Ich wünsche Euch viel Glück! Möge Euer Verfahren vielen Menschen helfen.«

»Cavaliere Henry«, stammelte Costanza, »Ihr beabsichtigt doch nicht, hier zu sterben.«

»Nein, das wollen wir alle nicht«, sagte er und verschwand zwischen den Zelten.

Costanza wandte sich an Rainier. »Verstehst du das? Warum ist er so merkwürdig?«

»Ich weiß nicht«, sagte Rainier ratlos. »Vielleicht befürchtet er etwas.«

»Möglich«, murmelte Costanza. »Dann lass uns jetzt eilen.«

In der Chiesa Santa Maria degli Alemanni wurde gerade das Totenglöckchen geläutet. »Ein Pilger?«, fragte Costanza den Mönch, der ihnen die Pforte öffnete.

»Der Herr hat ihn zu sich genommen«, bestätigte der Novize bedrückt. »Die Gruppe wurde von Sarazenen überfallen.«

Im Hospitalraum erwartete Hermann von Lübeck sie besorgt. In dem Bett, an dem er wachte, hatte der Kranke den Vorzug, allein zu liegen. Er musste wohl sehr vornehm sein. Und reich.

»Warum überfallen die Sarazenen Pilger?«, erkundigte sich Costanza. »Wollen sie nicht, dass christliche Pilger am Grab des Herrn beten?«

»Keiner neidet den Christen das Grab. Die Räuber sind einfach nur bettelarm. Jeder Pilger erscheint ihnen reicher als sie selbst. Dass die Pilgerei eingestellt wird, wäre das Letzte, das sie sich wünschen könnten.«

»Das muss den Heiligen Vater beruhigen.«

Cavaliere Hermann schmunzelte. »Seht ihn Euch an, bitte, und sagt, was Ihr dazu meint.«

Das Fleisch zwischen Mundwinkel und Ohr hatte ein Schwert gespalten. Die Wunde war äußerlich gesäubert worden und ging nicht bis zu den Zähnen oder dem Knochen durch. Aber sie roch faulig. Trotzdem konnte es keine Wunde sein, die man im Hospital nicht zu versorgen gewöhnt war.

»Ich helfe gerne«, sagte Costanza verwundert. »Jedoch dachte ich, Ihr hättet es mit solchen Verwundungen schockweise zu tun und behandeltet sie jeden Tag …«

Hermann von Lübeck blinzelte ihr zu. »Wenn dieser bisher ansehnliche Ritter in Eure zarten Hände kommt, ist er besser dran als in meinen ungelenken Fäusten. Ich hacke Holz, werfe Spieße und bin ungeeignet für Nadel und Faden …«

»Das mag sein, Cavaliere Hermann, aber vor allem betet Ihr, und Eure Hände sehen aus wie in Milch gebadet. Warum tischt Ihr mir solchen Unsinn auf?«

»Eine Madama wie Ihr hat große Heilkraft!«

Costanza runzelte irritiert die Stirn. »Das sagt Ihr in einem Haus des Herrn?«

»Das sagen vor allem die von Euch behandelten Männer.«

Sie war versucht, ihm zu erzählen, dass sie exkommuniziert war, aber ein Rest von Vernunft hielt sie zurück. »Ich werde nicht nähen, ich werde kleben. Ich benötige gutes, reines Öl, um ein Heilöl aus Alantwurzel herzustellen. Rainier kann zwei, drei Blatt von Eurem Feigenbaum holen, sofern Matteo noch welche übrig gelassen hat.« Sie begann, Wurzeln, Rosmarin, Mastix und Weinessig aus dem Korb zu packen.

Rainier wusste seit langem, was er zu tun hatte. In stillschweigender Zusammenarbeit säuberten und verklebten sie die Wunde und verbanden zum Schluss den Herrn Ritter, der sich unter der Wirkung eines halben Mohnschwämmchens nicht rührte.

Anschließend bestand Hermann von Lübeck darauf, ihnen ein Abendessen vorzusetzen. Costanza wollte sich zuerst weigern, aber da ein junger Mann wie Rainier in beachtlicher Geschwindigkeit wuchs und derzeit kaum ausreichend ernährt werden konnte, nahm sie schließlich an.
Es wurde Mitternacht. Costanza und Hermann lächelten sich über Rainiers Kopf zu, als dieser mit entrückter Miene die letzten eingelegten Zwiebeln verputzte und schließlich einen rundum zufriedenen Seufzer, der auch ein Rülpser sein konnte, ausstieß.
»Ihr könnt gerne die verbleibenden Nachtstunden hier verbringen. Im Morgengrauen bringe ich Euch dann ins Lager«, bot der Kriegermönch an.
Costanza, die schon die ganze Zeit das Gefühl gehabt hatte, dass es um etwas anderes ging, beschloss, ihn geradeheraus darauf anzusprechen. »Ihr versucht, mich zurückzuhalten, Cavaliere Hermann. Warum?«
»Ja«, bekannte der Deutschritter widerwillig, »das stimmt. Cavaliere Henry hielt es für besser, dass Ihr diese Nacht nicht im Lager verbringt. Ich weiß nicht, was er erwartet, ich vermute, er auch nicht. Er hat mir von dem Vertrag mit den Spaniern erzählt und war der Meinung, dass auf sie Verlass ist. Aber ständiger Kampf schärft die Sinne, ich kenne das auch. Man ist unruhig und weiß nicht, warum. Man verstärkt die Nachtwache. Man wacht auf, um zu lauschen, ob alles still ist, und macht ei-

nen Rundgang, um zu überprüfen, ob die Wachen wach sind und ihre Strecke regelmäßig abschreiten. Seid so gut und bleibt bis zum Morgen hier, Cavaliere Henry bittet darum. Ihr versäumt nichts.«

In diesem Augenblick huschte ein Lichtschein an dem kleinen privaten Gelass des Deutschritters vorbei, dessen schießschartenartiges Fensterchen zum Meer gewandt war. »Nanu«, sagte er, »ich will doch mal lieber nachsehen, was das zu bedeuten hat.«

Hermann von Lübeck kam erst nach geraumer Zeit zurück. »Cavaliere Henry hat recht gehabt«, sagte er bedrückt. »Das Lager ist überfallen worden. Sie haben es von allen Seiten eingekreist, auch hier vom Strand aus.«

»Aber der Vertrag mit den Spaniern ...«, stammelte Costanza.

»Anscheinend sind es Messinesen«, unterbrach er sie. »Ich sah junge und ältere Männer, bewaffnet mit allem, was man sich denken kann, vom Knüppel bis zur Sichel.«

»Und was haben sie vor?«

»Man hört Schreie ...«

»Bitte versucht nicht, mich zu schonen«, sagte Costanza ungeduldig. »Ich lebe lange genug in einem Kriegerlager, um zu wissen, was Kampf bedeutet.«

»Ich weiß nicht, ob wir drei schon mal erlebt haben, wie es ist, wenn eine rasende, blutgierige Meute sich auf schlafende Männer und Frauen stürzt.«

Costanza erbleichte. »So schlimm?«

Der Deutschritter nickte. »Es hörte sich so an.«

»Aber Cavaliere Henry hat Wachen aufstellen lassen«, fiel Costanza ein.

»Vielleicht wurden sie überwältigt. Jedenfalls hat es keinen Sinn, dass wir uns gegen diese Übermacht ins Getümmel werfen«, sagte er mit Blick auf Rainier, der aufgesprungen war und allem Anschein nach ins Lager zurückwollte. Hermann erwischte ihn am Rockschoß und zog ihn auf seinen Hocker zurück.

Inzwischen waren im Hospital alle auf den Beinen. Einige hingen im Feigenbaum, andere saßen rittlings auf der Umfassungsmauer und versuchten zu erkennen, was im Lager vor sich ging. Die acht Ritter des Hospitals hatten strikte Anweisung, sich nicht hinauszubegeben.

Costanza stand auf einer Leiter und spähte in den aufdämmernden Morgen hinein, aus dem sich langsam die schwarzen Silhouetten der Zelte lösten und wo gelegentlich Bewegung wahrnehmbar war.

Die Todesschreie waren verstummt, nur die Wellen schlugen in gleichmäßigem Takt ans Ufer. Als Costanza sich umwandte, sah sie vor dem silbrig schimmernden Wasser eine Gestalt herankriechen.

»Da kommt jemand«, flüsterte sie aufgeregt dem Deutschherrn zu, der neben ihr Ausschau hielt.

»Wer kriecht, ist verletzt«, entschied er kurz und bündig und sprang auf den Boden hinunter.

Einen Augenblick später war er draußen, hob die Person auf und trug sie auf seinen Armen herein. Eine schmächtige Gestalt mit einer noch kleineren an der Hand huschte nebenher.

»Francesca!«, erkannte Costanza, die schon am offenen Tor wartete. »Und Matteo! Was ist passiert, Matteo?«

»Ihr seid hier, Madama, welch ein Segen! Ich sah die Männer durch die Zeltgasse schleichen«, sprudelte er heraus, »und hab schnell hinten das Zelt aufgeschlitzt und Mutter herausgeholt, die bei Le Brun wachte. Einer hat sie mit dem Knüppel am Bein erwischt, aber dann entdeckten sie wohl die Truhe, und so sind wir entkommen.«

»Es waren keine spanischen Krieger?«

»Glaube ich nicht. Sie sprachen ja fast wie Ihr, und Rüstungen und Waffen hatten sie auch nicht. Nur Dreschflegel und Sensen und Schlachtmesser.«

»Und die anderen im Lager? Was ist mit denen passiert?«

»Ich weiß es nicht, Madama. Tot wahrscheinlich. Wir sahen auf unserem Weg raus aus dem Lager überall erschlagene Männer, ich kannte sie fast alle. Und Mutters Freundinnen. Jedes Mal, wenn uns ein Trupp von Plünderern entgegenkam, haben Mutter und ich uns auf den Boden geworfen und totgestellt. Und das war oft, Madama Costanza«, versicherte er treuherzig. »Diese Kleine saß am Strand und heulte. Ich dachte mir, ich bringe sie mit.« Er wies auf das Mädchen, das noch immer seine Hand umklammerte.

»Es kommt noch jemand. Zu Pferde«, meldete einer der dienenden Brüder. »Nein, zwei Pferde.«

Im jetzt heller werdenden Licht erkannte Costanza, die schnell wieder zum Tor rannte, einen Schimmel mit einer quer über dem Pferderücken liegenden Frauengestalt, geführt von Henry in seiner gelblichen wattierten Weste, die er im Lager stets getragen hatte. In der anderen Hand hielt er den Zügel seines unruhig tänzelnden Braunen, dem der Schaum aus dem Maul tropfte.

Rainier lief hinaus und nahm seinem Herrn den Braunen ab. Costanza folgte ihm.

»Der Herr sei gelobt, dass Ihr diesem Inferno glücklich entronnen seid«, krächzte Henry bei ihrem Anblick, ließ den Zügel fahren und fiel mit dem Gesicht vornüber in den Sand.

Erst nach Stunden hatten die Deutschritter die Verletzten aus dem Lager geborgen und versorgt. Von ungefähr zweihundert Männern hatten nur zehn das Gemetzel überlebt, dazu Stelluccia, die Henry gerettet hatte. Möglicherweise waren einige in die spanischen Linien entkommen.

Henry hatte sich schnell von der Erschöpfung erholt, jedoch nicht von dem tiefen Gram über den Tod der Männer, die ihm anvertraut waren. Mit düsterer Miene kauerte er auf einem Hocker. Rainier, der an der Tür lehnte, beobachtete ihn besorgt.

»Warum hat niemand Alarm geschlagen, das verstehe ich nicht«, fragte Costanza, die neben dem Bett von Stelluccia und Francesca saß, um zur Hand zu sein, wenn sie etwas benötigten. »Cavaliere Henry.«

Er zuckte zusammen. »Die Wachen haben sich über die letzten Weinvorräte der abgesegelten Ritter hergemacht. Es war genug da. Als ich am späten Abend die Runde machte, waren sie nüchtern. Später nicht mehr. Auch wer keine Wache hatte, wird sich in den Schlaf getrunken haben. Ich sah die Krüge … Als hätten sich alle zu einem letzten Umtrunk verabredet. Für die meisten wurde er es …«

»Und dann kamen die Messinesen und rächten sich …«

»Ja, es war Rache. Sie haben drauflosgeknüppelt, Kehlen durchgeschnitten, in Augen gestochen, vergewaltigt. Man sollte meinen, Krieger könnten sich wehren, weil es das Einzige ist, was sie gelernt haben. Aber weit gefehlt. Mit diesem entfesselten Zorn konnten sie es nicht aufnehmen.«

»Sie waren auch auf der Suche nach dir, Costanza«, bemerkte Stelluccia. »Ich hörte ihre Rufe nach der heuchlerischen Hure Cataliotti, und da beeilte ich mich, in Ohnmacht zu fallen, damit sie nicht etwa auf den Gedanken kämen, mich zu foltern. Vor lauter Angst vor der Streckbank würde ich wahr-

scheinlich jeden Kochkniff meiner Mutter hinaussprudeln …
Ich bin dankbar, dass Ihr da wart, Cavaliere. Ich habe Euch
durch die Gasse wirbeln und Feinde erschlagen sehen.«

Henry nickte. »Ich wachte mit dem Fauchon griffbereit neben mir. Anfangs gingen die Meuchelmörder wohl lautlos vor, später nicht mehr, und da wurde ich aufmerksam.«

»Ist Le Brun tot?«

»Vermutlich.«

Francesca machte ein paar Gebärden, die Matteo aufmerksam verfolgte.

»Es ging ihm schlechter, während sie bei ihm saß«, übersetzte er. »Ich weiß auch, was dem Monsieur passiert ist.«

»Dann pack mal aus, du kleiner Schlingel.« Henry, der sich endlich wieder mehr am Gespräch beteiligte, lächelte ihm ermunternd zu, wenn auch etwas gezwungen.

»Es war einer der Knappen, Cavaliere«, stotterte Matteo. »Etwas älter als ich. Ich habe gesehen, wie er dem Monsieur von hinten einen Dolch zwischen die Beine stieß und anfing zu sägen, wie man einen Schinken anschneidet.«

»Herr im Himmel.«

»Dann schlug der Monsieur der Länge nach hin. Der Junge packte ein Falchion, von denen mehrere auf einer Truhe herumlagen, und schmetterte es ihm über den Kopf. Danach rannte er fort.«

»Der Knabe hat bestimmt versucht, dem lüsternen Kerl zur Strafe das Gemächt abzuschneiden«, sagte Stelluccia und richtete sich stöhnend auf. »Endlich einer, der den Mut hatte.«

»Was wollt Ihr damit sagen?«, fragte Henry verwundert.

»Er hat sich doch immer wieder über kleine Jungen hergemacht!«

»Bei uns? In der Streitmacht unter dem Lilienbanner?«

Stelluccia nickte mit zusammengebissenen Zähnen.

»Wenn Ihr es wusstest – warum habt Ihr es niemandem gesagt?«

»Das habe ich. Dem Priester, den wir mal in unserer Mitte hatten. Hoch und heilig versprach er, er würde das Geheimnis bis zu seinem Tod hüten, und das war genau das Gegenteil von dem, was ich erhofft hatte. Aber umstimmen ließ er sich nicht. Bald darauf verließ er uns. Hätte ich dem Cavaliere Le Brun in seiner Eigenschaft als Befehlshaber mitteilen sollen, dass ein lüsterner, roher Kerl namens Le Brun Kindern Gewalt antut?«

»Mir hättet Ihr es sagen sollen!«

»Wir konnten nicht erlauben, dass Ihr Euch mit Le Brun anlegt. Er ist so skrupellos – auf irgendeine Weise wärt Ihr zu Tode gekommen ... Euch brauchten wir. Ihr wart derjenige, auf dessen Hilfe wir immer rechnen konnten.«

»Herr Jesus Christus! Die Jungen haben gelitten, damit ich am Leben bleiben konnte?«

»Nun, so ungefähr«, bestätigte Stelluccia unerschrocken.

Henry wandte sich zu Rainier um. »Hast du es auch gewusst?«

Rainier wurde blutrot.

»Bist du etwa ...«

»Cavaliere Henry, ich denke, wir sollten dies jetzt beenden, um zu besprechen, wie es weitergehen soll«, unterbrach Costanza ihn. »Gilt dieser Überfall als Vertragsbruch unserer Seite?«

»Costanza, du hast ja gelernt«, murmelte Stelluccia anerkennend.

Henry nickte. »Wahrscheinlich. Die Schätze, die wir angeblich hatten, sind fort, und alle, von denen die Spanier sich Lösegeld erhoffen konnten, sind tot. Nur die Zelte stehen noch, und man kann sie schwerlich als reiche Beute bezeichnen. Mir ist kein Beispiel aus der Vergangenheit bekannt, wo Ähnliches passiert wäre.«

»Ihr müsst neu verhandeln …«

»Um was? Es gibt nichts, das wir noch bieten können. Wir sind den Spaniern allerdings ein Bekenntnis schuldig! Sobald Ihr Euch kräftig genug fühlt, reiten wir hoch in ihr Lager. Ich brauche Euch dabei. Ihr wirkt besänftigend.«

Costanza musste lachen. Noch nie hatte jemand ihr nachgesagt, dass sie zu besänftigen verstand. Im Gegenteil! »Ich habe mich hier mit einem wunderbaren Nachtmahl und einem Gespräch unter Freunden stärken können. Ihr seid es, der sich erholen muss.«

»Bestimmt nicht. Dann reiten wir sofort. Mit etwas Glück sind wir vor Dunkelheit oben. Bei meinem spanischen Vetter.« Henry lächelte düster.

KAPITEL 30

Im Abenddämmern erreichten Henry und Costanza das Tal, in dem sich das spanische Lager befand. Hinter ihnen ruckte Rainier sich stöhnend im hölzernen Sattel des Maulesels, den ihm die Deutschordensherren zur Verfügung gestellt hatten, zurecht. Die verbliebenen Pferde des Heeres waren in alle Winde verstreut worden.

»Cavaliere Henry«, begann Costanza, »wo wir jetzt zum ersten Mal seit langem unter vier beziehungsweise sechs Augen vertraulich reden können …«

»Ja?« Zerstreut klopfte er sich auf das Wams, um sich zu vergewissern, dass er Le Bruns Schreiben nicht vergessen hatte. Er hatte Costanza mitgeteilt, dass dem Letzten Willen dieses Mannes, der erbärmlich abgeschlachtet worden war und vermutlich nicht einmal als Sieger von Randazzo in Erinnerung bleiben würde, entsprochen werden musste. Als zweiter Mann der Abteilung Aci Castello war es seine Pflicht.

Sie war einverstanden gewesen. Ungeachtet seiner Untaten konnte an die persönlichen Verfügungen eines Mannes nicht gerührt werden. »Wie kommt dieser Conde Berenguer dazu, Euch seinen Vetter zu nennen? Stimmt es?«

»Das müsst Ihr nicht wörtlich nehmen. Vetter bedeutet in diesem Fall nur Verwandtschaft, und selbst die ist erfunden. Es hat damit zu tun, dass das fränkische Geschlecht der Karolinger mehrere Königreiche in Spanien eroberte und einen Grafen von Carcassonne als Lehnsmann in der Gegend von Barcelona einsetzte. Irgendwann später erklärte sich ein Nachfahre dieser Familie für unabhängig von den Franken, und daraus ging das Geschlecht der Aragon in Spanien hervor. Das verzweigte sich, aber die Männer haben sich immer wieder Frauen aus adeligen Familien aus Carcassonne geholt, und natürlich könnte da auch eine aus meiner Familie dabei sein. Eine freundliche Geste des Conde, mehr ist es nicht.«

»Aber ich habe auch öfter die Feindschaft bemerkt, die Le Brun, der wohl aus dem französischen Norden stammt, gegen Euch hegte. Mögen die Franzosen aus dem Norden die aus dem Süden nicht?«

»Die Madama hat völlig recht«, rief Rainier von hinten. »Mit beidem. Le Bruns letztes Mittel war der Vorwurf der Ketzerei, mit dem er hoffte, es würde zur Anklage durch die Kirche gegen Euch kommen. Das hat er nicht geschafft! Aber wisst Ihr noch, wie schlecht Euch nach der Fresserei wurde? Die ganze Nacht bin ich mit dem Kübel hinaus- und wieder ins Zelt zurückgerannt.«

»War das, nachdem Ihr aus dem Pferdetal mit mir zusammen nach Messina hinuntergeritten wart?«, erkundigte sich Costanza belustigt.

Henry nickte. »Einige Tage später lud der König zu einem seltsamen Bankett ein. Es gab nur Pferdefleisch, was mich wunderte, denn Hühner liefen in den Zeltgassen herum, und bestimmt hatte man für den König und seine Gäste irgendwo noch anderes Vieh versteckt. Mir war es jedoch recht. Es war eine einmalige Gelegenheit, jeden Verdacht zu zerstreuen, ich könnte Katharer sein, weil sowohl der König als auch Geistliche zugegen waren. So viel Fleisch, wie ich an diesem Abend aß, war mein Magen allerdings nicht gewohnt, vor allem Pferdefett nicht.«

»Und trotzdem hat Le Brun Euch immer wieder gereizt. Jedes Mal, wenn ich Euch beim Bankett aufgewartet habe, sprach er gerade ausführlich von Fleisch, Cavaliere.«

»Ich habe die Falle bemerkt. Und dann habe ich mich glücklicherweise erinnert, was du mir über Stellluccias Pferdefleischrezepte erzählt hast. Laut und launig habe ich also beschrieben, wie wir zu Hause Pferdefleisch mit Speck zu umwickeln pflegen, welche Pilze wir am liebsten dazu reichen, aus welchen Tälern der Pyrenäen wir sie heranschaffen lassen und wie außerordentlich köstlich das alles schmeckt. Da war endlich Ruhe. Le Brun wusste nun, dass aus dem Thema Katharer nicht mehr herauszuholen war.«

»Das habt Ihr mir ja gar nicht erzählt, Cavaliere«, staunte Costanza.

»Maulheldentum ist keine Heldentat, Madama. Und nun lasst uns zur Beichte vor dem Conde reiten.«

Da ihre festliche Kleidung den Marodeuren zum Opfer gefallen war, wirkten sie alle drei abgerissen und abgekämpft. Jedoch erwies es sich, dass man im spanischen Lager längst über den Überfall der Messinesen Bescheid wusste.

Man war den Städtern ohnehin nicht sehr grün, da sie bisher hartnäckig die Stadttore vor den Spaniern geschlossen gehalten hatten, als ob sie Feinde seien.

Dies erfuhren sie von Conde Berenguer, der sie mit forschenden Blicken in Empfang nahm. »Es ist ja doch anders gekommen, als wir geplant hatten«, plauderte er, während er Costanzas Hand in seine nahm und sie wie eine lang erwartete Geliebte zum Zelt geleitete. »Auch bei uns. Mein König, Don Pedro III. el Magno der Krone Aragon, ist inzwischen eingetroffen.

Costanza fiel ein Wappen am Zelt in die Augen, auf dem sich senkrechte gelbe und rote Felder abwechselten. Bei ihrem ersten Besuch hatte es dort nicht geprangt.

»Peter von Aragon«, murmelte Henry hinter Costanza, und sie hörte ihm an, wie wenig ihm diese Wendung gefiel.

War Peter von Aragon ein harter Herrscher? Costanza wusste es nicht. Aber eines wusste sie genau. Es war ihr peinlich, sich als Sizilianerin einem König derart zu präsentieren, rechtmäßig oder nicht. Sie war schließlich weder Bettlerin noch Hure. »Einen Augenblick!«, sagte sie und blieb stehen, nahm ihr schwarzes Kopftuch ab und strählte mit den Fingern ihre blonden Haare. Es gehörte sich nicht, sie offen zu tragen, aber ihre Haube war verlorengegangen und das Tuch verdreckt. Sie sah nicht die geringste Möglichkeit, in schicklicher Aufmachung vor dem König zu erscheinen. Vor Aufregung schlugen ihr die Zähne aufeinander.

»Auf Eure Aufmachung kommt es im Heerlager nicht an. Lasst mich Euch jetzt meinem König vorstellen«, befahl der Conde und zog Costanza energisch an einer langen Tafel entlang, an deren Kopfende ein Mann mit halblangen braunen Haaren saß, deren Wellen von einer schlichten eisernen Krone gebändigt wurden.

Die Stimmung im Zelt war locker. Weinkrüge standen in Mengen auf der Tafel, die Ritter erhielten von flinken Knappen nachgeschenkt oder bedienten sich selber, wenn die Jungen nicht schnell genug ihren Wünschen nachkamen. Ein Durcheinander von Gesprächen und Lachen füllte den Raum.

Als die Männer der Frau an Berenguers Hand ansichtig wurden, verstummte jedes Gerede schlagartig.

Wie Costanza es sich gedacht hatte. Am liebsten hätte sie auf den Fersen kehrtgemacht. Sie war bis ins Innerste blamiert.

Dabei konnte es ja so ungewöhnlich nicht sein, dass eine Frau sich in die Versammlung der Ritter begab. Das war es also nicht. Man hielt sie für eine Hure!

»Costanza von Catania«, stellte Conde Berenguer vor.

Die Ritter erhoben sich, manche einfach mit gebührender Höflichkeit, manche mit verwunderter, ehrerbietiger Miene.

»Costanza von Catania«, wiederholte Don Pedro und erhob sich ebenfalls, mit einem Glas in der Hand, das er ihr zuprostend entgegenhielt, »ich sehe, wir haben nicht nur einen Vetter unseres geschätzten Berenguer zu begrüßen, sondern auch eine uns unbekannte Base der Aragon.«

Costanza hatte Mühe, ihrer Panik nicht nachzugeben. Sie wusste nicht, was gemeint war. Wurde sie hier in böswilligster Absicht beleidigt, weil sie allen Betrügern der Welt ähnlich sah? Berenguer hielt sie mit eisenhartem Griff aufrecht.

»Mein lieber Ramón, begrüßt Eure Base, wie sie es erwarten darf«, forderte der König. Und mit einer Handbewegung erklärend zu Costanza: »Viceconde Ramón.«

Costanza war wie gelähmt, während sie den Lärm von rückenden Bänken hörte. Dann eilte ein junger Mann von der anderen Tischseite auf sie zu, ergriff ihre Hand zum Handkuss und drückte sie anschließend ungestüm an sich, um ihr auf beide Wangen einen Kuss zu hauchen.

Costanza schnappte nach Luft, bis er sie losließ. Als er endlich zurückgetreten war und sie ihn betrachten konnte, stockte ihr erneut der Atem. Der junge Adelige war von gedrungener Gestalt, kleiner als sie, hatte rotblonde Locken, ein energisches kantiges Gesicht und blaue Augen. Er kam ihr bekannt vor.

»Als wären sie Kinder der gleichen Mutter und zugleich aus ihrem Bauch gekrochen«, rief jemand laut.

»Costanza«, sagte Henry erschrocken, »ihr seht wahrhaftig aus wie Bruder und Schwester. Wie kann das sein?«

»Das ist völlig unmöglich!«, flüsterte sie voller Angst.

»Niemand will Eure Mutter beleidigen, da sei der Herr vor!«

Costanza wirbelte um sich selbst, sie wusste gar nicht, wer sprach und was gegenwärtig mit ihr geschah.

»Der Herr in Seiner Gnade bewirkt auf Erden und im Himmel viele Dinge, die wir uns nicht erklären können«, sagte eine salbungsvolle Stimme am unteren Tischende. »Wir sind auch nicht dazu berufen, es zu versuchen. Wir haben es hinzunehmen.«

»Gewiss, Eminenz«, war aus seiner Umgebung zu hören.

Den Geistlichen im grünen Gewand mit Mitra und auffallendem goldenen Ring machte Costanza schließlich aus. Ihr war völlig unklar, warum er sich überhaupt einmischte. Überhaupt machte es sie wütend, dass schon wieder ein Mann der Kirche Einfluss auf ihr Leben zu nehmen versuchte.

Sie beruhigte sich erst angesichts der liebevollen Betrachtung durch den jungen, sympathischen Ramón, der ihre Hände immer noch in seinen hielt und auf ihre Aufmerksamkeit wartete.

»Ich freue mich, Euch kennenzulernen«, begann er. »Wo habt Ihr Euch versteckt, all die Jahre?«

»Ich bin immer in Catania gewesen«, sagte Costanza verwirrt.

Ramón nickte verständnisvoll. »Natürlich, das wundert mich überhaupt nicht. Palermo wäre weitaus riskanter gewesen.«

Costanza rollte mit den Augen.

»Der Viceconde meint damit«, warf der König gutmütig ein, »dass sich die Anjou sicherlich am meisten in der prächtigen

Hauptstadt getummelt haben werden, und dort haben die Palermer ja auch als Erste den Aufstand gegen sie gewagt. Ihr wärt da in besonderer Gefahr gewesen, entdeckt zu werden.«

»Ja«, nickte Costanza zaghaft, weil ihr diese Antwort als passend erschien, sie zumindest erwartet wurde.

Der König wandte sich an Henry. »Und Ihr, Cavaliere, habt Euch also zu uns durchgeschlagen, um uns unsere Verwandte zu bringen? Ihr müsst Schlimmes erlitten haben, nach Eurem Aussehen zu urteilen, aber wenigstens hat die Señora ihr edles Ross unverletzt retten können. Wir danken Euch für Eure Hilfe und werden eine Aufgabe für Euch in spanischen Diensten finden.«

Das Rätsel zu klären überließ Costanza dem Cavaliere Henry. Sie verstand nun gar nichts mehr.

Henry trat vor und fiel auf ein Knie. »Durchlaucht, Don Pedro, es war ganz anders. Erlaubt mir zu erklären.«

»Aber ja doch«, erlaubte Don Pedro leutselig und schnippte mit den Fingern, worauf sich die beiden Knappen, die hinter ihm standen, noch aufmerksamer vorbeugten. »Gebt dem Cavaliere ein Glas Wein. Mit gelöster Zunge sprechen sich verworrene Dinge leichter aus.«

Henry dankte und stürzte den Inhalt in einem Zug hinunter. »Wir kamen vor Eurer Ankunft als Mitglieder der französischen Delegation, um über die Übergabebedingungen unseres eingeschlossenen Heeres zu verhandeln. Die Madama Costanza ritt gezwungenermaßen mit, und es erwies sich, dass unser Heerführer vorhatte, sie für eigene Rechnung als Medica an Eure Seite zu verkaufen. Sie ist in Sizilien berühmt. Der ehrenwerte Vetter Berenguer fand diesen Versuch empörend und lehnte ab.«

Don Pedro el Magno hob die Hand, und Henry unterbrach seine Erklärung.

»Habt Ihr sie denn nicht erkannt, Berenguer? Auch wenn man in Galicien lebt ...«

»Ich wusste von nichts, mein König«, bedauerte Berenguer.

»Und habt sie also zurückgehen lassen. Was ereignete sich dann im Lager?«, fragte der König neugierig.

»Ungefähr zweihundert Mann fanden auf den Schiffen Platz und fuhren ab.«

»Wo war eigentlich mein königlicher Feind, Karl der Böse?«

»Einige Tage davor mit der *Ganzen Welt* gesegelt.«

Don Pedro schnalzte mit der Zunge. »*Die Ganze Welt* mit seinen ganzen Lieblingen. Konnte man sich denken. Und Euer Heerführer? Le Brun, sagtet Ihr?«

»Ja, Cavaliere Le Brun«, bestätigte Henry. »Er wurde angegriffen und verletzt, und so übernahm ich das Kommando.«

»Man hat versucht, ihm die Eier abzuschneiden, ich weiß.« Don Pedro winkte Henry, fortzufahren, der so überrascht war, dass er ins Stottern geriet.

»Die Messinesen überfielen uns in der folgenden Nacht und massakrierten einhundertfünfundachtzig Mann. Wir sind sechzehn, die durch Zufall davonkamen.« Henry senkte den Kopf, als habe er den Scharfrichter zu erwarten.

»Wart Ihr verantwortlich?«

»Ja, Majestät. Ich habe versagt.«

Rainier polterte neben seinem Herrn auf beide Knie. »Cavaliere Henry hat nicht versagt! Er ist ja derjenige gewesen, auf den sich immer alle Männer verlassen konnten, nie auf Monsieur Le Brun, der, mit Verlaub Majestät, ein Arschloch war. Aber die Nachtwachen haben die Vorräte der geflohenen Ritter geplündert und sich besoffen ...« Rainier hörte voller Schrecken auf, als ihm bewusst wurde, was er daherredete. »Gütlich getan ... Verzeihung, Don ...«

»Bist du Knappe oder Sergent?«, donnerte die Stimme des Königs auf ihn nieder.

»Knappe, mein König«, antwortete der verwirrte Rainier. »Ich bitte um Gnade.«

»Und wer ist dein Herr, der dir so wenig Benehmen beigebracht hat?«

Rainier fuhr mit trotziger Miene in die Höhe. »Cavaliere Henry, mein König! Ich habe ihm sieben Jahre als Page gedient, und mein Cavaliere hat mir alles über höfischen Umgang beigebracht, ich könnte auch an Eurer Tafel in gebührender Form bedienen! Aber ...«

Die Herren brachen in erheitertes Gelächter aus.

»Nun, so geh bedienen. Wir werden sehen.«

Rainier kamen fast die Tränen, er wusste wohl nicht, ob der König meinte, was er sagte. Costanza konnte es ihm nachfühlen. Cavaliere Henry aber nickte ihm beruhigend zu.

Rainier sprang in die Höhe, lief ziellos mit hochgezogenen Schultern und gesenktem Kopf durch den Gang, begleitet von einem königlichen Schmunzeln. Dann wurde er von einem spanischen Knappen in Obhut genommen und rasch außer Sicht der Tafelnden gezogen.

Der König wandte sich wieder Henry zu. »Was macht Ihr denn nun hier bei uns, Cavaliere? Das müsst Ihr mir schon erklären.«

»Wir haben, wie gesagt, einen Vertrag zwischen Spanien und Frankreich unterzeichnet, dem zufolge wir freien Abzug auf den vorhandenen Schiffen erhielten und Eure Seite im Gegenzug unsere Zelte, Pferde, Plündergut, Vorräte übernehmen sollt. Nicht zu vergessen einige Lösegelder für freiwillig zurückgebliebene Ritter. Diesen Vertrag hat unsere Seite durch den Überfall der Messinesen gebrochen, und ich bin gekommen, Euch darüber zu unterrichten. Mehr, als mein Bedauern darüber auszudrücken, kann ich nicht tun.«

»Ihr seid also nicht hier, um uns die Señora Costanza zu bringen?«

»Nein, Majestät.«

»Aber Ihr seht selbst, dass sie meinem Verwandten ähnelt wie ein Ei dem anderen.«

»Ja, Majestät. Aber das war mir nicht bewusst. Der Madama Costanza auch nicht.«

Der König schlug die Hände auf die Armlehnen seines Throns und beugte sich vor. »Cavaliere Henry! Ist Euch möglicherweise bekannt, dass meine Frau die Tochter von Manfred von Sizilien ist, dem Sohn von Kaiser Friedrich II.? Man wird sie im kommenden Jahr zur Königin von Sizilien krönen. Sie heißt Konstanze und schlägt allerdings im Aussehen ihrer Mutter nach.«

»Wir haben aber den gleichen Namenstag!«, rief Costanza entzückt aus, und ihr schien dies als Beweis der Verwandtschaft ausreichend. Und es stimmte, was der alte Soldat in Randazzo erzählt hatte.

»Ruhe!«, donnerte der König. »Mein Schwager Ramón aber, der ebenfalls ein Kaiserenkel ist, kommt ganz nach seinem Großvater, das beschwören diejenigen meiner Umgebung, die ihn noch persönlich gekannt haben. Und nun bringt Ihr mir, Vetter Henry, ein weibliches Ebenbild von Ramón, das in Catania geboren wurde, wo der Kaiser sich um seinen Festungsbau nur kümmern konnte, wenn die schönen Sizilianerinnen ihm Zeit dafür ließen, und behauptet, Ihr ahnt nicht, wer sie ist?«

Das war zu viel für Costanza. Sie sah noch, wie Henry ungläubig den Kopf schüttelte, und dann nichts mehr.

Costanza wachte auf, als sie eine Hand auf ihrem Arm spürte, leicht wie eine Feder, aber warm und freundlich. Neben ihr stand Rainier, gekleidet in die gelben und roten Farben der königlichen Knappen, in der Hand einen dickwandigen Glaspokal, in dem tiefdunkler Wein schimmerte und den er ihr reichte.

»Don Pedro el Magno von Aragon entbietet Euch mit seinem Gruß die besten Genesungswünsche und hofft, Euch bald wieder an seiner Seite zu sehen«, schnurrte Rainier formvollendet herunter.

Costanza hörte Rainier ungläubig zu, bis ihr einfiel, dass er sich im Haushalt des Königs zu bewähren hatte.

Sie rückte sich in dem Lehnsessel, in dem sie halb gelegen hatte, zurecht und sah sich um. Sie befand sich in einem Zelt, in dem eine Kammerfrau sich zu schaffen machte. Still holte sie zwei Kleider aus einer Truhe und breitete sie raschelnd auf den Deckeln aus. Anscheinend hatte der König in seiner Begleitung sehr wohl Frauen. Vielleicht Konstanze. Oder träumte sie?

Costanza ergriff den Pokal und trank den Wein in einem Zug aus. Nichts änderte sich. Ein seltsames Geschick hatte sie gepackt und trug sie fort, ohne dass sie darauf Einfluss hatte, wie ihr schien.

»Geht's wieder?«, flüsterte Rainier, und auf ihr Nicken hin sagte er laut: »Ich werde dem Cavaliere Henry und der Majestät Mitteilung machen, dass Ihr Euch gut erholt habt, Madama Costanza.«

Als er das Zelt verlassen hatte, huschte die Kammerfrau an Costanzas Seite. »Ich bin Maria Bastiana, Madama. Ich habe Euch zwei Kleider herausgesucht, die Euch passen könnten. Wenn nicht, sind sie schnell geändert.«

Maria sprach das Sizilianische von Palermo. Costanza konnte nur noch nicken. Sie war völlig überwältigt von dem, was ihr hier passierte.

Am meisten gab ihr zu denken, was Don Pedro über den Kaiser gesagt hatte. Anscheinend hatte dieser zuweilen sein Aussehen vererbt wie ein Schimmel mit heller Mähne, wie ein Araber aus der eigenen Zucht. Und sie sollte nun also aus der Zucht des Kaisers stammen.

Sie kam offensichtlich im Aussehen nach dem Kaiser, im Gegensatz zu Uberto und den anderen Geschwistern. Und dass Großvater Jacopo von der Festung gestürzt worden war, hatte damit zu tun. Costanza schwindelte wegen all der Fragen, die sich jetzt ergaben. Gesichert war allein, dass sie eine Enkelin von Kaiser Friedrich II. war. Zumindest schien jeder das als erwiesen anzunehmen.

Maria kam mit einer grünen und einer tiefdunkelroten Robe über den Armen und hielt sie Costanza zur Auswahl hin.

»Die meergrüne«, sagte Costanza sofort.

»Das ist eine Farbe, die zu Euch gehört wie keine andere«, sagte Maria, zufrieden mit Costanzas geschmackvoller Wahl. »Wenn Ihr es schafft aufzustehen, Madama, kann ich Euch ankleiden. Ihr braucht keine Hand zu rühren. Und dann soll ich Euch wieder zu den Herren geleiten.«

»Um dieser seltsamen Fügung des Schicksals willen«, sagte der König gerade, als Costanza wieder in Berenguers Zelt trat, »gestatten wir den Überlebenden des Massakers, abzuziehen, wohin immer sie mögen. Was ist mit Euch selber, Cavaliere Henry?«

»Ich werde ins Lager zurückkehren und einen Fischer dingen, der die Überlebenden zum Festland übersetzt, damit sie Anschluss an Karls Heer finden.«

»Und Ihr? Werdet Ihr zu Eurem König zurückkehren?«

Henry seufzte. »Ich muss zurück. Ich bin auf König Karl von Anjou, meinen Herrn, eingeschworen. Aber die Madama Costanza kann unter diesen neuen Voraussetzungen nach Hause zurückkehren. Ich werde zuerst sie nach Catania begleiten und ihr helfen, wieder Fuß zu fassen.«

»Nein, das geht nicht«, rief Costanza dazwischen. »Ich bin in Catania in Gefahr, und jetzt weiß ich endlich, warum.«

»Warum, Señora?«

»Die Männer, die eine freie Republik Catania ausrufen wollen, fürchten den Kaiser immer noch. Sie müssen gewusst haben, dass ich seine Enkelin bin – im Gegensatz zu mir. Den Mann, den ich bis vorhin für meinen leiblichen Großvater hielt, haben die Väter dieser Männer ermordet. Und jetzt werden sie mich töten.«

»Sie können keine freie Republik Catania ausrufen. Welch törichter Gedanke! Ich gebiete jetzt über Sizilien«, sagte der König verächtlich. »Wenn aber diese Männer darauf beharren sollten, dann wäre es tatsächlich erforderlich, Ihr würdet unsere Base begleiten, Vetter Henry, Ihr seid der einzige Mann Unserer Umgebung mit Ortskenntnis. Mit Unterstützung von zwanzig gestandenen Kriegern und …«

»Mir, mein König, selbstverständlich«, warf Ramón ein. »Das Vergnügen, diesen Leuten zu zeigen, was es bedeutet, aus kaiserlicher Familie zu stammen, lasse ich mir nicht entgehen. Außerdem bin ich Costanzas lebender Beweis, dass sie eine Stauferin ist, man könnte auch sagen, eine Aragon.«

Der König und Berenguer blickten einander lächelnd in die Augen. Dem unverschämten, hochmütigen Stadtadel von Catania auf die Füße zu treten war zwar ein Anliegen, aber offensichtlich nur eines von vielen. Hatten sie möglicherweise noch andere Pläne?, fragte sich Costanza.

TEIL IV

CATANIA, HERBST 1282

KAPITEL 31

Costanza ließ es sich nicht nehmen, mit Henry nach Messina zurückzureiten, um sich von all jenen zu verabschieden, mit denen zusammen sie so viel durchgemacht hatte.

Sie hatte den Cavaliere und Rainier geloben lassen, nicht über ihre vermeintliche Herkunft zu sprechen, zumal sie inzwischen wieder daran zweifelte. Im ersten Überschwang der Überraschung und wegen der Anteilnahme eines Königs in weingeschwängerter Zeltluft hatte sie daran geglaubt, ja. Aber nicht in der kühlen Morgenluft der Hügel, in denen das Licht langsam über die Kuppen kroch.

Messina lag schon in der Sonne. Die Stadttore waren geöffnet. Das Zeltlager war verwüstet, aber von oben sahen sie dunkle Gestalten, die sich zwischen den Trümmern bewegten. Messinesen.

»Sind wir nicht mehr in Gefahr?«, fragte Costanza.

»Kaum. Ihr Blutdurst ist gestillt. Jetzt beeilen sie sich, nach den Resten zu suchen, die andere übersehen haben.

»Scheußlich.«

»Ja, aber wenn eine Gruppe von Menschen glaubt, im Recht zu sein, und nur noch auf Rache sinnt, begehen diese Leute Taten, die man nicht für möglich gehalten hätte. Sie selbst wohl auch nicht.«

Costanza nickte still.

»Es ist gut, dass Ihr es nicht sehen musstet. Ich nehme an, die Deutschherren haben inzwischen schon viele Leichen bergen können, zumindest die, an denen sich die Männer am schlimmsten vergangen haben.«

Costanza sagte nichts mehr. Sie hatte Mühe genug, mit aller Kraft den Geruch, der aus dem Schlachtfeld stieg, von sich fernzuhalten. Trotzdem konnte sie nicht verhindern, dass ihr die Tränen herabtropften, als sie sich den Weg durch die Toten und die Trümmer bahnten. Viele dieser Männer hatte sie in Aci Castello kennengelernt und manchen behandelt …

Stelluccia und Francesca waren im Hospital, die Männer halfen den Ordensbrüdern beim Aufräumen, soweit sie nicht zu schwer verletzt waren, und Matteo strolchte wie üblich irgendwo herum.

Es erwies sich, dass unter Hermann von Lübecks Kommando alles Notwendige in Angriff genommen worden war. Die davongekommenen Krieger, Stelluccia, Francesca, Matteo und das gerettete Mädchen würden am nächsten Tag zum italienischen Festland absegeln. Costanza verabschiedete sich unter neuerlichen Tränen von den Frauen.

»Was ist mit den Toten?«, fragte Henry.

Hermann von Lübeck seufzte schwer. »So wie die Dinge liegen, können wir sie wegen ihrer Vielzahl nicht auf dem Friedhof der Stadt beerdigen. Wir können auch keinen neuen anlegen. Hier am Strand schon gar nicht. Zu wenig Erdkrume und unter unseren Füßen nur Sand und die Gefahr der Unterspülung. Wir werden sie verbrennen, Gebete für sie sprechen und Messen lesen.«

»Das dachte ich mir. Werde ich gebraucht?«

Der Deutschritter schmunzelte. »Selbstverständlich werdet

Ihr gebraucht. Aber nicht hier. Ich denke, auf Euch warten andere Aufgaben.«

Henry reichte ihm seine Hand. »Ich werde als Erstes die Madama Costanza nach Catania geleiten.«

»Dann reitet mit Gott«, sagte Hermann und verabschiedete sie mit dem Zeichen des Kreuzes über ihren Köpfen.

Kurze Zeit später waren sie schon wieder auf dem Rückweg in die Hügel. Im spanischen Lager erwartete sie eine Überraschung unangenehmer Art, wie Costanza sofort ahnte, nachdem man sie in Conde Berenguers Zelt geführt hatte und sie den Geistlichen mit abweisender Miene neben dem König stehen sahen. Außer den beiden Spaniern, Costanza und Henry war niemand anwesend, nicht einmal ein Knappe, der ihnen eine Erfrischung angeboten hätte.

Der Priester spitzte den Mund und wedelte beziehungsvoll mit Le Bruns Brief, den Henry ihm zu treuen Händen übergeben hatte.

»Fangt an, Monsignore«, forderte der König.

»Costanza von Catania«, begann der Geistliche dann brüsk und ohne jede Höflichkeit, »ich habe hier das Schreiben des Cavaliere Le Brun, Heerführer der französischen Streitmacht, der Euch gutgläubig Schutz gewährt hat, obwohl Ihr exkommuniziert wart und obendrein unter der Anklage standet, Euch unrechtmäßig als Medica zu betätigen, was heißt, einer Tätigkeit nachzugehen, die Frauen nicht erlaubt ist, weder im ehemaligen Königreich des Staufers Friedrich noch in irgendeinem anderen Land, in dem christliche Gläubige dem Urteil unseres Heiligen Vaters, Martin IV., Gehorsam leisten. Ihr wart auf der Flucht, und Ihr habt Le Brun hintergangen.«

»Ich bin fortgegangen, um meine Familie zu schützen«, erwiderte Costanza trotzig und wagte einen Seitenblick auf den König, ohne seine Stimmung erraten zu können. »Le Brun wusste Bescheid …«

»Ja, in der Tat«, bestätigte ernst der Geistliche, von dem Costanza vermutete, dass er ein Bischof war. »Sein tüchtiger Sergent hatte eine Menge über Euch in Erfahrung gebracht.«

Costanza fröstelte plötzlich. Le Brun wusste mehr über sie, als er ihr gesagt hatte. Geoffroy musste Nino Fallamonaca ausgehorcht haben.

»Was Cavaliere Le Brun außerdem zu berichten weiß, ist bestürzend, beängstigend und für jeden Christen ein Greuel.«

Was denn jetzt noch, dachte Costanza verständnislos, während sich der Priester über den König beugte, ihm etwas ins Ohr flüsterte und über ihm das Kreuzeszeichen schlug.

Dann richtete er sich mit Schwung auf und wandte sich Costanza zu. »Zauberin!«, presste er mit abgrundtiefem Abscheu hervor. »Ich will dich mit allen Mitteln der heiligen Mutter Kirche bekämpfen. Satan wird seine Macht unter meinen Augen nicht auf unschuldige Gläubige ausdehnen!« Plötzlich ballte er die Hand zur Faust, die er ihr entgegenhielt, den Daumen zwischen Zeige- und Mittelfinger geklemmt. »Siehst du? Ich wage sogar, eure eigenen Mittel anzuwenden! Mich behütet der Herr, mir kann die Neidfeige nichts anhaben!«

»Monsignore!«, rief Henry aus, dessen Anwesenheit Costanza fast vergessen hatte. »Die Madama ist weiter davon entfernt, eine Zauberin zu sein, als jeder Mensch, den ich kenne! Eure obszöne Geste ist unangebracht!«

Der Geistliche richtete dieses Mal seinen Zeigefinger anklagend auf Henry. »Ihr! Ausgerechnet Ihr steht ihr bei. Euch hat sie mit ihrem Zauberbann belegt! Euer eigener Knappe Rainier hat Eure neue Nase Le Brun gegenüber als Wunderwerk bezeichnet. Ich nenne es Zauberei! Wunder kennen nur die Kirche und unser Herr Jesus Christus!«

Don Pedro richtete seinen forschenden Blick auf Henrys Nase.

»Und ich sage Euch, Cavaliere, Eure Nase wird abfallen«, fuhr der Priester fort, aufgeblasen von Wichtigtuerei. »Erst wird sie kalt und kreideweiß mitten in Eurem gebräunten Gesicht, dann fault sie ab. Ihr werdet den teuflischen kleinen Leichnam noch einige Zeit mit Euch herumschleppen, bis er zur Hölle fährt. Später holt er Euch nach.«

Henrys Hand fuhr zu seiner Nase hoch und betastete sie. »Sie ist ganz warm. Sie ist mein Fleisch und Blut.«

Costanza ballte die Fäuste hinter ihrem Rücken. Sie hörte Henrys Angst hinter seinen tapferen Worten, und diese galt es ihm zu nehmen, noch bevor sie sich an ihre eigene Verteidigung machte. Offenbar drohte ihr das gleiche Schicksal wie Jacopo Pirrone. »Natürlich«, sagte sie verärgert, »sorgt Euch nicht, Cavaliere, was auch immer dieser unwissende Priester phantasiert.«

»Señora Costanza!«, sagte der König in scharf tadelndem Ton. »Wahrt die Achtung vor unserer Kirche! Und die vor Monsignore Vasco Fróis! Es sind ungeheure Vorwürfe, die sein Amt ihm zu klären aufgibt!«

Costanza sank zu Boden, um sich zu entschuldigen. Aber der König ließ kein weiteres Wort mehr zu und wies sie stumm hinaus. Als sie im Zelteingang standen, rief er ihnen nach: »Nach dem Mittagsmahl werdet Ihr wieder vorgeführt. Wir werden bis dahin zu einem Entschluss gekommen sein, was zu tun ist.«

»Das übliche und angemessene Inquisitionsverfahren«, fügte Vasco Fróis schonungslos hinzu.

»Hoffentlich kommen auch wir zu einem Entschluss«, murmelte Cavaliere Henry. »Ihr seid leichenblass, Costanza. Wollt Ihr Euch setzen?«

»Nein. Denkt Ihr an Flucht, Cavaliere?«

»Euch wäre es wohl möglich. Ihr habt ein schnelles Pferd und würdet Euch dank Eurer Sprache auf Sizilien verbergen können …«

»Und Ihr?«

»Nein, ich kann mich nicht herauswinden, nicht einmal als flüchtiger Kreuzfahrer. Rom würde den in Frankreich tätigen Inquisitor beauftragen, mich in Abwesenheit zu verurteilen, meine Familie verlöre Burgen, Eigentum, Dörfer, Rechte … Wahrscheinlich würde man meiner Frau und Rainier den Prozess machen und meine Kinder zusammen mit den beiden verbrennen. Nein, ich werde nicht fliehen.«

»Ich auch nicht. Was bleibt uns dann?«

»Wir haben nur eine einzige Möglichkeit: Wir müssen den König auf unsere Seite ziehen.«

»Kaufen? Womit?«, fragte Costanza trüb.

Henry sah sie überrascht an. »Ihr habt in diesem Sommer ungeheuer viel dazugelernt. Als ich Euch das erste Mal bewusst sah, dachte ich, Ihr wärt den Kinderschuhen so weit entwachsen, dass Ihr Eurem Vater mit Handreichungen dienen konntet. Erst Tage danach habe ich Rainier geglaubt, dass Ihr selbst meine Nase in diesen sehr anständigen Zustand gebracht hattet.«

»Ja«, seufzte Costanza mit einem verlorenen Lächeln. »Und nun stehen wir deshalb gemeinsam vor dem tödlichsten Gericht der Welt. Ich habe gehört, dass ihm nur wenige Menschen entkommen. Ihr wärt besser dran mit der Verstümmelung, die Euch geschlagen wurde.«

»Was Ihr mit den mutigsten Worten feststellt, die ich mir

denken kann. Das ist das Erbe Eures Großvaters! Wir werden den König nicht kaufen, sondern mit unserer Geisteskraft überzeugen.«

»Wirklich?«

Henry nickte.

Auf einmal fühlte Costanza sich durch Henrys Worte aufgerichtet. Sie trug das kaiserliche Erbe weiter, es war ihre Pflicht, sich zu verhalten, wie es der Kaiser selbst getan hätte. Er hatte sich nicht um das geschert, was den Sizilianern übliche und bequeme Angewohnheiten waren, sondern hatte neue Wege beschritten. Mit dem Kopf und mit Geisteskraft. Das zu tun war auch ihre Aufgabe.

Danach ging Henry, um Erkundigungen einzuziehen, die ihnen nützlich sein konnten.

Am späten Nachmittag wurden der Cavaliere und die Madama von einem jungen Knappen auf artige Weise ins königliche Zelt gerufen. Dies schien Costanza kein allzu schlechtes Vorzeichen. Jedoch saß Don Pedro steif und mit ablehnender Miene auf seinem Sessel, während der neben ihm stehende portugiesische Bischof Maß nahm wie eine Zornnatter kurz vor dem Zubiss.

»Ihr habt mich getäuscht und enttäuscht«, meinte Don Pedro mürrisch und anscheinend nicht gewillt, den beiden Angeklagten auch nur irgendeine Form von protokollarischem Zugeständnis zu machen. »Was habt Ihr zu Eurer Verteidigung vorzubringen?«

»Erlaubt, Don Pedro, die Meinung der Kirche hierzu darzulegen«, warf Monsignore Fróis hitzig ein. Seine Augen glühten fanatisch. »Es bedarf nie einer Verteidigung, wenn die Tatsachen feststehen!«

Don Pedro klopfte ungeduldig mit den Fingerspitzen auf die Lehne seines Throns. »Ich wünsche diese Verteidigung.«

»Oh ja«, murmelte der Bischof, der offenbar wusste, dass und wo der König zuweilen empfindlich war.

Costanza erlaubte sich, den Portugiesen zu ignorieren. Sie konzentrierte sich ganz auf den König, auf ihr Wissen und auf das, was Henry in Erfahrung gebracht hatte. »Mein Heilverfahren ist viele Jahrhunderte alt, es wurde einem Gelehrten im fernen Land Indos von Gott geschenkt.«

»Warum schenkte unser Herr das Verfahren nicht uns, wenn er gewollt hätte, dass wir es verwenden?«, nörgelte der Geistliche erbost.

»Vielleicht gab es in Eurem Land keine frommen Menschen, denen der Herr zutraute, das Verfahren zu lernen«, antwortete Costanza. »Schließlich liegt, soviel ich weiß, Rom immer noch im Konflikt mit dem portugiesischen Königtum.«

Don Pedro sah sie überrascht an. »Weiter!«

Costanza nickte. »Barmherzigerweise gestattete Gott, unser aller Herr, dass die Kenntnis des Verfahrens über Mittelsmänner zu uns kam. Meine Vorväter haben das Heilverfahren von den Sarazenen gelernt. Wenn der Heiler geschickt ist, sieht man ein Jahr später kaum, dass die Nase behandelt wurde. Jeden kann das Schicksal ereilen, im Kampf in der vordersten Linie seine Nase zu verlieren … Wir haben dem Herrn selbst zu verdanken, dass diese tapferen Männer nach ihrer Verwundung nicht aussehen, als wären sie mit einem Schweinerüssel geboren …«

Don Pedro nickte nachdenklich.

»Eine Methode derselben Ungläubigen, gegen die fromme Christen unter Leitung des Heiligen Vaters seit Jahren zu Felde ziehen!«, ereiferte sich Vasco Fróis. »Wie abscheulich! Verwerflich!«

»Und ein Schweinerüssel? Würden wir uns nicht als vermeintlich unwissende Barbaren zum Gespött der Ungläubigen machen, falls – was Gott, der Herr, verhindern möge – mir ein Sarazene mit seinem Krummschwert einen Schweinerüssel ins Gesicht zöge? Haben nicht sogar die Byzantiner die Sitte, ihren Kaiser abzusetzen, wenn ihm Augen oder andere Körperteile abhandenkommen? Und muss nicht auch der Heilige Vater am Leib unversehrt sein? Was würdet Ihr zu einem entstellten Herrscher römischen Glaubens sagen?«

Der Bischof sagte gar nichts. Vergrätzt starrte er in das Antlitz des Königs und versuchte augenscheinlich, sich dieses ohne Nase vorzustellen.

Zufrieden mit ihrem Erfolg, war Costanza bereits einen Schritt weiter. »Haben wir nicht noch mehr von den Sarazenen gelernt, Don Pedro? Zuckerrohr, Indigo und Henna bauten sie vor uns Sizilianern an. Ebenso wie Zitronen!«

»Zitronen«, wiederholte Don Pedro genießerisch. »Lamm mit in Salz eingelegten Zitronen nach sarazenischer Art, gewürzt mit Rosmarin und Oregano, ist mein Leibgericht.«

Welch ein Glück! Dieser Hinweis hatte Herz und bäuerliche Zunge des Königs getroffen. Costanza meinte fast, ein leises Schmatzen zu hören.

Der Geistliche suchte nach einem Einwand. Während er sich sammelte, um eine weitere Anklage hervorzubringen, versprühte er eine feuchte Kaskade von Speichel. Der König rückte, von ihm unbemerkt, ein Stückchen zurück.

»Zur Bewunderung der Sarazenen durch diese Frau, mein König, passt, dass sie sich weigert, zur Messe zu gehen. In Aci Castello, wo es im Heerlager keinen Geistlichen mehr gab, nachdem wir ihn abberufen hatten, ist sie nie mit den übrigen Frauen in die Kirche gegangen!«

»Was wollt Ihr damit sagen?«, fragte Don Pedro.

»Dass sie selbst Beweis auf Beweis häuft, eine Abtrünnige zu sein und Zauberin obendrein.« Der Priester hielt inne, wandte den Blick zum Himmel und schlug das Kreuz. Dann fiel er vor dem Thronsessel auf ein Knie. »Don Pedro«, schluchzte er erstickt. »Ich bete zum Herrn, dass die Hagazussa Euch nicht bereits in ihren Netzen gefangen hat, wie Jäger, die anschließend die Vögel mit Haut und Haar verzehren.«

»Vögel mit Haut und Haar?«, brummelte Don Pedro el Magno ablehnend.

»Das ist unwichtig! Wer bei Menschen das Aussehen zu ändern vermag, kann auch die eigene Gestalt ändern«, kreischte der Priester, jetzt außer sich. »Diese Frau ist keine Enkelin des Kaisers, sie hat nur mit Hilfe von Satan ihre Gestalt angenommen! Sie ist eine Satana!«

In ihrem Entsetzen dachte Costanza nur noch an Flucht. Gegen diesen Vorwurf war sie nicht gewappnet. Ein Bewaffneter, den sie nicht wahrgenommen hatte, blockierte den Eingang. Sie saß fest.

Dann sah sie Henry vor dem Thron. Sie hatte versagt, er wollte kämpfen.

Henry beugte das Knie. »Don Pedro …«

Er wurde vom Priester unterbrochen. »Ihr, Ritter Henry, müsst Euch nicht bemühen, eine Zauberin zu verteidigen. Ihr seid als Katharer entlarvt! Mein König: Eine Zauberin und ein Katharer haben sich zusammengetan, um Euch und Euer Königreich vor dem Angesicht des Herrn zu verderben!«

Don Pedro el Magnos Gesicht versteinerte.

»Ja!« Der Bischof nahm befriedigt zur Kenntnis, dass er die Zweifel des Königs jetzt endlich ausgeräumt hatte. »Don Pedro, Ihr erinnert Euch sicher an das Bankett mit dem Pferdefleisch, das man im französischen Lager ausgerichtet hatte. Seit dem schändlichen Treiben des Tempelritterordens ist man aus Furcht vor neuen häretischen Gruppen in französischen Landen nie zur Ruhe gekommen. Von Zeit zu Zeit unterzieht die Kirche die unmittelbare Umgebung des Königs einer Prüfung. Karl von Anjou, ein sehr gehorsamer Sohn der römischen Kirche, schlug selbst diese Form des Banketts vor.«

»Ich erinnere mich. Und ist nun dabei etwas Wesentliches herausgekommen?«

»Was wir erwartet haben, mein König. Immer noch küssen Katharer am französischen Königshof den Katzen die Hinterteile – Satans Tiere sind allgegenwärtig. Und wir haben einen Hochrangigen dieser diabolischen Gemeinschaft dingfest gemacht: Cavaliere Henry. Er hatte sich bereits vorher in auffälliger Weise dem Dienst an seinem König entzogen, indem er stets dringendere Aufgaben vorschützte, wenn es galt, an der Tafel bei Beratungen zugegen zu sein. Es bestand deshalb der dringende Verdacht, dass er die Bankette ausnutzte, um irregeleiteten Häretikern der Umgebung als sogenannter Perfectus den teuflischen Segen, genannt Consolamentum, zu erteilen. Aber diesem Bankett kurz vor der Abreise des Königs konnte er sich nicht verweigern. Und was geschah? Der Cavaliere hat sich des Fleisches und des Weines in solch bestürzendem Ausmaß enthalten, dass es einem Geständnis gleichkommt«, frohlockte Vasco Fróis. »Das ist er, der Katharer Henry, der vor Euch kniet!«

Der Cavaliere brachte es fertig, verächtlich zu lächeln. »Ihr sprecht von Henri de Reims. Der Mann hatte einen Brechdurchfall, wie er zu dieser Zeit im Heer umging«, berichtete er kühl. »Er aß kein Brot, er aß gar nichts, konnte aber die Einladung des Königs nicht ausschlagen. Nachdem er einen Schluck Wasser zu sich genommen hatte, fiel er von der Bank und musste zu seinem Zelt getragen werden. Behandelt haben ihn die Medici des Königs, aber es ging ihm immer schlechter. Aus Furcht vor der Krankheit wurde er nicht einmal auf dem königlichen Schiff mitgenommen, wie es ihm zugestanden hätte. Nach der Abreise der Medici rief sein Knappe Madama Costanza zu Hilfe.«

»Stimmt das, Señora?«

»Ja, mein König, es stimmt«, bestätigte Costanza. »Der Ritter befand sich in besorgniserregendem Zustand. Anfänglich habe ich ihm Wasser auf die Lippen geträufelt. Als er aufgewacht war, konnte ich ihm schluckweise Wasser mit Kreuzkümmelpulver einflößen und den Bauch mit Kreuzkümmelöl einreiben. Allmählich hörten das Erbrechen und die Krämpfe im Gedärm auf, er konnte selbst trinken, und seine Haut glättete sich wieder.«

»Einen Aderlass habt Ihr nicht vorgenommen?«

Costanza schüttelte den Kopf. Für einen Augenblick vergaß sie, mit wem sie sprach. »Das hatte der Medicus gemacht. Aber es war falsch! Don Pedro, ein Körper enthält Flüssigkeiten verschiedener Art: Blut, Harn …«

»Solche körperlichen Ausscheidungen zu erwähnen ist für die Ohren des Königs …«, stammelte der Bischof, ohne weiterzuwissen.

Don Pedro hob beschwichtigend die Hand. »Lasst sie. Das interessiert mich. Die Leiber eines Königs, eines Bischofs und eines Ritters dürften sich ziemlich ähnlich sein.«

Exzellenz Vasco Fróis sandte einen Hilfe suchenden Blick zum Zeltdach und schlug mit großer Geste das Kreuz.

Costanza nutzte die Gelegenheit, einem verständigen Menschen, der ihr der König zu sein schien, schnell ihre Überlegungen darzulegen. »... Schweiß, Speichel, Milch. All dieses steht miteinander in Verbindung, obwohl ich noch nicht genau weiß, wie. Jetzt stellt Euch einen Bottich vor, in den Ihr Wein, Olivenöl und Zitronensaft füllt. Sobald Ihr versucht, Zitronensaft zu entnehmen, kommen Wein und Öl mit. Nach der Entnahme wird von allem weniger im Bottich enthalten sein.«

»Ja«, nickte der König, während Henry verblüfft zuhörte.

»Ich bin sicher«, fuhr Costanza fort, »dass ein Körper, der zur Ader gelassen wird, hinterher insgesamt weniger Flüssigkeit enthält, ob als Blut oder Speichel oder Harn, und so weiter. Er ist wie der Bottich, den man anzapft! Das ist der verkehrte Weg. Den Kranken, der schon so viel Flüssigkeit mit dem Durchfall verloren hat, muss man vielmehr auffüllen. Ich tue dies mit ganz schwach gesalzenem Wasser, wie mir ein erfahrener Mann empfohlen hat. Es wirkt. Man merkt, dass die Säfte des Kranken allmählich ins Gleichgewicht kommen, wenn seine Haut sich glättet und er wieder sprechen kann!«

»Sie ist besessen«, kreischte der Bischof und entfloh mit wehendem Gewand zum Ausgang, wo er von dem höflichen Bewaffneten aufgefangen und auf den Wink des Königs wieder an seinen Platz geleitet wurde.

»Aus diesen Überlegungen heraus bin ich in solchem Fall ganz und gar gegen Aderlässe.« Nun war es heraus. Costanza war jedoch entschlossen, ihren Weg bis zum Ende zu gehen, obwohl sie dafür brennen würde.

Don Pedro wedelte den Entsetzensschrei des Bischofs beiseite, während er Costanzas Erklärung auf sich wirken ließ. »Daran erkenne ich die Enkelin des *stupor mundi*. Kaiser und König Friedrich, nicht ohne Grund das Erstaunen der Welt genannt, muss auf vielen Gebieten ähnliche Überlegungen angestellt haben. Er hat nichts geglaubt, was man ihm erzählt hat, sondern selbst geforscht und bedacht. Es liegt in der Familie. Was Ihr sagt, leuchtet mir sehr ein, Señora.«

Costanza glaubte ihren Ohren nicht zu trauen. Statt den Blick demütig zu senken, wie Henry ihr geraten hatte, starrte sie dem König in die Augen.

Er schmunzelte. »Mit den studierten Medici werdet Ihr jedoch wohl aneinandergeraten.«

Die Warnung weckte sie zu neuem Leben. »Das bin ich schon.«

»Und mit der Kirche weiterhin, fürchte ich.«

Der Bischof sah dies als Aufforderung an, seine Anklage fortzusetzen. »Aber mir wurde geschildert, dass ein Ritter Henri …«

Costanza hätte darauf wetten können, dass der König jetzt auf ihrer Seite stand. Genau wie sie hatte er wahrgenommen, dass der Priester ihre ganze Ausführung kaum verstanden hatte.

Henry griff gleichmütig ein. »Ja, ja, Monsignore, unser Name ist in Frankreich nicht eben selten. Ruft ihn auf dem Pariser Markt aus, und dreißig Männer werden sich zu Euch umdrehen. Ich war es nicht, und ich habe mich am Pferdefleisch satt gegessen.«

»Ja, und auch das ist eine Sünde in den Augen der Kirche, abgesehen davon, dass ein Katharer mit seiner ganzen gottlosen Schläue …«

»Nun lasst gut sein, Monsignore!«, fiel der König ihm mit unterdrückter Verärgerung ins Wort. »Ihr könnt nicht sowohl die Verweigerung als auch das Verzehren von Pferdefleisch als Beweis gegen einen vermeintlichen Katharer bemühen, zumal die Kirche mit dem Verfahren einverstanden war. Ich glaube,

Ihr seid, mit Verlaub, ein Opfer Eures eigenen Wunsches, Katharer aufzuspüren. Beherzigt bitte auch, dass ein Cavaliere Henry den Brief dieses Feiglings Le Brun hätte unterschlagen können.«

»Mein Knappe hatte mich von Le Bruns Anschuldigung unterrichtet. Ich kannte sie«, flocht Henry ein. »Ich ahnte auch, dass er Costanza hasste, weil sie ihm die Stirn geboten hatte. Das war seine Art. Und dies war sein letzter Versuch, Rache zu üben. In diesem Brief vermutete ich allerdings ein Schreiben an seine Angehörigen, für den Fall, dass er in der Schlacht bei Messina umkäme. Auch ich würde, ohne zu zögern, meinem Feind auf dem Schlachtfeld, aber Bruder im Glauben, meinen Letzten Willen anvertrauen.«

»Ich hätte nichts anderes als eine ehrenvolle Handlung von Euch erwartet, Vetter Henry, und sie soll Euch nicht zum Nachteil gereichen. Wir kommen zum Schluss, Monsignore Fróis, dass Eure Befürchtungen hinsichtlich des Ketzertums der Madama und des Cavaliere gegenstandslos sind. Wir danken Euch jedoch für Euer Bemühen um die Reinheit der Kirche. Nichts anderes ist auch mein Anliegen.« Mit diesen Worten schloss der König die Untersuchung.

Der Bischof eilte vor allen anderen mit wutverzerrter Miene zum Zelteingang, wobei er seinen Krummstab gegen die Beine des erschrockenen Wachmannes schlug, der den Weg nicht schnell genug frei machte.

Am nächsten Vormittag brachen sie zu Pferde nach Catania auf.

Costanza, die hinter dem Granden Berenguer und dem Cavaliere Henry ritt, war unbehaglich zumute. Ihre Gedanken eilten ihr voraus. Gerade hatte sie die »Beweise«, eine Ketzerin zu sein, entkräftet, aber in Catania konnte es sich wiederholen. Die Vorwürfe gegen die Großen der Stadt, die sie so bedenkenlos vorgebracht hatte, waren wahrscheinlich längst vergessen. Aber sie, die diesen Männern wegen ihrer offenkundigen Verwandtschaft mit dem Stauferkaiser schon immer ein Dorn im Auge gewesen war, kam mit einer kleinen Streitmacht an. Die Stadtherren würden unverzüglich alle alten Anklagen gegen sie hervorholen.

Und wo sollte sie in Catania hin? Aber wohin sonst sollte sie gehen, wenn nicht nach Catania? Turi würde ihr vielleicht helfen wollen, obwohl sie ihn quasi verjagt hatte. Aber sie würde es weder ihm noch sich antun, ihn zurückzurufen.

Mit diesen trübsinnigen Gedanken schlug sie sich herum, während sie so rasch südwärts ritten, wie es möglich war. Einige der im Sommer trockenen Flussbetten führten jetzt schon wieder Wasser. Als sie den Fiume Alcantara endlich überschritten hatten, begann die Ebene, und es wurde einfacher, voranzukommen.

Am vierten Tag hatten sie Aci Castello hinter sich gebracht. Die Hütte, in der die alte Frau mit der Zisterne gewohnt hatte, war abgebrannt. Verkohlte Hölzer ragten in den Himmel, der hier an der Küste noch hell war, während sich über den Hügeln schon wieder die Regenwolken sammelten, die am Nachmittag ihr Wasser verströmen würden.

Plötzlich kam Costanza in den Sinn, dass diese vergessliche alte Frau geglaubt hatte, sie wiederzuerkennen. Und kurze Zeit später hatte sie vom Antichrist erzählt, dem Kaiser, der öfter zur Jagd vorbeigeritten sei. Ob das, was sie selbst der Verwirrung der Frau zugeschrieben hatte, sich durch ihre Ähnlichkeit mit dem Kaiser erklären ließ? Möglicherweise. Dann war da noch der alte Garnisonssoldat in Randazzo gewesen, der so neugierig nach ihrer Herkunft gefragt hatte.

All dies mochte nichts als Zufall sein. Vielleicht auch nicht. Sie hatte das Bedürfnis, sich zu vergewissern. »Auf ein Wort, Cavaliere Henry!«, rief sie leise.

»Ja, Madama Costanza«, sagte er und ritt einen knappen Kreis, um an ihre Seite zu gelangen.

»Wäre es möglich, dass Cavaliere Le Brun von Anfang an ahnte, wer ich bin? Beim allerersten Treffen hatte ich für einen kurzen Augenblick den Eindruck, er wolle sich mir zu Füßen werfen. Und er hat mir nie erklärt, warum er meine Schweine gerettet hat. Er kann den Kaiser nicht gekannt haben!«

»Nein, gewiss nicht. Aber in Palermo mögen ihm Wappenbildnisse oder Wandmalereien begegnet sein, die die kaiserlichen Züge sehr getreu wiedergeben. Auch Buchmalereien kommen in Frage, sogar von sarazenischen Künstlern …«

»Tatsächlich.« Costanza war erstaunt.

»Le Brun konnte über lange Zeiträume hinweg planen, das war eine seiner Stärken«, fuhr Henry nachdenklich fort. »Er versuchte, Euch fest an sich zu binden für den Fall, dass seine Idee sich als richtig erweisen würde. Immerhin wart Ihr ein ganz großartiges Handelsobjekt, sowohl als Heilerin als auch als Kaiserenkelin.«

»Möglich.«

»Bestimmt. Ihr habt ganz sicher auch Bekanntschaft mit seiner Taktik gemacht. Viele Worte pflegte er von sich zu geben, wenn ihm eine Sache gleichgültig war. Wenn er aber wenig sprach oder nachgiebig schien, war er gefährlich.«

»Ja«, sagte Costanza. »Ja! Ich bin, glaube ich, mehrmals darauf hereingefallen.«

Henry nickte. »Im Lauf der Zeit muss Le Brun so viel Sicherheit gewonnen haben, dass er glaubte, Euch Vetter Berenguer verkaufen zu können. Damit, dass dieser zu ehrenwert war, um auf den schäbigen Handel einzugehen, und ihn obendrein rauswerfen würde, hat er sicher nicht gerechnet.«

Costanza konnte über so viel Hinterlist nur den Kopf schütteln. Dann musste sie plötzlich lachen. Ihr Ausspruch, dass die halbe Welt sie zu kennen schien, hatte inzwischen für sie als Enkelin des Besitzers der *Halben Welt* eine ganz andere Bedeutung bekommen.

»Freut Ihr Euch, dass Ihr nun bald wieder zu Hause seid?«, erkundigte sich Ramón, der auf der anderen Seite zu ihr aufgeschlossen hatte, ohne dass sie es bemerkt hatte.

»Freuen? Nein, nein, ich habe sogar etwas Angst«, bekannte sie.

»Dann solltet Ihr jetzt tief Luft holen. Da vorne ist das Stadttor von Catania.«

KAPITEL 32

Die Cappella Bonajuta erkannte Costanza schon von weitem. Es schienen die Bäume zu fehlen, die sie bisher beschützt hatten. Als sie näher kamen, erkannte sie, warum. Hier wurde gebaut. Streckenweise war die Mauer, die die Gasse begrenzte, umgelegt worden, ein Garten war eingeebnet, und die verkohlten Pinien waren gefällt worden. Neuerdings konnte man von dieser Stelle aus sogar das Haus der Branca sehen.

Mit der Gewalt eines Gewittersturms erfasste sie eine unbändige Sehnsucht nach Turi. Sie liebte ihn, und möglicherweise er sie auch. Nie hatte sie vergessen, was er ihr ins Ohr geflüstert hatte und was ihr zuweilen nur wie ein Traum erschienen war. Sie war wütend und gekränkt gewesen. Und dann hatte sie ihn sogar von sich gestoßen und fortgeschickt, als sie endlich begriffen hatte, dass er in Wahrheit ihr Leben vor dem französischen Plünderer gerettet hatte. Kein Mann konnte es hinnehmen, in einer solchen Weise beleidigt zu werden.

Sie selbst hatte alle Hoffnungen auf ein gemeinsames Lebens zerstört.

Bevor sie sich dem Schmerz um ihren verlorenen Turi noch richtig hingegeben hatte, waren sie schon an der Kathedrale und erreichten die Platea magna. Costanzas Wahrnehmungen und Gedanken überschlugen sich.

Hier war jetzt auch der Gemüse- und Pflanzenmarkt. Im Frühjahr hatte es ihn noch nicht an dieser Stelle gegeben. Ob auch Ciccu mit seinem Stand umgezogen war? Sehen konnte sie ihn nicht, aber er suchte sich sein Plätzchen ja immer in Nischen.

Jedenfalls schien sich einiges geändert zu haben, seitdem sie geflohen war.

»*Grifo, grifo*«, brüllte eine männliche Stimme. »Sieh mal, wer da kommt! Gleich in doppelter Ausführung.«

Costanza richtete sich hastig in den Steigbügeln auf und spähte umher. Mit *grifo* konnte nur einer gemeint sein: Nino Fallamonaca!

»Was ruft der denn?«, fragte Ramón beunruhigt.

»Grifo. Schweinerüssel«, antwortete Costanza nebenbei und zischte tonlos: »Cavaliere Henry, da vorne ist Nino, der Geoffroy ermordet haben muss. Matteo hat Nino beobachtet, als er Geoffroy Aasim übergab.«

»Ich sehe ihn. Den Schweinerüssel kriegen wir!«

Ein Fremder nicht, und zu Pferde ist es aussichtslos, dachte Costanza, das hieße, einen, der in den Gassen Catanias groß geworden war, bei weitem zu unterschätzen.

Henry und hinter ihm Rainier auf seinem spanischen Schlachtross bahnten sich ungehindert ihren Weg durch die Menge. Costanza staunte. Die Catanesi von früher hätten fremde Pferde zum Durchgehen gebracht und die abgeworfenen Reiter beraubt. Was war in dieser Stadt los? Diese Leute wichen zurück, und unversehens entstand eine Gasse, die geradewegs auf Nino zuführte.

Der junge Mann sah sich gehetzt um, ruderte mit den Armen, aber er kam nicht von der Stelle. Merkwürdig, fand Costanza. Es sah dem Nino, den sie kannte, nicht ähnlich, sich zu stellen.

Henry und Rainier konnten Nino einsammeln wie ein in die Enge getriebenes Schaf. Sie hoben ihn an den modischen Schulterpolstern in die Höhe, bis er den Erdboden unter den Füßen verlor, machten einen wie eingeübten Schwenk und kehrten zu Costanza zurück, neben der immer noch Ramón zu Pferde saß.

Nino, wie zu einer Gliederpuppe erstarrt, war unfähig, den Blick von den beiden einander so ähnlichen Reitern zu lassen.

»Sein Ansehen in der Stadt muss wohl stark gesunken sein«, meinte Henry, als sie ihn vor Costanza abstellten. »Die Marktbesucher haben ihn eingeklemmt wie einen Finger in einer Tür. Jemand stand sogar auf seinen vornehmen Schühchen, der sich wortgewaltig bei Nino entschuldigte, aber erst, als wir ihn gepackt hatten. Die Umgebung grinste. So etwas habt Ihr noch nicht gesehen!«

»Wahrscheinlich die Väter der Aufständischen und die Söhne der Bauern, die er damals an die Franzosen verraten hat«, ging Costanza auf, die von immer mehr unangenehmen Erinnerungen überschwemmt wurde.

»Das stimmt, Heilerin«, bestätigte ein alter Mann in der Nähe traurig. »Niemand wird diesen Tag je vergessen.«

»Du weißt, wer ich bin?«

»Wer kennt dich nicht? Obwohl du nicht mehr wie eine Frau aus Catania aussiehst.«

Das stimmte, die schwarze Kleidung hatte Costanza abgelegt. »Kennst du den Kräuterhändler Ciccu? Ist er hier?«

»Er ist tot.«

»Ist er auch an diesem schrecklichen Tag umgekommen?«, fragte Costanza erschrocken.

»Nein, den hat er glücklich überlebt. Ciccu war in seiner Ecke gut geschützt, hat aber viel gesehen und darüber jedem, der es hören wollte, Bericht erstattet. Besonders, welche beiden jungen Männer neben seinem Stand auftauchten und welcher Nasenlose davonlief, nachdem er seinen Kameraden einem Franzosen vor das Pferd gestoßen hatte.«

Costanza hörte ihm mitleidig zu. »Du hast auch jemanden verloren?«

»Zwei Söhne. Der eine war der, den der französische Reiter so wohlfeil vor sein Haumesser geliefert bekam.«

Und der Nasenlose war Nino gewesen. Nino, der Rächer, den Ciccu gewiss ausgezeichnet beschrieben hatte, sofern er ihn nicht ohnehin kannte, mit oder ohne Maske. »Und wann starb Ciccu?«, fragte Costanza mit vor Furcht dunkler Stimme.

»Wenige Tage danach durch einen Reiter, der ihn in einer der schmalen Gassen seines Heimwegs im Galopp erwischte. Mit einem schwereren Pferd als deinem, aber von ähnlicher Farbe. Der Mann selbst war in Catania unbekannt, aber natürlich nicht der Stall, aus dem sein Pferd stammte.«

Costanza stieß einen Seufzer aus. Ciccu hatte geahnt, dass er auf einer Todesliste stand. Die Beschreibung des Tathergangs vom Massaker auf dem Marktplatz war offensichtlich sein Vermächtnis an die Bürger von Catania. Vielleicht auch für eine neue, bessere Herrschaft in der Stadt.

»Verfluchte Ausländer, ob Franzosen oder Spanier!«, geiferte Nino, als sei ihm endlich eingefallen, dass Angriff die beste Verteidigung war. Er spuckte, traf aber Costanza in seiner Erregung nicht.

»Was machen wir mit ihm?«, fragte sie Henry.

»Verhören. Dieser Bursche hat offensichtlich eine Menge mit der Geschichte zu tun, die in Aci Castello mit einem Schimmel anfing. Wir nehmen ihn mit zum Castello Ursino.«

Costanza klopfte Aasim mit abwesenden Gedanken auf den Hals. Ja, von Nino, seinem Vater Tommaso und Großvater führte die Spur vielleicht zum Kaiser und zu Jacopo Pirrone.

Tommaso Fallamonaca hatte bereits erfahren, dass die Spanier seinen Sohn gefangen hatten, und gesellte sich in Windeseile zum Zug der Krieger, als sie die kurze Strecke zwischen dem großen Platz und dem Kastell nicht einmal zur Hälfte hinter sich gebracht hatten.

»Wir sind in Catania eine bekannte Familie! Was fällt Euch ein, meinen Sohn zu entführen!«, kreischte er und lief zur Spitze des Zuges vor, wo Henry und Rainier den jungen Mann vor sich hertrieben.

Diesem waren die Hände auf dem Rücken gefesselt und der lange Strick an Henrys Sattel befestigt. »Schneid mich los!«, brüllte Nino seinem Vater zu.

Tommaso zog bereits das Messer hervor, als Costanza die Gefahr bemerkte. »Achtung, er wirft!«, schrie sie.

Rainier schnellte sich von seinem Pferd herunter auf den Mann wie eine wilde Großkatze.

»Du Teufelin!«, schrie Tommaso. Seine Gesichtszüge entgleisten, als er Ramón neben Costanza erblickte. »Was ist das?«, stammelte er.

»Mein Name ist Viceconde Ramón, Enkel des Kaisers Friedrich. Ich bin, wie Ihr selbst seht, der lebende Beweis, dass die Madama Costanza zu unserer Familie gehört«, erklärte Ramón zuvorkommend. »Die Señora hatte den Eindruck, dass Ihr die Kinder und Kindeskinder der Staufer gerne kennenlernen möchtet, um Euch selbst zu vergewissern.«

»Nein, nein!« Fallamonaca hatte sicherlich nicht alles verstanden, aber allein die zwei einander ähnelnden Gesichter mussten ihm wie Nachtmahre erscheinen. Vor Entsetzen warf er einen Arm über seine Augen, aber als er wieder hochsah, waren Costanza und der Spanier immer noch da.

»Ihr kommt mit uns«, befahl Conde Berenguer, und Tommaso wagte dem vornehmen Spanier nicht zu widersprechen. Ohne dass man ihn fesseln musste, wankte er mit gebrochenem Geist neben der Kolonne einher.

Sie betraten den Kastellfelsen über eine Zugbrücke. Über einem düsteren Gang durch das Gemäuer der Festung saß in einer Nische neben einem halbrunden Türmchen ein steinerner Adler mit einem Lamm in den Fängen.

»Der Adler ist das staufische Symbol«, erklärte Ramón, der Costanzas Blicken gefolgt war, als wollte er sie ablenken. »So hat unser Großvater wohl Catania betrachtet.«

»Oh«, sagte sie. Bewusst hatte sie den Adler nie gesehen. Aber sie konnte den Zorn derjenigen Catanesi nachvollziehen, die das Symbol hatten deuten können.

Der Gang endete in einem geräumigen Innenhof. Waren draußen nur wenige Fensteröffnungen in die Mauern gelassen, gab es hier auf jeder Seite des Vierecks einen Eingang und mehrere große und kleinere Fenster. Alle waren bogenförmig mit hellem Stein umrahmt, die unteren mit Säulen voneinander getrennt, und die Wände waren mit Mosaiksteinchen belegt. Selbst der Boden war sorgfältig gepflastert.

Das ganze Gebäude sprach von Luxus, anscheinend war kein einziger Lavastein verbaut worden wie in den vornehmen steinernen Gebäuden in der Stadt. Der Kaiser hatte wohl alles von weit her heranschaffen lassen.

Costanza staunte immer noch, als Rainier leise zu ihr sagte: »Madama, steigt ab. Ihr seid die Letzte. Der edle Ramón wartet an der Tür auf Euch.« Ein wenig Eifersucht sprach aus ihm, sie hörte es wohl.

»Kümmerst du dich um Aasim?«

»Natürlich, Madama. Wann hätte ich mich nicht um ihn gekümmert?« Rainier war verletzt, und das hatte sie nicht gewollt.

»Wenn nachher ein Verhör der Fallamonaca angesetzt ist, komm bitte hinzu, Rainier, lass dich nicht etwa von jemandem an der Tür abwimmeln. Du bist ein wichtiger Zeuge, weise darauf hin. Du kanntest Geoffroy länger als ich und kannst eine Menge über ihn sagen. Wahrscheinlich sogar mehr als dein Cavaliere.«

Rainier strahlte sie an. »Das mache ich, Madama. Ich komme, und wenn ich durchs Fenster fliegen muss.«

Gottlob hatte sie ihn wieder versöhnt, dachte sie, als sie zu Ramón eilte.

Ein Knappe der kleinen spanischen Garnison führte Ramón und Costanza über eine Treppe nach oben in einen großen Saal.

An der Schmalseite standen einige Lehnstühle. Conde Berenguer saß bereits, die anderen Stühle waren unbesetzt. Nino und sein Vater standen, bewacht von Knechten, in der Mitte des Raums.

»Kommt mit«, sagte Ramón und ging zielgerichtet dorthin.

Ein höfisch gekleideter Knappe wies Costanza auf den für sie bestimmten Stuhl und half ihr, ihren weiten Rock gefällig zu drapieren. Ihrer Reitkleidung hatte sie sich schon vorher entledigt. Sie fühlte sich unangenehm staubig und verschwitzt, aber das waren alle anderen auch.

Das Verhör übernahm Conde Berenguer. Costanza merkte

schon sehr bald, dass nicht nur sie, sondern auch Henry ihn an allen Abenden zwischen Messina und Catania am Feuer in genaue Kenntnis über die Ereignisse in Aci Castello gesetzt hatte. Sein Gedächtnis und sein Vermögen, alles in einen verständlichen Zusammenhang zu bringen, waren bewundernswert.

»Gehörte der Schimmel, den jetzt die Señora Costanza reitet, Euch?«, fragte Berenguer.

»Meinem Vater«, antwortete Nino nach einem Seitenblick auf Tommaso. »Er hatte ihn verkauft.«

»An wen?«

»Das weiß ich nicht«, antwortete Tommaso mürrisch. »Aus meiner Zucht werden viele Pferde verkauft, und das erledigen meine Stallknechte.«

»Und warum hat Nino ihn dann in Aci Castello an Geoffroy, den Knappen von Guy Le Brun, übergeben?«

Das stritten beide heftig ab.

»Es soll kein Hohn wegen Eures Aussehens sein«, setzte Berenguer ungerührt fort, »aber Eure verstümmelte Nase wurde bei der Übergabe erkannt, Nino. Man nennt sie Schweinerüssel, und das ist mittlerweile Euer Spitzname, wie ich selber gehört habe.«

»Was?«, schrie Tommaso. »Wie konntest du so dumm sein, Junge?«

Nino zuckte gleichgültig mit den Schultern.

»Er hatte die Maske verloren«, berichtete Costanza leise.

Tommaso schüttelte erbittert den Kopf und warf die Hände in die Höhe. »Söhne«, seufzte er theatralisch. »Habt Ihr auch welche, Fürst?«

Seine Frage galt Berenguer, der zu erfahren war, um sich in ein Gespräch über persönliche Dinge ziehen zu lassen. »Warum habt Ihr das Pferd dem Knappen Geoffroy geliefert, Nino

Fallamonaca? Bedenkt, mit Hilfe der im Kastell vorhandenen Gerätschaften können wir die Wahrheit aus Euch herausholen. Jedenfalls bezeichnet der Heilige Vater die auf diese Weise erhaltenen Geständnisse als Wahrheit, und daran halten wir uns.«

»Das glaube ich Euch!«, fauchte Nino und deutete mit immer noch beleidigter Miene mit dem Kinn auf seinen Vater. »Er hat es von mir verlangt. Der Hengst war dem ersten Käufer nicht kräftig genug. Warum sollte ich ihn also nicht einem zweiten Käufer übergeben?«

»Wir werden dem Gefangenen Nino Fallamonaca jetzt eine Pause gönnen«, erklärte Berenguer, hauptsächlich für einen Protokollanten an einem Pult im Hintergrund, den Costanza noch gar nicht bemerkt hatte.

»Nein«, heulte Nino, »ich will nicht auf die Streckbank!«

Nino wurde trotz seines Sträubens hinausgebracht. Zurück blieb sein höchst beunruhigter Vater.

»Nino wird nichts sagen. Aber ich bin bereit auszusagen«, sprudelte Tommaso heraus, »wenn Ihr ihm die Folter erspart.«

»Dann lasst hören«, erwiderte Berenguer. »Wir warten noch mit dem Beginn der Folter. Dafür wollen wir von Euch alles erfahren, was Ihr wisst.«

»Was?«

»Nino hat den Hengst dem französischen Sergenten Geoffroy übergeben, der weder das Geld für den Kauf gehabt hätte noch überhaupt mit ihm fertig wurde. Er hat ihn also geschenkt bekommen. Warum? Wofür? Was sollte Geoffroy dafür tun?«

»Er sollte Costanza bespitzeln.«

»Haltet Ihr mich für einen Dummkopf?«

»Wieso?«

»Dieses edle Tier für Spitzeldienste? Mein König hätte es gern in seinem Stall.«

»Er ist zu leicht für Bewaffnete«, murrte der alte Fallamonaca trotzig. »Und vor dem Wagen geht er nicht.«

»Das sind keine hinreichenden Gründe. Auch auf Sizilien finden sich Reiter, die leicht sind und keine Rüstung tragen. Zum Beispiel auf der Jagd. Ich wiederhole: Haltet Ihr mich für einen Dummkopf?«

»Nicht wirklich«, bekannte Fallamonaca, endlich einmal aufrichtig, nach einem weiteren forschenden Blick auf Berenguer, und verfärbte sich.

Aber natürlich hatte er den Conde wegen seiner geckenhaften Kleidung unterschätzt. Costanza lächelte spöttisch.

»Na also. Was war Geoffroys Gegenleistung?«

»Er sollte sie verschwinden lassen.«

»Madama Costanza ermorden? Bleibt bitte genau«, mahnte Berenguer.

Tommaso verzog das Gesicht. »Ja«, murrte er schließlich.

»Warum?«

»Wir wollten nicht, dass eine leibhaftige Verwandte des unsäglichen Kaisers Friedrich unsere Pläne in Catania durchkreuzt. Dieser Vipernbrut ist alles zuzutrauen.«

»Das erste wahre Wort, das Ihr heute sprecht«, stimmte Berenguer zu. »Von der unerschrockenen Madama Costanza war jederzeit anzunehmen, dass sie sich in das Gemauschel derjenigen mischen würde, die sich für die städtische Elite von Catania halten. Nur war sie ja bereits fort aus der Stadt.«

»Staufer sind überall gefährlich. Sie konnte ja auch zurückkehren.«

»Vielleicht. Seit wann wusstet Ihr, dass sie eine Enkelin des Kaisers ist?«

»Das ist mehr als zwanzig Jahre her. Jacopo Pirrone hat es uns gestanden.«

»Irrt Ihr Euch da nicht? Seine Tochter ist Rosalia!«, warf Costanza in scharfem Ton ein. »Großvater Jacopo war schon lange tot, als ich geboren wurde.«

»Durchaus. Rosalia wusste um ihren Erzeuger. Sie hat uns nie Schwierigkeiten bereitet. Sie ist eine gehorsame Tochter der Stadt, und es gab keinen Grund, sie zu beseitigen. Der Bankert bist du! Nur du, Costanza, von allen deinen Geschwistern bist du aus der Art geschlagen! Das beweist schon deine Tätigkeit als Heilerin! Du wärst imstande gewesen, die Catanesi gegen die Führung der Stadt aufzuhetzen. Genau wie dieser Kaiser Friedrich bist du keine echte Sizilianerin!«

Costanza verschlug es für kurze Zeit die Sprache, während sich ihr Blick an die lange, schmale Narbe klammerte, die bis in Tommasos Haaransatz hineinreichte. Der Vater hatte seine Sache gut gemacht. Sie hatte gestört, wie Ciccu richtig vermutet hatte, aber nicht, weil sie den verletzten Feinden geholfen hatte, sondern weil die städtische Elite in ihr eine Gefahr sah. Mit Mühe schüttelte sie den Gedanken ab. »Ihr habt meine Mutter Rosalia beobachtet? Uns alle?«

»Wir haben deine Familie stets im Auge behalten. Wir durften kein Risiko eingehen. Mein Vater konnte unsere Pläne nicht mehr verwirklichen. Aber für mich wurden sie greifbar. Wir hatten auch deine Heirat mit Signore Corrado Capece eingefädelt, um dich ein für alle Mal ruhigzustellen, aber als Ehefrau hättest du nichts getaugt, wie wir dann erfuhren, und er nahm davon Abstand.« Tommaso streckte die Hand in die Luft und ballte sie zur Faust, die er unvermittelt fallen ließ.

Capece! Den hatte Costanza ganz vergessen. »Wer hat die Vendetta gegen mich aus Capeces Wohnung ausgerufen?«

»Nino«, stieß Tommaso gleichgültig hervor. »Wir haben auch dich überwacht und konnten meistens rechtzeitig Maßnahmen ergreifen.«

Conde Berenguer sah es an der Zeit, das Verhör wieder zu übernehmen. Er räusperte sich. »Warum starb der Sergent Geoffroy statt der Señora Costanza?«

»Der Plan hatte keinen Sinn mehr, als wir erfuhren, dass die Zuchtlinie des Hengstes dem Kastellan in Aci Castello bekannt war und in der Folge auch noch anderen Leuten. Über sie hätte jedermann herausfinden können, woher er kam. Außerdem hätte Geoffroy geschwatzt. Männer seines Schlags sind unzuverlässig.«

»Was heißt, seines Schlags? Und woher kam Eure Erkenntnis so plötzlich?«

»Von einem Mann, der, mit Verlaub, Euer Gnaden, Geoffroys Liebhaber gewesen war. Solche Männer gelten bei uns als unzuverlässig. Wir dulden sie nicht in unseren Reihen und geben ihnen auch keine Aufträge.«

»Soso.« Berenguer schmunzelte verloren.

Plötzlich ahnte Costanza, dass er zu denen gehörte, die hier als unzuverlässig galten. Der König aber hatte offensichtlich zu Recht eine ganz andere Meinung von seinem Verwandten.

Sie schrak auf, als Berenguer sich in der Runde erkundigte, ob noch jemand etwas zu Geoffroys Charakter beitragen könnte. Sie meldete sich zu Wort. »Er war skrupellos. Er versuchte mich zu erpressen.«

»Euch?«

»Ja. Ich habe mich geweigert. Ich wurde aber das Gefühl nie los, vor ihm auf der Hut sein zu müssen.«

Auch Rainier hob die Hand. Er war unter Costanzas Augen zu einem jungen Mann gereift. Ernst und zuverlässig sah er jetzt aus. Den Mut, unter all diesen Edlen zu reden, hätte er bei Beginn des Sommers noch nicht gehabt. Sie war stolz auf ihn wie eine große Schwester.

Berenguer gab dem Knappen mit einer Handbewegung das Wort.

»Tommaso Fallamonaca hat mit dieser Einschätzung recht gehabt, Conde Berenguer. Geoffroy hatte häufig wechselnde Liebhaber von zweifelhafter Herkunft, und er war sehr unstet, was man als unzuverlässig bezeichnen mag. Dass er andere erpresste, habe ich nur gehört. Er hatte auch Cavaliere Le Brun in der Hand, aber ich weiß nicht, womit.«

Costanza sah ihn ungläubig an. Sie ahnte es. Geoffroy hätte jederzeit Le Bruns hochfliegende Pläne des Aufstiegs im französischen Adel zerstören können, wenn er gewollt hätte. Rainier wusste es sicherlich, aber reine Vermutungen wollte er wohl nicht weitergeben.

»Gut. Das ist so weit klar. Wir werden jetzt Euren Sohn zur weiteren Vernehmung hereinholen, Tommaso Fallamonaca.«

»Ja«, flüsterte Tommaso erleichtert, denn in diesem Saal gab es keine Folterwerkzeuge.

»Aber vorher«, donnerte Berenguer, »will ich von Euch die Namen derer haben, die Pläne für eine unabhängige Republik Catania geschmiedet haben!«

Tommaso wurde bleich wie der Tod und sank auf die Knie. »Die kann ich Euch nicht geben«, krächzte er.

»Ihr habt diese Pläne zu des Kaisers Zeiten vergeblich geschmiedet und unter der französischen Besatzung gehofft, Ihr könntet sie verwirklichen. Jetzt sind sie natürlich überflüssig geworden, denn Ihr werdet König Pedros Herrschaft über ganz Sizilien, die ihm in Palermo angetragen wurde, anerkennen. Oder irre ich mich?«

»Nein, nein. All das ist richtig.« So verängstigt wie Fallamonaca inzwischen war, hatte er doch schnell begriffen, dass sich ihm hier ein Ausweg bot.

»Die Namen also.«

Fallamonaca rang einen Moment mit sich, dann stand er auf und diktierte mit zitternder Stimme die Namen der Verschwörer. Der von Costanzas ehemaligem Verlobten Corrado Capece war auch dabei.

Am liebsten wäre Costanza diesen Abgründen an menschlichem Verrat, Missgunst und Rache, die sich hier auftaten, entflohen. Sie war dankbar, als sich Tommaso Fallamonaca ohne Widerstand hinausbringen ließ.

»Wir haben das meiste von Eurem Vater erfahren«, behauptete Berenguer und blättert in dem Protokollbuch, das er sich vom Schreiber hatte aushändigen lassen, einem schweren Werk aus vielen dicken Pergamentblättern. »Er hat uns die Namen der Verschwörer genannt, die die Republik Catania errichten wollten, ferner die Gründe für den Vorsatz, die Madama Costanza zu ermorden.«

Nino wurde wütend. »Das ist nicht wahr!«, schrie er. »Mein Vater ist kein Verräter!«

»Ich lese Euch vor, welche Männer er aufgezählt hat«, sagte der Conde kühl und las laut und bedächtig einen Namen nach dem anderen.

Schon bei den ersten geriet Nino außer Fassung und wollte nach seinem Messer greifen. Dann fiel ihm ein, dass man es ihm abgenommen hatte. Er ballte die Fäuste in namenloser Wut.

»Dass Euer Vater bereit ist, mit uns zusammenzuarbeiten, ist ein Entschluss der Vernunft, Nino Fallamonaca. Ihr solltet Euch ein Beispiel an ihm nehmen«, mahnte Berenguer.

»Nie! Niemals«, schwor Nino. »Ich bin kein Verräter!«

»Wie Ihr wollt. Sobald die Verwaltung dieser Stadt neu geordnet ist, wird das Gericht zusammentreten und über Eure Strafe befinden. Die Anklage gegen Euch werden wir schon in den nächsten Tagen fertigstellen können.«

»Anklage weswegen? Weil ich einem Käufer einen Hengst zugestellt habe?«, fragte Nino höhnisch.

»Nein, sondern weil Ihr ihn später ermordet habt.«

»Weist es mir nach.«

»Das werden wir sicher können …« Berenguer ließ sich durch Costanzas Handbewegung unterbrechen.

»Es gibt wahrscheinlich einen Zeugen.« Sie hatte Matteo nur nach der Übergabe des Hengstes gefragt, aber es war sehr wahrscheinlich, dass er auch Geoffroys Ende beobachtet hatte.

Berenguer griff die Vermutung gerne auf. »Dann werden wir damit wohl kaum Schwierigkeiten haben«, meinte er leichthin. »Die Hauptanklage wird sich ohnehin auf den Massenmord Eurer Bande auf dem Marktplatz konzentrieren.«

»Das waren die Franzosen!« Nino war um keine Antwort verlegen.

»Sie kamen pünktlich, wie vorher mit Euch verabredet. Eine schlau eingefädelte Rache für Eure verunglückte Nase, aber neunzehn junge Männer und eine Anzahl Bauern gaben für sie ihr Leben hin. Ihr habt sie an diejenigen verraten, die Ihr selbst zu Feinden erklärt hattet. Dafür gab es den Zeugen Ciccu, der als Kräuterhändler zugegen war. Obwohl Ihr und Euer Vater auch diesen Mann habt ermorden lassen, werden wir eine größere Anzahl von Menschen auftreiben können, denen er aus erster Hand berichtet hat, was an diesem denkwürdigen Tag geschah.«

Nino kaute auf der Innenseite seiner Wange herum. Er erkannte, dass es keinen Sinn mehr hatte, eine Anklage nach der anderen abzustreiten, nachdem es offenbar für alles Zeugen gab.

»Gut«, sagte Berenguer abschließend. »Eines wüsste ich noch gerne. Ich bin mit Euren Gebräuchen nicht vertraut. Aber ich vermute, es hatte eine bestimmte Bedeutung, den Franzosen Geoffroy derart grausam zu verschnüren.«

»Oh ja, die Methode des *incaprettato*, wir nennen es das *Verziegen*«, sagte Nino mit wieder erwachtem Hochmut. »Wir sind Bauern, und wir sind stolz darauf. Gelegentlich müssen wir Ziegen auf Karren transportieren, dann binden wir ihre vier Füße zusammen. Unsere Gefangenen verschnüren wir genauso. Da sie aber nicht auf den Markt sollen, legen wir eine feste Schnur oder eine Sehne um ihren Hals, mit der sie sich langsam selbst erdrosseln. Das hat auf unsere Feinde noch nie seinen Eindruck verfehlt.«

»Führt ihn ab«, befahl Conde Berenguer mit Abscheu.

Am späten Nachmittag gesellte sich Berenguer wieder zu Costanza, die im Innenhof des Kastells umherlief, tief in Gedanken versunken. Ihr war endgültig klargeworden, dass Guy Le Brun gewusst hatte, wer sie war. Aber er war schlau genug gewesen, sie nicht unter Zwang mitzunehmen, und er hatte damit ein Fingerspitzengefühl bewiesen, das ihm offenbar zu Gebote stand, wenn es um seinen persönlichen Vorteil ging: Sie war freiwillig zu ihm gekommen und hatte obendrein alles, was sie hätte misstrauisch machen sollen, von sich gewiesen.

Als sie aufblickte, bemerkte sie, dass Ramón neben ihr stand. Er lächelte ihr aufmunternd zu, schwieg aber, im Gegensatz zum Conde, der mit ihm gekommen war.

»Don Pedro gab mir den Auftrag, Euch zu Euren Eltern zu begleiten«, sagte Berenguer. »Wir werden Euch keinesfalls in dieser wilden Stadt alleinlassen, in der Ihr entführt werden könntet. Ich weiß, dass Ihr unter zweifache Anklage gestellt wurdet und außerdem exkommuniziert seid. Wollen wir uns gleich auf den Weg machen?«

Costanza hörte überrascht zu, nickte aber. Sie hatten bisher über diese Dinge nicht gesprochen. Offensichtlich war sie weitaus mehr Gegenstand des Interesses im Stab des Königs, als sie ahnte.

Im Außenhof warteten Henry und Rainier mit Costanzas Aasim, beide selbst schon zu Pferde. Zu fünft machten sie sich auf den Weg, der respektvoll von den Bürgern frei gemacht wurde. Costanza und Ramón wurden von den meisten wie ein Wunderwerk begafft.

KAPITEL 33

Die Eltern wussten bereits, dass Costanza auf dem Weg zu ihnen war. Die Geschwister waren am Tor aufgereiht, und Guglielmo, wie immer der Flinkste, rannte zum Haus, um sie anzukündigen.

Rainier sprang ab und half Costanza vom Pferd, damit sie alle der Reihe nach umarmen konnte, besonders fest Mariannina, die ihr von den Geschwistern am nächsten stand. »Blässhühnchen«, flüsterte sie zärtlich und küsste Mariannina beide Wangen. Dann ging sie stumm den Weg zum Haus hinauf, begrüßte im Geist jeden einzelnen Zitronenbaum und den einen Olivenbaum, der hier stand wie ein Hahn in seiner Hühnerschar. Die anderen folgten ihr in respektvollem Abstand.

Trotzdem hatte sich auch der Garten verändert. Es dauerte einen Augenblick, bis Costanza darauf kam, dass unter den Bäumen kaum Gras wie früher wuchs. Vielmehr war die Erde aufgerissen und aufgewühlt.

Endlich war sie am Haus angekommen. Die Eltern, stocksteif, mit düsterem Gesichtsausdruck, hießen sie nicht willkommen, duldeten aber, dass die Besucher von den Pferden stiegen. Guglielmo flog in ihre Arme. Er war merklich gewachsen.

»Ja, ich bin wieder hier«, sagte Costanza schließlich verlegen.

»Ich sehe es«, erwiderte Santino steif, während Rosalia eisig schwieg, dabei aber den Blick nicht von Ramón lassen konnte.

»Der Viceconde Ramón ist mein Vetter, Mutter, ein Enkel des Kaisers Friedrich, dein Neffe. Es wäre schön, wenn du ihn als solchen begrüßen würdest.«

Rosalia warf Costanza einen mörderischen Blick zu, aber die Höflichkeit erforderte es, dass sie ihren unbekannten Verwandten an die Brust zog. Anschließend küsste er ihr artig die Hand nach spanischer Hofsitte.

Nun, da es ausgesprochen war, war es nicht mehr möglich, das Familiengeheimnis zu leugnen. Kurze Zeit später saßen die Männer unter den Weinranken, bewirtet von Mariannina.

Rosalia blieb dem Gespräch fern, sie erklärte, in der Küche wirtschaften zu müssen. Und Costanza zog es in den hinteren Gartenteil, sie musste alles inspizieren, bevor sie bereit war, sich auf die Familie einzulassen, die sie verstoßen hatte.

Guglielmo folgte ihr, von einem auf das andere Bein hüpfend. Er war doch noch ein Kind.

»Nun, Guglielmo, hast du schon deine ersten Heilungen durchgeführt?«, fragte Costanza ihn unbedacht. Erst danach fiel ihr ein, dass der Vater seinen Beruf ja gar nicht mehr ausüben konnte. Sie biss sich auf die Lippen.

»Ich habe sogar einmal genäht«, antwortete Guglielmo stolz.

Costanza sah ihn überrascht an. »Arbeitet Vater denn?«

»Nein, große Schwester, das kann er nie mehr. Ich lerne jetzt bei Turi.«

»Bei Turi!«, murmelte Costanza. »Sant'Agata, wie schön!« Beim Gedanken an Turi versagte ihre Stimme, und sie hoffte, dass Guglielmo es nicht merkt.

»Ja«, bestätigte Guglielmo unbefangen. »Er sagt, ich würde

einmal ein guter Heiler werden. Wir probieren zusammen auch ganz Neues aus.«

»Das freut mich.« Wie so oft erinnerte sich Costanza zurück an die Konstruktion, die sie Le Brun angelegt hatte, und daran, wie Turi sie dafür gescholten hatte. Schon lange wusste sie, dass er nur um sie besorgt gewesen war. »Siehst du ihn jeden Tag?«, fragte sie bewegt.

»Jawohl. Vorhin noch. Er weiß, dass du zu uns kommst.«

Verzweifelt versuchte Costanza sich zu fassen. Angst erfasste sie. Dann aber wurde ihr klar, dass Turi sich in die Hügel verziehen würde, um von Gerüchten, Mutmaßungen und Berichten über sie nichts hören zu müssen. Sie zeigte auf den nackten Erdboden, der hier noch schlimmer zugerichtet war als im vorderen Gartenteil. Nur die Rosmarinbüsche gab es noch. »Was macht ihr, dass es hier so wüst aussieht? Und wo ist das Gemüse?«

Guglielmo zuckte mit den Schultern. »Mutter baut keines mehr an, weil ihr die Hähne alles ausreißen.«

Schlagartig fiel Costanza ein, dass der Vater gesagt hatte, er verdiene mit Federvieh Geld. »Wieso eigentlich mit Hähnen? Die legen doch keine Eier?«

»Eier!«, schnaubte Guglielmo überlegen. »Wer redet denn von Eiern? Es geht um Kämpfe von Hähnen gegeneinander. Vater bringt danach manchmal Geld nach Hause.«

Costanza wirbelte herum und packte ihren Bruder an den Schultern. »Was ist das denn?«

»Vater nennt sie Hahnenkämpfe. Er hat seine ersten Hähne von einem Byzantiner übernommen, der wieder in sein Land zurückging. Mit denen hat Vater weitergemacht.«

»Geht es um Wetten?«

»Ja, ich glaube«, bestätigte Guglielmo unsicher. »Das macht

er doch schon lange. Die Kämpfe finden in der Nähe des alten Doms statt, es gibt viele Byzantiner, die darauf ganz wild sind. Und Vater hat jetzt eigene Kampfhähne. Sie sind anders als unsere für den Kochtopf, deren Hennen Eier legten. Die griechischen sind wild und haben scharfe Krallen.«

Wie Schuppen fiel es Costanza von den Augen. Der Vater musste schon gewettet haben, als sie noch zu Hause lebte. Ihr Geld war für seine Wetten draufgegangen. Nur deshalb hatte er sie ermuntert, sich der Franzosen anzunehmen. Eiskalte Wut stieg in ihr auf. Sie hatte keine Lust mehr, das Ende des Gartens zu besichtigen, aus dem plötzlich triumphierendes Krähen aus der Ecke zu ihr drang, in der früher die Schafe gestanden hatten. »Lass uns zurückgehen, Guglielmo.«

Die Männer saßen beieinander, das Gespräch stockte. Als Costanza sich zu ihnen setzte, nickte Rainier erleichtert und wagte ein Lächeln zu ihr hin.

»War es Euch wirklich unbekannt, dass Eure Frau die Tochter eines Kaisers ist?«, erkundigte sich Berenguer plötzlich.

»Ja, gewiss!«, beteuerte Santino. »Dass Rosalias Vater Jacopo Maddalena, ihre Mutter, geheiratet hatte, als sie schon in anderen Umständen war, war das Einzige, das ich mit Bestimmtheit wusste. Wir sprachen nicht darüber, das gehörte sich nicht.«

»Ihr habt niemals erfahren, was Eure Frau über die Vergangenheit wusste?«

Santino schüttelte den Kopf. »Erst als Costanza zu fragen begann, habe ich etwas mehr über alles nachgedacht, auch über das Geld, über das Mutter Maddalena verfügte. Ich wunderte mich, dass ein Notar ihr regelmäßig Geld brachte. Ich fragte mich, wer dem Notar das Geld gab. Aber mit Rosalia habe ich trotzdem nicht geredet.«

»Was wollte Costanza?«

»Sie behauptete anders zu sein, ja, sie war tatsächlich anders, nicht wie eine Tochter Siziliens. Aber Rosalia schwor mir vor der heiligen Agata über unserem Bett, dass sie mir nie untreu gewesen war. Ich glaubte ihr. Was hätte ich sonst tun sollen? Wenn ich ihr nicht geglaubt hätte, hätte ich sie töten müssen …«

Costanza schauderte. Welches Recht glaubte ein Mann zu haben, seine Frau umzubringen?

»Zu Ohren ist mir gekommen«, fuhr Conde Berenguer wie der Inquisitor selbst fort, »dass die Señora Costanza unter Anklage gestellt wurde wegen der Ausübung medizinischer Handlungen. Traf Euch die gleiche Anklage?«

»Dem Herrn sei Dank, mich nicht und die Branca auch nicht. Aber ich kann meinen Beruf ohnehin nicht mehr ausüben«, bemerkte Santino verbittert, während er seinen schlaffen rechten Arm mit Hilfe des linken in die Höhe stützte.

Costanza biss sich auf die Unterlippe. Es hätte nicht sein müssen. Dieser unerträgliche Stolz! Statt dessen Hahnenkämpfe!

»Sie sollte also nur erschreckt werden.«

»Das war wohl so.«

»Gut. Wie ist es mit der Exkommunikation?«

»Die wurde aufgehoben, einige Zeit nach Costanzas Verschwinden«, berichtete Santino mit verkniffener Miene. »Mit Rosalias Frömmigkeit vertrug es sich nicht, dass eines ihrer Kinder exkommuniziert war. Ich glaube, ihre Spenden für Sant'Agata haben sehr dazu beigetragen.«

Costanza spielte mit ihrem geleerten Becher. »Dann war noch diese merkwürdige Gesetzesvorschrift, dass Kinder und Enkel eines Ketzers enterbt werden. Ist dir klar, Vater, dass sie für uns alle nicht zutrifft? Großvater Jacopo, der wahrscheinlich gar kein Ketzer war, ist vor allem nicht unser leiblicher Großvater.«

»Ja, das ist wahr.« Santino lächelte verächtlich.

»Mutter wusste, dass Jacopo nicht unser Großvater war, wie dieser Nicola Orsini behauptete, und hat es für sich behalten«, sagte Costanza, der dies plötzlich aufging. »Sie hat sich bei Uberto für die Enterbung entschuldigt, nur haben wir sie alle falsch verstanden.«

»Costanza, sind wir also alle Enkel des Königs von Sizilien?«, meldete sich Mariannina plötzlich.

»Ja, das seid ihr. Du auch.« Vor allem du, fügte Costanza in Gedanken hinzu, die ihre Schwester immer als still, aber blitzschnell im Begreifen und Verstehen wahrgenommen hatte.

Der Vater grummelte mürrisch, aber er akzeptierte widerspruchslos Costanzas Verdacht, dass die Mutter Bescheid gewusst hatte. Wahrscheinlich hatte er noch andere Gründe, die ihm jetzt einfielen. »Wenn das so ist, hat Rosalia recht daran getan. Es ging um die Ehre der Familie«, sagte er rechthaberisch.

»Möglicherweise wäre es ehrenvoller, als Enkel eines Kaisers anerkannt zu sein«, sagte Berenguer spöttisch und leerte seinen Becher. »Señora Costanza wird Euch nicht zur Last fallen, Meister Santino. Nachdem nun restlos alles geklärt ist, was Don Pedro el Magno, König von Aragon, Leon und nun auch von Sizilien, bekümmern könnte, habe ich den Auftrag, sie nach Spanien zu geleiten. Sie wird dort standesgemäß mit einem Granden verheiratet werden.«

»Nein!«, rief Costanza und sprang auf. »Niemals!«

»Aber sicher«, sagte Berenguer begütigend. »Was dachtet Ihr denn, Señora? Möglicherweise werdet Ihr mit Eurem

Gemahl schon bald nach Catania zurückkehren. Er wird die Herrschaft über die adeligen Herren dieser Stadt übernehmen.«

Sie sah den Mann, den sie erst seit kurzem kannte und der sie trotzdem anscheinend selbstlos unterstützt hatte, erbittert an. Jetzt erkannte sie, dass es nicht um sie gegangen war, sie war lediglich Teil eines königlichen Plans. Gerade zur rechten Zeit aufgetaucht, um der künftigen spanischen Herrschaft über Catania mit Hilfe einer Ehe einen geradezu selbstverständlichen Anspruch auf Legitimität zu verleihen. Vermutlich würde ein Grande, der sich für ein solches Geschäft hergab, nicht der Herrscher sein, auf den Ciccu gehofft hatte. Jedenfalls nicht mit ihr an seiner Seite. Für derlei hatte sie kein Interesse.

»Ich hatte keine Vorstellung von Euren Plänen, weil ich nicht ahnte, dass ich wieder hier zu Hause leben kann«, begann sie mit geballten Fäusten. »Aber jetzt, wo ich erfahren habe, dass die Drohungen der Verschwörer und der Kirche gegen mich nicht mehr existieren, will ich hierbleiben.«

Berenguer machte ein schockiertes Gesicht. Mit Widerstand hatte er gerechnet, aber nicht mit ihrem.

»Ich werde entstellte Gesichter wieder menschlich machen. Das ist meine Berufung«, sagte Costanza stolz. Möglicherweise würde sie sich sogar mit Turi über ihre Erfahrungen austauschen können. Turi …

Henry lachte leise. »Das hätte ich Euch sagen können, Vetter Berenguer, wenn Ihr mich in Eure Pläne eingeweiht hättet. Costanza ist keine fügsame Frau.«

»Und sie hat recht«, sagte Ramón mit blitzenden Augen, die in der niedrig stehenden Herbstsonne heller blau als sonst und voller Begeisterung leuchteten. »Costanza wird das lebende

Erbe unseres Großvaters sein. Er wollte immer Gerechtigkeit, und in meinen Augen bedeutet dies, dass sogar eine Frau aus freiem Willen entscheiden darf, was sie tun möchte.«

Conde Berenguer hörte ihm in aller Ruhe zu und schmunzelte plötzlich in sich hinein.

Er würde nachgeben. Costanza glaubte auf einmal zu wissen, dass sie ihn für sich gewonnen hatte. Er würde seinem König ihre Weigerung sehr diplomatisch erklären, und dieser würde seinem klugen Ratgeber folgen.

»Ein Mann auch«, bemerkte der Conde versonnen. »Deshalb lebe ich am Rande der Welt.«

Er hatte eine sehr gelassene Art, damit umzugehen, und Costanza bewunderte ihn dafür. Wahrscheinlich lagen viele Kämpfe hinter ihm. Ihr Blick fiel auf ihre Schwester, die mit großer Aufmerksamkeit und Ernst die schwerwiegende Bedeutung der hier fallenden Entschlüsse verfolgte. Unvermutet fielen ihr Marianninas Beobachtungen und stets scharfsichtigen Bemerkungen ein. Und ihr nüchterner Ehrgeiz. »Ich könnte mir denken«, sagte sie, »dass Mariannina genau die Stauferin ist, die sich das Haus Aragon als erste Frau von Catania wünschen würde.«

Mariannina nickte bedächtig und ohne Überraschung.

Ja, sie musste es sein, die sich Ciccu ersehnt hatte. Costanza wusste plötzlich, dass sie selbst Catania nicht im Stich gelassen, sondern der Stadt den Weg zu einer gerechten, ausgleichenden und alles bedenkenden Frau an der Seite eines Herrschers geebnet hatte. Mariannina, Enkelin des Kaisers. Ein Adler sollst du werden, dachte sie, ein Königsadler mit staufischer Krone, wie er auf den alten Kupfermünzen des Kaisers und am Castello Ursino zu sehen ist. Zum Hühnchen bist du nicht geschaffen.

Conde Berenguer betrachtete Mariannina forschend, um offensichtlich zu einem zufriedenstellenden Ergebnis zu gelangen. »Catania braucht eine feste Hand. Warum nicht Señora Mariannina, wenn es ihr eigener Wunsch ist?«, sagte er nach einer Weile abschließend, was sich für Costanza wie ein Versprechen anhörte.

»Costanza.«

Sie schnurrte um die eigene Achse.

An der Hausecke stand Turi, gekleidet in das vornehme Gewand eines Mitglieds des Stadtadels. Er lächelte, und sein Lächeln galt allein ihr. »Geliebte Costanza!«

Costanza flog in seine ausgebreiteten Arme. In all den vergangenen Jahren hatte sie in Gedanken nur mit ihm gestritten und disputiert, hatte sich geärgert, wenn er manchen ihrer Vorstellungen gegenüber unzugänglich geblieben war, und sich bestätigt gefühlt, wenn er kam, um ihr etwas zu erklären.

Sie würden gemeinsam ein neues Leben anfangen. Eines auf den Spuren des Kaisers Friedrich, eines, das der Vernunft und der Gerechtigkeit folgte, ganz gleich, ob sie damit die Erkenntnisse der Sarazenen, der alemannischen Deutschen oder die unbekannter Inder aufgriffen.

»Ich weiß, wie viel dir an unserer Kunst liegt. Sie braucht dich, und ich brauche dich«, sagte Turi bestimmt, was auch für die verwunderten Spanier gedacht war.

»Wir werden die Kunst miteinander teilen.« Costanza schaffte es noch gerade, diesen Entschluss für spanische Ohren vernehmlich abzugeben, dann versagte ihr vor Erleichterung und Glück die Stimme.

Turi küsste ihr die Tränen von den Wangen.

Als Costanza sich wieder gefasst hatte, flüsterte sie Turi ins

Ohr: »Ich glaube fest daran, dass es noch bessere Wege gibt, verlorene Haut zu ersetzen. Wir werden sie gemeinsam finden.«

»Das ist gewiss die seltsamste Liebeserklärung, die ich mir vorstellen kann«, flüsterte er zurück.

NACHWORT

Nasenkorrekturen wurden bereits um 1350 v. Chr. im antiken Ägypten durchgeführt. In Indien beschrieb Sushruta um 600 v. Chr. die Wiederherstellung von Nase und Ohrläppchen mit Hilfe der Wangenhaut. Die Notwendigkeit ergab sich dadurch, dass die Nase, Organ der Achtbarkeit und des Respekts, in Indien den Bewohnern eroberter Städte sowie Ehebrechern abgeschnitten wurde. Nicht klar ist, wer diese Behandlung durchführte: möglicherweise ursprünglich die Brahmanen (oberste Kaste), die mit ausgefeilterem Kastensystem zunehmend körperfeindlich wurden, so dass die Kenntnisse auf die Kasten der Töpfer und/oder der Ziegelstreicher übergingen.

Das Wissen griechischer und römischer Ärzte (z.B. Celsus, 25 v. bis 50 n. Chr. plastischer Chirurg, Anwendung von Schlafschwämmen) gelangte mit den als Abweichler vertriebenen christlichen Nestorianern in das Sassanidenreich, wo auch die indische Medizin bekannt war. Die Araber entwickelten alle Kenntnisse weiter und brachten die Technik der Nasenplastik bei ihren Eroberungen des Westens nach Sizilien. Ab dem 11. Jhdt. wurden die Araber durch die Normannen allmählich aus Sizilien hinausgedrängt, die Nasenplastik blieb als handwerkliche Tätigkeit in einigen Familien erhalten – möglicherweise unabhängig von gesetzlichen Bestimmungen zur medizinischen Ausbildung.

Namentlich erhalten als Nasenspezialisten ist die Familie Branca, die um 1430 in Catania tätig war. Antonio Branca, Sohn Brancas des Älteren, entwickelte den »gestielten Armlappen«, den ich im Roman etwas abweichend von seiner Methode geschildert habe, und betätigte sich in der Wiederherstellung von Lippen.

Nach den Branca übernahmen in Kalabrien Ärzte der Familien Vianejo und Bojani die Kunst, von wo sie durch »Industriespionage« nach Bologna gebracht wurde. Dort veröffentlichte der Arzt Tagliacozzi (1546-1599) die Technik, auch weil im 16. Jahrhundert das Interesse an der wiederherstellenden Operation wegen der vielen Duelle und bewaffneten Auseinandersetzungen wuchs. Jedoch fand dieser Medizinzweig nicht die Billigung der katholischen Kirche.

Nach seinem Tod wurde Tagliacozzis Leichnam auf Betreiben der Kirche und mit dem Argument, »Verstümmelungen seien gottgewollt«, aus der Gruft geholt und in ungeweihter Erde an unbekanntem Ort verscharrt. Die Inquisition bereitete der plastischen Chirurgie für Jahrhunderte ein Ende.

Unbekannt ist, ob Vater und Sohn Branca als Wundheiler (wie manche modernen Medizingeschichtler glauben) oder mit wissenschaftlicher Ausbildung arbeiteten. Im Unterschied zum übrigen Europa war in Sizilien (Königreich unter dem Staufer Friedrich II., der gleichzeitig römisch-deutscher Kaiser war) nicht der Papst die Autorität in medizinischen Fragen, weshalb dort die manuelle Tätigkeit nicht den Badern zugeschoben wurde. Vielmehr galt in Sizilien ein fünfjähriges Medizinstudium einschließlich Chirurgie als Vorbedingung zum Praktizieren (Konstitutionen von Melfi, 1231).

Die Erzfeindschaft der römischen Päpste gegenüber den Staufern äußerte sich u. a. in der Bezeichnung *Vipernbrut*. Innozenz IV. (Papst 1243-1254) und Alexander IV. (Papst 1254-1261) untersagten, ein Mitglied der Staufer zum deutschen König zu wählen; Urban IV. (Papst 1261-1264), ein Franzose aus der Linie der Karolinger, kritisierte die Verbindung der Staufer mit dem Haus Barcelona, weil so die »Vipernbrut« am Leben erhalten werde. Solche Herabsetzung sollte die Staufer königsunfähig machen.

Bis 1282 - das Jahr, in dem dieser Roman spielt - hatte Rom es geschafft, die Staufer durch Morde, Intrigen und Bestechung auszuschalten und den skrupellosen Franzosen Karl I. von Anjou mit Sizilien zu belehnen. Den Aufstand der Sizilianer, der als Sizilianische Vesper (1282) in Erinnerung blieb, und seine Folgen für Sizilien habe ich aus Gründen der Dramatik im Roman abgewandelt.

Das Schiff des Kaisers Friedrich II. hieß *Die Halbe Welt*; *Die Ganze Welt* des Karl von Anjou habe ich erfunden. Friedrich II. hatte vier eheliche und mindestens zwölf außereheliche Kinder von verschiedenen Müttern. Eine Enkelin Costanza aus Catania ist nicht bekannt - aber mit diesem oder ähnlichem Charakter durchaus vorstellbar.

Auch im Hinblick auf Catania, das im 8. Jhdt. v. Chr. von den Griechen gegründet wurde, war ich wegen der mehrfachen Ätnaausbrüche und Erdbeben, die die Stadt immer wieder zerstörten, und weil obendrein 1944 durch eine Feuersbrunst das Stadtarchiv verlorenging, auf spärliche Überlieferungen und ansonsten auf meine Phantasie angewiesen.

Kari Köster-Lösche, Süderlügum im Februar 2010

WORTVERZEICHNIS

Albigenser: christliche Glaubensbewegung, namentlich abgeleitet von der Burg Albi der Katharer (12.–14. Jhdt.)
Anathema: Großer Kirchenbann. Anathema sit: Er sei ausgeschlossen.
Arlecchino: Harlekin, ursprünglich ein Luftgeist, seit dem 12. Jahrhundert bekannt
Bruoche: s. Reiterbruche
Capuzzelle: halbierte, ofengebackene Lamm- oder Ziegenköpfe
Casalini: »kleine Häuser« des einfachen Volks von Catania
Cavaliere: Ritter
Cavatieddi: längliche Pastastücke mit Einkerbung
Chirurgien-Barbier: Bezeichnung eines vom Meister der Chirurgie geprüften Pariser Barbiers (offiziell ab 1301)
Ciciri: Sizilianisch für Kichererbse. Wer beim Aufstand in Palermo (Sizilianische Vesper 1282) das Wort nicht korrekt aussprechen konnte, wurde als Franzose ausgedeutet
Civitas: Viertel der Patrizier im Südosten der Kathedrale von Catania
Colatura: Sardellenkonzentrat
Consolamentum: Geisttaufe, Beweis für die Aufnahme in die katharische Kirche
Edelknecht: aus niederem Dienstadel, der aus Mangel an Geld den Ritterschlag nicht erhalten konnte
Erbella: Alant, *Inula helenium*, Heil- und Gewürzpflanze
Friedrich II. von Hohenstaufen, römisch-deutscher Kaiser, als Federico König von Sizilien (span. Frederico)
Fouragieren: Nahrung für die Soldaten bzw. Pferde beschaffen
Grano, Grana: sizilianische Münzen, 13. Jhdt., 20 Grana entsprechen 1 Taro (z. B. 10 Grana für ein gutes Huhn)
Hagazussa: aus dem Westgermanischen; abgeleitet daraus das Wort Hexe, das erst 1402 bekannt wurde

Hirnhaube: leichter Helm, unter dem Topfhelm getragen
Imberadour: Bezeichnung v. der sizilianischen Araber für Friedrich II.
Jerez: Sherry aus Jerez de la Frontera in Andalusien; bekannt seit dem 12. Jahrhundert
Joachiten: Anhänger des Joachim von Fiore glaubten, Kaiser Friedrich II. werde nach seinem Tod als Reformer der Kirche zurückkehren
Kantharideninsekten: Widerwärtig riechender Käfer. Der wirksame Bestandteil Kantharidin wurde als reizendes Mittel in Salben und Tinkturen angewandt
Katharer: s. Albigenser
Konstitutionen von Melfi: für die beiden Sizilien von Friedrich II. als König 1231 erlassenen Bestimmungen
»Kronenhahn« (von mir so bezeichnet): »Sizilianer«, alte sizilianische Hühnerrasse mit doppeltem Kamm, also kronenkämmig
»Kühlkraut« (von mir so bezeichnet): Aloe
Kutteln, Kaldaunen, Flecke: Gedärme und Mägen
Langue d'oc: Okzitanische Sprache Südfrankreichs, eine regionale romanische Sprache
Liotrú: steinerner Elefant, Wahrzeichen Catanias seit 1239, wahrscheinlich byzantinische Arbeit
Mastix: Harz des Mastix-Pistazienbaums, stark klebend
Minnen: Beinhaltet platonische Liebe und ritterlichen Dienst für eine Dame
Monsieur: Bezeichnung des Franzosen aus niederstem Adel
Neidfeige: Abwehrzauber gegen den bösen Blick; als obszön-erotisches Symbol als grobe Beleidigung gebraucht
»Orden der Gerechtigkeit«: Beamtenschaft Friedrichs II. im Königreich Sizilien
Perfectus: Vollmitglied der katharischen Kirche
Platea magna: Hauptplatz von Catania, Markt für alle Waren
Reiterbruche: Die Bruche/Bruoche besaß im 12.–14. Jahrhundert die Funktion heutiger Hosen. Ihre Unterart für Reiter war im Sattelbereich ohne scheuernde Nähte.
Schwertleite: Empfang der Ritterwürde durch Adelige
Seitsattel: Damensattel
Sergent: nach ritterlicher Art bewaffneter, nicht ritterbürtiger Krieger
Strangolapreti: Spinat-Knöpfle
Taro, Tari: sizilianische Münzen, 13. Jhdt., 1 Unze Gold = 30 Tari (z. B. 10 Tari für eine gute Stute)

Topfhelm: älterer Helmtypus, von Reitern getragen
Trofie: kleine Schupfnudeln
Unze: Goldgewicht (s. Taro)
Vendetta: italienischer Begriff für Blutrache, ursprünglich aus Sizilien kommend
Zornnatter: aggressive (ungiftige) Schlange, deren Biss stark blutende Wunden verursacht; auf den Mittelmeerinseln die gelbgrüne Zornnatter
Zyklopeninseln: Inselgruppe vor der Ostküste Siziliens in Sichtweite von Aci Castello

Roman

Konstantinopel 1347: Die junge Arinna gerät in de Fänge eines Sklavenhändlers und wird an einen mächtigen Genueser Kaufmann namens Boccanegra verkauft. Kurz darauf bricht die Pest aus, und die beiden flüchten aus der Stadt – doch auch ihr Schiff hat die Seuche an Bord. Erste Seeleute erkranken, und Arinna hat keine Wahl: Sie muss die Männer pflegen. Als es ihr tatsächlich gelingt, den Schwarzen Tod zu besiegen, gerät sie erst recht in Gefahr …

Droemer